Kira Licht

Ich bin dein Schicksal – Dusk & Dawn 1

Weitere Titel der Autorin:

Gold & Schatten – Das erste Buch der Götter
Staub & Flammen – Das zweite Buch der Götter

Kaleidra – Wer das Dunkel ruft
Kaleidra – Wer die Seele berührt
Kaleidra – Wer die Liebe entfesselt

Über die Autorin:

Kira Licht ist in Japan und Deutschland aufgewachsen. In Japan besuchte sie eine internationale Schule, überlebte ein Erdbeben und machte ein deutsches Abitur. Danach studierte sie Biologie und Humanmedizin. Sie lebt, liebt und schreibt in Bochum, reist aber gerne um die Welt und besucht Freunde. Für News zu Büchern, Gewinnspielen und Leserunden folgen Sie der Autorin auf Instagram (*@kiralicht*) und Facebook.

KIRA LICHT

Ich bin dein Schicksal

DUSK & DAWN

1

one

Dieser Titel ist auch als Hörbuch und E-Book erschienen

Die Bastei Lübbe AG verfolgt eine nachhaltige Buchproduktion. Wir verwenden Papiere aus nachhaltiger Forstwirtschaft und verzichten darauf, Bücher einzeln in Folie zu verpacken. Wir stellen unsere Bücher in Deutschland und Europa (EU) her und arbeiten mit den Druckereien kontinuierlich an einer positiven Ökobilanz.

Originalausgabe

Copyright ©2022 by Kira Licht
Copyright deutsche Originalausgabe ©2022 by Bastei Lübbe AG, Köln
Dieses Werk wurde vermittelt durch die Michael Meller Literary Agency GmbH, München

Textredaktion: Annika Grave
Umschlaggestaltung: Sandra Taufer unter Verwendung von Motiven von ©
Nadezhda Shuparskaia / shutterstock; Rudchenko Liliia / shutterstock;
Boonchuay1970 / shutterstock; CG_dmitriy / shutterstock; LEROY Design /
Creativemarket
Satz: 3w+p GmbH, Rimpar
Gesetzt aus der Adobe Caslon Pro
Druck und Einband: GGP Media GmbH, Pößneck

Printed in Germany
ISBN 978-3-8466-0155-6

2   4   6   8   7   5   3

Sie finden uns im Internet unter: one-verlag.de
Bitte beachten Sie auch luebbe.de

»Hearts are wild creatures.
Thats why our ribs are cages.«
– Mark Beech

Prolog

Erin, vier Jahre alt

Sie lag in einem Bett, das nicht ihr eigenes war und sah den Regentropfen dabei zu, wie sie an der Fensterscheibe zerplatzten. Um sie herum war es dunkel. Angst kroch in ihr hoch. Die nächtlichen Umrisse der Möbel waren ihr noch so unvertraut, dass sie in jedem Schatten eine potenzielle Bedrohung ausmachte. Sie war in diesem Frühling vier Jahre alt geworden, und ihre Fantasie war fast so groß wie ihre Angst.

»Regen ist ein Tropfen Himmel auf der Hand«, flüsterte sie und hielt ihren Blick unverwandt auf das Fenster gerichtet. Ihre Mutter hatte diesen Satz immer gesagt. Die Erinnerung an sie verblasste bereits, doch das wollte sie in ihrer kindlichen Ohnmacht einfach nicht wahrhaben.

Sie rollte sich zur Seite, den Blick nun fest auf die Zimmertür geheftet. Sie hasste den Regen.

Dann begann das Knurren. Das Zischen. Das heisere Atmen.

Sie erstarrte. Da war etwas. Unter ihr, direkt dort unter ihrem Bett. Sie hörte das Rascheln, das Kratzen von Krallen über Fell, das tiefe feuchte Hecheln.

Ihre Unterlippe zitterte, und Tränen traten in ihre Augen. Nicht vor Angst, sondern durch den Schock des Wiedererkennens. Sie waren ihr gefolgt.

Und jetzt hatten sie sie gefunden.

»Grandma!« Ihre hohe Kinderstimme hallte durch das Zimmer. Unter ihr schnaubte etwas dunkel.

»Grandma!« Noch mehr Rascheln. Dann ein leises durchdringendes Knurren.

Endlich. Schritte im Flur. Ihre Großmutter steckte den Kopf durch die Tür. »Alles in Ordnung, Erin?«

»Da sind Monster.« Sie deutete unter ihr Bett. »Ich höre sie.«

Der Blick ihrer Großmutter wurde weich. »Ich sehe mal nach.« Sie knipste ein Nachtlicht an, das den Raum nur spärlich erhellte. Vor dem Bett ging sie auf die Knie und sah darunter.

Die Geräusche verstummten. Schatten wanderten. Die Luft schien einen Moment lang zu vibrieren.

»Du solltest schlafen, Liebes. Ich versichere dir, da sind keine Monster unter deinem Bett.« Ihre Großmutter kam wieder hoch und richtete den Gürtel des hastig übergeworfenen Bademantels.

Die Schatten wurden länger, nahmen Konturen an.

»Nein ...« Erin klang atemlos und angsterfüllt. »... da verstecken sich keine Monster mehr unter meinem Bett.« Ihr Blick war ganz starr. »Jetzt stehen sie alle hinter dir.«

Erin, sechs Jahre alt

Erin hatte beschlossen, Dylan nicht zu mögen. Es war ihr egal, ob er wirklich nett war oder ob er sie nur besuchte, weil seine Eltern es so wollten.

Als es an der Tür klingelte, drückte sie den Rücken durch und blieb kerzengerade am Küchentisch sitzen. Das Geräusch von herannahenden Sohlen auf den Dielenfliesen ließ sie zusammenzucken. In der Tür erschienen erst ihre Grandma und dann ein kleiner Junge in kurzen Pfadfinder-Shorts.

»Erin, das ist Dylan.« Ihre Grandma strich dem Kleinen kurz übers Haar. »Er wollte fragen, ob du mit ihm ein bisschen im Garten spielen möchtest.«

Dylan nickte bekräftigend.

Sie warf einen Blick auf seine schmächtige Gestalt. Sein Haar war goldig-blond, und seine Haut schon sanft gebräunt von den ersten warmen Tagen des Sommers. Eigentlich sah er nett aus, doch sie lächelte immer noch nicht.

»Kommst du auch in die Erste?«, fragte Dylan. Sie sah ihn an, ohne sich zu rühren.

»Sollen wir rausgehen?«, fragt er dann.

»Ja, du und Erin werdet gemeinsam eingeschult«, antwortete ihre Großmutter. »Sie kommt gerne mit raus. Etwas frische Luft wird ihr guttun.«

*

Im Garten war es hell und bunt.

»Setzt euch doch ein bisschen ins Gras und lernt euch erst mal kennen«, sagte ihre Grandma. »Ich bringe euch Muffins und etwas zu trinken.«

Dylan ließ sich als Erster auf die Wiese plumpsen. Ungeduldig sah er zu Erin hoch.

Ihre Großmutter drückte aufmunternd ihren Arm, und schließlich gab sie nach. Sie ließ sich auf dem Gras nieder und winkelte die Knie an. Eine Ameise verirrte sich auf ihr rechtes Söckchen und lief ein paar Mal orientierungslos im Kreis, bis sie schließlich seitlich wieder herunterfiel.

»Deine Eltern sind tot«, sagte Dylan, kaum dass sie allein waren.

»Ja.«

»Wie ist das so?«

Erin griff in das Gras neben sich und riss ein Büschel aus. Sie drehte die Hand, sodass man sah, wie die abgerissenen grünen Halme zwischen ihrer geballten Faust hervorquollen.

»So«, sagte sie.

Erin, zwölf Jahre alt

Es war kurz vor Mitternacht, als sie die Augen aufschlug. Die warme Nachtluft des Spätsommers trug den Duft von Honig und blühendem Gras durch das weit geöffnete Fenster.

Wieso war sie plötzlich hellwach? Otiz knurrte, und Herald fauchte, doch keiner von beiden kam unter dem Bett hervor.

Irgendetwas stimmte hier nicht. Sie richtete sich in ihrem Bett auf und sah sich prüfend im Zimmer um.

Ein Schatten.

Er kauerte seitlich auf dem Fensterbrett wie ein großer dunkler Vogel. Sein Haar war so schwarz, dass es die Nacht um sich zu absorbieren schien und seine Augen reflektierten das Licht wie die eines Tieres, als ein Auto vorbeifuhr. Ein unheimliches, grünliches Funkeln, das erst verblasste, als er blinzelte.

Er drehte sich auf dem Fensterbrett, wandte sich ihr ganz zu und die Schatten wurden zu der Gestalt eines Jungen. Er konnte kaum älter als sie sein. Sein Blick ruhte auf ihr, neugierig, und dennoch konnte er das Lauernde darin nicht komplett verbergen. Als überlege er, ob er sich mit ihr unterhalten oder sie doch lieber fressen sollte.

Sie richtete sich noch mehr im Bett auf und zog die Decke höher. Sie hatte keine Angst, dennoch begann ihr Herz aus unerfindlichen Gründen schneller zu schlagen.

Pünktchen kam unter dem Bett hervorgeschossen, sprang auf die Decke und schob die Schnauze unter das Kopfkissen. Sie zitterte wie Espenlaub.

»*Ich bin Callahan. Wie heißt du?*« *Er legte den Kopf schief, und wieder war da etwas Tierhaftes in seinen Bewegungen.*

Sie nahm Pünktchen auf ihren Schoß und kraulte sie beruhigend hinter einem Ohr. »*Ich bin Erin.*«

»*Freut mich, Erin.*« *Er strich sich das lange Haar zurück, und sein Gesicht schien durch das Mondlicht so scharfkantig konturiert wie eine Tuschezeichnung. Sein Lächeln verlieh seinen Zügen etwas Weiches, und Erin versank einen Moment lang darin, bevor sie es erwiderte.*

Und erneut schlug ihr Herz ein klein wenig schneller.

Erin, vierzehn Jahre alt

Es war die Nacht vor ihrem 15. Geburtstag. Im Vorgarten blühten die ersten Bäume. Eine kleine Lampe tauchte ihr Zimmer in warmes Licht.

Seine Finger waren schlank, aber kräftig und so unendlich vertraut. Sie lagen nebeneinander auf ihrem Bett, hielten sich an den Händen und seine Wange ruhte an ihrer Schulter, während er ihr vorlas.

»Dämonen lieben Lyrik«, hatte er erklärt, als er das erste Mal ein Buch mitgebracht hatte. Seitdem war es zu einer Tradition geworden. Ovid, Percy Bysshe Shelley oder Matsuo Bashô, er liebte sie alle. Heute hatte er das Gesamtwerk eines dänischen Poeten namens Jens Peter Jacobsen dabei, der um 1850 gelebt hatte.

»... all die wachsenden Schatten
Verflossen zu einem allein,
Einsam am Himmel leuchtet
Ein Stern so strahlend rein;
Die Wolken sind schwer von Träumen und ...«

Sie sah hinauf, an die leicht vergilbte Zimmerdecke, während sie seiner angenehm melodischen Stimme lauschte. Unter dem Bett schnarchten Herald und Otiz in trauter Zweisamkeit. Pünktchen hatte sich auf dem Schreibtischstuhl zusammengerollt und gab hin und wieder ein leises Fiepen von sich.

Für einen kurzen Moment schloss sie die Augen. Genau so ... so sollte es sein. Er neben ihr, und seine Hand in ihrer.

13

Schließlich legte er das Buch auf den Nachttisch und drehte sich ihr zu.

»Erin ...« Er flüsterte ihren Namen wie ein Kosewort.

Er war nur sechs Monate älter als sie, und doch schien sein Gesicht die meisten kindlichen Konturen bereits abgeworfen zu haben. Als habe er sich wie eine Schmetterlingsraupe verpuppt und wäre als etwas Dunkles, etwas Gefährliches wieder aus dem Kokon hervorgebrochen.

Sie wusste, was er war, sie wusste, was er tat, und es war ihr egal.

Und in diesem Moment war da sowieso nur der eine Gedanke, der ihr ganzes Bewusstsein beherrschte. Sein 15. Geburtstag war ein halbes Jahr her und schon da hatte sie Schmetterlinge im Bauch gehabt. Um ehrlich zu sein ... sie hatte in letzter Zeit schon oft daran gedacht, ihn zu küssen. Jetzt wollte sie nicht mehr warten.

Sie sammelte ihren Mut und wandte sich ihm ganz zu. Das grüne Leuchten in seinen Augen verstärkte sich, dehnte sich aus und verschwamm wie Polarlichter am Nachthimmel. Sie strich ihm sanft durch das schwarze Haar, ließ die seidigen Strähnen durch ihre Finger gleiten. Dann berührten ihre Fingerspitzen seine Wange und wanderten hinab zu seinem Mund. Das zarte Kribbeln in ihrem Bauch wurde stärker, und ihr Herz machte einen kleinen Satz, als er mit seinen Lippen ganz kurz über ihre Fingerkuppe strich.

»Ich will dich küssen«, flüsterte er.

»Ich will dich auch küssen«, gab sie zurück. Ihr rasender Puls war wie ein wildes Crescendo in ihren Ohren.

Sein Blick wanderte kurz zu ihren Lippen und ihre Knie berührten sich, als sie beide die letzten Zentimeter überwanden.

Sein Mund war warm und weich, und obwohl ihre Freundin Rhonda sie gewarnt hatte, dass es »komisch und nass« werden könnte, fand sie es herrlich. Erst war es nur eine vorsichtige Berührung. Ihr Mund glitt zart über seinen, aber dann öffneten sich ihre Lippen wie von selbst. Ihre Zungenspitze berührte die seine, und ein dunkles Geräusch stieg in seiner Kehle hinauf. Sein leises Knurren vibrierte in ihrem Atem. Sie vertiefte den Kuss, wurde mutiger und ließ ihre Zunge in seinen Mund gleiten. Er passte sich ihren Bewegungen an, legte seine Hand in ihren Nacken und streichelte die zarte Haut dort.

Wie fliegen und fallen gleichzeitig, so fühlte es sich an. Sie lösten sich voneinander und schnappten beide nach Luft, als sie sich auf den Rücken drehten. Einen Moment lang atmeten sie beide schwer, den Blick starr auf die Zimmerdecke über ihnen gerichtet.

Ob er gewusst hatte, dass es so sein würde? Sie warf ihm einen kurzen Seitenblick zu. Nein, entschied sie, er wirkte genauso überwältigt.

Sie sah zurück an die Decke.

Die Kirchturmglocke verkündete Mitternacht.

Er beugte sich über sie und nahm ihr Gesicht in beide Hände. Sein Blick war voller Zuneigung und Sehnsucht, sein Kuss so federleicht, dass seine Lippen immer noch die ihren berührten, als er sprach.

»Happy Birthday, mein Herz.«

Es war das letzte Mal, dass er sie besuchte.

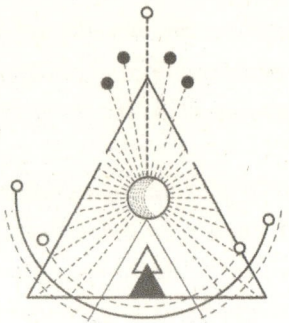

Kapitel 1

Cleveland, Ohio – Drei Jahre später

»Okay Leute, die Party ist vorbei.« Ich trat mit dem Pantoffel leicht vor den Bettpfosten. Die kleine Rachel auf meinem Arm schniefte leise.

»Raus hier.«

Unter dem Bett erklang ein Knurren. Rachel schlang ihre Arme fester um meinen Hals. Ich zückte meine ultimative Waffe. Die Puppe, die Rachel am wenigsten mochte. Wir hatten das ein paar Tage zuvor ausgiebig besprochen.

»Letzte Warnung.« Ich ließ die Puppe mit meiner freien Hand an einem Fuß hin und her baumeln.

Noch mehr Knurren.

Sie hatten es so gewollt...

»Ziehen wir es durch?«

Rachel hob den Kopf und nickte, obwohl ihre Unterlippe zitterte. Ich warf die Puppe unter das Bett.

Prompt ertönte ein wildes Potpourri aus Flügelschlagen, Fauchen und dem Scharren spitzer Krallen.

Rachel holte erschrocken Luft und drückte sich enger an mich.

Ein Mischwesen mit Papageienflügeln und Hundekopf kam unter dem Bett hervor und stellte drohend seinen Federkamm auf, obwohl es nicht viel größer war als ein Dackel. Ein schlangenartiges Geschöpf mit schneeweißem Fell fauchte und hüpfte dabei nervös auf und ab. Zuletzt erschien ein Wesen mit braunem Pelz und spitzen Ohren. Es stand auf zwei Beinen, und die Krallen an seinen Pranken schimmerten silbern.

Es handelte sich eindeutig um drei Dämonen der Kategorie Gamma, die von kleinen Kindern gerne als »Monster unter dem Bett« bezeichnet wurden.

Ich war erleichtert. Ich hätte in einem Kinderzimmer zwar nicht mit Dämonen der Kategorie Alpha, Beta oder Delta gerechnet, aber man konnte ja nie wissen, wer so alles unter einem Bett hauste.

»Keine Angst«, raunte ich Rachel also schnell zu, bevor ich mich an das Trio wandte. »Sehr beeindruckend, aber spart euch die Show für eure Dimension auf.«

Der braune Teddy legte skeptisch die Ohren an. Der Papageienhund gab ein Fiepen von sich, und die fellige Schlange wich zurück und sah mich an, als wolle ich sie fressen und nicht andersherum.

So war es immer. Die Dämonen der Kategorie Gamma waren selbst eher ängstlich. Sie wirkten nicht wirklich Furcht einflößend, sie sahen einfach nur aus wie ein fleischgewordener Kinderalbtraum. Ihr Jagdgebiet waren die Kinderzimmer der Menschenwelt. Interessanterweise waren Kinder nachts viel leichter zu erschrecken. Vermutlich, weil die so harmlos aussehenden Gamma im Tageslicht leicht mal mit einem Stofftier oder einer etwas gruseligen Handpuppe verwechselt werden konnten. Deshalb verbreiteten sie vorzugsweise nachts ordentlich Schrecken und sammelten dabei jede Menge menschliche Angst, die sie dann in ihre Dimension brachten. Sie konnten etwas hartnäckig und nervig sein, doch das Beste war: Sie waren territorial. Sie respektierten die Herrschaftsgebiete der Dämonen, die schon länger in der Gegend Angst sammelten. Und *das* war meine Waffe. Meine drei Mitbewohner waren die ältesten Gamma-Dämonen der Stadt. Ihre Vorherrschaft war unantastbar, und das war in meinem Job als Babysitterin ein riesengroßer Vorteil. *Meine* Kinder schliefen tatsächlich wie Babys, was mich zur beliebtesten Sitterin von Cleveland gemacht hatte.

Von Rachels ungeliebtem Spielzeug lugte nur noch ein Fuß halb unter dem Bett hervor, was vermutlich besser war, denn sie sah ziemlich mitgenommen aus. Herald hatte kräftig geniest und den violett schimmernden Schleim im Haar der Puppe verteilt, als ich Rachels Puppe mit zu mir nach Hause genommen hatte. Pünktchen war ausgiebig auf ihr herumgehüpft und hatte dabei extra viel Fell verloren. Otiz hatte nur kurz an einem Arm geknabbert und sich dann verschämt abgewendet. Meine drei Gamma hatten sie markiert und dort, wo »Babypuppe Maggie Fütterspaß« jetzt lag, war ihr Revier. Rachels Zimmer gehörte ab heute Herald, Pünktchen und Otiz.

Ich räusperte mich. »Jemand hier des Sprechens mächtig?«

Rachel hob die Hand.

»Nicht du, Schätzchen«, sagte ich, bevor ich jede der Kreaturen einmal streng von oben bis unten musterte.

Simultanes Kopfschütteln.

Ein Glück. Kein Gejammer, keine Diskussionen.

»Dann bitte.« Ich deutete auf die zwei weit geöffneten Fenster des Kinderzimmers.

Der Teddy schnaufte geschlagen, und die Fellschlange reckte beleidigt das Maul, als sie zur Seite glitt. Einzig der Papageienhund knurrte und bleckte seine Stummelzähne.

»Aus!«, rief Rachel. Dann deutete sie mit ihrem kleinen Zeigefinger in Richtung der Fenster. »Böser Hund!«

Die Bande gab noch mal Laute der Empörung von sich, bevor sie sich durch das Fenster in die Abenddämmerung stürzten. Allen voran der freche Dackel.

Wortlos hielt ich Rachel die Hand zum »High Five« hin, bevor ich sie auf dem Boden absetzte.

»Ich möchte mal einen Hund«, erklärte sie, während ich die Fenster schloss. »Daddy hat versprochen, ich bekomme einen, wenn ich eingeschult werde.«

Nun, um die Erziehung des Tieres machte ich mir keine Sorgen. »Wie schön, Schätzchen.« Ich ging vor ihr in die Hocke. »Weißt du auch noch, was du mir versprochen hast? Ich sorge dafür, dass du nie wieder Monsterbesuch bekommst, und dafür versprichst du mir, dass du Mommy und Daddy niemals erzählst, was du gerade gesehen hast.« Ich strich ihr eine wirre Strähne aus der Stirn. »Deal?«

Rachel nickte mit der ganzen Ernsthaftigkeit einer Vierjährigen. »Deal.«

*

Grandma saß in der Wohnküche vor ihrer Staffelei und malte Missy, die Katze der Nachbarskinder, die vor einer Woche von einem Lieferwagen überfahren worden war. Ein dampfender Becher Tee stand neben einem Glas mit Rotwein. Ich beantwortete noch schnell eine Nachricht von meinem besten Freund Dylan, bevor ich sie umarmte und ihr einen Kuss auf die Wange gab. Dann hob ich nacheinander beide Getränke hoch, um die seltsame Kombination ihrer Getränkewahl deutlich zu machen.

»Künstler!« Ich seufzte betont dramatisch.

Grandma lachte und fuhr sich mit der freien Hand durch ihr silbergraues Haar. »Wir können uns einfach nicht entscheiden.«

Sie mochte es, wenn man sie eine Künstlerin nannte, und ich tat ihr den Gefallen gerne.

Grandma hatte mit 15 Jahren eine Ausbildung zur Gesundheits- und Krankenpflegerin begonnen und war nach ihrem Abschluss diesem verantwortungsvollen und zugleich sehr anstrengenden Beruf treu geblieben. Sie war vor Kurzem 61 Jahre alt geworden, war seit 13 Jahren Stationsleitung der Orthopädischen Chirurgie im Henry-Ford–Krankenhaus und in ihrer Freizeit eine leidenschaftliche Hobby-Malerin. Ich ließ meinen Rucksack von der Schulter auf die Bank gleiten. Grandma beugte sich näher zu dem Foto am Rand der Staffelei, ein Bild von Missy in blühendem Gras, kniff die Augen zusammen und schien tatsächlich die Schnurrhaare zu zählen.

Ich schnappte mir ihren Tee. »Du brauchst doch nicht jedes einzelne Haar zählen. Der Barock ist lange vorbei.«

»Rembrandt hat heute seinen freien Abend, da muss ich das übernehmen.« Grandma besaß den trockensten Humor der Stadt, und gleichzeitig ging von ihr eine subtile Autorität aus, die selbst die baumlangen Basketballer der *Cleveland Pistons* beeindruckte. Und die Pistons waren oft Gast in der Orthopädie. Grandma nannte sie »die Jungs«, sie nickten brav und nannten sie »Ma'am«.

»Es ist ein Paket für dich angekommen.«

Ich folgte ihrem Blick. Vorfreude kribbelte in meinem Bauch, als ich den Schriftzug erkannte. Endlich! Ich stellte den Tee so achtlos zur Seite, dass das Gebräu gefährlich schwappte.

»Yay.« Ich stürzte mich auf den Karton. Das musste meine neue Action-Kamera sein, die mir freundlicherweise von meinem Sponsor *NeutroTec* kostenlos zur Verfügung gestellt wurde. Ich konnte es immer noch nicht fassen, dass ich jetzt einen Sponsor hatte! Genau so wenig, dass mein Instagram-Kanal »Erinnya« genau wie der gleichnamige Youtube-Channel zurzeit so durch die Decke gingen. Das war alles so unwirklich! Ich war doch nur ein Mädchen, das Dämonen malte und Fotos und Videos von verlassenen Häusern machte, das war doch nichts Besonderes. Und ich wurde nicht nur pro Video von meinem Sponsor bezahlt, mein Insta-Kanal hatte mir auch ein Kunst-Vollstipendium an der renommierten Yale-Universität eingebracht. Manchmal musste ich mich selbst noch kneifen, um all das zu glauben.

Ich ließ mich auf die Eckbank gleiten und riss unwirsch an dem Klebeband. Grandma schnalzte missbilligend, doch ich ignorierte sie. Endlich 5K-Videos und 20-Megapixel-Fotos plus Videostabilisierung mit integrierter Horizontausrichtung und Ultraweitwinkel, HDR-Zeitraffervideo bei Nacht und TimeWarp in Echtzeit und halber Geschwindigkeit. Wahnsinn! Was würde ich damit für grandiose Videos der Lost Places von Cleveland aufnehmen können. Ich drehte die mattschwarze Action-Cam in meinen Händen. Dieses Baby war fast zu schön, um es zu benutzen. Ich gab ein erneutes Seufzen von mir, dann sah ich zu Grandma hoch.

»Was machen die drei Rabauken?« Ich legte die Kamera vorsichtig auf dem Tisch ab und nippte erneut an dem Tee.

»Alles ruhig.« Grandma war eine zutiefst gläubige Frau. Sie war sehr aktiv in der Gemeinde und pflegte eine gute Beziehung zu dem Reverend. Es war ihr schwergefallen, die Tatsache zu akzeptieren, dass ihre Enkelin an jeder Ecke irgendwelche übernatürliche Wesen sah, die wirkten, als wären sie aus der Hölle entsprungen – zumal sie sie nicht sehen konnte. Doch die Dämonen gehörten zu mir, und irgendwann hatte sie sich damit abgefunden. Neben meiner Leidenschaft für Fotografie und Film zeichnete ich auch gerne und hatte Grandma ein paar Skizzen der Dämonen, die ich sah, zeigen wollen. Doch das lehnte sie meistens ab.

Grandma legte fragend den Kopf schief. »Wie war's bei den Wilsons?« Sie machte sich Sorgen, dass ich zu viel arbeitete, das wusste ich. Und ich entnahm ihrer missbilligend gerunzelten Stirn, dass sie damit nicht einverstanden war.

»Alles gut.« *Ich habe mit der Hilfe meiner drei dämonischen Mitbewohner ein paar fauchende Gamma vertrieben, aber sonst war alles ruhig.*

»Hast du Hunger?« Grandma warf den Pinsel in ein Glas mit Wasser, ließ sich von ihrem Hocker gleiten und schlüpfte in ihre neongrünen Crocs. Sie strich ihr Shirt glatt und sah mich dann erwartungsvoll an.

Ich stellte meine Tasse ab und unterdrückte ein Gähnen.

»Danke, das ist lieb, aber ich verschwinde gleich ins Bett. Morgen früh treffen wir uns in der Bib für das Trimesterprojekt, da muss ich ausgeruht sein.«

Schon wieder dieses Stirnrunzeln. »An einem Samstag?«

»Wir sind eben alle Nerds.«

Grandma nickte wissen. »Soll ich dich wecken?«

Ich erhob mich und schnappte mir meinen Rucksack, dann gähnte ich erneut. »Danke, ist nicht nötig.«

»Schlaf gut, mein Kind.« Sie umarmte mich.

»Du auch später.« Sie war schlank und drahtig und kein bisschen wie die Omis in den Filmen. Sie fluchte, wenn sie kochte, sie sang laut beim Autofahren, und wenn sie eins ihrer Bilder verkauft hatte, rauchte sie eine Havanna. Sie hatte mir Nähen und Reifenwechseln beigebracht, mir erklärt, wie das mit den Jungs so lief und wie man in der Wildnis ein Lagerfeuer machte. Dank ihr konnte ich einen gebrochenen Arm schienen, einen messerscharfen Lidstrich ziehen und in drei längst ausgestorbenen Sprachen jemanden als »dämlichen Hornochsen« beschimpfen.

Ich versank einen Moment in ihrem Duft. »Joy« von *Jean Patou*, den sie trug, seit Grandpa ihr die erste Flasche geschenkt hatte.

Mit der zarten Erinnerung an blühende Rosen und weißem Jasmin in der Nase stieg ich die Treppe hinauf. Jede Stufe ächzte und stöhnte, als würde das Haus gleich auseinanderbrechen. Grandma nannte es liebevoll »unseren großen alten Kasten«. Ich hatte dem nichts hinzuzufügen.

Kaum, dass ich mein Zimmer betreten hatte, erklang ein freudiges Fiepen unter dem Bett. Ich schaffte es gerade noch, die Tür hinter mir zuzuschieben, da schossen drei Schatten hervor.

Ich besaß die Fähigkeit, die Noctua zu sehen. Die Monster, Dämonen, Hybridwesen, die krallenbewehrten Ungeheuer, die von unserer Angst lebten.

»Hallo Leute.« Ich ließ meinen Rucksack neben den

23

Schreibtisch auf den Boden sinken, während drei Noctua der Kategorie Gamma unter meinem Bett hervorkamen. Sie waren so was wie meine Mitbewohner und ich freute mich, sie zu sehen, denn tagsüber verschwanden sie oft in ihr Kartell in ihrer eigenen Dimension, bevor sie am Abend zu mir zurückkehrten. Wir hatten Glück, denn die Zeitzonen der USA und ihrer Dimension, der Obskuris, verliefen parallel. War es hier in Cleveland Tag, dann war es auch in Obskuris Tag. Würde ich zum Beispiel in Australien wohnen, dann wäre bei ihnen Nacht, während bei mir Tag war.

Im nächsten Moment hatte Pünktchen sich auf meine linke Schulter katapultiert, während ich ein paar Zeichenblöcke und Bleistifte auf meinem Schreibtisch zur Seite schob.

Sie sah aus wie ein Wüstenfuchs in Miniausgabe. Spitze Schnauze, übergroße Ohren, ein buschiger Schwanz. Ihr violettfarbenes Fell war über und über mit schwarzen Punkten übersät, deshalb der Name. Den sie sich übrigens selbst gegeben hatte. Sie fiepte an meinem Ohr, dann wisperte sie: »Endlich bist du wieder da. Ich habe die ganze Zeit auf dich gewartet. Mir war so langweilig! Kannst du …«

Das, was diese kleine Gamma zu viel redete, redete Herald zu wenig. Er war eher der Typ »großer schweigsamer Tintenfisch«.

»Guten Abend«, brummte er und nickte mir kurz zu. Er reichte mir knapp bis zur Hüfte, und dank seines gallertartigen Körpers passte er in jeden noch so kleinen Bettkasten.

»Hi«, sagte ich, während ich Pünktchen kraulte und mir gleichzeitig die Sneakers von den Füßen schob.

Mein Blick glitt zu Otiz. Er sprach nicht. Auch er schenkte mir ein Nicken und sah dann wie immer leicht unbehaglich auf den Boden. Aber so war er nun mal. Otiz sah am furchterregendsten aus, war aber der Stillste der drei Gamma. Wobei »furchterregend« eine Übertreibung war. Alle Dämonen der Kategorie Gamma sahen ziemlich genau so aus, wie Kinder sich Monster vorstellten, die unter ihren Betten lebten. Für mich als Erwachsene sahen sie aus wie etwas, das aus einem Spielzeuggeschäft entkommen war.

Otiz besaß die seltene Fähigkeit, seinen Körper schrumpfen zu lassen, wenn er sich versteckte. Seine Gestalt ähnelte einer knapp 1.80 Meter großen Hyäne, die auf zwei Beinen ging. Dafür besaß er aber die freundlichen, kugelrunden Augen eines Kuscheltiers und strahlend weiße Zähne, die jedem Zahnarzt Freudentränen in die Augen getrieben hätten.

Herald verschränkte zwei Tentakeln vor seinem länglichen Körper. »Alles gut gelaufen?« Wie immer, wenn er angespannt war, jagte ein heller Schimmer über seine durchscheinend dunkelgrüne Haut.

Ich setzte Pünktchen auf dem Boden ab und riss am Reißverschluss meines Hoodies.

»Alles gut.« Ich warf den Hoodie auf meinen Schreibtischstuhl. Alle drei Noctua musterten mich. Ungeduldig, und als warteten sie auf etwas. Ich wusste, woher der Wind wehte. Am Wochenende waren sie immer besonders aufgeregt. Jeden Sonntagabend sah ich mir einen Horrorfilm an. Das war Tradition. Da meine Fantasie und Vorstellungskraft sehr ausgeprägt waren, war ich das perfekte Opfer. Und obwohl ich fast 18 Jahre alt war, fürchtete ich mich in Filmen immer noch, wenn Schatten samt gruseliger Musikuntermalung um die Wände strichen.

Meine Angst reichte natürlich nicht für alle drei Noctua. Aber Herald war schon im Ruhestand und musste offiziell keine menschliche Angst mehr für sein Kartell sammeln, und für

Otiz war sie Ausbeute genug. Pünktchen nahm ich oft während meiner Urban Explorer-Missionen in verlassene Häuser oder stillgelegte Fabrikhallen mit. Die Angst, die mich dort beim Filmen oder Fotografieren gelegentlich überkam, war für sie die perfekte Dosis. Meine zwei noch aktiven Dämonen lieferten also ihren Soll an Angst in ihrem Kartell ab und würden deshalb keine Probleme bekommen. Und außerdem standen sie alle total auf Gruselstreifen, ganz im Gegensatz zu mir. Wir kannten uns nun, seit ich nach dem Tod von Mom und Dad zu Grandma und Grandpa gezogen waren. Das war inzwischen eine halbe Ewigkeit her. In meiner ersten Nacht hatten sie sich bemerkbar gemacht, und ich hatte gedacht, dass es die gleichen Dämonen wie unter meinen Kinderbettchen in meinem Zuhause gewesen waren. Sie hatten mir einen ziemlichen Schrecken eingejagt. Doch dann hatten wir uns angefreundet, und seitdem verbrachten sie die meiste Zeit bei mir und waren Freunde geworden.

»Wollt ihr schon mal einen Film für morgen aussuchen?« Ich deutete auf mein Tablet, das auf der Tagesdecke lag. »Ich gehe eben duschen und bin in zehn Minuten wieder da.«

Pünktchen fiepte begeistert auf, Herald glitt auf vier Tentakeln blitzschnell zum Bett.

Mit einem Lachen drehte ich mich um, während hinter mir das übliche Gerangel um das Tablet begann.

*

Ich schlug die Augen auf. Mein Herz raste. Mit fahrigen Fingern strich ich mir über den feuchten Haaransatz. Ich hatte tief und traumlos geschlafen. Oder?

Mein Blick glitt zu meinem Nachttisch, wo ich die drei zerknüllten Zehner von dem Babysitter-Job bei Rachel hingeworfen hatte. Es war definitiv nicht der schlechteste Nebenverdienst. Und da ich die einzige Siebzehnjährige war, die die Dämonen oder die *Noctua*, wie sie sich selbst nannten, sehen konnte, war ich völlig konkurrenzlos.

Ich drehte mich auf die andere Seite und betrachtete die hellen Streifen Mondlicht auf dem Holzboden.

Ein Schatten, ein Rascheln, der Geruch von brennendem Gestein.

Ich hob den Kopf. Jemand hatte gerade mein halb geöffnetes Fenster nach oben geschoben. Ich fuhr im Bett hoch und war mit einem Schlag hellwach.

Er sitzt auf meinem Fensterbrett.

Nein. Das konnte nicht sein. Es war ein Trugbild, ganz gewiss. Ein Traum, eine Erinnerung, ein Schatten aus der Vergangenheit.

Plötzlich schien mein ganzer Körper unter Strom zu stehen.

»Erin.« Er flüsterte meinen Namen, so, wie er es Hunderte Male zuvor getan hatte. Im nächsten Moment stand er in meinem Zimmer.

Ich träume. Ich träume immer noch.

Er hatte sich verändert. Der schlaksige Junge war verschwunden. Im schemenhaften Licht machte ich lange Beine und breite Schultern aus. Das Muskelspiel an seinem Arm glich dem eines trainierten Kämpfers. Sein schwarzes Haar trug er an den Seiten kurz, die längeren Strähnen am Oberkopf glatt nach hinten frisiert.

Er ist wieder da.

Callahan Kymragh vom Kartell der Onyx, Kategorie Alpha-Dämon und Kopfgeldjäger. Cal, der Lyrik liebte und Jelly Beans und der so viele Nächte neben mir geschlafen hatte.

Ich glaube, mein Herz hat sich gerade auf die Größe eines Kirschkerns zusammengezogen.

»Verschwinde.«

Ich sah den Schock in seinem Gesicht. »Erin, lass mich …«
Er machte zwei Schritte auf mich zu.

»Nein«, unterbrach ich ihn unwirsch. »Ich will nichts hören.«

Er zuckte bei meinen Worten zusammen und blieb abrupt stehen.

»Drei Jahre, Cal«, sagte ich. »Drei lange Jahre.«

Passierte das hier wirklich? Konnte ich meinen eigenen Augen trauen?

»Ich weiß«, flüsterte er. »Das weiß ich.«

»Du weißt *gar* nichts.« Jetzt wurde mein Tonfall scharf. »Drei Jahre ohne ein Wort, ohne ein Lebenszeichen von dir. Ich habe gedacht, du wärst tot!« Ich schleuderte ihm die Worte entgegen. »Ich bin verrückt geworden vor Sorge!«

»Erin, ich …« Er schien sichtlich bemüht, seine Gesichtszüge zu kontrollieren. Zuerst war da Bedauern, Schuld, aber dann … lächelte er. »Jetzt bin ich wieder da.«

Meinte er das ernst?

Er kam noch etwas näher. »Es geht mir gut.«

»Verschwinde, sofort.«

»Jetzt komm schon.« *Er schien es nicht glauben zu können, dass ich ihn rauswarf.* »Echt jetzt?«

»Raus hier!« Ich benutzte meinen besten Befehlston.

Cal zuckte tatsächlich zurück.

Unter meinem Bett hörte ich die anderen vor Angst fiepen.

»Alles gut«, rief ich, obwohl das nicht stimmte.

Gar nichts ist gut.

Er war wirklich wieder hier. Der Schmerz war mit voller Wucht zurück. Und auch die unbändige Wut.

Meine Worte waren nur noch ein Flüstern. »Ich will dich nicht sehen, Cal.«

Einen ewigen Moment lang war da nichts als Stille, dann drehte er sich wortlos um, und im nächsten Moment war sein schwarzer Schatten in der Nacht verschwunden.

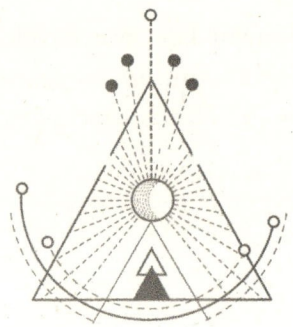

Kapitel 2

»Ist sie tot? Stups sie mal an.«

Valerys Stimme hatte mich längst geweckt, dennoch zuckte ich zusammen, als Jinjin mir eine Hand an die Schulter legte. Wie zu erwarten war meine Nacht wenig erholsam gewesen. Aber nach dem spontanen Besuch eines seit drei Jahren spurlos verschwundenen Freundes hätte wohl jeder schlecht geschlafen.

Ich blinzelte gegen die Sonne an, die durch die hohen Fenster der Schulbibliothek fiel. »Sag mal, bist du noch mal blonder geworden, Jin?«

Wie zur Bekräftigung strich Jinjin sich durch den kinnlangen Bob. »Jinjin heißt schließlich ›die Goldene‹. Ich bin es meinem Namen schuldig, so auszusehen.« Was sie ihrem malträtierten Haar so alles schuldig blieb, war hier die Frage. Sie verdankte es allein ihrem superteuren Bio-Shampoo mit jeder Menge Arganöl, dass sie nicht permanent aussah wie eine Katze mit gesträubtem Fell.

Valery schob meine Müdigkeit wohl auf meinen Babysitter-Job von gestern. Sie sah mich mitfühlend an, während sie ein paar Blätter in ihrem DIN-A4-Ordner abheftete. »Und was ist dein Plan für heute?«

Ich seufzte und versuchte erneut, die Müdigkeit in mir zu vertreiben. Mein Blick glitt an Valery vorbei in die Bibliothek. Trotz unseres Platzes ziemlich abseits des Trubels war meine Welt voller Noctua, also jenen Monstern und Wesen, die man sonst nur aus Horror- oder Fantasyfilmen kannte. Auf einem Bücherregal in der Nähe des Schreibtischs der Bibliothekarin lauerte ein getigertes Wesen mit durchsichtigen Flügeln und spitzen Zähnen. Trotz seiner beeindruckenden Größe schwankte das Regal nicht, als es sich über seine Pfote leckte. Neben einem Mitschüler, der offenbar in letzter Minute ein Projekt für Montag fertigstellte, kauerte ein knapp 1.70 Meter großer dunkelgrüner Flughund mit dem Kopf einer blonden Frau. Sie strich ihm mit ihren Krallen durchs Haar, und es war offensichtlich, dass sie seine Angst absorbierte. Ein junger Typ, bekleidet in weiten Reithosen, Stiefeln und Lederhemd schien am Eingang der Bibliothek Wache zu halten und strich dabei hin und wieder seinem Reittier, einem zwei Meter großen Luchs mit dunkelroten Streifen und weißen Flügeln, sanft über den Kopf. Als sein Blick in meine Richtung glitt, tat ich schnell so, als könne ich ihn nicht sehen.

»Erin?« Valerys Stimme ließ mich den Kopf zu ihr drehen. »Sorry. Babysitten bei den Hendersons und vorher noch ein wenig Videos schneiden.«

»Hast du nicht gestern erst gearbeitet?«

Ich zuckte die Schultern. »Ja, und?«

Jinjin lehnte sich zu Valery. »Sie plant die Weltherrschaft, dafür braucht man Kapital.«

Die beiden kicherten, ich schüttelte bloß den Kopf.

Doch Valery ließ nicht locker. »Ist dein Equipment so teuer? Du hast doch mittlerweile einen Sponsor, oder? War das nicht NeutroTec?«

»Erstens nein, zweitens ja und drittens …« Ich sprach nicht gerne darüber, aber ich wollte Valery auch nicht vor den Kopf stoßen. »Grandma malt doch so gerne. Ich will mit dem Geld eins der Zimmer bei uns renovieren und ihr ein Atelier einrichten, bevor ich nach Connecticut ziehe.«

Jinjin legte sich eine Hand auf ihr Herz. »Das ist so süß.«

Valery nickte und formte mit ihren Händen wie zur Bestätigung ein Herzchen.

Verlegen sah ich auf die Tischplatte.

Jinjin blinzelte und ließ endlich von ihrem Haar ab. »Zu dumm, dass ich eine weiße Weste brauche. Sonst wäre ich bei einem deiner Explorer-Trips mal mitgekommen. Aber bei meinem Glück erwischen mich die Cops, und das wars dann mit der Karriere.« Sie grinste. »Bei dir, als angehende Star-Fotografin, ist das im Lebenslauf vermutlich sogar cool.«

Ich gab ein unbestimmtes Brummen von mir. »Erzähl das mal meiner Grandma.« Klar, ich würde nicht wie Jinjin an der ehrwürdigen »Harvard Law School« Jura studieren und eine spitzzüngige Anwältin werden, aber Grandma war trotzdem nicht begeistert gewesen, als ich einmal von dem Sicherheitsdienst auf einem Fabrikgelände entdeckt worden war. Sie hatten Grandma angerufen, es aber bei der Androhung einer Anzeige belassen. Trotzdem bekam ich zwei Monate

Stubenarrest. Mit sechzehn! Die Schmach, zu Hause zu sitzen wie ein Kleinkind, war fast noch schlimmer gewesen als der verletzte Stolz, erwischt worden zu sein.

In diesem Moment tauchte Rhonda zwischen den Regalreihen auf, schwer bepackt mit drei dicken Wälzern. Auch sie lächelte mir zu, doch anders als bei den anderen fand ich in ihrem Blick keine Neugier, sondern nur Mitgefühl. Rhonda und Jinjin waren neben Dylan die Einzigen, denen ich von Cal erzählt hatte. Meine Grandma wusste zwar von all den dämonischen Kreaturen, die ich tagtäglich sah, aber Cal war immer mein Geheimnis geblieben. Vermutlich auch, weil ich mir von Anfang an sehr sicher gewesen war, dass sie es niemals gestattet hätte, dass ein fremder Junge, Dämon oder menschlich, ständig bei mir übernachtete. Ob sie mir glauben würde, dass wir über den einen, den ersten und zugleich letzten Kuss, niemals hinausgekommen waren?

Jedenfalls hatte ich Rhonda gestern Nacht noch getextet. Und obwohl es mitten in der Nacht gewesen war, hatte sie mich sofort angerufen. Ich war unendlich dankbar dafür, denn nachdem Cal verschwunden war, war ich aufgelöster, als ich zugeben wollte. Es hatte gutgetan, mit ihr darüber zu sprechen, und Rhonda hatte mich schließlich beruhigen können. Natürlich hatten wir auch spekuliert, warum er plötzlich wieder da war und was er in der Zwischenzeit so getrieben hatte.

Mein bester Freund Dylan war meine Mitte, mein Ruhepol, mein Anker, aber Rhonda war meine Seele. So wie Cal mein Herz gewesen war. Rhonda und ich standen uns so nah wie Schwestern, und wir teilten jedes Geheimnis. Mit Jinjin verband mich eine enge Freundschaft und auch sie wusste, dass ich die Noctua sehen konnte.

Und Valery mochte ich sehr, aber sie war nicht eingeweiht.

33

Sie war mit ihren Eltern erst in der zehnten Klasse hierhergezogen, und wir waren uns sofort sympathisch gewesen. Doch die Vertrauensbasis der anderen, mit denen ich praktisch aufgewachsen war, hatten wir nie erreicht.

Gerade ließ Rhonda die drei Bücher in die Mitte unseres Tisches gleiten, bevor sie neben mir Platz nahm. Jinjin und Valery stöhnten simultan auf.

Jinjin ließ den Kopf auf den Tisch sinken. »Es gibt da diesen Comicbuchladen, und er ruft schon seit zwei Stunden meinen Namen.« Sie hob den Kopf. »Ich gebe euch einen Froyo aus, wenn ihr mich begleitet.«

»Super Plan«, erwiderte Valery. »Aber anders als du müssen wir uns eine Seite nicht *nur durchlesen*, um sie danach auswendig rezitieren zu können, Einstein.« Sie lächelte schief und es war klar, dass ihre Worte nicht böse gemeint waren. »Es gibt da etwas, das wir Normalsterbliche machen, und das heißt *lernen*. Sie rahmte das letzte Wort in imaginäre Anführungszeichen. »Ich weiß, das sagt dir nichts, aber für uns gehört das einfach dazu. Und so schlimm ist es auch eigentlich gar nicht.« Sie seufzte. »Aber du hast recht. Mein Kopf raucht schon. Sollen wir nicht Schluss machen? Ich habe leichte Kopfschmerzen, und mein Hals kratzt. Hoffentlich werde ich nicht krank.«

»Dann solltest du dich ausruhen«, erwiderte Rhonda. »Geh ruhig, wir machen nur kurz was fertig und verschwinden dann auch, oder?« Sie sah fragend zu Jinjin und mir.

Ich nickte. »Gönne dir etwas Ruhe. Wir machen auch gleich Schluss.«

»Bin ganz eurer Meinung.« Jinjin lächelte Valery an. »Sieh zu, dass du Land gewinnst, und lass dich zu Hause etwas bemuttern.«

»Danke euch.« Valery begann gerade ihre Sachen zu packen,

als eine große Gestalt an unserem Tisch auftauchte. »Hallo Ladies.« Unser Klassenkamerad Jamie war auf eine märchenprinzhafte Weise schön. Sanft gelocktes dunkelblondes Haar, strahlend blaue Augen, 1.90 Meter Körpergröße verteilt auf sportliche Anmut, garniert mit einem liebenswerten Wesen und jeder Menge Charme.

Und Jinjin war seit Beginn der High-School total verknallt in ihn.

»Hi Jamie«, sagten Valery und ich gleichzeitig. Rhonda nickte ihm lächelnd zu, Jinjin erstarrte und fixierte verlegen ihre Unterlagen. Ich ahnte sofort, dass Jamies Auftauchen kein Zufall war, auch wenn er jetzt so tat. Unser Tisch war der letzte und lag ganz hinten in der Bibliothek bei den Büchern über Geographie. Hier verirrte sich niemand nur aus Zufall hin, weshalb er mein Lieblingstisch war. Wir waren hier ungestört. *Eigentlich.*

»Was steht bei euch heute noch an?«, fragte Jamie mit seiner angenehm tiefen Stimme und sah dabei eigentlich nur Jinjin an.

Rhonda und ich hatten seit der zehnten Klasse eine Wette laufen, dass Jamie genau so sehr auf Jinjin stand, wie sie auf ihn, die beiden es nur einfach nicht schafften, zusammenzukommen, weil niemand den ersten Schritt machte. Denn obwohl Jamie einer der beliebtesten Schüler der Schule war, Kapitän des Lacrosse-Teams, Vorsitzender der Politik-AG und unser Stufensprecher, war er kein bisschen eingebildet. Im Gegenteil, kannte man ihn besser, wusste man, dass er ein nachdenklicher Typ war, dem die Aufmerksamkeit, die ihm tagtäglich zuteilwurde, gar nicht so wichtig zu sein schien.

»Wir arbeiten noch an unserem Projekt«, erwiderte Rhonda.

35

»Jinjin möchte uns zu einem Trip in den Comicbuchladen überreden«, erzählte Valery mit einem Grinsen.

Jinjin zuckte bei ihren Worten zusammen und murmelte dann: »Das war nur eine Idee …«

»Cool, da wollte ich auch ewig mal wieder hin.« Wieder wanderte Jamies Blick zu Jinjin. Kaum, dass er wegsah, knuffte ich sie auffordernd in die Seite. Das war doch jetzt *die* Gelegenheit, sich mit ihm zu verabreden. Wir anderen könnten so tun, als hätten wir plötzlich doch keine Zeit, und die beiden könnten zusammen einen Trip dorthin machen. Das war vertrautes Terrain für Jinjin und das Thema Comics etwas, bei dem sie sich wohlfühlte, und über das sie stundenlang reden konnte. Besser könnte es doch gar nicht sein!

»Mir fällt gerade ein, dass ich gleich noch etwas für meine Mutter erledigen muss«, sagte Jinjin.

Es war doch nicht zu glauben. Wir Mädels schienen alle simultan innerlich aufzustöhnen, wenn man den Blicken nach ging, die wir uns zuwarfen.

Jamie schien die komische Stimmung zu spüren, denn er trat sofort den Rückzug an. »Okay, schade.« Er warf Jinjin einen letzten prüfenden Blick zu, dem sie konsequent auswich. »Dann noch viel Erfolg für das Projekt.« Er strich sich eine verirrte Strähne aus der Stirn. »Ich muss dann auch mal los. Man sieht sich.«

Und weg war er.

Wir alle sahen Jinjin fassungslos an. Sie wurde auf ihrem Stuhl immer kleiner.

»Ich verstehe das mit euch beiden echt nicht.« Valery raffte auch noch den Rest ihrer Sachen zusammen und erhob sich dann mit einem Arm voller Unterlagen. »Jetzt hat er doch den Anfang gemacht, und du hast wieder abgeblockt.« Sie schüttelte den Kopf. »So wird das echt nie was, und es ist so schade, weil ich glaube, ihr beide passt echt gut zusammen. Wie dem auch sei.« Valery schafft es, irgendwie auf ihre Smartwatch an ihrem Handgelenk zu gucken, obwohl sie so schwer beladen war. »Ich werde mal los. Wenn ich mich ein wenig beeile, schaffe ich noch den Bus um Viertel vor. Wir sehen uns. Macht's gut, Mädels!«

Wir verabschiedeten uns von ihr und wünschten ihr noch mal gute Besserung, bevor Rhonda und ich uns zu Jinjin drehten.

»Das war echt eine Steilvorlage«, sagte Rhonda, doch ihre Stimme klang nicht so vorwurfsvoll wie die von Valery. »Warum bist du nicht darauf eingegangen?«

»Keine Ahnung«, murmelte Jinjin. Sie verschränkte die Arme vor der Brust, und ihr Blick glitt an uns vorbei. »Irgendwie war mein Kopf plötzlich wie mit Watte gefüllt, ich konnte keinen einzigen klaren Gedanken mehr fassen, und ich hatte Angst, irgendetwas Dummes zu sagen.«

»Aber er war doch auch nervös«, erwiderte ich. »Das hat man doch gesehen. Und bei ersten Treffen sagt man auch immer etwas Dummes und denkt, der andere habe es gemerkt, aber man bildete sich alles nur ein. Wenn du ihn wirklich kennenlernen willst, dann musst du dich ein wenig beeilen. Die Schulzeit ist fast vorbei, und wer weiß, wohin ihn sein Weg führt.«

»Er geht auch nach Harvard«, murmelte Jinjin.

»Was?« Rhonda schoss in ihrem Stuhl hoch, als habe sie eine Sprungfeder im Rücken. »Aber das ist ja noch viel besser! Dann müsst ihr keine Fernbeziehung führen, wenn ihr euch verliebt.«

»Ja klar«, murmelte Jinjin. »Und der Harvard-Campus ist voller toller Mädchen, die zudem auch noch mega schlau sind.«

»Ja, und?«, erwiderte ich. »Du bist auch ein tolles Mädchen, das mega schlau ist. Und er steht total auf dich. Du brauchst ihm praktisch nur deine Hand zu reichen, und ihr könntet gemeinsam in den Sonnenuntergang reiten. Versuche es doch wenigstens mal.«

»Ich kann gar nicht reiten«, brummte Jinjin.

»Du weißt genau, wie ich das meine, und-«

»Ehrlich gesagt, könnten wir jetzt auch mal über dich reden«, unterbrach mich Jinjin. »Immerhin hast *du* die brisanteren Neuigkeiten vorzuweisen. Jamie und ich schleichen schon so lange umeinander rum. Das, was dir passiert ist, ist doch wesentlich spannender. Ich meine, Cal ist wieder da. Das ist doch absolut krass.«

Jinjin hatte geschickt das Thema gewechselt, das musste ich ihr lassen. Und als der Name Cal fiel, war ich es, die plötzlich nervös wurde. Natürlich hatte ich meine Freundinnen bereits eingeweiht, doch alle Details seines Besuchs kannten sie noch nicht. Da ich wusste, dass wir in unserer Ecke ungestört waren, gab ich ihnen noch mal eine Kurzfassung.

»Ich fand das ja damals schon so krass«, sagte Rhonda. »Dass es echt eine eigene Dimension gibt, in der sie leben. Das es quasi eine Parallelwelt gibt, die neben unserer existiert und die sich so krass von unserer Erde unterscheidet. Wenn das publik würde, wäre das eine Riesensensation.«

»Ich vertraue da auf euer Stillschweigen«, sagte ich eindringlich, und meine Stimme war automatisch etwas leiser geworden. »Obskuris und die Noctua müssen ein Geheimnis bleiben.«

»Und er war wirklich drei Jahre lang komplett verschwunden?« Ich zuckte mit den Schulter. »Sonst hätte ich euch garantiert davon erzählt.«

»Wahnsinn.« Jinjin lehnte sich wieder in ihrem Stuhl zurück. »Das ist echt so unglaublich. Jetzt ist er plötzlich wieder da, wie aus dem Nichts. Findet ihr das nicht auch seltsam?«

Rhonda und ich nickten beide. Ich wollte Cal natürlich glauben, doch sein Auftauchen hatte mich gewaltig durcheinandergebracht.

»Er ist ein sogenannter Alpha, richtig?«, wollte Jinjin wissen. »Ich fürchte, ich brauch eine kleine Auffrischung, was das alles angeht. Deine drei Mitbewohner sind Gamma. Also stehen sie in ihrem Rang unter ihm, wenn ich das richtig behalten habe. Und was waren noch mal die anderen zwei Kategorien? Und warum nennst du sie manchmal Dämonen? Sie haben doch eigentlich alle Namen.«

»Sie nennen sich selbst Noctua. Bei den menschlichen Begriffen, die sie beschreiben, kommt der Begriff Dämon ihnen am nächsten, auch wenn sie ihn nicht besonders mögen.«

Ich griff nach einem meiner Skizzenbücher und schlug es auf. Dort drinnen hatte ich Zeichnungen zu allen Kategorien. »Und du hast recht. Cal ist ein Alpha. Sie sind die Anführer von Obskuris, und die meisten von ihnen haben ganz normale Berufe wie Handwerker oder so und sammeln zusätzlich Angst, wenn sie auf der Erde patrouillieren. Aber eigentlich sind sie hauptsächlich auf der Erde unterwegs, um zu kontrollieren, dass die Beta und Gamma sich benehmen. Sie sehen aus wie Menschen, außer, dass sie kleine besondere Attribute haben. Zum Beispiel Fangzähne, Kiemen am Hals oder exotische Augenfarben. Sie sind die einzige Kategorie, die sich für die Menschen sichtbar machen können. Und wenn sie sich unserer Mode entsprechend kleiden, würden sie alle als Menschen durchgehen, wenn man nicht zu genau hinsieht.« Ich zeigte ihnen Bilder von Cal, die ich gemalt hatte, nachdem er verschwunden war. »Natürlich sieht er jetzt älter aus, aber wie ihr seht, sieht er aus wie wir.«

Jinjin biss sich auf die Unterlippe. »Und er ist echt hübsch. Sieht er jetzt immer noch genauso gut aus?«

Ich nickte schnell und blätterte dann hastig weiter. Ich wollte mir jetzt nicht überlegen, wie attraktiv Cal geworden war. »Das sind Beta. Sie stehen einen Rang unter den Alpha in der Hierarchie der Noctua. Die Beta sind immer Mischwesen aus Mensch und Tier.« Ich deutete auf eine Zeichnung von einem Wesen, das den Körper eines Skorpions hatte und den Oberkörper eines Mannes. Die nächste Zeichnung zeigte eine Frau, die den Kopf einer Schlange besaß. »Sie sind die einzige Kategorie Monster, die sich unsichtbar machen können, was echt unheimlich ist. Die können durch Wände gehen und so. Cal sagt, so können sie besonders schnell zu einem Menschen gelangen, der gerade Angst hat.«

»Wie unheimlich.« Rhonda wich ein Stückchen zurück. »Die sehen ja schon echt gruselig aus. An diesem Punkt sollte man froh sein, dass der Großteil der Menschheit die Noctua nicht sehen kann.« Sie rieb sich unbehaglich über die Arme. »Ich möchte mir lieber nicht vorstellen, was sie so alles mitkriegen und beobachten.«

»Da stimme ich dir voll und ganz zu«, sagte Jinjin. Sie deutete auf die Frau mit dem Schlangenkopf. »Obwohl die ein bisschen aussieht wie eine Göttin.«

Ich nickte. »Das stimmt. Viele Götter des alten Ägypten zum Beispiel sehen eigentlich aus wie Beta. Deshalb habe ich ja die Theorie, dass es schon vor mir Menschen gab, die die Noctua sehen konnten.«

»Das ist zu cool«, murmelte Jinjin, während ich weiter durch meinen Skizzenblock blätterte. »Und das sind die Gamma.« Ich deutete auf diverse Zeichnungen, die ich von Pünktchen, Herald und Otiz angefertigt hatte. Dann folgten Zeichnungen von einigen Gamma, die mir in Kinderzimmern begegnet waren. »Sie sind die dritte Kategorie der Noctua, und ihre Aufgabe ist es, Menschenkinder zu erschrecken. Für uns Erwachsene sehen sie eigentlich ganz niedlich aus, finde ich.« Rhonda und Jinjin nickten beide lächelnd, als sie sich die Fotos ansahen.

»Pünktchen ist echt goldig«, murmelte Rhonda. »Ich würde sie so gerne mal in echt sehen.«

»Ja, sie ist wirklich süß.« Ich strich über eine der Zeichnungen, die Pünktchen zeigten, wie sie auf einem Paar meiner Sneakers schlief. Dann blätterte ich weiter. »Und das ist ein Delta.« Ich zeigte ihnen eine Zeichnung von Nyncis. »Cal hat mir erzählt, dass es sich bei den Delta immer um Tiere handelt, die keine menschlichen Attribute besitzen. Also Pferde, Wölfe, Hunde, Vögel und so weiter, und sie besitzen auch alle Flügel.« Ich zeigte ihnen noch ein paar Bilder, die geflügelte Hunde, Pferde und Katzen zeigten, die ich genauso überdimensional groß dargestellt hatte, wie ich sie in den Straßen gesehen hatte. »Die Delta sind die Reittiere. Sie sind niemals allein unterwegs, immer nur mit ihrem Reiter, einem Alpha. Sie besitzen ähnliche Attribute wie die Alpha, lassen sich also eindeutig einem Kartell zuordnen. Alpha und Delta bilden eine untrennbare Einheit. Man trifft also hier auf der Erde niemals einen Delta ohne seinen Reiter an.« Ich deutete auf ein paar Zeichnungen, die ich von Alpha zusammen mit ihren Delta angefertigt hatte.

»Okay, ihre Namen sind also von dem griechischen Alpha-

41

bet abgeleitet«, sagte Rhonda. »A wie Alpha, B wie Beta, C wie Gamma, wenn man es mit C schreiben würde, und D wie Delta, richtig? So kann man sich das eigentlich ganz gut merken. A, B, C und D.«

»Das stimmt.« Ich blätterte weiter in meinen Zeichnungen.

Die letzte zeigte eine streng blickende Frau, die neben einem geflügelten Leoparden stand, der mit scharfem Blick direkt zu mir zu sehen schien. Ich hatte das Duo vor einem Jahr vor einem Café erblickt und sie so faszinierend gefunden, dass ich sie aus meinem Gedächtnis heraus später zu Hause einfach malen *musste*.

»Wow.« Jinjin beugte sich noch etwas näher zu der Zeichnung. »Sie sieht auch irgendwie aus, als wolle ich ihr nicht im Dunkeln begegnen. Aber nicht so, als würde ich damit rechnen, dass sie mir ein Messer in die Brust rammt, eher so, als würde sie mir mit strenger Stimme befehlen, endlich ins Bett zu gehen.«

Rhonda lachte. »Genau das gleiche habe ich auch gerade eben gedacht.«

»Na ja, die Alpha sind ja auch nicht böse. Soweit ich weiß, sind keine Noctua böse. Sie sammeln ja einfach nur unsere Angst und tun niemandem irgendetwas. Sie sind keine Bedrohung für die Menschen.«

»Und hast du mit ihr geredet?« Jinjin deutete auf die Zeichnung der Frau mit ihrem Leoparden. »Können sie alle sprechen? Vielleicht hast du das schon mal erwähnt, aber ich habe es vergessen. Quatschst du mit manchen von ihnen, wenn du sie so im Alltag siehst?«

Ich schüttelte den Kopf. »In den meisten Fällen tue ich so, als würde ich sie nicht sehen. Das vermeidet unnötige Aufmerksamkeit, die ich nicht haben will. Und ja, die Alpha und die Beta können alle reden. Von den Gamma können nicht alle sprechen. Pünktchen quatscht mich die ganze Zeit voll, Herald hält gerne Monologe, aber Otiz hat noch nie ein Wort gesprochen. Die Delta, die Reittiere, können generell nicht sprechen.

»Alpha, Beta, Gamma, Delta …« Rhonda zählte die Kategorien erneut leise auf. »Ich glaube, jetzt habe ich's.«

»Und ich glaube, ich brauche jetzt dringend nen Kaffee«, lachte Jinjin. »Wie sieht's aus, Mädels. Seid ihr dabei?«

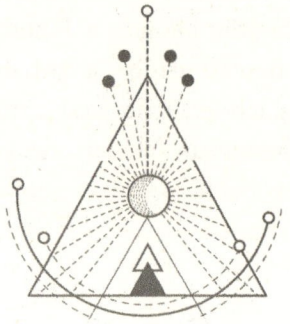

Kapitel 3

»Sag mal, weißt du eigentlich auch, wie die Noctua in Obskuris leben? Gibt es unterschiedliche Staaten oder Länder? Davon hast du noch nie erzählt.« Jinjin umfasste ihren Becher mit zwei Händen und ließ den Rest ihre Kaffees darin kreisen.

Wir hatten inzwischen unseren Kram zusammengepackt und die Bibliothek verlassen. Jetzt saßen wir in einem gemütlichen Café unweit der Schule und hatten tatsächlich einen Platz in der Sonne ergattert. Um uns herum war so viel los, dass wir nicht Gefahr liefen, auf neugierige Ohren zu treffen. Und die nächsten Noctua befanden sich auf der gegenüberliegenden Straßenseite vor der Filiale einer Bank.

»Richtig. Die Dimension, also Obskuris, ist in zehn Kartelle unterteilt. Sie sind alle gleich groß, und die Bewohner der jeweiligen Kartelle kann man sich wie ein eigenes Volk vorstellen. Die Alpha eines bestimmten Kartells haben alle besondere Merkmale, an denen sie eindeutig zu identifizieren sind.« Ich nahm einen Schluck Kaffee, bevor ich weitersprach: »Ich glaube nicht, dass ich die Kartelle jetzt alle noch zusammenkriege, aber Cal gehört zu den Onyx. Sie alle haben schwarze Haare und leicht spitze Eckzähne. Außerdem reflektieren ihre Augen das Licht, die dann grün schimmern. Sie sind die Kopfgeldjäger von Obskuris, das heißt, sie jagen und fangen straffällig gewordene Noctua jeder Kategorie und führen sie dann ihrer Verhandlung und der gerechten Strafe zu. Cal hat mir früher oft davon erzählt, und ich weiß, wie gefährlich das sein kann. Gerade die Beta und die Delta sind gefährliche Gegner. Außerdem nennen die Onyx ihr Kartell selbst Grenzland, weil man, egal durch welche Leylinie man Obskuris betritt, immer zuerst im Kartell der Onyx landet. Das scheint so eine Eigenart zu sein, die nicht zu ändern ist. Oh, und dann gibt es noch das Kartell der Cobalt. Sie haben Kiemen am Hals, und ich meine, dass sie sehr geschickt sind in allem, was mit Mechanik und Technik zu tun hat. Ach ja, und meine drei Gamma gehören zum Kartell der Amber. Sie sind die Künstler. Und dann gibt es noch die Emerald. Ihre Anführer sind für das Bankwesen zuständig und sind wohl sehr korrekt und etwas steif. Die anderen Namen der Kartelle habe ich echt nicht mehr auf dem Schirm.«

»Was gäbe ich darum, mir diese Welt mal anzusehen«, seufzte Jinjin nun. »Seit du erzählt hast, dass sie auf großen Luftschiffen leben, war ich so was von angefixt. Da würde ich gerne mal Urlaub machen.«

»Ich würde Obskuris auch so gerne mal besuchen«, sagte ich sehnsuchtsvoll, dennoch wusste ich, dass das für mich nicht möglich war. Es würde alles für immer ein Traum bleiben. »Ich würde gerne mal sehen, was sie mit unserer Angst machen«, sagte ich leise. »Schließlich ist unsere Angst dafür verantwortlich, dass ihre Dimension bestehen bleibt.«

»Ich finde, allein dafür, dass sie eigentlich von uns abhängig sind, müssen sie uns das Recht einräumen, Obskuris mal besuchen zu dürfen.« Rhonda verschränkte die Arme vor der Brust und grinste. »Oder?«

Auf die Idee war ich noch gar nicht gekommen. »Vielleicht sollte ich vor Cal mal damit argumentieren.« Ich konnte mir schon lebhaft vorstellen, wie er all seine verbalen Künste aufwenden würde, um mich davon abzubringen.

»Das waren jetzt ganz schön viele Informationen.« Rhonda stellte den leeren Becher vor sich ab, lehnte sich in ihrem Stuhl zurück und schloss die Augen, als die Sonne sie blendete. »Danke dir für das Update. Jetzt bin ich wieder auf dem neuesten Stand. Sollen wir los?«

»Gerne«, sagte ich und merkte erneut, wie sich der Schlafmangel der letzten Nacht trotz des Koffeinkicks bemerkbar machte. Hoffentlich würde ich neben dem Videoschneiden noch eine kleine Pause einlegen können, bevor ich zum Babysitten fahren musste.

»Alles klar, das klingt doch gut. Und Erin verspricht, dass sie uns auf dem Laufenden hält, sollte ihr mysteriöser dämonischer Freund wieder auftauchen«, schlug Jinjin vor.

»Gute Idee.« Ich schob mir den letzten Rest meines Cookies in den Mund und unterdrückte ein Gähnen.

Jinjin grinste. »Ich jedenfalls habe alles behalten und es hat mich auch nicht müde gemacht. Ist doch alles ganz simpel. Es gibt zehn Völker, die sich Kartelle nennen und in zehn Gebieten wohnen, die alle gleich groß sind, aus denen die Dimension Obskuris besteht. Ein Kartell besteht aus Noctua aller vier Kategorien. Alpha, Beta, Gamma und Delta. Das ist doch eigentlich alles.«

»Schon klar, Superhirn.« Rhonda warf ihre Stifte in ihr Mäppchen. »Sollte irgendwann mal alles rauskommen und eine Diplomatin gesucht werden, die dann als Botschafterin in Obskuris lebt, dann solltest du dich bewerben.«

Jinjins Grinsen wurde noch breiter. »Ich wäre so was von dabei.«

*

Ich hatte mein Tablet auf den Knien abgelegt und beantwortete gerade einige Kommentare auf Instagram. Es war kurz nach acht Uhr und Evan und Holly lagen friedlich in ihren Betten. Bisher hatte es keine Probleme mit *Monstern unterm Bett* gegeben, weshalb ich relativ entspannt war. Bei manchen Kindern schienen die Gamma niemals aufzutauchen, andere wurden eine Weile von ihnen erschreckt, und dann schienen die Gamma weiterzuziehen. So oder so, mir war es egal. Gab es Geschrei aus den Kinderzimmern, sorgte ich dafür, dass es aufhörte. Blieb alles ruhig, war ich zufrieden.

Ich war zwar das erste Mal bei den Hendersons, doch bis jetzt lief alles wie am Schnürchen. Und, wie sollte es anders sein, hörte ich genau in diesem Moment Evans Stimme über das Babyphone.

Natürlich. Er gab leise Geräusche von sich, die klangen, als würde er schlecht träumen. Ich legte das Tablet neben mich auf die Couch, um nach ihm zu sehen.

Auf leisen Sohlen schlich ich die Treppe hinauf. Direkt gegenüber voneinander befanden sich die zwei Kinderzimmer.

47

Evans Tür war nur angelehnt. Da es draußen noch etwas hell war, hatte ich die Jalousien heruntergelassen. Und trotzdem erkannte ich sofort, was los war. Eine violett leuchtende Zahnfee stattete Evan einen Besuch ab. Er war vor Kurzem fünf Jahre alt geworden, es war also kein ungewöhnlicher Anblick, diese Art Gamma in seinem Zimmer anzutreffen.

Als Evan jedoch erneut jammerte, trat ich leise näher an sein Bett, um einen genaueren Blick auf ihn werfen zu können. Er hatte den Mund leicht geöffnet und schien tatsächlich schlecht zu träumen. Wieder erklang ein leises Jammern aus seiner Kehle.

Erst dann entdeckte ich, dass die Zahnfee ihre kleinen klauenbewehrten Hände um Evans wackelnden Schneidezahn gelegt hatte.

Was ging denn hier ab?

Normalerweise waren die Zahnfeen Sammler, sie lebten von den Kinderzähnen und waren harmlos, genau wie alle Noctua der Kategorie Gamma. Ich kam noch ein wenig näher, dann knipste ich die Nachttischlampe an.

Das Leuchten verschwand, stattdessen erschien milchige Haut, die violett schimmerte. Fünf kleine krumme Bein, die geformt waren wie die von Insekten, sie aber trotzdem aufrecht stehen ließen. Flügel, die staubig wirkten, mit zarten Adern und je einer Kralle am oberen Ende. Dünne lange Arme mit Händen, die in sechs Fingern endeten. Ein kleines spitzes Gesicht mit großen schwarzen Augen, einer Öffnung, wo sich eigentlich die Nase befinden sollte und scharfen Zähnen hinter einem lippenlosen Mund.

Schön war definitiv anders.

Ich beugte mich noch näher. Die Zahnfee verharrte in der

Position, aber sie floh nicht. Sie ging schließlich davon aus, dass ich sie nicht sehen konnte.

Weit gefehlt, Sportsfreund.

Evan jammert immer noch leise.

»Hände weg von dem Schneidezahn, Elfe.« Zahnfeen *hassten* es, wenn man sie mit den Elfen verwechselte. Elfen waren niedlich und harmlos, Feen waren es nicht. Ganz einfach.

Die Zahnfee verengte die Augen zu Schlitzen, während sie von Evan abließ und sich gleichzeitig zu mir umdrehte. Ein violett schimmernder Nebel drang aus jeder ihrer Poren.

Oha, da war jemand aber so richtig sauer.

»Dummes … Mädchen.« Ihre Stimme klang, als riebe Stein über Stein.

»Ich bin kein Mädchen«, erwiderte ich. »Ich bin die Frau, die dich das Fürchten lehrt, wenn du nicht den Rückzug antrittst.« Ich deutete auf das Fenster, das auf kipp stand. »Pronto, Genosse.«

Ich sah den Kampf in ihrem Innern. Sie knirschte mit den Zähnen. Kämpfen oder fliehen, kämpfen oder fliehen …

Evan war zum Glück nicht aufgewacht. Jetzt schloss sich sein Mund langsam, und das Jammern wich einem leisen Schmatzen.

Ich deutete mit dem Kopf erneut auffordernd auf das Fenster.

Die Zahnfee fauchte mich an. Ihr Mund vergrößerte sich auf den Durchmesser eines Papierkorbs. Ihre Zähne waren plötzlich so lang wie Obstmesser.

Das war mir neu.

Doch schon im nächsten Moment sah sie wieder aus wie vorher. Ich wich trotzdem überrascht zurück.

Und die Zahnfee … *kicherte.*

Bevor mir etwas Schlagfertiges einfiel, deutete sie mit einem dürren Finger auf die Zimmertür hinter mir. »Pronto, Genosse.«

Sie stolperte über die Aussprache, die Worte waren ihr fremd, aber sie kaschierte es fast perfekt.

Ich verschränkte die Arme vor der Brust. »Aber sonst geht's dir noch gut, ja?«

Die Zahnfee erhob sich in die Luft und musterte mich erneut, als wolle sie tatsächlich abschätzen, mit wie viel Kilogramm Gegenwehr sie rechnen musste.

Ich deutete mit dem Kopf in Richtung der Fenster. »Du weißt, was ich von dir will. Und ich wiederhole mich ungern.«

Plötzlich lief ein Zittern durch den Körper der Zahnfee. Ihre Pupillen schienen wie auf Knopfdruck groß und samtig zu werden. Die Augen glänzten feucht. »Bitte ...« Sie wirkte regelrecht verzweifelt.

Was war hier los?

»Brauche ... Zahn.«

»Wofür denn so dringend?«

Sie schüttelte den Kopf. »Bitte ... Zahn ...«

Woher sollte ich denn jetzt einen Milchzahn zaubern?

»Komm wieder, wenn er Evan ausgefallen ist. Du kennst doch das Spiel.«

In diesem Moment klappte besagter Zahnspender die Augen auf. »Was ist los?« Evan klang verschlafen.

Ich beugte mich zu ihm und strich ihm kurz übers Haar. Vermutlich war hier Pragmatismus die beste Vorgehensweise. »Alles in Ordnung, Evan. Sag mal, was macht eigentlich der wackelnde Schneidezahn?«

Subtilität war nicht gerade eine meiner Stärken.

»Ach, der ...« Evan setzte sich auf und legte zwei Finger

50

um den Zahn. »... der ist total locker, das nervt.« Und im nächsten Moment spuckte er ihn in seine Hand.

Neben mir begann die Zahnfee vor Aufregung zu zittern. Ihre Flügel vibrierten, was einen hohen Ton erzeugte und Evan den Kopf in ihre Richtung drehen ließ.

»Ihhhhhh!«, erklang sein hohes Kreischen. »Eine Spinne, da fliegt eine große Spinne!«

Die Zahnfee reagierte sofort und hob die dürren Arme, als wolle sie etwas auffangen. Ich war mir sehr sicher, dass sie nun Evans unsichtbare Angst sammelte.

»Keine Angst. Das ist eine Zahnfee«, erklärte ich schnell, während im Nebenzimmer Evans kleine Schwester Holly zu schluchzen begann.

»Cool ...« Evan betrachtete das kleine Monster mit einer Mischung aus Respekt und Faszination. Kinder waren so herrlich unerschrocken.

»Gibst du mir bitte den Zahn, Evan, ich hole dir gleich ein Kühlkissen.« Ich streckte ihm die hohle Hand hin.

»Ich will einen Dollar«, sagte er, als er den Zahn samt Blutresten in meine Hand gleiten ließ.

Ich wurde eindeutig zu schlecht bezahlt.

Die Zahnfee landete geräuschlos auf der Bettdecke.

Evan wich nicht zurück, stattdessen sah er die Zahnfee weiter mit großen Augen an.

»Du kannst den Zahn haben«, sagte ich und nickte ihr zu. »Aber solltest du noch mal so eine Nummer starten, beweise ich dir, wie kreativ ich einen Tennisschläger zweckentfremde.«

Das Nicken der Zahnfee wurde immer schneller. Ich reichte ihr den Zahn. »Danke«, zischte sie. Dann schlang sie den Zahn gierig herunter.

Evan und ich sahen ihr gleichermaßen angeekelt dabei zu.

51

»Ich will einen Dollar und ein Eis«, verhandelte Evan nach, doch da Hollys Weinen gerade noch lauter wurde, reagierte ich nicht. »Auf Nimmerwiedersehen«, sagte ich zu der Zahnfee, und dann wandte ich mich an Evan. »Ich bin gleich wieder da, ich sehe nur kurz nach deiner Schwester.« *Und danach wasche ich mir eine Viertelstunde lang die Hände.*

Die Zahnfee erhob sich in die Luft und schoss auf das Fenster zu. Evan senkte derweil den Kopf und ließ einen Spucke-Blut-Faden in Richtung Bettdecke tropfen. Ich wandte mich ab.

Ich wurde *eindeutig* zu schlecht bezahlt.

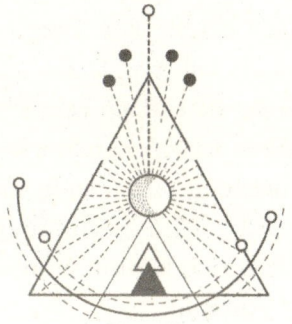

Kapitel 4

Nach dem Besuch der Zahnfee war alles ruhig geblieben, und da die Hendersons nur Abendessen gewesen waren, hatte ich gegen zehn Uhr schon wieder Feierabend. Ich hatte mir gerade meinen Laptop geschnappt und mich zu Grandma in die Küche begeben, die immer noch an »Missy in blühendem Gras« arbeitete. Mein Freund Greg hatte natürlich immer noch nicht auf meine Nachrichten geantwortet. Wir würden reden müssen. Wir würden so dringend reden müssen. Aber er war ja nie zu erreichen. Ehrlich gesagt verstand ich auch gar nicht mehr, warum ich vor einem halben Jahr überhaupt mit ihm zusammengekommen war. Dylan und er waren befreundet, und er hatte ihn mir damals vorgestellt. Dylans Meinung bedeutete mir viel, und da sein Urteil so positiv gewesen war, hatte mich das noch mal bestärkt. Außerdem ging Greg schon aufs College, er war Redakteur bei der Dayton-Campuszeitung und jene Mischung aus tagträumendem Intellektuellem und ehrgeizigem Studenten, die ich verdammt anziehend fand. Aber irgendwie hatte ich das Gefühl, dass Greg immer noch zu sehr auf der Suche nach sich selbst war. Für einen anderen Menschen an seiner Seite war da einfach kein Platz. Die Erkenntnis tat weh, und jetzt würde ich mich selbst schützen müssen. Ich würde das mit uns beenden, aber dafür würde ich gerne persönlich mit ihm sprechen. Und genau deshalb textete ich ihm noch mal, mit der Bitte, sich bei mir zu melden. Natürlich bekam ich wieder keine Antwort.

Ich seufzte leise, schüttelte den Kopf und widmete mich wieder meinem Laptop, schnitt noch Teile des neuen Videos, und wir teilten uns eine Tiefkühlpizza, weil uns um 23 Uhr noch mal der Hunger überfiel. Sie verabschiedete sich eine halbe Stunde später, ich machte noch bis kurz vor Mitternacht weiter.

Nachdem ich meinen Laptop zugeklappt und überall das Licht gelöscht hatte, schlich ich möglichst leise zurück in mein Zimmer. Das Mondlicht schien hell durch mein Fenster, und etwas blitzte bunt auf meiner Fensterbank auf. Neugierig ging ich näher. Herald und Otiz schnarchten schon unter dem Bett, aber Pünktchen strich um meine Beine. Ich legte den Laptop zur Seite und hob sie hoch.

»Dasss riecht lecker«, wisperte Pünktchen. Sie war auf meine Schulter gekrabbelt, und gemeinsam betrachteten wir nun das Kunstwerk durch die Scheibe. Jemand hatte meinen Namen aus Jelly Beans gelegt. Wobei mir natürlich sofort klar war, wer dieser *Jemand* war. Mein Herz nahm gefährlich Fahrt auf. Er war an meinem Fenster gewesen. Schon wieder. Bestimmt wollte er …

Nein. Kein »Warum«, kein »Vielleicht«, kein Gedankenkarussell. Und erst recht keine Antwort aus Jelly Beans. So leicht würde ich es ihm nicht machen.

Ich schob das Fenster hoch, strich kurz entschlossen über das Kunstwerk, und die bunten Bohnen segelten in den Vorgarten.

»Halt, nein.« Pünktchen fiepte enttäuscht.

»Sorry«, murmelte ich und angelte nach der einen Bohne, die seitlich an der Wand in die Ritze zwischen Mauer und Gestein gerutscht war.

Pünktchen kaute zufrieden und zischte »Pfirsssich!« zwischen zwei Schmatzern.

Mein Blick glitt über die Bäume und Büsche im Vorgarten, bevor ich mich kopfschüttelnd abwandte und das Fenster schloss. Cal war zwar romantisch veranlagt und leidenschaftlich, und er liebte kleine Botschaften, aber er war kein Stalker, und er war erst recht kein Feigling. Eher würde er in Begleitung eines Streichquartetts und buntem Feuerwerk im Vorgarten auftauchen, als sich heimlich in den Büschen herumzudrücken und mich zu beobachten.

»Möchtest du nicht mit ihm reden?« Pünktchen drückte ihre warme kleine Schnauze an mein Ohr. »Bist du nicht neugierig?« Natürlich war ich neugierig, denn selbst meine drei Mitbewohner hatten nicht für mich herausfinden können, warum und wohin Cal verschwunden war.

Ich schüttelte den Kopf und nickte irgendwie gleichzeitig. Pünktchen schnaubte leise. Ihre Schnurrhaare kitzelten mich. Ich nahm sie von meiner Schulter und setzte sie auf die Tagesdecke, bevor ich nach meinem Schlafanzug griff. Mein Herz klopfte wie wild, meine Gedanken rasten und ... *wollte ich wirklich ins Bett gehen?*

Unentschlossen legte ich die Klamotten zurück auf die Decke.

Cal. Er war wirklich wieder da.

Und er war niemals wirklich fort gewesen, oder? Tief in meinem Herzen gab es einen Bereich, den er von Anfang an für sich beansprucht hatte. Den mein Herz niemals aufgegeben, niemals wieder freigegeben hatte.

Ich atmete keuchend aus, und zwang mich energisch zur Ruhe.

Was machst du nur mit mir, Cal?

Von draußen erklang ein Bellen. Ein dunkles, majestätisches Geräusch, das fast klang wie eine ... Aufforderung. Ich erstarrte. Pünktchen stellte ihre großen Ohren auf. Es gab jede Menge Hunde in der Nachbarschaft, doch dieses Bellen würde ich immer wiedererkennen. *Nyncis!* Das war eindeutig der Delta Nyncis, der große schwarze Wolf, und Cals furchterregendes Reittier.

Ich schlich zur Wand neben dem Fenster und presste dann meinen Rücken gegen die kühle Tapete. Pünktchen hechelte vor Aufregung, und unter dem Bett raschelten Herald und Otiz herum – sie waren natürlich längst wach geworden. Wie eine FBI-Agentin lehnte ich mich zur Seite und spähte hinaus.

Im Schein der Laterne mitten auf der Straße stand Cal. Die Ledergurte seiner Musketen formten ein schwarzes X über seiner breiten Brust. Um seine Hüften hing ein weiterer Waffengurt. Nyncis, den er offensichtlich damit beauftragt hatte, auf sie beide aufmerksam zu machen, hatte hinter ihm Platz gemacht. Der schwarze Wolf war so groß, dass er Cal fast um das

Doppelte überragte. Seine langen Flügel hatte er hinter seinem Rücken gefaltet.

Sie hatten die gleichen Augen, den gleichen grünlichen Schimmer, der aufblitzte, als sie gleichzeitig nach oben in Richtung des Geräuschs sahen.

Cal streckte wortlos seine rechte Hand aus. Drauf lagen ein paar Jelly Beans, die wohl jene symbolisieren sollten, die ich von der Fensterbank gewischt hatte.

Dann machte er eine »Echt jetzt?«-Geste mit der freien Hand.

Ich wog meine Möglichkeiten ab. Ihn nach oben bitten? Oder doch lieber auf neutralem Terrain reden? Denn dass wir reden mussten, *das* stand außer Frage. Ich war immer noch aufgebracht, wütend, verwirrt, dass er so einfach wieder aufgetaucht war, und dennoch musste ich wissen, was geschehen war.

Ich deutete in Richtung Garten. Cal würde Bescheid wissen. Das Gartenhaus würde uns etwas Privatsphäre geben und verhindern, dass die Nachbarn mir unterstellten, ich würde mitten in der Nacht mit mir selbst reden.

Cal nickte knapp, und ich wandte mich vom Fenster ab. Drei Paar große Augen sahen mich erwartungsvoll an.

»Nein, ihr könnt nicht mit.«

»Aber ...«

»Wieso ...«

Otiz schnaubte protestierend.

Ich schnitt ihren Protest mit einem Schnalzen ab. »Wer ist letzte Nacht zu meiner Hilfe geeilt, als der große böse Onyx in mein Zimmer gefallen ist?«

Betretene Gesichter und einvernehmliches Schweigen.

Ich nickte. »Und genau deshalb gehe ich auch jetzt allein.«

Die, die Schultern hatten, ließen sie hängen. Über Heralds durchsichtige Haut lief ein deprimierter dunkler Schimmer.

»Es dauert nicht lange.«

Otiz schnaubte ein zweites Mal protestierend, als ich mir eine schwarze Sweatjacke überzog und in meine Chucks schlüpfte, doch ich nickte ihnen nur noch mal kurz zu, bevor ich mein Zimmer verließ. Hinter Grandmas Tür brannte kein Licht, dennoch schlich ich möglichst lautlos die Treppe hinab. Zum Glück kannte ich jede knarrende Stufe.

Im Erdgeschoss durchquerte ich das Wohnzimmer und schob dann leise die Tür auf. Während ich über die Terrasse ging, hielt ich unauffällig nach Cal Ausschau.

Onyx konnten wahnsinnig charmant sein, sie waren wahre Flirtmeister. Aber ich war fest entschlossen, mich nicht von ihm um den Finger wickeln zu lassen.

Du bist eine starke Frau. Du lässt dir nicht die Zügel aus der Hand nehmen. Du hast Fragen, du willst Antworten, du widerstehst seinen …

Er trat aus den Schatten. Das Mondlicht badete seine große Gestalt in einem surrealen Licht, skizzierte die messerscharfe Linie seines Kinns, seiner Wangenknochen, seiner Brauenbögen. *War er schon immer so groß gewesen?*

»Hi.«

Ich schluckte. Einmal, zweimal. »Hi.« Ich wich seinem Blick aus.

Aus dem Augenwinkel sah ich, wie Cal mir die Tür des Gartenhauses aufhielt. Mein Blick fiel kurz auf seine ledernen Reitstiefel, aber ich wandte den Blick schnell wieder ab, bevor ich an ihm vorbei in die Hütte trat.

Im Inneren war bereits das Licht eingeschaltet, und ein riesiger schwarzer Wolf sah mir entgegen. Wir hatten wirklich

Glück, dass Grandpa Ambitionen gehabt hatte, das Gartenhaus zu einem Gästehaus auszubauen, denn so hatten wir genug Platz.

»Nyncis!« Ich rief seinen Namen, und schon stürzte er auf mich zu. Ich schlang meine Arme um seinen Hals, und er hob mich tatsächlich ein Stückchen hoch, als er einen freudigen Hüpfer machte. Nyncis knurrte vor Begeisterung, und ich lachte, während ich mein Gesicht in seinem Fell vergrub.

Cal betrachtete uns aus schmalen Augen. »Na, so eine Begrüßung wäre auch eher nach meinem Geschmack gewesen«, sagte er, nachdem ich mich wieder von Nyncis gelöst hatte.

Schon klar. Und wovon träumte er nachts?

Ich zupfte mir ein, zwei Wolfshaare vom Mund, während ich mich vor ihm aufbaute.

»Eins vorweg, Onyx.« Ich warf ihm einen möglichst sachlichen Blick zu. »Du betrittst niemals wieder ungefragt mein Zimmer.« Gestern hatte er mich vielleicht überrumpelt, aber das würde mir nie wieder geschehen. »Du klopfst an, du fragst, so wie du es immer getan hast. Oder schick mir eine Nachricht. Du hast doch garantiert ein Handy.«

Ich kannte ihn gut genug, um zu wissen, dass er jetzt argumentieren würde, dass er meine aktuelle Nummer nicht hatte. Er machte den Mund auf, und ich warf ihm einen eindeutigen Blick zu.

Nicht nur ich kannte ihn gut, er kannte auch mich sehr gut. Also runzelte er zwar die Brauen, sagte aber dennoch nichts.

Kluger Dämon.

Als ich ihn näher betrachtete, fiel mir erneut auf, wie sehr er sich verändert hatte. Er war nur ein halbes Jahr älter als ich, und die Noctua alterten genau wie wir Menschen, aber dass er mal so aussehen würde, hätte ich mir nicht vorstellen können.

Cal fing meinen Blick auf, und ich tat schnell so, als glitt mein Blick ein paar Zentimeter an ihm vorbei.

»Erzähl mir alles.«

Cal seufzte leise. »Zuerst will ich wissen, ob es dir gut geht.«

Ich schnaubte und war selbst überrascht, wie bitter es klang. »Was willst du jetzt von mir hören?« Endlich sah ich ihm mitten ins Gesicht, und wieder mal traf mich sein Anblick mit aller Wucht. So viel Vertrautes, so viel Bekanntes, so viel Geliebtes. »Dass ich meinen Traum lebe? Dass ich ...« Meine Stimme brach. *Verdammt.* »Das mein Leben toll ist, weil ich ein Stipendium für Yale habe?«

Sein Blick wanderte über mein Gesicht, doch er erwiderte nichts.

»Willst du wissen, ob ich dich vergessen habe oder ... ha!« Ich lachte, und der Sarkasmus darin war nicht zu überhören. »Noch besser: Willst du wissen, *wann* ich dich vergessen habe?« Ich verschränkte die Arme vor der Brust. »Gegenfrage. Wann hast du denn beschlossen, mich zu vergessen? Ach ja. Richtig. Vermutlich in dem Moment, als du beschlossen hast, sang und klanglos aus meinem Leben zu verschwinden.« Meine Stimme war immer lauter geworden.

Nyncis zuckte mit seinen empfindlichen Wolfsohren.

»Erzähl es mir, Cal.« Ich löste meine Arme wieder, und jetzt fielen sie kraftlos an meine Seite. »Und dann verrate mir, was du hier willst.«

Cal schluckte. Er sah mich immer noch unverwandt an, bis er endlich flüsterte. »Ich hätte dich niemals verlassen.«

Er wusste nicht, wie viel Macht sein Blick besaß. Wie sehr er mich immer noch traf, wie sehr er alte Gefühle weckte. *Warum kann ich mich nicht einfach umdrehen und gehen? Die Vergan-*

genheit abhaken, dich vergessen. Warum ist alles wieder da, jetzt da du hier vor mir stehst?

Ich zwang mich, äußerlich ruhig zu bleiben. »Und was ...«

Nyncis knurrte warnend.

»Erin, bist du das?«, erklang Grandmas Stimme aus der Ferne.

Verdammt. Warum ausgerechnet jetzt? Ich war eine Nanosekunde vor der Antwort, die ich so dringend hören musste.

»Ist alles in Ordnung?« Grandma klang beunruhigt.

Ich schwang herum und brüllte ein »Komme sofort!« in Richtung der Terrassentür, bevor ich mich wieder zu Cal drehte. »Wir müssen das verschieben.«

Er nickte nur. Irrte ich mich oder sah er so fertig aus, wie ich mich fühlte?

»Hast du eine Jacke angezogen? Es ist kalt.« Wieder meine Grandma.

Erneut schwang ich herum. »Jaha!«

Cal beobachtete mich schweigend, und ich ertappte ihn dabei, wie sein Blick an mir hinauf glitt. Vielleicht fiel ihm gerade auf, dass auch ich mich in den drei Jahren verändert hatte. Wir waren keine Kinder mehr.

»Na dann.« Ich kraulte Nyncis ausweichend an der breiten Brust.

»Dann würde ich sagen, wir ...«, begann Cal, doch weiter kam er nicht.

»Erin?«

Ich gab auf. Grandma war offensichtlich im Glucken-Modus. Da half nur stillhalten und warten, bis es vorbei war. »Ich muss los.« Ich knuffte Nyncis ein letztes Mal, aber ich hatte keine Ahnung, wie ich mich von Cal verabschieden sollte.

Er lächelte, doch es wirkte aufgesetzt.

61

Also hob ich nur kurz die Hand, knipste das Licht aus und stürzte zurück an die frische Luft. Hinter mir hörte ich noch, wie Cal und Nyncis zu Schatten zerfielen. Ich winkte Grandma betont fröhlich zu, als ein kühler Hauch an mir vorbeistrich, über meine Wange glitt und schließlich in einem der Büsche verschwand. Es hatte sich fast angefühlt wie ein Streicheln.

»Ich konnte nicht schlafen«, sagte ich zu Grandma, doch ihre Antwort bekam ich schon nicht mehr mit. Meine Gedanken kreisten. Immer wieder musste ich daran denken, was Cal gesagt hatte. *Ich hätte dich niemals verlassen.* Warum aber hatte er es doch getan?

*

In dieser Nacht träumte ich von ihm und von Obskuris, der Dimension, Welt, die die Noctua ihr Zuhause nannten. Eine Dimension, die direkt an unser Universum grenzte. Ein vor den Menschen gut gehüteter Ort, eine wilde, wunderschöne Welt, über die ich schon so viel gehört hatte, und die ich dennoch nie betreten hatte.

In meinem Kopf manifestierten sich Bilder, gebildet aus den Erinnerungen seiner Geschichten. Ich sah eine Welt ohne festen Boden, ohne Land, ohne Meer. Ein unendlicher Himmel, gesprenkelt in allen Farben – von warmem Orange bis zu tiefstem Blau. Ich träumte von dem Luftschiff, auf dem Cal aufgewachsen war, ein stattlicher Dreimaster aus schwarzem Holz, mit großen Segeln und einer Gallionsfigur aus Onyx gemeißelt. Und dann sah ich ihn. Ganz oben in der Takelage, zwischen dunklen Seilen und geblähten Segeln. Sein pechschwarzes Haar wehte im Wind, während er sich nur mit einer

Hand festhielt. Das Hemd wurde ihm eng gegen die Brust gedrückt, als er sich in den Wind lehnte. Fetzen grauen Nebels jagten an ihm vorbei, und winzige schimmernde Insekten erhellten die Dämmerung. Plötzlich war ich neben ihm, meine Füße spürten die rauen Fasern der Taue, und über meine Haut strich eine kühle Brise. Es war nur ein Traum, aber dennoch hatte ich das Gefühl, ihm ganz nah zu sein.

Und dann drehte er sich zu mir. Es waren nicht die vielen Meter über dem sicheren Schiffsdeck, die mein Herz zum Rasen brachten, nicht die unendliche Weite des Horizonts, nicht der Geschmack von Abenteuer und Gefahr. Es war sein Lächeln.

Er lehnte sich zu mir, schlang die freie Hand um meine Taille und zog mich zu sich. Seine Lippen kamen meinen ganz nah. »Ich hätte dich niemals verlassen.« Seine Stimme, dunkel und samtig zugleich, schien jede Faser meines Körpers in Schwingung zu versetzen.

Ein Prickeln jagte meine Wirbelsäule hinab bis in meine Zehenspitzen. Ich zögerte nicht einen Wimpernschlag lang. »Das weiß ich.« Und dann überwand ich die letzten Millimeter und küsste ihn.

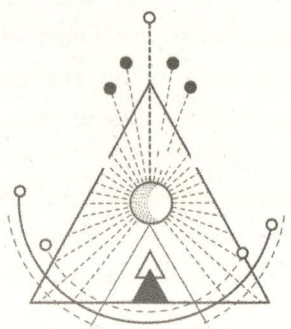

Kapitel 5

Ich saß auf der Couch der Familie Miller und scrollte durch meinen Instagram-Feed. Ich hatte vor zwei Tagen ein Video einer verlassenen Fabrik hochgeladen, und die Leute schienen es echt zu mögen. Meistens erklärte ich noch etwas zu den geschichtlichen Fakten und bereitete weitere Infos vor, die ich erzählen konnte, während ich das Gelände erkundete.

Mir machte das alles großen Spaß, und es freute mich sehr, wenn ich positive Kommentare dazu bekam.

Ein Skizzenbuch lag auf meinen Knien, das eine halb fertige Zeichnung von Cal zeigte. Ich hatte einfach nicht widerstehen können und musste ihn auf Papier bannen.

Eine Woche war inzwischen vergangen, und Cal hatte sich nicht mehr blicken lassen.

Ich dachte nicht zum ersten Mal an meinen Traum zurück, der sich so *real* angefühlt hatte. In meiner Fantasie hatte ich keinen Moment gezögert, ich hatte ihm geglaubt. Meine Wangen fühlten sich plötzlich heiß an, als ich an den Kuss dachte. Er war perfekt gewesen. Eigentlich war ich gar nicht so romantisch veranlagt, aber dort oben mit ihm zwischen den Segeln, vor uns der unendliche Horizont, Cals starker Arm um meine Taille ... puh.

Ich blinzelte, um die Erinnerung an meinen Traum zu verdrängen und sah schnell zurück auf mein Handy.

Doch Instagram hielt keine Neuigkeiten für mich bereit, also wechselte ich zu WhatsApp.

Greg, mein zukünftiger Exfreund, vertröstete mich weiterhin mit »Melde mich später–Nachrichten«. Ich war langsam wirklich genervt. Er war vor zehn Minuten online gewesen, aber eine konkrete Antwort hatte ich wieder nicht bekommen. Auch um meinen besten Freund Dylan war es auffallend ruhig gewesen.

Doch meine Woche war so mit Vorbereitungen auf Tests und Abschlussklausuren ausgefüllt gewesen, dass die drei Männer in meinem Leben zurzeit nur Nebenrollen spielten. Ich spähte auf die Zeitanzeige meines Displays, als mich die grelle Mittagssonne blendete. Es war eine ungewöhnliche Zeit fürs Babysitten, denn normalerweise wurde ich eher für die Abendstunden gebucht. Doch die Millers hatten einen halben Tag in einem Spa geschenkt bekommen. Für die jungen Eltern sicherlich ein Hauptgewinn. Carla und Mike waren Mitte dreißig, und ihr gemütliches Penthouse in Downtown Cleveland sah aus wie von einem Experten aus »Schöner Wohnen« eingerichtet. Ich verbrachte gerne Zeit hier. Ihr kleiner Sohn Bretton war ein fröhliches und entspanntes Kind, das meinen Job zu einem Vergnügen machte.

Das Babyphone auf dem Couchtisch war bisher still geblieben, und so widmete ich mich wieder meinen Social-Media-Kanälen. Ich beantwortete ein paar Nachrichten, bedankte mich für diverse Komplimente zu meinem neuen Video und checkte dann auch noch, wie meine Statistiken aussahen. Ich hatte auf beiden Kanälen ähnlich viele Follower, nämlich fast 500.000. Ich fragte mich erneut, wann dieses ganze »Ich filme mich selbst, wie ich in verlassene Fabrikhallen einbreche« so durch die Decke gegangen war.

Ich war gerade dabei, eine weitere Nachricht zu beantworten, als das Geschrei losging. Ich sprang auf. »Bretton?«

Ich legte Handy und Zeichenblock zur Seite, stürzte quer durch den offenen Wohnbereich und direkt in sein Zimmer. Die Jalousien hatte ich für sein Mittagsschläfchen heruntergelassen, also hämmerte ich mit der Faust auf den Lichtschalter, um mir einen Überblick verschaffen zu können. Bretton schrie erneut wie am Spieß, schlug nach etwas Fliegendem und warf den Kopf wild hin und her. Blut lief über sein Kinn und sprenkelte die weiße Bettwäsche. Mir blieb vor Schreck fast das Herz stehen.

»Bretton!« Im nächsten Moment war ich an seinem Bettchen. Das fliegende Ding war so schnell, dass ich zweimal hinsehen musste, um es zu erkennen. Schon wieder eine Zahnfee! Und das am helllichten Tag! Sie kamen doch immer erst am Abend?

Und außerdem war Bretton eindeutig noch zu jung, um Zähne zu verlieren. Was also hatte diese Zahnfee hier verloren?

Ich nahm Bretton auf meinen Arm, und der kleine harte

Körper der Zahnfee streifte mich. Ihre Berührung brannte wie Juckpulver auf meinem nackten Unterarm.

»Verschwinde!« Dann wandte ich mich Bretton zu. »Alles in Ordnung, Kleiner? Wo tut es weh?«

Bretton weinte laut, öffnete aber den Mund und zeigte auf seinen Schneidezahn.

Zu meiner Angst gesellte sich ein Gefühl von purem Horror. Die spitzen Krallen der Zahnfee hatten Brettons Zahnfleisch verletzt. Ich berührte den Zahn, und er wackelte leicht. Sie hatte wirklich versucht, ihm einen Zahn auszureißen!

»Alles gut, mein Kleiner. Das wird gleich besser.« Ich machte drei hastige Schritte zurück, während ich Bretton noch enger in meine Arme schloss.

Ich legte eine Hand um seinen Hinterkopf, und er schluchzte laut auf an meiner Brust.

Ich fixierte die Zahnfee. »Mach, dass du hier wegkommst! Sofort!«

Bretton weinte noch lauter.

Ich versuchte ihn zu beruhigen, während ich den kleinen Dämon fixierte. Die Zahnfee schwebte circa zwei Meter entfernt von uns. Ihr Flügelschlagen ließ die Luft um sie herum zittern, ihre dürren spinnenartigen Beine bewegten sich nervös. »Brauche Zahn.« Ihre Stimme klang heiser und erschöpft. »Bitte ... brauche Zahn.«

Erst jetzt fiel mir ihr geschwollener Leib auf. Zahnfeen ernährten sich von den Zähnen – und ihr Bauch sah zum Bersten gefüllt aus. Würde sie noch einen Zahn schlucken, platzte sie garantiert.

»Mach, dass du hier wegkommst!« Der Klang meiner Stimme war noch eine Nuance schärfer geworden. »Du kannst wohl nicht genug bekommen? Schau dich mal an. Was stimmt nicht mit dir?«

»Bitte.« Die Zahnfee kam ein Stückchen näher zu uns geflogen. Mir fiel auf, wie ausgemergelt sie aussah. Ob sie nun krank war oder einfach nur erschöpft, ließ sich schwerlich sagen. Dennoch weigerte ich mich, so etwas wie Mitleid für sie zu empfinden. Sie hatte Bretton wehgetan, und das würde ich nicht durchgehen lassen.

»Bitte«, flüsterte die Zahnfee noch mal. »Nur einen Zahn.« Sie erzitterte, als sie die Arme leicht hob, um die Angst aufzunehmen, die Bretton sicherlich überall im Raum hinterlassen hatte.

»Raus hier.« Jetzt war ich gefährlich ruhig geworden.

»Bitte.« Noch mal kam sie etwas näher.

Bretton kreischte auf.

»Raus. Hier.«

Noch mal kam sie näher.

Ich fackelte nicht lange. Ich schwang herum, hielt Bretton mit einem Arm fest umklammert und griff mit der freien Hand nach seinem Bademantel, der an einem Haken an der Innenseite der Tür hing. Ich schlug damit nach der Zahnfee. Sie wurde in Richtung der Wand katapultiert, und ich hörte einen Schmerzenslaut, als sie sich die Flügel an der harten Oberfläche prellte.

Sie taumelte in der Luft, und als sie sich erneut zu mir drehte, wirkte sie geschlagen. Ein letztes Mal sahen wir uns direkt an. In ihren großen Augen erkannte ich *Angst*. Mein Magen krampfte sich zusammen, als ich an den Vorfall mit Evan letzte Woche dachte. Normalerweise erschien eine Zahnfee erst, wenn der Zahn eines Kindes kurz davor war, von allein auszufallen. Seit wann versuchten sie, den Kindern die Zähne schon vorher auszureißen?

*

Ein paar Stunden später saß ich in Grandmas Buick und spielte unschlüssig mit den Anhängern an meinem Bettelarmband. Ich hatte bewusst abseits der Laternenkegel geparkt, denn ich wollte nicht auffallen. Zum Glück war um diese Uhrzeit in dem Industriegebiet nicht mehr so viel los. Cleveland war einst, genau wie Detroit, eine der Produktionsstätten gewesen, wenn es um Autos oder Schwerindustrie ging. Doch die meisten Firmen ließen ihre Ware inzwischen im Ausland fertigen. Die ungenutzten Hallen verfielen und ragten wie abgebrochene Zahnstummel im Maul eines Ungeheuers in den Himmel. Ich griff nach meinem schwarzen Rucksack, zog das Band zu und schloss dann den Riegel darüber. Mein Handy brummte in der Halterung am Armaturenbrett und Rhondas Name leuchtete auf dem Display auf.

»Ich will jedes Detail wissen«, sagte sie, kaum dass ich das Gespräch annahm. Ich wollte gerade Luft holen und loslegen, da fügte sie noch hinzu: »Und wo steckst du überhaupt? Wir sind doch nachher verabredet. Ich dachte, du kommst vorher zu mir und wir überlegen, was wir anziehen.«

»Ich sitze im Auto vor Stratford Industries.« Ich flüsterte, obwohl mich garantiert niemand hören konnte. »Die zwei alten Hallen mit den Förderbändern wollte ich mir schon ewig mal ansehen.«

»Oh, nee.« Rhonda klang genervt. »Erin, du hast es versprochen.«

»Habe ich gar nicht«, verteidigte ich mich. »Ich habe lediglich gesagt, dass ich vermutlich dort auftauchen-«

»Da reden wir gleich noch drüber«, schnitt Rhonda mir das Wort ab. »Zuerst will ich die anderen Details.«

Seufzend berichtete ich Rhonda den Vorfall mit der Zahnfee.

Zwischendrin holte sie ein paar Mal schockiert Luft. »Wie krass. Was haben die Millers gesagt?«

Ich seufzte. »Das lief zum Glück glimpflich ab. Ich habe Brettons Mund ein wenig gekühlt, und der Zahn schien schon nicht mehr ganz so locker, als sie zurückkamen. Der Kleine kennt schon ein paar Tiernamen und hat dann »Vogel« gesagt, als seine Eltern ihn darauf angesprochen haben. Ich habe einfach mitgespielt. Die Millers glauben jetzt, dass sich ein Vogel in das Kinderzimmer verirrt und in seinem panischen Flug auf der Suche nach Freiheit den Kleinen wohl im Gesicht erwischt hat. Aber glaub mir, zweimal werden sie mir diese Geschichte nicht abnehmen.«

»Meinst du, die Zahnfee kommt noch mal wieder?«

»Keine Ahnung. Ich weiß auch nicht, wie man Bretton oder die anderen Kinder davor beschützen soll.«

»Es muss doch irgendjemanden geben, dem du dich anvertrauen kannst. Jemanden, der etwas unternehmen kann. Jemanden ...«

Ihr fiel wohl im gleichen Moment ein Name ein, in dem ich mich sichtlich versteifte.

»Ich meine natürlich jemand anderes als ...« Rhonda macht eine Pause »... *ihn*. Bei ihm wissen wir ja gar nicht, wo wir dran sind.«

Ich lächelte über ihre Solidarität. Doch dann wurde ich wieder ernst. »Vielleicht kann ich meine drei Rabauken darauf ansetzen.«

Rhonda brummte zustimmend. »Wenn nichts mehr hilft, dann musst du dich *dem Onyx* anvertrauen. Obwohl ...« Sie hielt inne. »Findest du es nicht auch komisch, dass er wieder auftaucht, jetzt, da so komische Dinge geschehen?«

Daran hatte ich noch gar nicht gedacht. *Hatte Cal etwas mit diesen Vorfällen zu tun?*

*

Eine gute Stunde später hatte ich jeglichen Gedanken an Cal zur Seite geschoben, und mein Adrenalin arbeitete auf Hochtouren. Ich kauerte auf einem Stahlträger, der in etwa acht Metern Höhe an der Innenseite des Fabrikgebäudes entlangführte. Und ich war mir sicher, entdeckt worden zu sein. Ich fluchte leise. Zum Glück hatte ich vorher schon großartige Bilder aufnehmen können. Die zwei Gebäude, die Stratford Industries nicht mehr nutzte, waren von innen noch mit großen Transportbändern und Produktionsmaschinen ausgestattet. Und all das war seit über zwölf Jahren dem Verfall preisgegeben. Für mich und meine neue Actionkamera war das hier der apokalyptische Spielplatz meiner Träume. Aber jetzt waren da diese Lichtkegel von Taschenlampen, die immer näher kamen. Ich tippte auf den Ausschalter der Kamera, die dank eines Haltegurts an meiner Stirn fixiert war. Meine Taschenlampe hatte ich schon gelöscht, kaum dass ich die Lichter auf dem Vorplatz entdeckt hatte.

Hastig sah ich mich um. Ich würde in fast vollkommener Dunkelheit rückwärts Richtung Treppe kriechen müssen. Warum mussten die Scheiben so dreckig sein, dass praktisch kein Licht hereinfiel? Hinzukam, dass der Tag eh schon grau und wolkenverhangen gewesen war, sodass man den Eindruck hatte, es wäre die ganz Zeit nicht richtig hell geworden.

Scharniere knarrten, dann hörte ich Stimmen. »Schneiden wir ihm den Weg ab.« Im nächsten Moment wanderten die Lichtkegel in drei verschiedene Richtungen. Einer leuchtete zu der Stelle, an der ich mich vorhin noch befunden hatte. Zum Glück war ich lautlos ein paar Meter nach hinten gekrochen. Der Lichtkegel wanderte den Stahlträger entlang, doch in die falsche Richtung. Ich krabbelte so leise wie möglich rückwärts weiter.

»Hast du ihn?«

»Gleich.« Die Stimme des Mannes klang angespannt. »Seid ihr sicher, dass da was war?«

»Jetzt mach schon, Frischling.« Eine andere Stimme, älter und eindeutig belustigt.

Die Sohlen meiner schweren Boots scharrten über eine Unebenheit, und rostiges Metall rieselte leise in die Tiefe.

Ich verharrte und sah schnell in die Richtung des Lichtkegels.

Der Mann, gekleidet in eine Uniform des Sicherheitsdienstes, war jünger, als ich gedacht hatte, vielleicht Mitte zwanzig. Die Hand, mit der er die Taschenlampe hielt, zitterte ein wenig. Ich hörte die anderen Wachmänner irgendwo im hinteren Teil der Halle rascheln, doch mein Blick verharrte auf ihm.

»Ich sehe hier nichts!« Sein Blick wanderte nach rechts und links, als rechne er jeden Moment mit einem Angriff aus der Dunkelheit. *Er hatte Angst.*

Ich wusste, was jetzt kam. Und richtig. Schon erschienen die Umrisse einer Gestalt, die die Luft zum Zittern brachte. Es war ein Beta, der bestimmt zwei Meter groß war. Die Beta besaßen den zweithöchsten Rang unter den Noctua, gleich nach den Alpha. Sie waren immer Hybridwesen, oft mit menschlichen Zügen und so furchterregend, wie einem Albtraum entsprungen.

»Mach die Augen auf!« Die Stimme eines anderen Wachmannes erklang aus dem hinteren Teil der Halle. Mein Blick flog kurz in seine Richtung, aber dann zurück zu dem Beta.

Er besaß den Leib einer Spinne, der ganz mit rotem Fell bedeckt war und von innen heraus zu leuchten schien. Dazu acht dünne Beine, die unruhig wippten, als lauerte das Wesen schon auf seine Beute. Im Schein des roten Fells erkannte ich, dass es sich um einen weiblichen Beta handelte. Der Oberkörper einer jungen Frau verschmolz mit dem Spinnenleib. Sie trug ein Wams aus schwarzem Leder, verziert mit goldenen Applikationen und vielen kleinen Taschen. Die Muskeln ihrer Arme traten hervor, als sie sich bewegte. Ihr Gesicht war schön, aber mit einem grausamen Zug. Eine Krone aus weißen Korallen schmückte ihr langes schwarzes Haar.

Der Wachmann ließ die Taschenlampe sinken. »Hier ist nichts.«

Wenn du wüsstest ...

In einer schnellen Bewegung schlang die Beta zwei Beinpaare um den Körper des jungen Mannes. Ihre Arme legte sie um seinen Hals, ihr Kinn ruhte auf seinem Scheitel. Dann schloss sie die Augen, als genieße sie die Berührung.

Der junge Mann merkte nichts davon.

Die Beta öffnete ihren Mund und entblößte die langen Giftzähne einer Schlange. Ein zischendes Geräusch erklang aus ihrer Kehle, als sie seine Angst in sich aufnahm. Ein Zittern lief durch ihren Leib, und das rote Fell stellte sich ruckartig auf. Sie waren jetzt beide komplett in das unheimliche rote Licht getaucht.

Ich wandte mich ab.

Sie war eine Dämonin, die ihrer Arbeit nachging. Sie lebten alle von Angst, von *unserer* Angst. Und wir Menschen besaßen reichlich davon.

»Da ist er!« Ein Licht blendete mich. Ein anderer Wachmann hatte mich entdeckt. »Holt ihn runter!«

*

Es dauerte noch eine Weile, bis die Männer realisierten, dass ich kein Kerl, sondern eine junge Frau war. Sie hatten den ganzen Weg zur Pforte über ihren Irrtum gelacht. Ich hingegen konnte nicht fassen, dass ich erwischt worden war. In der Vergangenheit war mir das erst einmal passiert, und eigentlich hatte ich es dabei belassen wollen.

Jetzt saß ich in einem kleinen stickigen Büro, das auf einer Seite von einer Theke und einer breiten Glasscheibe dominiert wurde. Schichtpläne und Besucherlisten lagen herum, es roch nach abgestandenem Kaffee, und irgendwo dudelte leise ein Country-Sender. Dutzende Überwachungsmonitore waren rechts und links an den Wänden angebracht, die den Teil des Fabrikgeländes, auf dem noch aktiv gearbeitet wurde, überwachten. Seit irgendwo ein Gong geläutet hatte, verließen Arbeiter das Gebäude im Sekundentakt. Und die meisten musterten mich neugierig durch die Scheibe, während sie ihrem Schichtende entgegengingen.

Einer der Wachmänner, ein kleiner Typ mit beachtlichem Bauch, der hier wohl das Sagen hatte, telefonierte gerade. »Noch minderjährig«, hörte ich ihn mit ernster Stimme sagen.

74

Der jüngere Typ lehnte an der Theke, hatte die Arme verschränkt und warf mir hin und wieder einen verstohlenen Blick zu. Ihm schien das Ganze mindestens so unangenehm zu sein wie mir. Sie hatten mir meine Kamera abgenommen, doch ich hatte den Chip vorher entfernt und in einer Tasche meiner Jeans verschwinden lassen. Die älteren Wachmänner hatten nichts bemerkt. Der jüngere Typ hatte mir hingegen einen eindeutigen Blick zugeworfen, aber nichts gesagt. Ihm war garantiert aufgefallen, dass die Speicherkarte fehlte.

Ich warf einen schnellen Blick auf sein Namensschild. Dylan O'Brien. Witzig. Er sah dem »Teen Wolf«-Schauspieler sogar ähnlich.

»... Eltern anrufen«, hörte ich die Worte des älteren Wachmanns.

Viel Glück dabei, dachte ich. Was mich jetzt wohl erwartete? Eine Anzeige wegen Hausfriedensbruch? Grandma würde komplett ausrasten. Ich setzte eine möglichst gelassene Miene auf und beneidete in diesem Moment alle, die einfach so aus dem Gebäude spazieren durften. Mein Blick blieb an einer jungen Frau hängen, die nicht viel älter als ich sein konnte. Sie trug eine dunkelblaue Stoffhose und eine elegante cremefarbene Bluse mit Bubikragen. Ihr dunkelbraunes Haar fiel ihr in weichen Wellen auf die Schultern. Sie hatte eine Laptoptasche dabei und warf gerade einen Blick auf ihre goldene Armbanduhr. Dann schien sie zu bemerken, dass jemand sie anstarrte. Sie blieb abrupt stehen, und die Arbeiter umrundeten sie in respektvollen Abstand.

Schnell wandte ich mich ab und sah unbehaglich zur Seite.

Ich sah erst wieder hoch, als sich die Tür des Büros öffnete. »Was ist denn hier los?« Die Stimme der jungen Frau klang kein bisschen unsicher. Obwohl sie nicht viel älter als ich sein konnte, umgab sie eine stille Selbstsicherheit, um die ich sie sofort beneidete.

Der Wachmann beendete das Gespräch sofort und straffte dann sichtlich die Schultern. »Miss Stratford.« Er klang überrascht. »Was können wir für Sie tun?«

Stratford wie Stratford Industries?

Sie deutete wortlos mit dem Kopf auf mich.

Der Wachmann gab ihr eine Kurzfassung. Er endete mit so gewichtigen Schlagwörtern wie »Erziehungsberechtigte«, »Polizei« und »Anzeige«. Ich wurde auf meinem Stuhl noch ein wenig kleiner.

Miss Stratford beachtete den Wachmann nicht weiter. Stattdessen wandte sie sich mir zu. »Wie heißt du?«

Ihr autoritäres Gehabe wirkte auch bei mir. »Erin Porter.«

»Hast du etwas gestohlen, Erin Porter?«

»Nein. Das ist gegen den Ehrenkodex der Urban Explorer.«

»Hast du etwas kaput gemacht?«

»Auch das ist gegen den Kodex.«

»Hast du eine Drehgenehmigung eingeholt?«

»Die gibt es?«

Die drei Wachmänner folgte dem Verhör mit mehr oder weniger offenem Mund. Keine Frage, Miss Stratford sah in ihren adretten Klamotten aus wie eine FBI-Agentin in Ausbildung. Obwohl ihre Stimme kühl und sachlich klang, fand ich sie irgendwie sympathisch.

Jetzt streckte sie eine Hand aus und deutete auf die Kamera. Sobald man sie ihr gereicht hatte, schnippte sie das Fach mit dem fehlenden Chip auf. Als sie mich ansah, hob sie leicht die Brauen.

Ich seufzte. Erwischt. Das war's dann wohl mit meinem Material.

»Es wird meinem Vater nicht gefallen, dass du hier eingebrochen bist.«

Erzähl mir was Neues.

»Aber da ich die sozialen Netzwerke dieser Firma betreue,
interessiert mich dein Bildmaterial.«

Neugierig sah ich sie an. Meinte sie das ernst?

»Ich biete dir einen Deal an, Erin Porter. Dein Material gegen deine Freiheit. Gib mir deinen Ausweis.«

Was kam denn nun? Es dauert ein wenig, bis ich ihn heraus-
gefischt hatte. Sie reichte ihn an einen Wachmann weiter und
deutete ungeduldig auf ein Kopiergerät. Wie immer hörte alles
auf ihren wortlosen Befehl.

»Solltest du zu unserem Termin nicht erscheinen, habe ich
deine Adresse.« Ihr Lächeln war süß, dennoch jagte es mir einen eisigen Schauer die Wirbelsäule hinab. »Ich rate dir also,
unser Treffen nicht zu vergessen.«

Der Wachmann schob mir den Ausweis zurück über den
Schreibtisch. »Das nenne ich mal Glück gehabt.«

Ich schnaufte nur.

Miss »Meinem Daddy gehört der ganz Laden hier«
schnippte gegen die Klappe der Speicherkarte, dann warf sie
mir die Kamera zu. »Montagnachmittag um 17:00 Uhr, hier an
der Pforte, Erin Porter.«

Und dann rauschte sie aus dem Büro, ohne einen von uns
noch mal anzusehen.

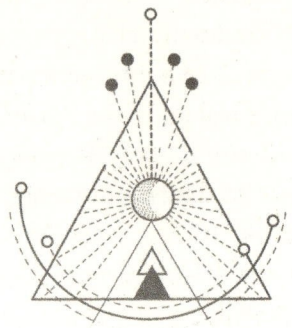

Kapitel 6

»Greg, hör mir doch bitte mal einen Moment zu. Das geht so nicht weiter. Ich kann das nicht mehr.« Ich lief mit dem Handy am Ohr zwischen dem Wohnbereich und der offenen Küche hin und her, seit ich meinen noch-Freund endlich erreicht hatte.

»Wo ist das Problem?« Greg klang genervt und gelangweilt zugleich. Ich nippte an meinen ersten Kaffee an diesem Sonntagmorgen und hatte eigentlich gehofft, wir würden nicht alles von vorn diskutieren müssen.

»Das Problem? Ernsthaft? Wir texten nicht mehr, wir telefonieren nicht mehr, und wir sehen uns nicht mehr. Und bloß, weil Dylan lernen muss und nicht nach Hause kommt, hättest du dich gestern sehr gut allein auf den Weg machen können.«

»Ich habe viel zu tun.«

Ich holte entschlossen Luft. »Ich will Schluss machen, Greg.«

»Okay …« Er klang nicht besonders verletzt. »So richtig? Oder nur für ein paar Tage? Eine Auszeit vielleicht?«

Ich hätte fast gelacht. Doch der Laut blieb mir im Hals stecken, als plötzlich drei Noctua vor meiner Terrassentür standen.

Cal hatte schon die Hand erhoben, um gegen die Scheibe zu klopfen, als unsere Blicke sich trafen.

Er ist wieder da.

»… du machst da so eine große Sache draus und …« Greg redete weiter, doch ich ließ das Handy sinken.

Will ich, dass er wieder da ist?

Ich war immer noch verletzt und gleichzeitig durcheinander, in mir herrschte das völlige Gefühlschaos.

Ich verbannte meine Gedanken und ließ den Blick wandern. Cals Begleiter kannte ich nicht. Es waren alles Alpha, also hatten auch sie menschliche Gestalt. Ein Mädchen in meinem Alter mit wildem rotbraunem Haar, in dem aquamarinblaue Perlen glänzten. Die Holster zweier Krummdolche hingen an ihrer Hüfte. Sie trug eine weit geschnittene, weich fallende Hose, die an den Knöcheln mit Lederbändern fixiert war. Dazu ein eng anliegendes silbrig schimmerndes Oberteil und darüber eine Weste aus Leder.

Der Junge an Cals anderer Seite musste ebenfalls in unserem Alter sein. Er war sehr groß und regelrecht mager. Sein lockiges schwarzes Haar umrahmte sein hübsches Gesicht, das immer noch ein paar kindliche Züge trug. Er trug eine Reithose wie Cal, dazu ein Hemd ohne Knöpfe und sechs Wurfmesser, deren Haltegurt quer über seiner Brust lag.

»… und wenn du nicht immer so zickig wärst, dann …« Ich hob das Handy zurück an mein Ohr, während ich zur Terrassentür ging.

Ich hörte noch Gregs letzte Worte und Wut stieg in mir hoch. »Bye, Greg. Ein schönes Leben noch.« Dann schob ich das Handy in meine Tasche.

»Hi.« Cal lächelte, als ich die schwere Glastür zur Seite schob.

»Hi.« Ich sah erst ihn an, dann nickte ich den anderen zu. Sie murmelten Grüße, doch etwas hinter ihnen im Garten hatte meine Aufmerksamkeit erregt. Nyncis, Cals Reittier, wälzte sich nahe unseres Teichs auf dem feuchten Gras. Ein weiterer Delta, ein zwei Meter großer Drache mit silbernen Schuppen, beobachtete ihn dabei kritisch. Seine Flügel waren durscheinend wie Glas und mit filigranen dunkelblauen Adern durchzogen. Etwas abseits des Geschehens hockte ein dritter Delta, eine Fledermaus, groß wie ein Pferd, hatte die ledrigen Flügel um ihren Leib geschlungen und schien zu schlafen. In diesem Moment war ich mal wieder froh, dass dieser exotische Zoo vor den Augen unserer Nachbarn verborgen bleiben würde.

»Erin, das sind Ildy Modrovich und Nolan Elwood«, stellte Cal seine Begleiter vor. »Und das sind ihre Delta Sky und Grml.« Cal deutete in den Garten, zuerst auf den Drachen und dann auf die schlafende Fledermaus, bevor er sich zurück zu mir drehte. »Unser Freund Horatio Valentino fehlt leider, der ist irgendwie auf dem Weg hierher verloren gegangen.« Er grinste schief.

Das Mädchen, Ildy, verdrehte die Augen und schnaubte. »Na klar.« Ich betrachtete sie kurz. Ihren Namen kannte ich … Cal musste damals öfters von ihr erzählt haben. Und so langsam kamen die Erinnerungen auch zurück. Sie war eine Alpha vom Kartell der Cobalt und eine seiner besten Freunde seit Kindertagen. Jetzt endlich hatte ich ein Gesicht zu den vielen Geschichten und obendrauf das Gefühl, sie schon ewig zu kennen.

Nolan verzog keine Miene, doch sein Blick sagte trotzdem alles. Dieser Horatio schien öfter »verloren« zu gehen.

»Freut mich«, sagte ich und klang ziemlich überrumpelt. »Wollt ihr reinkommen?«

Über mir hörte ich das nervöse Kratzen von Krallen auf dem Holzboden. Meine drei Rabauken hatten wohl ebenfalls mitbekommen, dass ich Besuch hatte.

»Danke.« Cal und ich verzichteten auf eine weitere Begrüßung. Ich wusste immer noch nicht, wie ich ihm gegenübertreten sollte. Er ging an mir vorbei in den Wohnbereich, blieb dann aber stehen und sah sich nach den anderen um. Nolan nickte mir höflich zu, als er mich passierte. Er war unverkennbar ein Onyx, mit seinen nachtschwarzen Haaren und den leicht spitzen Eckzähnen, die hervorblitzten, als er die Lippen zu einem Lächeln verzog.

Ich sah ihm nach. »Grml?«, fragte ich dann. »Das ist ein interessanter Name.«

Nolan blickte zurück zu mir und schien etwas verlegen. »Ja, stimmt.« Erst da fiel mir auf, dass er eine goldgerahmte Nickelbrille an einem Lederband um den Hals trug. »Wir bekommen unsere Delta schon als Kinder, und als ich ihn zugeteilt bekam, machte er nur dieses eine Geräusch. *Grml.* Jedes Mal, wenn ich mich ihm genähert habe. Also habe ich ihn so getauft.« Er grinste. »Mittlerweile gefällt es ihm.«

»Was für eine schöne Geschichte.«

Nolans Lächeln wurde charmanter. »Danke. Es freut mich immer, wenn meine Worte eine hübsche Frau unterhalten können.« Und da war er wieder. Der berühmt-berüchtigte Charme der Onyx.

Cal verdrehte die Augen und stieß Nolan den Ellenbogen unsanft in die Seite.

»Und dir gehört ein Drache?«, wandte ich mich nun an Ildy, und ignorierte die Jungs, die sich weiter gegenseitig freundschaftlich schubsten. »Wie cool ist das denn bitte?«

»Ja, genau. Sky ist wunderbar.« Ildy lächelte etwas scheu, doch ich mochte sie auf Anhieb.

Und dann erstarb das Gespräch. Etwas unschlüssig sah ich in die Runde. »Möchtet ihr vielleicht etwas trinken?«, fragte ich schließlich und klang plötzlich nervöser als beabsichtigt.

Niemand antwortete. Die Alpha standen da wie bestellt und nicht abgeholt. Ich schwankte immer noch zwischen Überraschung und Ungläubigkeit. Cal hatte in all den Jahren nie Freunde mitgebracht. Ich hatte immer angenommen, ich, das Menschenmädchen, wäre sein kleines Geheimnis und würde es auch für immer bleiben.

»Eigentlich haben wir gar nicht so viel Zeit und …«, begann Cal, brach aber ab, als sich unsere Blicke trafen. Er schien vergessen zu haben, was er hatte sagen wollen.

»Wir …«, begann er erneut. »Ich meine, ich wollte, dass du …«

Ildy und Nolan wechselten hinter seinem Rücken einen Blick.

»Er will dir beweisen, dass er nicht gelogen hat.« Ildys Stimme klang so klar und kühl wie ein Gebirgsbach.

»Aber …« Mein Blick wanderte zwischen Cal und ihr hin und her. »… ich habe nie behauptet, dass Cal mich belogen hat.«

Ildy sah zu Cal. In ihrem Blick lag eine wortlose Frage.

82

»Aber geglaubt hast du mir trotzdem nicht.« Cals dunkle Stimme durschnitt die Luft wie ein Messer.

Er hatte recht, und das wussten wir beide. Ich seufzte.

Jetzt trat Nolan vor. Er war sogar noch eine Handbreit größer als Cal, wenn auch nur halb so breit. »Wir waren politische Gefangene der Amethyst. Drei Jahre lang haben wir bei ihren Alpha als Geiseln gelebt. Wir drei und Horatio.« Er biss die Kiefer so fest aufeinander, dass seine Wangenknochen scharf hervortraten. »Drei lange Jahre in Isolation, getrennt von unseren Familien, mit einer ungewissen Zukunft vor Augen. Für sie waren wir nichts mehr als Diebe, Wegelagerer und der Abschaum der Dimension.« Seine Stimme verebbte zu einem Flüstern. »Und dementsprechend brutal haben sie uns auch behandelt.«

Ich war schockiert. Cal hatte bisher kaum etwas erzählt und die Gewalt, die ihnen angetan worden war, verschwiegen. »Mein Gott«, stieß ich leise hervor. »Das ist so furchtbar … es ist so … ich meine …« Mein Blick ging kurz zu Cal, der sich gerade ein paar bunte Jellybeans in den Mund schob. Es wirkte eher wie eine ausweichende Geste, weil er nicht wusste, was er in diesem Moment mit seinen Händen anstellen sollte. Er wich meinem Blick bewusst aus. Ich wusste kaum, was ich erwidern sollte. Alles würde viel zu harmlos, zu herzlos klingen. »Das tut mir so furchtbar leid.« Das war zwar etwas ungelenk formuliert, doch ich meinte es ganz ernst. Ich konnte mir gar nicht vorstellen, drei Jahre lang von Grandma und meinen Freunden getrennt zu sein.

Ich sah den rohen Schmerz in Nolans Augen, die Wunden, die noch lange nicht verheilt waren, und ich musste den Blick abwenden. Ildy warf sich in einer fast trotzigen Geste das Haar über die Schulter. Erst da entdeckte ich die für die Cobalt typi-

schen Kiemen an ihrem Hals. Cals Miene war undurchdringlich. Ich hatte keine Ahnung, was er dachte. Ich wollte etwas
zu ihm sagen, doch ich fand nicht die richtigen Worte. Wie
sehr hatte ich ihn verflucht, hatte ihn hassen wollen, dass er
mich so abserviert hatte, wortlos, aus dem Nichts und scheinbar ohne jedes Gefühl. Jetzt stellte sich die Situation plötzlich
so anders dar, dass ich total überwältigt war. Ich hatte so viele
Fragen. Wie war es geschehen? Hatte es deswegen einen Krieg
gegeben? Waren sie geflohen oder freigekommen? Doch ich
schwieg.

Ildy sah auf eine Taschenuhr, die an einer filigranen Kette
befestigt war. »Cal.« Mehr sagte sie nicht, bevor sie die Uhr in
eine kleine Tasche ihrer Weste schob. *Mission erfüllt, jetzt lassen wir den Menschen zurück und widmen uns Dingen, die sie
nichts angehen.*

Cal nickte knapp. »Geht schon mal vor.« Er klang freundlich, doch es war klar, wer hier in der Hierarchie ganz oben
stand. Nolan drehte sich wieder zu mir und deutete eine kleine
Verbeugung an. »War mir eine Freude.«

Ildy nickte mir zu. »Nach so langer Zeit und so vielen Geschichten.« Sie lächelte so zaghaft, dass es kaum zu sehen war.

»Das stimmt.« Cal hatte ihr also auch von mir erzählt. Ich
erwiderte ihr Lächeln, bevor sie Nolan nach draußen folgte.

Kaum, dass wir allein waren, hüpfte Pünktchen wie aus dem
Nichts auf die Theke, die unsere Küche und den Wohnbereich
voneinander trennte. Sie schlang den buschigen Schweif um
ihren Körper und beobachtete uns aus schmalen Augen.

»Hallo Pünktchen.« Cal hob grüßend die Hand.

»Hallo«, zischte sie zurück, kam aber nicht näher. Die zit-
ternden Haare auf den Spitzen ihrer Ohren verrieten, wie nervös sie war.

»Hätte ich gewusst, dass …«, stieß ich hervor.

»Nein«, unterbrach Cal mich. »Ich habe dir wehgetan. Und deshalb lag es nun an mir, dir das hier zu beweisen.« Er kam noch etwas näher, und sofort überschlug sich mein Herz. »Ich hätte dich niemals verlassen.«

Ich hätte dich niemals verlassen.

Genau wie letzte Woche hallten seine Worte in mir nach. »Ich möchte mehr darüber wissen. Über die Amethyst, über deine Zeit dort.«

»Sag mir Bescheid, wann es dir passt.« Cal warf einen schnellen Blick in den Garten, dann zog er ein nagelneu aussehendes Handy hervor.

Ich trug meine Telefonnummer ein und klingelte mich selbst kurz an, damit ich auch seine hatte.

Ildy saß bereits auf dem schimmernden Drachen, der majestätisch den langen Hals reckte. Nyncis lag auf der Seite im Gras und schnappte gerade halbherzig nach einem kleinen Vogel. Nolan versuchte augenscheinlich immer noch, den schlafenden Grml zu wecken.

»Schreib mir, okay?« Cal beugte sich zu mir.

Unweigerlich beschleunigte sich mein Puls.

Man konnte es kaum als Kuss bezeichnen, seine Lippen streiften nur mein Haar, als er auch schon wieder zurückwich.

»Das mache ich.«

Während ich dabei zusah, wie die Alpha sich auf ihre Reittiere schwangen, hüpfte Pünktchen auf meine Schulter. »Glaubssst du ihm? Du weißt, er ist ein Onyx und der andere auch. Ssssie würden dir den Himmel versprechen, um ihr Ziel zu erreichen.«

»Ich weiß«, flüsterte ich, als die Reittiere sich in die Luft erhoben. Mein Herz hämmerte wie wild gegen meinen Brustkorb. »Und genau deshalb werde ich wachsam bleiben.«

*

Um 15 Uhr kam Grandma endlich von ihrem Frühdienst im Krankenhaus nach Hause und brachte chinesisches Essen mit. Wir setzten uns auf die Terrasse und futterten direkt aus den Packungen. Vor meinem inneren Auge sah ich immer noch die monströsen Reittiere der Alpha auf dem Rasen liegen.

Nachdem die Luft rein gewesen war, waren auch die zwei Feiglinge Herald und Otiz in der Küche erschienen, um gemeinsam darüber zu spekulieren, ob man dem, was Cal und die anderen erzählt hatten, glauben konnte. Natürlich waren sie sich nicht einig geworden, weil sie zum Kartell der Amber gehörten und nur spekulieren konnten. Die Kartelle untereinander vertrauten sich nur wenig. Dementsprechend hatten meine drei Gamma keine Möglichkeit, herauszufinden, ob wir belogen worden waren oder nicht, ohne sich in Gefahr zu begeben.

Grandma wusste von alldem natürlich auch nichts. Während wir unser Essen genossen, erkundigte sie sich nach der Party, aber nicht nach meiner Explorer-Tour. So war es immer. Sie wusste, was ich tat, aber wollte nichts darüber hören. Sie tolerierte es, obwohl ich wusste, dass sie es mir gerne verboten hätte.

Ich begab mich bei meinen Kletteraktionen freiwillig in Gefahr, und außerdem beging ich Hausfriedensbruch, egal wie lange das Gelände schon nicht mehr genutzt und die Fabrikhalle sich selbst überlassen wurde. Und da ich gestern um Haaresbreite an einer Anzeige vorbeigeschlittert war, erzählte ich ihr erst recht nicht davon. Ich ahnte, dass sie genau so einen

Vorfall dazu benutzen würde, mir dieses Hobby endgültig zu verbieten.

»Du warst früh wieder zu Hause.« Grandma angelte mit ihren Stäbchen nach einem Pilz und schob ihn sich in den Mund.

»Ich hatte irgendwie nicht so viel Lust auf Party.« Ich war mit den Essstäbchen lange nicht so geschickt wie sie. Meistens hatte ich mein Gericht erst zur Hälfte verputzt, wenn mich die Geduld verließ und ich mir eine Gabel holte.

»War Greg dort? Konntet ihr endlich reden?«

Ich schüttelte den Kopf und angelte erfolglos nach ein paar Nudeln. Immer wieder rutschten sie zwischen den beiden Bambusstäbchen zurück in die Packung. »Wir haben heute Morgen telefoniert, wurden dann aber unterbrochen, bevor wir alles klären konnten.« *Was mir jetzt aber auch egal war.* »Ich habe ihm dann nur noch ein schönes Leben gewünscht, und ich denke mal, das war es jetzt mit uns.«

»Unterbrochen?« Grandma ließ die Stäbchen sinken. »Wie wurdest du unterbrochen?«

Ich machte den Mund auf, schloss ihn aber wieder. Ich hasste es, zu lügen. Jetzt würde ich Grandma noch eine Unwahrheit auftischen müssen, oder nicht? Sie wusste von Pünktchen, Herald und Otiz, die unter meinem Bett wohnten. Sie wusste, dass dämonische Wesen zu meinem Alltag gehörten. Sie waren schließlich überall. Aber Cal war immer mein Geheimnis geblieben. Sollte ich ihr jetzt einfach davon erzählen?

Trotz meiner Gewissensbisse entschied ich mich dagegen.

»Es war jemand an der Tür. Nichts Wichtiges.«

»Verstehe.« Damit schien das Thema für sie beendet. Ich atmete sichtlich auf. Doch dann fiel mir etwas anderes ein. Eine ideale Vorlage für einen Themenwechsel. »Sag mal, weißt du, ob Grandpa einen Zirkel besessen hat? Wir sollen für unser Politikprojekt Plakate malen, die im Abschlussmonat in der Aula aufgehängt werden. Einige unserer Themen überschneiden sich, und wir wollen die Schnittmenge darstellen.«

Grandma ließ die Stäbchen sinken und schien nachzudenken. »Schau mal in seinem Arbeitszimmer nach. Er hat doch nie etwas weggeschmissen. Vermutlich wirst du einen Zirkel finden, der noch aus Studienzeiten stammt.« Sie lachte, doch ich hörte die Traurigkeit darin. Grandpa war jetzt fünf Jahre tot, und wir vermissten ihn beide immer noch sehr.

Ich hatte plötzlich keinen Hunger mehr. »Ich glaube, ich fange schon mal an.«

Grandma nickte und stellte auch ihr Essen beiseite. »Ich bleibe noch einen Moment hier draußen.«

Ich strich ihr kurz über die Schulter, als ich an ihr vorbei ins Haus ging. Mein Essen verstaute ich im Kühlschrank und ging dann hinauf in die erste Etage. Das Haus war eigentlich viel zu groß für Grandma und mich. Ursprünglich hatte es einem leitenden Angestellten einer der florierenden Automobilfabriken gehört. Es stammte aus den Fünfzigerjahren und war dank Grandpa, der sein Leben lang als Architekt gearbeitet hatte, soweit instand gehalten, dass es nicht auseinanderfiel. Trotzdem hätte das Haus dringend eine Renovierung nötig. Ich ging an meinem Zimmer vorbei, an zwei Bädern, einer Abstellkammer und passierte dann Grandmas Zimmer, bis ich den Teil des Hauses erreichte, den wir nicht mehr nutzten. Dazu gehörte Grandpas Büro, zwei Gästezimmer und ein Ankleidezimmer, das mittlerweile leer stand. Dann gab es noch einen kleineren Raum, in dem Grandpa alle seine selbstangefertigten Zeichnungen aufbewahrt hatte und ein Speiseaufzug, der nie benutzt worden war, seit die ersten Bewohner des Hauses in den Sechzigerjahren ausgezogen waren.

Ich betrat Grandpas Büro. Sein großer Eichenholzschreibtisch war mit einem weißen Tuch abgedeckt, ebenso wie ein paar der anderen Möbel. Staub flirrte durch die Luft, und es roch nach Papier und Möbelpolitur. Eine Diele knarrte, als ich auf den ledernen Schreibtischstuhl zuging. Vorsichtig ließ ich mich darin nieder und zog dann die mittlere Schublade auf. Kugelschreiber, eingetrocknete Fasermaler, Radiergummis und ein alter Notizblock einer Apotheke, die es schon lange nicht mehr gab. Einige Kopfschmerztabletten, ein paar Kekskrümel, abgelaufene Rabattcoupons, aber kein Zirkel. Ich ging auch die anderen Schubladen rechts und links durch, doch auch hier wurde ich nicht fündig. Ich erhob mich wieder und zog das Tuch von einer Kommode, bevor ich mich davor auf dem Boden niederließ. Die Fächer waren vollgestopft mit alten Auftragsbögen, Messekatalogen und Geschäftskorrespondenzen. Ich wollte die unterste Schublade schon entnervt wieder zuschieben, als mein Blick auf einen Schriftzug fiel. *Autoversicherung SAVEdrive.* Neugierig schob ich die anderen Papiere zur Seite. Es waren ein paar Kopien, die Tinte bereits verblasst, die Ecken gelblich verfärbt. *Unfallgutachten.*

Ich schluckte, und unwillkürlich beschleunigte sich mein Puls. Noch während ich die ersten Zeilen überflog, krampfte sich alles in mir schmerzhaft zusammen. Hier ging es eindeutig um den Unfall, bei dem meine Eltern ums Leben gekommen waren. Der Unfall, bei dem auch ich im Auto gesessen hätte, wäre ich diese Nacht nicht bei meinen Großeltern geblieben. Ich überflog die Zeilen, während mir automatisch Tränen in die Augen stiegen.

Wagen vermutlich aufgrund von Blitzeis von der Straße abge-

kommen, Sturz in den Cuyahoga River, Fahrzeug durch das Eis gebrochen und untergegangen. Drei Geschädigte. Fahrer, männlich, 34 Jahre alt. Beifahrerin, weiblich, 30 Jahre alt. Ein Kleinkind, weiblich, vier Jahre alt.

Alles in mir wurde ganz still, als ich auf die letzten Zeilen starrte. *Drei Geschädigte?* Mein Herz überschlug sich, als der Bericht unsere Namen auflistete. *Erin Porter, vier Jahre alt. Einzige Überlebende.*

Meine Hände zitterten so stark, dass ich die Bögen auf meinen Schoß sinken ließ. Das konnte nicht stimmen. Ich war an diesem Tag bei meinen Großeltern geblieben. Mom und Dad waren alleine auf dem Weg zu ihren Freunden gewesen. Immer wieder überflog ich hastig die Zeilen. *Zwei Tote, eine Überlebende.* Hier stand es schwarz auf weiß. Es waren offizielle Dokumente, die keinen Zweifel zuließen.

Die Tränen liefen nun unkontrolliert über meine Wangen. Meine Großeltern, die Menschen, denen ich in meinem Leben am meisten vertraute, hatten mich offensichtlich all die Jahre belogen. *Aber warum?* Ich starrte erneut auf die Bögen, um mich zu vergewissern. Nein, meine Augen hatten mir keinen Streich gespielt. Ich hatte mit im Wagen gesessen. Zitternd presste ich eine Faust vor die Lippen. Und ich hatte den Unfall als Einzige überlebt.

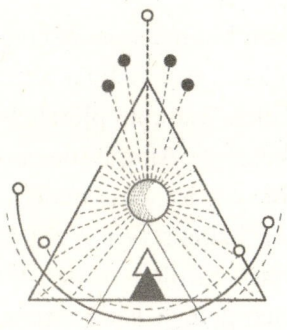

Kapitel 7

Grandma hielt sich mit beiden Händen an der Lehne des Bar-
hockers fest. Ihr Gesicht war kreidebleich.

»Nun?« Ich deutete auf die Papiere, die zwischen uns auf
der Theke lagen. Ich wollte endlich die ganze Wahrheit hören.

Grandma sah mich kurz an, dann betrachtete sie ihre Hände, deren Knöchel weiß hervortraten. »Dein Großvater und ich
haben damals entschieden, dass es so besser wäre.«

Ich wusste nicht, was ich darauf erwidern sollte. Stille breitete sich zwischen uns aus, und ich starrte sie so lange an, bis
sie mir zurück ins Gesicht sah. »*Das* ist es also? *Dein Großvater
und ich haben entschieden?*« Ich musste mich zwingen, ruhig zu
bleiben. »Ihr habt also einfach beschlossen, dass ich mit einer
Lüge leben soll?«

»Nein, Erin.« Grandma strich sich durch die kurzen silbernen Haare. »Nein. Wir haben entschieden, dass wir dich nicht damit belasten wollen. Du warst noch ein kleines Mädchen und-«

»Ja, aber irgendwann bin ich erwachsen geworden.«

»Es war ein traumatisches Erlebnis für dich.« Grandma sah mich an, doch ihr Blick war mir plötzlich völlig fremd. »Du hattest danach wochenlang Albträume, bist schreiend aufgewacht, wolltest nicht wieder einschlafen, konntest tagsüber kaum die Augen offen halten. Wir waren froh und erleichtert, als uns klar wurde, dass du dich an den Unfall nicht erinnern konntest. Du hast nach deinen Eltern gefragt, nach ihrem Besuch bei den Freunden und wann sie wiederkommen. Du hattest es vergessen.«

Ich schnaubte. »Mir ist schon klar, dass man einer Vierjährigen nicht erzählt, dass sie als Einzige einen tödlichen Autounfall überlebt hat. Aber irgendwann bin ich älter geworden. Es ist mein Leben, und ich habe ein Recht darauf, die Wahrheit zu erfahren.« Ich schob die Papiere ein Stückchen auf sie zu. »Hättest du es mir jemals erzählt?«

Grandmas Augen schimmerten feucht, dennoch schüttelte sie sie den Kopf. »Nein.«

»Ich fasse es nicht.« Ich griff nach den Unterlagen und wollte mich abwenden, um Grandma einfach stehen zu lassen.

»Warte, Erin.« Grandma machte einen Schritt auf mich zu. Sie nahm meine linke Hand und umschloss sie mit ihren Fingern. »Es hätte dich belastet. Du hättest dir unsinnige Fragen gestellt. Vielleicht sogar Vorwürfe gemacht.«

»Ich war vier Jahre alt, was für Vorwürfe sollte ich mir machen?« Meine Worte klirrten vor Kälte. »Dass ich nicht am

Steuer gesessen habe? Dass ich ihnen erlaubt habe, trotz der miesen Wetterverhältnisse loszufahren?«

Grandma runzelte die Stirn. »So ein Unsinn. Du bist aufgebracht. Ich verstehe dich. Willst du, dass ich mich entschuldige? Ist es das?«

Ich zog den Arm zurück, sodass sie meine Hand loslassen musste. »Ich will alles darüber wissen.«

»Jetzt weißt du doch alles. Mehr, als dort steht, kann ich dir nicht sagen.«

»Ihr habt nicht mit den Polizisten gesprochen? Es war niemand hier?«

Grandma wirkte unbehaglich. »Doch, natürlich. Aber sie haben nicht mehr erzählt, als in dem Gutachten steht. Der Wagen ist von der Straße abgekommen. Die Ursache konnte niemals endgültig geklärt werden. Als ihr von der Straße abgekommen seid, befandet ihr euch gerade auf einer kleinen Brücke über dem Cuyahoga River. Der Wagen durchbrach das Geländer, und ihr seid in den Fluss gestürzt.« Sie schluckte, und die Worte schienen ihr schwerzufallen. »Es war Winter. Der Fluss war von einer dicken Eisschicht bedeckt, die die Windschutzscheibe zertrümmert hat. Es ist sofort Wasser ins Auto gedrungen.« Eine einzelne Träne rann ihr über die Wange. »Bei diesen Wassertemperaturen überlebt der Mensch nicht lange. Es dauert nur wenige Minuten, und man verfällt in eine Art Schockzustand. Du hattest doppelt Glück, Erin. Der Wagen fiel mit der Front voraus in den Fluss, deshalb lief das Heck erst später voll Wasser. Und wären die beiden Feuerwehrmänner nicht wenige Minuten nach euch an der Unfallstelle gewesen … Sie wussten, was zu tun war, und haben ihr Leben riskiert, um dich aus dem untergegangenen Wagen zu retten. Für deine Eltern kam jede Hilfe zu spät, aber du hattest unendlich großes Glück.«

Ich hatte nicht mehr viele Erinnerungen an meine Eltern. Doch jetzt musste ich meine Vergangenheit sowieso neu schreiben. Und jetzt ergaben plötzlich auch die Albträume Sinn. Denn an sie erinnerte ich mich gut. Ich war ein traumatisiertes Kind gewesen, das seine Eltern hatte sterben sehen.

»Wir wollten nicht, dass du noch mehr leidest. Wir wollten nur das Beste für dich.«

Ich sah Grandma weiterhin fassungslos an. Jedes Mal, wenn jemand behauptete, *nur das Beste* für einen zu wollen, war dem garantiert nicht so. »Ich muss hier raus.« Ich schwang herum, griff im Flur nach meiner Jacke und den Autoschlüsseln und riss die Haustür auf.

»Erin!« Grandma kam hinter mir her, doch ich ignorierte sie. Ich sprang die Stufen des Eingangs herunter und warf mich in den Buick. Heute war Sonntag, Grandma hat ihre Schicht schon hinter sich, und ganz sicher würde sie ihn nicht mehr benötigen. Ich hingegen brauchte dringend ein paar Stunden Abstand.

*

Rhonda, Jinjin und ich saßen auf dem breiten Himmelbett, das Rhondas ganz in Sonnengelb gestrichenes Zimmer dominierte. Zwischen uns auf einem Zierkissen thronte ein Tablet, und wir hatten Dylan über Skype dazu geschaltet. Ich hatte sein Angebot, sich trotz einer anstehenden Prüfung ins Auto zu setzen und vom Campus der Akron University auf den Weg zu machen, dankend abgelehnt.

Während ich mich nonstop über Grandma aufregte, viel

geflucht und geweint hatte, hatten sie mich nach Kräften getröstet. Rhonda hatte mich im Arm gehalten, und ich hatte mich an ihrer Schulter ausgeheult, während Jinjin meinen Rücken gestreichelt hatte.

Mittlerweile hatte ich einen ganzen Becher Eis auf dem Schoß und schob mir im Minutentakt mit einem Suppenlöffel Ben & Jerry's Cookie Dough-Eiscreme in den Mund. Rhonda hatten sich einen Becher Strawberry Cheesecake vorgenommen, und Jinjin kaute auf Weingummis, weil sie laktoseintolerant war.

Dylan schien keine Lust mehr auf weitere Spekulationen zu haben, denn er wechselte das Thema. »Wie geht es dir nach der Trennung von Greg?«

Ich hatte versucht, mich abzulenken, doch Gefühle ließen sich nun mal nicht so einfach ausknipsen. »Es geht schon.«

»Wirklich?« Dylan legte den Kopf schief. »Oder tröstet du dich mit deinem neuen alten Freund Callahan?« Sein angespannter Gesichtsausdruck verriet deutlich, was er von Cals plötzlichem Auftauchen hielt.

Ich wandte verlegen den Blick ab. »Wir sind nicht zusammen.«

»Warum wirst du dann rot?«, wollte Dylan wissen, und Rhonda neben mir kicherte zu allem Überfluss.

»Lass sie in Frieden«, tadelte Jinjin ihn gutmütig. »Sie hat im Moment echt viel um die Ohren.«

Dylan grinste, und es sah ein klein wenig boshaft aus. »Wie geht es Jamie? Redest du mittlerweile mit ihm oder bewunderst du ihn immer noch aus der Ferne?«

Jinjin machte den Mund auf, klappte ihn dann aber wieder zu. Ihre Wangen glühten jetzt genau wie meine.

»Du böser Mensch!« Rhonda lachte. »Sollen wir als Nächstes dein Liebesleben diskutieren?«

»Ich würde am liebsten über das mysteriöse Auftauchen von Cal reden, aber dann macht sie«, er deutete mit dem Finger auf mich, »ja sowieso dicht.«

»Hattet ihr früher eigentlich Monster unter dem Bett?«, fragte Jinjin dann. »Könnt ihr euch da an was erinnern? Ich nämlich nicht.«

Dylan schüttelte den Kopf. »Ich glaube, dafür ist man dann noch zu jung. Aber Erin hat mir später davon erzählt, und durch die Zeichnungen konnte ich sie mir immer sehr gut vorstellen.«

Rhonda hatte nachdenklich den Kopf schief gelegt. »Meine Mutter behauptet, ich hätte mich in meinem Kinderzimmer öfter mal mit imaginären Freunden unterhalten. Da muss ich so vier oder so gewesen sein.«

»Das passt«, sagte ich. Die Eltern, bei denen ich babysitter, erzählen mir oft, dass die Kinder solche imaginären Freunde haben. Und wenn ich dann mal nachsehe, sind es meistens Gamma, die sich in den Kinderzimmern befinden.«

»Weißt du eigentlich, ob sie die Welt in Abschnitte aufteilen, damit sie sich nicht gegenseig Konkurrenz machen?«, fragte Jinjin nun.

Ich nickte. »Richtig. Die Kartelle haben die Erde genauso aufgeteilt wie ihre Dimension und sind für unterschiedliche Bereiche verantwortlich. In Cleveland grenzt der Bereich, für den die Amber zuständig sind, an den Bereich der Onyx. In meiner Straße sind also nur Noctua vom Kartell der Amber unterwegs und sammeln Angst, und meine drei Gamma gehören auch dazu. Nur zwei Straßen weiter beginnt das Gebiet, für das die Onyx verantwortlich sind. Insgesamt ist die Welt also, genau wie Obskuris, in zehn Gebiete oder besser gesagt *Jagdgebiete* unterteilt.

»Aber wenn es das Gebiet der Amber ist«, wandte Rhonda ein, »was hatte Cal dann an deinem Fenster zu suchen damals?«

»Die Onyx haben es nicht so mit Regeln und Gesetzen, das wisst ihr ja.« Ich grinste.

»Hast du dich damals nicht zu Tode erschrocken, als er plötzlich in deinem Zimmer war? Er ist immerhin ein Alpha und kein Gamma.« Jinjin kannte meine Zeichnungen des jungen Cal inklusive seiner spitzen Eckzähne und der schwarzen Augen.

Ich zuckte mit den Schultern. »Vielleicht ein wenig. Aber ich war 12 Jahre alt, und ich sah ständig irgendwo solche *Monster.*«

»Gut, dass die Noctua mit den Gamma eine extra Kategorie nur für die Menschenkinder haben«, murmelte Jinjin. »Wenn ihr mir deine Zeichnungen von den anderen Wesen so ansehe, kann man davon ausgehen, dass einige Kinder echt ein Trauma zurückbehalten würden, wenn sie nachts solche Gestalten in ihren Zimmern sehen.«

»Na ja, Cal ist ja auch einfach bei Erin aufgetaucht und es war ihm egal, ob sie sich zu Tode erschreckt«, warf Dylan ein.

O Mann. Das konnte ich jetzt gar nicht gebrauchen. »Er hat mich nicht erschreckt, und das war auch nie sein Plan. Er war total höflich und alles.« Obwohl ich Cal verteidigte, stiegen wieder ungute Gefühle in mir auf.

Rhonda schien es zu bemerken. »Reden wir über etwas anderes.«

»Willst du jetzt weiter nachforschen?«, fragte Jinjin. »Vielleicht kannst du an weitere offizielle Dokumente zu dem Unfall kommen?«

Rhonda schoss ihr einen eindeutigen Blick zu, doch es war zu spät.

Meine Stimmung schlug so rasch um, als hätte jemand einen Schalter umgelegt.

»Weiß ich nicht. Aber echt mal, könnt ihr das fassen? Meine Großeltern haben mich mein Leben lang belogen.« Mir war klar, dass wir die ganze Geschichte schon zweimal diskutiert hatten, aber es platzte trotzdem aus mir heraus. Ich war einfach so schockiert. So verletzt. Grandma war immer diejenige gewesen, der ich mich anvertraut hatte. Ich erzählte ihr sogar meine Jungsgeschichten. Na ja, fast alle. Aber an Cal wollte ich jetzt nicht denken, er war eine ganz andere Baustelle.

Dylan lehnte sich in seinem Schreibtischstuhl zurück und verschränkte die Arme hinter dem Kopf. Er war mittlerweile etwas genervt, aber kaschierte es ganz gut. Doch ich kannte ihn lange genug, um dahinter zu blicken. »Dich anzulügen war nicht richtig, wie schon gesagt. Aber sobald du wieder klar denken kannst, stelle dir doch mal diese eine Frage: Was hätte die Wahrheit in deinem Leben verändert? Du hättest nichts anders gemacht. Wärst du auf eine andere Schule gegangen deswegen? Hättest du dir andere Freunde gesucht?«

Jinjin nickte zustimmend. »Ich gebe Dylan recht. Es ist falsch, dass sie dir nicht die ganze Wahrheit erzählt haben, als du alt genug dafür warst. Aber sie haben dir dadurch weder Schaden zugefügt, noch hatte es irgendeinen Nachteil für dich.«

»Aber ich war in diesem Auto. Ich war *dabei*. Sie sind gestorben, während ich im Auto saß.«

Rhonda musterte mich einen Moment, dann ließ sie ihren Löffel sinken. »Ich weiß, Süße. Aber geht es dir jetzt, da du das weißt, besser?«

Ich schluckte einen großen Brocken Eis herunter und schauderte über die plötzliche Kälte. »Nein.«

»Siehst du. Es geht dir eher schlechter. Vielleicht verstehst du jetzt die Beweggründe deiner Großeltern und ...«

»Sie hat mich angelogen.«

Dylans Seufzen erklang durch den Lautsprecher. »Das hatten wir jetzt schon dreimal, aber ...«

»Nein«, unterbrach ich ihn sanft, aber bestimmt. Ich steckte den Löffel mit Schwung in das Eis, sodass er aufrecht stehen blieb. »Das meinte ich nicht. *Grandma* hat mich belogen. Sie hat mir vorhin nicht die ganze Wahrheit gesagt.« Unwillkürlich setzte ich mich etwas aufrechter hin. »Sie lügt manchmal, wenn der Kirchenchor seine Treffen veranstaltet. Die dauern dann immer bis spät in die Nacht, und meistens drückt sie sich davor, weil sie nicht so spät nach Hause fahren will.« Noch mal wurde mir eiskalt, doch dieses Mal war nicht das Eis schuld. »Ich bin mir ganz sicher.« Ich sah Rhonda und Jinjin an. »Ihre Stimme klang genau gleich.«

Schon wieder seufzte Dylan, doch sein Blick war eher gutmütig als genervt. »Das ist jetzt reine Spekulation.«

Rhonda und Jinjin lächelten mich an, doch ich spürte, dass sie Dylans Meinung waren. Rhonda hielt mir ihren Becher mit Ben & Jerry's Strawberry Cheesecake-Eis hin. »Sollen wir tauschen?«

Ich nickte und rang mir ein Lächeln ab.

Doch das ungute Gefühl in meinem Magen lag nicht an einer Überdosis zuckrigem Eis. Irgendein kleines Alarmlämpchen war in meinem Kopf angesprungen. Und es wollte nicht mehr aufhören, warnend zu blinken.

*

Als ich wieder zu hause eintraf, saß Grandma in der Küche auf einem der Barhocker, hielt einen unbenutzten Pinsel in der Hand und starrte die Leinwand an. Immer noch »Missy in blühendem Gras«.

»Hallo, Erin.« Sie schien erleichtert, dass ich zurück war. Dennoch war ihr Lächeln zaghaft und wirkte etwas aufgesetzt.

»Grandma.« Ich umrundete sie, damit ich ihr ins Gesicht sehen konnte. »Ist das wirklich alles?«

»Was meinst du?« Sie wand sich unbehaglich.

»Sagst du mir die ganze Wahrheit, Grandma?«

Ihre Augen weiteten sich. Sie wich ganz leicht zurück, als hätte sie Angst.

Aber warum hatte sie Angst? Ich wollte sie doch nur zu dem Unfall befragen.

Und dann war da plötzlich eine Bewegung in der Luft, ein Flirren, eine neue Präsenz. Ich spürte es ganz deutlich, und eine Gänsehaut jagte meine Arme hinab.

»Grandma?«

Die Luft schien erneut zu erzittern, komprimierte sich und nahm langsam Gestalt an.

»Ja?« Grandma bemühte sich, möglichst unbedarft zu klingen, ich merkte es genau.

Der Noctua manifestierte sich. Wieder ein Beta-Dämon, was nicht verwunderlich war, da diese Kategorie die meiste Angst sammelte. Sie waren Jäger, es lag in ihrer Natur.

»Dieses Unfallgutachten hier. Mehr Informationen habt ihr nicht?«, hakte ich nach.

Der Beta fixierte meine Grandma. Er überragte sie um fast einen Kopf. Sein Unterleib war menschlich, aber dicht mit einem Panzer aus grauen Fischschuppen bedeckt. Der Oberkörper war der eines Wolfes, mit kräftigen Pranken und scharfen

Krallen. Sein Kopf war der Schädel eines Vogels, mit schwarzen Augenhöhlen, in denen tief drinnen ein grünes Feuer zu lodern schien.

Grandma schien zu zögern, und ich verlor die Geduld.

»Es gab keine offizielle Untersuchung der Polizei? Der Versicherung?«

Plötzlich stand ihr die Angst förmlich ins Gesicht geschrieben. »Welcher Versicherung denn? Es gab nur die Autoversicherung.«

Der Beta hob den Schnabel und schien in die Luft zu wittern. Dann klapperte er mit den Knochen, was drohend und gespenstisch zugleich klang. Die Amulette aus Gold und Silber, die auf seiner Brust ruhten, blitzen im Licht der Deckenleuchte auf. Er machte einen Schritt nach vorn, strich mit seiner spitzen Kralle um die Schultern meine Grandma. Dann seufzte er leise.

Und jetzt sammelt er die Angst. Der Satz schoss mir durch den Kopf, als sich unsere Blicke trafen.

Der Beta fauchte über den Kopf meiner Grandma in meine Richtung, doch er verschwand nicht. Er senkte den Schädel, schlang beide Pranken um ihren Leib, und es sah aus, als wolle er sie anfallen. Sein knöcherner Schnabel strich über ihre Wange, die versilberte Spitze einer Kralle blitzte auf. Ein heiseres Krächzen hallte dumpf in seinem Schädel wider.

Hätte ich das hier nicht schon Hunderte Mal mit angesehen, ich wäre ausgerastet vor Panik.

Grandma merkte davon natürlich nichts. Sie ließ ihren Blick über mein Gesicht wandern, als habe sie keine Ahnung, worauf ich hinauswollte. »Deine Eltern hatten keine Lebensversicherungen.« Sie rang mit den Händen, und der Beta wich etwas zurück. Ich hörte das Zischen, fühlte fast den Luftzug, die Kraft, mit der er seiner Arbeit nachging. »Und ja, natürlich hat die Polizei den Ort des Geschehens untersucht. Aber in dieser Nacht herrschte Glatteis. Es war ein schrecklicher, tragischer Unfall.« Ihre Mundwinkel zogen sich leicht nach unten.

Der Beta hingegen schmatzte zufrieden. Er fixierte mich ein letztes Mal, neigte drohend den Kopf und schnappte in meine Richtung. Im nächsten Moment war er verschwunden.

Hatte er mir etwa gedroht?

Grandmas Angst war verschwunden, dafür las ich jetzt jede Menge andere Emotionen in ihrem Blick.

»Ich habe in dieser Nacht meinen geliebten Sohn verloren. Meine Schwiegertochter, die mir sehr am Herzen lag. Und ich hätte fast meine kleine Enkelin verloren. Kannst du dir vorstellen, wie es ist, das eigene Kind zu verlieren, Erin? Sein eigenes Fleisch und Blut zu Grabe zu tragen? Es ist einfach falsch.« Ihre Stimme brach. »Es ist grausam, und es ist falsch, und es ist unfair. Ich wäre fast daran zerbrochen. Dein Großvater war danach nie wieder derselbe. Alles, was wir wollten, war, dass du nicht auch daran zerbrichst.« Sie legte den Pinsel zur Seite. »Eine Mutter schützt ihr Kind. Ich habe mein Kind verloren, und deshalb habe ich alles darangesetzt, dich, meine Enkelin, so gut zu schützen, wie ich es konnte. Dich fernzuhalten von Schmerz und Trauer und der Ungerechtigkeit, die einem im Leben das Liebste nimmt, was man hat.«

Es fiel mir schwer, etwas darauf zu erwidern. Der Schmerz in ihrer Stimme hatte auch in mir etwas ausgelöst. Eine Trauer, ein Gefühl von Verlust, das ich schon lange nicht mehr gespürt hatte. Ich holte tief Luft und atmete dann langsam wieder aus.

»Okay«, sagte ich leise. »Ich bin dann oben.«

»Erin.« Grandma erhob sich und streckte mir die Arme entgegen.

Ich zögerte einen Moment, dann ließ ich es zu, dass sie mich an ihre Brust zog.

»Es tut mir leid.«

Was sollte ich darauf erwidern? *Schon okay? Ja? Wenn du meinst?*

Ich war noch nicht bereit, ihr zu verzeihen.

Vorsichtig löste ich mich von ihr. Schon wieder schimmerten ihre Augen feucht, als ich mich Richtung Treppe wandte.

Wir würden beide Zeit brauchen, um uns hiervon zu erholen, um wieder zueinanderzufinden.

Die Treppenstufen gaben ein vertrautes Knarren von sich.

Natürlich hasste ich Grandma nicht. Ich wollte ihr auch nicht die Schuld an allem geben. Dennoch war etwas unwiderruflich zerstört worden. Das Gefühl von Vertrauen, das uns bisher immer zusammenschweißte, hatte Risse bekommen.

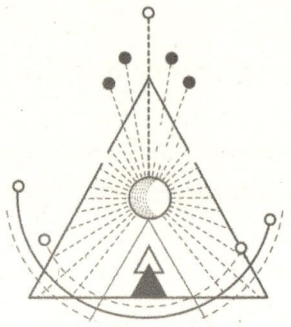

Kapitel 8

Ich saß auf meinem Bett und zupfte abwesend an den filigranen Anhängern meines Bettelarmbands. Es hatte vorher meiner Mutter gehört. Ob sie es auch am Tage ihres Todes getragen hatte? Vermutlich, denn auf jedem Foto von ihr schimmerte das aufwendig gearbeitete silberne Schmuckstück an ihrem Handgelenk. Sie hatte es niemals abgelegt.

Ich schob den Skizzenblock mit der gerade beendeten Zeichnung von Cal noch etwas mehr zur Seite und wollte die Beine etwas mehr ausstrecken, doch dafür war es auf meiner Bettdecke einfach zu voll. Meine drei Mitbewohner hatten das Drama der letzten Stunden miterlebt und waren entschlossen, mich zu trösten. Leider waren sie, im Gegensatz zu mir, nur überhaupt keine Nachteulen. Ich wurde noch mal richtig aktiv, wenn es auf die Geisterstunde zuging. Herald, Pünktchen und Otiz hatten sich einfach schon zu sehr an die Menschenwelt gewöhnt. Kaum zu fassen, da nachtaktiv sein doch eigentlich in der Natur der Noctua lag. Pünktchen lag halb auf meinem Schoß und halb versteckt unter meinem rechten Arm, reckte mir ihren haarlosen rosa Bauch entgegen und fiepte jedes Mal beim Ausatmen. Otiz hatte sich in Wolfsmanier lang ausgestreckt, während er laut schnarchte und mit den Pfoten im Traum zuckte. Hin und wieder stieß er dabei gegen Herald, dessen gallertartiger Körper wie ein Wackelpudding erzitterte. Er hatte einen seiner Tentakel locker um meinen Knöchel geschlungen, als wolle er selbst im Schlaf sichergehen, dass ich mich nicht aus dem Staub machte. Sein zufriedenes Schmatzen klang wie das Blubbern eines Fisches unter Wasser.

Lächelnd betrachtete ich die drei. Ich besaß wahrhaftig die exotischsten Haustiere des Planeten.

Vorsichtig lehnte ich mich zur Seite und griff nach meinem Handy, das auf dem Nachttisch lag. Zwölf neue Nachrichten bei Instagram. Zwei WhatsApp-Nachrichten von Rhonda, eine von Jinjin, eine von Dylan.

Ich öffnete unseren Chat, um den beiden zu antworten. Es hatte so gutgetan, heute Nachmittag mit ihnen zu reden, und ich war ihnen sehr dankbar, dass sie spontan Zeit für mich gehabt hatten. Zuletzt rief ich mein Telefonbuch auf und starrte, nicht zum ersten Mal heute Abend, auf diesen einen Namen.

Callahan.

Sollte ich ihm schreiben? Jetzt? Es fühlte sich immer noch so vertraut an zwischen uns, trotz der Jahre, die wir nicht miteinander gesprochen hatten, trotz der Sorgen, der Wut und dem Schmerz.

Mein Herz war ihm längst wieder verfallen. Mein Verstand war zum Glück weniger leicht rumzukriegen.

Energisch schloss ich das Telefonbuch und legte das Handy wieder zur Seite.

Trotzdem ging die hitzige Diskussion zwischen Herz und Kopf weiter. Cal hatte immerhin einen Grund. Und es sogar durch andere bestätigen lassen. Was wollte ich denn mehr?

Sei still, Herz, es ist zu früh. Unser letztes Treffen war doch gerade erst gestern.

Ich griff erneut nach dem Handy. *Ja oder nein?*

Ja oder …

Egal.

Ich öffnete eine Nachricht an Cal.

Hast du Zeit?

Wenn ich Glück hatte, war der Empfang stabil genug, und die Nachricht würde ihn sofort erreichen.

Nur Sekunden später färbten sich beide Häkchen blau. **Wann?**

Ich lächelte, und mein dummes Herz jubilierte. **Jetzt?**

Diesmal dauerte es etwas länger, bis eine Antwort eintrudelte. **Gib mir eine Viertelstunde.**

Ich lächelte noch breiter, während mein Verstand resigniert seufzte.

*

Otiz schreckte auf und schubste dabei Herald vom Bett, der zweimal wie ein Gummiball über den Boden hüpfte, bevor er unsanft gegen meinen Kleiderschrank knallte. Pünktchen kugelte von meinem Schoß, rappelte sich in Sekundenschnelle auf und fauchte dann in Richtung Fenster.

Die drei waren besser als jede Alarmanlage. Schnell klappte ich den Skizzenblock mit der Zeichnung von Cal zu.

Mein Handybildschirm leuchtete auf.

Bin da. Wo treffen wir uns?

Oben. Ich brauchte mir nicht die Mühe machen, ihn unten durch die Tür zu lassen. Cal, der wie alle Noctua auf einem Luftschiff aufgewachsen war, war ein besserer Kletterer als so mancher Bergsteiger.

In diesem Moment rappelte sich Herald wieder und wich hinter das Bett zurück.

Ich hatte gerade das Fenster geöffnet, da zog Cal sich bereits elegant an der Mauer hoch. Ich wich zurück, und im nächsten Moment hockte er auch schon auf dem Fensterbrett.

»Guten Abend.« Er strich sich das schwarze Haar nach hinten und lächelte schief.

»Hi.« Schon wieder war da diese Befangenheit in mir. Er sah so erwachsen aus. Ich meine, er sah immer noch aus wie Cal. Ich hätte ihn jederzeit wiedererkannt. Aber anders als bei so vielen anderen, hatte die Pubertät bei ihm echt nur Positives bewirkt. Wieder fielen mir die äußerlichen Veränderungen überdeutlich auf. Sein Kiefer war noch kantiger geworden, die Wangenknochen noch prägnanter, und die dichten dunklen Brauen gaben seinen ausdrucksvollen Augen einen reizvollen Kontrast.

Ich ging rückwärts, während Cal lautlos auf dem Boden landete.

Dieses Mal flüchteten meine drei Mitbewohner nicht. Otiz verkniff sich ein Knurren, aber er zog lautlos die Lefzen nach hinten und zeigte sein beeindruckend strahlendes Gebiss. Pünktchen musterte ihn missbilligend, und trotz ihrer kleinen Größe wirkte es, als würde sie auf ihn herabsehen. Herald hatte gleich zwei Paar Tentakel vor seinem Körper verschränkt, und hätte er Augenbrauen gehabt, er hätte sie kritisch gerunzelt.

»Hallo Leute.« Cal hob grüßend die Hand.

Sie waren sich in ihrem Schweigen einig.

Cal und ich kommunizierten wortlos durch unsere Blicke, was immer noch ganz hervorragend funktionierte.

Sie sind sauer auf mich, richtig?

Ja, aber so was von.

Ich denke mal, das ist nichts, was sich jetzt sofort klären lässt?

Nein, das denke ich nicht.

Cal positionierte sich so, dass er den drei vorwurfsvollen Blicken ausweichen konnte. »Schön, dass du mir geschrieben hast. Gibt's einen besonderen Grund oder wolltest du einfach nur so …?« Er beendete den Satz nicht, sondern neigte leicht den Kopf und sah mich fragend an.

Bei dem Gedanken an das, was ich ihm erzählen wollte, sank meine Stimmung sofort.

Cal interpretierte meine Mimik wohl falsch. »Ich weiß, du hast noch Millionen Fragen. Löchere mich, mit was du willst. Ich habe die ganze Nacht lang Zeit. Meine nächste Patrouille ist erst wieder in der kommenden Nacht und den Wachdienst hier auf der Erde habe ich erst mal gar nicht. Ich erzähle dir alles, was du willst. Frag mich einfach.«

»Es gibt tatsächlich einen Grund«, begann ich zögernd. Ich nahm auf dem Bett Platz und bedeutete Cal, dass er sich auf den Schreibtischstuhl setzen konnte. Meine drei Mitbewohner bezogen neben mir auf der Decke Stellung, als wollten sie mich im Notfall verteidigen. Es rührte mich, denn kräftemäßig war es in etwa so, als wollten sich drei Pudel mit einem Panther anlegen.

Ich streichelte Pünktchen kurz, bevor ich Cal von dem Polizeibericht erzählte, den ich gefunden hatte. Von Grandmas Lüge, und von allem, was mich seitdem beschäftigte.

Cal wirkte ehrlich betroffen. »Das tut mir so leid, Erin. Kann ich irgendetwas tun?«

Ich schüttelte den Kopf. »Ich wollte dir das einfach nur erzählen. Heute Nachmittag war ich schon bei Rhonda, und habe mit ihr, Jinjin und Dylan alles auseinandergenommen. Irgendetwas an der Sache lässt mich einfach nicht los. Und dann ist hier später auch noch dieser Beta aufgetaucht, ein Beweis, dass Grandma eindeutig Angst gehabt hat.«

Cal sah auf seine Hände. »Daran besteht dann wohl kein Zweifel.« Er sah wieder hoch. »Aber warum bloß? Deine Grandma sagt, sie weiß nur das, was die Polizei ihr damals erzählt hat. Sie war bei dem Unfall nicht dabei. Was sollte sie wissen, was der Polizei entgangen ist, und warum sollte ihr das Angst machen?«

Ich zuckte mit den Schultern. »Das ist es ja. Ich habe keine Ahnung. Aber ich werde dieses komische Gefühl im Bauch nicht los. Und es macht mich wahnsinnig!« Ich sprang vom Bett auf und raufte mir die Haare. Ungeduldig lief ich im Zimmer auf und ab. »Das ergibt doch alles überhaupt gar keinen Sinn. Warum sagte sie mir nicht die Wahrheit? Oder bilde ich mir alles nur ein? Reagiere ich über?«

Cal erhob sich ebenfalls und legte mir sanft eine Hand auf die Schulter, was mich in meiner Bewegung innehalten ließ.

Seine Berührung ließ mein Herz automatisch schneller schlagen.

»Ich hätte da eine Idee.« Cal ließ ein paar Jellybeans auf seiner Hand hin und her rollen, bevor er sie mir anbot.

Ich lehnte mit einem Kopfschütteln ab, also warf er sie sich lässig in den Mund. »Verdammt, was habe ich die Dinger vermisst.«

Ich betrachtete ihn skeptisch. »Was für eine Idee?«

Cal grinste, und seine spitzen Eckzähne blitzten hervor. »Ablenkung.«

»Ich soll Grandma ablenken? Von was denn?«

Er schnalzte missbilligend, während er eine weitere Portion Jellybeans aus seiner Tasche fischte. »*Du* brauchst Ablenkung. Und als dein Freund bin ich in der Pflicht, dich auf andere Gedanken zu bringen.«

Als dein Freund …

Vom Bett aus hörte ich Herald missbilligend schnaufen.

»Okay«, erwiderte ich vage. *Was kam denn nun?*

Cal straffte die Schultern und wirkte auf einmal seltsam feierlich. »Ich zeige dir Obskuris.«

Hinter uns holten meine drei Mitbewohner erschrocken Luft. Ich hingegen war mir sicher, mich verhört zu haben. »Die Dimension? Deine Heimat? Den Ort, den kein Mensch je gesehen, noch betreten hat?«

»Du klingst, als wolltest du mir eine Reisebroschüre andrehen, aber: Ja, genau die.«

»Darf ich die Dimension denn betreten?«

Cals Lächeln wirkte verdächtig zufrieden. »Meine Position im Kartell hat sich verändert. Vater hat mich jetzt offiziell zu seinem Nachfolger erklärt.«

»Glückwunsch«, stieß ich ein wenig atemlos hervor. Cal würde also tatsächlich der Anführer aller Onyx werden. Mein Verstand schrie mir tausend Fragen zu. *Glaubst du das? Warum klingt es jetzt plötzlich so einfach? Willst du ihm wirklich vertrauen?*

»Aber du arbeitest jetzt wieder als Kopfgeldjäger?« Ich

110

wusste, dass seine Familie schon immer diesem Gewerbe nach-
gegangen war und Cal schon in jungen Jahren in Kampf- und
Verfolgungstechniken ausgebildet worden *war*.

»Alles so wie immer.« Cal zuckte die Schulter, doch sein
Lächeln war warm. »So etwas verlernt man ja nicht.«

Da hatte er recht. Dann fiel mir etwas anderes ein. »Was,
wenn wir jemanden treffen, den du kennst? Was soll ich dann
sagen und-« Ich stockte. »Werde ich ihn oder sie verstehen?«

»Das Thema hatten wir schon mal«, erwiderte Cal und lächelte. »Erinnerst du dich? Du hast gedacht, deine Gamma
sprächen deine Sprache, und sie dachten, du sprichst unsere
Sprache. Ich habe das zuerst auch gedacht.« Er zuckte mit den
Schultern. »Abgesehen davon, dass ich nicht damit rechne, jemanden zu treffen, bin ich mir sicher, dass die Kommunikation
kein Problem darstellen wird.

Cals zufriedenes Grinsen wurde noch breiter. »Also los.
Machen wir nen Abflug.« Er warf sich die letzten Jellybeans in
den Mund.

»Ich erlaube mir, zu protestieren.« Herald wirkte empört.
»Nein, ich insistiere zu protestieren.«

Vermutlich hatte er heute Nachmittag mal wieder in meiner
Jane Austen–Sammlung gelesen.

Cal gab ein Geräusch von sich, das nach einem unterdrück-
ten Prusten klang. »Wie bitte?«

Kurz zögerte ich, aber schließlich siegte meine Neugier.
Möglichst unauffällig bedeutete ich Herald, endlich still zu
sein. Auch Pünktchens leises Fiepen ignorierte ich.

»Ich bin dabei.«

Das war einfach unglaublich! Ich hatte so viele Geschichten
gehört, und nun würde ich Obskuris endlich mit eigenen Augen sehen.

*

Cal hatte sich keinen Scherz erlaubt.

Er rief lautlos nach Nyncis, und nur Sekunden später war er vor meinem Fenster erschienen. Sein Flügelschlagen ließ die Bäume im Garten rascheln. Er schwebte in der Luft wie ein Kolibri und legte die große Schnauze auf der Fensterbank ab.

Herald, Otiz und Pünktchen schienen genauso überrumpelt wie ich. Otiz hechelte nervös, Herald starrte Cal finster an, und durch seinen durchsichtigen Körper jagten Blitze der Nervosität.

Pünktchen schien als Einzige mutig genug, den in der Hierarchie der Noctua über ihr stehenden Alpha anzukeifen. »Das issst gefährlich.« Ihre sonst leicht kratzige Stimme klang hoch und schrill. »Was hassst du mit ihr vor, Onyx?« Sie nannte ihn nicht bei seinem Namen, sondern bei seinem Kartell, was vermutlich noch mutiger war, als ihn anzufauchen. Herald erschrak darüber so sehr, dass er jetzt von innen funkelte wie eine Wunderkerze. Otiz legte die Ohren an, und Nyncis gab ein belustigtes Grollen von sich.

Cal reagierte nicht. Er musste sich nicht vor einer Gamma rechtfertigen, das wusste ich. Er war ein Anführer, Pünktchen nicht mehr als ein flauschiges Haustier.

Ich nahm sie auf den Arm, damit sie sich nicht noch mehr Frechheiten erlaubte.

Wunderkerze Herald hörte auf zu funkeln und wich unauffällig etwas zurück. Otiz hingegen behielt Nyncis und Cal genau im Auge, sein Nackenfell gesträubt, die Nase zuckte unruhig.

112

Dann hörte ich Geräusche auf der Treppe. Schnell legte ich den Finger an die Lippen. Cal nickte knapp.

Pünktchen, kaum schwerer als drei Kilo, tat bockig und wand sich mit aller Kraft, um meinem Klammergriff zu entkommen. Doch sie hatte keine Chance.

»Erin? Ich gehe schlafen«, schallte Grandmas Stimme durch die Tür.

»Nacht!« Ich war absichtlich kurz angebunden.

»Bis morgen!«, warf sie noch hinterher. Sie klang traurig.

»Ja.« Ich wollte jetzt kein Mitleid empfinden. Nicht nach all dem, was in den letzten Stunden vorgefallen war.

Als ich die Tür ihres Schlafzimmers zufallen hörte, atmete ich erleichtert auf.

Kaum entspannte ich mich, da legte Herald auch schon so richtig los, wenn auch aus sicherer Entfernung.

»Das Grenzland ist gefährlich. Du bist …« Er blähte sich auf, als sammle er Mut. »Du bist gefährlich, *Onyx*. Ihr seid Wegelagerer, die andere brave Bewohner überfallen. In eurem Kartell wird überall gekämpft. Wo bringst du Erin hin? Auf die Rebelblade? Die Shadowfall? Oder die Nightcrawler? Keins dieser Schiffe ist sicher für sie, denn sie sind deine …« Wieder blähte er sich auf, und vergessen war der gefällige Stil eines Gentlemans aus der Regency-Zeit. »Denn sie sind deine Heimat. Und du bist nicht gut für sie.« Er deutete mit dem Finger auf Cal. »Traue keinem Onyx. Nicht umsonst gibt es dieses Sprichwort.«

Cal hörte sich Heralds Rede mit ungerührter Miene an. Nur bei seinen letzten Worten runzelte er finster die Brauen. Dann glitt sein Blick zu mir. »Kompliment. Da hast du drei echt niedliche kleine Beschützer.«

»Sie sind meine Freunde«, erwiderte ich kühl. »Wir beschützen uns gegenseitig.«

Pünktchen hörte bei meinen Worten auf zu zappeln. Stattdessen schmiegte sie sich an mich und gab so was wie ein Schnurren von sich. Herald sah aus wie ein stolzer Vater, und Otiz' Lefzen zogen sich nach oben, als versuche er, zu lächeln.

Cal sah wohl ein, dass er erst an den drei Gamma vorbeimusste, wenn er an mich herankommen wollte. Er seufzte und verschränkte dann die Arme vor der Brust. »Leute, wir sind doch früher gut miteinander klargekommen und-«

»Das war, bevor du sie-«, unterbrach ihn Herald.

Cal sprach unbeirrt weiter. »Und mittlerweile habe ich ihr auch erklärt, was passiert ist. Ich bin hier nicht der Böse, auch wenn die anderen Kartelle uns Onyx gerne so darstellen.«

»Ihr seid Piraten!«, fauchte Pünktchen.

Cal zuckte mit den Schultern. »Ansichtssache.«

Ich musste ein Lachen unterdrücken. »Du *bist* ein Pirat, da gibt es wenig Raum für Interpretation.«

Cals Lächeln war geradezu entwaffnend. »Ich nenne es *Spezialist für komplizierte Akquisitionen.*«

Und da war er wieder, der gefürchtete Charme der Onyx. Sie waren frech, sie waren unverschämt, und sie waren leider auch unwiderstehlich.

Wie von selbst erwiderte ich sein Lächeln. Es war wie eine honigsüße Falle, die einen dummen kleinen Schmetterling wie mich einfing und nicht mehr losließ.

»Ich komme mit.« Heralds Stimme riss mich von Cal los.

Dieser kaschierte sein Lachen mit einer verunglückten Mischung aus Husten und Räuspern. »Nein, ich denke nicht.«

Sofort plusterte sich Herald wieder auf. »Hast du etwas zu verbergen?«

Cal verdrehte die Augen. »Ihr versteht es nicht, oder?«

Uns allen musste wohl die Ratlosigkeit ins Gesicht geschrieben stehen, denn er schnaubte nur und wandte sich an die drei Gamma. »Ich will, dass Erin mich wieder so ansieht wie früher, okay? Natürlich will ich sie auch ablenken von dem ganzen Mist, den sie mit ihrer Grandma gerade durchmacht. Aber ich will ihr meine Welt zeigen, weil ich es jetzt endlich kann. Nicht mehr lange, und ich werde die Nachfolge meines Vaters antreten, die Onyx werden mein Volk sein, und ich werde sie in die Zukunft führen.« Er deutete zwischen sich und mir hin und her. »Das ist etwas nur zwischen uns beiden, ihr Hohlbirnen.«

Heralds Augen waren bei Cals Worten immer größer geworden. Pünktchen fühlte sich auf meinem Arm seltsam starr an.

Cals Blick glitt zu mir, Entschlossenheit glänzte darin.

»Du willst mich mit diesem Ausflug also beeindrucken?«, fragte ich und zwang mich, möglichst ungerührt zu klingen.

»Nicht unbedingt.« Schon wieder dieses übertrieben gelassene Schulterzucken. Dann kniff er ein Auge halb zu. »Aber wärst du es, wenn dem so wäre?«

Von draußen fiepte Nyncis ungeduldig.

Ich wollte Cal gerade antworten, als er sich schließlich komplett zu mir wandte. Sein Blick war ernst. »Vertraust du mir?«

»Nein.« Das Wort war meinem Mund entkommen, bevor mir etwas Diplomatischeres einfallen konnte. »Aber ich fände es wunderbar, wenn du mir deine Heimat zeigst.« *Glückwunsch, Erin. Jetzt wird er gleich wortlos verschwinden.* »Ich meine, ich …«, begann ich.

»In Ordnung.« Cal schien komischerweise nicht beleidigt.

Er nickte mir nur kurz zu, als hätten wir eine Vereinbarung getroffen.

Otiz knurrte, und Herald wollte protestieren, doch ich gab ihm mit meinem Blick zu verstehen, dass er Ruhe geben sollte. Er rollte mit den Augen, blieb aber still. Pünktchen seufzte resigniert.

Ich sah wieder zu Cal. »Dann also los, Pirat.«

*

»Das ist der Wahnsinn!«

Cal vor mir lachte. »Freut mich, dass es dir gefällt.«

Glücksgefühle durchfluteten mich, als ich auf Nyncis breitem Rücken saß und der kühle Nachtwind an meinen Haaren riss. Ich erinnerte mich noch gut daran, wie ich Cal angebettelt hatte, mir Obskuris zu zeigen, doch er hatte es immer verneint. Wir teilten so viele Erinnerungen, aber es hatte sich seitdem einiges verändert. Unser Umgang miteinander war definitiv nicht mehr so ungezwungen wie früher.

»Die nächste Leylinie verläuft quer durch Dayton«, rief Cal gegen den Wind.

Die Leylinien, die unsere Welt umspannten wie ein unsichtbares Netz, bildeten die Eingangspforten. So konnte man durch jede Leylinie der Welt aus die Dimension Obskuris betreten. Sie waren wie Risse in unserer Realität, die den Noctua ungehinderten Zutritt zur Erde gewährten. »Aber das sind knapp 200 Kilometer«, erwiderte ich überrascht. Unter uns wurde Cleveland immer kleiner. Vorgärten wurden zu dunklen Flecken, geteilt durch Linien, auf denen helle Lichtpunkte entlangjagten. Dann wurden auch die Autos immer kleiner, verschmolzen zu Fäden aus Rot und Gold, und meine Nachbarschaft war kaum mehr als ein dunkler Punkt, den wir hinter uns ließen.

»Nyncis steigt noch auf«, erklärte Cal. »Sobald er hoch genug ist, kann er schneller fliegen.« Er drehte sich kurz zu mir. »Dann sind 200 Kilometer nicht mehr als ein Wimpernschlag.«

Mein Herz begann vor Aufregung schneller zu schlagen. »Ihr seid unsichtbar, aber meinst du, man kann mich sehen?«

»Keine Ahnung«, rief Cal. »Aber die Nacht ist mondlos und die Chance, dass man dich sieht, recht gering, erst recht so weit oben.«

»Okay …« Irgendwie hatte ich mit einer konkreteren Aussage gerechnet.

»Jetzt«, sagte Cal dann. »Halt dich fest.«

Ich verwarf den Gedanken und schlang meine Arme noch fester um seine Mitte. Im nächsten Moment schien Nyncis mit den mächtigen schwarzen Flügeln auszuholen. Er teilte die Luft, und wir schossen vorwärts. Ich kreischte auf, als wir nach vorn in die Nacht geschleudert wurden. Zum Glück hatte ich mir meinen Hoodie übergezogen, denn der Wind war eiskalt und messerscharf. Die Haut meiner Stirn brannte, und ich lehnte meine Wange gegen Cals breiten Rücken.

»Gleich vorbei«, murmelte er, und seine Stimme klang seltsam belegt. Dann spürte ich, wie er kurz meine Hand drückte und dann federleicht über meine Knöchel strich.

Einen Augenblick später wurden wir langsamer. Nyncis fiepte, und es klang, als habe ihm dieser rasante Flug über den Himmel großen Spaß gemacht. Unter uns entdeckte ich Dayton. Adern aus Licht durchzogen dunkle Flecken.

»Sieh genau hin.« Cal deutete vor uns in die Luft.

Ich hob den Kopf. »O.k.«

»Jetzt gleich durqueren wir die Leylinie.«

Ich sah über Cals Schulter hinweg, und auf einmal erfüllte mich eine seltsame Mischung aus Nervosität und Aufregung

Und dann schien die Luft vor uns zu erzittern. Die Silhouette meiner bekannten Welt hob sich wie ein Vorhang. Zuerst war da ein Wirbel aus Regenbogenfarben und dann das Gefühl von Elektrizität in der Luft, das dafür sorgte, dass die Härchen auf meinen Armen sich aufstellten. Die Farben in der Luft verdichteten sich, wurden weich und fluffig wie Zuckerwatte. Sie schienen an meiner Haut zu zupfen, glitten darüber, und ich meinte sogar einen blumigen Duft zu riechen. *Wow.* Ich blinzelte, und dann erschienen graue Wolken, in die wir eintauchten, bevor sich vor uns ein unendlicher Himmel erstreckte. Ein warmer Wind kräuselte mein Haar.

Cal drehte den Kopf zu mir, und sein Mund kam meinem ganz nah, als er flüsterte: »Willkommen in Obskuris, Erin.«

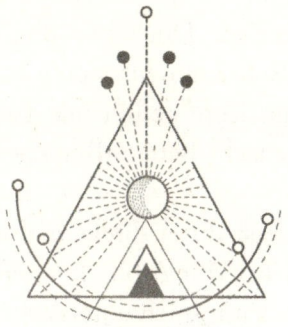

Kapitel 9

Ich war im ersten Moment so überwältigt, dass mir die Worte fehlten.

»Wow. Es ist einfach… einfach so … wow.«

Vor mir hörte ich Cal leise lachen.

»Das ist das Grenzland, richtig?« Überall vor uns türmten sich große graue Wolken auf. Sie gaben dieser Welt, die keinen Boden besaß, eine gewisse Struktur. Und vermutlich konnte man sich wunderbar darin verstecken. Kein Wunder, dass das Grenzland ein idealer Ort war, um überfallen zu werden.

»Genau«, bestätigte Cal mir. »Dieses Territorium gehört den Onyx. Es wird Grenzland genannt, weil alle Leylinien zu diesem einen Ort führen. Es gibt also ganz viele Türen, aber sie alle führen durch diesen einen Eingang in die Dimension.

»Egal, welche Linie man benutzt, man landet immer genau hier?«

»Richtig.« Cal deutete um uns herum. »Sieh genauer hin.«

Und richtig: Überall um uns erschienen Noctua unterschiedlichster Kategorien. Doch nur die, die Alpha zu sein schienen, saßen auf Reittieren, um sich fortzubewegen.

Plötzlich war mein Kopf gefüllt mit Tausenden Fragen, an die ich früher nie gedacht hatte. »Brauchen nicht alle Noctua Reittiere?«

Cal lachte. »Da hast du ja direkt mal eine meiner großen Schwächen rausgepickt. Wir Alpha können nicht über längere Strecken fliegen. Ich kann mich eine Weile in der Luft halten, aber das ist sehr kräftezehrend, und wir Alpha erschöpfen dann sehr schnell. Für eine Fortbewegung durch Obskuris brauchen wir immer ein Reittier.« Er klopfte Nyncis auf den dunklen Pelz.

»Du brauchst Nyncis also, weil du lange Strecken nicht fliegen kannst?«, hakte ich nach.

Ich hörte sein Lächeln in seiner Stimme. »Genau. Obwohl wir natürlich auch Freunde und ein perfekt eingespieltes Team sind.«

Wow. Das hatte ich echt noch nicht gewusst. Ich versuchte all die neuen Infos zu verarbeiten und sah mich weiter um, als Nyncis einmal kräftig mit den Flügeln schlug und wir vorwärts schossen. Ich klammerte mich fester an Cal. Wir umrundeten die sich hoch auftürmenden Wolken in einem rasanten Flug.

Wind pfiff in meinen Ohren, und als wir eine der Wolken streiften, spürte ich die kühle Feuchtigkeit auf meiner Haut.

Aber dann klarte ganz plötzlich der Irrgarten aus Wolken vor uns auf, und der Himmel schien sich in die Unendlichkeit zu strecken.

Und es schien tatsächlich die gleiche Uhrzeit zu sein wie bei mir zu Hause. Ich reckte mich, um hinter Cal besser sehen zu können. Und dann sah ich sie.

Die Umrisse dreier majestätischer Segelschiffe, die aus der Entfernung wie Spielzeugfiguren aussahen.

»Darf ich vorstellen«, ergriff Cal nun das Wort. »Die Rebelblade.« Er deutete auf das Schiff ganz links, dessen dunkelrote Segel sich sanft im Wind bewegten. »Die Nightcrawler.« Das Schiff rechts, dessen Segel aus so dunklem Blau waren, dass sie fast schwarz wirkten. »Und die Shadowfall, mein Zuhause.« Er deutete auf das Schiff in der Mitte, dessen tiefschwarze Segel in der Dämmerung schimmerten.

Mir stand schon wieder der Mund offen. In Wirklichkeit mussten die Schiffe Dutzende Kilometer auseinanderliegen, aber von dieser Entfernung aus wirkten sie wie kleine Skizzen auf einem dunkelblauen Hintergrund. Sie alle schienen aus schwarzem Holz gefertigt, etwa gleich groß und wirkten durch die Dominanz der dunklen Farben eindrucksvoll und bedrohlich zugleich.

An den Relings der Schiffe loderten Fackeln, und hinter den kleinen runden Fenstern glommen warme Lichter.

Wir näherten uns der Shadowfall, die in meinem Sichtfeld kontinuierlich zu einer beeindruckenden Größe heranwuchs. Und dann erspähte ich auch die Galionsfigur, von der Cal mir schon früher erzählt hatte. Eine wohlproportionierte Frau in einem wallenden Gewand, deren Körper komplett aus einem einzigen Onyx gestaltet worden war. Laut Cal war sie Jahrhunderte alt und stellte eine der ersten Anführerinnen dieses Kartells dar.

Immer wieder kamen uns andere Onyx entgegen, die Cal

freundlich grüßten. Sie musterten mich interessiert, aber niemand stellte Fragen.

Nyncis schien genau zu wissen, wohin es gehen sollte. Vor uns ragte jetzt der Bug der Shadowfall auf. Hier waren die Fenster größer und nicht rund. Ihre Rahmen waren reich verziert mit Gold und dunklen Nieten. Vor einem befand sich sogar ein schmaler Balkon, der nur circa einen Meter nach vorn in die Luft reichte. Das schwarze Holz des Geländers war kunstvoll gedrechselt und verschmolz nahtlos mit den Planken des Bodens. Und direkt dort hielt Nyncis nun an.

Cal sprang leichtfüßig von seinem Rücken und landete lautlos auf dem Balkon. »Willkommen in meinem bescheidenen Reich.« Er stieß das Fenster auf.

Ich zögerte und überlegte noch, wie ich von Nyncis' Rücken herunterkam, ohne mit dem Gesicht flach auf dem Holzboden zu landen, da griff Cal nach meiner Taille und hob mich kurzerhand herunter.

»Home, sweet home.« Er lächelte schief. »Sieh nicht so genau hin, ich war nicht auf Besuch vorbereitet.«

»Warum hast nur du einen Balkon?« Wenn man ihn überhaupt so nennen konnte, denn er war gerade mal breit genug, dass wir beide darauf stehen konnten, und eine Tür gab es auch nicht. Wir würden wohl durch das Fenster klettern müssen.

Cal zuckte mit den Schultern. »Habe ich irgendwann mal gebaut.« Ich runzelte die Stirn. Der Cal, den ich kannte, hätte nie einfach etwas *nur so* gemacht. Und seine Worte wirkten zu beiläufig, als dass er diesen Balkon völlig grundlos gebaut hatte.

Cal stieg durchs Fenster, während Nyncis hinauf in den Himmel verschwand.

»Wo will er denn hin?«

»Die Delta haben auf den Schiffen, die in Etagen eingeteilt

sind, eigene Eingänge am Heck.« Cal stützte sich auf der Fensterbank ab und sah zu mir nach draußen. »Ich hab dir doch mal erzählt, dass die Delta ihren eigenen Bereich auf dem Schiff haben. Die meisten leben in Herden zusammen und haben eine Familie. Nyncis ist ja nicht mein Haustier, das unter meinem Bett schläft.«

Ich nickte, denn ich wusste, was für eine enge Verbindung die beiden hatten. »Aber warum lebt ihr alle überhaupt zusammen auf einem Schiff? Alle Kategorien sind so verschieden-«

»Aber wir funktionieren nur zusammen«, fiel mir Cal sanft ins Wort. »Wir sind ein Kreislauf, ein Ökosystem, eine Familie. Wir Alpha könnten uns ohne die Delta, unsere Reittiere, nicht in der Luft fortbewegen. Die Delta werden von uns mitversorgt, weil sie über die geringsten Fähigkeiten verfügen, Angst zu spüren. Das hingegen können die Beta sehr gut, sie sind die Besten von uns, aber sie können die Angst nicht verarbeiten, sie können sich nicht der Quelle nähern, die alles am Leben erhält, ohne dabei zu sterben. Wir hingegen können die Angst verarbeiten, sie benutzen, um die Schiffe anzutreiben, um alles am Laufen zu halten, und wir organisieren unser Zusammenleben, ordnen unsere Gemeinschaft und halten so alles zusammen. Und die Gamma sammeln die Angst der Kinder was auch kein kleiner Anteil am großen Ganzen ist. Wir sind also alle aufeinander angewiesen, verstehst du?«

»Wow«, flüsterte ich und sah noch mal in die Richtung, in die Nyncis verschwunden war. »Das ist echt beeindruckend. Und was ist diese Quelle? Von der hast du irgendwann mal erzählt, aber ich erinnere mich nicht mehr richtig.«

Cal lächelte und streckte mir die Hand entgegen. »Jetzt komm erst mal rein.«

Das Innere des Raums war sehr viel größer, als ich vermutet

hatte. Ich schwankte kurz, als das Schiff sich leicht zu bewegen schien.

Als Allererstes fiel mir auf, dass Cal zwei Betten besaß. Ein ganz normales Bettgestell, das mit goldenen Nägeln im Boden zu verankert sein schien. Und dann hing in einer anderen Ecke eine Hängematte, die dank des Bettzeugs darin ziemlich gemütlich aussah. Ansonsten war das Zimmer geradezu spartanisch eingerichtet. Und von Unordnung sah ich auch keine Spur. Ein kräftiger Stützbalken aus grob gemasertem Holz schob sich durch die Planken des Bodens und verschwand in der Decke. Es gab einen gemütlich wirkenden Ledersessel, in dem eine Tüte Jellybeans lag, die er wohl aus meiner Welt mit hierher genommen hatte. Dann noch ein Regal, in dem sich dicke, in Leder gebundene Bücher aneinanderreihten, auf deren Einband ich Namen bekannter menschlicher Dichter ausmachte: Byron, Ovid, Laotse und weitere. In einer Ecke stand ein schlichter Schreibtisch. Wie alles in diesem Zimmer war er aus schwarzem Holz gefertigt. Das Bettzeug war cremeweiß, ebenso wie die Handtücher, die ich in dem kleinen angrenzenden Badezimmer entdeckte. Trotz der Jellybeans und der Bücher wirkte das Zimmer mehr wie die Stube eines Soldaten als ein privater Raum. In einer Ecke entdeckte ich so etwas wie einen Mini-Kühlschrank. Das Glas davor erlaubte einen Blick ins Innere. Diverse Tonkrüge mit Stopfen aus Kork standen darin, ebenso wie einige kleine Pakete, die in hellbraunes Papier gewickelt waren. Vielleicht ein Vorrat an Mitternacht-Snacks?

Vier Fackeln tauchten das Zimmer in warmes Licht, und erzeugten ein Knistern, das die Gemütlichkeit nur noch verstärkte.

»Die Quelle ist der Lebensfunke der Dimension. Wird sie

nicht mit menschlicher Angst versorgt, dann schrumpft Obskuris und würde irgendwann ganz verschwinden«, erklärte Cal mir nun.

»Richtig«, murmelte ich, während ich meinen Blick erneut durch den Raum gleiten ließ. »Und alle Kartelle liefern den gleichen Teil an Angst, oder?«

»Richtig. Die Angst ist nicht nur unsere Währung, nicht nur die Energie, die die Schiffsmotoren antreibt, sie speist auch den Lebensmotor unserer Welt. Wir zahlen unseren Tribut, der von den Emerald jeden Monat eingetrieben wird. Sie übergeben ihn dann stellvertretend für alle Kartelle an die Quelle.«

»Ihr bringt sie ins Kartell der Emerald, und die transportieren sie weiter? Warum macht das nicht jedes Kartell selbst?«

Cal lächelte spitzbübisch. »Die Emerald holen sie ab und kontrollieren, dass jeder auch die geforderte Menge bezahlt. Außerdem nutzen sie die Chance, überall nach dem Rechten zu sehen, da bin ich mir ziemlich sicher. Das klappt auch überall, außer bei den Ivory. Sie lassen absolut niemanden in ihr Kartell, und am Abholtag flankieren zwei Wachen die Truhe, bis der Bote sie vor den Toren des Kartells einsammelt.«

Ich wandte mich ihm ganz zu. »Und die Ivory dürfen das?«

»Sie haben es von Anfang an so gemacht, heißt es. Ich denke mal, diese jahrhundertelange Konsequenz sorgt dafür, dass man nicht weiter mit ihnen diskutiert. Wir wollen uns ja alle respektieren, jedenfalls war das noch bis vor Kurzem so. Jedes Kartell hat seine Eigenarten, aber das toleriert man eben, solange niemand zu Schaden kommt. Und das ist ja hier nicht der Fall.«

Da hatte er recht. Noch mal musterte ich das Innere seines Zimmers und drehte mich einmal um mich selbst, um jedes kleinste Detail zu erfassen. Als ich mich umdrehte, bemerkte ich, wie Cal mich musterte. »Hast du es dir so vorgestellt?«

Ich nickte. »Ja.«

Cal stieß die Tür zu einem weiteren Zimmer auf. »Meine Waffen- und Kleiderkammer. Bei uns geht ziemlich viel kaputt, deshalb habe ich einen Vorrat.« Er wirkte fast etwas verlegen. »Magst du sie sehen?«

»Klar.« Genau wie er schien ich etwas befangen zu sein. Wir hatten uns so lange Zeit nicht gesehen, da war noch so viel, das ungesagt zwischen uns stand, und nun waren wir hier, in *seiner* Welt, und ich schwankte zwischen dem neu erwachten Gefühl zwischen uns und der Neugier, die dieser Ausflug mit sich brachte.

Ich folgte ihm in einen Raum, der bis zur Decke mit Messern und Dolchen aller Art vollgestopft war. Sie hingen an den Wänden, sie lagen auf kleinen Tischen, in den Regalen, auf einem Stuhl. Die andere Seite des Raumes wurde von einer Schrankwand dominiert. Cal verzichtete darauf, die Türen aufzuziehen, doch ich konnte mir schon vorstellen, dass die Fächer voll waren mit robuster Reitkleidung aus Leder. Vor einer freien Wand standen mehrere Paare lederner Reitstiefel. Der ganze Raum roch nach Politurpaste und Bienenwachs.

Ich spazierte an den Waffen entlang. »Vor einem Überfall brauchst du dich wohl nicht zu fürchten.«

Cal lachte. Er nahm zwei der bedrohlich aussehenden Wurfmesser hoch und ließ sie zwischen seinen Fingern tanzen. Dann schleuderte er sie an mir vorbei aus dem Raum. Ich spürte das Zischen an meinem Ohr. Ich schwang herum und sah, wie die Messer sich in den Stützbalken in der Mitte seines Schlafzimmers bohrten.

Und in seiner Begleitung braucht man sich wohl auch keine

Sorgen um Überfälle zu machen, schoss es mir durch den Kopf. Wieder schien Cal meine Reaktion zu beobachten. »Willst du auch mal? Ich könnte es dir beibringen.«

»Ich würde deine Einrichtung zerstören.« Mit dem Kopf deutete ich auf den Sessel in seinem Schlafzimmer. »Das gute Stück sähe danach aus wie ein Schweizer Käse.«

Cal grinste. »Jetzt hast du eine gute Vorstellung davon, wie mein Kinderzimmer aussah.«

Wir lachten beide, während er sanft eine Hand an meinen Rücken legte und mich aus dem Raum führte. »Hast du Durst?«

Ich nickte, während ich sein Schlafzimmer erneut musterte. Das alles wirkte so viel größer, als man von außen den Eindruck hatte. »Dieses Deck hatte von außen gesehen Dutzende Fenster und doch hat dieser Raum nur eines. Wie ist das möglich?«

Cal war vor dem kleinen Kühlschrank in die Hocke gegangen. Erst bei genauerem Hinsehen erkannte ich, dass es sich nicht um Metall, sondern um glatt polierten Stein handelte. Die schmale Glastür davor schloss bündig mit der Öffnung vorne ab. Neugierig kam ich näher und entdeckte erst dann die Eiskristalle, die sich in dem Gestein befanden. Jetzt sah es aus wie eine Mischung aus Marmor und Schnee. Faszinierend.

Cal kam mit einem Krug wieder hoch und nahm zwei kleine Holzbecher aus einem Regal. »Das ist eine optische Täuschung. Es ist die Magie der Dimensionen, die es uns möglich macht, unsere Leben auf diesen drei Schiffen zu führen, die von außen so klein wirken, obwohl sich ganze Städte, ganze Welten dahinter verbergen, die Tausende Einwohner beherbergen.« Er zog den Korkstopfen aus dem Krug und goss eine dunkelrote Flüssigkeit in den Becher. »Das Oberdeck der Shadowfall ist nicht länger als 30 Meter, aber betrittst du den Schiffsbauch, breitet sich auf jeder der vier Etagen eine ganze Welt vor dir aus.«

»Wow«, erwiderte ich. Cal hatte mir schon mal davon erzählt, aber alles mit eigenen Augen zu sehen war so viel beeindruckender. »Es gibt also in ganz Obskuris nur Luft?«

Er nickte. »Deshalb leben wir ausschließlich auf den Schiffen. In jedem Kartell sind es drei Kernfamilien, die jeweils die Herrschaft über eins der drei Luftschiffe haben, mit einem gemeinsamen Anführer, in diesem Fall meinem Vater.«

»Er ist also so was wie der König und herrscht über alle drei Luftschiffe im Kartell der Onyx?«

»Der Titel würde ihm definitiv gefallen. Aber ja, das stimmt so.« Cal reichte mir den Becher und stieß dann mit seinem ganz leicht gegen meinen. »Prost.« Er grinste auf geradezu unverschämt unwiderstehliche Art.

»Was ist das?« Meine Stimme klang seltsam rau. »Ich meine, vertrage ich das?«

»Das ist Mondbeerensaft.«

Ich betrachtete die tiefrote Flüssigkeit, die leicht zu perlen schien. »Ist da Alkohol drin?«

Cal unterdrückte ein Lachen. »Denkst du, ich will dich abfüllen?«

Dann bemerkte er meinen Blick. Er sah fast ein wenig beleidigt aus. »Wenn ich will, dass du mich küssen willst, brauch ich keinen Alkohol.«

Mir stand schon wieder der Mund offen. Das wurde in dieser Dimension so langsam zur Gewohnheit. »Wa … was?«

»Mondbeerensaft«, wiederholte Cal besonders langsam. »Es ist lediglich Mondbeerensaft. Er ist so was wie das Nationalgetränk von Obskuris, man bekommt ihn überall.«

»Das meinte ich nicht. Ich wollte-«

»Probier endlich, Erin.« Cal schien das alles wahnsinnig komisch zu finden. »Das ist total lecker. Du wirst ihn lieben. Und keine Angst, ich habe dich nicht hergebracht, damit wir uns nackt in diesem Bett wälzen.«

Ich hatte schon wieder das Gefühl, dass es in diesem Zimmer wärmer geworden war. »Das meinte ich doch gar-«

Cal schnalzte. »Du bist wirklich niedlich, wenn du versuchst, zu lügen.« Er leerte seinen Becher in einem Zug und stellte ihn dann auf dem Schreibtisch ab. Seine Lippen schimmerten rötlich von dem dunklen Saft. Wie automatisch blieb mein Blick daran hängen.

Und auf einmal kam mir noch ein ganz anderer Gedanke. Ich war wirklich und wahrhaftig in Obskuris. Ich war hier mit ihm, in seinem Zimmer, ohne Grandma im Nacken oder meinen Rabauken. Wir könnten die drei Jahre Pause einfach vergessen und dort weitermachen, wo wir…

Ich riss mich energisch von seinem Anblick los und nahm schnell einen Schluck von dem Saft. Cal hatte nicht gelogen. Das Getränk schmeckte herb und süß zugleich, und es perlte leicht auf meiner Zunge. »Hmmm! Der ist wirklich gut.«

»Sag ich doch.« Cal goss sich noch mal nach, spazierte dann zur Fensterbank und drehte sich zu mir um. Er grinste, und wieder blitzten seine spitzen Eckzähne auf.

Langsam trat ich näher. Cal reichte mir seine Hand und half mir auf die Fensterbank. Die Aussicht war wirklich phänomenal. Wir konnten trotz der Dunkelheit noch bis hinüber zu dem Wald aus Wolkenbergen schauen, der sich wie ein unendlich breiter Teppich am Horizont erstreckte. Darüber durchzogen Schlieren aus kräftigem Orangerot den graublauen

Himmel. Wir nahmen gleichzeitig einen Schluck von unserem Saft.

»Was sind Mondbeeren eigentlich? Früchte?«

»Genau. Die Xanthic züchten sie. Sie haben unter Deck große Plantagen. Die Beeren sind ungefähr so groß.« Er hielt Daumen und Zeigefinger in einem Abstand von ungefähr zwei Zentimetern. »Das Besondere ist, dass sie von außen strahlend weiß sind. Presst man sie aus, ist ihr Saft dunkelrot. Die Faszination für euren Mond scheint uns Noctua zu einen. Sie sind nach ihm benannt.«

Das gefiel mir. »Wie schön.«

Cal lächelte, aber sein Blick glitt wieder hinaus in die Ferne. Ein sanfter Wind strich durch ein paar seiner längeren Haarsträhnen. Erst da fiel mir auf, wie warm es hier war. Ich trug zwar meinen Hoodie, hätte ihn aber auch genauso gut ausziehen können, ohne zu frieren.

»Es gibt hier keine Jahreszeiten, oder?« Ich leerte meinen Becher und stellte ihn dann neben mir ab.

Cal schüttelte den Kopf. »Tag und Nacht ja, aber keine Jahreszeiten. Wir haben Stürme, Blitze und Eisregen, aber unsere Pflanzen haben alle einen unabhängigen Wachstums Rhythmus. Es ist allerdings ein reiner Zufall, dass die Dimension und Ohio die gleiche Zeitzone haben. Besucht man andere Teile der Welt, dann ist es hier Tag und dort, wo man hinreist, tiefste Nacht.

»Ich finde es immer noch schön, dass ausgerechnet meine Heimat die gleiche Zeitzone wie deine Dimension ist.« Ich zupfte an einem Ärmel meines Hoodies. »Ich glaube, ich könnte mir eine Welt ohne Jahreszeiten nicht vorstellen. Andererseits will ich auch noch nicht, dass es bei uns jetzt Winter ist.« Ich mochte den Frühling und den Sommer, die lauen

Temperaturen, die sie mitbrachten, das angenehme Leben ohne allzu viele Lagen aus Wolle und Vlies.

Die Winter in Ohio waren hart und schneereich, doch die Sommer konnten die 30-Grad-Marke knacken, und wie jeden Herbst hofften alle, dass sich das milde Wetter noch bis in den Oktober ziehen würde. Was in der Geschichte der Wetteraufzeichnung Clevelands erst zweimal der Fall gewesen war.

Ich erinnerte mich an den Sommer vor einigen Jahren. Die Stadt hatte unter einer Dunstglocke geschwitzt, und wir waren noch im September im T-Shirt zur Schule gegangen. Nachts hatten Cal und ich auf meinem Fensterbrett gesessen und in den nachtschwarzen Garten geschaut. Ich musste dreizehn oder vierzehn Jahre alt gewesen sein. Ich erinnerte mich an das zarte Flattern in meinem Bauch, wie jedes Mal, wenn Cal mir näherkam. Ich erinnerte mich daran, wie seine Fingerspitzen ganz zart meine berührt hatten. Und ich erinnerte mich daran, ihm stundenlang zugehört zu haben, wenn er mit leiser Stimme über seine Heimat sprach. Er hat eine lange Schnittwunde quer an seiner Hand gehabt. Schon damals hatte er seinen Vater auf die Jagd nach straffällig gewordenen Noctua begleitet. Es war zu einer Auseinandersetzung gekommen, und der in die Enge getriebene Alpha aus dem Kartell der Crimson hatte mit einem Dolch auf Cals Hals gezielt. Cal, der mit der Kampfkunst der Noctua aufgewachsen war, hatte sich erst nach hinten geworfen und den Alpha dann entwaffnet. Trotzdem hatte es ihn vorher erwischt. Die Wunde musste fürchterlich wehgetan haben, aber Cal hatte seine Hand nicht geschont. Im Gegenteil, hatte er nicht aufgehört, sanft über meine Hand zu streicheln. Es waren nur meine Fingerspitzen gewesen. Eine zarte unschuldige Berührung. Und dennoch hatten wir beide so schnell geatmet, als hätten wir gerade einen Marathon hin-

131

ter uns gebracht. Cal hatte von seiner Mutter erzählt, an die er sich nur noch schemenhaft erinnerte. Sie war während einer Meuterei gestorben. Irgendein entfernter Cousin seines Vaters hatte die Macht im Reich der Onyx ergreifen wollen. Der Aufstand war blutig gewesen, und seine Mutter eines der Opfer des Überraschungsangriffs.

Ich schüttelte den Gedanken an die Vergangenheit ab. Dieses Gefühl des Verlusts einte uns und schweißte uns noch mehr zusammen. Diese Gemeinsamkeit, das Wissen um die Schmerzen der Erinnerung, war ein mächtiges Gefühl. Immer noch hatte ich sehr deutlich die Worte meiner Freunde im Ohr. Sie trauten ihm nicht, jetzt, da er plötzlich wieder da war. Ganz im Gegenteil.

Aber sie kannten Cal nicht. Sie hatten nie von der Abenddämmerung bis zum Morgengrauen neben ihm gesessen.

Wir waren zwei Kinder ohne Mütter gewesen, die sich den Schmerz geteilt und aneinander festgehalten hatten.

Und dann dämmerte es mir. Das Fensterbrett. Bei mir zu Hause hatten wir so viele Nächte darauf gesessen, die Füße baumelten Richtung Garten, das Zimmer im Rücken. Und das hier … Ich betrachtete das Brett, auf dem wir saßen. Es sah genauso aus. Und der kleine Balkon verhinderte, dass man in die Tiefe fallen würde, sollte man das Gleichgewicht verlieren. Kein anderes Fenster auf diesem Schiff besaß so eine Konstruktion.

»Den Balkon, hast du ihn gebaut, damit wir …« Ich brach ab, doch Cal verstand meine Frage auch so.

Er leerte seinen Becher und stellte ihn neben sich ab. Dann nickte er knapp.

Stille breitete sich zwischen uns aus. Ich wollte etwas sagen, doch mir fehlten die richtigen Worte. Neben mir hörte ich Cal tief ein- und dann lang wieder ausatmen. Ich warf ihm einen kurzen Seitenblick zu, sah dann aber schnell wieder weg. Da war eine helle Narbe hinter seinem Ohr. Sie war neu, zumindest für mich. Denn mit vierzehn hatte ich jede einzelne von Cals Narben gekannt. Sofort dachte ich an seine Gefangenschaft.

»Seit wann bist du wieder frei?«, fragte ich leise.

»Seit knapp zwei Wochen.« Er presste die Lippen zusammen.

»Möchtest du über deine Gefangenschaft bei den Amethyst reden?«

Cals Blick glitt in die Ferne. »Nein«, sagte er schließlich leise. »Jetzt möchte ich einfach nur hier sitzen, neben dir, genau wie ich es mir vor so vielen Jahren ausgemalt habe.«

Ich lächelte ihn an, obwohl er mich nicht ansah. Er sah so ernst aus in diesem Moment, die Brauen leicht gerunzelt, das Kinn energisch gereckt.

Dann spürte ich seine Finger an meinen. Ganz langsam schob er seine Hand über meine, den Blick immer noch auf den Horizont geheftet.

Ich hätte dich niemals verlassen.

Ich lehnte meinen Kopf an seine Schulter.

In diesem Moment wollte ich ihm glauben.

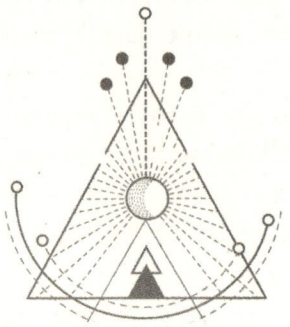

Kapitel 10

Um exakt 16:58 Uhr fand ich mich am Montag an der Pforte von Stratford Industries ein. Ich hatte ausnahmsweise Pünktchen mitgenommen, denn ich wusste schon, dass mir das Gespräch Angst machen würde. Jetzt hockte sie in meiner großen Umhängetasche, denn wir befanden uns im Gebiet der Onyx. Pünktchen dürfte eigentlich gar nicht hier sein. Auf dem Weg zum Eingang entdeckte ich einen Beta, der auf einer angrenzenden Mauer saß. Er besaß den Körper eines muskulösen Mannes und das Gesicht eines Schakals. Seine Augen glühten orangerot, und er schnüffelte kurz in die Luft, als ich ihn passierte. Ich betete, dass er Pünktchen nicht riechen würde. Doch dann wurde er abgelenkt, als über uns zwei Gamma durch die Luft sausten, und ich nutzte den Moment, um mit gesenktem

Kopf an ihm vorbeizuhasten. Hinter der Plexiglaswand saß leider nur der ältere Wachmann mit dem dicken Bauch. Er studierte irgendwelche Dienstpläne und ignorierte mich absichtlich ein paar Sekunden, bis er schließlich genervt hochsah.

»Sie werden abgeholt.« Mehr Worte schenkte er mir nicht, bevor er wieder zurück auf seine Papiere sah.

»Alles klar«, sagte ich lautlos und drehte ihm den Rücken zu. Ich nutzte die Zeit, um kurz nach Pünktchen zu sehen und dann mit meinen Freundinnen zu texten, die ich schon heute Morgen in der Schule ausgiebig von meinem nächtlichen Ausflug erzählt hatte. Aber so richtig bei der Sache war ich nicht. Meine Gedanken drifteten immer wieder zu Obskuris. Was für eine faszinierende Welt! So exotisch und fremd, aber durch Cals Erzählungen zugleich so vertraut. Endlich hatte ich seine Heimat kennengelernt, gesehen, wo er aufgewachsen war und weitere Details bekommen.

»Ms Porter?«

Ich zuckte zusammen, als hinter mir eine weibliche Stimme erklang.

Eine Frau mittleren Jahres musterte mich kurz. Sie trug ein schlichtes dunkelblaues Businesskostüm und gab sich keine Mühe, zu verstecken, wie falsch ihr Lächeln war. »Ich bringe Sie nach oben. Bitte folgen Sie mir.«

»Danke.«

Sie ging voraus, ohne sich noch einmal nach mir umzusehen. Zuerst passierten wir einen Teil des Gebäudes, der zu den Fabrikanlagen gehörte. Umkleiden für die Mitarbeiter, Pausenräume, sogar einen Kindergarten gab es hier. Dann veränderte sich die Architektur. Hier sah ich nur vereinzelt Beta und eine weibliche Alpha, die mit ihrem geflügelten Bären durch die Gänge strich. Die Decken wurden höher, das Design elegan-

135

ter, und der Boden bestand aus dunklem Stein, statt aus strapazierfähigem Linoleum. Wir hielten vor eleganten Aufzügen aus Glas, von denen einer sofort seine Türen öffnete. Als wir in die oberste Etage fuhren, bewunderte ich aus der Kabine heraus das Atrium, dass sich unter mir erstreckte. Exotische Pflanzen wuchsen mehrere Stockwerke hoch. Ein kleiner Springbrunnen warf Wasserfontänen in die Luft und wirkte wie eine grüne Oase in dieser Wüste aus Chrom und Stahl.

Ein zartes Glöckchen kündigte unsere Ankunft an, und wieder ging die Frau voraus, ohne auf mich zu warten.

Schließlich blieb sie stehen und öffnete eine Doppeltür. Auf dem Schild rechts daneben stand in elegant geschwungener goldener Schrift »Vorzimmer Melissa Stratford«.

Ms Stratford hatte sogar ein Vorzimmer. Ich war beeindruckt.

Die Frau klopfte für mich an einer weiteren Doppeltür und nahm dann hinter dem schmalen Schreibtisch rechts von uns Platz. Sie war also die Herrin des Vorzimmers. »Sie können jetzt reingehen.« Sie klang erleichtert, mich loszuwerden.

»Danke.«

Ich drückte eine der goldenen Klinken herunter und betrat das Büro. Das Zimmer erinnerte mich an das Atrium und wirkte eher wie das Büro eines Umweltschutz-Start-ups. Die Möbel waren aus hellem unbehandeltem Holz. Vor der bodentiefen Fensterfront stand eine Gruppe von Topfpflanzen, deren leuchtend grüne Blätter sich in die Mitte des Raumes streckten. Anstelle des schwarzen Steins war hier ein Korkboden verlegt. An den Wänden hingen Plakate von *Greenpeace* und *Sea Shepherd*, und in der Luft schwebte ein Aroma von Zimt und Nüssen.

Ich war so überrascht, dass ich stehen blieb, um mich umzusehen. Das hier war ja fast schon gemütlich ... und kein

Noctua schien sich hierher verirrt zu haben, was ebenfalls ein Pluspunkt war.

Die Möbel der Sitzecke leuchteten regelrecht. Strahlendes Orange, Fuchsia, Kirschrot. Auf dem niedrigen Tisch dazwischen stand eine Schale mit Keksen. Erst eine Bewegung ließ mich den Kopf erneut drehen. Melissa Stratford erhob sich hinter ihrem Schreibtisch.

»Erin Porter. Du hast unseren Termin nicht vergessen.« Ihre Stimme klang immer noch kühl, doch sie lächelte. Heute war sie etwas legerer gekleidet als am Wochenende. Sie trug eine dunkelblaue Röhrenjeans und eine mit Blumen gemusterte Bluse. Das dunkle Haar hatte sie zu einem lockeren Pferdeschwanz gebunden, und an ihren Ohren prangten grüne Edelsteine, deren supernovagleiches Funkeln verriet, dass sie echt sein mussten.

Neben ihr kam ich mir in meiner verwaschenen schwarzen Jeans und dem schlichten Sweater fast ein wenig schäbig vor. »Ich halte meine Termine ein, Melissa Stratford.« Keine Ahnung, was für ein Psychospielchen diese Nummer mit dem Vor- und Nachnamen war, aber was sie konnte, das konnte ich auch.

Sie spitzte die Lippen, als amüsiere sie mein Verhalten. Dann deutete sie auf einen der zwei Sessel vor ihrem Schreibtisch. »Unterhalten wir uns. Ich nehme an, du hast die Speicherkarte mitgebracht?«

Könnten wir vielleicht erst mal darüber reden, dass sie ungefähr in meinem Alter war und bereits ein eigenes Büro besaß?

Ich lehnte meine Tasche vorsichtig gegen den Sessel, nahm dann Platz und schob ihr die Speicherkarte über den Tisch. »Wie vereinbart.«

Sie griff danach, schob sie in ein Lesegerät und wandte sich

137

dem weißen Monitor zu. Meine Stimme erklang, als sie eins der Videos startete.

»Ich habe dich gegoogelt.« Wieder spitzte sie die Lippen. »Ich finde deine Arbeit interessant. Du hast ein gutes Auge für das Gesamtbild, aber auch für die Details. Deinen Blick für die Schönheit, die in der Vergänglichkeit liegt, hätte ich auch gerne.«

Ihr Worte überraschten mich. Hatte sie mir gerade ein Kompliment gemacht? »Dankeschön«, erwiderte ich vorsichtig.

»Ich möchte dir einen Job anbieten. Es wäre nur ein Projekt, keine Festanstellung, also zeitlich begrenzt.« Sie stoppte das Video und sah wieder zu mir. »Die beiden Hallen, in die du eingebrochen bist, sollen renoviert und auf den neuesten technischen Stand gebracht werden. Solaranlagen auf dem Dach, alles nach neuesten ökologischen Standards. Ergonomische Fertigungsbänder, eine Wasseraufbereitungsanlage, lösungsmittelfreie Lackierung und so weiter. Wir starten in zwei Wochen, und ich möchte, dass du diese Renovierungsarbeiten dokumentierst. Nicht für deinen Kanal, sondern für unseren Instagram-Account. Du arbeitest professionell, und dein Stil gefällt mir. Dein Bildmaterial vom Wochenende könnten wir nutzen, um den Vorher-Zustand zu dokumentieren. Und natürlich würden wir deinen Namen auch gern zu Werbezwecken nutzen, auch wenn das nicht unser Fokus sein wird.«

Ich war ein wenig sprachlos. Damit hatte ich absolut nicht gerechnet.

»Selbstverständlich wirst du dafür bezahlt. Vielleicht hast du ja einen Wunsch, den du dir schon länger erfüllen möchtest?«

Sofort dachte ich an mein Projekt, für Grandma ein Atelier einzurichten.

»Nein«, erwiderte ich dennoch. »Außerdem habe ich bereits

Sponsoren. Und das war nicht Teil des Deals. Du wolltest mein Bildmaterial, dafür dass du keine Anzeige erstattet. Du kannst es haben. Oder ist dieses »Jobangebot« auch Teil davon?«

»Nein, das ist es nicht. Ich habe mir deine Arbeit angesehen und möchte dir deswegen einen Job anbieten. Wenn du keinen Wunsch hast, vielleicht kannst du das Geld ja für etwas anderes nutzen? Vielleicht für die Uni?«

Es ärgerte mich, dass sie automatisch annahm, dass ich kein Geld besaß. Natürlich war das Studieren hier teuer, und selbst gutsituierten Familien rissen die jährlichen Studiengebühren Löcher in ihre Ersparnisse. Aber trotzdem. Dass sie so mit Geld um sich warf, die leichte Arroganz in ihrem Blick, all das ließ meine sympathischen Gefühle für sie verblassen. »Ich habe bereits ein Vollstipendium für Yale«, erwiderte ich kühl. »Kunst, mit Schwerpunkt Fotografie.«

»Wow. Das klingt beeindruckend.« Sie setzte sich etwas in ihrem Stuhl auf und sah dann in Richtung der kleinen Sitzgruppe. Ich folgte ihrem Blick und entdeckte ein schmales Sideboard, auf dem eine Kaffeemaschine, ein Wasserkocher, zahlreiche Packungen mit Tee und Flaschen mit Wasser standen.

»Magst du etwas trinken?« Melissas volle Lippen kräuselten sich zu einem Lächeln, und sie legte den Kopf schief.

»Wie wäre es mit einem Wasser für uns beide?«

Ich nickte, obwohl ich Wasser gar nicht so gerne mochte. »Soll ich dir helfen?«

»Nicht nötig.« Routiniert versorgte sie uns mit Gläsern und kleinen Wasserflaschen. »Wie oft bist du schon erwischt worden?« Sie schraubte ihre Flasche auf, während sie Platz nahm.

Ich nahm einen Schluck von meinem lauwarmen Wasser,

schüttelte mich innerlich und stellte das Glas dann zurück auf den Tisch. »Erst einmal. Es lief aber glimpflich ab. Meine Grandma ist Krankenpflegerin und kennt gefühlt ganz Cleveland. Einer der Wachleute war mal bei ihr auf der Station und hat sie angerufen. Ich hatte einen Monat lang Stubenarrest.«

»Stubenarrest?« Melissa lachte und stellte ihre Wasserflasche zurück auf den Schreibtisch. »Ich hoffe, du warst nicht älter als dreizehn.«

»Sechzehn«, erwiderte ich grimmig. »Und ich möchte jetzt echt nicht weiter darüber reden.«

Melissa lachte erneut, und ich fiel darin ein. Wir sahen uns an, und irgendwie war plötzlich das Eis gebrochen.

»Ich würde dich wirklich gerne engagieren.« Ihre Stimme war nun ernst. »Wenn du die Renovierungsarbeiten über zwei Monate hinweg begleitest, ein Video und zwei Fotos pro Woche hochlädst und wir deinen Namen benutzen dürfen, biete ich dir diesen Betrag an.« Sie schrieb etwas auf einen Zettel und schob ihn mir dann zu.

Ich hätte vor Schreck fast meine Zunge verschluckt. von dieser Summe konnte ich mir ein Auto kaufen *und* Grandmas Atelier einrichten. Und das für acht Wochen Arbeit, acht Videos und sechzehn Fotos. Die Bezahlung war geradezu lächerlich gut. Mir blieb gar nichts anderes übrig, als zuzustimmen. Nach einem kurzen Zögern nickte ich. »Ich mache es.«

»Sehr schön. Du wirst wöchentlich per Scheck bezahlt. Sollte es Probleme geben, wende dich jederzeit an mich. Einen Entwurf für deinen Vertrag schicke ich an die Mailadresse, die du bei Instagram angegeben hast.« Melissa nahm erneut einen Schluck von ihrem Wasser, und ich tat es ihr gleich, um nicht unhöflich zu wirken.

»Klingt super.«

»Kann ich dir dann vielleicht irgendwann mal ein Getränk spendieren, das du gerne trinkst?«

Sie war wirklich eine gute Beobachterin. »Also ich mag den Caramel Frappuccino von Starbucks echt gern.«

Melissa öffnete eine Schublade und schob mir eine Visitenkarte über den Tisch. Zart gemasertes cremeweißes Papier mit goldener Schrift. *Melissa Naira Stratford, Social Media Managerin.* Sie war schon Managerin? Wie konnte das sein?

Melissa deutete auf die Handynummer ganz unten. »Kaffeebestellungen bitte an diese Nummer.«

»Kommt dann deine Assistentin?«

Melissas Blick glitt zur Tür, und sie wirkte fast etwas unbehaglich. »Mein Vater besteht darauf.« Sie beugte sich über den Schreibtisch, und ihre Stimme verebbte zu einem Flüstern. »Ich habe keine Ahnung, wofür Mrs Daltry den ganzen Tag bezahlt wird. Ich mache hier alles allein.«

Wir lachten erneut, und dieses Mal fühlte es sich fast an, als würden wir uns nicht erst seit einer halben Stunde kennen.

»Das heißt, du bist schon mit der Uni fertig?«, hakte ich nach. Sie sah noch so jung aus.

»Nein, ich habe den High-School-Abschluss seit letztem Jahr in der Tasche, und jetzt arbeite ich erst mal für meinen Vater, bevor ich mich entscheide, was ich studieren will.« Melissa wirkte schon wieder etwas verlegen. »Social Media interessiert mich, und ich hatte die Idee, die Firma meines Vaters auf diesem Gebiet mehr zu promoten. Und dann hat er mir gleich die ganze Verantwortung dafür erteilt.« Sie strich sich eine Strähne aus der Stirn. »So ist er eben. Er meint, man wächst mit seinen Aufgaben.«

»Wow«, lachte ich. »Das stelle ich mir echt nicht leicht vor.«

»Bisher klappt es ganz gut.« Sie lächelte und gab mir meine Speicherkarte zurück. »Danke. Du kannst das Videomaterial für das erste Posting auf unserem Kanal verwenden. Lass uns hier nächste Woche für eine kurze Vorbesprechung erneut treffen. Vielleicht am Donnerstag zur gleichen Zeit?«

»Okay.« Ich musste mir ein Grinsen verkneifen. »Bringst du mir dann bitte diesen Tonfall bei, bei dem automatisch alle strammstehen und auf dein Kommando warten?«

Melissa schmunzelte und warf sich dann den Pferdeschwanz über die Schulter. »Abgemacht.«

*

Ich saß gerade im Auto und textete mit meinen Freunden über das Treffen, während Pünktchen in meiner Tasche leise schnarchte, da zeigte mein Display einen eingehenden Anruf an. *Mrs Miller.*

»Hi Carla.« Ich sollte am Freitag auf Bretton aufpassen, weil seine Eltern mit Freunden in eine frühe Abendvorstellung ins Kino wollten. Sofort hatte ich wieder das Bild vor Augen, wie die Zahnfee Bretton bei dem Versuch, ihm einen Zahn zu stehlen, verletzt hatte.

»Hallo Erin, hier ist Carla Miller, die Mutter von Bretton.«
Ich hatte sie doch gerade mit Carla begrüßt? Warum stellte sie sich noch mal vor?

»Ich muss den Termin absagen, Erin, weil …« Sie brach ab. »Weil Bretton …« Sie wirkte verwirrt. Oder weinte sie etwa?

»Es gab einen Zwischenfall.« Sie weinte tatsächlich.

»Geht es Bretton gut?«

Sie schluchzte und brauchte einen Moment, bevor sie weitersprechen konnte. »Er ist okay. Na ja, das hoffen wir. So wie es aussieht …« Sie brach erneut ab.

»Carla, was ist los? Ist mit Bretton alles in Ordnung?« Jetzt machte ich mir ernsthaft Sorgen um ihn.

Carla holte zitternd Luft. »Ihm fehlen seit gestern Nacht vier Zähne. So wie es aussieht, hat er sie sich selbst gezogen. Kannst du dir das vorstellen, Erin?« Sie weinte. »Alles war voller Blut. So viel Blut, aber wir haben keine Zähne gefunden.« Ihre Stimme brach. »Erin … der Arzt vermutet, Bretton hat seine eigenen Zähne gegessen.«

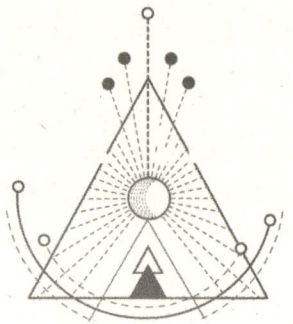

Kapitel 11

Die Nachricht war ein Schock. Mir tat Bretton unendlich leid, und ich konnte nur hoffen, dass seine Wunden schnell verheilten. Nervös drehte ich das Handy in meinen Händen. Natürlich wusste ich, dass Bretton definitiv nicht derjenige war, der sich die Zähne gezogen hatte. Diese verdammten Zahnfeen!

Ich musste Cal davon erzählen. Keine Ahnung, was er für Möglichkeiten hatte, aber jetzt waren die Zahnfeen zu einer echten Bedrohung geworden. Sie gehörten zu seiner Welt, und er würde Rat wissen.

Ich muss etwas mit dir besprechen.

Ein paar Sekunden lang starrte ich auf das Display. Nur ein Häkchen, nichts färbte sich blau.

Mist. Schlechter interdimensionaler Empfang. Normalerweise war die Dimension gut zu erreichen und der Empfang konstant, warum auch immer, aber heute hatte ich wohl Pech.

Ich legte gerade den Sicherheitsgurt an, als in der Tasche meines Hoodies etwas raschelte. Ich runzelte die Stirn, als ich ein paar gefaltete Bögen hervorzog.

Dann machte es Klick. Es waren die Versicherungsdokumente, die ich in Grandpas Büro gefunden hatte. Die Papiere waren schon ganz weich geworden, so oft hatte ich sie gefaltet und wieder aufgeklappt.

Wie von selbst blätterte ich erneut durch die Seiten, als ich plötzlich stutzte. Eins, zwei und vier. Die dritte Seite fehlte. Warum hatte ich niemals auf die Seitenzahlen geachtet? Ich war mir ganz sicher, dass ich sie in der Akte nicht übersehen hatte. Jemand musste die dritte Seite ganz bewusst entfernt haben. Und wer das gewesen war, darüber ließ sich nicht viel spekulieren, und ich verwarf den Gedanken, Grandma darauf anzusprechen, schnell. Ich hatte ihre Ausreden satt. Es war an der Zeit, die ganze Wahrheit herauszufinden – und warum nicht jetzt sofort?

Mom und Dad waren damals nach Olmsted Falls unterwegs gewesen. Ich öffnete Google Maps, um nachzusehen, welches Krankenhaus der Unfallstelle am nächsten lag. Ich war damals garantiert unterkühlt gewesen und nach dem Unfall ärztlich versorgt worden. Ich bezweifelte, dass mich ein Streifenwagen noch in derselben Nacht zu Grandma und Grandpa gefahren hatte. Sicherlich hatte ich eine Nacht im Krankenhaus verbringen müssen, und vielleicht … Mein Magen krampfte sich vor Schmerz zusammen. Vielleicht hatte man Mom und Dad dort auch obduziert, um sich bei der Todesursache ganz sicher zu sein? Der Gedanke daran zerriss mir fast das Herz. Ein Blick auf die Karte verriet, dass das »St John

West Shore Hospital« das nächstgelegene Krankenhaus war. *Das musste es sein.* Schnell schloss ich Google Maps und drückte die Kurzwahltaste mit Rhondas Nummer.

Ich erzählte ihr von der fehlenden dritten Seite, meiner Idee und flehte sie schließlich praktisch an, mit mir nach Olmsted Falls zu fahren.

Sie seufzte. »Süße, willst du dir wirklich noch mehr wehtun? Was hoffst du dort zu finden? Fotos vom Unfallort, die dir die Seele zerreißen? Ich halte das für keine gute Idee.«

»Rhonda, ich muss einfach die ganze Wahrheit wissen. Meine Welt implodiert im Moment. Und dann noch die Sache mit Bretton. Ich komme mir so langsam vor wie in einem Thriller.«

»Die Sache mit Bretton? Warst du vor deinem Besuch bei Melissa Stratford noch babysitten? Wie hast du das denn geschafft?«

Schnell erzählte ich ihr von dem beunruhigenden Anruf von Carla Miller.

Rhonda wirkte so schockiert, dass einen Moment lang Stille herrschte. »Du musst ihm davon erzählen, Erin. Hier geht etwas nicht mit rechten Dingen zu.«

»Das werde ich.« Rhonda war noch skeptischer als ich, was Cals plötzliche Rückkehr betraf. »Und? Soll ich dich jetzt abholen?«

Sie klang unbehaglich. »Du weißt doch, dass ich montagsabends Volleyballtraining habe. Da bin ich frühestens um neun Uhr fertig, und danach lässt mich Mom unter der Woche nirgendwo mehr hin. Wir brauchen mindestens eine halbe Stunde und im Feierabendverkehr vermutlich noch länger.«

»Natürlich. Du hast ja recht.« Ich seufzte. Auf keinen Fall wollte ich Rhonda unter Druck setzen. Sie war meine beste

Freundin, und ich würde nicht egoistisch sein. Also wünschte ich ihr viel Spaß beim Training und beendete das Gespräch.

Dylan schrieb morgen früh seine Klausur, für die er am Wochenende gelernt hatte, und fiel somit auch aus. Jinjin war bei ihrer Debattier-AG und würde erst in zwei Stunden frei haben.

Dann mir fiel jemand anderes ein.

Erneut öffnete ich den WhatsApp-Chat mit Cal.

Hast du Zeit? Jetzt? Auf dem Weg nach Olmsted Falls könnte ich ihm auch von dem Zwischenfall mit Bretton erzählen.

Dieses Mal ging die Nachricht direkt durch, und nur Sekunden später färbten sich die Häkchen blau. Zurück kam jedoch nur ein Wort.

Beschäftigt.

Ich war nicht enttäuscht, weil er so kurz angebunden war. Vermutlich hatte er wirklich zu tun, und er schuldete mir keine ausschweifende Erklärung. Wenigstens ignorierte er mich nicht. Und was meinen Plan anging … Ich war ein großes Mädchen. Ich konnte auch allein fahren.

Oder?

Angst kroch in mir hoch. Wollte ich das wirklich? Oder sollte ich besser auf Rhonda hören?

Pünktchen krabbelte aus meiner Tasche, hüpfte auf meinen Schoß und wälzte sich dann mit genießerisch geschlossenen die Augen.

Und dann sah ich sie. Milchig weiße Schlieren, die aus jeder meiner Poren zu strömen schienen. Pünktchen schien sie über ihr Fell aufzunehmen, und dann verschwanden sie in ihrem Körper.

Unsere Angst schimmert wie Mondlicht.

Der Satz schoss mir durch den Kopf, noch bevor ich realisierte, was passierte. *Ich konnte Angst sehen? Aber wie war das möglich?*

»Ich kann sie sehen.« Meine Stimme klang brüchig. »Ich kann sie sehen, sie ist weiß, und sie schimmert fast wie Perlmutt ...«

Pünktchen machte einen Satz und saß dann kerzengerade auf meinem Schoß. »Wassss?« Sie riss die Augen auf. »Du siehssst sssie?«

Ich nickte. »Sie ist weiß, und sie kam aus mir heraus, überall!«

»Ersssstaunlich«, zischte Pünktchen. »Warum jetzt und nicht vorher?«

»Keine Ahnung?« Doch dann fiel mir die eine Sache ein, die sich geändert hatte: Ich hatte Obskuris besucht. Konnte es daran liegen?

Ich erzählte Pünktchen davon.

»Dasss könnte der Grund sssein.« Sie wirkte nicht besonders aufgeregt deswegen. Ich hingegen wusste zwar, dass die Noctua unsere Angst sammelten, aber dass ich sie plötzlich sehen konnte, schockierte mich dann doch.

Ich textete Cal, während Pünktchen wohlig knurrte und auch die letzten Schlieren absorbierte.

Dann zwang ich mich, mich zusammenzureißen und gab endlich die Adresse aus Google Maps ins Navi ein, während Pünktchen zurück in meine Tasche krabbelte.

Von hier aus war es eine gute halbe Stunde bis zu dem einzigen Krankenhaus im näheren Umland von Olmsted Falls. Ob ich dort endlich Antworten bekommen würde?

Natürlich hätte ich auch vorher anrufen können, aber erfahrungsgemäß war das Krankenhauspersonal sehr gut darin, nervige Nachfragen abzuwimmeln. Tauchte man persönlich auf, standen die Chancen im Allgemeinen etwas besser.

Während ich das Industriegebiet verließ, dachte ich wieder an Bretton. Hoffentlich ging es ihm bald wieder gut. Irgendetwas ging hier nicht mit rechten Dingen vor sich. Die Zahnfee war zurückgekehrt und hatte sich gewaltsam genommen, was sie so dringend benötigte. Sie hatte Bretton bewusst verletzt. Ich runzelte grimmig die Stirn. Ich würde schon noch aufdecken, was diese harmlosen Sammler zu gewaltbereiten Räubern gemacht hatte. Doch jetzt würde ich erst mal mehr über den Unfall meiner Eltern herausfinden.

*

»Nein.« Die Dame an der Information des »St John West Shore Hospitals« lächelte freundlich, aber ihr Ton war endgültig. »Wir geben keine Patientenakten heraus.« Sie musterte mich und fügte dann noch hinzu: »Da könnte ja jeder kommen.«

Innerlich verdrehte ich die Augen.

»Mein Name ist Erin Porter.« Ich hielt ihr meinen Ausweis unter die Nase. »Meine Eltern und ich sind damals mit dem Auto in einem Fluss verunglückt. Meine Eltern sind in dem untergegangenen Wagen ertrunken, und ich habe als Einzige überlebt. Ich mache jetzt bald meinen Abschluss und gehe dann fürs Studieren weg von hier. Können Sie sich vorstellen, dass ich vorher Antworten möchte?«

Plötzlich wurde ihr Blick weicher. »Das tut mir wirklich sehr leid. Wie alt waren Sie?«

»Vier Jahre. Und ich weiß so gut wie nichts über den Unfall«, fügte ich schnell noch hinzu, weil ich spürte, dass ihr Widerstand brach. »Meine Großeltern haben mich aufgenommen, mein Großvater ist mittlerweile auch verstorben, und meine Großmutter hat, glaube ich, das Allermeiste dieser Nacht verdrängt. Ich will einfach nur wissen, was passiert ist.«

Sie schob einen Stapel Veranstaltungsflyer unschlüssig von rechts nach links. »Haben Sie mit der Polizei gesprochen?«

Ich schob die Riegel der Tasche, in der Pünktchen friedlich schlummerte, wieder etwas höher auf die Schulter. »Ich habe eine Kopie des Unfallgutachtens der Versicherung. Aber ich bin hier stationär aufgenommen worden, nachdem mich die zwei Feuerwehrmänner aus dem Fluss gerettet haben.« Das war grandios gebluft, doch ich hatte Glück.

Die Frau horchte auf. »Daran erinnere ich mich. Natürlich, jetzt wo Sie Feuerwehrmänner sagen.« Jetzt saß sie ganz aufrecht in ihrem Stuhl. »Es war im Januar oder Februar.«

»Anfang Februar«, sagte ich leise.

»Wir sind ein kleines Krankenhaus, und das hat natürlich die Runde gemacht.« Sie musterte mich. »Mein Gott, das sind *Sie*. Sie sind das kleine Mädchen, das so lange …« Sie brach abrupt ab.

Das so lange was?

»Sie waren …« Sie klappte den Mund zu, stattdessen griff sie zu einem Telefonhörer. »Vielleicht ist noch jemand im Archiv, denn die Verwaltung hat schon frei. Moment.« Sie sprach ein paar leise Worte in den Hörer, dann legte sie auf und lächelte mich an. »Ein Stockwerk runter, dann links, die fünfte Tür auf der rechten Seite. Meine Kollegin sucht Ihnen die Akte raus.«

»Ich danke Ihnen.«

»Alles Gute.« In ihrem Lächeln schwang so viel Mitleid mit, dass mir ein kühler Schauer die Wirbelsäule hinabrieselte.

Während ich in dem ruckelnden Aufzug stand, hallte eine Frage in mir nach: *Das Mädchen, das so lange ... was?*

*

»Ich fürchte, wir müssen ein bisschen suchen. Wir sind ja ein kleines Krankenhaus und digitalisieren unsere Akten noch nicht so lange.«

Das Archiv entpuppte sich als langer hoher Raum, in dem es nach Kaffee und altem Papier roch. Regale reihten sich aneinander, Halogenleuchten summten leise, und eine breite Holztheke schirmte neugierige Besucher von einem unerlaubten Blick auf die vertraulichen Dokumente ab. Zwei Gamma strichen durch die Gänge, sie hatten sich vermutlich verirrt und suchten die Kinderstation. Ansonsten schien das Archiv kein Ort der Angst zu sein, anders als die übrigen Flure des Krankenhauses, und so befanden sich weder Alpha noch Beta hier. Die Mitarbeiterin, die sich als Betsy bei mir vorstellte, entpuppte sich als schlanke Blondine in Jeans und gelbem Cardigan. Sie war ungefähr in meinem Alter, und ihr Namensschild verriet, dass sie hier eine Auszubildende war.

»Elizabeth hat schon frei. Sie ist meine Chefin, aber sie ist wirklich nett. Manchmal schon etwas vergesslich, aber wirklich nett«, plapperte Betsy weiter, während wir die Theke umrundeten. »Das ist so aufregend. Ich habe noch nie nach so einem alten Fall gesucht.«

Fall. Ob Betsy doch besser zur Polizei gegangen wäre? Aber vermutlich würde mir ihr detektivischer Spürsinn jetzt von Nutzen sein. Ich wollte schließlich nicht die ganze Nacht hierbleiben.

»Kann ich dir helfen?«, bot ich an und ließ meinen Blick die lange Regalreihe hinuntergleiten.

»Du kannst mich festhalten, damit ich nicht von der Leiter falle.« Sie lachte, als wäre das keine große Sache.

Okay ...

»Danke, dass du mir die Akte heute noch raussuchst. Es ist ja schon relativ spät.«

Wieder lachte Betsy. »Kein Problem. Ich habe eigentlich schon frei, aber ich bleibe öfter mal länger. Ich mag es hier. Bevor alles digitalisiert wurde, gab es über ein Dutzend Anträge und Formulare, wenn man irgendetwas im Archiv einsehen wollte. Manchmal fülle ich ein paar der alten Bögen aus, das macht viel mehr Spaß als in die Tasten zu tippen.«

»Da bin ich ganz deiner Meinung.«

»Hier müsste es sein.« Betsy blieb vor einem Regal stehen, in dem bis zur Decke hinauf große Kartons gestapelt waren. Monate und Jahreszahlen standen auf kleinen Schildchen geschrieben.

»Februar war das, richtig?«

Ich nickte. Die Jahreszahl hatte ich bereits überprüft, und sie stimmte. Genau wie Betsy es befürchtet hatte, stand der Karton ganz oben. Ich lehnte meine Tasche samt Pünktchen darin vorsichtig gegen eins der Regale und hielt die ziemlich instabil aussehende Leiter fest, während Betsy mit dem Karton Richtung Erdboden balancierte.

Wir hatten Glück. Meine Akte war eine der ersten, gleich darauf reichte Betsy mir auch die Akten von Mom und Dad. Als ich sie jetzt in den Händen hielt, das gelbliche Kartonpapier mit den abgestoßenen Kanten, da nahm mein Herz gefährlich Fahrt auf.

»Ich lasse dich kurz allein.« Betsy strich mir aufmunternd über den Arm, bevor sie sich abwandte.

»Dankeschön.« Das war wirklich lieb von ihr. Schon jetzt zitterten meine Hände, als ich nur daran dachte, was für Informationen ich darin finden würde. Und in diesem Moment zögerte ich erneut. Hatte ich wirklich die richtige Entscheidung getroffen? Ich war ein Hitzkopf, ungeduldig und wollte zu oft mit dem Kopf durch die Wand. Das hier würde vermutlich alles verändern. War es nicht vielleicht doch eine Nummer zu groß für mich?

Ich atmete tief aus und schloss für einen Moment die Augen. *Ihr hättet gewollt, dass ich die Wahrheit weiß, Mom und Dad. Nicht wahr?* Dad war Architekt gewesen, genau wie Grandpa. Sie waren beide vom gleichen Schlag. Aufrecht, ehrlich und loyal. Mom war temperamentvoll gewesen, klug und so viel hübscher als ich. Sie hatte als Flugzeugtechnikerin gearbeitet. Ich war noch zu klein, als dass diese Erinnerungen alle meine eigenen gewesen wären. Doch ich hatte mir im Laufe der Jahre ein Bild von ihnen erschaffen. Und daran glaubte ich.

Jedes Foto bewies, dass sie ein ausnahmslos gutaussehendes Paar gewesen waren. Attraktiv auf eine unangestrengte, lässige Art, so als wäre es ihnen egal, was für eine Wirkung sie auf andere hatten. Sie beide hatten die Liebe zur Mathematik, zu Zahlen und einem technischen Verständnis geteilt. Und auch wenn ich meine Vorstellung von ihnen im Laufe der Jahre idealisiert hatte, so war ich mir dennoch sicher, dass wir uns auch heute noch prima verstanden hätten.

Ich schluckte ein letztes Mal, straffte die Schultern und schlug Dads Akte auf.

Ganz oben lag der Obduktionsbericht meines Vaters.

»Verdammt«, murmelte ich und all meine Entschlossenheit war dahin. Sofort traten Tränen in meine Augen.

Ich nahm mir vor, die Bögen nur zu überfliegen. Im Feld Todesursache stand: *Tod im Wasser – Hypoxischer Hirnschaden aufgrund einer Aspiration von Flüssigkeit mit nachfolgender Asphyxie.* Bitte was? Ein kurzer Blick auf Google verriet mir, dass es im Grund hieß, dass er ertrunken sei. Das hatte ich bereits erwartet.

Doch dann blieb ich an der Zeichnung hängen. Das stilisierte Bild eines menschlichen Körpers, an dem der Rechtsmediziner Auffälligkeiten markieren konnte. Rund um die Hüfte und einmal quer über die Brust waren Kreuzchen gesetzt und mit »*Hämatome*« beschriftet. *Blutergüsse.* Mehr Informationen fand ich nicht. Als Nächstes öffnete ich die Akte meiner Mutter.

Großes Hämatom über Hüftknochen. Post mortem ausgeschlossen, stand in sauberer Handschrift neben der Zeichnung. Der Rechtsmediziner war sich also sicher, dass der große blaue Fleck vor oder während des Unfalls entstanden war.

Auch bei Mom fand ich die Todesursache »Tod im Wasser«. Weitere Details las ich nicht.

Dann folgte die Akte zu meinem Aufenthalt hier. Man hat meine leichte Unterkühlung behandelt und meine Rippenbrüche. *Rippenbrüche?* Davon wusste ich nichts. Ich stieß auf weitere Berichte zu Untersuchungen, mit denen ich nichts anfangen konnte. Die Fremdwörter sagten mir überhaupt nichts. Hatte es vielleicht irgendetwas mit meinem Gehirn zu tun? Ich würde das alles googeln müssen.

Ganz unten lag schließlich der Bericht des Notarztes. Und je mehr ich las, desto mehr weiteten sich meine Augen vor Schock.

Anders als von Grandma behauptet, waren die zwei Feuerwehrmänner gar nicht so schnell am Unfallort gewesen. Unser Wagen war bereits vollständig untergegangen. Warum hatte sie diesbezüglich gelogen? Eine eisige Kälte kroch von meinen Fußspitzen aufwärts und bohrte sich wie Tausende Stacheln aus Eis in mein Herz. Ich las weiter. *Reanimation aller drei Personen durch anwesende Rettungskräfte.* Ich überflog die Zeilen. *Kein messbarer Puls, keine Atmung, Erfrierungen …* Mein Herzschlag beschleunigte sich jetzt in rasante Höhen.

Beatmung, Adrenalingabe und Herzdruckmassage bei Kleinkind durch Notarzt 28 Minuten lang.

Zeitpunkt des Todes 21:37 Uhr.

Zeitpunkt des Todes.

Was?

Das konnte doch alles nicht wahr sein. Doch die Worte ließen keinen Raum für Zweifel.

Ich hatte nicht mehr geatmet, als man mich aus dem Auto gerettet hatte! Der Notarzt hatte fast eine halbe Stunde lang erfolglos versucht, mich wiederzubeleben und dann aufgegeben. Ich strich über die Zahlen. *21:37 Uhr.* Er hatte den Zeitpunkt meines Todes notiert.

Mein Gott.

Tränen liefen mir unkontrolliert über die Wangen, doch ich konnte nicht aufhören zu lesen. Laut des Berichts hatte man mich, genau wie meine Eltern, für tot erklärt und auf den Bestatter gewartet. Und dann …

22:19 Uhr, Spontanatmung bei Kleinkind, Puls im Normbereich, ansprechbar.

Ich presste mir die Faust vor die Lippen, damit der gequält klingende Laut nicht durch den ganzen Raum hallte.

Dieser minutiösen Dokumentation nach hatte ich um

22:19 Uhr die Augen wieder aufgeschlagen, geatmet und war völlig gesund gewesen.

Die Akte glitt mir aus der Hand und landete mit einem dumpfen Knall auf den Fliesen. Meine Knie gaben nach, sodass ich mich auf den Boden sinken lassen musste. Ich lehnte mich mit dem Rücken gegen die Kartons und starrte ins Leere.

Wie konnte das sein?

Meine Eltern waren gestorben, während mein Herz aus irgendeinem unerfindlichen Grund nach einer knappen Stunde Stillstand wieder angefangen hatte, zu schlagen. Ich ließ die Faust sinken, und mein lautes Aufschluchzen hallte in dem hohen Raum wider. Ich war fast eine Stunde lang tot gewesen.

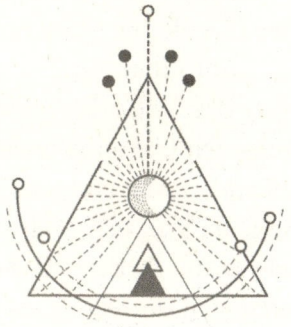

Kapitel 12

Als sich die Türen des Krankenhauses hinter mir schlossen, schlug mir kalter Regen ins Gesicht. Doch das war mir egal, denn mein Gesicht war immer noch nass von Tränen.

Ich hatte im Archiv auf dem Boden gesessen, die Papiere um mich herum ausgebreitet und hatte nicht aufhören können, zu weinen. Irgendwann war Betsy zurück gewesen und hatte mich getröstet. Sie machte mir Kopien und schob die Unterlagen in einen großen braunen Umschlag. Zum Dank hatte ich ihr oben am Automaten eine Tüte Schokobonbons ausgegeben. Außerdem hatten wir Handynummern getauscht, weil wir uns spontan so sympathisch gewesen waren.

Jetzt würde ich nach Hause fahren müssen. Bei dem Gedanken an eine zweite Konfrontation mit Grandma schossen mir schon wieder neue Tränen in die Augen.

Ich ließ den Kopf hängen und ging quer über den Parkplatz. Hier war es schon deutlich leerer geworden, denn die Besuchszeit war vorbei. Dank der schwarzen Gewitterwolken, die sich am Himmel auftürmten, war es unnatürlich dunkel. Als ich die Augen über das Gelände schweifen ließ, um mich zu orientieren, entdeckte ich Cal an meinem Auto. Heute trug er dunkle Jeans und einen schwarzen Hoodie mit Kapuze, weshalb ich mir sicher war, dass er sich auch für unsere Mitmenschen sichtbar gemacht hatte. Anders als die Beta, die Gamma und die Delta, konnten sich die Alpha als einzige Noctua für uns Menschen sichtbar machen. Und ich richtig. Zwei junge Frauen, die mit ihren Hunden vorbeiliefen, warfen ihm interessierte Blicke zu.

Ich presste den Umschlag eng an meine Brust und bemühte mich, die Tränen zu stoppen. Ich wollte vor ihm nicht weinen.

Cal warf nur einen kurzen Blick in mein Gesicht, bevor er mich fest in seine Arme zog. »Tut mir leid, dass ich nicht eher Zeit hatte. Was ist passiert?«

»Vorsicht, da ist Pünktchen drin«, sagte ich mit einem Schluchzen und drehte mich so, dass er einen Blick in meine Tasche werfen konnte.

»Okay …« Er runzelte, sagte aber nichts weiter dazu. Dann zog er mich vorsichtig an sich.

Ich schluchzte, während ich meine Wange an seine Brust legte. »Gleich.« Es tat so gut, dass er da war. Ich brauchte jetzt so dringend jemanden, der mich festhielt.

Und ja, ich hätte es am liebsten verleugnet, aber es war immer noch so vertraut zwischen uns. Es fühlte sich so *richtig* an.

Cal streichelte sacht meinen Rücken. »Erzähl mir, was passiert ist. Geteiltes Leid ist halbes Leid.«

Und plötzlich sprudelte es nur so aus mir hervor. Der Regen wurde nochmals stärker und Wind presste meine feuchte Jeans an meine Beine, doch das war mir egal. Ich sprach in den dicken Stoff von Cals Hoodie, und vermutlich verstand er nur die Hälfte, aber das war mir egal. Als ich endete, rannen mir Tropfen vom Haaransatz in den Kragen.

Cal löste sich etwas von mir. Sein Pullover war feucht vom Regen, sein schwarzes Haar lag in glänzenden Strähnen um seinen Kopf. Er nahm mein Gesicht in beide Hände, und einen Moment lang sah er mich einfach nur an, bevor er mir ganz sanft mit beiden Daumen die Tränen unter den Augen wegwischte.

»Das alles tut mir so leid. Aber ich weiß, dass du stark bist. Wenn der erste Schock vergeht, wirst du froh sein, dass du die Wahrheit kennst. Auch, wenn es jetzt noch viel zu überwältigend ist.«

»Ich war *tot*«, flüsterte ich. »Nicht nur ein paar Minuten. Richtig lange!«

Cal zog mich wieder enger an sich. »Ich will mir das gar nicht vorstellen.« Er streichelte über mein feuchtes Haar. »Das lag vermutlich an dem kalten Wasser. Bekommt man nicht einen Schock, wenn man in eiskaltes Wasser fällt? Ich bin als Kind im Kartell der Cobalt mal in einen Eiswassertank gefallen. Da habe ich keine Luft mehr bekommen und war ein paar Minuten ohnmächtig.« Er löste sich kurz von mir, schnappte sich den mittlerweile nassen Umschlag mit den Krankenhausunterlagen, faltete ihn einmal in der Mitte und schob ihn in die Bauchtasche seines Hoodies. Dann zog er mich wieder sanft an sich. »Du hattest großes Glück.«

Ich schloss die Augen und atmete seinen vertrauten Duft ein. *Nachtluft, Feuer und Leder.* »Wie hast du mich gefunden?«

Cal lachte leise. »Nyncis hat deine Fährte aufgenommen.«

»Ich habe mich schon gefragt, wo er steckt.«

Cal deutete mit dem Kopf auf eine Baumgruppe, die den Parkplatz von dem Gehweg und der angrenzenden Straße trennte. Er drehte sich mit mir, sodass er mich im Arm halten konnte, während ich nach Nyncis Ausschau hielt. Im Schatten zwischen den Laubbäumen saß der große Wolf. Seine spitzen Ohren hingen auf Halbmast, und er sah nicht besonders glücklich aus. Als sich unsere Blicke trafen, fiepte er laut.

»Er ist so wasserscheu«, murmelte Cal dicht an meinem Ohr.

Ich lächelte und hob die Hand. »Hi Nyncis!«

Noch mal ein Fiepen.

»Aber ich gebe ihm recht. So langsam nervt der Regen.« Cal lehnte sich zurück, um mir ins Gesicht sehen zu können. »Soll ich mit dir nach Hause fahren?«

»Ja, gerne.« Ich war froh über sein Angebot, jetzt nicht allein mit meinen Gedanken sein zu müssen. »Nimmst du meine Tasche mit Pünktchen auf den Schoß? Und was ist mit Nyncis?«

»Der folgt uns, keine Sorge.« Cal geleitete mich zur Fahrertür und nahm mir dann die Tasche ab. »Bist du sicher, dass du fahren kannst? Sonst nehmen wir uns ein Taxi. Ich habe ein paar Dollar.« Er zog mit der freien Hand ein Bündel Geldscheine aus der Hosentasche.

»Ein paar Dollar?« Ich hätte fast meine Autoschlüssel fallen lassen. Cal hielt mir eine Rolle Hunderter unter die Nase! Das waren zusammen mehrere tausend Dollar. Im nächsten Moment legte ich lauernd den Kopf schief. »Woher ist das, Cal?«

Er grinste und entblößte die leicht spitzen Eckzähne. »Das hat mir der Mond geschenkt.«

Sehr witzig. Ich hob die Brauen.

Er seufzte genervt. »Ich raube keine Menschen aus, erinnerst du dich?« Er ging um den Wagen herum und riss die Beifahrertür auf. »Ich habe ein Stück Gold verkauft. Das habe ich beim Aufräumen in meinem Waffenzimmer gefunden«, erklärte er, während er sich auf den Sitz fallen ließ.

»Nicht schlecht.« Seufzend ließ auch ich mich auf meinen Platz nieder. So ein Glück hätte ich beim Aufräumen auch gerne mal …

*

»Hast du noch etwas Zeit?«, fragte ich Cal, als ich den Wagen in der Garage parkte. Ich rechnete mit einer Absage, denn die Stimmung auf der Fahrt war irgendwie angespannt gewesen. Ich hatte mich auf den Verkehr konzentrieren müssen und immer damit gerechnet, dass ich wieder anfangen würde zu weinen, sobald wir über meine Eltern sprachen. Irgendwann hatte Cal begonnen, an dem uralten Autoradio zu spielen. Er hatte mich zum Lachen gebracht, als er einen Klassiksender gefunden und sich dann mit verträumtem Blick in seinem Sitz hin und her gewiegt hatte.

»Willst du das nicht erst mal alles in Ruhe mit deiner Grandma besprechen?« Cal löste den Sicherheitsgurt und drehte sich zu mir.

Ich zog den Schlüssel aus dem Schloss und betrachtete unschlüssig meine Hände. »Ich werde es kurz halten. Du könntest so lange oben warten.«

Cal legte den Kopf schief, und sein Lächeln wurde sekündlich breiter. »Ich soll in deinem Schlafzimmer auf dich warten? Bittest du mich etwa um ein Date?«

Als ich erneut auflachte, wirkte er sehr zufrieden. Als hätte er genau das damit bezwecken wollen.

»Klar, ich warte gern auf dich.« Er wackelte mit den Brauen. »Soll ich mich schon mal unter die Decke kuscheln?«

Ich knuffte ihn in den Oberarm. »Dann komm halt mit, du Nervensäge …« Dann glitt mein Blick zur Tür, und mein Lächeln schwand. Ich hasste Streit.

Cal neben mir seufzte und strich mir dann in einer mitfühlenden Geste über den Rücken. »Ich möchte nicht in deiner Haut stecken.«

»Wenn Grandma mir wieder sagt, dass es nur zu meinem Besten ist, schmeiße ich irgendetwas aus dem Fenster.«

Cal legte seine Hand ganz sacht über meine ineinander verschlungenen Finger. »Sei nicht so hart zu ihr. Es ist schon so lange her, und ihre Absichten waren sicherlich gut.« Er gab mir meine Tasche, samt Pünktchen, und ich setzte sie kurz auf meinem Schoß ab.

Jetzt war ich es, die lange und ausgiebig seufzte. »Sie hätte es mir sagen müssen, als ich alt genug dafür war.« *Wie oft hatte ich diesen Satz schon gesagt?* Ich entzog Cal meine Hände und öffnete entschlossen die Autotür. Der Umschlag, in dem die Papiere sicher verstaut waren, war noch immer ganz klamm. »Los geht's.«

»Alles klar.« Cal atmete tief aus – etwas, was er auf diese bestimmte Art und Weise nur tat, wenn er sich unsichtbar machte. Doch dann riss er den Kopf ruckartig hoch. »Moment mal.« Er fixierte scheinbar etwas in unserem Vorgarten. Ich drehte mich mit ihm und entdeckte einen Beta, allerdings auf der gegenüberliegenden Straßenseite.

Er hatte den Kopf eines Mannes mit Glatze und Vollbart und den Körper einer Echse, die auf zwei Beinen ging. Ein in allen Regenbogenfarben schillernder Brustpanzer zog meine Aufmerksamkeit auf sich, genau wie die von Cal.

»Das ist er, ich schwöre es«, murmelte er mehr zu sich selbst.

»Was ist los?«, wisperte ich.

»Ein Auftrag«, murmelte Cal. »Der Beta ist schuldig gesprochen worden, mehr als sechzehn Gamma aus verschiedenen Kartellen getötet zu haben, nachdem er sie zur Herausgabe ihrer gesammelten Angst gezwungen hat. Nach seiner Verurteilung vor einer Woche gilt er als flüchtig. Er gehört zum Kartell der Amber, ich hätte wissen müssen, dass er sich hier verkriecht«, knurrte Cal. »Aber nicht mit mir, mein Freund. Warte hier, okay?« Er sah mich eindringlich an. »Egal, was passiert, du mischst dich nicht ein.«

Ich nickte hastig, und meine Adrenalinspiegel stieg rasant an. Pünktchen raschelte in meiner Tasche herum, und ich hörte sie hecheln. Ich hatte noch nie gesehen, wie Cal seinem Beruf als Kopfgeldjäger nachging, hatte immer nur Geschichten gehört. Als er jetzt zielstrebig auf den Beta zuging, wurde mir erneut bewusst, wie gefährlich sein Beruf war.

Nyncis fiel wie ein pechschwarzer Stein aus dem Himmel, und das erregte die Aufmerksamkeit des Beta. Er sah sich gerade misstrauisch um, da hatte Cal ihn schon erreicht. Im Gehen hatte er zwei lange Messer aus versteckten Holstern an seinen Stiefeln gezogen. Der Beta zuckte zusammen, und ihm schien in diesem Moment klarzuwerden, dass er entdeckt worden war. Cal rief ihm etwas zu, doch der Beta fauchte, und etwas Zischendes schoss aus seinem Mund hervor. Erst jetzt fiel mir auf, wie viel größer und schwerer der Beta wirkte. Cal duckte sich weg und dort, wo die Flüssigkeit auf den Asphalt tropfte, schien sie ihn wie Säure zu verätzen. Cal drehte sich, ging in die Hocke, riss eines der Messer hoch und rammte es dem Beta in den Fuß. Die Klinge drang durch Haut und Muskeln bis in den Asphalt. Blut quoll über die grüne Haut, und der Schrei des Beta ging mir durch Mark und Bein. Mit der freien Hand zog Cal nun ein schillerndes Seil aus der Tasche seines Hoodies. Er sprach auf den Beta ein, doch der schien immer wilder zu werden. Nyncis hatte sich nah neben Cal aufgebaut und knurrte den Beta an. Noch mal spuckte er die ätzende Säure und zielte dabei auf den geflügelten Wolf. Der wich aus, indem er sich in die Luft schwang, während Cal zur Seite sprang. Ein Schlag mit den krallenbewehrten Pranken traf ihn und ließ ihn taumeln. Ich zog scharf die Luft ein und wollte gerade zu ihm laufen, da hatte Cal sich wieder gefangen. Als er nach dem Seil griff, riss der Beta den blutenden Fuß los. Er stürzte sich auf Cal und begrub ihn mit seinem hünenhaften Körper. Nyncis biss den Beta daraufhin in den Rücken, doch der schüttelte ihn mit Gewalt ab.

Jetzt gab es für mich kein Halten mehr. Ich stellte die Tasche mit Pünktchen hastig ab und rannte los.

Ich hatte kaum die Garage verlassen, da rollte der Beta zur Seite und gab Cal frei. Er sprang auf die Füße, und der Beta schien plötzlich gegen eine Ohnmacht anzukämpfen. Erneut schlug Cal mit aller Kraft zu. Dieses Mal traf er den Kopf, und der Beta verdrehte endgültig die Augen, bevor er reglos liegen blieb. Nyncis stellte eine Pranke auf den schillernden Brustpanzer, während Cal ihn fesselte. Als sein Blick zu mir glitt, bedeutete er mir fast unwirsch, wieder in der Garage zu verschwinden. Nur widerwillig stellte ich mich neben mein Auto. Mit Nyncis Hilfe zerrte Cal den Beta zum nächsten Baum und fixierte ihn dort. Dann drückte er etwas auf den Knoten, bevor er sich mit einem angewiderten Gesicht abwandte und zurück zu mir kam. Nyncis hatte neben dem Baum Stellung bezogen.

»Du solltest doch in Sicherheit bleiben«, sagte Cal, kaum, dass er nah genug war. Sein Haar war zerzaust, das Gesicht erhitzt, seine Knöchel von den Schlägen blutig zerkratzt. Sein Hoodie schien vorne etwas Säure abbekommen zu haben, denn er hatte ein paar große Löcher.

»Ich habe mir Sorgen gemacht«, erwiderte ich, und schon wurde sein Blick weicher.

»Ich bin ein Leben lang für so was ausgebildet worden. Ich weiß, was ich tue.« Er wollte mir über die Wanger streichen, doch als er den Dreck und das Blut bemerkte, ließ er sie wieder sinken.

»Und was passiert jetzt mit ihm?« Ich deutete mit dem Kopf auf den Beta.

»Ich habe ihn fixiert und mit unserem Siegel versehen. Das traut sich niemand zu brechen. Und dann ist da ja auch noch Nyncis.« Er grinste schief. »Wir nehmen ihn mit, wenn ich nachher verschwinde. Bis dahin ist er dort gut aufgehoben.«

»Und dann wirst du bezahlt?«

»Richtig.«

Ich sah auf seine blutigen Hände. »Hättest du ihn auch getötet?«

Cal presste die Lippen kurz aufeinander. »Das kommt manchmal vor, wenn sie sich der Festnahme mit allen Mitteln entziehen wollen und unser Leben bedroht ist. Alle Zielpersonen sollen aber nach Möglichkeit lebend ausgeliefert werden, und das ist ein Credo, das wir Onyx sehr ernst nehmen.«

Ich nickte knapp und warf einen letzten Blick auf den Beta.

»Komm, lass uns reingehen.« Cal bückte sich und reichte mir meine Tasche samt Pünktchen an.

»Ist das wirklich okay? Willst du nicht lieber los?«

Cal schüttelte den Kopf. »Der geht nirgendwo mehr hin. Diese Seile könnten ein ganzes Schiff an seinem Platz halten, und die Magie in meinem Siegel tut ihr Übriges.« Cal legte eine Hand an meinen Rücken. »Gehen wir.«

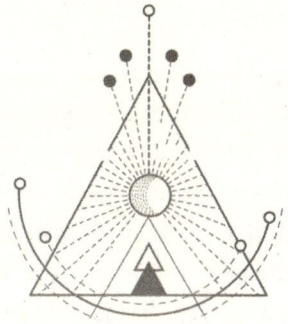

Kapitel 13

Ich schloss die Tür auf, die von der Garage direkt in unseren Hausflur führte.

Cal deutete mit dem Kopf aufs Wohnzimmer, wo die Lichter des Fernsehers flackerten. Leise stellte ich meine Tasche ab, und sofort hüpfte Pünktchen heraus und jagte die Treppenstufen hoch.

Ich hingegen straffte die Schultern und marschierte los. Grandma saß in einem Ohrensessel und guckte irgendeine Reisedokumentation. Eine Dampflok fuhr durch eine malerische Gegend mit grünen Bergen im Hintergrund.

»Da bist du ja wieder.« Sie lächelte mich an. »Wie war dein Tag?« Erst dann fielen ihr meine rot verweinten Augen auf. »Was ist passiert?«

»Gute Frage«, stieß ich hervor. »Was passiert ist, willst du wissen?« Ich legte ihr den Umschlag auf den Schoß. »Die Wahrheit ist passiert, Grandma. Und das, obwohl du mir versichert hast, dass du keine weiteren Informationen über den Unfall hättest.«

Grandma zog die Unterlagen aus dem Umschlag hervor. Und in dieser Sekunde erkannte ich, dass sie genau wusste, was sie dort vor sich hielt. *Natürlich* wusste sie, was passiert war. Sie arbeitete selbst in einem Krankenhaus, sie konnte mit diesem Bericht vermutlich sehr viel mehr als ich anfangen. Sie konnte jederzeit an Informationen kommen, die für andere nicht so einfach zugänglich waren. Sie hätte sich jederzeit über alles in Kenntnis setzen lassen können.

Doch dann geschah etwas, mit dem ich nicht gerechnet hatte. Grandma brach in Tränen aus. Ich war so schockiert, dass ich einen Moment lang wie versteinert dastand. Grandma hatte noch nie vor mir geweint. Selbst als wir Hand in Hand an Grandpas Grab standen, waren ihre Augen zwar gerötet, aber trocken gewesen.

»Es war nur zu deinem Besten.«

Und da war er wieder. Mein neuer Lieblingssatz. Gerade noch hatte ich Mitleid verspürt, doch jetzt schlug meine Wut mit aller Macht zurück.

»Na dann ist ja alles gesagt.« Meine Stimme war so kalt, dass ich fürchtete, kleine Eiskristalle würden aus meinem Mund kommen. Ich griff nach den Unterlagen und Grandma überließ sie mir bereitwillig.

»Dann sollte ich mich wohl bedanken, dass du entschieden hast, wie viel ich über das Schicksal meiner Eltern erfahren durfte. Wie viel ich über *meine eigene* Vergangenheit weiß. Du hast mich belogen.«

168

Grandma saß nun aufrecht in ihrem Sessel, die Augen weit aufgerissen, ihr Gesicht kreidebleich. Sie betrachtete mich wie jemanden, den sie noch nie zuvor gesehen hatte.

Doch ich war noch nicht fertig. »Und danke, dass mich deine Moralvorstellungen gelehrt haben, dass eine angenehme Lüge so viel besser ist als eine unangenehme Wahrheit. Das ist genau das, was man seinen Kindern mit auf den Weg geben sollte. Weißt du eigentlich, wie unfair das ist? Weißt du eigentlich ...«

Cal, der mir gefolgt war, legte mir eine Hand auf den Arm. »Erin.« Er klang eindringlich. »Das reicht jetzt.«

Ich machte einen Schritt zur Seite und funkelte ihn wütend an.

»Wer ist da?« Grandma hatte meine Reaktion auf Cals Berührung wohl bemerkt. Sofort versiegten ihre Tränen. »Ist eins dieser ... Wesen ... dieser *Monster* ... bei dir?« Die Ablehnung in ihrer Stimme schürte meine Wut nur noch weiter. »Ich esse auf meinem Zimmer. Wir sehen uns dann morgen.« Und damit drehte ich mich um und ging.

Grandma rief mir etwas nach, doch es war besser, zu verschwinden, bevor ich noch etwas sagte, das mir wirklich leidtun würde.

Als ich in der Küche den Kühlschrank aufriss, blieb Cal dicht an meiner Seite.

»War das wirklich nötig?«

Ich nahm mir ein bisschen Obst und zwei Scheiben Bananenbrot, dann drehte ich mich zu ihm um. »Auf wessen Seite bist du eigentlich?«

»Es geht hier um Relation, Erin. Ich war drei Jahre lang in der Gewalt der Amethyst. Trotzdem reite ich jetzt nicht los und bringe sie alle um.«

169

Ich schob ihn halbherzig zur Seite, um die Besteckschublade aufzureißen. »Schon klar, Gandhi. Vergeben und vergessen, damit jeder machen kann, was er will. Das ist nicht meine Welt, sorry.«

»Deine Grandma hat es sich in der Vergangenheit einfach gemacht. Aber du machst es dir jetzt genauso einfach. Das ist kein Deut besser.«

Ich knallte die Schublade zu, kaum dass ich mir einen Löffel geschnappt hatte. »Mit dem Thema kennst du dich ja besonders gut aus«, zischte ich, damit Grandma mich nicht hörte. »Verschwindest spurlos für drei Jahre, und dann heißt es: *Jetzt bin ich ja wieder da.*«

In Cals Augen glomm ein dunkles Feuer auf. »Du willst dich jetzt unbedingt streiten, oder? Ich bin auf *deiner* Seite, falls du es noch nicht mitbekommen hast.« Er nahm sich eine Weintraube und warf sie sich lässig in den Mund. »Aber ich werde nicht tatenlos danebenstehen, wenn du deine Grandma zum Weinen bringst. Man soll die Alten wertschätzen und ehren, und dazu gehört auch ein wenig Nachsicht.« Er zog das letzte Wort betont in die Länge.

»Steht das im Handbuch für brave Noctua?« Ich drängte mich an ihm vorbei, denn ich wollte nicht, dass er mein Gesicht sah. Zu viele gegensätzliche Gefühle würden sich dort spiegeln.

Cal schnalzte missbilligend. »Wie alt bist du? Sechs? Sieben? Das meinst du doch nicht ernst.« Natürlich hatte er recht, was meinen Tonfall Grandma gegenüber anging. Doch es war alles noch so frisch und tat so weh – und ich tendierte dazu, in solchen Situationen kopflos vorauszupreschen. Viel zu oft hinterließ ich dann ein Trümmerfeld. Ich wusste es, ich schämte mich dafür, und dennoch passierte es mir immer wieder.

»Ich weiß, was du meinst«, gab ich ihm schließlich recht. »Aber im Moment will ich nicht, dass es einfach ist. Ich will es weder ihr noch mir einfach machen, auch wenn dann nur noch verbrannte Erde zurückbleibt.«

Hinter mir hörte ich ein amüsiertes Schnauben. »Du wärst wirklich eine perfekte Onyx. Warum bist du keine Noctua?« Er flüsterte, dennoch verstand ich ihn gut.

Ich zuckte mit den Schultern, während ich vor ihm die Treppe hinaufging. »Vielleicht, weil ich dich dann nie getroffen hätte«, wisperte ich. »Was echt schade wäre.«

Wir hatten die obere Etage erreicht.

Am Treppenabsatz blieb Cal stehen. »Hast du gerade auf deine total verdrehte, seltsame Art und Weise gesagt, dass es schön ist, dass wir uns kennen? Ich glaube, das ist das Netteste, das du jemals zu mir gesagt hast.«

Ich verdrehte die Augen und zog ihm am Bündchen seines Hoodies in mein Zimmer.

Die Reaktion meiner Mitbewohner auf Cal war wie immer verhalten. Otiz lag lang ausgestreckt vor meinem Kleiderschrank und hatte sich bis gerade »Sabrina« auf Netflix angesehen. Seine Lefzen zuckten leicht nach hinten. Pünktchen saß dicht neben ihm und schien ihm gerade die Erlebnisse des Tages ins Ohr zu flüstern. Herald hatte es sich in meinem Wäschekorb gemütlich gemacht, und sein gallertartiger Körper quoll zwischen den Streben hervor. Er las in meinem Geschichtsbuch, wobei seine Tentakel schleimig glänzende Abdrücke auf den Seiten hinterließen. Er brummte mir ein kurzes »Guten Abend« entgegen. Dann musterte er Cal wie ein Vater, dessen Tochter gerade einen voll tätowierten Halbwilden mit zweifelhaften Absichten über die Türschwelle gezerrt hatte.

»Alles klar, Gamma?« Cal bemühte sich, höflich zu sein,

was ich ihm hoch anrechnete. Ich warf ihm eine Packung Feuchttücher aus meinem Kosmetikkoffer zu, damit er sich ein wenig säubern konnte. Cal wischte sich die Hände ab, warf die Tücher in den Papierkorb und legte die Packung auf meinen Schreibtisch. Dann zog er eine Tüte Jellybeans aus der Tasche seines Hoodies und hielt sie mir hin. Ich lehnte dankend ab. Erschöpft ließ ich den Umschlag mit den Papieren auf meinen Schreibtisch fallen.

Die Sonne ging bereits unter, und ein blasser Vollmond war am Himmel erschienen. Das Farbspektakel aus kräftigem Rot, zartem Rosa und weichem Hellblau war so wunderschön, dass ich mein Fenster öffnete, um es richtig genießen zu können.

Genau wie früher setzten Cal und ich uns zusammen auf die Fensterbank. Es war nicht komisch, ihm so nah zu sein, Schulter an Schulter zu sitzen und einfach nur zu schweigen. Ich reichte ihm eine Scheibe Bananenbrot, und wir teilten uns die geschnittenen Früchte.

Das kräftige Rot wich bereits einem kühlen Blau, als ich meine Sprache wiederfand. »Danke, dass du heute da warst.« Ich sah ihn nicht an, starrte geradeaus in den Garten, wo die leuchtenden Herbstfarben der Blätter zu dunklen Silhouetten wurden.

»Was hast du jetzt vor?«

»Wie meinst du das?«

»Waren dir das jetzt Antworten genug?« Ich spürte, dass Cal mich von der Seite her musterte.

»Gute Frage.« Ich wandte mich ihm zu. »Ich weiß es nicht.« Sofort waren meine Gedanken wieder bei dem Unfall, doch als ich Cals besorgte Miene bemerkte, glitten sie ganz langsam in den Hintergrund. Sein Anblick, in der Dämmerung, gebadet in Mondlicht, das seine Konturen noch schärfer hervortreten ließ, erinnerte mich an unsere erste Begegnung. Und genau wie damals schlug mein Herz plötzlich unwillkürlich schneller, als ich meinen Blick von seinem Mund und zu seinen Augen wandern ließ. In den letzten drei Jahren hatte ich mir immer wieder vorgestellt, wie er jetzt wohl aussehen würde. Aber ich hatte immer den fünfzehnjährigen Cal vor Augen gehabt. Der hatte zwar damals schon deutlich älter ausgesehen als die Jungs in meiner Klasse, doch niemals hatte ich mir erträumt, dass er mal *so* gut aussehen würde.

Plötzlich hatte sich die Stimmung zwischen uns verändert. Da war ein Prickeln in der Luft, ein Flirren von Energie ...

Auch Cal schien es zu spüren. »Ich würde dir jetzt wahnsinnig gerne ein kitschiges Kompliment zu deinen Augen machen ...«, flüsterte er, »... aber dann schubst du mich vermutlich von der Fensterbank.«

Ich lächelte. »Versuch es doch.«

Er lächelte noch etwas breiter, schüttelte aber den Kopf. »Keine Lust, die Fassade wieder hochzuklettern.«

»Ich verspreche dir, ich schubse dich nicht.«

Er lachte nur leise.

»Okay ...« Ich drehte mich ihm noch etwas mehr zu. Unsere Knie berührten sich jetzt fast.

Cals kleiner Finger strich wie beiläufig über meinen.

Ich lächelte. »Ich mache dir einen Vorschlag.«

»Ich höre?«

»Zuerst sage ich dir etwas Nettes, und dann sagst du das, was du mir sagen wolltest.«

»Abgemacht.« Er beugte sich etwas näher zu mir. »Schieß los.«

Wie von selbst glitt mein Blick erneut zu seinem Mund. »Das Mondlicht steht dir ausgesprochen gut.«

Als ich ihm in die Augen sah, erkannte ich, dass wir beide an unser erstes Treffen dachten. Sein Blick glitt hinauf zum Mond. »Es war in einer Nacht wie dieser.«

Er sah zurück in mein Gesicht. »Ich habe dich gesehen und etwas in mir …« Er schien nach den richtigen Worten zu suchen. »Etwas in mir ist zum Leben erwacht.«

Ich betrachtete ihn, während er sprach, wollte ihm glauben, mich geschmeichelt fühlen und ihm sagen, dass er auch mein Herz zum Rasen brachte. Doch in meinen Gedanken formulierte ich stattdessen, was ich ihn nicht fragen wollte: *Warum traue ich dir nicht? Habe ich dir jemals getraut? Oder war ich so verliebt, dass ich mich mit dem zufriedengegeben habe, was du mit mir geteilt hast?*

Ich war so in Gedanken, dass ich Cal nur wie aus der Ferne sagen hörte: »Ich musste dich kennenlernen.«

Ach, Cal … *Da waren so viele Geheimnisse, so viele Aspekte deines Lebens, die du nie mit mir geteilt hast. Du hattest immer so viele Geheimisse vor mir. Und jetzt? Was hat sich auf einmal verändert? Plötzlich lerne ich deine Freunde kennen, reise mit dir nach Obskuris und dann sind da ja auch noch die Zahnfeen …*

Moment.

Der Gedanke an die Zahnfeen katapultierte mich mit aller Wucht zurück ins Hier und Jetzt.

»Sag mal, kann man irgendwie erkennen, zu welchem Kartell eine Zahnfee gehört?«

Cal stutzte. »Autsch. Das war jetzt eine Bruchlandung. War das zu kitschig?«

Ich sah ihn flehend an. »Die Frage ist wirklich wichtig.«

Cal schüttelte den Kopf. »Eine Zahnfee? Keine Chance.«

»Aber es gibt doch Zahnfeen in jedem Kartell, oder?« Ich musste mich einfach versichern, dass ich recht hatte.

»Richtig. Sie gehören zu den Gamma, die sind alle harmlos.« Sein Blick wurde ernst. »Wieso? Ist etwas passiert?«
Ich nickte düster. »Allerdings.«

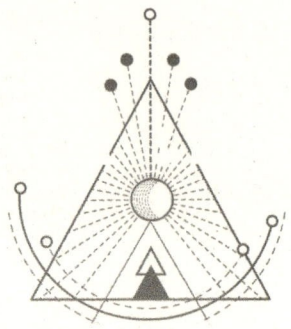

Kapitel 14

»Ich werde Dad dazu befragen.« Das hatte Rhonda mir während der Mittagspause gesagt, die ich dazu genutzt hatte, meine Freundinnen in die gestrigen Entdeckungen in Olmsted Falls einzuweihen. Mittlerweile saßen wir wieder im Klassenzimmer und machten uns auf eine Doppelstunde Physik bereit.

Unsere Lehrerin Ms Maze schien sich zu verspäten, denn der Unterricht hätte schon vor fünf Minuten beginnen sollen.

Rhonda wirkte immer noch total schockiert, aber ich war ihr dankbar, dass sie direkt helfen wollte.

Rhondas Vater war Kieferorthopäde und hatte vielleicht eine Antwort auf die Frage, wie lange man ohne Sauerstoff überleben konnte. Ich hatte schließlich keine bleibenden Schäden zurückbehalten.

»Danke dir«, murmelte ich erneut, während ich ein letztes Mal auf mein Handy sah.

Ob ich Grandma schreiben sollte? Meine Reaktion von gestern Abend kam mir inzwischen übertrieben vor. Cal hat mit allem recht gehabt. Und jetzt tat es mir leid, wie grob ich zu ihr gewesen war.

Ich öffnete WhatsApp und schrieb: **Heute Abend Spaghetti mit Würstchen?**

Es war das einzige Gericht, das ich kochen konnte. Grandma würde dies hoffentlich als ein Friedensangebot verstehen. Während ihrer Arbeit bewahrte sie ihr Handy in ihrem Spind auf, weshalb ich nicht allzu schnell mit einer Antwort rechnete.

»Hast du dir schon überlegt, wie du dich mit deiner Grandma wieder vertragen willst?« Rhonda wusste genau, was für ein Hitzkopf ich war.

»Ich koche heute Abend Spaghetti mit Würstchen.«

Rhonda grinste. »Das ultimative Friedensangebot. Verkochte Nudeln mit Fertigsauce und klein geschnittenen Hot Dogs.«

»Ich gebe immer mein Bestes.« Trotzdem musste ich kichern, als ich ihr Gesicht sah. »Okay, ich übe noch.«

»Aber ihr beiden kriegt das wieder hin, oder?«

»Ja klar. Wir haben bisher alles immer wieder hinbekommen. Und natürlich möchte ich wissen, warum sie mir all das verschwiegen hat. Wir gehen bald aufs College. Ich bin bald volljährig, ich sollte die Wahrheit doch vertragen können, oder? Natürlich schiebt sie das Argument vor, dass sie mich schützen wollte, aber so ganz glaube ich ihr nicht. Keine Ahnung, was sie weiß. Oder ob sie überhaupt irgendetwas weiß.« Ich seufzte. »Ich bin jedenfalls sehr gespannt darauf, was dein Vater zu den Berichten sagt. Ich muss einfach wissen, ob ich einfach nur Glück hatte – oder ob da etwas faul ist. Vielleicht spreche ich auch noch mit einem Rechtsmediziner? Was meinst du?«

»Wenn es dir keine Ruhe lässt, dann solltest du das tun.« Rhonda klang nicht begeistert. Sie legte ihren Taschenrechner auf den Tisch und sortierte dann ihre drei Kulis ordentlich daneben. »Hast du noch etwas von Mrs Miller gehört? Wie geht es Bretton?«

»Seit gestern nicht. Aber ich werde sie heute nach der Schule mal anrufen.«

»Du hast doch bestimmt gestern mit Cal darüber geredet. Was sagt er dazu?«

»Er wusste von nichts, aber er und meine Gamma wollen sich umhören.«

»Dann war es vielleicht nur ein Ausreißer?«

»Ich habe bei zwei Familien gebabysittet in der letzten Zeit und bin jedes Mal auf Zahnfeen getroffen, die den Kindern an die Zähne wollten. Das ist nicht normal.«

»Hast du zu anderen Babysittern Kontakt? Hast du irgendwas gehört?«

Ich schüttelte den Kopf. »Nee, leider nicht. Ich bin ja auch in keiner Agentur oder so.«

»Meine Cousine babysittet hin und wieder, ich könnte sie fragen.«

»Das wäre klasse, danke.«

Rhonda zog grüblerisch die Stirn in Falten. »Was, wenn es eine Krankheit ist? Etwas, das sich erst noch ausbreitet? Vielleicht fängt es in Cleveland an?«

Ich wusste, warum ich Rhonda so mochte. Ihr scharfer Verstand war Gold wert. »Das ist keine dumme Idee. Ich werde Cal mal fragen, was er davon hält.«

Rhonda lächelte selbstzufrieden. »Immer wieder gerne.«

Dann seufzte sie. »Ich beneide dich so sehr. Wie gerne würde ich Obskuris sehen. Das muss absolut faszinierend sein und …«

Da fiel mir etwas ein. Ich hatte meine aktuelle Zeichnung von Cal dabei. Ich holte das Skizzenbuch hervor und zeigte sie Rhonda.

»Wow«, sagte sie leise. »Hübscher Kerl. Mit dem würde ich auch auf einem riesigen Wolf durch die Nacht fliegen.«

»Was flüstert ihr zwei denn so?« Jinjin, die an meiner anderen Seite saß, beugte sich zu uns.

Ich zeigte ihr die Zeichnung und sie bekam die Kurzfassung unseres Gesprächs von gerade, obwohl ich mir relativ sicher war, dass sie kaum etwas davon behielt. Jamie hatte sich nämlich an ihre andere freie Seite gesetzt, und seitdem schien es, als hätte Jinjin verlernt, wie man atmete. »Wo bleibt denn *the amazing Maze*?« Jamie hob den Blick von seinem Block und sah hinauf zur Uhr. »Wollen wir hoffen, dass sie nicht auf ihren sagenhaften High Heels umgeknickt ist.«

Ms Maze hatte eine Vorliebe für hohe Absätze, sah aus wie eine junge Julia Roberts, und ihr sarkastischer Humor war legendär. Und alle Jungs waren ein wenig verknallt in sie.

Jamie grinste breit. »Ob ich mal nachsehen soll?«

»Haha«, machte Jinjin.

Ich schmunzelte, weil Jinjin ein wenig eifersüchtig klang, bevor ich so heftig gähnen musste, dass mein Kiefergelenk knackte.

Der gestrige Tag hatte mich emotional so gefordert, dass ich sofort in einen traumlosen Schlaf gefallen war. Heute Morgen war Grandma schon zum Frühdienst verschwunden. Sie hatte mir einen Zettel mit einem Gruß hinterlassen.

Gerade als ich mein Buch aufschlug, zeigte mein Handy einen Anruf an. Unbekannte Festnetznummer. Wer rief mich denn jetzt an? Ein merkwürdiges Gefühl überkam mich, und so nahm ich schnell ab.

»Erin, hier ist Jenny.«

Jenny war eine Kollegin von Grandma. Mein ungutes Gefühl verstärkte sich. »Hi Jenny. Ist was passiert?«

»Reg dich jetzt bitte nicht auf.«

Oh nein. Mein zweiter Lieblingssatz. Jedes Mal, wenn jemand so etwas zu einem sagte, regte man sich danach garantiert auf. »Geht es Grandma gut?«

»Wo bist du?«

»Ich bin in der Schule. Was ist passiert?«

»Deine Grandma hatte einen leichten Herzinfarkt. Ihr Zustand ist stabil, und sie ist ansprechbar, aber sie wird auf der Intensivstation überwacht, und es werden noch einige Untersuchungen gemacht.«

Um Himmels willen. *Ein Herzinfarkt?* Das war lebensbedrohlich. Ich sprang von meinem Stuhl auf. »Ich komme sofort.« Angst durchflutete mich wie eine eiskalte Woge.

»In Ordnung. Bis gleich.«

Die meisten meiner Mitschüler hatten wohl mitbekommen, dass etwas passiert war.

Rhonda, Jinjin und Jamie bekamen von mir schnell die Kurzfassung, während ich panisch und voller Angst Buch, Collegeblock und Stifte in meinen Rucksack warf. Und schon war eine Beta da. Ein Lufthauch, ein leises Flirren, und schon berührten die Insektenbeine der Beta meine Haut. Ihr Kopf war der einer jungen Frau, dunkelhaarig und mit fast schwarzen Augen, so wie ich, und ihr Körper bestand aus blau schillerndem Chitin. Dennoch tat ich so, als würde ich sie nicht sehen.

Meine Angst quoll in milchige Schlieren hervor, und sie absorbierte sie.

Rhonda bot an, mich zu fahren an, doch ich lehnte dankend ab. Ich musste jetzt stark sein, mich nicht von meinem Gefühlen leiten lassen. Mit Mühe schaffte ich es, keine weitere Angst in mir aufsteigen zu lassen und meinen Puls zu beruhigen. Die Beta zog sich zurück, lauerte, und die Haare an ihren sechs Insektenbeinen raschelten, als sie sie wartend aneinanderrieb wie eine Stubenfliege.

»Ich melde mich noch im Sekretariat ab und dann bin ich weg. Ich halte euch auf dem Laufenden!«

Und dann stürzte ich aus dem Klassenraum.

*

Krankenhäuser waren Orte der Angst. Patienten fürchteten sich vor Diagnosen oder Eingriffen, Angehörige bangten um ihre Liebsten. Für die Noctua war es ein Paradies.

Und deshalb hatte sich mein Weg durch die Gänge wie ein Spießrutenlauf angefühlt. Beta umschlangen Menschen und sogen die Angst auf. Kleine Kinder deuteten auf sie, verängstigt oder fasziniert, doch die Mütter, die die Beta nicht sehen konnten, schenkten ihnen keine weitere Aufmerksamkeit. Alpha, die aussahen wie Menschen, saßen dicht neben in der Notaufnahme wartenden Patienten. Sie konnten die Angst ohne eine Berührung sammeln, und das hier war leicht verdiente Angst. Ihre Reittiere, Wölfe, Hunde und sogar ein Panther mit strahlend goldenen Flügeln lagerten in den Fluren, schliefen oder schnaubten ungeduldig. Das medizinische Personal eilte durch sie hindurch, als wären sie Nebel. Inzwischen war ich auf der Intensivstation angekommen – hier war es weniger hektisch, nur das Piepen der medizinischen Geräte hallte durch den Gang.

»Sie haben ihr ein Beruhigungsmittel gegeben.«

Jenny und zwei Pflegerinnen der Intensivstation standen neben mir und gemeinsam sahen wir durch das große Fenster in Grandmas Krankenzimmer.

Ich war auf diesen Anblick nicht vorbereitet gewesen. Das, was ich rund um den Unfall meiner Eltern herausgefunden hatte, hatte mich schockiert, mich wütend und traurig gemacht und noch viel mehr Fragen in meinem Kopf aufgeworfen. Aber Grandmas Anblick riss mir den Boden unter den Füßen weg. Ich hatte doch nur sie. So viele Jahre lang hatte es nur uns beide gegeben. Und jetzt?

Eine Ärztin trat zu uns, sprach kurz mit den Pflegerinnen und wandte sich dann an mich. »Sie sind die Enkelin?«

Ich nickte. Noch hatte mein Verstand nicht begriffen, was wirklich passiert war. Grandma war niemals krank. Sie war vermutlich fitter als ich. Sie ernährte sich gesund, sie machte Sport, sie war aktiv in ihrer Gemeinde, und sie las pro Woche mindestens ein Buch. So jemand wurde doch nicht krank und bekam erst recht keinen Herzinfarkt! Sie war so blass und wirkte so klein unter der Bettdecke. Ich fühlte mich noch schuldiger als zuvor. Wir waren im Streit auseinandergegangen. Ich hatte ihr Vorwürfe gemacht und mich wirklich fies verhalten. Was, wenn sie nicht mehr aufwachte? Ich würde mich für den Rest meines Lebens unendlich schämen, dass ich so mit ihr umgegangen war. Und ich würde es mir nie verzeihen, wenn ich nicht mehr die Chance bekam, mich bei ihr zu entschuldigen.

»Sie hatte Glück, dass sie in einem Krankenhaus arbeitet, denn so konnten wir schnell reagieren. Es laufen noch ein paar

Untersuchungen, aber wenn sie weiterhin so stabil bleibt, ist ihre Prognose sehr gut.« Ich spürte, wie die Ärztin mich musterte.

»Ist vorher etwas passiert? Heute Morgen? Gestern Abend? Hat sie sich über irgendetwas aufgeregt? Hatte sie Stress?«

Etwas Spitzes bohrte sich in mein Herz. »Ja, wir hatten gestern Abend eine kleine Auseinandersetzung.«

Der Blick der Ärztin war ernst. »Sie müssen in Zukunft bitte darauf achten, dass sie sich nicht mehr aufregt. Das ist Gift für ihr Herz. Versuchen Sie, sie zu unterstützen, dass sie Aufregung vermeidet.«

»Das mache ich.« *Hauptsache sie wird wieder gesund…* Ich sah erneut in das Zimmer. »Kann ich zu ihr rein?«

Die Ärztin nickte. »Aber nur kurz. Eine Viertelstunde.«

»Danke.« Ich nickte auch Jenny noch mal zu, dann betrat ich vorsichtig das Zimmer.

Es roch nach Desinfektionsmittel und der Politur des Linoleumbodens. Mehrere Geräte piepsten leise.

Ich zog den Stuhl von dem kleinen Tisch am Rande des Zimmers heran und stellte ihn direkt neben Grandmas Bett.

Möglichst leise ließ ich mich darauf nieder.

Wie von selbst füllten sich meine Augen mit Tränen, als ich sah, wie blass Grandma war.

Ich beugte mich vor, nahm ihre Hand in meine und schmiegte meine Wange an ihre Haut. Ein Schluchzen stieg meine Kehle hinauf. »Es tut mir so unendlich leid, Grandma.«

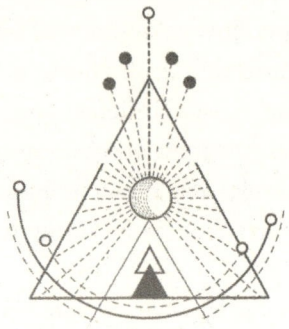

Kapitel 15

»Lass uns Nägel mit Köpfen machen.« Cal war vorbeigekommen, wofür ich ihm sehr dankbar war. Meine Gedanken kreisten unablässig um Grandma, und an Schlaf war nicht zu denken.

Cal deutete schwungvoll zum Fenster, wo sich die Dunkelheit bereits über Cleveland gesenkt hatte. »Statten wir unseren Zahnfeen einen Besuch ab, es ist schließlich ihr Revier.« Er drehte sich, und als ein Auto draußen auf der Straße vorbeifuhr, reflektierten seine Augen das Licht mit einem grünlichen Schimmer.

»Jetzt?« Ich sah ihn perplex an. »Sofort?«

»Warum nicht? Für deine Grandma kannst du im Moment nichts tun.« Er kam zum Bett und nahm neben mir Platz. »In

Obskuris hat noch niemand von den Vorfällen mit den Zahn-feen gehört. Und alle, denen ich davon erzählt habe, waren sich sicher, dass ich mir einen Scherz erlaube. Zahnfeen sind Sammler, keine Jäger. Sie leben von den Milchzähnen. In ih-nen befindet sich keine Angst. Angst sammeln die Zahnfeen nur, wenn sie von den Kindern gesehen werden.«

Ich zögerte. Vielleicht war ein wenig Ablenkung nach ei-nem Tag wie diesem keine allzu schlechte Idee. »Was, wenn jemand vom Krankenhaus anruft?«

»Mitten in der Nacht?« Cal sprang auf. »Für den Notfall hast du dein Handy, Erin. Wir können innerhalb von Minuten zurück sein.«

Er streckte mir seine Hand entgegen. Ich zögerte immer noch. Doch dann ergriff ich seine Hand, und er zog mich zu sich hoch. Dies war meine Gelegenheit, herauszufinden, was mit den Zahnfeen los war. Ich könnte vermutlich einer Menge Kinder unnötiges Leid ersparen. Ich würde dafür sorgen, dass sie wieder sicher waren und der Spuk mit den Zahnfeen so schnell wie möglich sein Ende nahm.

*

Wie schon beim letzten Mal fühlte es sich an, als würde ich nach Hause kommen. Cal hatte mir so viel über seine Welt er-zählt, dass sie mir trotz ihrer exotischen Schönheit nicht fremd schien. Dieses Mal schaffte ich es sogar, ganz allein von Nyncis Rücken auf den Balkon von Cals Luftschiff zu hüpfen. Ich tau-melte zwar und musste mich am Geländer festhalten, aber im-merhin fiel ich nicht flach aufs Gesicht, wie ich befürchtet hat-te. Nyncis fiepte begeistert, und seine große rosa Zunge erwischte mich, bevor ich ausweichen konnte. Er schleckte mir

185

einmal quer durchs Gesicht, bevor er mit seinen kräftigen Flügeln hinauf in den Himmel verschwand.

Ich kreischte auf, Cal lachte, und schon war der große Wolf aus unserem Blickfeld verschwunden.

»Hast du mal ein Handtuch?« Ich kletterte durch das Fenster in sein Schlafzimmer. Cal lachte immer noch. »Du hast immer noch nicht gelernt, ihm auszuweichen.«

Ich seufzte. »Ich bin ja auch kein kampferprobter Pirat, der schon seit Kindesbeinen auf Angriffe und Überfälle programmiert wurde.«

Cal stiefelte ins Badezimmer, und warf mir dann eins der Handtücher zu. »Sobald du trocken bist, können wir los. Oder möchtest du noch etwas trinken vorher?«

Ich schüttelte den Kopf, trocknete mein Gesicht und warf gleichzeitig einen prüfenden Blick auf mein Handy. Sicher war sicher. Auf gar keinen Fall wollte ich einen Anruf des Krankenhauses verpassen. Zum Glück schien der Empfang hier auf der Shadowfall sehr gut zu sein.

»Bereit?« Cal schien es gar nicht abwarten zu können. Er nahm mir das Handtuch ab und warf es im Vorbeigehen im Badezimmer in einen geflochtenen Weidenkorb. »Dann los.«

Ich hielt inne. »Muss ich noch irgendetwas wissen? Gibt es bestimmte Verhaltensregeln im Zusammenhang mit den Zahnfeen? Und überhaupt. Was soll ich tun, wenn wir anderen Noctua begegnen?«

»Niemand wird dich erkennen.« Er deutete an seinen modernen Klamotten hinab, einer schwarzen Jeans und einem schlichten grauen Shirt. »Wo ist der Unterschied?«

»Na, du.« Ich deutete auf sein Gesicht. »Du siehst anders aus. Deine Eckzähne sind irgendwie spitzer. Deine Augen. Sie haben dieses Glühen, und dein gesamtes Gesicht scheint viel schärfer geschnitten zu sein. In Obskuris siehst du viel mehr aus wie ein ...« Meine Stimme brach, weil ich wusste, dass er dieses Wort nicht mochte.

»Dämon?«, ergänzte Cal meine Worte mit rauer Stimme. Sein unbekümmertes Lächeln war wie ausradiert.

»Ja«, sagte ich leise. Es war die Wahrheit, was wollte er von mir hören?

Cal holte Luft und biss einmal kurz auf seine Unterlippe, bevor er mich wieder ansah. »Die Merkmale sind bei Frauen weniger ausgeprägt. Es wird niemand erkennen, dass du ein Mensch bist, wenn du nicht gerade vor Angst zitterst. Deine Haare sind fast schwarz, genau wie deine Augen. Du siehst aus wie eine von uns.« Sein Lächeln war zurück. »Und mach dir um die Zahnfeen keine Sorgen. Sie sind ganz umgänglich, wenn man ihnen mit dem nötigen Respekt begegnet.«

»In Ordnung.« Ich straffte die Schultern und ging zu ihm hinüber zur Tür.

Cal beobachtete mich, dann lehnte er sich mit dem Rücken gegen die Tür. »Du hast Angst.«

Er streckte die Hand aus, kaum, dass ich vor ihm stehen blieb. Er strich zart meine Wange hinab, und ich sah die milchig schimmernde Angst, die sich um seine Finger kräuselte. Wieder atmete er leise ein, und dann verschwand der milchige Nebel in seiner Haut.

Ich zuckte etwas hilflos mit den Schultern. All das hier war immer noch neu für mich, und jetzt diesen geschützten Raum zu verlassen, stellte mich erneut vor eine Herausforderung.

Cal nahm meine Hand und zog mich noch ein Stückchen näher zu sich. »An meiner Seite wird dir nichts passieren. Das verspreche ich dir.« Der Blick aus seinen schwarzen Augen war sanft und eindringlich zugleich. »Bei mir bist du immer sicher.« Ich spürte seine Finger an meiner Hand, bevor er sie ganz umschloss.

Ich nickte. »In Ordnung.« Und ich glaubte ihm.

Meine Angst verschwand ganz leise in den Hintergrund. Auch Cal war es nicht entgangen. Er legte den Kopf schief, und plötzlich spielte ein verschmitztes Lächeln um seine Mundwinkel. »Lass mich dir einen Vorschlag machen.«

Dieses Lächeln kannte ich. Was kam denn nun?

Er zog mich noch ein klein wenig näher zu sich, bis ich zwischen seinen locker gespreizten Beinen stand. Er war mit dem Rücken ein Stückchen an der Tür hinabgerutscht, sodass unsere Gesichter jetzt auf gleicher Höhe waren.

»Lass uns so tun, als wären wir ein Paar. Dann kann ich dich die ganze Zeit an der Hand halten, und so wird es niemandem auffallen, dass du dich hier nicht auskennst.«

Ich kniff ein Auge halb zu. »Meinst du wirklich, das klappt?«

»Na klar.«

»Aber es gibt Regeln.«

Sein Grinsen wurde noch breiter und entblößte jetzt die spitzen Eckzähne. »Ich höre.«

»Keine Küsse, und deine Hände bleiben da, wo ich sie sehen kann, Pirat.«

Cal hob unsere miteinander verschränkten Hände hoch. »Das ist okay?«

Ich nickte.

Er zog mich in seine Arme. »Und das hier?«, flüsterte er dicht an meinem Ohr.

»Nein.« Ich klang seltsam piepsig. Entschlossen schob ich mich ein Stückchen von ihm weg. »Händchen halten. Das ist alles.«

Cal richtete sich auf und überragte mich nun wieder um fast einen Kopf. Er ließ meine Hand los und strich erneut sanft meine Wange hinab. »Und das hier?« Jetzt klang seine Stimme rau und eine Oktave tiefer.

Ich schluckte deutlich hörbar. »Das wäre wohl auch noch okay.«

Er gab ein sehr zufriedenes Brummen von sich. Doch bevor er erneut den Mund aufmachen konnte, sagte ich schnell: »Dann sollten wir jetzt losgehen. Ich habe schließlich nicht die ganze Nacht Zeit, morgen muss ich zur Schule.«

Cals Blick verriet mir, dass das vermutlich noch nicht das Ende der Diskussion um unsere »Wir sind ein Paar«-Regeln war, doch er lenkte ein. »Noch etwas.« Jetzt war sein Blick ernst. »Hüte dich vor den Beta.«

Den Mischwesen aus Mensch und Tier? Warum ausgerechnet vor ihnen? »Warum?«, fragte ich leise.

»Beta sind einfach unberechenbar. Halte dich von ihnen fern, sieh sie nicht an, und weiche ihnen aus, wenn es geht. Sie sind sehr temperamentvoll, und zwischen ihnen kommt es oft zu gewaltvollen Auseinandersetzungen. Tu am besten so, als wären sie nicht existent, das ist am sichersten. Die Gamma sind harmlos, und die meisten Alpha hier werden dir mit nichts als Freundlichkeit begegnen. Aber bitte sei vorsichtig, wenn uns ein Beta begegnet. Ich werde versuchen, dich aus allem rauszuhalten, was sie betrifft.«

»Okay«, sagte ich, doch mir war etwas mulmig zumute. Dass die Beta so gefährlich waren, hätte ich nicht gedacht.

Mit einem Schwung öffnete Cal die Tür. »Dann mal los.«

Wir traten hinaus auf den Gang. Während hinter uns leise die Tür ins Schloss fiel, sah ich mich neugierig um. Ich kannte das Innere von Schiffen bisher nur durch irgendwelche Dokumentationen, die ich gesehen hatte und rechnete deshalb mit einem schmalen Gang, der kaum breit genug war für zwei Personen. Hier jedoch konnte man locker mit vier Personen nebeneinander gehen. Der Holzboden war der gleiche wie in Cals Zimmer, und auch hier säumten Fackeln unseren Weg. Eine Tür reihte sich nah an die nächste. Hier wurde die Magie des Schiffes besonders deutlich. Dort, wo sich gefühlt Cals Badezimmer befinden musste, stand ich bereits vor einer weiteren Tür. Es fanden sich keine Namen daran, lediglich fünfstellige Nummern.

»Sind alle Türen auf dem Schiff nummeriert?«

»Nur die privaten Räume der Alpha«, erklärte Cal, während wir links in einen Gang einbogen. »Die Delta, unsere Reittiere, leben auf großen Freiflächen. Die Gamma haben ganz unterschiedliche Lebensräume, wie du gleich sehen wirst. Deine Freunde Herald, Pünktchen und Otiz leben hier in Obskuris ganz sicher nicht in einer WG. Auch die Beta bevorzugen unterschiedliche Lebensräume. Manche von ihnen leben in Zimmern, andere bevorzugen die großen Ebenen, die ihnen einen entsprechenden Lebensraum bieten.« Er lachte. »Nur wir langweiligen Alpha wollen alle ein Zimmer mit unserem eigenen Bett und Schreibtisch.«

In diesem Moment verließ ein anderer Alpha sein Zimmer und nickte uns höflich zu. In derselben Sekunde griff Cal nach meiner Hand und hauchte einen Kuss darauf. Der Alpha schien keinen Verdacht zu schöpfen. Schließlich war mein Erröten nicht gespielt. Die erste Feuerprobe hatte ich also bestanden.

Aus der Ferne hörte ich das Rattern schwerer Ketten und das Ächzen von Metall. Cal lächelte nur geheimnisvoll, als ich ihn neugierig ansah. Zwei weitere Alpha kamen uns entgegen, und sie wirkten in diesem Moment genauso verliebt wie wir. Die Frau war unglaublich hübsch, mit einem akkurat geschnittenen Bob und einer kurvigen Figur, die sicherlich vielen den Kopf verdrehen würde. Ihr Begleiter war auf eine raue Art ansehnlich, mit einem verwegenen Dreitagebart und einer Narbe, die über seinem Kehlkopf begann und am Ausschnitt seines Hemds endete. Beide waren bewaffnet. Sie trug zwei lange schmale Klingen in einem breiten Ledergurt an ihrer Hüfte, und an seinem Gürtel hing eine Wurf-Axt, die bedrohlich blitzte.

»Hallo Callahan«, grüßte der Mann höflich, dann nickte er mir zu. Der Blick der Frau ruhte auf unseren ineinander verschlungenen Fingern. Er war fragend, aber sie sagte nichts.

»Hallo Yvin.« Cal erwiderte den Gruß höflich, hielt aber nicht an, obwohl der Mann langsamer wurde.

Die ganze Situation war etwas peinlich, deshalb war ich froh, als wir außer Hörweite waren.

»Sie wussten genau, dass ich nicht von hier bin«, zischte ich Cal im Gehen zu. »Soll das jetzt immer so werden?«

»Das kann dir egal sein.« Er sah mich nicht an. »Niemand kann mir ein Gespräch aufzwingen, wenn ich es nicht will. Niemand wird es wagen«, fügte er noch hinzu. Das Rattern wurde lauter. Ich reckte den Kopf, und erkannte Gitterstäbe aus kupferfarbenem Metall. Es sah aus wie ein Gefängnis.

»Was ist das?«

»Das ist ein Aufzug.« Cal beschleunigte seinen Schritt, sodass wir schon kurz darauf davor zum Stehen kamen.

»Auf jedem Deck gibt es zehn Stück davon, damit man nicht so weit laufen muss. Sie führen dich in jeden Teil des Schiffes.«

Zehn? Wie riesig waren diese Etagen?

Das Quietschen von Metall wurde noch lauter. Ich betrachtete die metallenen Streben. Sie sahen tatsächlich aus, wie ich mir einen antiken Aufzug vorstellen würde. Wie viele Aufzüge hier wohl nebeneinander liefen?

Dann kam die Kabine von unten hochgefahren. Sie war so breit wie acht normale Aufzugkabinen. Und in ihrem Inneren war es rappelvoll. Das konnte ich erkennen, weil der Aufzug keine Wände besaß, sondern lediglich wieder die kupferfarbenen Streben. Die Türen öffneten sich erst mit einem Rattern und rasteten dann mit einem Knall ein. Monster aller Kategorien sahen uns an. Ein Gamma, nicht größer als eine Hauskatze und mit dem gefleckten Fell eines Leoparden fiepte uns an. Er macht einen Schritt zur Seite und setzte sich hin. Direkt auf den Fuß eines Beta, der zwar einen strengen Blick nach unten warf, aber nicht weiter reagierte. Er besaß einen menschlichen Körper, trug legere Reitkleidung, und auf seinem Hals thronte der Kopf eines Affen. Die langen Reißzähne blitzten, als er die Lippen nach hinten verzog. Schnell sah ich weg, denn ich erinnerte mich noch sehr gut an Cals Warnung.

Zu unserer Linken machten uns zwei junge Alpha in Pagenuniform Platz, die abgedeckte Silbertabletts trugen.

Cal zog mich in die Kabine, bevor mein Starren peinlich werden konnte.

»Wohin, Master Callahan?«, erklang eine Stimme von irgendwo aus dem Gewühl. Ich konnte nicht erkennen, woher oder von wem sie kam.

»Zu den Zahnfeen«, erwiderte Cal. »Danke.«

Niemand schien sein Reiseziel seltsam zu finden. Die Türen knallten zu, und die Gespräche oder das Fiepen, Jaulen oder Zischen begann erneut.

Zunächst schien es eine ganz normale Fahrt zu werden. Der

192

Aufzug hielt eine Etage darunter, die Ebene der Beta, wie ich mittlerweile wusste, und einige Noctua stiegen aus, andere stiegen zu. Doch statt wie erwartet weiter zu sinken, schoss die Kabine jetzt nach rechts. Ich musste mich an Cal festhalten, und konnte soeben einen überraschten Laut unterdrücken. Der Aufzug fuhr nicht nur von oben nach unten, sondern auch von links nach rechts? Wie funktionierte das denn bitte? Wieder erklang ein kleiner Gong, der den nächsten Halt ankündigte. Dann ging es nach unten, nach links, einmal wieder nach oben und wieder nach links, und dann nach unten bis auf das Deck der Gamma.

»Bereich der Zahnfeen«, erklang die piepsige Stimme von vorhin. Ich reckte den Hals, und endlich erkannte ich, wer den Aufzug führte.

Es war ein Gamma, der Herald gar nicht unähnlich sah. Auch er sah aus wie ein Tintenfisch, nur dass sein Körper leuchtend gelb war. Mit seinen vielen Armen bediente er geschickt die Hebel, Rädchen und Knöpfe des Aufzugs. Er trug eine kleine altmodisch aussehende Kappe und eine eng sitzende Uniform mit vielen goldenen Knöpfen, die ihn aussehen ließen wie einen Liftboy aus einem Zwanzigerjahre-Film.

»Vielen Dank«, sagte ich zu ihm, als wir ausstiegen. An seiner Uniform erkannte ich ein goldenes Namensschild. »Farley«, fügte ich seinen Namen noch hinzu.

Durch Farleys Leib zuckten orangefarbene Blitze der Aufregung. »Sehr gerne«, erwiderte er und versuchte eine kleine Verbeugung, was dank seiner Figur und der Uniform gar nicht so einfach war. »Eine schöne Nacht Ihnen.«

Dann schlossen sich rasant die Türen, und während der Aufzug mit seinen anderen Fahrgästen nach oben jagte, sah ich mich um.

Eigentlich hatte ich 1000 Fragen an Cal, doch der Anblick, der sich mir bot, raubte mir erneut den Atem. Vor mir erstreckte sich eine weite Ebene aus rohem Felsen. Das Gestein besaß einen tief violettfarbenen Schimmer. Große weiße Kokons hingen von den Felsvorsprüngen, und dazwischen entdeckte ich Dutzende Zahnfeen.

»Verhalte dich ruhig, und lass mich reden«, murmelte Cal mir gerade noch zu, als wir bereits entdeckt wurden.

Cal machte einige Schritte über den knirschenden violettfarbenen Sand, und ich bewunderte noch die fluoreszierenden Moose, die über das Gestein wuchsen, da erschien eine Zahnfee vor uns.

»Master Callahan.« Dann nickte sie mir zu. »Und Begleitung.«

Ich erwiderte den Gruß und war überrascht, wie flüssig die Worte klangen. Die Zahnfeen, die ich kennengelernt hatte, sprachen abgehackt und schienen sich mit dem Sprechen schwerzutun.

»Auf ein Wort, Lanilor.« Cal neigte respektvoll den Kopf. »Es ist eine dringende Angelegenheit.« Dann deutete er mit der Hand zwischen mir und der Zahnfee hin und her. »Das ist Erin. Erin, Lanilor ist der Anführer der Zahnfeen der Onyx.«

Mir war bis jetzt nicht klar gewesen, wie ich unterscheiden konnte, welchem Geschlecht die Zahnfeen angehörten. Doch nun, als sich immer mehr von ihnen hinter Lanilor versammelten, fiel es mir auf. Die Haut der weiblichen Zahnfeen war etwas heller. Sie waren allgemein etwas kleiner, und ihre Krallen waren nicht ganz so lang.

»Natürlich«, erwiderte Lanilor. Dann nickte er erneut in meine Richtung. »Es freut mich.« Er schwang herum und verteilte mit schnarrender Stimme ein paar Kommandos in die Runde.

Lanilor bedeutete uns, ihm zu folgen. Auf dem Felsvorsprung neben uns entdeckte ich eine Gruppe jüngerer Zahnfeen. Sie waren so klein und niedlich, dass ich sie unwillkürlich anlächeln musste. Sie kicherten verlegen, als wäre ich ein Rockstar, der gleich ein Konzert geben würde.

Überall in dem Gestein entdeckte ich Zugänge zu kleinen Höhlen. Hier schienen die Zahnfeen sich häuslich eingerichtet zu haben. Und in den Kokons befand sich vermutlich der Nachwuchs. Plötzlich spürte ich Feuchtigkeit auf meinem Gesicht. Ich blickte nach oben und bemerkte wirbelnde Schwaden aus silberfarbenem Nebel. Als ich über mein Gesicht strich, waren meine Finger leicht silbrig verfärbt.

Lanilor führte uns in eine Höhle, die eindeutig für Besuch vorgesehen war. Der Raum inmitten des Gesteins war so groß, dass auch Alpha bequem darin sitzen konnten. Ein paar hektisch umherflatternde Zahnfeen wichen uns aus, als wir uns auf den nackten Boden setzten.

Lanilor nahm auf einem Vorsprung Platz, sodass er sich nun etwa auf Höhe unserer Gesichter befand. »Was kann ich für euch tun?« Er sah neugierig zwischen Cal und mir hin und her.

Doch bevor Cal antworten konnte, schwebten einige Zahnfeen zu uns in die Höhle, beladen mit diversen Schalen. Jeder von uns bekam jeweils drei: eine mit Brei, eine mit Flüssigkeit und eine, in der sich seltsam wackelnde Kugeln befanden. Daneben legten die Zahnfeen auch noch einen Löffel. Ich bemerkte, dass Cals und meine Schalen viel größer waren als die von Lanilor. *Wie aufmerksam.*

Ich betrachtete die Zahnfeen unauffällig. Keine wirkte

ängstlich oder nervös, ganz anders als die Feen, die mir in meiner Welt begegnet sind.

Lanilor hob seine Trinkschale und als Cal nach seiner griff, tat ich es ihm schnell nach. »Willkommen.« Lanilor besaß eine erstaunlich tiefe Stimme für ein Wesen, das kaum größer war als eine Handpuppe. Weil Cal ohne zu zögern aus seiner Schale trank, rechnete ich nicht mit einer bösen Überraschung. Ich nahm einen Schluck, und die Flüssigkeit schmeckte wie Milch mit etwas Salz versetzt. Nicht ganz so schlimm, wie ich erwartet hatte, aber bei Weitem nicht so lecker wie der Mondbeerensaft. Mit einer Mischung aus Erleichterung und gebührendem Respekt stellte ich die Schale wieder ab. Dann nahm Lanilor eine der Kugeln, die etwa die Größe einer Haselnuss besaß. Er gab ein paar weitere Anweisungen an seine Untergebenen, und ich nutzte meine Chance, um mich zu Cal zu beugen.

»Was ist das?«

»Das sind die Eier des Purpurkäfers. Die Zahnfeen züchten ihn, weil er ein süßes Sekret absondert, wenn man ihm den Panzer krault. Die Eier sind sehr nahrhaft und eine beliebte Mahlzeit hier.«

Ich schluckte deutlich hörbar. »Warum sammeln sie dann die Milchzähne, wenn sie hier in Obskuris ihr eigenes Essen haben?

»Sie können auf all das verzichten, nur nicht auf die Milchzähne. Wenn sie die nicht regelmäßig zu sich nehmen, sterben sie. Sie füttern sogar ihre Kinder damit, und auch die Älteren, die nicht mehr aktiv sind, werden versorgt.«

»Wie soll das gehen, wenn sie sie sofort herunterschlingen?«

Cal grinste, als wäre ich das dümmste Wesen in dieser Welt. »Sie sammeln sie auch.«

Lanilor war mit seinen Anweisungen fertig und wandte sich wieder uns zu. Er biss herzhaft in eins der Eier und kaute dann begeistert. Cal warf sich eins in den Mund und nickte ihm anerkennend zu. Lanilor schien sehr erfreut. Dann glitt sein Blick zu mir. Ich pickte eins der schleimigen Eier aus meiner Schale, und es zog tatsächlich einen Faden. Ich hätte gerne gewürgt, stattdessen verzog ich meine Lippen zu einem mechanischen Lächeln. *Denk an die Kinder*, redete ich mir ein. Jedes Kind, das diesen Albtraum mit den Zahnfeen nicht erleben muss, ist es wert, dieses Ei zu schlucken. Ich schob mir das Ei zwischen die Lippen, und wie von selbst rutschte es auf meine Zunge. Der Schleim schmeckte süß, und das Ei platzte auf meiner Zunge, noch bevor ich es schlucken konnte. Eine Flüssigkeit trat aus, doch zu meiner Überraschung schmeckte sie süß und leicht nach Vanille. Nun, das hätte schlimmer kommen können. Ich nickte möglichst begeistert, und Lanilor schien zufrieden. Er beugte sich zu seiner Schale und wieder ergriff ich die Gelegenheit beim Schopf.

»Und das hier?«, raunte ich durch geschlossene Zähne zu Cal.

»Sie zerstampfen Raupen zu einem Brei«, wisperte Cal. »Es ist eine Delikatesse, weil die Raupen sehr groß und bissig sind. Fängt man sie, verliert man als Zahnfee schnell mal einen Arm. Es ist also eine große Ehre, dass sie uns diesen Brei servieren.«

Ich hatte ja wirklich gedacht, es könnte nicht schlimmer kommen. Soeben war ich eines Besseren belehrt worden. Zuerst Käfereier und jetzt Raupenschleim.

Cal griff nach seinem Löffel, ohne auf Lanilor zu achten. Er schaufelte sich den Brei in den Mund, bis die Schale leer war und schluckte dann, während er einen besonders genießerischen Laut von sich gab. »Großartig«, sagte er. »Was für eine Spezialität.« Lanilor nickte zustimmend. Zuerst hatte ich gehofft, der Kelch würde an mir vorbeigehen. Dass meine Anwesenheit einfach nicht so wichtig wäre. Doch nicht nur Lanilors Blick richtete sich auf mich, nein, auch alle anderen anwesenden Zahnfeen sahen mich erwartungsvoll an.

Raupenbrei, tönte das Wort in meinem Kopf. *Raupenbrei, du isst gleich Brei aus Raupen.* Ich griff nach dem Löffel. Der Brei war sogar noch schleimiger als das Insektenei. Ich hob den Löffel, und die Hälfte rutschte gleich wieder zurück in die Schale. Also tat ich es wie Cal. Ich hob die Schale nah an die Lippen und schaufelte den Brei als Ganzes in meinen Mund. Im ersten Moment dachte ich, ich würde ersticken. Der Brei schmeckte säuerlich und nach irgendeinem scharfen Gewürz, das ich nicht benennen konnte. *Grausam.* Ich schluckte dreimal krampfhaft, bevor ich mir sicher war, dass der Brei nicht in die falsche Röhre gelangen würde. Danach entkam meinen Lungen ein Laut, der nicht gerade schmeichelhaft klang. Da ich jedoch keine diplomatische Krise riskieren wollte, fügte ich schnell hinzu: »Überwältigend. Ganz und gar überwältigend.«

Lanilor wirkte sehr zufrieden. »Was führt euch hierher?«

Cal und ich wechselten einen schnellen Blick. Mir war immer noch ein wenig schlecht von dem Brei. Cal ergriff das Wort und berichtete, was ich ihm von den Zahnfeen erzählt hatte. Lanilor hörte mit angestrengter Miene zu, dann schüttelte er energisch den Kopf. »Damit haben wir nichts zu tun. Wir sammeln Kinderzähne und das seit Anbeginn unserer Zeit. Wir würden niemals einem Kind ein Leid antun.« Er klang so schockiert, dass ich ihm glauben wollte.

Ich sah fragend zu Cal. Ob Lanilor einfach nur ein überzeugender Lügner war?

Cal beugte sich zu mir. »Zahnfeen sind Feenwesen. Und Feenwesen können nicht lügen«, wisperte er.

»Niemals«, fügte Lanilor jetzt noch hinzu. »Wir alle sind gut ausgebildet. Niemand verlässt mein Reich, der nicht weiß, wie er sich in der Welt der Menschen zu verhalten hat. Und wir halten uns an unsere Regeln. Nein, das waren keine Zahnfeen der Onyx.«

Cal wollte gerade eine Antwort geben, da erschienen zwei dunkle Schatten am Eingang der Höhle. Ihre Köpfe wurden von aufgebrachten Zahnfeen umschwirrt. Die Männer machten einen Schritt in die Höhle. Es waren zwei Alpha, ausgestattet mit Brustpanzern und bewaffnet wie für einen Krieg. Einer der Männer heftete seinen Blick kurz auf mich, bevor er sich an Cal wandte. »Master Callahan. Euer Vater möchte euch sprechen. Sofort.«

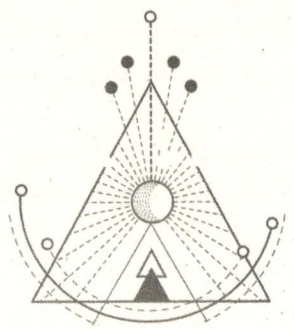

Kapitel 16

Ich wusste, dass wir in Schwierigkeiten steckten, als ich Cal neben mir leise fluchen hörte. Für Lanilor schien das Treffen hiermit beendet. Er flatterte in die Luft und wirkte plötzlich nervös.

»Master Callahan?« Die Frage des anderen Mannes war nur Tarnung. In Wirklichkeit war es eine deutliche Aufforderung.

Cal seufzte genervt, dann erhob er sich. Ohne die Männer zu beachten, streckte er mir eine Hand hin, um mir hochzuhelfen. Immer mehr fliegende Zahnfeen erschienen am Eingang der Höhle, um neugierig zu beobachten, was hier passierte. Cal ließ meine Hand los und klopfte sich den Staub von der Hose. »Danke für deine Zeit, Lanilor. Das abrupte Ende tut mir leid.«

Lanilor lachte, doch es klang aufgesetzt. »Immer doch, Callahan. Bitte richte Grüße an deinen hochgeschätzten Vater aus.«

Cal zog nur vielsagend die Augenbrauen hoch, dann wandte er sich zu mir. »Liebes, ich möchte dir meinen Vater vorstellen.« Er legte mir einen Arm um die Schultern. »Wie wäre es mit sofort?«

Ich war noch zu perplex, um zu reagieren. Die beiden Wachmänner sahen sich irritiert an. Irgendwo kicherte eine Zahnfee.

Ich rechnete es ihm hoch an, dass er versuchte, die angespannte Stimmung etwas aufzulockern. Die beiden schwer bewaffneten Männer wirkten nicht nur auf Lanilor einschüchternd.

»Gehen wir.« Da Cal einen Arm um mich gelegte hatte, ging ich automatisch mit. Cal ließ die zwei Alphas stehen.

Ein Schwarm Zahnfeen stob zur Seite, als wir die Höhle verließen. Ein Teil des silbrigen Nebels war Richtung Boden gesunken, und die Schwaden wanden sich kühl um meine Waden. Ein Blick nach unten zeigte, dass ein paar Silberpartikel an meiner Hose hängen geblieben waren. Es war immer noch seltsam, dass ein Aufzug mitten auf einer freien Fläche zum Halten kam. Die Streben, die den Schacht markierten, leuchteten durch den Nebel.

Ich kniff prüfend die Augen halb zu. War das eine Sinnestäuschung?

Dort, wo vorhin eine Kabine gehalten hatte, die locker 30 Personen befördern konnte, befand sich nun ein schmaler Käfig aus Metall, vielleicht groß genug für vier Personen.

Ich sah Cal fragend an.

»Vaters persönliches Spielzeug«, sagte er. »Er reist nicht

gerne mit seinen Untergebenen.« Der missbilligende Ton seiner Stimme verriet, was er über ein solches Privileg dachte. »Und sein persönliches Taxi, falls er dringend jemanden sprechen will.«

Einer der Alpha betrat die Kabine, der andere wartete, bis wir eingestiegen waren, bevor er ebenfalls eintrat. Sie wichen Cals Blick ganz bewusst aus, als stünde es ihnen nicht zu, ihm in die Augen zu sehen. Dieser lehnte sich lässig an die Streben und zog mich dann zu sich. »Keine Angst«, raunte er mir ins Ohr. »Das hier sieht offizieller aus, als es ist. Und die Jungs machen auch nur ihren Job.«

Ich wollte etwas erwidern, als der Aufzug rasant Fahrt aufnahm. Er schoss nach oben, dann nach links, nach rechts und wieder nach links. Unsere beiden Begleiter mussten den Gleichgewichtssinn von Ninjas besitzen, denn sie schwankten nicht mal ein bisschen. Aber vielleicht lernte man so was, wenn man auf einem Schiff aufwuchs.

»Und schon sind wir da«, wisperte Cal.

Durch die Stäbe des Aufzugs machte ich eine Silhouette aus. Wir wurden also erwartet. Ob das Cals Vater war?

Die Kabine kam zum Halt, und die Türen öffneten sich.

Ein Mann trat ins Licht einer Fackel, kaum dass wir den Aufzug verließen. Unsere zwei Begleiter bezogen neben uns Stellung.

»Hallo Cyril«, grüßte Cal ihn. »Darf ich vorstellen? Das ist Erin, und Erin, das ist Cyril Belrose.«

Ich betrachtete den Alpha neugierig. Cyril Belrose erinnerte mich von der Statur her stark an Nolan, Cals besten Freund. Er war hoch aufgeschossen und hager, mit fein geschnittenen, alterslosen Gesichtszügen und wachen intelligenten Augen. Sein langes schwarzes Haar hatte er im Nacken mit einem Lederband gebändigt. In seinem linken Ohrläppchen blitzte ein Stecker in Form einer Goldmünze.

»Er ist Vaters Mädchen für alles«, fügte Cal noch hinzu.

Cyril seufzte und es klang, als ruhe alle Last dieser Welt auf seinen schmalen Schultern. »Erster Minister der Onyx wäre dann der offizielle Titel.« Er nickte mir freundlich zu. »Es freut mich.«

»Mich auch.« Ich war immer noch aufgeregt, und ein Lächeln fiel mir schwer.

Cyril entließ unsere finster dreinblickende Eskorte mit einem knappen Wink.

»Gehen wir.« Sein langer Umhang raschelte leise, als er sich umwandte. Anders als die meisten Alpha, die ich bisher gesehen hatte, trug Cyril weder Reitkleidung noch Waffen. Sein langes schwarzes Gewand und der rote Umhang erinnerten mich eher an einen kirchlichen Würdenträger aus dem Mittelalter. Auch die raffiniert geschneiderten Stickereien und Bordüren aus Gold trugen zu diesem Eindruck bei.

Cal legte eine Hand an meinen Rücken, und gemeinsam schlossen wir zu Cyril auf, der bereits nach rechts abgebogen war.

»Wie ist seine Laune heute?« Cal klang, als wäre das alles hier keine große Sache.

»Er hat schon drei Mal meine Enthauptung angeordnet.«

»Noch vor Mitternacht?« Cal klopfte Cyril freundschaftlich auf den Rücken. »Das ist ein neuer Rekord.«

»Es ist mir eine Freude und eine Ehre, deinem Vater dienen zu dürfen.« Cyril seufzte erneut, und sein Blick glitt kurz zu mir. Die Ringe unter seinen Augen und die Sorgenfalten auf der Stirn verrieten das Ausmaß dieser leidgeprüften Aufgabe – und eine große Portion Schlafmangel.

»Erin.« Er stockte. »Ich darf doch Erin sagen, oder?«

Ich lächelte. »Natürlich.«

»Gut.« Er strich sich hektisch über die Stirn. Ich versuchte erneut, sein Alter zu erraten. Entweder er war weit über vierzig und hatte sich gut gehalten oder aber er war Anfang dreißig und vorschnell gealtert. »Von welchem Schiff kommst du?«

»Sie ist meine Freundin«, erwiderte Cal leicht gereizt. »Erin Porter, sie ist ein Mensch. Du erinnerst dich doch an ihren Namen? Ich habe dir von ihr erzählt.«

»Du liebe Zeit.« Cyril schien noch etwas blasser zu werden. »Cal, das ist nicht dein Ernst. Muss das sein? Ich meine, ich weiß, sie ist etwas Besonderes, und richtig, du hast mir von ihr erzählt, aber denkst du wirklich, es ist klug-«

Ich horchte auf. *Er hatte Cyril von mir erzählt?*

»Ich bin sein Nachfolger«, sagte Cal, und ich hörte den warnenden Tonfall in seiner Stimme. »Es ist mein Recht, zu entscheiden, wen ich herbringe. Außerdem hatte ich ihn jetzt zusammen mit Erin gar nicht treffen wollen.«

Cyril duckte sich fast und gab dann klein bei. »Nun gut. Auf deine Verantwortung.« Er wandte sich an mich: »Das hier ist kein gewöhnliches Treffen, ich meine, Sie, äh *du* bist kein gewöhnlicher Gast, und unser edler Anführer ist … ähm.« Cyril brach erneut ab. »Die Kartelle befinden sich in einer heiklen politischen Lage, und es geht um Macht, sehr viel Macht und wir …« Noch mal wischte er sich über die Stirn.

»Ich soll nett zu ihm sein, weil er mich sonst auch enthaupten lässt?«, schlug ich vor, meinte es aber nicht ernst. Ich hoffte auf seinen Prostest. Doch der blieb leider aus.

Cyrils Lachen klang schrill. »Sehr gut, ja genau. Sehr schön.« Er sah über meinen Kopf hinweg zu Cal. »Sie ist ja wirklich recht schlau für einen Menschen.«

Na, herzlichen Dank.

»Ist mir auch schon aufgefallen«, erwiderte Cal im Plauderton. »Gefällt mir aber.«

Wollen die beiden mich hochnehmen oder was? »Ich würde gerne noch mal über das Thema Enthauptung reden«, sagte ich, während wir durch einen imposanten Türbogen traten. War eine Enthauptung hier das Äquivalent zu einer Standpauke? »Was sollte ich-«

»Na endlich!« Die Stimme klang düster und gewaltig wie ein Donnerschlag.

Vor uns erstreckte sich eine Halle, die mindestens drei Stockwerke hoch schien. Fackeln waren in Halterungen neben beeindruckend großen Bullaugen angebracht. Dazwischen schien jeder Zentimeter verfügbaren Platzes mit Waffen geschmückt zu sein. Ich sah auch ein paar Wandteppiche, die Schlachten der Alpha auf geflügelten Wesen darstellten. Irgendwo prasselte ein Feuer. Wachen mit bedrohlich aussehenden Speeren hatten in Abständen von circa fünf Metern Aufstellung bezogen. Ihre Blicke gingen starr geradeaus.

»Vater!«, rief Cal. Er zog mich an Cyril vorbei in die Halle. Grüppchen von Alpha standen zusammen in den Schatten. Ich entdeckte auch einige Beta, die mich misstrauisch musterten. Sie sahen in ihren imposanten Gewändern wirklich aus wie irgendeiner mythologischen Geschichte entsprungen.

Wir gingen auf eine große Tafel zu, an der locker 50 Personen Platz finden würden. Ganz am Kopfende saß eine breitschultrige Gestalt. Der Mann erhob sich, als wir näher kamen.

Cyril wieselte an uns vorbei und deutete dann eine Verbeugung an. »Euer Sohn und seine Begleitung, Eure Hoheit. Ihr Name ist Erin Portier … ihr wisst schon …«

Cyril hatte sich bei meinem Nachnamen vertan, doch ich

wollte ihn nicht korrigieren. Vier weitere Alpha saßen mit am Tisch. Zwei Frauen und zwei Männer, alle in aufwendig gestalteten Roben, die der von Cyril ähnelten. Sie alle sahen mich an, als wäre ich etwas, das Cal auf der Straße aufgelesen hatte.

Dann endlich waren wir nah genug, dass ich mehr von Cals Vater erkennen konnte. Die beiden waren vermutlich gleich groß, aber Cals Vater wirkte um einiges Furcht einflößender. Sein Gesicht war übersät mit Narben, die auch der Bart nicht verbergen konnte. Seine Augenbrauen waren buschig, die Wangenknochen traten scharf hervor. Er war muskulöser als Cal, wirkte regelrecht bullig und auf jeden Fall wie jemand, dem man nicht im Dunkeln begegnen wollte. Er trug Reithosen, ein Hemd und darüber eine lederne Weste, die mit dunklem Fell verziert war. Sein Haar war lang und fiel ihm locker über die Schultern. Eine einzelne graue Strähne leuchtete darin.

»Erin, darf ich vorstellen: Das ist Petrovico Kymragh, Anführer der Onyx.« Cyril lächelte mechanisch, während seine Augen eine deutliche Warnung aussprachen: *Vorsicht, reizbar.*

»Guten Tag«, erwiderte ich deshalb eher schüchtern.

»Wohl eher guten Abend«, brummte Petrovico Kymragh. Sein missbilligender Blick zeigte deutlich, dass er mich für eine leicht unterentwickelte Spezies hielt.

»Entschuldigung«, presste ich zwischen geschlossenen Lippen hervor, da fiel Cal mir auch schon ins Wort.

»Was gibts, Vater?«

Petrovicos Augen schienen Funken zu sprühen. »Was es gibt?« Er haute mit der Faust auf den Tisch, sodass die Becher und Kannen hopsten. »*Was es gibt?*« Er deutete mit dem Finger auf mich. »Na, was wohl?«

Cal wich nicht zurück. Ganz im Gegensatz zu Cyril, der

206

sich mehr oder weniger duckte und dann hinter einem der sitzenden Alpha Stellung bezog.

Cal hingegen stellte sich noch näher zu mir. »Du weißt von Erin. Worüber regst du dich jetzt auf?«

Ich horchte erneut interessiert auf. Sein Vater wusste von mir? Nicht nur seine Freunde, sondern sogar sein Vater? Damit hätte ich nicht gerechnet.

Petrovico sprang auf und schob dabei seinen schweren Stuhl so ruckartig zurück, dass dieser ein paar Mal bedrohlich schwankte. »Damals warst du noch ein Kind. Es war ein Zeitvertreib, nichts weiter. Jetzt bist du ein Mann. Und bald wirst du ein Mann mit Verantwortung sein. Die Zeit für deine kleine Liebelei mit ihr ist vorbei.«

Cal schnaubte. »Ist das dein Ernst, Vater? Du willst mir jetzt verbieten, Erin zu sehen? Warum? Weil sie ein Mensch ist?«

Die anderen Alpha begannen zu murmeln

»Weil du sie hierher gebracht hast!«, brüllte er. Dann ließ er sich wieder in seinen Stuhl fallen und atmete lang und tief aus, als wolle er sich zur Ruhe zwingen. Er griff nach seinem Becher und nahm einen großen Schluck. »Sie wird sofort vom Schiff befördert, und ihr Name wird hier nie wieder fallen.«

Cal lachte. Und dieses Mal war ich genauso schockiert wie Cyril. »Auf gar keinen Fall.« Seine Stimme klang jetzt genauso dunkel und herrisch wie die seines Vaters. »Erin ist ein Teil meines Lebens, und ich gebe sie nicht auf. Ich habe schon zu viel Zeit verloren. Die Jahre als politische Geisel auf der Truthfinder im Kartell der Amethyst waren schon sinnlos genug. Ab jetzt verschwende ich keine Zeit mehr. Erst recht nicht, weil irgendwelche antiquierten Regeln das so wollen.«

Petrovico sprang erneut auf, und dieses Mal machte er zwei

große Schritte auf seinen Sohn zu. Sie standen nun so nah voreinander, dass sie sich fast berührten. Cal zuckte nicht mal mit der Wimper, als die Hand seines Vaters wie selbstverständlich zu einer seiner Waffen glitt. Er legte seine große Hand auf den Griff einer bedrohlich aussehenden Klinge. »Wie war das, mein Sohn?«

»Nein«, wiederholte Cal mit fester Stimme. Ich war ein wenig zur Seite gewichen, doch selbst von hier aus konnte ich die ruhige Kraft spüren, die von ihm ausging.

»Was hat sie mit dir gemacht?«, Petrovicos Stimme war zu einem Flüstern verebbt. »Ist das irgendeine Art Zauber?«

Cal lachte erneut, doch dieses Mal klang es eher freudlos. »Mal abgesehen davon, dass sie eine meiner liebsten und engsten Freundinnen war während meiner Kindheit und ich immer noch daran arbeite, dass sie mir verzeiht, weil ich sie ohne ein einziges Wort verlassen habe, hat Erin eine interessante Entdeckung gemacht. Eine Entdeckung, die uns alle betrifft. Du erinnerst dich, dass sie uns Noctua sehen kann? Alle von uns?«

Schon wieder holte die Gruppe der ehrwürdigen Alpha am Tisch scharf Luft. Ich konnte mir ein kleines Lächeln nicht verkneifen.

»Ja, und?«, bellte Petrovico.

»Die Zahnfeen überfallen die Kinder in der Menschenwelt und reißen ihnen die Zähne aus. Es war Erin, die mich darauf aufmerksam gemacht hat. Hier geht irgendetwas nicht mit rechten Dingen zu, Vater. Irgendjemand schickt seine Zahnfeen los und lässt sie alle Kinderzähne auf dieser Welt einsammeln. Zur Not auch mit Gewalt. Was hat das zu bedeuten? Was für eine Absicht steckt dahinter? Und vor allem: Wer steckt dahinter? Unsere Zahnfeen waren es nicht, ich habe mit Lanilor gesprochen.«

Für einen kurzen Moment schien Petrovico etwas aus dem Konzept gebracht. Er machte einen Schritt nach hinten, runzelte die Brauen und sah dann mit Adlerblick zu mir. »Hast du dir das ausgedacht, um dich wichtig zu machen?«

Ich war so empört über diese Anschuldigung, dass mir erst keine Antwort einfiel. Da Cals Vater noch immer wie ein Vulkan wirkte, der jeden Moment ausbrechen konnte, presste ich schließlich nur ein »Nein.« hervor.

»Wir könnten uns in den anderen Kartellen umhören und fragen, ob jemand etwas davon weiß,« redete Cal weiter. »Vielleicht sogar direkt mit den Zahnfeen sprechen, wenn man uns lässt. Wir könnten diesem Spuk ein Ende bereiten.«

Petrovico explodierte erneut. »Du machst dich zu einem Laufburschen für ein Menschen-Mädchen? Und das nur, um ein paar Kinder vor ein paar aus der Reihe tanzenden Zahnfeen zu retten? Das ist es, womit du deine Freizeit verbringen willst? Statt daran zu arbeiten, unserem Volk zu beweisen, was für ein Anführer du sein wirst, verplemperst du deine Zeit mit so etwas?«

»Aber Eure Hoheit«, begann Cyril. »Es könnte durchaus eine nützliche Erkenntnis sein. Vielleicht liegt hier eine Verschwörung vor. Eine Verschwörung gegen uns.«

Wieder schien Petrovico einen Moment lang nachzudenken. Immerhin nahm er die Einwände seines ersten Ministers ernst. Das machte ihn fast sympathisch. Doch dann schüttelte er den Kopf, wenn auch wesentlich nachsichtiger als bei Cal. »Das denke ich nicht.« Cal schien jetzt sehr aufgebracht. »Aber Vater, die Kartelle werden sich gegenseitig beschuldigen. Emerald gegen Cobalt, Xanthic gegen Amethyst, na herzlichen Dank. Und wir sind dann die Schuldigen. Womöglich bringen wir unsere eigenen Verbündeten gegeneinander auf. Wir sind auf den Rückhalt von den Xanthic, den Amber und den Cobalt angewiesen, wenn wir uns gegen das Triumvirat der Anführer von Amethyst, Emerald und Crimson behaupten wollen. Und wie sollen wir die Stone und die Fawn für unsere Seite gewinnen, wenn sich irgendwann alle gegenseitig verdächtigen?«

Petrovico schnaubte verächtlich. »Was für ein Unsinn. Du hast die blühende Fantasie deiner Mutter geerbt, möge die Quelle ihr gnädig sein. Uns steht ein entscheidender Krieg bevor. Hier geht es um Macht und darum, aus dem Schatten zu treten. Sie werden nicht länger auf uns herabsehen, uns Handlangerdienste zuteilen, und wir dürfen die Drecksarbeit für sie machen. Die Emerald, die Crimson und die Amethyst haben schon vor drei Jahren eine heimliche Allianz für ein Triumvirat unterschrieben. Sie wollen sich an die Spitze der Kartelle setzen, weil sie sich für die Elite halten. Aber da werden wir ihnen zuvorkommen.« Er schnaubte. »Sie haben uns jahrhundertelang unterschätzt, und damit ist jetzt Schluss.«

Sein Blick glitt kurz zu mir und dann zu Cal. »Wie konntest du sie nur herbringen?«

Er schnaufte, doch es klang mehr wie ein wütendes Grollen.

Unwillkürlich machte Cal einen Schritt zur Seite und stellte sich näher zu mir, als wolle er mich beschützen.

In meinem Kopf tobten Tausende neue Fragen.

Cal legte leicht einen Arm um meine Taille. »Ich gebe Erin nicht auf. Niemals.«

In meinem Inneren fühlte ich mich total flattrig. *Niemals? Meinte Cal das ernst?*

Dann näherte sich plötzlich eine Gestalt aus Richtung des Eingangs. Und je näher er kam, desto frappierender war die Familienähnlichkeit. Auch er hatte breite Schultern, lange Beine und den geschmeidigen Gang eines Kriegers. Er war schwer bewaffnet, und sein Haar war so kurz geschoren, dass es seinen Kopf lediglich wie einen dunklen Flaum bedeckte. Eine lange gezackte Narbe zog sich von seiner Schläfe seinen Hals hinab. Als er die Lippen nach hinten verzog, war es weniger ein Lächeln, es war mehr ein Blecken seiner Zähne.

Cal neben mir wirkte plötzlich noch angespannter als vorher. »Lykos«, sagte er dann, und seine Stimme klang alles andere als erfreut. »Ich wusste gar nicht, dass du uns heute mit einem Besuch beehrst.«

Petrovico hingegen schien erfreut, den Fremden zu sehen. »Mein lieber Neffe, wie schön, dass wir uns sehen. Wie geht es meinem Bruder? Ist alles in bester Ordnung auf der Nightcrawler?«

Ich erinnerte mich an diesen Namen. Lykos Vater befehligte die Nightcrawler, stand aber im Rang unter Cals Vater, der als Anführer der Onyx der erste Mann im Kartell war.

»Alles in bester Ordnung, lieber Onkel«, knurrte Lykos, ließ seinen Blick jedoch auf mich geheftet. »Und wer ist das?«

»Mein Freundin Erin«, sagte Cal.

»Sie ist niemand«, sagte Petrovico im selben Moment. »Nur eine Freundin von Callahan, die den Thronsaal sehen wollte.«

»Hm«, machte Lykos und schien nicht überzeugt. Seine schwarzen Augen fixierten mich. »Wo habt ihr euch kennengelernt?«

Nun war guter Rat teuer. Auch Cal schien keine Antwort parat zu haben.

»Auf der Rebelblade«, stieß ich dann hervor.

»Auf der Rebelblade … alles klar.« Er nickte und schien überzeugt, obwohl er immer noch so grinste.

Cal wollte gerade etwas sagen, da flammte hinter Lykos und Petrovico eine Fackel auf und erlosch dann mit einem lauten

Zischen. Wir alle reckten uns nach dem Geräusch, nur Lykos starrte mich an.

»Deine Augen reflektieren das Licht nicht.« Er klang tonlos.

Bei mir machte es sofort Klick. Die Alpha konnten sich auf der Erde nicht untereinander erkennen und wenn, dann nur an ihren typischen Attributen. Bei den Onyx waren es zum Beispiel die Licht reflektierenden Augen.

»Sie stand nicht frontal zum Licht«, verteidigte Cal mich.

»Oh doch, keinen Zweifel.« Lykos grinste schief, und ein sehr spitzer Eckzahn blitzte weiß hervor. »Sie hat keine Kiemen am Hals, also ist sie keine Cobalt. Sie hat weder die Augen der Xanthic noch der Fawn. Alle anderen Kartelle scheiden aufgrund ihrer auffälligen Merkmale ebenfalls aus. Moment mal.« Ich sah, wie der Groschen bei ihm fiel. »Sie ist ein Mensch?« Er sah fassungslos zu Cal. »Seit wann stehst du auf Menschen? Ist ja echt … exotisch.« Er sprach das letzte Wort mit so viel Abscheu aus, dass ich echt persönlich getroffen war. *Was bildete er sich eigentlich ein?*

»Wir wollen sowieso gerade gehen«, sagte Cal und ließ sich nicht provozieren.

»Nichts da.« Petrovico, der vor Lykos jetzt nichts mehr geheim halten musste, plusterte sich erneut auf. »Du bist-«

»Wieso kann sie uns überhaupt sehen?«, unterbrach Lykos ihn. »Und du bringst sie auch noch hierher? Wieso riskierst du für einen Menschen, dass-« Lykos feuerte mit entrüstetem Blick einen Fragenkatalog auf Cal ab, doch Petrovico schnitt nun ihm das Wort mit einer harschen Geste ab. Lykos senkte respektvoll den Kopf, doch sein angespannter Kiefer verriet, dass das Thema für ihn noch nicht durch war.

»Du bist mein einziges Kind, Callahan, und ich sehe in dir

den Anführer, der du einmal sein wirst«, fuhr Petrovico fort. »Genau deshalb will ich dich vor Schwierigkeiten bewahren, die dir diesen Platz verwehren könnten. Und wenn du mit deinem Verhalten das Misstrauen deines eigenen Volkes weckst, dann wird ein anderer nach deinem Thron greifen.« Er griff nach seinem Becher und nahm erneut einen Schluck. »Das hier ist ein Befehl, und ich werde nicht darüber diskutieren. Forsche nicht weiter zu den Zahnfeen nach, vergiss deine kleine Freundin und konzentriere dich darauf, den Thron zu übernehmen. Solltest du dich als nicht würdig erweisen, übergebe ich ihn deinem Cousin Lykos.«

Der grinste so böse, dass ich glaubte, er wäre sich bereits sicher, dass er den Thron statt Cal gewinnen würde.

Petrovico hob einen Zeigefinger. »Jeder Regelverstoß kommt dir teuer zu stehen, mein Sohn, das verspreche ich dir. Dagegen wird deine Zeit bei dem Amethyst sich wie ein Urlaub anfühlen.«

Ich konnte nicht fassen, auf welch brutale Weise er Cal drohte. Und sein Cousin grinste nur weiter, während er mir sarkastisch zum Abschied winkte.

Cal wollte etwas erwidern, doch Petrovico schnitt ihm das Wort ab. »Das ist ein Befehl, Callahan. Du wirst deine Freundin niemals wiedersehen.«

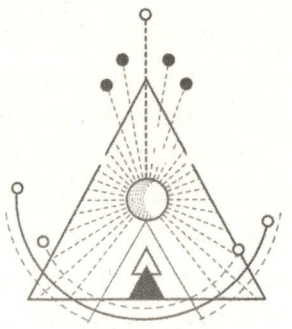

Kapitel 17

Am nächsten Morgen hätte ich fast verschlafen. Die Nacht war kurz gewesen, denn natürlich hatten Cal und ich uns nach diesem Befehl von seinem Vater noch lange bei mir zu Hause unterhalten.

Er hatte mir versichert, dass er sich nicht an den Befehl seines Vaters halten würde. Dennoch hatte ich die Sorge in seinem Blick gesehen. Er hatte mir erzählt, dass sein Cousin Lykos nie ein Geheimnis daraus gemacht hatte, dass er Cal den Thron streitig machen wollte.

Anders als Cal war er *für* einen Krieg. Lykos wollte es zu einer blutigen Auseinandersetzung kommen lassen, um sich im besten Falle an die Spitze aller Kartelle zu stellen. Wenn Cal einen Krieg in der Dimension verhindern wollte, musste er also auf jeden Fall den Thron seines Vaters übernehmen. Und das bedeutete, dass er sich keinen weiteren Ärger mit ihm leisten konnte. Es war eine schreckliche Zwickmühle und für uns beide ein emotionaler Konflikt, bei dem es kein Falsch oder Richtig gab. Ich hatte ihm gesagt, dass ich auf ihn verzichten würde, würden wir dadurch einen Krieg verhindern können. Doch Cal hatte es abgelehnt und mir versichert, dass er eine Lösung finden würde. Wir würden nur einfach verdammt vorsichtig sein müssen, wenn er zu mir kam, und Besuche in der Dimension waren vorerst gestrichen.

Ich gähnte herzhaft und dachte im letzten Moment noch daran, mir eine Hand vor den Mund zu halten. Obwohl ich eher nachtaktiv war und scheinbar nicht so viel Schlaf brauchte wie meine Mitmenschen, war ich auch mittags immer noch nicht richtig wach. Entsprechend folgte ich der Unterhaltung meiner Freundinnen nur mit halbem Ohr.

Cal hatte mich vor seinem Vater verteidigt wie ein Löwe. *Niemals.* Er hatte seinem Vater dieses Wort mit so einer Entschlossenheit entgegengeschleudert, dass es auch noch Stunden später in mir nachhallte. Und Petrovico hatte tatsächlich gewusst, wer ich war. Cal musste tatsächlich schon damals, vor so vielen Jahren, von mir gesprochen haben. Unglaublich. Ich spürte, wie meine Mundwinkel sich zu einem versonnenen Lächeln verzogen. Hatte ich Cal etwa all die Zeit unterschätzt?

Kurz bevor wir uns verabschiedet hatten, hatte er mir noch versichert, sich weiter zu den Zahnfeen umzuhören.

Doch jetzt glitt mein Blick zu meinem Handy, und meine Gedanken wanderten weiter zu Grandma. Obwohl ich in Kontakt mit ihrer Kollegin Jenny stand, war ich in permanenter Sorge. Sie hatte mir versichert, dass es meiner Großmutter gut

ging. Trotzdem wartete ich nervös auf die Untersuchungsergebnisse und rechnete mit einer schlimmen Nachricht.

Pünktchen war zu meiner ständigen Begleiterin geworden,
und auch heute schlief sie in meiner geräumigen Umhängetasche. Es war mir einfach lieber, wenn *sie* meine Angst absorbierte, und wenn diese praktisch sofort verschwand, würde sie
auch keinen anderen Noctua anlocken. Glücklicherweise war
die Cafeteria heute komplett frei von anderen Noctua.

»Ich habe übrigens mit Dad gesprochen«, wandte Rhonda
sich jetzt an mich. Sie schob ihren Teller mit den Spaghetti ein
Stückchen von sich. Zu unsere Linken saßen Jinjin und Jamie,
der sich frecherweise einfach an unseren Tisch gesetzt hatte.
Offenbar wollte er endlich mal Nägel mit Köpfen machen.
Und Jinjin schien in seiner Gegenwart zum Glück nicht mehr
zur Salzsäule zu erstarren.

»Er sagt, dass es praktisch unmöglich ist, so lange ohne
Sauerstoff zu überleben«, sagte Rhonda. »Du sollst noch mal
nachgucken, ob die Zahl in dem Bericht stimmt.«

»Sie ist richtig«, erwiderte ich. »Aber danke, dass du nachgefragt hast.«

Rhonda zuckte mit den Schultern. »Tut mir leid, dass ich
dir da nicht weiterhelfen kann.«

Ich senkte den Kopf und seufzte. »Ich werde mal versuchen,
den Rechtsmediziner zu kontaktieren. Vielleicht weiß er mehr
darüber oder erinnert sich vielleicht noch an meinen Fall.«

Rhonda legte mir eine Hand auf den Unterarm. »Meinst
du, das ist wirklich eine gute Idee? Du wirkst seitdem ständig
traurig und geknickt. Das alles tut dir nicht gut. Das mit deinen Eltern war furchtbar, aber es ist so lange her. Warum lässt
du die Vergangenheit nicht ruhen, wenn sie dir nur neuen
Schmerz bringt?«

Das waren weise Worte, und ich liebte Rhonda dafür, dass sie sich so um mich sorgte. Doch obwohl ich nickte, wusste ich, dass mich das Thema nicht loslassen würde. Ich musste einfach wissen, warum ich als Einzige überlebt hatte.

Da fiel mir ein, dass ich mit Rhonda noch gar nicht über meinen nächtlichen Ausflug geredet hatte. Ich beugte mich etwas näher zu ihr, damit Jamie unser Gespräch nicht zufällig mit anhörte. »Ich war gestern Nacht mit Cal wieder in Obskuris, weil ich eh nicht schlafen konnte. Wir haben mit den Zahnfeen gesprochen. Mein Gott, das Schiff ist so faszinierend! Von außen sieht es aus wie ein ganz normales Segelschiff und von innen ist es …« Ich machte eine ausladende Handbewegung. »… ist es, als würdest du eine ganze Welt betreten. Cal sagt, es ist irgendeine Art von Magie. Ein optischer Effekt oder was auch immer. Jedenfalls ist dieses ganze Schiff so beeindruckend. Die unterschiedlichen Kategorien der Noctua leben auf unterschiedlichen Etagen. Bei den Alpha sieht es aus, als betrete man eine mittelalterliche Burg. Alles etwas düster, überall Fackeln an den Wänden, und alle sind schwer bewaffnet.«

»Wahnsinn.« Rhondas Augen wurden immer größer, während ich sprach. »Und ihr habt jetzt aber nur mit den Zahnfeen gesprochen, die zum Volk, ähm, ich meine zum *Kartell* der Onyx gehören?

»Genau. Ihnen gehört ein eigener Bereich auf dem Deck der Gamma. Fluoreszierendes Gestein und riesige Kokons, die an Felsvorsprüngen hängen, es war wie auf einem anderen Planeten. Das hättest du sehen müssen! Wir haben mit ihnen gesprochen, aber sie wussten von nichts.«

»Vielleicht haben sie gelogen.«

»Das ist ja das Verrückte«, zischte ich und beugte mich

noch näher zu ihr. »Zahnfeen können nicht lügen. Alle Feenwesen sagen immer die Wahrheit.«

»Wow.« Rhondas Augen waren noch größer geworden.

»Das ist so krass. Stell dir vor, du kannst nicht lügen. Niemals.« Ich schob das Tablett mit meinem kaum angerührten
Mittagessen in Richtung Tischmitte.

Sofort reckte Jamie neugierig den Kopf. »Willst du das
nicht mehr?« Er deutete auf meinen Nachtisch und das letzte
Dreieck meines Sandwiches, das ich nicht angerührt hatte.

»Nimm dir ruhig.«

Jinjin legte ihren Taschenspiegel zur Seite und sah mich
neugierig, aber auch ein wenig besorgt an. »Geht es dir gut?
Du bist ganz blass. Schläfst du wieder so wenig?«

Ich nickte. »Es lässt mir einfach keine Ruhe«, erwiderte ich
vage, doch Jamie schien zum Glück vollauf mit meinem Mittagessen beschäftigt.

Jinjin runzelte die Stirn. »Meine Oma hat da diesen Tee.
Die Rezeptur ist ein lang gehütetes Familiengeheimnis. Vor
Klausuren brühe ich mir eine Tasse auf und schlafe innerhalb
einer halben Stunde wie ein Stein. Ich bringe dir morgen mal
etwas davon mit.«

»Wie lieb von dir. Danke.«

Jamie schob sich derweil den letzten Bissen des Sandwiches
in den Mund und grinste. »Hat deine Oma noch mehr Kräuter
mit speziellen Wirkungen? Dann nehme ich auch mal einen
Beutel.«

Jinjin wurde knallrot. »Du bist unmöglich, Jamie.«

»Wie geht es deiner Grandma?«, wandte sie sich dann an
mich.

Sofort war meine ausgelassene Stimmung wie verflogen.
»Sie ist stabil. Aber ich mache mir trotzdem große Sorgen.«

»Besuchst du sie heute?«

»Ja, sofort nach der Schule.« Dann fiel mir ein, dass ich dringend noch etwas erledigen wollte. Die beste Zeit, junge Eltern zu erreichen war, wenn ihre Kinder im Kindergarten waren. Und ich wollte dringend bei meinen anderen Jobs nachhorchen, ob alles in Ordnung war.

Ich schnappte mir mein Telefon. »Leute, ich muss mal eben draußen telefonieren. Bin gleich wieder da.«

Die anderen stellten keine Fragen, obwohl ich ihre Neugier förmlich spüren konnte. Sie dachten sicherlich, es ginge um meine Großmutter.

Auf dem Schulgelände war nicht viel los. Das Wetter war zwar gut, der Himmel wolkenlos, doch es war einfach zu kalt, um seine Mittagspause draußen zu verbringen.

Ich schlug den Kragen meiner Jacke höher und verzog mich in Richtung der Tribünen am Sportplatz. Hier war ich ganz allein. Zuerst beantwortete ich eine Nachricht von Betsy. Seit wir uns im Krankenhaus in Olmsted Falls kennengelernt hatten, schrieben wir regelmäßig.

Danach erkundigte ich mich per WhatsApp bei Carla Miller, ob es dem kleinen Bretton gut ging. Zwei Familien erreichte ich nicht per Telefon. Auch ihnen schrieb ich per WhatsApp. Tina Wilson, die Mutter von Rachel, war sofort dran. Da ich immer so tat, als wollte ich mich erkundigen, ob sie mich für die nächsten Tagen brauchten, bekam ich sofort die Informationen, ob es den Kindern gut ging. Bei Rachel war alles in Ordnung. Nein, sie brauchten mich diese und nächste Woche nicht. Bei Familie Henderson dauerte es etwas länger, bis jemand dranging. Da ich erst einmal bei Evan und Holly aufgepasst hatte, klang meine Frage etwas hölzern. Doch Thomas Henderson blieb sehr freundlich.

»Schön, dass du anrufst, Erin. Wir wollen vielleicht übernächste Woche abends Freunde besuchen. Das wäre am Donnerstag. Meine Frau wollte dich schon anrufen, aber wenn ich dich dran habe, kann ich dich auch direkt fragen. Wie sieht es an dem Abend bei dir aus?«

»Das passt mir gut.« Ich freute mich, dass sie mich nach dem Desaster mit der Zahnfee noch mal zu sich kommen lassen wollten. Offenbar hatte Evan nichts verraten.

»Wie geht es den beiden?«, warf ich schnell hinterher.

Mr Henderson lachte. »Gut. Nur Evan hat im Moment wilde Träume. Er erzählt immer irgendetwas von einem fliegenden Wesen, das mit ihm spielen will. Wir konnten uns darauf einigen, dass es die Zahnfee ist. Er hat einfach eine sehr große Fantasie.«

Mir schnürte sich die Kehle zu. »Er hat öfter davon erzählt?«

»Er erzählt jeden Morgen davon.« Mr Henderson lachte schon wieder. »Er sagt, er boxt sie, wenn sie zu frech wird. Dieser Junge hat so eine große Fantasie. Er wird bestimmt später mal Künstler, so wie mein Vater.«

»Das ist toll«, würgte ich hervor. Doch innerlich zog sich alles in mir zusammen. Ich wusste, was das bedeutete. Eine Zahnfee versuchte, Evan die Zähne zu stehlen. Ob es die gleiche war wie beim ersten Mal, konnte ich nicht mit Sicherheit sagen. Aber in meinem Kopf schwirrte sowieso nur der Gedanke herum, wie ich Evan vor ihr schützen konnte.

»Ich hatte mal so einen Fall«, sagte ich schließlich. »Die Eltern haben das Bett in ihr Schlafzimmer geholt, und das Kind hat ruhiger geschlafen. Manchmal gibt es so Phasen, in denen die Kleinen schlechte Träume haben.«

Mr Henderson schien von meinem Vorschlag angetan.

»Das ist eine gute Idee. Das probieren wir heute Abend mal aus.«

Konnte es tatsächlich so einfach sein?

»Er war tagsüber immer sehr müde und auch im Kindergarten sehr still. Ich werde das mal mit Amy besprechen. Deine Idee finde ich wirklich gut.«

Innerlich atmete ich auf. Offenbar hatte ich Glück, und die Lösung *war* so einfach.

»Einmal warst du sogar dabei.«

Ich erstarrte. »Wie bitte?«

»Evan hat erzählt, dass du die Zahnfee verjagt hast.« Mr Henderson klang belustigt. »Du bist seine Heldin. Hast du Erfahrung mit Zahnfeen?«

Es soll ein Scherz sein. Ich lachte höflich.

Wenn Sie wüssten, Mr Henderson. Wenn Sie wüssten …

*

Als ich am Abend die Haustür aufschloss, war ich hundemüde. Ich hatte den Rest des Tages bei Grandma im Krankenhaus verbracht. Was nicht viel Zeit gewesen war, da wir grundsätzlich bis nachmittags Schule hatten. Jetzt war es kurz vor sieben Uhr, und es fühlte sich komisch an, ein Haus zu betreten, das so dunkel und still war. Grandma machte immer die kleinen Lampen in den Fenstern an, auch wenn sie das Haus früher verließ. Sie kochte etwas für mich, damit ich versorgt war, auch wenn sie Nachtdienst hatte. Ich war alt genug, um mir selbst etwas zu essen zu machen, aber es war ihre Anwesenheit, die mir fehlte. Sie brachte die Wärme ins Haus, die Lebendigkeit, das Leben, das diese vier Wände erst zu einem Heim machte. Selbst wenn sie nur laut telefonierte, lachte und dabei ihre Pinsel in der Spüle reinigte, war sie da, und ihre Präsenz gab mir Halt und Geborgenheit. Jetzt war das Haus kalt und leer und düster.

Jenny hatte mich gefragt, ob ich alleine klarkam. Das hatte ich ihr glaubhaft versichert, denn ich hatte keine Lust, dass sich irgendjemand einmischte. Ich würde schon nicht verhungern.

Der Boden in der Diele knarrte, als ich das Licht einschaltete. Ich warf meine Jacke über die Garderobe und schob mir die Schuhe von den Füßen.

Im Laufe des Tages waren die Temperaturen stark gefallen. Obwohl wir erst September hatten, fühlte es sich bereits an wie der Anfang des Winters.

Ich ging hinauf in mein Zimmer und drehte als Allererstes die Heizung auf. Die Rohre ächzten und stöhnten, als seien Hunderte gequälte Seelen in ihnen gefangen. Gerade als ich mir eine bequeme Jogginghose anziehen wollte, piepte mein Handy. Es war eine Erinnerung, die ich in meinem Kalender gespeichert hatte.

Melissa absagen.

Richtig, das hätte ich fast vergessen.

Obwohl die Ärzte mir versichert hatten, dass es Grandma bald wieder gut gehen und sie morgen aus dem Dämmerschlaf erwachen würde, musste ich die Aktion mit Melissa verschieben. Während Grandma im Krankenhaus lag, wollte ich nachmittags bei ihr sein und nicht in irgendwelchen verlassenen Gebäuden herumturnen. Melissa würde das sicherlich verstehen.

Herald klemmte mal wieder im Wäschekorb, seinem auserkorenen Lieblingsplatz. Er las den Gemeindebrief, den Grandma abonniert hatte, und schien ganz vertieft in die Lektüre. Otiz schlief lang ausgestreckt auf meinen Bett, und seine Ohren zuckten im Traum. Pünktchen hüpfte aus meiner Tasche und gesellte sich zu ihm.

Ich tippte auf Melissas Namen, den ich im Telefonbuch gespeichert hatte. Nach dem zweiten Klingeln war sie dran.

»Hier ist Erin, Erin Porter. Von Instagram«, fügte ich noch hinzu.

»Natürlich.« Melissa lachte. »Ich weiß doch, wer du bist, Erin.«

»Okay.« Jetzt war ich doch ein wenig nervös. Dieses Gespräch war mir unangenehm. »Ich muss unseren Termin morgen verschieben. Meine Großmutter hatte einen leichten Herzinfarkt und liegt noch im Krankenhaus. Im Moment verbringe ich all meine Freizeit bei ihr. Meinst du, wir könnten das gesamte Projekt etwas nach hinten schieben? Das wäre toll.«

Einen Moment lang schien Melissa sich sammeln zu müssen. Dann klang sie sehr ruhig und beherrscht. »Das mit deiner Großmutter tut mir sehr leid.« Ich hörte das große »Aber« in ihrer Stimme, noch bevor sie weitersprach. »Ich hoffe, es geht ihr bald wieder gut. Doch ich brauche kurzfristig jemanden, und deshalb werde ich unsere Zusammenarbeit leider beenden müssen. Tut mir leid. Ich werde mich nach einem anderen Influencer umsehen.«

Ich war sprachlos. »Ich möchte dir nicht in deine Pläne reinreden, aber können wir das nicht um ein oder zwei Wochen verschieben? Ist es so dringend?«

Melissa lachte gekünstelt. »Ist es. Und da du keine Zeit hast, hat sich das Ganze erledigt.«

Jetzt stand mir der Mund offen. »Entschuldige bitte? Ich habe keine Zeit? Meine Großmutter ist im Krankenhaus.

Würdest du auf irgendwelchen rostigen Balken herumturnen, wenn dein Vater im Krankenhaus liegt?«

»Ich würde überhaupt nicht auf irgendwelchen rostigen Balken herumturnen.«

Ich schnaubte. »Schon klar. Das ist also dein letztes Wort?«

»Das ist mein letztes Wort. Unsere Zusammenarbeit ist an dieser Stelle beendet. Alles Gute für dich und deine Großmutter, Erin. Auf Wiedersehen.«

Ich suchte noch nach einer passenden Verabschiedung, am liebsten mit irgendeiner Art subtilen Beleidigung, doch da hatte Melissa bereits aufgelegt.

Fassungslos starrte ich auf mein Handy. War das wirklich gerade passiert? Wie konnte man nur so eiskalt sein?

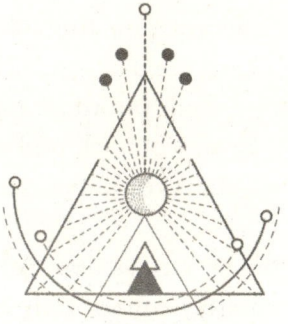

Kapitel 18

Grandma verbrachte eine knappe Woche im Krankenhaus. Schon am Donnerstag wurde sie von der Intensivstation auf die Kardiologie verlegt, und all ihre Untersuchungsergebnisse waren wieder im Normbereich. Sie schien den Herzinfarkt überstanden zu haben und würde keine Operation brauchen. Ich hatte die Nachmittage bei ihr verbracht, ihr vorgelesen und wir hatten gemeinsam zu Abend gegessen oder Spiele gespielt. Jenny hatte mir immer ein extra Essen bestellt, wofür ich ihr sehr dankbar war. Grandma ging es von Tag zu Tag besser, und sie wollte immer hören, wie mein Tag gewesen war. Doch wir sprachen nie wieder über meine Eltern. Sie schien das Thema rund um den Unfall unbedingt vermeiden zu wollen. Und da ich die Anweisungen der Ärztin immer noch mehr als deutlich im Ohr hatte, bemühte ich mich, ihr keinen Stress zu bereiten. Wir versöhnten uns, ohne uns wirklich ausgesprochen zu haben.

Am darauffolgenden Montag wurde sie entlassen, und ich holte sie nach der Schule mit dem Auto ab. Sie war noch zwei weitere Wochen krankgeschrieben, und ich freute mich, dass man ihr diesen Zwangsurlaub verordnet hatte, um sich auszuruhen. Sie war so ein Energiebündel, und es würde ihr guttun, für einige Tage das eigene Wohl über das ihrer Patienten zu stellen.

Grandma schnaufte, als sie aus dem Auto ausstieg, und sofort eilte ich zur Beifahrertür, um ihr zu helfen.

»Ich bin doch keine 100«, winkte sie ab. Doch ihre Wangen waren vor Anstrengung gerötet.

»Du setzt dich jetzt gleich auf die Couch und ruhst dich aus.« Ich versuchte, streng zu klingen.

»*Ich* fahre gleich einkaufen und fülle meinen Kühlschrank wieder auf«, erwiderte sie.

Ich wusste, woher ich meine Sturheit hatte. Grandma war eine Meisterin darin. »Irrtum«, erwiderte ich und knallte die Beifahrertür hinter ihr zu. »Ich habe unseren Kühlschrank wieder aufgefüllt. Und das schon gestern.« Ich ging zum Kofferraum, um ihre Taschen zu holen. »Falls du also irgendeinen Wunsch aus besagtem Kühlschrank hast, erfülle ich ihn dir gern, während du dich auf der Couch ausruhst.«

Grandma kicherte und schüttelte den Kopf, aber sie erwiderte nichts.

Punkt für mich.

Mit den Taschen beladen schloss ich zu ihr auf und reichte ihr meinen Arm. Gemeinsam gingen wir die drei Treppenstufen hinauf. Grandma fühlte sich schrecklich zerbrechlich an.

Sie hatte bestimmt einige Kilo im Krankenhaus abgenommen. Ich hoffte, sie in den nächsten zwei Wochen wieder etwas aufzupäppeln. Ich war zwar nur eine mäßig begabte Köchin, aber wozu gab es YouTube oder TikTok? Lebensmittel in einem Topf zusammenrühren konnte schließlich jeder.

In der Diele roch es nach den Apfel-Zimt-Schnecken, die ich heute Morgen schon in einem Diner gekauft hatte. Ich hatte in einer Dokumentation gelernt, dass man sich in einem Haus besonders wohlfühlte, in dem es nach Kuchen oder Plätzchen roch. Und ich war fest entschlossen, alles zu geben, damit Grandma sich willkommen fühlte.

Mein Plan ging auf. Während sie sich aus ihrer Daunenjacke schälte, schnupperte sie in Richtung Küche. »Hier riecht es aber gut.« Ich sah, wie sie den Eingangsbereich musterte. Ich hatte den Boden gesaugt, alle Mäntel an der Garderobe ordentlich aufgehangen, Staub gewischt und den Spiegel poliert.

»Blitzblank wie in einem Hotel.« Grandma nickte anerkennend, und ich strahlte sie an.

»Jetzt trinken wir Kaffee und essen Kuchen.«

*

Wir machten es uns im Wohnzimmer bequem.

Doch ich hatte alles geputzt und die Heizungen schon heute Morgen aufgedreht. Jetzt war es angenehm warm, und wir versanken in den Lederpolstern der Chesterfield-Sitzgruppe, die Grandpa angeschafft hatte, nachdem er für einen großen Auftrag bezahlt worden war. Ein neues Dach wäre damals nötiger gewesen, aber so war Grandpa eben. Er saß lieber bequem und stellte einen Eimer daneben, als auf einem Plastikstuhl unter einem dichten Dach zu sitzen.

»Das fühlt sich fast an wie Weihnachten.« Grandma sah sich in dem Raum um. In der Vorweihnachtszeit schmückten wir immer das ganze Haus, und obwohl der prächtige Schmuck nun fehlte, war die Stimmung irgendwie feierlich. Ich war einfach erleichtert, dass es ihr gut ging, und mir war bewusst geworden, wie leicht ich sie hätte verlieren können. Wie vergänglich das alles hier war. Und ich war dankbar, dass ich sie nun wiederhatte.

»Das ist koffeinfreier Kaffee.« Ich deutete auf ihre Tasse.

»Du denkst wirklich an alles.« Sie lächelte mich an. »Vielen Dank, Erin. Ich hätte mir kein schöneres Willkommen vorstellen können.«

Ich erwiderte ihr Lächeln und nahm dann einen Schluck von meinem Kaffee. Es war nur ein Gedanke, der meinen Verstand flüchtig streifte und der die vorher so angenehme Stimmung vergiftete. War das hier nur Fassade? Ich wollte es mir nicht eingestehen. Jetzt gerade war alles so harmonisch und angenehm. Ich wollte nicht daran denken, was eigentlich noch zwischen uns stand. Ich wollte nicht daran erinnert werden, dass Grandma Geheimnisse vor mir hatte, die meine Eltern betrafen. Ich wollte mir nicht eingestehen, dass wir nur den Schein wahrten, während es in mir brodelte.

»Wie geht es nach deiner Krankschreibung weiter?«, wechselte ich schnell das Thema. Die Ärzte hatten sie sicherlich darüber aufgeklärt, was die Gründe für ihren Herzinfarkt waren.

»Der Chef der Kardiologie hat mir dringend geraten, ein oder zwei Wochen zur Kur zu fahren. So etwas wird speziell für Herzpatienten angeboten. Man lernt dort Entspannungstechniken, es gibt Sportangebote und Diätassistenten, die einen beraten, was die Ernährung angeht. Die Stationsleitung hat in der nächstgelegenen Kurklinik angerufen und für mich einen Platz reserviert. Ich könnte schon an diesem Sonntag dort anreisen.«

Ich stellte meine Tasse zurück auf den Beistelltisch. »Aber das klingt doch toll. Wo ist das Problem?«

Grandma seufzte leise. »Solche Kuren sind teuer. Manche Zusatzversicherungen bezahlen so etwas.« Sie sah zu mir. »Aber so eine Zusatzversicherung habe ich nicht. Und ich kann sie mir nicht leisten.« Dann rang sie sich ein Lächeln ab. »Aber das ist doch nicht schlimm. Ich verbringe einfach etwas Zeit hier zu Hause.«

»Wo wäre denn diese Kur?«

»Am Lake Huron. Die Natur dort soll wunderschön sein, mit langen Wanderwegen. Aber vielleicht können wir auch so mal ein Wochenende dorthin fahren.« Sie rührte energisch in ihrem Kaffee. »Ich werde einfach hier in der Gegend spazieren gehen.«

Ich runzelte die Brauen. Grandma war zwar in unserer Nachbarschaft bekannt wie ein bunter Hund, dennoch war unser Stadtteil keine ungefährliche Gegend. Das hier war Banden-Territorium. Menschen wurden überfallen und bedroht, im vorletzten Monat wurde sogar jemand erschossen. Mir gefiel die Idee nicht, dass meine Großmutter hier schutzlos durch die Gegend spazierte.

»Wie viel kostet denn diese Kur?«

»1500 Dollar pro Woche.«

Ich nickte, aber innerlich knirschte ich mit den Zähnen. Das Schicksal konnte manchmal so ein Miststück sein. Wie hoch war noch mal Betrag, den ich mit dem Projekt für Melissa verdient hätte? Genau. 1500 Dollar.

Während Grandma ihre Taschen auspackte, hing ich mich ans Telefon. Zuerst rief ich meinen Sponsor NeutroTec an und schafft es sogar, meine Ansprechpartnerin Mary an den Apparat zu bekommen. Ich bat um einen Vorschuss, genauer gesagt, die 1500 Dollar, die Grandma für ihre Kur benötigte. Leider lief es nicht ganz so wie geplant. Mary machte mir in ihrer liebenswürdigen und zugleich diplomatischen Art klar, dass man zwar Verständnis für meine momentane Situation habe, aber mit der Performance meines Instagram-Kanals in den letzten paar Tagen nicht zufrieden wäre. Natürlich hatte sie recht, denn ich hatte Instagram in der Woche, in der Grandma im Krankenhaus lag, wirklich schleifen lassen.

Mary konnte leider nichts für mich tun. Ausstehende Postings und Geldnöte gehörten nicht zum Profil der Influencer, mit dem NeutroTec als Sponsor zusammenarbeiten wollten.

Ich gelobte Besserung und beendete das Gespräch. Dann schluckte ich meinen Stolz herunter und rief noch mal bei Melissa an.

»Erin.« Ihr Tonfall war so neutral wie der eines Roboters.

»Hallo Melissa. Ich würde dich nicht anrufen, wenn es nicht dringend wäre und-«

Die Verbindung brach ab. Ich starrte einen Moment aufs Display. Gerade als ich ihre Nummer erneut antippen wollte, erschien ein Video-Call von ihr. Ich gab mir erneut einen Ruck und nahm ihn an. Das hier war nicht einfach.

»Der Anruf war weg«, sagte sie und sah genauso adrett aus wie bei unserem Treffen. »Was kann ich für dich tun?«

Sie schien in einem Café zu sitzen, denn hinter ihr erkannte ich Tische und Sonnenschirme. War sie womöglich nicht allein? Würde jemand dieses Gespräch mithören? Wie unangenehm.

»Erin?« Sie klang schon wieder etwas ungeduldig.

»Ich brauche diesen Job. Bitte«, stieß ich hervor. »Ich kann morgen bei dir im Büro vorbeikommen, und wir klären die nächsten Details. Dann fange ich schon übermorgen mit dem ersten Video an. So war es doch eh geplant. Es käme zu keiner Verspätung.«

»Hm.« Mehr machte Melissa nicht. Sie runzelte die Stirn.

Also sprach ich weiter. »Meine Großmutter muss zur Kur fahren, aber eine Woche kostet 1500 Dollar. Das Geld hat sie nicht. Ich möchte, dass sie zu dieser Kur fährt, und deshalb richte ich mich jetzt ganz nach dir.«

Wieder antwortete sie nicht sofort. Dann setzte sie ein unverbindliches Lächeln auf. »Es freut mich, dass es deiner Großmutter besser geht.«

Ich atmete auf. Sie klang nicht, als ob sie böse auf mich wäre.

»Aber den Job kann ich dir nicht mehr geben, weil ich bereits einen anderen Influencer verpflichtet habe.«

Ihre Antwort war wie ein Schlag in den Magen. Ich hätte nicht damit gerechnet, dass sie so schnell Ersatz finden würde.

»Wer ist es?« Vielleicht könnte ich mit demjenigen reden und ihn überreden, mir den Job zu geben.

»Ich weiß, was du vorhast«, erwiderte Melissa kühl. »Aber das möchte ich nicht. Du erfährst, wer er ist, wie alle anderen auch, wenn der Content online geht.«

Ich musste mir auf die Zunge beißen, um nicht etwas zu erwidern, was mir im Nachhinein leidtun würde. Ich zwang mich, zweimal Luft zu holen und dann meine Gefühle herunterzuschlucken. So konnten sie sich wenigstens nicht über meine Zunge selbstständig machen.

»In Ordnung«, erwiderte ich schließlich. Ich klang nicht wie ich selbst. »Dann weiß ich Bescheid. Danke für deine Zeit.«

»Alles Gute für dich und deine Großmutter.« Noch mal so ein mechanisches Lächeln.

»Danke«, sagte ich noch, doch da hatte Melissa bereits aufgelegt.

*

Es war schon nach 22:00 Uhr, als mich eine Nachricht von Cal erreichte. Grandma war längst im Bett verschwunden, Herald und Otiz waren in ihrem Kartell, den Amber, und ich erwartete sie erst morgen zurück. Pünktchen machte einen Streifzug durch die Kinderzimmer, die dank meines Trios frei von anderen Gamma waren. Bisher hatte sie für mich nichts über die Zahnfeen herausfinden können.

Ich war nicht oft ganz allein, und gerade heute hätte ich mir etwas Gesellschaft gewünscht. Umso mehr freute ich mich über eine Nachricht von Cal. Wir hatten in den letzten Tagen nicht viel voneinander gehört. Ich fragte ihn nicht, was er trieb, und vielleicht wollte ich es auch gar nicht wissen. Die Situation mit seinem Vater war angespannt, und wenn Cal sich ihm entgegenstellen wollte, wie er es geplant hatte, würde das eine Menge Organisation und Kraft von ihm verlangen. *Außerdem seid ihr kein Paar, Erin. Er schuldet dir keine Updates.* Hin und wieder schickte er mir kleine Aufmerksamkeiten per Handy. Das war süß, und ich fühlte mich geschmeichelt, aber ich verbot es mir, Ansprüche an seine Zeit zu stellen.

Lust auf einen kleinen Ausflug?

Ich dachte an Petrovicos Worte, seine Drohung, und die

232

Konsequenzen, die Cal drohten. **Dein Vater hat es verboten. Willst du dich wirklich wegen mir in Gefahr begeben?**

Seine Antwort kam prompt. **Jederzeit. In einer Minute bei dir.**

Ich stutzte. Wieso war er so nah? War er etwa auf dem Weg zu mir gewesen? Es war so verlockend.

Und Cal hatte nicht übertrieben. Ich hatte gerade noch ein wenig Unordnung beseitigen können, da erschien er an meinem offenen Fenster. Heute Nacht war es fast zu kalt dafür, aber ich wollte nicht, dass er klopfen musste.

»Hey.« Er umarmte mich. Seine Haut fühlte sich kühl an, und ich fröstelte unweigerlich.

»Hi.« Einen Moment lang versank ich in seiner Umarmung.

Niemals.

Ich konnte dieses eine Wort einfach nicht vergessen. Die Entschlossenheit, mit der er es formuliert hatte, die Endgültigkeit darin.

»Willst du dich wirklich gegen den Befehl deines Vaters stellen?«, wiederholte ich meine Frage. »Du dürftest nicht mal hier sein.« Ich wich etwas zurück, damit ich ihm ins Gesicht sehen konnte. Natürlich wollte ich ihn sehen, wollte, dass er mich besuchte, doch die Gefahr, die das mit sich brachte, schwebte wie ein Damokles-Schwert über uns. Es könnte Cal seine Nachfolge im Kartell kosten, seine Zukunft. Wollte ich wirklich dafür verantwortlich sein?

»Lass mich das entscheiden, okay?« Er lächelte. »Vaters Drohung beeindruckt mich nicht.«

»Das sollte sie aber. Es klang ziemlich dramatisch.«

»Ich bin sein Sohn. Er wird die Nachfolge nicht an Lykos geben. Er hat sie mir nach meiner Freilassung zugesichert.«

Cal konnte wirklich überzeugend sein.

»Du bist ganz allein, machst dir Sorgen, und ich will dir beistehen.« Er sah mich treuherzig an.

»Aber dann könnten wir auch hierbleiben und einen Film gucken oder reden.«

»Nein kommt nicht infrage. Wir besuchen heute das Kartell der Xanthic.« Cal wirkte jetzt regelrecht aufgekratzt. »Ihr Anführer Bane Harlow ist mein Patenonkel. Er ist ein cooler Typ, extrem entspannt, und ich vertraue ihm, dass er mich bei Vater nicht verpetzt. Wir fragen ihn, ob er etwas über die Zahnfeen gehört hat. Und wenn wir Glück haben, lässt er uns vielleicht persönlich mit seinen Zahnfeen, also den Zahnfeen der Xanthic, sprechen. Das bringt uns hoffentlich weiter.«

»Aha.« Mir schwirrten erneut die Worte von Petrovico Kymragh im Kopf herum, als ich mich sanft von Cal löste. Wollten wir sie wirklich ignorieren und … Moment mal. Die Xanthic? Hatte ich mich verhört?

»Ich glaube, ich habe mich verhört«, begann ich vorsichtig. »Ich habe Xanthic verstanden.«

»Wir sind doch praktisch Verbündete«, erwiderte Cal leichthin. »Bane ist der beste Freund meines Vaters und deshalb mein Patenonkel geworden. Das ist gar nicht unüblich. Manchmal heiraten wir ja auch außerhalb unseres Kartells. Banes Frau war eine Amber, wenn ich mich richtig erinnere.«

»Wirklich?« Darüber hatte ich noch nie nachgedacht.

»In den meisten Kartellen wird aus Liebe geheiratet«, erklärte er mir mit einem Lächeln. »In nur wenigen Kartellen, wie zum Beispiel bei den Amethyst oder den Emerald, gibt es noch arrangierte Ehen.«

Schon wieder etwas, dass ich noch nicht über die Noctua gewusst hatte. Dennoch drängte sich nun meine zweite Frage energisch in den Vordergrund. »Du kannst mich nicht mit nach Obskuris nehmen. Das Risiko ist zu groß.«

»Ich weiß, wie hoch das Risiko ist. Aber ich weiß, wie wir uns nicht erwischen lassen. Du kannst mir vertrauen, ich gebe auf dich acht, und wir werden nicht in Schwierigkeiten geraten.« Er lächelte, doch in einem seiner schwarzen Augen blitzte ein grüner Funke auf. »Ich muss mehr über diese Bedrohung durch die Zahnfeen herausfinden. Ich will nicht, dass diese Zwischenfälle einen Krieg provozieren. Im Gegenteil, ich will einen Krieg mit allen Mitteln vermeiden, und deshalb muss ich mit allen Mitteln verhindern, dass die Kartelle misstrauisch werden und sich untereinander verdächtigen. Denn genau das wird passieren, und dann ist das Triumvirat unser kleinstes Problem. Jeder wird mit dem Finger auf die Zahnfeen eines anderen Kartells zeigen und ihnen die Schuld geben. Und schon zerfleischt sich die ganze Dimension, und unsere vorher so funktionierende Gemeinschaft bricht auseinander. Das werde ich zu verhindern wissen.«

Ich betrachtete ihn, während er sprach. Er klang so sicher, so selbstbewusst, dass ich gar nicht anders konnte, als ihm zu glauben.

»Bist du dabei?«

Mein ganzer Körper begann vor Aufregung zu kribbeln, aber dann zögerte ich keine Sekunde länger. »Ich bin dabei.«

*

Wir überwanden die Leylinie, glitten wieder durch den Wirbel aus Regenbogen-Zuckerwatte und die grauen Wolken und fanden uns im Grenzland im Kartell der Onyx wieder. Aus der Ferne sah ich die drei Segelschiffe. Die Rebelblade mit ihren dunkelroten Siegeln war uns am nächsten. Doch Cal schnalzte, und Nyncis schlug einen anderen Weg ein. Ich hatte keine Ahnung, wie wir in das Kartell der Xanthic gelangen sollten. Welches Kartell grenzte an welches?

Cal schien die grauen Weiten vor uns wachsam zu mustern, bevor er Nyncis einen leisen Befehl gab.

Nyncis schoss vorwärts. Wir umrundeten geflügelte Beta-Dämonen, eine Gruppe kleiner Gamma und passierten schließlich einige Alpha, die uns auf ihren Reittieren entgegenkamen. Die meisten wichen uns aus, als sie erkannten, dass ihr Reiter ein Onyx war, einige andere grüßten höflich. Dann erschien in der Ferne ein breites schwarzes Band am Horizont. Erst bei genauerem Hinsehen erkannte ich, dass es sich bewegte. Es waberte in der Luft fast, als wäre es flüssig.

»Das ist der Dunkelstrom«, rief Cal.

»Da wollen wir aber nicht hin, oder?« Dieser Begriff klang nicht gerade vertrauenserweckend.

Doch natürlich jagten wir genau darauf zu.

Was war der Dunkelstrom? Ein Fluss?

Je näher wir kamen, desto weniger wirkte er wie Wasser. Die schwarze Wand ragte bedrohlich und undurchdringlich vor uns auf.

»Es ist eine Art Autobahn aus dunkler Materie«, rief Cal gegen den Wind. »Kennst du den Golfstrom? Fische und andere Meerestiere nutzen ihn, um schnell große Entfernungen zu überwinden. So wie in *Findet Nemo*. In den Dunkelstrom hüpfen wir rein und müssen nur gucken, dass wir die richtige Ausfahrt nicht verpassen.« Er lachte, als freue er sich darauf. »Das ist immer ein großartiger Ritt.«

Ich wusste, was der Golfstrom war, schließlich hatten wir

»Findet Nemo« zusammen gesehen. »Er katapultiert uns also in hoher Geschwindigkeit quer durch die Dimension?«

»Genau.«

»Ist der Strom von innen genauso dunkel wie von außen?«

»Das macht es ja so lustig«, rief Cal und drehte sich ein letztes Mal zu mir um.

Ich wollte protestieren, doch da war es bereits zu spät. Nyncis warf sich in die Dunkelheit.

Von einem auf den anderen Moment sah ich nichts mehr, und das Atmen fiel mir schwer. Es fühlte sich an, als würde ich pures Feuer einatmen. Ich spürte die Gegenwart anderer Monster, doch ich sah sie nicht. Einige Momente lang kämpfte ich am Rande einer Panikattacke. Dann spürte ich Cals Finger über meinen. Ich hatte mich noch fester an ihn geklammert, meine Arme noch enger um seine Mitte geschlungen, um ja nicht von Nyncis' Rücken gerissen zu werden.

Cal drückte meine Finger sanft, und seine Berührung beruhigte mich. Der Luftzug war zu laut, um sich zu unterhalten, doch seine Geste sagte mir, dass alles in Ordnung war.

Ich kniff die Augen noch fester zusammen und presste meine Wange an seine lederne Weste.

Bitte lass es schnell vorbei sein.

Das Atmen fiel mir immer noch schwer. Ich schluckte automatisch, was dazu führte, dass ich irgendwann hustete. Reflexartig wollte ich mich aufrichten und Cal loslassen, doch er schlang seine Hände um mich und hielt mich fest. Im nächsten Moment warf sich Nyncis nach rechts. Ich schrie auf.

Plötzlich war es wieder hell. Ich holte tief Luft.

Was zur Hölle war das für eine Aktion gewesen? Ich boxte Cal auf den Rücken. Er hätte mich wenigstens vorwarnen können, was mich erwartete.

»Wenn ich es dir vorher erzählt hätte, wärst du nicht mitgekommen.« Cal drehte sich zu mir um, so weit, wie es auf Nyncis möglich war.

»Du bist unmöglich.« Ich boxte ihm halbherzig gegen den Oberarm. »Ich wäre fast erstickt.«

»Man kann dort nicht ersticken. Der Sauerstoff ist sogar noch komprimierter als überall sonst in der Dimension. Du müsstest regelrecht aufgeputscht sein.«

Er hatte recht. Irgendwie fühlte ich mich ... *frischer.* Wie nach einem Bad in einem kühlen See. Doch ich wollte Cal trotzdem nicht recht geben.

»Mach das nie wieder. Mit mir kann man reden, weißt du? Ich wüsste gerne vorher, worauf ich mich einlasse.«

»Wärst du mitgekommen, hätte ich es dir erklärt?«

»Ja.«

Cal beugte sich zu mir. »Du bist entzückend, wenn du lügst.«

»Haha.« Ich verschränkte die Arme vor der Brust. Dann lehnte ich mich zur Seite, um an ihm vorbei meine Umgebung in Augenschein zu nehmen. »Sind wir wenigstens richtig abgebogen?« In der Ferne sah ich drei Luftschiffe, die jedoch ganz anders aussahen als die der Onyx.

Cal drehte sich wieder nach vorn. »Wir sind hier richtig. Ich kenne alle Kartelle wie meine Westentasche.«

»*Ich kenne alle Kartelle wie meine Westentasche*«, äffte ich ihn flüsternd nach.

Ohne sich umzudrehen, griff er nach hinten und kniff mich in die Seite. »Wenn du frech bist, verfüttere ich dich an den nächsten Beta.«

Ich deutete ein Gähnen an. »Du Spinner.«

Cal streckte den Arm aus und zeigte auf die Luftschiffe.

»Darf ich vorstellen? Die Dawnbreaker, die Firesong und die Sunflower. Die drei Luftschiffe der Xanthic.« Er schnalzte, und Nyncis jagte los in Richtung der Schiffe.

Die Dawnbreaker besaß Segel in leuchtenden Orangetönen. Die Sunflower gelbe und die Firesong flammend rote. Vor dem dunkelblauen Himmel bildeten sie einen wunderschönen Kontrast. Alle Boote waren aus hellem Holz gefertigt und mit glänzenden kupferfarbenen Beschlägen verziert.

Zwischen den drei Schiffen herrschte reger Betrieb. Ich sah Noctua jeder Kategorie, die Waren transportierten.

Nyncis steuerte auf die Firesong zu. Ihre Galionsfigur war eine üppig gerundete Frau, gestaltet aus durchsichtigem rotem Gestein und verziert mit Edelsteinen.

Die mobilen Landungsbrücken waren voll besetzt, trotzdem fand Cal einen Platz für Nyncis. Er hatte mir kaum von seinem Rücken geholfen, als Nyncis ein paar Reittiere aus dem Kartell der Onyx entdeckte. Gemeinsam schossen sie hoch hinauf in die Luft und im nächsten Moment war Nyncis verschwunden.

Cal schien meinen besorgten Blick zu bemerken. »Keine Sorge, er kommt wieder.«

Wir wandten uns ab. Cal legte seinen Arm um mich, als er mich durch das Gedränge lotste.

Ich schob seinen Arm von meiner Schulter.

Ein sichtlich nervöser Xanthic kam plötzlich vor uns zum Stehen. Der Alpha deutete eine Verbeugung an, und als er uns erneut ansah, erkannte ich die auffallend goldenen Sprenkel in seinen Augen. *Das musste das Attribut der Xanthic sein.*

»Wir möchten zu Bane Harlow.«

»Seid ihr geschäftlich hier? Sucht ihr einen Verbrecher?«

»Nein, privat.«

Der Xanthic nickte. »Ich werde Euch ankündigen Callahan von der Shadowfall und ...« Sein Blick glitt verlegen zu mir.

Cal versteifte sich. Es durfte in Obskuris auf keinen Fall die Runde machen, dass sich hier ein Mensch aufhielt. Aber wie ich mich dann vorstellen sollte, daran hatten wir nicht gedacht.

»Erinnya Porter.« Die Worte kamen mir wie von selbst über die Lippen. »Ich bin Erinnya Porter von der Nightcrawler.«

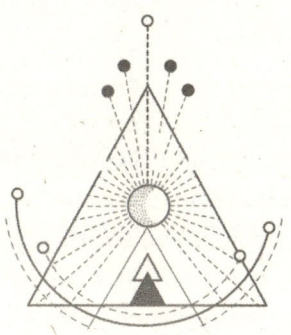

Kapitel 19

Der Name war mir so leicht über die Lippen gekommen, dass der Xanthic keinen Verdacht geschöpft hatte. Er nickte nur knapp und bedeutete uns dann, ihm zu folgen.

Cal hingegen schien vor Stolz zu platzen. Wieder pflanzte er seinen Arm um meine Schultern. »Du unendlich entzückendes gerissenes kleines Wesen.« Er stupste mit der Nase gegen meine Wange. »Ich könnte dich auffressen.«

Übertreiber. Obwohl ich mir bei seinen Worten ein Grinsen verkneifen musste und in meinem Bauch die Schmetterlinge verzückt eine Rolle rückwärts flogen, schaffte ich es, ernst zu bleiben. Der Name meines Instagram-Kanals war mir einfach so durch den Kopf geschossen, und da er exotisch und fremdartig klang, schien er gut in diese Welt zu passen. Ursprünglich kam er jedoch aus dem Griechischen. Die Erinnyen galten in der griechischen Mythologie als die drei Rachegöttinnen. Ich hatte schon Dutzende Male auf die Frage nach seiner Bedeutung geantwortet, und meine Follower schienen immer wieder begeistert von dieser Idee.

»Was ist mit deinem Vater?«, griff ich das Thema erneut auf.

»Wir sind hier bei den Xanthic, und wir sind mit ihnen seit Jahrhunderten freundschaftlich verbunden. Niemand wird uns verpetzen. Warum auch? Sie halten dich für eine von uns. Für meine Freundin.« Cal zog mich noch näher an sich. »Und wenn du mich nicht gerade ansiehst, als wolltest du mich unter deiner Stiefelspitze zertreten, glaubt uns das auch jeder.«

Ich setzte ein mechanisches Lächeln auf. »Besser?«

»Du siehst immer noch aus, als wolltest du mich umbringen.«

Ich seufzte und drehte den Kopf. Wir gingen die Landungsbrücken entlang und mussten immer wieder dem geschäftigen Treiben ausweichen. Ein bestimmt zwei Meter großer Alpha, mit Schultern so breit wie eine Wand, brüllte Befehle. Er nickte Cal höflich zu, und Cal erwiderte den Gruß.

»Das ist Frachtmeister Zafny Prong«, raunte Cal mir zu, als wir den Hünen passiert hatten. »Herr über die Logistik auf der Firesong. Die Xanthic sind die Bauern unserer Dimension und exportieren wahnsinnig viele Güter. Jede Ware, die das Schiff erreicht oder verlässt, unterliegt seinem Gesetz. Der Mann hat ein Gedächtnis, das größer ist als die gesamte Obskuris.«

Ich hörte den Respekt in Cals Stimme und wandte mich kurz zu dem Mann um. Der schrie gerade zwei Beta an, die eine Kiste hatten fallen lassen. Der Deckel war aufgesprungen, und Hunderte gelb leuchtender Tausendfüßler quollen aus der Kiste auf die Landungsbrücken.

Bei dem Anblick der Krabbeltiere kribbelte es gleich überall in mir, weshalb ich mich schnell wieder umdrehte.

Wir betraten das Deck und bogen scharf nach rechts ab. Die zwei massiven Masten ragten wie Baumstämme in den Himmel. Das Flattern der Segel war hier ohrenbetäubend laut. Der Strom der Noctua wälzte sich in eine bestimmte Richtung, von der wir uns mittreiben ließen. In diesem Moment war ich froh, dass Cal mich im Arm hielt. Es wurde geschubst und gedrängelt, weil alle es eilig zu haben schienen. Überrascht riss ich die Augen auf, als ich erkannte, worauf wir uns zubewegten. Waren das etwa Rolltreppen? Sie schienen komplett aus Holz gefertigt und breit genug, dass vier Personen nebeneinanderstehen konnten. Es gab insgesamt drei Stück und dann noch drei weitere, die aus dem Schiffsbauch nach oben führten. Fasziniert betrachtete ich die Konstruktion. Die Rolltreppe führte uns hinab in eine Art Vorraum, wo sich mehrere lange Schlangen gebildet hatten. Ich war mit meinen Freunden mal in einem Freizeitpark gewesen, und dort hatten wir in den gewundenen Reihen gut zwei Stunden warten müssen, bis wir endlich einen Platz in der Achterbahn bekamen. Das hier erinnerte mich sehr daran.

Der Xanthic, der uns begleitete, machte höflich Konversation mit Cal, während ich mich entschied, lieber weiterhin nichts zu sagen. Ich wollte nicht das Risiko eingehen, dass jemand bemerkte, dass ich hier nichts verloren hatte.

Anders als in einem Freizeitpark ging es hier dann jedoch deutlich schneller, und die Schlange bewegte sich ein gutes Stück weiter vorwärts. Ich reckte möglichst unauffällig den Kopf. Das konnte doch nicht wirklich eine Art Bahn sein, oder? Wo waren die Aufzüge? Ich hatte irgendwie erwartet, dass alle Schiffe in Obskuris ähnlich aufgebaut waren, und meine Neugier ließ mich ungeduldig von einem Fuß auf den anderen treten. Dann endlich reichte die Schlange um eine letzte Kurve und schon kurz darauf traten wir auf eine Art Plattform. Rechts von uns waren Geländer angebracht und unter uns klaffte eine schwarze Dunkelheit. Ich sah nach oben. Auch dort war nichts außer undurchdringliche Schwärze. Eine weibliche Stimme übertönte das durchgängige Gemurmel der Menge. »Setzen Sie sich zügig, und nennen Sie Ihr Ziel laut und deutlich.«

Wieder ging ein Stückchen vorwärts, und endlich hatten wir das Geländer erreicht. Ich sah nach rechts und hätte fast einen überraschten Laut von mir gegeben. Waren das etwa … Flundern?

Ich betrachtete sie fasziniert. Die Tiere hatten zumindest Ähnlichkeit mit Flundern, doch sie waren über und über mit Fell bedeckt. Auf ihren breiten Rücken hatten locker sechs Personen Platz. Gebannt beobachtete ich, wie sechs Alpha auf dem Rücken einer Flunder Platz nahmen. Auf ihrem Rücken befanden sich eine bunte Decke und zwei Haltegurte, die nahe dem Kopf und nahe dem Schweif quer um ihren ausladenden Leib gebunden waren. Die Alpha nahmen in zwei Reihen Platz und hielten sich an den Gurten fest. Auf ein Zeichen schoss die Flunder vorwärts. Ihre intelligent wirkenden Augen schienen aufzublitzen, als freue sie sich, endlich wieder davonfliegen zu können.

Gegenüber an der Plattform kamen zugleich neue Flundern an und ließen Passagiere absteigen, die von ihrem Besuch zurückkamen.

Die energische Alpha, die dafür sorgte, dass die Passagiere

zivilisiert und in entsprechendem Tempo auf den Flundern Platz nahmen, trug eine leuchtend rote Pumphose und darüber eine locker sitzende Tunika in Türkis. Ihr hellblondes Haar war zu einer kunstvollen Flechtfrisur aufgetürmt. Sie hatte sogar eine goldene Trillerpfeife um den Hals. Sie wirkte aus der Ferne fast wie eine Dirigentin, die ein Orchester aus den verschiedensten Noctua dirigierte. Als Nächstes war eine Flunder mit tiefschwarzem Fell an der Reihe. Völlig fasziniert betrachtete ich das Geschehen und bemerkte deshalb nicht, dass wir der Stelle, an der das Geländer aufhörte, immer näher kamen. Der Xanthic vor uns lehnte sich zu der »Dirigentin«, wie ich sie getauft hatte. Er nickte mit dem Kopf in unsere Richtung, und die Augen der Frau weiteten sich ein wenig. Dann deutete sie einladend auf die schneeweiße Flunder, die gerade vor uns zum Halten gekommen war. Die in Blau- und Grüntönen gemusterte Decke wirkte sehr einladend, dennoch hatte ich Skrupel, einfach so mit meinen Füßen auf den Rücken eines Wesens zu treten. Egal, wie groß und kräftig es wirkte. Doch Cal zog mich sanft mit sich. Er ließ sich in einen Schneidersitz sinken und bedeutete mir unauffällig, es ihm gleichzutun. Ich hörte die scharfe Stimme der Frau kaum, als ich saß, und als ich den Kopf drehte, sah ich, wie sie die Alpha nach uns aufhielt. Sie zischte kurz etwas, und im nächsten Moment richteten sich alle Augen auf uns. Cal seufzte leise, als wäre es ihm unangenehm, immer so bevorzugt behandelt zu werden.

»Nennt Euer Ziel, Callahan von der Shadowfall«, sagte die Alpha, und ihre Stimme klang deutlich weicher als zuvor.

Der Xanthic, der uns hergebracht hatte, deutete eine leichte Verbeugung an. »Es war mir eine Freude. Gute Reise.«

»Vielen Dank«, sagte Cal und nickte beiden zu. Er deutete auf den ledernen Riemen. »Halt dich fest.«

Sofort ergriff ich die Gurte.

Cal strich der Flunder sanft über den pelzigen Kopf. »Bitte bringe uns zum Haus Eures Anführers Bane Harlow.«

*

Die Flunder jagte los. Vor uns konnte ich bereits das Ende des Tunnels ausmachen. Der Kreis aus hellem Licht wurde immer größer. Ich umgriff die Lederriemen noch einmal fester, während Cal sich nur mit einer Hand festhielt. Die andere hatte er schützend um meine Taille gelegt. Im nächsten Moment schossen wir aus dem Tunnel. Die Flunder gab ein Geräusch von sich, das wie ein glückliches Quietschen klang. Mir hingegen hatte es die Sprache verschlagen, und ich konnte mich gar nicht sattsehen an der Umgebung. Eine weite Ebene, grüne Grasflächen durchbrochen von Äckern, deren Feldfrüchte in allen Farben der Natur um die Wette leuchteten. Dazwischen Weiden mit exotisch aussehenden Tieren. Kleine Häuser aus Holz. Schmale gewundene Straßen, deren dunkler Lehm wie Begrenzungslinien in einem Meer aus Grün wirkten.

Ich hob den Kopf. Weit über uns am Himmel leuchteten große Blasen, deren blaues Licht die Illusion eines wolkenlosen Sommertages erzeugte. Die Flunder flog ein wenig tiefer. Eine Herde kleiner Gamma jagte über eine Wiese. Einige überschlugen sich, andere sprangen übereinander hinweg, als sie über das Gras jagten. Dann fiel vor uns eine Schlucht steil ab, und die Dunkelheit streckte sich an ihren rauen Felswänden empor. In der Schwärze sah ich leuchtende Augen. Riesengroße insektengleiche Beta krochen die rohen Steine hinab, als sei die Schwerkraft kein Hindernis für sie.

Ich kam aus dem Staunen nicht mehr heraus. Die Flunder

sank noch tiefer, und wir jagten über ein Feld mit Sonnenblumen hinweg. Ihre Blütenblätter leuchteten jedoch orange, anstatt gelb wie auf der Erde. Ihre dunklen Kerne funkelten wie Edelsteine. Ich beugte mich leicht zur Seite, sammelte all meinen Mut und hielt mich nur noch mit einer Hand an dem Gurt fest. Als die Flunder einige Blüten berührte, fing ich ein paar umherfliegende Kerne auf. Ein glückliches Lachen kam mir über die Lippen.

Erst da bemerkte ich, dass Cal mich beobachtete. Ein warmes Lächeln spielte um seine Mundwinkel. Er hatte mir nie etwas über diese Seite seiner Welt erzählt. Und jetzt wusste ich auch warum: Ich sollte sie mit eigenen Augen entdecken. Und ich war nicht enttäuscht worden. Alles hier war so wunderschön. Anders als die Shadowfall der Onyx schien die Firesong keine getrennten Decks zu haben. Ein Konzept, das mir viel besser gefiel. Hier schienen Alpha, Beta, Gamma und Delta wirklich miteinander zu leben.

Wir passierten eine Gruppe weiß gestrichener Holzhäuser. Drei kleine Alpha und eine junge Sphinx sprangen begeistert auf und ab, als wir sie passierten. Cal lachte und winkte ihnen zu.

»Hier gibt es keine Decks, richtig?« Ich hatte mich näher zu ihm gelehnt und ließ die Sonnenblumenkerne in meiner Handfläche hin und her rollen.

Er nickte. »Die Xanthic lehnen eine Trennung ab. Es gehört zu ihrer Lebensphilosophie, dass jeder auf den anderen soweit Rücksicht nehmen muss, dass ein Zusammenleben harmonisch funktioniert. Sie sind nicht das einzige Kartell, das nach dieser Philosophie lebt. Auch die Fawn haben keine getrennten Decks.«

»Ich glaube, das würde mir auch besser gefallen.« Ich lächelte Cal an. »Es ist eine schöne Philosophie, schön zu wissen, dass man untereinander nicht nur toleriert wird. Dass man einander Teil des eigenen Lebens macht, Teil der eigenen Realität.«

Cal nickte. »Wir Onyx sind da wohl etwas antiquiert. Mein Vater hält alle Beta für potenziell gefährlich. Die Gamma nimmt er nicht ernst, und die Delta sind für ihn Nutztiere. Ich habe vor, das zu ändern. Entweder es setzt sich durch oder ich provoziere eine Meuterei und man wird mich absetzen und köpfen.«

Ich runzelte die Stirn. »Das klingt aber gar nicht gut.«

Er zuckte mit den Schultern. »Wir Onyx sind so dickköpfig. Wir hassen Veränderungen. Es wird ein langer Weg, aber vielleicht kann ich während meiner Zeit der Herrschaft den ersten Schritt machen.« Dann deutete er nach links. »Wir sind gleich da. Dort drüben liegt der Hof von Bane Harlow.«

*

Unsere Flunder bog scharf nach links ab, und wir flogen direkt auf das große zweistöckige Bauernhaus zu. Das Holz war leuchtend rot gestrichen, mit einem Dach aus braunen Tonschindeln und leuchtend orangenen Fensterrahmen. An das Haus schloss sich eine große Scheune an, deren dunkelrotes Holz leuchtete.

Vor dem Haupttor lagen einige Delta und warteten auf die Rückkehr ihrer Reiter. Ein fuchsroter Hund, ein Drache mit goldenen Schuppen, etwas, das aussah wie eine Mischung aus Wolf und Känguru, zwei Vögel mit buntem Gefieder und ein Tausendfüßler mit strahlend blauem Panzer.

Der Eingangsbereich war mit bunten Kieseln ausgestreut,

und rechts vom Haus standen Futtertröge, an denen sich vermutlich die Delta bedienen sollten. Unsere Flunder glitt geschmeidig tiefer, bevor sie in der Luft verharrte, nur etwa einen halben Meter über dem Boden. Cal sprang leichtfüßig von ihrem Rücken und streckte mir dann eine Hand hin, um mir hinabzuhelfen. Ich ergriff sie und rutschte ebenfalls hinab.

»Vielen Dank«, sagte Cal. Die Flunder gab ein Zwitschern von sich. Ich strich ihr sanft über das Fell. »Vielen Dank.« Erst da schien sie zufrieden. Sie zwitscherte erneut, dann schoss sie hinauf in den Himmel.

Cal klopfte imaginären Staub von seiner Hose und reckte sich schließlich. »Na dann mal los.« Die Türen des Haupthauses standen offen, und von drinnen erklang Gelächter.

Cal spazierte zum Eingang, als wäre er hier zu Hause. Ich folgte ihm, nicht ohne noch einen faszinierten Blick auf den goldenen Drachen zu werfen. Er hatte sich zusammengerollt, seine flache Schnauze ruhte auf einer großen Pranke, und aus seinen Nüstern quoll ein wenig Rauch. Er öffnete nur ein Auge, als wir ihn passierten. Die geschlitzte rote Pupille wirkte bedrohlich, doch dann schmatzte der Drache und klappte das Auge wieder zu.

Schnell holte ich zu Cal auf. Wir betraten einen Vorraum, in dem uns ein Potpourri verschiedenster Gerüche begrüßte. Es roch nach süßem Gebäck, nach herzhaftem Eintopf und würzigem Räucherwerk. Der gesamte Eingangsbereich stand voller Schuhe. Cal schob sich die Stiefel von den Füßen und zog dann auch noch die Socken aus. Seine Schuhe wirkten martialisch zwischen den vielen schmalen Ledersandalen, die aus kaum mehr als ein paar Riemen bestanden. Schnell schlüpfte auch ich aus meinen Sneakers und stopfte die Söckchen in den linken.

»Na, wen hat es denn in meinen kleinen, bescheidenen Winkel der Welt verschlagen?«, ertönte eine Stimme. Ich hob den Kopf. Ein Mann, ungefähr im gleichen Alter wie Cals Vater, kam uns mit langen Schritten entgegen. Er hatte die Arme weit ausgebreitet, und sein langes Haar fiel ihm in weichen Locken über die Schultern. Das Leuchten in seinen Augen wurde durch die auffälligen goldenen Sprenkel darin noch betont. Er hatte ein markantes Gesicht, nicht besonders schön, nicht besonders symmetrisch, aber er war jemand, den man nicht vergaß, wenn man ihn einmal gesehen hatte. Die dunklen Rottöne seiner weit fallenden Kleidung passten hervorragend zu seinem gebräunten Teint.

»Wie schön, dich zu sehen, mein Junge.« Er zog Cal in eine Umarmung. Der überragte ihn fast um einen halben Kopf, doch er erwiderte die Geste ebenso herzlich.

»Hallo, Patenonkel. Es ist schön, dich zu sehen. Darf ich dir Erin vorstellen?«

Die beiden lösten sich voneinander und Bane musterte mich neugierig. »Hallo Erin. Ich bin Bane. Schön, deine Bekanntschaft zu machen.«

»Es ist mir ebenfalls ein Freude«, erwiderte ich etwas schüchtern.

»Bane, wir müssen etwas Dringendes mit dir besprechen.« Cals Gesicht wurde ernst. »Es ist …«

»Nicht hier zwischen Tür und Angel. Kommt mit, kommt mit.« Bane drängte sich zwischen uns und legte je einen Arm um unsere Schultern. »Gehen wir in den großen Saal. Dort kann ich euch auch angemessen bewirten. Habt ihr Durst? Oder Hunger? Ihr wisst, bei uns ist Gastfreundschaft das höchste Gebot. Kommt, kommt. Setzen wir uns ans große Feuer.«

Er schob uns durch einen schmalen Flur, von dem mehrere Räume abgingen. Ich erhaschte einen Blick in eine große Küche, in der Kupferkessel auf offenen Feuerstellen standen. Die Arbeitsplatten bogen sich beinahe unter Gemüse, Kräutern und frisch angerichteten Speisen.

Erneut drang Gelächter aus einem der Zimmer.

»Bane, wir würden uns lieber …«, begann Cal erneut.

»Jetzt kommt doch«, unterbrach Bane ihn energisch. »Du hast die anderen doch auch ewig nicht gesehen, Cal. Setzt euch zu uns, und für alles andere ist später noch Zeit.« Er hielt vor einer großen Tür, deren Flügel weit geöffnet waren. Im Innern des Raums war der Boden mit gemütlichen Teppichen ausgelegt. Überall saßen Alpha oder Beta, die sich angeregt unterhielten. Der Geruch von Pfeifentabak waberte durch die Luft. Die niedrigen Tische waren mit Gläsern, Bechern und benutzten Tellern vollgestellt. An den Wänden hingen kunstvolle Zeichnungen von Pflanzen und Tieren, die hier auf der Firesong heimisch zu sein schienen.

Niemand war bewaffnet. Es fühlte sich fast an wie ein Kulturschock nach dem martialischen Auftreten der Onyx.

Doch jetzt bremste Cal Bane endgültig aus. »Bitte, Onkel. Es ist wirklich wichtig. Und es geht nur dich etwas an.«

Bane stutzte. »Was ist denn los?« Als er unsere Gesichter sah, stellte er keine Fragen mehr. Er deutete mit dem Kopf den Gang hinab. »Kommt mit.«

Wir gingen zurück in Richtung Eingang, doch dann bog Bane nach links ab. Er öffnete eine schmale Tür, die so unauffällig gestaltet war, dass sie fast mit der Wand zu verschmelzen schien. Hinter ihr lag ein kleines Büro. Auch hier gab es keine Stühle. Ein niedriger Tisch war überladen mit Dokumenten, Schreibgeräten und dicken Büchern. Bane nahm nicht dahinter

Platz, sondern bat uns zu den bunt bedruckten Sitzkissen in einer Ecke.

»Was kann ich für euch tun, Kinder?« Bane ließ sich nieder.

»Ich vertraue dir, Onkel, deshalb – bitte verurteile mich nicht, wenn ich dir eine ungewöhnliche Frage stelle«, begann Cal.

Banes Blick wanderte neugierig zwischen ihm und mir hin und her. Dann blieb sein Blick an meinen Augen hängen.

»Von welchem Schiff kommst du, Erin?«

Ich stockte. Dann würgte ich wenig überzeugend »Nightcrawler« hervor.

Bane legte den Kopf schief wie ein Raubvogel.

»Wusste ich es doch«, flüsterte er. »Du magst andere täuschen mit deinem dunklen Haar und den dunklen Augen. Auch dein Blick ist genauso trotzig wie der der Onyx.« Er grinste und entblößte einen Goldzahn. »Aber du bist keine von uns.« Er sah zu Cal. »Wo kommt sie her? Ich sehe keine anderen Attribute?«

»Sie ist ein Mensch.« Cal klang betont beiläufig, das hörte ich an seiner Stimme. So, als wäre es keine große Sache.

»Das war kein Witz?« Bane schien erst wie versteinert, dann malte sich ein Grinsen auf seine Züge, das sekündlich immer breiter wurde. »Sie kann uns sehen? Ich meine, ich kenne Geschichten … Du kleiner Rebell! Was bist du nur für ein kleiner Mistkerl, ich fasse es nicht.« Sein Bick glitt wieder zu mir. »Musst du sie vor Petro verstecken?« Er kicherte und schlug sich dann auf die Schenkel. »Sein Gesicht hätte ich gerne gesehen. Hat er einen Wutanfall bekommen? Wen hat er enthaupten lassen?«

Cal seufzte. »Es lief nicht gut ab. Aber das ist auch nicht der Grund, weshalb wir hier sind.«

»Du *darfst* hier sein?« Jetzt sah Bane mich neugierig an. »Petro hat es erlaubt?« Sein Blick fiel auf Cal, und schon begann er zu lachen. »Natürlich nicht. Aber als ob du dir etwas sagen lassen würdest Cal, oder? Wie lange kennt ihr euch?« Er sah zu mir. »Erzähl mir mehr über deine Gabe, Erin.«

Cal antwortete wie aus der Pistole geschossen. »Ein ganzes Leben lang.«

Bane spitzte die Lippen und wirkte amüsiert. »Dann ist es etwas Ernstes?«

»Wir sind nicht zusammen«, rutschte es mir heraus.

Schon wieder wirkte Bane amüsiert. »Ich verstehe. Dann ist es also …« Er rahmte die nachfolgenden Worte in imaginäre Anführungszeichen »… gerade etwas kompliziert?«

»Und das ist noch untertrieben«, brummte Cal.

Ich war überrascht, dass Bane überhaupt nicht schockiert war, dass ein Mensch und ein Alpha eine Beziehung eingehen könnten. Irgendwie hatte ich mit mehr Protest oder zumindest Abscheu gerechnet, genau wie bei Petrovico und Cals Cousin Lykos.

Cal unterbrach meine Gedanken abrupt und kam zurück zu unserem eigentlichen Anliegen. Er erklärte in knappen Worten, was ich mit den Zahnfeen auf der Erde erlebt hatte.

Bane fiel die Kinnlade auf die Brust. »Sie reißen den Kindern die Zähne aus?«

Cal und ich nickten beide im gleichen Rhythmus.

»Ungeheuerlich!« Bane schlug sich erneut auf die Schenkel. »Was für eine ungeheuerliche Neuigkeit. Wie kann ich euch behilflich sein, Kinder?«

»Wir würden gerne mit deinen Zahnfeen sprechen.«

Bane runzelte die Stirn. »Warum gerade mit meinen? Du

sprichst doch von dem Revier der Onyx. Meine Zahnfeen halten sich an die Regeln. Steht jemand unter Verdacht?«

Mit so einer Reaktion schien Cal gerechnet zu haben. »Überhaupt nicht. Ich habe bereits mit Lanilor geredet. Er weiß von nichts. Und dir vertraue ich ebenfalls. Bei dir weiß ich, dass du nicht beleidigt bist oder dich angegriffen fühlst, wenn wir diese Bitte vorbringen.«

Bane schien ein weiches Herz zu haben, denn sofort schmolz sein Widerstand. Er lächelte, und die Sympathie, die in seinen Augen funkelte, war regelrecht ansteckend. Er schien Cal wirklich ins Herz geschlossen zu haben. »Kein Problem«, sagt er dann. »Wir fragen sie.« Er klatschte dreimal in die Hände. Wie aus dem Nichts erschien ein weiterer Alpha. Er steckte lediglich den Kopf zur Tür herein. »Was kann ich für dich tun, mein Anführer?«

»Yosk, bitte rufe die Zahnfeen her, die drüben im großen Saal versammelt sind.« Er sah zu uns. »Ihr habt Glück, heute ist eine Delegation zu Besuch. Sie sind ja nicht so gesellig, die kleinen Kerlchen.«

Der Xanthic, ganz gekleidet in Grüntönen, deutete ein kurzes Kopfnicken an. Nicht besonders respektvoll, nicht besonders unterwürfig, sondern eher so, wie man einem guten Freund zunicken würde.

»Gleich haben wir Antworten«, sagte Bane, als er sich wieder zu uns drehte. »Und es ist ja wirklich ungeheuerlich. Die armen Kinder, auch wenn es nur Menschen sind. Nichts gegen dich, Erin. Ungeheuerlich. Wenn man sich das vorstellt …«

Er wollte gerade weiterreden, da hörten wir ein leises Flattern in der Luft. Die Vorhut bildeten zwei männliche Zahnfeen, dann folgten drei weibliche. Sie alle trugen schlicht gehal-

tene Kleidung aus Leder und Stoff und als einziges Schmuckstück einen aufwendig verzierten Halsreifen.

»Darf ich vorstellen«, rief Bane. »Die edle Amell Mistmoo-
re.« Die weibliche Zahnfee in der Mitte neigte den Kopf.

»Was kann ich für Euch tun, geschätzter Anführer?«

»Das ist mein Patenkind aus dem Kartell der Onyx.« Bane
deutete auf Cal. »Callahan von der Shadowfall und seine
Freundin Erin.«

Der Zahnfee schien nicht zu entgehen, dass Bane nicht das
Schiff nannte, von dem ich stammte. Doch sie nickte uns
trotzdem höflich zu. »Seid gegrüßt.«

Wir erwiderten den Gruß.

Bane erklärte, was uns zu ihnen geführt hatte. Amell hörte
aufmerksam zu, doch noch während Bane redete, schüttelte sie
den Kopf. Die anderen Zahnfeen fielen darin ein. »Wir sind
Wesen von Ehre«, erklärte sie dann mit ruhiger Stimme. »Wir
sind Sammler, keine Diebe. Mit solchen Gräueltaten haben
wir nichts zu tun.«

Cal und ich seufzten leise. Daran gab es nichts zu rütteln.

»Ich könnte mich auf den anderen Schiffen erkundigen«,
bot Amell an. »Und ich berichte unserer Anführerin Idra Vrest
davon, wenn ihr erlaubt.«

»Natürlich«, sagte Bane schnell. »Ich bitte sogar darum.«

Wieder senkte Amell höflich den Kopf. »Es tut mir leid,
dass wir nicht helfen konnten.«

»Trotzdem vielen Dank.« Cal verbeugte sich im Sitzen.

»Damit seid ihr entlassen«, fügte Bane noch hinzu. »Ich
danke euch für dieses Gespräch. Wir sehen uns dann gleich sicherlich im großen Saal. Bitte genießt die Zeit.«

Die Zahnfeen murmelten einige Worte des Dankes, bevor
sie wieder aus dem Zimmer verschwanden.

Cal zog ein Gesicht, das deutlich verriet, wie enttäuscht er war. Ich konnte es ihm nicht verdenken. Auch ich hatte darauf spekuliert, dass wir hier mehr Glück haben würden. Die Xanthic waren neben den Cobalt die engsten Vertrauten der Onyx. In allen anderen Kartellen würde es wesentlich schwieriger – und nach Cals Aussage auch gefährlicher – werden, die Zahnfeen zu befragen. Ich ließ die Schultern hängen.

»Das war wohl nichts«, murmelte Cal leise.

Ich brummte eine Zustimmung.

Bane warf uns einen kurzen Blick zu, klatschte dann vergnügt in die Hände und sprang auf. »So Kinder. Das hätten wir geklärt, aber jetzt gibt es erst mal etwas Ordentliches zu essen für euch. Auf, auf! Ihr verlasst mein Reich nicht, bevor ihr euch nicht einmal quer durchs Buffet gefuttert habt. Keine Widerrede.«

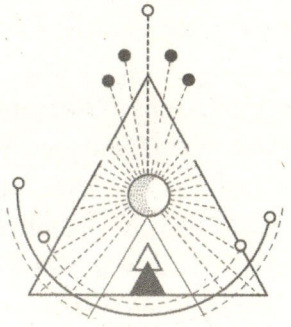

Kapitel 20

Am Mittwochnachmittag wurde Grandma von einer Freundin abgeholt. Ich umarmte sie noch einmal fest, schloss die Haustür hinter ihr und ging dann rüber in die Küche. Ein Lächeln schlich sich auf meine Züge, als ich mich daran erinnerte, wie Cal sich nach dem Besuch bei den Xanthic bei mir verabschiedet hatte. Er hatte mir zärtlich über die Wange gestrichen, bevor wir uns umarmt hatten. Keiner von uns wollte sich so richtig von dem anderen lösen. Noch immer meinte ich, die Wärme seines Körpers an meinem zu spüren. Kein Wunder, dass ich mich danach noch ewig im Bett herumgewälzt hatte. Und auch die vielen neuen Eindrücke aus Obskuris hatten dazu beigetragen. Ich meine, Flundern! Fliegende Flundern, wer wäre da nicht total aus dem Häuschen?

Meine Gedanken glitten zurück zu Grandma. Sie wollten einen Kreativmarkt besuchen, den die Gemeinde organisiert hatte. Ich ging zum Fenster und spähte nach draußen. Mit zwei großen Tupperdosen voller selbst gebackener Kekse auf dem Schoß saß Grandma auf dem Beifahrersitz und strahlte. Der Wagen fuhr gerade los und ich winkte ihr, doch sobald sie außer Sichtweite war, griff ich nach meinem Telefon. Aus meiner Tasche zog ich den Zettel mit der Telefonnummer des Rechtsmedizinischen Instituts der Ohio State University, den ich von den kopierten aus dem Krankenhaus in Olmsted Falls Akten abgeschrieben hatte. Es war eine Durchwahl, und ich hoffte sehr, dass ich Erfolg haben würde.

Ich verstand den Namen des Mannes nicht, der dranging.

»Hier ist Erin Porter. Mit wem spreche ich bitte?«

»Mein Name ist Mike Boyd. Assistenz der Rechtsmedizin. Und wer sind Sie?«

Ich stellte mich nochmals vor.

Der Mann seufzte genervt. »Nein. Ich meinte, von wo aus rufen Sie an? Polizei? Staatsanwaltschaft?«

Mist. Wenn ich dem Mann erzählte, dass ich diese Durchwahl aus einer Kopie der offiziellen Akten hatte, würde Betsy vielleicht in Schwierigkeiten geraten. »Ein Dr. Atkinson hat den Obduktionsbericht meiner Eltern verfasst. Ich habe noch Fragen dazu.«

Der Mann stutzte sichtlich. »Mein Beileid, Ms Porter. Darf ich fragen, wie alt Sie sind??«

»Ich bin 17. Wofür ist das wichtig?«

»Sie klingen so jung.« Er seufzte erneut genervt. »Ist aber auch egal. Sie müssen sich geirrt haben. Dr. Atkinson führt keine Obduktionen mehr durch. Er ist nur noch halbtags hier und unterrichtet die Studierenden. Wann soll denn diese Obduktion gewesen sein?«

Noch mal Mist. »Vor 13 Jahren.«

»Was?« Der Mann unterdrückte ein Lachen. »Das ist ein Telefonscherz der Erstsemester, richtig? Auf Wiedersehen.« Und dann legte er einfach auf.

Ernüchterung durchflutete mich. Das sollte es jetzt gewesen sein?

Ich wandte mich vom Fenster ab, und mein Blick glitt in die Küche, dort, wo die Tageszeitung auf der Theke lag.

So schnell würde ich nicht aufgeben. Im nächsten Moment hatte ich Betsy an der Strippe.

»Ich möchte dich nicht in Schwierigkeiten bringen, aber ich würde gerne mit dem zuständigen Rechtsmediziner sprechen«, sagte ich, kaum dass ich ihr mein Anliegen erklärt hatte. »Sein Assistent Mr Boyd hielt meinen Anruf für einen Scherz.«

»Kein Problem, das mache ich doch gerne für dich.« Betsy klang, als sei das alles keine große Sache. »Ich gucke mal, ob ich euch mittels Konferenzschaltung zusammenbringen kann. Dann erkläre ich ihm kurz, worum es geht und gehe dann aus der Leitung.«

»Danke dir. Das ist wirklich lieb von dir.«

»Kein Problem«, wiederholte sie. »Wir hören uns. Beziehungsweise, wir schreiben uns.«

»Auf jeden Fall. Bis später!«

Es klickte ein paar Mal in der Leitung, und einen Moment lang war es ganz still. Dann knackte es noch mal, und dann passierte gefühlte fünf Minuten überhaupt nichts. Ich lief unruhig hin und her und landete schließlich in der Küche. Gerade als ich mir ein Glas Saft holen wollte, fragte plötzlich eine

Männerstimme: »Hallo? Ms Porter? Hier spricht Dr. Atkinson.«

»Hallo«, erwiderte ich schnell. »Vielen Dank, dass Sie sich die Zeit nehmen.«

»Ich war schon auf dem Sprung, aber Ihr Fall ist ungewöhnlich, und ich kann mich noch gut daran erinnern.«

Mir fiel ein Stein vom Herzen. »Ich hätte noch Fragen zum Tod meiner Eltern. Und ich dachte, Sie wären die beste Adresse, weil Sie schließlich die Obduktion …« Meine Stimme brach, als ich plötzlich einen Kloß im Hals hatte.

»Ihr Verlust tut mir sehr leid«, erwiderte Dr. Atkinson mit ruhiger Stimme. Im Hintergrund knarrte es, als würde er sich in einem Stuhl zurücklehnen. »Und dass er Sie nach so vielen Jahren noch beschäftigt, zeigt, dass Sie damit noch nicht abgeschlossen haben.«

Mein Herz wurde noch schwerer. »Ich habe erst kürzlich erfahren, was wirklich passiert ist.«

Dr. Atkinson atmete lange aus. »Sie sollten mit der Polizei sprechen. Ich liefere nur die Fakten und gebe Empfehlungen. Natürlich spekuliert man selbst auch, aber ich bin nicht …« Er räusperte sich. »Wir sind ein kleines Institut, und ich weiß noch, dass Sie das kleine Mädchen sind, das in diesen schrecklichen Unfall auf der Brücke verwickelt war. Aber die Details sind nach 13 Jahren einfach nicht mehr so präsent.« Ich hörte das Klappern einer Tastatur. »Da sind Sie ja. Ich öffne gerade Ihre Akte.«

Ich war gerührt, dass er mein Anliegen so ernst nahm, dass er sich sogar die Unterlagen ansah. »Vielen Dank. Das bedeutet mir wirklich viel.«

»Wie kann ich Ihnen denn genau weiterhelfen?«

»Vielleicht fange ich mit der kompliziertesten Frage an. Ich habe 40 Minuten lang nicht geatmet. Wie ist es möglich, dass ich noch lebe?«

»Das ist eine sehr gute Frage«, erwiderte Dr. Atkinson. »Menschen sind schon eine Stunde lang wiederbelebt worden, hatten plötzlich wieder Puls und haben die Augen aufgeschlagen, ohne bleibende Schäden zurückzubehalten. Auch das kalte Wasser trägt dazu bei, weil es bestimmte Reaktionen im Körper verlangsamt.« Dr. Atkinson machte eine Pause, und die nächsten Worte schienen ihm schwerzufallen. »Bei einer Reanimation wird der Herzmuskel bewegt und so wird der Sauerstoff, der sich noch im Blutkreislauf befindet, weiter durch den Körper gepumpt. Ist das aber nicht mehr der Fall, so wie bei Ihnen, beginnt das Gehirn nach wenigen Minuten abzusterben. Eigentlich hätten Sie nach diesen 40 Minuten nicht wieder wach werden dürfen. Ich habe noch nie von einem Fall wie Ihrem gehört.«

Jetzt hatte ich es sogar von einem Experten gesagt bekommen. Ich war ein medizinisches Phänomen. Oder besser gesagt:

Ich war von den Toten wiederauferstanden.

Ein eiskalter Schauer rieselte meine Wirbelsäule hinab. Ich *wusste*, dass ich kerngesund war. Grandma zwang mich regelmäßig zu irgendwelchen Routineuntersuchungen. Ich wurde mindestens einmal im Jahr komplett auf den Kopf gestellt, obwohl ich nicht mal einen Schnupfen hatte.

»Und die Polizei hat dazu keine Fragen gestellt? Hat sie die Ergebnisse angezweifelt?«

Dr. Atkinson seufzte, »Die Polizei hat im Allgemeinen sehr wenig Fragen gestellt, wenn ich das so sagen darf. Aber ich liefere, wie schon gesagt, nur die Fakten.«

»Wie meinen Sie das?«

Wieder hörte ich das Klappern der Tastatur. Dann brummte er zustimmend. »Genau. Wusste ich es doch noch. Ihre Eltern hatten beide Hämatome, die während des Zeitpunkts des Todes aufgetreten sind. Und beide an den gleichen Stellen.«

Ich horchte auf. »Die Quetschungen befanden sich im Bereich der Hüfte.« Ich erinnerte mich, dass ich die Zeichnungen miteinander verglichen hatte.

»Richtig. Es sind die Stellen, an denen der Sicherheitsgurt einschneidet, wenn man sich zur Seite dreht.«

Vor meinem inneren Auge entstand unfreiwillig ein Bild. Die Quetschungen bei meinem Dad hatten sich rechts über der Hüfte befunden. Bei Mom auf der linken Seite. Dad war gefahren. Ich sah sie vor meinem inneren Auge, als würde ich auf der Rückbank sitzen, erkannte, wie sie sich gedreht haben mussten, damit diese Quetschungen entstanden.

»Mein Gott«, flüsterte ich. »Sie haben sich beide zu mir nach hinten gedreht.«

»Genau«, stimmte Dr. Atkinson mir zu.

Ich musste mich am Rand der Küchentheke festhalten und machte einen fahrigen Schritt zur Seite. Dann nahm ich auf einem der Barhocker Platz. In meinem Kopf drehte sich alles, als ich die Geschichte weiterspann.

Meine Eltern mussten sich mit aller Kraft zu mir nach hinten gedreht haben. So sehr, dass sie beide blaue Flecken davongetragen hatten. Was mich zu der nächsten Frage führte: »Warum haben sie sich nicht abgeschnallt?«

»Genau das ist die Frage. Ein Sicherheitsgurt löst sich mit einem leichten Druck. Anhand der Verletzungen deiner Eltern lässt sich zweifelsfrei beweisen, dass beide noch bei Bewusstsein waren, während das Auto sank. Sie hatten Kraft genug, sich nach hinten zu drehen und dich zu befreien. Aber zu wenig Kraft, ihren Sicherheitsgurt zu lösen?«

Schon wieder verschwamm mir die Sicht vor Augen. »Sie meinen ...?«

»Leider kann ich Ihnen nicht sagen, was die Polizei ermittelt hat. Ich rate Ihnen, mit den Beamten zu sprechen. Ich habe in meinem Bericht diese auffälligen Wunden sehr deutlich erwähnt. Ein Kriminalkommissar sollte eigentlich den entsprechenden Verdacht schöpfen.«

Ich spürte, dass ich kurz vor einem weiteren Zusammenbruch stand. Das war alles zu viel. Zu viel Grausames, Schreckliches und ...

Ich schaffte es noch, mich bei Dr. Atkinson für seine Zeit zu bedanken. Nachdem er mir angeboten hatte, ihn für weitere Fragen gern erneut zu kontaktieren, beendete ich das Gespräch.

Meine Hände zitterten, als ich das Telefon zur Seite legte. Tränen stiegen in meine Augen. Sie hatten so sehr darum gekämpft, mich zu befreien, dass sie sich selbst dabei verletzt hatten.

»Mom ...« Ich flüsterte ihren Namen, als ich mir über die Augen wischte.

Und dann ließ ich los. Die Bilder in meinem Kopf brachen sich Bahn.

Der Barhocker schwankte, so sehr wurde mein Körper von Weinkrämpfen geschüttelt.

Ein blockierter Sicherheitsgurt mochte ein unglücklicher Zufall sein. Zwei blockierte Sicherheitsgurte waren ein Hinweis. Auch Dr. Atkinson hatte es angedeutet.

Ich schniefte und blinzelte, um die Tränen zu vertreiben. Ich musste mit der Polizei sprechen, denn mein Verdacht war so schrecklich wie beängstigend. Warum waren beide Sicherheitsgurte blockiert gewesen? Was war wirklich in dieser Nacht auf der Brücke passiert? War es doch kein tragischer Unfall gewesen? Eine eisige Faust legte sich um mein Herz und quetschte es schmerzhaft zusammen, doch der fürchterliche Verdacht manifestierte sich nur noch stärker in meinem Kopf. Waren meine Eltern ermordet worden?

*

Ich wusste nicht mehr, wie lange ich so regungslos an der Theke gesessen hatte. Meine Unterarme waren eiskalt von dem kühlen Gestein, mein Rücken fühlte sich verkrampft an. Draußen war bereits die Dunkelheit des Herbstes auf die Welt herabgesunken. Ich seufzte in die Stille, glitt vom Barhocker und begann überall die kleinen Lampen an den Fenstern anzuknipsen. Dann nahm ich mir etwas zu trinken, und die kühle Süße des Safts belebte mich ein wenig. Dennoch schien ich immer noch ganz gefangen in meinen eigenen Gedanken. Aber plötzlich lähmten mich diese schlimmen Vermutungen nicht mehr. Ich stellte das Glas auf der Theke ab und zog gerade mein Handy hervor, als in der Haustür ein Schlüssel gedreht wurde.

Sofort begann mein Herz vor Sorge schneller zu klopfen.

»Ist alles okay?«, fragte ich, sobald Grandmas Silhouette in der Tür auftauchte. Sie hatte ein kleines Mädchen an der Hand. Ich erkannte sie sofort wieder. Es war Dora, die Tochter einer Chorkameradin meiner Grandma.

»Hast du Zeit?« Grandma schnaufte und schob sich eine verwirrte Haarsträhne aus der Stirn. »Bei Elizabeth haben die Wehen eingesetzt, und Thomas ist arbeiten. Wir bringen sie jetzt ins Krankenhaus. Ich habe schon mit unserer Entbindungsstation telefoniert. Aber ein Krankenhaus ist kein schöner Ort für ein kleines Kind. Kannst du zwei, drei Stunden auf Dora aufpassen? Thomas holt sie hier ab, sobald sein Schichtdienst beendet ist.«

Dora sah unbehaglich zur Seite, doch ich lächelte. »Natürlich. Hey Dora. Wie geht es dir?«

Dora zuckte mit ihren schmalen Schultern. »Ich bekomme einen Bruder.« So richtig begeistert klang sie noch nicht.

»Das ist wunderbar.« Ich ging vor ihr in die Hocke. »Komm, wir ziehen deinen Mantel aus. War es schön auf dem Kreativmarkt?«

Dora nickte und zerrte an dem Reißverschluss. Ich half ihr. Grandma bedeutete über ihren Kopf hinweg, dass sie wieder losmusste. Ich nickte, dann half ich Dora mit dem Reißverschluss. Ich wusste, dass sie diesen Sommer eingeschult worden war, also fragte ich sie ein wenig über die Schule aus, während wir hinüber in die Küche gingen. Dora suchte sich einen Saft aus und dann sah ich sie neugierig an. »Was machst du um diese Uhrzeit so? Es ist doch noch zu früh fürs Bett, oder?«

»Ich darf Pippa Pig gucken«, piepste Dora. »Jeden Abend, während Mami telefoniert.«

Damit konnte ich dienen. »Sollen wir ins Fernsehzimmer gehen?«

Dora nickte erfreut. Als sie lächelte, blitzte eine Zahnlücke auf.

»Wie ich sehe, hattest du Besuch von der Zahnfee«, sagte ich möglichst beiläufig, während wir durch den Flur gingen.

Sofort wirkte Dora ganz aufgeregt. »Sie hat meinen Zahn mitgenommen und dafür einen Dollar unter meinem Kopfkissen gelassen. Davon durfte ich mir Süßigkeiten kaufen.«

Ich atmete erleichtert auf. Dora hatte also noch nicht Bekanntschaft mit einer der aggressiven Zahnfeen gemacht.

Im Fernsehzimmer schaltete ich Netflix ein und suchte Dora ihre Serie heraus. Sie schien sich sofort wohlzufühlen, kuschelte sich halb liegend in die Kissen und nippte dabei an ihrem Saft.

»Dora, ist es okay, wenn ich dich einen Moment allein lasse? Ich muss noch einen Anruf machen.«

»Okay.« Dora schien schon ganz eingenommen von dem Schweinchen Pippa.

Ich warf ihr noch einen prüfenden Blick zu, doch sie wirkte sehr zufrieden. Da ich nicht wollte, dass sie mein Gespräch mitanhörte, begab ich mich zurück in die Küche.

Ich hoffte, dass ich die Nummer des richtigen Polizeireviers abgespeichert hatte. Als ich das Telefon ans Ohr hielt, zweifelte ich zunächst. Sollte ich wirklich direkt weitermachen? Immerhin hatte mich der erste Anruf ganz schön mitgenommen.

Doch dann funktionierte ich wie auf Autopilot. Ein paar Mal wurde ich durchgestellt, bis ich schließlich einen ziemlich mürrisch klingenden Detective am Ohr hatte.

»Ja, das ist richtig. Diese Dienststelle hat den Fall bearbeitet. Aber wir geben keine Ermittlungsakten an Privatpersonen heraus.« Er lachte, und selbst das klang verbittert. »Wo kämen wir denn da hin?«

»Warum kann ich nicht mit dem Sheriff sprechen, der diesen Fall aufgenommen hat?«

Einen Moment lang war Stille in der Leitung. »Der zuständige Detective ist verstorben. Bereits vor einigen Jahren.«

»Das tut mir sehr leid. Soweit ich weiß, hatte er einen Kollegen dabei?«

Wieder Stille. »Ja. Er wurde jedoch in Ausübung seines Dienstes getötet. Mehr kann ich dazu nicht sagen.«

»Das tut mir–«

»Hören Sie, Miss«, unterbrach mich der Mann. »Mein Schreibtisch biegt sich vor Fallakten. Ich wünsche Ihnen einen schönen Abend.« Und dann legte er auf.

»Wie unfreundlich. Und so jemand arbeitete mit Menschen zusammen …« Ich murmelte ärgerlich vor mich hin, während ich den Chat mit Cal öffnete.

Die Dienststelle Olmsted Falls hat die Akte, aber sie geben sie nicht raus. Das ist eine Sackgasse. Ich wollte ihm auch von meinen Eltern erzählen, über den Verdacht, den ich hegte, aber das sollte ich wohl besser nicht übers Telefon erledigen.

Dann kopierte ich den Text und schickte ihn auch an Rhonda und Dylan. Schließlich schrieb ich noch Betsy, berichtete ihr über das Gespräch mit Dr. Atkinson und meine Vermutungen. Und natürlich erzählte ich ihr auch von dem unerfreulichen Telefonat mit dem Detective.

Meine Freunde schienen alle beschäftigt, denn niemand las meine Nachrichten, also schob ich mein Handy zurück in meine Hosentasche und ging wieder ins Fernsehzimmer, um nach Dora zu sehen.

Und praktisch sofort erspähte ich die Zahnfee in einer Ecke des Raums. Dort, halb versteckt hinter einer Zimmerpalme, hatte sie sich versteckt. Sie war erschreckend dünn, krümmte sich, als habe sie Schmerzen, und ihre Flügel bewegten sich, als versuche sie vergeblich, davonzufliegen. Ihre Kleidung, ein Lendenschurz und eine winzige Weste, schienen ihr viel zu groß zu sein. Der kunstvoll gearbeitete kupferfarbene Halsreif hatte Abdrücke auf ihrer Haut hinterlassen.

267

Als sie den Kopf hob, ließ ich meinen Blick durch sie hindurch gleiten. Sie sollte nicht bemerken, dass ich sie sehen konnte.

»Hey Dora, alles in Ordnung?« Ich gab meiner Stimme absichtlich einen überschwänglichen Tonfall, während ich neben ihr auf dem Sofa Platz nahm.

»Hmmm«. Dora wandte nicht mal den Blick vom Bildschirm.

»Super!« Ich klang so euphorisch, als hätte sie mir gerade mitgeteilt, für den Nobelpreis nominiert zu sein.

Die Zahnfee in der Ecke krümmte sich erneut zusammen. Dann hörte ich sie leise stöhnen.

In jeder anderen Situation hätte ich mit diesem leidenden Wesen Mitleid gehabt. Aber jetzt war sie für mich nur eines: ein Dämon, der mir weitere Informationen liefern konnte. Als mein Handy brummte, zog ich es hervor. Die Nachricht von Cal kam wie gerufen.

Was für ein Blödmann, dieser Detective. Mal sehen, vielleicht kann ich da was drehen.

Cal, hier ist eine Zahnfee. Vielleicht spuckt sie bei dir Informationen aus. Komm her, wenn du kannst.

Cal antwortete sofort. **Bin so schnell da wie möglich.**

Ich schickte ihm einen Daumen hoch, dann legte ich das Handy möglichst beiläufig zur Seite. Wenn die Zahnfee mitbekam, dass ich sie sehen konnte, würde sie vermutlich mit letzter Kraft Reißaus nehmen. Sie schien zum Glück in viel zu schlechter Verfassung, um sich auf Dora zu stürzen.

Dennoch ließ ich die kleine Gamma nicht aus den Augen, um Dora im Ernstfall beschützen zu können.

Apropos Gamma: Wo waren eigentlich meine drei Rabauken? Und wieso hatte sich die Zahnfee trotz ihrer Territoriums-Markierungen getraut, dieses Haus zu betreten? Es gehörte eindeutig Herald, Pünktchen und Otiz.

Dies war eins der härtesten Gesetze der Noctua: Das Territorium eines anderen ist sein Hoheitsgebiet.

Ich betrachtete die Zahnfee über Doras Kopf hinweg. Hatte sie das Bewusstsein verloren?

In diesem Moment klopfte es an der Terrassentür. Ich hatte Cals Aversion gegen unsere Haustür noch nie verstanden. Aber jetzt war definitiv nicht der richtige Zeitpunkt, um weiter darüber nachzudenken.

»Hi.« Er zog mich in seine Arme. Cal roch nach Nachtwind und Leder. »Es ist schön, dich zu sehen.«

Wie immer überschlug mein Herz sich kurz, bevor es seinen eigenen Takt wiederfand.

»Ebenso«, murmelte ich, als wir uns voneinander lösten. Sein Haar war zerzaust, die helle Haut seiner Wangen leicht gerötet. Seine Augen glänzten vor Neugier. »Wo ist sie?«

»Hier.« Ich beeilte mich, denn obwohl die Zahnfee ziemlich fertig aussah, wollte ich Dora nicht länger als nötig mit ihr allein lassen.

»Dora, das ist ein Freund von mir. Er heißt Cal.«

»Hi Dora!« Cal hob grüßend die Hand.

»Hallo«, erwiderte sie, ohne hinzusehen.

Ich wandte mich an Dora. »Hey Dora, magst du im Flur mal in der Kommode nach den Brettspielen gucken? Such dir eins aus, dann spielen wir was.«

Dora seufzte, nickte aber gnädig. »Okay.«

Sie rutschte von der Couch und wuselte dann zwischen mir und Cal hindurch.

Ich deutete auf die Zahnfee, kaum dass Dora verschwunden

war. »Ich finde, du solltest unbedingt mal mit ihr reden und herausfinden, zu welchem Kartell sie gehört.«

Cal wirkte ratlos. »Auf die Informationen wäre ich auch scharf, glaub mir. Aber da ist nichts als diese komische Pflanze.«

»Haha. Willst du mich… Haha?« Ich wollte ihn gerade anblaffen, als mein Handy klingelte. Da ich immer mit einer Nachricht von Grandma rechnete, zog ich es hastig hervor. Doch es war Melissa, die mich per Video-Call anrief.

Melissa? Sofort hatte ich ein ungutes Bauchgefühl. Würde ihr Vater jetzt doch noch Anzeige erstatten? Würde ich doch noch in Schwierigkeiten geraten? Ich nahm den Anruf an. »Was kann ich für dich tun?

»Hi. Eine Reinigungskraft hat deine Speicherkarte in meinem Vorzimmer gefunden. Ich gehe davon aus, dass du sie wiederhaben möchtest?«

Bei alldem, was im Moment los war, hatte ich das bisher nicht mal bemerkt. Doch natürlich versuchte ich, mir nichts anmerken zu lassen. »Das Material kann ich doch sowieso nicht für meinen eigenen Kanal verwenden, oder?«

»Das Videomaterial aus unserer Fabrik? Da dies unweigerlich die Aufmerksamkeit meines Vaters erregen würde und ich nicht vorhabe, für dich zu lügen, würde ich dir davon abraten.«

Ich drehte mich mit dem Telefon, um die Zahnfee im Auge zu behalten. Diese war auf dem Boden in sich zusammengesunken.

»Oh.« Melissa reckte neugierig den Kopf. »Du hast Besuch, dann rufe ich später noch mal an, und wir klären die Details.«

Ich hatte übersehen, dass Cal nun hinter mir im Bild zu sehen war. »Das ist nur ein Schulfreund«, sagte ich schnell und drehte mich weg.

»Wie geht es deiner Großmutter?«

Seit wann interessierte sie das? Ich legte keinen Wert mehr auf Small Talk mit ihr.

Melissa wollte gerade noch etwas sagen, doch ich unterbrach sie. Cal und ich hatten jetzt andere Probleme. »Schick mir die Speicherkarte doch bitte einfach zu. Meine Adresse hast du ja. Danke dir. Bye.« Ich legte auf, dann sah ich zu Cal. »Und?«

Der zuckte die Schultern.

Ich ging zu der Zahnfee in der Ecke des Raumes. »Hier liegt sie.«

In diesem Moment öffnete die Zahnfee die Augen, und unsere Blicke trafen sich. »Nein!«, rief ich und wollte noch nach ihr greifen. Doch da war es bereits zu spät. In der Sekunde, in der sie erkannte, dass ich sie sehen konnte, aktivierte sie ihre letzten Kraftreserven und sauste davon. Ich hatte keine Chance, sie war einfach zu schnell. Im nächsten Moment war sie durch die geöffnete Terrassentür verschwunden. »Sie ist weg.«

Wir sahen uns an. »Warum kannst du sie nicht sehen?«

Cal wirkte ratlos und beunruhigt zugleich. »Ich habe nicht die leiseste Ahnung.«

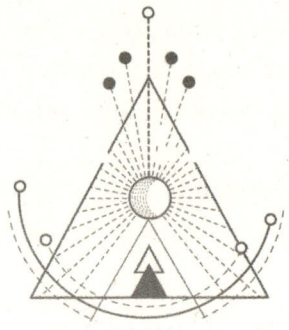

Kapitel 21

Am Sonntagmittag hatte ich Rhonda und Dylan zu mir eingeladen. Jinjin fehlte, denn sie traf sich mit Jamie. Wir hatten es uns im Fernsehzimmer gemütlich gemacht, und eine Serie lief im Hintergrund, während wir uns unterhielten. Ich war so glücklich, dass Dylan endlich mal wieder zu Besuch war. Wir hielten zwar engen Kontakt, aber die Treffen waren, seit er aufs College ging, zu einer echten Seltenheit geworden.

Grandma war morgens zu ihrer Kur abgereist. Vor einigen Tagen hatte Maria, meine Ansprechpartnerin bei meinem Sponsor NeutroTec, angerufen und mir erklärt, dass man mich nicht hängenlassen wollte. Ich hätte sie am liebsten durchs Telefon umarmt vor Erleichterung und hatte mich gefühlt hundert Mal bedankt. NeutroTec überwiesen mir das Geld, und innerhalb eines Tages war es angekommen. Grandma hatte sich erst geziert, dann geweint und schließlich eingewilligt.

Ich hatte mich gefreut, wie fröhlich sie heute Morgen gewirkt hatte. Sie schien sich wirklich auf die Reha zu freuen.

Ich erzählte gerade von dem Mysterium rund um die Zahnfeen, da richtete sich Rhonda plötzlich in Grandpas altem Ohrensessel auf. »Da steht ein Pirat vor deiner Terrassentür.«

Dylan und ich, die nebeneinander auf der Couch saßen, lehnten uns nach vorn, um durch den Flur ins gegenüberliegende Zimmer zu gucken. Ich wunderte mich, dass Cal sich für die anderen sichtbar gemacht hatte. Aber vermutlich hatte er uns alle durch die Schreibe gesehen und wollte nicht unhöflich sein.

»Was will der denn?« Dylan schien nicht besonders erfreut über Cals Auftauchen.

Rhonda kniff ein Auge halb zu. »War er schon immer so groß?«

Ich sprang auf und stürmte aus dem Zimmer. *Was wollte Cal hier?* Normalerweise verabredeten wir uns, bevor er hier auftauchte. Ob etwas passiert war?

Genau das fragte ich ihn, als ich die Terrassentür öffnete.

»Nein, alles gut.« Er zog mich in seine Arme. »Keine Neuigkeiten von den Zahnfeen.«

Und wieder juchzte mein dummes Herz auf, als er seine Arme um meinen Körper legte. Ich schloss die Augen, nur einen winzigen Moment, den Bruchteil einer Sekunde, und ließ mich fallen in all das, was er in mir auslöste.

Cal zog mich näher, und seine Wange strich über meine Schläfe, während er seine Hand über meine Taille Richtung Wirbelsäule gleiten ließ. Ich spürte alle fünf Finger durch den

Stoff meines Shirts, und ein Kribbeln jagte mir bis in die Zehenspitzen.

Nur eine Sekunde. Nur eine ewige Sekunde.

»Möchtest du reinkommen?«, fragte ich, als wir uns schließlich voneinander lösten. »Rhonda und Dylan sind da, du könntest Hallo sagen und sie kennenlernen.«

Cal blinzelte und räusperte sich, als müsse er sich sammeln. »Liebend gern, aber ich habe leider keine Zeit. Ich weiß ja, dass deine Grandma heute Morgen abgereist ist und wollte eigentlich nur eine Akte für dich hier ablegen, sonst hätte ich mich vorher gemeldet.«

Ich war ein klein wenig enttäuscht. »Musst du arbeiten?«

Cal lachte leise. »Genau, und ich bin schon viel zu spät. Aber ich lasse mir eine Entschuldigung einfallen.« Er drehte sich kurz Richtung Garten. »Und jetzt ist mir auch noch Nyncis abgehauen.«

Erst dann setzte mein Verstand ein. »Moment. Was für eine Akte?«

Cal deutete auf eine Mappe aus braunem Karton, die auf dem Gartentisch lag. Sie trug das Wappen der Polizei.

»Aus dem Revier in Olmsted Falls. Ich brauche sie aber zurück, damit es nicht auffällt.«

Ich griff danach. »Wow. Vielen Dank! Wie klasse ist das denn?«

»Du warst so traurig, als der Detective dich abblitzen lassen hat, das konnte ich nicht ertragen.« Cal lachte leise. »Dort einzubrechen war wirklich kinderleicht.«

»Vielen Dank.«

Cal streichelte zart meine Wange hinab. »Gerne.« Unsere Blicke verknoteten sich, dann glitt sein Blick zu meinem Mund. Doch plötzlich wandte er sich energisch ab. »Ich muss los.« Wieder drehte er sich Richtung Garten, bevor er energisch mit der Zunge schnalzte. »Wo steckt er denn bloß?«

Doch da tauchte der schwarze Wolf auch schon hinter dem Gartenhaus auf. Er hob eine Pfote, was wie eine Entschuldigung wirkte.

»Ist ja schon gut«, brummte Cal, bevor er sich zu mir drehte. »Grüß Rhonda und Dylan von mir.« Noch mal strich er mir über die Wange. »Wir schreiben später, okay?«

Ich nickte. »Das machen wir.«

*

»Seht mal, was ich habe«, rief ich und hielt wenig später triumphierend die Akte hoch. »Streng geheime Dokumente aus Olmsted Falls.« Ich ließ mich neben Dylan auf die Couch sinken. »Hat Cal besorgt. Gott, ich platze vor Neugier.«

Als niemand antwortete, hob ich den Kopf. Von zwei Seiten trafen mich missbilligende Blicke. Sie erinnerten mich sehr an die Reaktion meiner drei Rabauken, als Cal mich besucht hatte.

»Was?«

Rhonda und Dylan wechselten einen kurzen Blick.

»Du bist total verknallt in ihn.« Rhonda machte keinen Hehl daraus, was sie darüber dachte. Dylan nickte bekräftigend.

»Bin ich nicht.« Es war ein jämmerlicher Versuch, das musste ich zugeben.

Dylan verdrehte die Augen. »Sprich noch weiter, und dein Kopf platzt gleich.«

»Ich bin gar nicht rot.«

Die beiden brachen in Gelächter aus.

»Haha.« Ich schlug die Akte auf, um mich abzulenken.

»Erin, hör mir zu, das ist wichtig.« So leicht schien Rhonda mich nicht aus ihren Klauen zu entlassen. »Der Typ wickelt dich total ein. Und er weiß, was er tut. Er ist kein kleiner Junge, der das erste Mal verknallt ist. Er ist ein Typ, der ein liebes Mädchen wie dich mit seinem Piraten- ...« Sie wedelte mit den Händen. »... Banditen oder ›Ich bin der charmante Räuber aus einem Disney Film‹-Charme beeindruckt. Er ist wie der böse Bruder von Prinz Charming. Keine Frage, diese Mittelalter-Piraten-Klamotten stehen ihm wahnsinnig gut. Er hat ein hübsches Gesicht. Er hat eine tolle Figur.«

Dylan ließ sich nach hinten gegen die Sofalehne sinken, schloss die Augen und deutete ein Schnarchen an.

Rhonda boxte ihm gegen den Arm, doch sie war noch nicht fertig mit mir. »Er ist groß, gutaussehend und geheimnisvoll. Das ist der Stoff, aus dem Mädchenträume sind. Aber er ist nicht der Märchenprinz, der dich rettet. Er ist das Ungeheuer, das dich in einer Höhle einsperrt, um dich irgendwann mit Haut und Haaren zu fressen.«

Dylan sprach weiter, kaum dass Rhonda geendet hatte. »Dieser Typ taucht plötzlich, nach drei Jahren Funkstille, bei dir auf. Auf einmal seht ihr euch quasi ständig. Er erzählt dir irgendeine rührselige Geschichte von einer Gefangenschaft. Wach auf, Erin, er war nicht im Krieg und ist dann als Erstes zu seiner Süßen nach Hause zurückgekehrt. Seine Welt ist im Umbruch. Du hast mir erzählt, dass die Kartelle kurz vor einem Krieg stehen. Es geht um sehr viel Macht. Und Cal wird seinen Vater ablösen. Er wird der nächste Anführer der Onyx. Er wird einer der zehn mächtigsten Anführer in seiner Dimension sein.« Dylan fuhr sich durch die Haare. Dann sah er mich wieder an. In seinem Blick erkannte ich echte Sorge. »Und er hat dich. Deine Gefühle für ihn leuchten in deinen Augen wie eine Weihnachtskerze. Soweit ich weiß, bist du der einzige Mensch, der diese Wesen sehen kann. *Finde den Fehler.* Schalte endlich deinen Kopf ein, und finde den Fehler.«

Ich schluckte. Das war nichts, woran ich nicht selbst schon gedacht hatte, aber es tat weh, wie hart Dylan mit mir redete. Ich war nicht zimperlich, und wir hatten während unserer jahrelangen Freundschaft schon so manchen Streit überstanden. Wir kannten uns schließlich seit der ersten Klasse. Hätte er nicht die zweite Klasse übersprungen, würden wir jetzt zusammen studieren. Aber dennoch. Jetzt redete er mit mir, als wäre ich der dümmste Mensch auf diesem Planeten.

Dylan hatte sich regelrecht in Rage geredet. »Du bist sein Ass im Ärmel. Du bist das Mädchen, dass diese Wesen …«

»Sie heißen Noctua«, unterbrach ich ihn scharf. »Du weißt es genau.«

Dylan brummte. »Von mir aus. Du bist die Einzige, die die Noctua sehen kann. Nicht nur die Alpha, sondern auch die Beta, die Gamma und die Delta. Du bist ein riesengroßes Mysterium. Und einem der mächtigsten Alpha der Dimension gehört dein Herz. Was für ein schöner Vorteil für den lieben Cal, findest du nicht?«

Jetzt reichte es mir. »Cal und ich waren verliebt lange bevor es um Macht ging«, erwiderte ich mit kalter Stimme. »Er hätte mich schon damals, als wir beide zwölf waren, mühelos entführen können. Mich in irgendeinem Kerker einsperren und vor der Welt verstecken. Damals war all das nie Thema.«

»Ja, aber jetzt ist er erwachsen«, erwiderte Dylan scharf.

»Außerdem weißt du gar nicht, was er in den Jahren vorhatte, in denen er in *Gefangenschaft* war«, warf Rhonda ein. »Kennst du seine ursprünglichen Pläne? Hat er dir damals erzählt, wie es mit euch weitergehen soll? Seine Zukunftspläne, bevor er entführt wurde? Habt ihr jemals darüber gesprochen?«

All das hatte ich mit Rhonda Hunderte Male durchgekaut. Nicht nur nach Cals verschwinden, auch davor schon.

Sie beide waren von Anfang an eingeweiht gewesen. Und auch wenn Cal mich damals nur nachts besuchen konnte, hatte ich ihnen doch alles erzählt. Sie wussten beide, wie verliebt ich war. Sie wussten von jeder süßen Geste von Cal, von jedem gemeinsamen Filmabend, von jeder zufällig nebeneinander verbrachten Nacht. Sie wussten von dem Kuss, und dass nie mehr passiert war.

Und jetzt taten sie so, als wäre er mein Leben lang mein großes Geheimnis gewesen.

»Wir haben nicht über die Zukunft gesprochen.« Sie wussten das, aber ich wiederholte es gerne noch mal für sie. Mir war selbst klar, wie naiv das gewesen war. Und nicht nur das. Ich hatte die Augen ganz mutwillig vor der Realität verschlossen. Damals hatte Cal mir immer suggeriert, dass ich die Dimension nicht besuchen könnte. Ich hatte angenommen, dass ich dort nicht überleben könnte. Und genau deshalb hatte ich insgeheim sowieso nie an eine lange gemeinsame Zukunft geglaubt. Genau aus diesem Grund hatte ich immer nur für den Moment gelebt. Für den Augenblick, wenn er nachts in meinem Zimmer erschien. Das war vielleicht dumm, aber Gefühle waren nun mal nicht rational. Gefühle waren chaotisch, egoistisch und feige. Jedenfalls feige genug, ihn niemals zu fragen, ob ich für immer das Mädchen bleiben würde, dass er als sein Geheimnis betrachtete.

Ich ließ meinen Kopf in die Hände sinken. »Leute, bitte hört einfach auf. Cal und ich sind nicht zusammen. Ich plane keinen Umzug nach Obskuris. Ich werde auch nicht mein Studium in den Wind schießen. Und außerdem.« Ich hob den Kopf wieder und sah beide an. »Bin ich jetzt drei Jahre älter, kann gut auf mich aufpassen und verspreche, ich bin auf der Hut. Ich bin diejenige, die am meisten über die Onyx weiß. Ich bin diejenige, die ihre Dimension bereits betreten hat. Und *ich* bin diejenige, die Cal seit Jahren kennt. Wenn jemand vorsichtig ist, dann bin ich das. Na klar, vielleicht kann ich meine Gefühle manchmal nicht komplett verbergen. Und glaubt mir, sie sind echt hinderlich, wenn es darum geht, objektiv zu bleiben, vorsichtig zu sein und sich selbst zu schützen. Aber es ist nun mal Cal. Ich war fürchterlich verliebt in ihn. Mit Haut und Haaren und mit allem, was mein Herz zu geben vermag. Er hat mir das Herz gebrochen, und jetzt ist er wieder da. Ich könnte ihm glauben, und mein Herz will ihm auch glauben, aber mein Verstand ist nicht so leicht rumzukriegen. Ich passe auf, das verspreche ich euch. Bitte macht euch keine Sorgen.«

Die beiden lächelten zögerlich.

»Und wenn mir etwas komisch vorkommt, dann bespreche ich es mit euch. So wie immer.« Ich stand auf und streckte meine Arme aus. »Kommt her.«

Wir umarmten uns, und Dylan strich mir übers Haar. »Pass auf dich auf, in diesem komischen Hokuspokusland werde ich dich nicht beschützen können.«

»Es heißt Obskuris«, flüsterte ich und lächelte dabei. »Ja, ich passe auf.«

Dylan machte sich los und strich sich über sein Shirt. Er war einfach nicht so der Typ für lange Umarmungen. »Gut, dann weiter im Text. Sehen wir uns diese Akte an. Will Cal dafür eine Gegenleistung?«

»Nein«, erwiderte ich empört. »Wir sind Freunde.« Ich zuckte mit den Schultern. »Und, na ja, aus irgendeinem Grund kann er die Zahnfeen nicht sehen. Ich habe versprochen, diese Sache mit ihm in Obskuris zu überprüfen.«

»Wie praktisch«, erwiderte Dylan mit deutlicher Ironie in der Stimme.

»Könnten wir jetzt aufhören, über Cal zu reden und weitermachen?« Die Sorgen meiner Freunde um mein Privatleben hin oder her. Jetzt war Schluss.

»Konzentrieren wir uns bitte auf diese Akte.« Ich griff danach und ließ mich wieder auf meine Couch fallen. Rhonda ließ sich neben mir nieder, Dylan seufzte, nahm uns gegenüber Platz und sparte sich einen weiteren Kommentar. Die Akte enthielt jede Menge einzeln abgeheftete Stapel Papier. Von Ordnung schien man in diesem Revier wohl nicht viel zu halten. Ich gab Rhonda einen Packen und reichte einen weiteren zu Dylan herüber. Der guckte zwar, als würde er gerne noch weiter argumentieren, doch er entschied sich wohl, einem weiteren Konflikt aus dem Weg zu gehen. »Wonach suchen wir?«

»Das hatte ich doch schon gesagt. Die Sicherheitsgurte meiner Eltern waren blockiert.«

»Vermutest du«, korrigierte Dylan mich.

»Genau«, wiederholte ich genervt. »Ich vermute es, und deshalb hätte ich gerne mit einem der Polizisten gesprochen. Da man mich leider nicht ernst genommen hat, werde ich jetzt versuchen, in diesem Papierberg Antworten zu finden. Grandma erzählt mir nichts, und wegen ihres gesundheitlichen Zustands darf ich sie nicht weiter löchern.«

Die beiden nickten zum Glück nur, und wir machten uns daran, die Dokumente durchzusehen. Ich fand die Zeugenaussage der beiden Feuerwehrmänner, die zuerst am Tatort gewesen waren. Sie hatten nur noch die Spitze eines Kotflügels gesehen und alles richtig gedeutet. Sie hatten sofort einen

Krankenwagen gerufen, bevor sie zu der Unfallstelle aufs Eis geeilt waren. Einer der beiden Feuerwehrmänner war ein ausgebildeter Taucher namens James Fairbanks. Er hatte zuerst mich gerettet, da ich direkt unter dem Wagendach trieb. Der andere Feuerwehrmann namens Christian Leeman hatte mich aus dem Wasser gezogen und sofort versucht, mich wiederzubeleben. Fairbanks hatte geistesgegenwärtig einen Gurtschneider aus dem Auto mitgenommen, bevor er sich ins Wasser gestürzt hatte. Er schnitt die Sicherheitsgurte meiner Eltern auf und schaffte es so, sie aus dem Auto zu holen. Zwei Männer, die zufällig vorbeikamen, weil sie nach einem entlaufenen Hund suchten, hatten bei der Reanimation geholfen, bis ein Rettungswagen und ein Notarzt eingetroffen waren.

»Ich habe was«, durchbrach Dylan meine Gedanken und hielt einen Zettel hoch. »Die Spurensicherung hat den Wagen untersucht. »Laut diesem Bericht hier ist der vordere Teil des Autos durch den Aufprall auf das zentimeterdicke Eis beschädigt worden. Sie haben Tests gemacht im Labor, aber obwohl sich die Gurte aus dem Auto deiner Eltern nicht mehr öffnen ließen, ging man davon aus, dass es ein tragischer Zufall war.«

Obwohl ich erleichtert sein wollte, ließ sich das komische Gefühl in meinem Bauch nicht auslöschen. »Warum haben sie nicht weiter ermittelt?«

Jetzt meldete sich Rhonda zu Wort. »Man hat wohl in deiner Familie und bei Verwandten väterlicherseits nachgefragt. Es gab keinerlei Hinweise darauf, dass er in Schwierigkeiten steckte oder private Probleme hatte. Er hatte keine Schulden, keine Rechtsstreitigkeiten, keinen Streit in der Familie. Und über deine Mutter konnte man praktisch nichts herausfinden. Keine Eltern, keine anderen Familienmitglieder.«

»Mom war eine Waise. Sie hatte keine Familie.«

»Weißt du, in welchem Kinderheim sie aufgewachsen ist? Dann könnte man dort mal nachfragen.«

»Ich habe keine Ahnung. Auch Grandma weiß nur, dass Mom ein Waisenkind war.«

»Und wenn du sie noch mal dazu befragst?«

Ich ließ die Schultern hängen und seufzte. »Glaub mir. Ich hätte so verdammt viele Fragen an Grandma. Aber sie darf sich nicht mehr aufregen. Und ich will nicht, dass sie noch mal so einen Herzinfarkt hat. Dafür ist sie mir zu wichtig. Wenn sie diese Geheimnisse nicht preisgeben will, dann muss ich eben versuchen, sie selbst herauszufinden. Grandma ist keine Option.«

»Sprich doch mal mit den Feuerwehrmännern. Die kennen sich mit Autos doch auch gut aus. Schließlich müssen sie oft genug Leute aus irgendwelchen brennenden Fahrzeugen retten. Ihrer Einschätzung sollte doch etwas wert sein. Die Polizei ermittelt nur so lange, wie sich ein Verdacht immer weiter erhärtet. Wenn sie sich aber im Umfeld umhören, und es gibt absolut keine Hinweise auf irgendeine Art von Problemen, die zu so einer Tat führen könnten, dann stellen sie die Ermittlungen ein. Deine Eltern waren wie ein unbeschriebenes Blatt, hat es den Anschein.« Dylan blätterte weiter durch die Akte. »Ich habe hier jede Menge Befragungen. Deine Großeltern, seine Kollegen, die Kollegen deiner Mom, Freunde, sogar die Leute, die sie besuchen fahren wollten. Es gibt keine Ungereimtheiten und keine Hinweise auf Schwierigkeiten jeglicher Art. Dieser Fall ist eine Sackgasse, und genau deshalb haben sie ihn als tragischen Unfall deklariert.«

»Das mit den Feuerwehrmännern ist eine gute Idee.« Ich konnte den Begriff »tragischer Unfall« echt nicht mehr hören. Ein Auto geriet auf einer Brücke plötzlich ins Schleudern, stürzte in einen Fluss, und beide Sicherheitsgurte blockierten simultan. Das wollte ich nicht glauben. Irgendetwas an dieser Geschichte war faul.

»Hier stehen die Kontaktdaten der Feuerwehrmänner. Sogar die Wache, auf der sie gearbeitet haben. Vielleicht habe ich Glück, und sie sind noch immer dort beschäftigt.«

Rhonda nickte zustimmend. »Das klingt nach einem guten Plan.« Sie reichte mir ihren Papierstapel zurück. »Hier ist nichts. Jede Menge Berichte über den Zustand des Unfallfahrzeugs, der Wetterbericht von damals, sie haben sogar das Reifenprofil vermessen.«

Dylan blätterte immer noch in seiner Akte, aber auch er wirkte, als sei er schon fertig.

Ich war derweil von der Idee, die Feuerwehrmänner zu kontaktieren, so eingenommen, dass ich eines der vorletzten Blätter nur überflog. Doch plötzlich sah ich aus dem Augenwinkel etwas Merkwürdiges.

Sozialversicherungsnummer: Fehlerhaft.

Dahinter war ein großes rotes Fragezeichen gemalt.

Jetzt las ich genauer. Die Sozialversicherungsnummer meiner Mutter stimmte nicht. Sie gehörte einer Frau, die zum damaligen Zeitpunkt schon verstorben war. Man ging davon aus, dass es sich um einen Fehler im System handelte.

Schon wieder eine Ungereimtheit. Ein Zufall. Ein Fehler, der nicht mehr wichtig zu sein schien.

»Die Sozialversicherungsnummer meiner Mutter ist nicht korrekt. Sie gehörte einer damals schon verstorbenen Frau.«

Sofort hatte ich die volle Aufmerksamkeit von Rhonda und Dylan. »Was?«

Ich überflog die Zeilen weiter. »Die Nummer ist bei ihrem Arbeitgeber am Flughafen niemals überprüft worden. Sie hat

283

erst Steuern gezahlt, als sie dort angefangen hat, zu arbeiten.«
Ich wusste nur von diesem einen Arbeitsplatz, deshalb nahm
ich automatisch an, dass Mom unmittelbar nach ihrer Ausbildung dort angefangen hatte.

»Das war ihr einziger Job, oder?« Rhonda hatte ihr Kinn auf
der Faust abgestützt. »Was, wenn sie dort die Ausbildung gemacht und auch dort ihre Nummer bekommen hat? Du er-
hältst sie schließlich erst, wenn du anfängst, zu arbeiten. Was,
wenn direkt dort der Fehler entstanden ist? Deshalb ist sie
auch nie geprüft worden, weil sie quasi dort eine erhalten hat.
Dort in der Personalabteilung.«

»Das war eine Möglichkeit.« Dennoch türmten sich die Ungereimtheiten in meinem Kopf auf wie eine undurchdringliche
Mauer aus Fragen. Es waren einfach zu viele Details, die irgendwie nicht stimmig waren.

»Aber eine Sozialversicherungsnummer ist einzigartig. Es
ist ein Code aus so vielen Zahlen, dass ein Zufall praktisch unmöglich ist. Mom aber hat die Sozialversicherungsnummer einer zufällig kurz zuvor verstorbenen älteren Dame erwischt.«
Ich überflog die weiteren Zeilen. »Hier steht, dass die Frau im
Ausland verstorben ist, und es versäumt wurde, ihren Tod den
Behörden zu melden. Sie ist dort drüben in Spanien bestattet
worden. Laut dieser Informationen hat sie keine Rente bekommen, weil sie niemals gearbeitet hat. Ihr Mann war sehr wohl-
habend, und sie lebte nach seinem Tod von dem Erbe.« *Was
für ein perfekter Zufall.* Eine zweite Frau, die im System quasi
verloren gegangen war. Und dann Mom … Mir wurde ganz
kalt bei dem Gedanken. Mom, die offensichtlich eine neue Sozialversicherungsnummer brauchte.

»Du solltest dich nicht in irgendwelchen Theorien verlieren«, sagte Dylan leise. »Das klingt jetzt alles wie aus dem Drehbuch eines Agentenfilms.«

Ich hielt die Akte hoch. »Aber genauso steht es hier, Wort für Wort. Sie haben es im Nachhinein alles recherchiert. Und dennoch hatte wohl niemand Lust, diese vielen Zufälle zusammenzufügen. Zwei gleichzeitig blockierende Sicherheitsgurte und eine Frau ohne Familie, die eine falsche Sozialversicherungsnummer benutzt.«

»Warum ändert jemand seine Sozialversicherungsnummer«, wollte Rhonda wissen.

»Entweder um seine Identität zu verschleiern und beziehungsweise oder sich eine neue Identität zuzulegen. Mehr Möglichkeiten gibt es eigentlich nicht.«

»Also wenn dies nicht nur ein unglücklicher Zahlendreher im System war, was hatte deine Mom dann vor?«

Mein Blick glitt in Richtung der Terrassentür. »Mom hat offenbar versucht, ihre wahre Identität zu verheimlichen.«

Im Zimmer war es jetzt so still, dass man eine Stecknadel hätte fallen hören können.

Schließlich blätterte ich weiter in der Akte, bis sich ein Bild meiner Mutter fand. Daneben ihre Daten und die Sozialversicherungsnummer. *Das Leben einer anderen Frau.* Ich blickte in Moms Gesicht. Und eine Frau ohne Vergangenheit.

Was musste einem Schlimmes passiert sein, dass man seine eigene Identität verleugnete? Ich starrte weiter auf das Foto.

War meine Mutter etwa von ihrer Vergangenheit eingeholt worden?

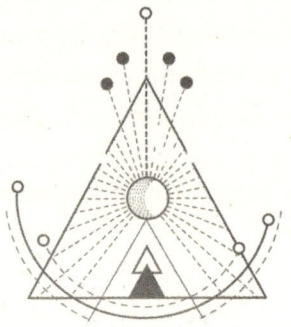

Kapitel 22

»Seht euch an, wie hoch diese Halle ist.« Ich hob den Kopf, damit die Actionkamera, die mittels eines Gurts vorn auf meiner Stirn prangte, alles aufnehmen würde.

Am späten Nachmittag war ich immer noch so aufgewühlt von all den neuen Informationen aus der Polizeiakte, dass ich beschloss, auf eine weitere Explorer-Tour zu gehen. Da ich eine Liste mit Objekten besaß, die ich mir gern ansehen wollte, konnte ich relativ spontan entscheiden, welchen Ort ich als Nächstes entdecken wollte. Grandma hatte zwischenzeitlich angerufen und berichtet, dass sie gut angekommen war. Da hatten Rhonda, Dylan und ich gerade über unserer Pizza gesessen.

Rhonda hatte nachmittags noch ein Treffen mit ihrem

Handballverein, und Dylan wollte nicht zu spät wieder im Wohnheim zurück sein, deshalb hatten wir uns nach ein paar Stunden wieder voneinander verabschiedet. Da mir zu Hause die Decke auf den Kopf fiel, hatte ich meine Ausrüstung in den Wagen geworfen und war losgebraust.

Jetzt befand ich mich in einer vor Ewigkeiten stillgelegten Fabrik, die Farben und Lacke hergestellt hatte. Sie befand sich im Revier der Onyx.

Ich bog gerade um einen großen Tank, da standen sie vor mir.

»Hallo Erin.«

Sie waren zu zweit. Eine hatte den Kopf einer Katze und den Körper einer schlanken Frau in einem leuchtend roten Kimono. Die andere war eine Sphinx. Sie besaß den Körper eines Löwen, beeindruckende Falkenflügel und das Gesicht einer Prinzessin aus Tausendundeiner Nacht.

Zwei Beta. Die Kategorie Dämonen, der man nicht im Dunkeln begegnen wollte. Die Kategorie Dämonen, vor der Cal mich eindringlich gewarnt hatte.

Na wunderbar.

»Hallo.« Ich richtete den Strahl meiner Taschenlampe etwas weiter in ihre Richtung. Nicht so weit, dass ich sie blenden würde, aber weit genug, um einen genaueren Blick auf sie zu erhaschen. Die Katzenfrau ähnelte Bastet, jener ägyptischen Göttin, die sich an den Wänden so vieler Pyramiden wiederfand. Nur ihr weitschwingender Kimono passte nicht so recht ins Bild. Ihre zwei Reißzähne blitzten, als sie mir ein diabolisches Lächeln schenkte.

Ihre Begleiterin scharrte ungeduldig mit ihren Löwenpranken, bevor sie die beeindruckenden Flügel anlegte und sich setzte. Jede einzelne Kralle ihrer vier Pranken sah so scharf aus, als könne sie mich damit von oben bis unten aufschlitzen. Sie verhielt sich zwar wie ein Vierbeiner, aber ich war mir relativ sicher, dass sie genau wie Otiz aufrecht gehen konnte.

Beide sahen aus wie Sagengestalten aus der antiken Mythologie, was mir erneut bestätigte, dass ich nicht die Erste und Einzige war, die die Noctua sehen konnte. Schließlich waren die Wände aller Zivilisationen voll mit Motiven von ihnen.

»Wir haben gehört, du treibst dich jetzt in unserer Welt herum.« Die Stimme der Sphinx war melodisch und weich.

Ich zwang mich, unbeeindruckt zu klingen. »Habt ihr das.«

Die Katzenfrau fauchte, sodass ihre Schnurrhaare zitterten. »Werde mal nicht frech. Wir sind nur hier, um uns zu unterhalten.«

Ich feixte, obwohl mir innerlich ganz anders zumute war. Die Beta waren jene Noctua, die sich nicht zähmen ließen. Sie unterwarfen sich den Gesetzen ihrer Kartelle, aber das taten sie freiwillig. Was genau wollten die beiden von mir?

»Zu welchem Kartell gehört ihr? Onyx? Ich bin mir sicher, Cal wird sich sehr dafür interessieren, dass ihr mir auflauert.«

Die Sphinx lachte. »War das eine Drohung, Erin?«

Gut, das war wohl der falsche Weg. »Was wollt ihr?«

Die Katzenfrau machte einen Schritt auf mich zu. Ihr langes Gewand bauschte sich anmutig beim Gehen. »Das hier ist ein freundlicher Hinweis, deine Nase nicht in Angelegenheiten zu stecken, die dich nichts angehen.«

»Gehört ihr beide zum Fanclub von Cal? Seid ihr eifersüchtig?«

Die Sphinx entfaltete ihre Flügel. Der Luftzug war so stark, dass ich fast nach hinten umgefallen wäre. Im letzten Moment schaffte ich es, mich am Geländer des Tanks neben mir abzustützen.

»Pass auf, was du sagst, Mensch.«

Cal hatte mir mal erklärt, dass man vor den Beta keine Angst zeigen durfte. Offenbar war mein letzter Spruch etwas zu viel des Guten gewesen.

»Wer schickt euch? Cals Vater? Oder Lykos?«

Die Sphinx bleckte die Zähne. »Ich wiederhole mich nur ungern. Hast du unsere kleine Warnung verstanden?«

»Jetzt ist es also kein Hinweis mehr, sondern eine Warnung?«

Die Katzenfrau neigte den Kopf zur Seite und betrachtete mich wie eine Maus mit gebrochenem Beinchen. Interessiert und gelangweilt zugleich. »Du hast uns verstanden, Mensch.«

»Ihr wollt also, dass ich nicht mehr nach Obskuris reise.«

»Hast du etwas mit deinen kleinen Ohren, Mensch?« Jetzt machte auch die Sphinx zwei Schritte auf mich zu. »Die Details werden wir nicht mit dir diskutieren.«

Sie waren beide so groß, dass ich den Kopf heben musste, um ihnen ins Gesicht zu sehen. »Nein.«

Einen Moment lang waren sie beide perplex.

»Ein Hinweis ist etwas, das weder eine Zusage noch eine Absage des Gegenübers bedingt. Ein Hinweis verliert seine Gültigkeit dadurch nicht. Ich kann euch antworten, was ich will, den Hinweis habt ihr mir trotzdem gegeben.«

Bei meinen Worten verlor die Katzenfrau ihre Geduld. Sie packte mich am Kragen meiner Jacke und hob mich ein Stückchen in die Luft. »Ich könnte dich fressen und lediglich deine Haare in einem kleinen Fellball wieder ausspucken.« Sie riss mir die Kamera vom Kopf und zertrat sie auf dem Boden.

»Ihr dürft nicht töten«, keuchte ich. An mein neues Equipment verschwendete ich keinen weiteren Gedanken. »Ihr dürft nicht mal jagen. Zufälligerweise weiß ich ganz genau, was eure

Befugnisse in dieser Welt sind. Und vergesst nicht, mit wem ich zusammenarbeite. Keine Ahnung, zu welchem Kartell ihr gehört, aber wollt ihr euch wirklich den Zorn der Onyx zuziehen?«

»Jetzt drohst du uns mit deinem Freund? Bist du so schwach, dass du dich nicht selbst wehren kannst?« Die Katzenfrau schüttelte mich, sodass meine Füße in der Luft baumelten.

»Lass mich runter, sofort.« Meine Stimme hatte einen scharfen Ton angenommen.

»Nein.« Sie lachte und schüttelte mich erneut, diesmal kräftiger.

Sie hatte es so gewollt. Ich schaffte es, meine Hand in die Tasche zu schieben. Sie wollte, dass ich mich wehrte? Das konnte sie haben.

»Letzte Chance.«

Sie lachte immer noch.

Ich zog mein Pfefferspray hervor und sprühte es ihr ins Gesicht. Nicht direkt in die Augen, denn ich wollte sie nicht mutwillig verletzen. Aber doch nah genug, dass es ihr in die empfindliche Nase steigen würde.

Die Katzenfrau gab ein schrilles Maunzen von sich und ließ mich fallen.

Mein Sturz war ungebremst, und so knallte ich mit dem Hinterkopf auf den harten Untergrund. Schmerz explodierte in meinem ganzen Körper. Ich stöhnte auf, und einen Moment lang sah ich Sterne.

Schon war die Sphinx über mir. Mit ihrer kräftigen Vorderpranke drückte sich mich hinab auf den Boden. Dann hob sie die andere Pranke, und fast ihr gesamtes Gewicht verlagerte sich auf meinem Brustkorb.

Ich versuchte zu atmen, doch es gelang mir nicht. Geistesgegenwärtig drehte ich meinen Kopf zur Seite, als sie mit der Pranke ausholte. Sie erwischte mich nur halb. Ihre Krallen rissen meine Wange auf. Sofort spürte ich, wie warmes Blut über mein Gesicht rann. Ein brennendes Gefühl schoss durch mich hindurch, und Tränen traten mir in die Augen.

Die Sphinx beugte sich nah zu mir. »Leg dich nicht mit uns an, Menschlein. Du kannst nur verlieren.«

»Ich bringe sie um«, kreischte die Katzenfrau, die inzwischen aufgehört hatte zu niesen. Sie stieß die Sphinx grob zur Seite.

Luft strömte in meine Lungen, und endlich konnte ich wieder frei atmen.

Im nächsten Moment hatte mich die Katzenfrau zurück auf die Füße gerissen. Ihre Augen waren rot geädert, und das Pfefferspray schien ihre Atmung zu erschweren. Doch die Raserei in ihrem Blick war das, was mich tatsächlich beunruhigte. Bevor ich reagieren konnte, wurde ich quer durch die Halle geschleudert. Zum Glück trug ich professionelle Outdoorklamotten. Stoffe, die Stein und Metall bis zu einem gewissen Grad widerstehen würden. Ich landete hart auf dem Rücken, und mein Kopf verfehlte ein ziemlich spitz aussehendes Metallteil nur um Zentimeter. Ich rang nach Luft. Blut rann mir warm über die Wange. Mein Rücken schmerzte, und ich war mir sicher, dass ein paar Rippen geprellt waren.

Und schon war die Katzenfrau wieder da. Ihr rotes Gewand wirkte wie ein Feuerball in der Dunkelheit. Sie landete geschmeidig wie eine Superheldin in einem Actionfilm. Sofort stürzte sie sich auf mich. Ich versuchte, mich zu wehren, doch ich lag auf dem Rücken wie ein Käfer, und die Verletzungen machten mir zu schaffen. Sie schlug meine Arme mühelos zur

Seite und legte sie ihre krallenbewehrten Hände um meine Kehle. »Dich wird niemand vermissen, Mensch.«

»Aleana!« Von irgendwoher erklang eine Stimme aus der fahlen Dunkelheit.

Meine Sicht verschwamm, und weiße Pünktchen tanzten vor meinem inneren Auge. Wenn sie nicht bald ihre Hand von meinem Hals löste, würde ich ersticken.

»Aleana! Du kennst unseren Auftrag!« Die Sphinx-Frau kam geschmeidig herangesprungen wie ein Puma auf der Jagd. »Lass dich nicht provozieren, das ist es nicht wert.«

»Ich bringe sie um«, zischte die Katzenfrau erneut. »Sie hat mich angegriffen, und niemand greift mich an, ohne zu sterben.«

»Sei vernünftig.«

»Ich will jetzt nicht vernünftig sein. Du kannst ja verschwinden, wenn du Angst vor den Konsequenzen hast, Bryseis.«

Ich strampelte mit den Füßen, denn jetzt wurde meine Luft wirklich knapp.

Aleana, die Katzenfrau, schien wild entschlossen.

Ich hörte die Sphinx seufzen, und in einem schrecklichen Moment wurde mir klar, dass sie aufgegeben hatte, ihre Begleiterin zu überzeugen.

»Hör auf zu strampeln, Menschlein. Es ist gleich vorbei.«

Mein Messer. Warum fiel es mir jetzt erst ein? Mit letzter Kraft versuchte ich, meine rechte Hand in meine Hosentasche zu schieben. Doch vergebens.

Ich schaffte es nicht.

In meinem Kopf drehte sich alles. Schwindel übermannte mich, Übelkeit brach wie eine Welle über mir zusammen.

Mein Messer …

In einem letzten Kraftakt bog ich den Rücken durch, um meine Position zu verändern.

Die Katzenfrau war nicht aus dem Gleichgewicht zu bringen.

Ein letzter Versuch.

Ein Nagel splitterte, und meine Nagelhaut wurde schmerzhaft nach hinten geschoben, als ich meine Finger mit dem letzten Fünkchen Energie gewaltsam in meine Tasche schob.

Erleichterung durchflutete mich, als ich die Hand um den kühlen Stahl schloss. Doch ich hatte keine Zeit mehr. Keine Zeit für Angst oder moralische Bedenken. Ich kämpfte um mein Leben.

Jetzt.

Lautlos sprang die Klinge aus dem Griff.

Jetzt! Mit aller Wucht rammte ich der Katzenfrau das Messer in die Seite. Sie schrie auf, doch ich ließ nicht von ihr ab. Stattdessen umfasste ich den Griff fester und zog ihn durch ihren Leib in Richtung ihres Brustkorbs. Blut quoll mir warm über die Hand. Die Katzenfrau kreischte, dann endlich ließ sie von mir ab. Im nächsten Moment fiel sie regungslos zur Seite.

»Aleana!« Die Sphinx stürzte zu ihr.

Ich japste wie eine Ertrinkende nach Luft, und mein Körper wurde von einem Hustenkrampf geschüttelt, während ich versuchte, mich aufzurichten.

Die Sphinx sah mich an. In ihren Augen glühte der pure Hass.

Ich hielt mein Messer fest umschlossen wie ein Gladiatorenschwert. »Du auch noch?«

Die Sphinx stellte sich schützend über die Katzenfrau. »Du wirst sie nicht töten.«

Mein Blick fiel auf ihren reglosen Körper. Sie hatte so viel

Blut verloren, dass ich bezweifelte, dass sie es überleben würde. Die Noctua waren keine magischen Wesen. Sie waren sterblich, so wie wir Menschen. Sie töteten sich gegenseitig, erlagen einer Krankheit oder starben an Altersschwäche. Diese Beta würde vermutlich durch mein Messer sterben.

»Verschwindet.« Ich wedelte mit dem Messer in der Luft herum.

Natürlich dachte die Sphinx nicht mal daran. Mit einem Schrei stürzte sie sich auf mich. Sie drückte mich zurück auf den Boden, und ihre Augen schienen in der Dunkelheit zu leuchten. Aber sie hatte nicht mit meiner Reaktion gerechnet. Entschlossen drückte ich ihr das blutige Messer an die Kehle. Meine Stimme klang, als riebe Stein über Stein. »Rette deine Freundin oder du folgst ihr nach.«

Die Sphinx knurrte. Ich drückte mein Messer noch härter gegen ihren Kehlkopf. Eine dünne rote Linie erschien. Mein Gesicht brannte, mein Rücken pochte, und das Atmen fiel mir immer schwerer. Würde sie wirklich kämpfen wollen, zog ich vermutlich den Kürzeren.

Neben uns stöhnte die Katzenfrau laut auf. Jetzt klang sie mehr wie ein verwundetes Tier als ein Mensch.

»Letzte Chance«, wisperte ich. »Deine Freundin hat viel Blut verloren.«

»Wir sehen uns wieder«, zischte die Sphinx.

Eine ewige Sekunde lang starrten wir uns an.

Die Hand, mit der ich das Messer hielt, zitterte vor Anstrengung.

Ein winziger Blutstropfen rann den Hals der Sphinx hinab.

Kämpfen oder fliehen?

Rache oder Niederlage?

Ich betete, dass sie aufgeben würde.

Der Blutstropfen löste sich von ihrem Hals und tropfte auf mich hinab.

Völlig geräuschlos sprang die Sphinx zur Seite, und in der nächsten Sekunde war sie zusammen mit ihrer Freundin verschwunden.

Wieder richtete ich mich mühsam auf, wieder rang ich nach Luft und hustete gleichzeitig. Meine rechte Hand war von der Klinge bis zu meinem Unterarm blutverschmiert. Angewidert ließ ich sie auf den Boden fallen. Ich winkelte die Beine an und sah mich in dem düsteren Gebäude um. Was war geschehen? Wie war es geschehen? Ich hatte fast eine Noctua getötet. Meine Wange brannte, und als ich sie berührte, hatte ich frisches Blut an der Hand. Ich konnte immer noch nicht fassen, wie ich reagiert hatte. Ich hatte gekämpft, als hätte ich es gelernt. Ich hatte mich gewehrt, als wäre es etwas ganz Selbstverständliches, das zu meiner Persönlichkeit gehörte. Ich hatte beinahe jemanden umgebracht!

Aber jetzt war nichts mehr von diesem Selbstbewusstsein übrig. Meine Beherrschung fiel in sich zusammen, mein Mut schlich leise davon. Ich hatte keine Angst gehabt. Denn sonst wäre irgendein Noctua erschienen, der sich meiner Angst bemächtigen wollte. Vorsichtig schlang ich meine Arme um meine angewinkelten Beine. Mein ganzer Körper bebte. Hier im Dunkeln, inmitten dieser verfallenen Maschinen, fiel alle Anspannung von mir ab.

Während des Kampfs war ich eine Fremde gewesen, und jetzt kam mein altes Ich mit voller Macht zurück.

Ich sah hinauf in die Dunkelheit und begann hemmungslos zu weinen.

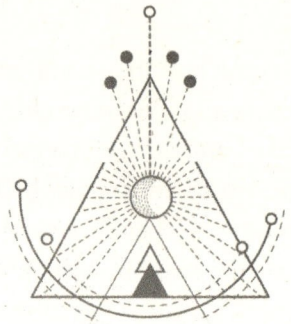

Kapitel 23

»Die *Euclid Avenue* führt uns in den Osten der Stadt, dessen
ehemalige Industriegebiete ungehindert dem Verfall preisgegeben sind. Wir werden uns heute eine Fabrik ansehen, die
Kühlschränke gebaut hat«, sagte ich. Ich hatte meine alte Kamera in einer Halterung am Armaturenbrett befestigt. »Laut
der Informationen, die man über sie im Netz findet, ist sie von
innen noch erstaunlich gut erhalten, und dank der Insolvenz
der Firma nur durch einen einfachen Zaun geschützt. Keine
Wachmänner, keine Kameras, keine Hunde. Ein Paradies auf
Erden.« Ich lachte und prompt schmerzte mein ramponiertes
Gesicht. »In fünf Minuten sind wir da. Bis gleich.«

Ich bog um eine Kurve und ließ dann das Fenster herunter.
Für einen Herbstnachmittag in Ohio war es ungewöhnlich

warm. Ich trug nur ein leichtes Langarmshirt, und trotzdem war mir warm.

Der Himmel war fast wolkenlos, und dennoch konnte man in ihm bereits den Sonnenuntergang erahnen. Und dabei war es gerade mal halb fünf. In spätestens zwei Stunden würde es dunkel werden. Mein Blick glitt aus dem Fenster.

Ich hatte Cal natürlich von dem Angriff der beiden Beta berichtet, sobald ich nach Hause gekommen war. Und natürlich war er komplett ausgerastet. Er versprach, die zwei Beta zu finden und wenn er dafür sämtliche Kartelle von oben nach unten drehen musste. Ich hatte mich darüber gefreut, auch wenn ich seine Erfolgsaussichten eher gering einschätzte. Bisher war er jedoch nur er einem Beta auf der Spur, der eine ganze Gruppe Onyx-Gamma ausgelöscht hatte, um sich ihrer Angst zu bemächtigen. Mir lief es kalt den Rücken runter bei dem Gedanken, jemand könnte meinen drei Gamma etwas antun.

In der Schule hatte ich meinen Freunden von den Erlebnissen erzählt. Obwohl mein ganzer Körper nur aus Muskelkater zu bestehen schien, hatte ich mich schon heute wieder auf den Weg gemacht.

Ich wollte mich nicht einschüchtern lassen. Ich wollte mir nicht mein liebstes Hobby nehmen lassen, dennoch fühlte ich mich beobachtet. Es war wie ein Kribbeln im Nacken, die Gewissheit, dass ein unsichtbarer Feind nur zwei Schritte hinter mir war. Ich konnte es nicht genauer benennen, aber verleugnen konnte ich es ganz sicher nicht.

Meine Verletzungen hatten sich als glimpflich entpuppt, nur die Kratzer im Gesicht sahen aus, als hätte ich mich mit einem Grizzlybären angelegt.

Zum Glück schien die antibiotische Salbe zu helfen, die ich in Grandmas Medikamenten-Fundus entdeckt hatte.

Jemand hupte, und ich hob entschuldigend die Hand. Ich hatte gar nicht bemerkt, dass die Ampel auf Grün umgesprungen war. Ich drückte aufs Gaspedal und vertrieb meine Erinnerungen an Cal. Jetzt sollte ich mich auf das fokussieren, was ich vorhatte. Der Wagen schaukelte, als ich durch ein Schlagloch fuhr. Es schien fast, als würde der Stadtteil täglich weiter verfallen. Beeindruckende Villengebäude, ehemalige Wohnsitze der Fabrikbesitzer und Onyx-Revier, reihten sich wie stumme Zeitzeugen einer längst vergangenen glanzvollen Epoche aneinander. Sie wirkten wie Mahnmale, dass jedes noch so große Glück, sei es finanziell oder privat, vergänglich war. Dann wurde der Asphalt brüchig, die Gelände größer, und die Strommasten ragten wie windschiefe Zahnstocher in den Himmel. Sie schienen willkürlich aufgestellt, und einige der Leitungen hingen gefährlich tief. Da keins der Gebäude mehr Strom bezog, nahm ich an, dass auch sie keinen Zweck mehr erfüllten.

Endlich hatte ich das Gelände der Kühlschrankfirma erreicht. Der Vorplatz war eine Mischung aus Schotter, Betonresten und wild wuchernden Inseln aus Unkraut. Ein Strommast war umgestürzt und lehnte an dem Gebäude. Dieses war aus roten Backsteinen erbaut, mit Fenstern, deren Gläser schon lange zerbrochen waren. Geschützt wurden sie durch undurchdringliche Metalllamellen, die von außen abweisend und unheimlich zugleich wirken. Sie klapperten, als ein leichter Wind aufkam. Wolken türmten sich über mir am Himmel auf und ließen die Sonne dahinter verschwinden.

Wie immer war ich ganz in Schwarz gekleidet. Ich griff nach meinem Rucksack, in dem alles Wichtige verstaut war. Eine Taschenlampe, Ersatz-Akkus, ein schmales Seil, Ersatz-Batterien, ein zweites Shirt, das kleine Mikrofon, das zu meiner GoPro gehörte, ein Erste Hilfe–Set und Glasschutz-Handschuhe.

Und da man nie wusste, auf wen man im Dunkeln so traf, hatte ich auch wie immer mein Pfefferspray und das Klappmesser dabei. Die zwei Sachen verstaute ich nicht im Rucksack, sondern schob sie in die Taschen meiner Cargohose.

Ich wusste aus dem Video eines anderen Explorers, dass es an einer bestimmten Stelle hier ein Loch im Zaun geben musste.

Als ich aus dem Auto ausstieg, sah ich mich unauffällig um. Von Nahem sah das Gelände sogar noch verwahrloster aus.

Die Straße in dem ehemaligen Industriegebiet war menschenleer, und so musste ich nicht besonders vorsichtig sein, als ich durch das Loch im Zaun auf das Fabrikgelände schlüpfte. Ich ging ein Stück auf das Gebäude zu, dann holte ich die alte Action-Cam aus meinem Rucksack, die bereits an dem Kopf-Haltegurt befestigt war. Leider war meine neue Kamera während des Kampfs mit den Beta zerstört worden. Ich verband die Kamera mit dem kleinen Mikro, dass ich an mein Shirt heftete und schob die elastischen Bänder über meine Haare. Die Kamera saß jetzt mittig über meiner Stirn. Ich schaltete das Mikro an.

»Hallo Leute, da bin ich wieder. Heute entführe ich euch wie gesagt zu *Bezco*, einer Firma, die noch bis in die Siebzigerjahre des vergangenen Jahrhunderts Kühlschränke produziert hat. Dies hier war nicht ihr Hauptsitz, aber die größte Produktionsstätte der Firma. Es ist einer der weniger erforschten Lost Places in Cleveland, weshalb ich mich sehr freue, euch heute mitnehmen zu können.«

Ich gab noch einige Informationen zum Besten, die ich mir vorher angelesen hatte. Viele guckten die Videos nur wegen der apokalyptischen Bilder, aber es gab auch eine ganze Reihe von Zuschauenden, die sich für die Fakten interessierten.

Früher war ich manchmal live gegangen auf Instagram, doch nachdem mich Leute verraten hatten und die Polizei angerückt war, hatte ich diese Variante aufgegeben.

Mittlerweile ließ ich zwei, drei Wochen vergehen und nahm mir genug Zeit, die Videos anständig zu schneiden, bevor ich sie hochlud.

Inzwischen hatte ich das Gebäude erreicht. Ich hob den Kopf und deutete auf eine Reihe Fenster, sodass meine Hand im Bild zu sehen war.

»Die Lamellen vor den Fenstern sind für das unheimliche Klappern verantwortlich. Ich werde jetzt mal nach einem Eingang suchen.« Ich sah mich um. Es war ein ungeschriebenes Gesetz der Urban Explorer, dass man an einem Lost Place nichts veränderte, beschädigte oder von dort mitnahm. Wir waren wie Geister. Wir schlichen ungesehen und ungehört in die Gebäude und verschwanden auf die gleiche Weise.

Das große Tor war mit schweren Ketten verriegelt und schied als Zugang aus. Blieben nur die Fenster ohne Lamellen. Ich streifte meine Handschuhe über, weil an einigen Stellen spitzes Glas aus den Fensterrahmen ragte. Prüfend ging ich an den Rahmen entlang, bis ich einen fand, an dem kaum noch Glas zu sehen war. Ich umgriff die Kante und zog mich nach oben. Das viele Klettern hatte mich stärker gemacht und mittlerweile konnte ich mein eigenes Gewicht heben, auch wenn mir meine Muskelschmerzen heute einiges abverlangten.

Ich zog mich hoch, bis ich über den Fensterrahmen ins Gebäude sehen konnte. Alles wirkte still und verlassen. Von einem Sicherheitsdienst keine Spur. Also schwang ich ein Bein über die Kante und ließ mich dann möglichst geräuschlos ins Halbdunkel der Fabrikhalle sinken.

»Okay Leute, wir sind drin.« Ich drehte mich einmal um mich selbst, damit alle einen guten Rundumblick bekamen. Keine Noctua zu sehen, wie angenehm. »So wie es aussieht, wurden hier die Kühlschränke für den weiteren Transport gelagert. Ich gehe mal in die nächste Halle.«

Noch einmal sah ich mich kurz um. Hier gab es wirklich nicht viel zu sehen. Obwohl die Halle bestimmt acht Meter hoch war, war sie fast vollständig leer. An einer Stelle tropfte Wasser vom Dach hinab. Der Boden war aufgebrochen und wellig. Es roch nach Moos und Feuchtigkeit. Meine Sohlen knirschten auf dem bröckligen Beton.

In einer Ecke entdeckte ich ein paar verwitterte Auftragsbögen. Sie waren auf das Jahr 1968 datiert. Der Rest war bereits so schwer leserlich, dass ich kaum etwas entziffern konnte. Edelstahl-Logos der Firma lagen verstreut umher. Ich entdeckte auch eine Coladose, die vermutlich aus neueren Zeiten stammte. Ich war ganz sicher nicht die Erste hier gewesen. Ich trat durch eine weitere Tür, und endlich fand ich mich in der eigentlichen Produktionshalle wieder. Eine voll automatisierte Fertigungsstraße erstreckte sich vor meinen Augen. Große Tanks, die höchstwahrscheinlich Chemikalien gemischt hatten, schienen noch völlig intakt. Während ich meine Follower mit dem, was ich mir angelesen hatte, unterhielt, machte ich nebenbei noch ein paar Fotos.

Ich durchquerte die Fabrikhalle, musste aber immer wieder über umgefallene Metallteile klettern und erschrak ziemlich heftig, als es in einer Ecke plötzlich raschelte.

»Da bewegt sich etwas. Hoffen wir mal, dass es nur eine

Katze ist.« Tiere aller Art liebten es, sich in verlassenen Gebäuden ein neues Heim zu schaffen.

Hier war es ein Vogel, der hektisch aufflog.

»Tu dir nicht weh«, rief ich ihm hinterher. Die Abonnenten meines Kanals liebten solche kleinen Zwischenfälle.

Dann erreichte ich eine Treppe, die hoch hinauf in einen Raum führte, der auf drei Seiten mit großen Fenstern ausgestattet war. Von dort oben musste man einen fantastischen Blick in die Halle haben. Ich rüttelte prüfend am Geländer. »Sehen wir uns mal an, was es dort oben gibt.«

Vorsichtig erklomm ich die Stufen. Ich hatte mittlerweile genug Erfahrung, um einschätzen zu können, ob eine Statik noch stabil war. Die Stufen knirschten zwar, dennoch schaffte ich den Aufstieg von knapp sechs Metern Höhe ohne Probleme. Die Tür war nur angelehnt.

Vorsichtig stieß ich dagegen, und sie schwang knarrend auf.

Hier sah es aus, als hätte ein Tornado gewütet. Alles war aus den Schränken gerissen worden, die Schreibtische umgeworfen. Ich stand vor einem Berg von Papier. Unweit von mir lag sogar eine verrostete Schreibmaschine. Das hier musste das Büro gewesen sein, in dem alles geplant und dokumentiert wurde, was in der Halle geschah.

Ich ging in die Hocke, um einen besseren Blick auf die Dokumente zu erhaschen. Im Schein der Taschenlampe waren die Zahlen und Buchstaben klar und deutlich erkennbar. Hier ging es um Ein- und Ausgänge verschiedener Produkte. Rechnungen von Zulieferern, Korrespondenzen mit der Unternehmensführung, sogar Gehaltsabrechnungen waren dabei. Ich hielt alles hoch, damit meine Zuschauer einen guten Blick darauf hatten.

»Offenbar haben die Mitarbeiter alles zurückgelassen, als

die Firma Konkurs angemeldet hat. Solche Dokumente müssten eigentlich vernichtet werden.« Auf einigen Gehaltsabrechnungen konnte ich die vollen Namen der Angestellten lesen. In meinem Video würde ich sie schwärzen.

Ich kam wieder hoch und ging zu einem der Fenster. »Der Ausblick in die Halle ist wirklich phänomenal. Von hier aus hat man die gesamte Produktionskette im Blick. In einer Ecke sehe ich sogar noch einige Kühlschränke. Die werden wir uns als Nächstes ansehen. Mal sehen, wie sehr sich die Technik seitdem verändert hatte.«

Ich bemühte mich, alles so zu verlassen, wie ich es vorgefunden hatte. Sanft lehnte ich die Tür hinter mir an, dann betrachtete ich die Treppe. Das helle Weiß meiner Taschenlampe warf ein gespenstisches Licht auf die Stufen. Ich machte mich an den Abstieg und hatte gerade die ersten Stufen hinter mir gelassen, da erklang ein markerschütterndes Ächzen. Im nächsten Moment hörte ich Schrauben knirschen, dann riss die Halterung der Treppe aus dem morschen Boden, während über mir Teile des Büros zusammenbrachen. Durch das Gewicht wurde die Treppe in die Höhe gerissen, und ich wurde in die Luft katapultiert. Im letzten Moment konnte ich eine der abgerissenen Streben erwischen, die ehemals den Boden der Plattform säumten. Sie ragte nun mitten in die Halle, während über mir immer noch Teile der Wände umherwirbelten. Ich klammerte mich daran, während das Ächzen und Stöhnen des Metalls übermächtig laut in meinen Ohren dröhnte.

Dann war es plötzlich still. Staub wirbelte durch die Luft. Ich hustete und versuchte mir einen Überblick über meine Lage zu verschaffen.

Ich hing an einem Metallbalken – und das in sechs Metern Höhe über dem Boden.

Verdammter Mist.

Ich sah nach unten. Ließ ich los, würde ich auf den geborstenen Überresten der Treppe landen. Angst überkam mich bei dem Gedanken, wie mein Körper von den Stahlspitzen durchbohrt wurde.

Ganz langsam löste ich eine Hand von dem Geländer. Ich würde mit meinem Handy Hilfe holen. Doch sofort protestierte mein ganzer Brustkorb vehement. Der scharfe Schmerz ließ mich die Finger schnell wieder um den Stahl legen.

Noch mal verdammter Mist.

Ich könnte versuchen, mich an dem Balken entlang bis zu dem zerstörten Büro zu hangeln. Wie ich von dort nach unten gelangen sollte, war immer noch ungewiss, aber vielleicht war der Boden noch stabil genug, dass ich darauf sitzen konnte.

Entschlossen wagte ich mich vorwärts. Der Balken schien eins der tragenden Elemente der Konstruktion gewesen zu sein, und er wirkte massiv. Hoffentlich schaffte ich es zur Plattform.

Dann fiel mir etwas auf. *Angst. Ich hatte eindeutig Angst.*

Warum war noch kein Beta erschienen …? Könnte er oder sie mir dann aus der misslichen Lage helfen, wenn ich offenbarte, dass ich sie sehen konnte? Es war ein Strohhalm, aber immer-

»Steckst du in Schwierigkeiten, mein Herz?«

Eine unverkennbare Stimme hallte zu mir hinauf.

Ich sah nach unten. Cal erklomm die Reste der Treppe mit geradezu lächerlicher Leichtigkeit, bevor er sich auf den Balken schwang und wie ein Hochseilartist auf mich zu tänzelte. Sein Gesicht war eine Mischung aus Sorge und Belustigung.

Total witzig.

»Nein.« Ich hangelte mich weiter, obwohl meine Arme

längst vor Anstrengung brannten. Es war mir peinlich, dass er mich in so einer misslichen Lage sah.

»Ich könnte dich retten.« Immer noch spielte dieses unverschämte Grinsen um seine Mundwinkel und seine spitzen Eckzähne blitzten hervor. Er hob eine Hand, und die schimmernde Angst, die mich umgab, verschwand in seinen Fingern.

»Danke, ich muss nicht *gerettet* werden. Das Mittelalter ist lange vorbei. Heute köpft die Prinzessin den Drachen selbst, und der Prinz kocht einen leckeren Drachenfleischeintopf daraus.« Ich ächzte, weil meine Muskeln vor Anstrengung so sehr brannten. »Und sein Pferd behält sie auch.«

Er beugte sich zu mir. »Ich bin dein Prinz? Was für ein zauberhaftes Kompliment, Prinzessin.«

»Nenn mich nicht so.« Ich schnaufte vor Erschöpfung und sah ihn genervt an. »Du kannst verschwinden, Cal. Ich komme schon klar.« Ich verzog das Gesicht.

»Sicher?«

»Ja.«

»Sage einfach ›Rette mich, mein Prinz‹, und ich helfe dir sofort hier runter.«

»Nei-« Meine Muskeln kapitulierten, und meine Finger verloren den Halt. Ich schrie auf, doch Cal sprang hinter mir her in die Dunkelheit, schnappte mich, und ehe ich realisierte, was gerade passiert war, schwebten wir langsam gen Boden.

»Dich kann man echt nicht allein lassen«, sagte er, kaum, dass unsere Sohlen auf festem Boden standen.

»Du bist so ein Blödmann. Danke dir.« Ich fiel ihm um den Hals.

Er drückte mich an sich. »Beleidigung und Dank in einem Atemzug. Ich bin beeindruckt.« Dann wich er ein Stück zurück und sein Blick war ernst. »Geht es dir wirklich gut? War das echt nötig?«

»Was? Dass du mich verfolgst?« Es war nicht böse gemeint, denn immerhin hatte er mich gerettet, aber meine Worte klangen schärfer, als ich es beabsichtigt hatte.

Cal schüttelte leicht den Kopf, und um seinen Mund erschien ein bitterer Zug. »Was willst du dir beweisen?«

Ich wich seinem Blick aus. »Dass ich keine Angst habe.« Ich seufzte leise. »Dass sie mir keine Angst gemacht haben.«

Cals Blick war eindringlich. »Sie sollten dir aber Angst machen, Erin.«

Einen Moment herrschte Stille. Ich wollte darauf nichts erwidern, denn schließlich kannte ich die Geschichten über die Beta. Ich wusste, wie gefährlich sie sein konnten.

Aber ich hatte gegen zwei von ihnen gekämpft und überlebt. Cal hatte es als Glück im Unglück bezeichnet. Was vermutlich auch erklärte, warum er mich hierher verfolgt hatte.

»Du kannst ja wirklich fliegen.« Ein schwacher Versuch, das Thema zu wechseln, doch Cal ließ sich darauf ein.

Er legte den Kopf schief. »Hast du das etwa auch für eine Lüge gehalten?«

»Nein, ich …« *Doch, hatte ich.*

Cal wirkte verletzt. Ich wollte etwas sagen, doch da legte er einen Arm um mich. »Komm. Ich begleite dich nach Hause.«

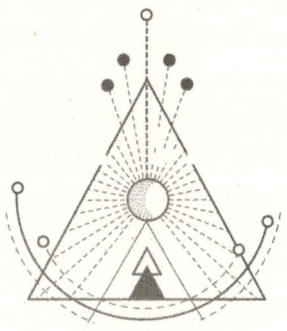

Kapitel 24

Noch ein Monat bis zu den Herbstferien. Ich konnte es kaum erwarten. Für einen kurzen Moment schloss ich die Augen und hielt die Nase in den Wind. Es war Dienstagmittag, und wieder mal war das Wetter viel zu warm für diese Jahreszeit. Die Laubbäume auf dem Parkplatz leuchteten in Farbtönen von Gelb bis kräftigem Rot. Sie hatten bereits die ersten Blätter verloren, doch immer noch schienen grüne Triebe nachzuwachsen.

Um mich herum wuselten meine Mitschüler und ein paar Noctua, doch ich war nicht aus der Ruhe zu bringen. Gerade erst hatte ich mich von Jinjin, Valery und Jamie verabschiedet, die zusammen nach Hause fahren würden. Jamie hatte Jinjin tatsächlich gefragt, ob sie gemeinsam zum Abschlussball gehen wollten, und seitdem schwebte sie auf Wolke sieben.

Rhonda war schon weg, weil sie irgendein wichtiges Treffen mit ihrem Schachclub hatte. Ich bewunderte sie dafür, dass sie unter ihrer Terminlast nicht zusammenbrach. Ich hätte meiner Grandma schon längst den Vogel gezeigt und mindestens zehn außerschulische Aktivitäten von meinem Tagesplan gestrichen.

Irgendwo hupte jemand, und Gejohle folgte. Ich wurde aus meinen Tagträumen gerissen, zuckte zusammen und zog dann energisch die Autotür auf.

Ich schwang mich in den Wagen, und mein Blick fiel auf die zarte Figur aus Silber, die seit gestern an meinem Rückspiegel baumelte. Ich hatte mich mit Betsy, der netten Auszubildenden aus dem Krankenhaus, in einem Café getroffen, um einfach mal in Ruhe zu quatschen. Es war schön, sie zu sehen, denn durch unsere vielen Nachrichten schien es mir, als würde ich sie bereits ewig kennen. Die kunstvoll gedrehte Figur aus Draht hatte sie mir zu unserem Treffen mitgebracht. Sie sollte einen Schutzengel symbolisieren. Für mich sah er mit den filigran geformten Flügeln eher aus wie eine fliegende Elfe, doch egal, was er darstellte, ich fand ihn wunderschön.

Gerade als ich den Motor starten wollte, klingelte mein Handy. Ich sah aufs Display.

Unbekannte Nummer.

Kaum, dass ich den Anruf angenommen hatte, fragte eine weibliche Stimme. »Erin Porter?«

»Ja?«

»Mein Name ist Ouna Fairbanks. Ich bin die Frau von James.«

James, der Feuerwehrmann, der mich damals gerettet und nun mit schwersten Hirnschäden im Koma lag?

»Hallo.« Die Überraschung war meiner Stimme deutlich anzuhören. Ich hatte vor ein paar Tagen versucht, ihn zu kontaktieren, doch nachdem ich von seinem Schicksal erfahren hatte, rechnete ich nicht mehr damit, aus dieser Richtung noch etwas zu hören. Dass sich nun seine Frau bei mir meldete, überraschte mich deshalb umso mehr.

»Hätten Sie diese Woche Zeit?«

Schnell ging ich im Kopf den Rest meiner Woche durch. Morgen würde ich den ganzen Nachmittag den Stoff für eine Klausur am Freitag wiederholen müssen, und übermorgen würde ich Grandma zu ein paar Nachuntersuchungen ins Krankenhaus begleiten. Blieb also nur heute. »Ich habe heute Zeit. Worum geht es denn?«

»Dann kommen Sie gerne heute vorbei, Erin.«

Die nächsten Worte raubten mir den Atem.

»James möchte Sie sehen.«

*

Nur wenige Stunden später stand ich vor der Haustür der Farbanks. Sie wohnten in einem der hübscheren Vororte von Cleveland. Hier gab es jede Menge weiß lackierte Gartenzäune, übergroße Pick-ups und friedlich spielende Kinder in den Einfahrten.

Die letzten Töne der Türglocke verklangen gerade, als mir eine Frau öffnete. Ich schätzte sie auf Mitte bis Ende 30, sie war groß und kurvig, und der fuchsiafarbene Strickpullover ließ ihre schwarze Haut leuchten.

»Hi«, sagte ich vorsichtig. »Ich bin Erin Porter. Ich möchte zu James Fairbanks.«

Die Frau lächelte, und ihre strahlend weißen Zähne blitzten. »Hi Erin, ich bin Ouna, James Frau.« Sie öffnete die Tür noch weiter. »Komm doch herein.«

Wir schüttelten uns kurz die Hand, bevor sie auf die Garderobe deutete. »Du kannst deine Jacke hier aufhängen. Wir haben auch Gästepantoffeln wegen des Bodens.« Sie deutete entschuldigend auf das Parkett.

»Kein Problem.« Ich schob mir die Chucks von den Füßen und schlüpfte in ein paar bereitgestellte Pantoffeln.

Irgendwie hatte ich mit einer älteren Person gerechnet. Umso mehr traf es mich jetzt, als mir bewusst wurde, dass ihr Mann James vermutlich in einem ähnlichen Alter war wie sie.

Ouna führte mich in einen hübschen Wohnbereich. Cremefarbene Couchen, dunkles Holz, Kunst an den Wänden. Eine Rundbogen-Tür führte zu einer kleinen Bibliothek. Ein Zimmer voller Bücher! Wie automatisch glitt mein Blick bewundernd über die unzähligen Regalreihen.

»Ich bin Juniorprofessorin an der Cleveland State.« Ouna war meinem Blick gefolgt. »Ich unterrichte das Fach »Alte Geschichte«. So etwas bringt die Liebe zum geschriebenen Wort einfach mit sich.«

»Ich finde es toll, dass Sie eine eigene Bibliothek haben.«

»Dankeschön.« Ouna deutete auf eine Couch. »Möchtest du dich setzen? Ich würde gern erst mit dir sprechen, bevor wir zu James gehen.«

»Natürlich.« Ich ließ mich auf die weichen Polster sinken. Ouna nahm mir gegenüber Platz, sprang jedoch direkt wieder hektisch auf. »Entschuldige. Jetzt habe ich dir gar nichts zu trinken angeboten. Einen Tee? Wasser? Saft? Ich glaube, ich habe auch irgendwo noch eine Cola. Und die Bio-Limonade von meinen Neffen steht noch im Kühlschrank. Magst du Limo?«

Ich lachte. »Ich bin da nicht wählerisch. Aber Limonade klingt gut.«

»Kommt sofort.« Ouna verschwand aus dem Zimmer, und ich hörte, wie sie den Kühlschrank öffnete. Ich sah mich noch ein wenig in dem Zimmer um. An einer Seite hingen Fotos an den Wänden. Gerahmte Erinnerungen einer ziemlich großen Familie. Es sah hier nicht so aus, als hätten Ouna und James selbst Kinder, deshalb nahm ich an, dass es sich auf den Fotos um Nichten, Neffen und Patenkinder handelte. Ich lächelte, als Ouna ins Zimmer zurückkehrte.

»Holunderbeere«, sagte sie und stellte mir ein Glas hin. »Ist das okay?«

»Natürlich, dankeschön.« Ich deutete mit dem Kopf in Richtung der Fotos. »Das Abschluss-Foto. Das sind Sie und James, richtig?«

Ouna nahm wieder Platz. Sie selbst hatte sich nur ein Glas Wasser mitgebracht. »Ja, das sind wir beide. Wir lernten uns kennen, als James mit seiner Familie in der zehnten Klasse hierherzog.« Sie lächelte wehmütig. »Ich habe mich sofort ganz fürchterlich in ihn verknallt. Es war die klassische ›Bücherwurm liebt Sportler-Romanze‹. James war unglaublich beliebt. Ich war mir sicher, er würde mit einem der Cheerleader gehen. Aber er hat sich nur für mich interessiert.« Wieder lächelte sie. »Und ich entdeckte die tiefgründige, sensible Seite an ihm, die er niemand anderem zeigte.« Sie schluckte, und plötzlich huschte Traurigkeit über ihre Züge. »Damals war es vielleicht dumm und naiv, aber ich wusste vom ersten Augenblick, dass James die Liebe meines Lebens ist.«

Ein Kloß bildete sich in meinem Hals, und ich musste unwillkürlich an Cal denken. Er war meine erste Liebe gewesen, und trotz all dieser Widrigkeiten waren meine Gefühle für ihn immer noch stark.

»Das ist so romantisch.«

Ouna lächelte. »Ja, das ist es. Wir hatten Glück, denn unsere Familien mochten sich sofort. Es war alles ganz einfach.« Wieder klang ihre Stimme traurig. »Vielleicht war es zu einfach. Zu perfekt. Vielleicht hätte ich es ahnen müssen.«

Ich spürte, wie traurig sie das alles machte und versuchte einen sanften Themenwechsel. »Wie geht es James heute? Ich muss sagen, ich freue mich sehr, dass Sie mich angerufen haben.«

»Es geht ihm …« Sie brach ab. »Es war immer sein Wunsch, Feuerwehrmann zu werden. Sein Vater war Feuerwehrmann, sein Opa ebenfalls. Er wollte diese Tradition fortführen. Er wollte Menschen helfen, er wollte sich für andere in Gefahr begeben und Gutes tun. Er hat immer gesagt: Baby, ich habe Kraft für drei, und wenn ich in ein brennendes Gebäude rennen muss und zwei Kinder heraustragen kann, dann ist meine Kraft für etwas gut. Ich habe keine Angst vor dem Feuer, denn wenn man es respektiert, dann verbrennt es einen nicht.« Jetzt waren ihre Augen ganz feucht. »Er hat so viele Menschen gerettet. Er hat nie jemanden zurückgelassen. Er war immer der Letzte, der aus diesem brennenden Inferno herauskam. Deshalb war es für ihn selbstverständlich, dass er sich in diesen eiskalten Fluss gestürzt hat.« Unwillkürlich setzte ich mich etwas aufrechter hin, als ich bemerkte, dass sie über meinen eigenen Unfall sprach. Ihre Stimme zitterte leicht. »Er wusste, was er tat, er war ein Profi.« Sie sah zu mir hoch. An ihren langen Wimpern glitzerten Tränen. »Er war erst 25 Jahre alt. Ich weiß noch, wie er in dieser Nacht nach Hause kam, und mir von dir erzählt hat. Er hatte sich eine fürchterliche Erkältung eingefangen und war danach zwei Wochen krank, aber er hat immer davon erzählt, wie er in das Wrack getaucht ist und dich rausgeholt hat. Und dann … wie du angefangen hast zu atmen, nach dieser langen Zeit. Für ihn war es kein Wunder. Es war die Bestätigung, niemals aufzugeben.«

»Ich bin ihm so unendlich dankbar dafür. Für seinen Mut und seine Selbstlosigkeit. Ich würde es ihm so gerne persönlich sagen, aber dann habe ich erfahren, wie es um ihn steht.«

Ouna nickte, und ihr Blick wurde hart. »Es geschah ein Jahr später. Wir wissen bis heute nicht, was genau passiert ist. Das Gebäude galt als gesichert, die Statik war absolut intakt. James kann sich an fast nichts mehr erinnern, deshalb haben wir nur die Berichte von Außenstehenden. Er muss das Bewusstsein verloren und direkt in einen der Brandherde gefallen sein. Dabei wurden sein Schädel und Teile seines Gaumens verletzt, und vermutlich ist eine Stahlspitze in sein Gehirn eingedrungen. Es ist ein Wunder, dass er überlebt hat.« Sie schluckte. »Und das bei einem Routineeinsatz. Ein Ladengeschäft, mit einer darüber liegenden Wohnung. Eisenwaren, kaum brennbar. Ich verstehe einfach nicht, wie das passieren konnte. Es gab keine geborstenen Stahlträger, und bis heute weiß man nicht, woher James diese Verletzung hatte.«

»Das tut mir alles so leid«, sagte ich leise.

»Deshalb wollte ich vorher mit dir sprechen. Er hat schwere Verbrennungen erlitten. Sein Verhalten ist manchmal etwas unberechenbar. Lass dir davon keine Angst machen.« Ouna schüttelte den Kopf. »James ist ein Kämpfer. Im Krankenhaus sagte man mir damals, dass er zwar körperlich noch anwesend sei, sein Geist aber weit weg. Er würde nie wieder sprechen, sitzen oder laufen können. Nicht selbstständig essen, sich nicht waschen, sich kaum bewegen. Sie konnten einen Teil seiner

Zunge retten und auch die Hirnschwellung behandeln. Aber am Anfang waren seine Werte so schlecht, dass man nicht geglaubt hat, dass er überhaupt wieder aufwachen würde. Ein halbes Jahr später hat man mir empfohlen, die Geräte abzuschalten. Doch das habe ich nicht zugelassen.«

»Das kann ich gut verstehen.«

»Und nach zehn Jahren geschah das Wunder. James ist tatsächlich aufgewacht. Sobald es ging, habe ich ihn hergeholt, zurück in sein Haus. Ich habe zwei Pflegekräfte, die mich unterstützen, wenn ich arbeiten gehe.« Sie lächelte, wie in Gedanken versunken. »Es war wie ein Wunder. Er hat mich wiedererkannt, und obwohl er nicht mehr sprechen kann, können wir miteinander kommunizieren. Seit zwei Jahren machen wir kleine Fortschritte. Er kann sich durch Gebärdensprache verständigen. Er wird immer noch sehr schnell müde, aber er ist immer noch mein James.«

Ich starrte sie an. Die Information des anderen Feuerwehrmannes lautete, dass James mehr tot als lebendig war. Gefangen in einem Koma, aus dem er nie wieder erwachen würde.

»Aber man hat mir gesagt …«

»James will es so«, unterbrach Ouna mich.

»Wie bitte?«

»James hat verfügt, dass bei Nachfragen genau diese Antwort gegeben wird. Er will nicht, dass irgendjemand weiß, dass er aus dem Koma wieder erwacht ist. Dass er überlebt hat.«

»Aber wieso nicht?«

Ouna stand auf und strich ihren Rock glatt. »Weil James der festen Überzeugung ist, dass sein Unfall damals kein Unfall war.«

*

314

In meinem Kopf wirbelten gefühlt 1000 Fragen durcheinander. Zu gerne hätte ich Ouna gefragt, warum James nicht an einen Unfall glaubte, doch ich biss mir auf die Zunge. Ich hatte hier auf Antworten gehofft, und wieder mal wurden nur noch mehr neue Fragen aufgeworfen.

»Es gab eine polizeiliche Untersuchung, die aber nichts ergeben hat.« Ouna drehte sich zu mir um, während ich ihr durch das Haus folgte. »James glaubt jetzt, dass er angegriffen wurde. Er kann sich zwar nicht konkret erinnern, aber er sagt, dass er Bruchstücke der Szene vor Augen hat. Jemand hat ihn angegriffen, verletzt und ihn dann in das Feuer geschubst. Das würde auch erklären, warum der Gegenstand, der James verletzt hat, nie gefunden wurde.«

»Weil der Angreifer ihn mitgenommen hat.«

»Richtig.«

»Wow«, murmelte ich. »Das ist echt ungeheuerlich.«

Ouna öffnete eine Tür, und wir traten ein. Es war ein helles und gemütliches Zimmer, dominiert von einem grauen Krankenhausbett und allerlei medizinischen Gerätschaften drumherum. Ouna hatte mich auf James Anblick vorbereitet, und trotzdem kostete es mich alle Mühe, meinen Schrecken nicht zu zeigen.

James war ein großer Mann, aber er war erschreckend dünn. Seine Arme und Beine waren kaum Haut und Knochen, und sein ganzes Gesicht war großflächig verbrannt. Die vernarbte Haut schimmerte hell und ledrig. Ein Auge war so schwer in Mitleidenschaft gezogen, dass er kaum blinzeln konnte. Eine Seite seines Schädels bestand ebenfalls nur noch aus Narbengewebe. Auf der anderen Seite wuchs ein kurzer Flaum schwarzer Locken.

»James, das hier ist Erin Porter. Erin, das ist James.«

James rechter Arm zuckte und fiel dann etwas ungelenk zur Seite. Sein linker Mundwinkel zog sich nach oben. Er gab einen Laut vor sich, der ein bisschen animalisch klang.

Es kostete all meine Willensanstrengung, nicht zurückzuweichen. *Reiß dich zusammen, Erin.*

»Hallo James.« Ich lächelte. »Sie glauben nicht, wie viel es mir bedeutet, dass ich heute hier sein darf.« Meine Stimme klang hohl und fremd. »Ich weiß gar nicht, wie ich Ihnen für all das danken soll. Sie haben mein Leben gerettet.«

Wieder gab James so eine Art Grunzen von sich.

Ouna hingegen war ganz unbefangen. Sie nahm auf einem der Stühle neben dem Bett Platz und deutete dann auf einen weiteren neben sich. »Setz dich, Erin. Freust du dich, James? So oft haben wir ja nicht Besuch.«

Wieder zuckte einer seiner Mundwinkel. James gestikulierte etwas mit den Händen.

»Er sagt, es ist schön, dass du hier bist.«

»Ich freue mich auch sehr.«

Ouna deutete erneut auf den Stuhl neben sich, dann sah sie zu mir. »Ich werde eure Dolmetscherin sein.«

Wieder machte James ein paar Zeichen.

»James sagt, du sollst ein bisschen etwas über dich erzählen. Er möchte dich besser kennenlernen.«

Ich lächelte, und wandte mich ihm zu, bevor ich zu erzählen begann.

Hin und wieder nickte James, als würde es ihn wirklich interessieren. Dann gestikulierte er etwas.

Ouna übersetzte. »Er sagt, er weiß, warum du hier bist.«

Ich sah von ihr zu James und dann wieder zurück zu ihr. »Ich möchte mehr über die Umstände des Unfalls erfahren.«

Ich erkannte in James Gestik, dass er mit meiner Antwort

nicht zufrieden war. Das Geräusch, das er von sich gab, klang aufgebracht.

»Ich glaube nämlich, dass meine Eltern umgebracht wurden«, fügte ich schnell noch hinzu. »Alle, die etwas mit dem Unfall zu tun hatten, sind ebenfalls tot, und ich …« Ich brach ab.

Ouna nickte wissend. »Er sagt, es ist gut, dass du hierhergekommen bist.«

Noch mal gestikulierte James.

»James möchte wissen, ob den zwei Männern, die nach dem entlaufenen Hund gesucht haben, auch etwas zugestoßen ist.«

Er meinte wohl die zwei Männer, die zufällig vorbeigekommen waren und ihm und seinem Kollegen bei der Reanimation assistiert hatten. »Ihre Namen tauchen in dem Unfallbericht nicht auf, deshalb weiß ich nicht, was aus ihnen geworden ist. Nach Angaben der Rettungssanitäter sind die Männer gegangen, bevor der Sheriff auftauchte.«

Ich betrachtete James neugierig. »Sie haben mich aus dem Auto gezogen, richtig?«

»James hatte ein halbes Jahr zuvor seinen Taucherschein gemacht«, erwiderte Ouna.

James antwortete ebenfalls. »Dich habe ich zuerst geholt«, übersetzte Ouna. »Deine Eltern hatten dich schon aus dem Kindersitz befreit.«

»Haben Sie sich gewundert, dass sie immer noch angeschnallt waren?

James nickte heftig, Ouna übersetzte seine Gebärden. »Die Gurte waren manipuliert. Doch der Sheriff hatte Bereitschaft, und sein jüngerer Kollege noch zu wenig Erfahrung. Sie haben es sofort als Unfall abgetan. Wir haben ihnen erklärt, dass sie es untersuchen lassen müssen und …«

317

James schien jetzt sehr aufgeregt. Und dann plötzlich verdrehte er die Augen. Seine Gesichtszüge verrutschten, sein Kiefer hing schlaff nach links.

»James!« Ich wusste nicht, wie ich reagieren sollte.

»Ganz ruhig, Liebling.« Ouna legte ihm beruhigend eine Hand an die Schulter. »Er war sehr aufgeregt, dann reagiert sein Körper manchmal so. Schau, es geht ihm schon wieder besser.«

James wirkte etwas verlegen. Doch ich tat so, als wäre nichts gewesen, damit er sich nicht noch unwohler fühlte.

»Was meinst du, Liebling? Was für ein …?«, wollte Ouna dann wissen. »Ach so. Richtig. Das Foto. Zu schade, dass wir deine Zeichnungen nicht mehr haben.«

»Das Foto?« Neugierig sah ich zwischen den beiden hin und her. »Und welche Zeichnungen?«

»James hat vor seinem Unfall gerne gezeichnet. Er hat die Erlebnisse der Nacht in seinen Bildern verarbeitet. Aber die Mappe scheint in dem Karton gewesen zu sein, der bei unserem Umzug in dieses Haus verloren gegangen ist. Aber zum Glück haben wir noch Christians Fotos. Er war ein leidenschaftlicher Hobbyfotograf. James und er waren an diesem Abend nach Dienstschluss noch in einem Fotogeschäft, weil er seine Kamera abholen wollte, die repariert werden musste.«

James machte eine ungeduldige Handbewegung. Ouna stand auf. »Ist ja schon gut, James, ich gehe es holen.«

Ouna wühlte in einer Kommode hinter mir und reichte mir dann ein Foto. »James hat es aufgenommen.«

Ich betrachtete die Aufnahme. Sie war schon etwas verblichen, dennoch waren alle Konturen gut zu erkennen. Das Bild war auf der Brücke aufgenommen worden, aus der entgegengesetzten Fahrtrichtung meiner Eltern. Sofort begann mein Herz schneller zu schlagen. Eine der zwei Straßenlaternen war ausgefallen, weshalb die eine Hälfte der Brücke in Dunkelheit getaucht war. Trotzdem konnte ich die Umrisse erkennen. Noch mal nahm mein Herz Fahrt auf. Da waren Fußspuren, eindeutig. Die Sohlenabdrücke verrieten, dass es sich um eine einzelne Person handelte. Jemand war nahe dem Geländer der Brücke in Richtung der Mitte gelaufen. Dort hat er einen großen Schritt in Richtung der Fahrbahn gemacht. Er musste mitten auf der Straße gestanden haben. Der Schnee drumherum war unberührt. Ich ahnte, was das bedeutete, dennoch wollte mein Verstand es nicht sofort realisieren.

James gestikulierte. »Diese Brücke wird im Winter kaum befahren, weil die Anwohner wissen, wie gefährlich sie ist. An diesem Tag hatte es Neuschnee gegeben, und es schneite zu dem Zeitpunkt noch immer. Die Brücke war nicht geräumt. Du siehst ja, wie unberührt der Schnee drumherum ist. Es gab keine Spuren von Fahrzeugen, die vor deinen Eltern über die Brücke gefahren sind«, übersetzte Ouna.

Ein leichter Schwindel machte sich in meinem Kopf breit. James sah mich eindringlich an, und Ounas Blick war voller Mitgefühl. In meinem Kopf drehte sich das Gedankenkarussell.

»Die Brücke ist gewölbt«, übersetzte Ouna jetzt weiter für James.

Das wusste ich bereits.

»Man fährt ein Stückchen bergauf, und das bedeutet, dass die Scheinwerfer nach oben zeigen und nicht direkt auf die Fahrbahn.«

Ein idealer Ort, um erst gesehen zu werden, wenn es zu spät war. Mein Magen rebellierte. Ich ließ das Foto los, weil ich kurz davor gewesen war, meine Nägel in das Papier zu bohren. Es bestand kein Zweifel. Irgendjemand hatte sich auf der Brücke befunden und noch bevor die Scheinwerfer wieder auf den Boden deuteten war derjenige mitten auf die Fahrbahn getreten. Dad war ausgewichen und hatte dabei die Kontrolle über das Fahrzeug verloren, das bewusst manipuliert worden war. Ein Schluchzen stieg in meiner Kehle auf und ich presste eine Hand vor meinen Mund. Irgendjemand hatte in den Schatten auf meine Eltern gewartet.

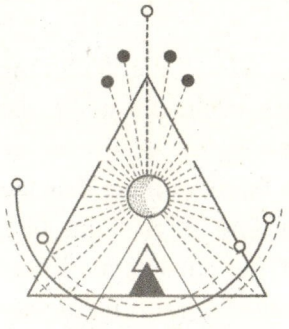

Kapitel 25

»Sie ist direkt hier.«

»Wo?«, erklangen gleich vier Stimmen auf einmal.

Ging das Spiel nun von vorne los?

Zwei Wochen waren seit meinem Besuch bei James und Ouna vergangen, und seitdem hatte es keine besonderen Zwischenfälle gegeben. Doch jetzt hatte ich im Flur vor dem Zimmer der kleinen Julia eine Zahnfee entdeckt. Sie wollte gerade durch den Türschlitz schlüpfen, als ich mich wie ein Ninja auf sie gestürzt und sie zu fassen bekommen hatte. Als Nächstes hatte ich Cal angerufen, der tatsächlich gleich mit Verstärkung erschienen war. Ildy, Nolan und sogar der mysteriöse Horatio waren ebenfalls mit von der Partie. Horatio war groß und breitschultrig, muskulöser als Cal und eindeutig der mit der größten Klappe. Mit den langen schwarzen Haaren, den wilden dunklen Augen und dem attraktiven Gesicht passte er gut zu den anderen drei der Piratengang.

Und jetzt gerade starrten sie alle mich an, als hätte ich einen Dachschaden.

Ich bedeutete Cal, schnell die Wohnungstür hinter ihm zuzumachen. Schließlich wollte ich nicht, dass neugierige Nachbarn etwas mitbekamen.

»Ich halte sie fest. Meine Finger liegen um ihre Taille.« Immer noch verständnislose Blicke, nur Cal, der das Spektakel schon mal gesehen hatte, runzelte die Brauen.

»Ich sehe da nichts.« Horatio nahm seinen Strohhalm zwischen die Lippen und sog dann geräuschvoll an seinem Getränk, das aussah wie ein Bubble Tea mit einem pinkfarbenen Sirup. Der Deckel des Bechers besaß weiße Hasenohren. Eine Kombination, die in seinen großen narbenübersäten Händen mehr als surreal aussah.

Die Zahnfee startete eine Tirade wüster Beschimpfungen, die ich nicht wiederholen würde.

»Ruhe jetzt«, herrschte ich sie an. Die Zahnfee zuckte zusammen und zischte dann ein: »Vergiss es.« Mit den spitzen Krallen ihrer kleinen Hände begann sie nun, mir die Knöchel aufzureißen. Ich stöhnte auf und zog ein Gesicht.

»Ich kann sie nicht mehr lange halten.«

Nolan riss die Augen auf und setzte sich die Nickelbrille auf die Nase. »Hat sie dich gerade gekratzt? Da ist plötzlich Blut auf deiner Haut.«

»Allerdings«, gab ich ächzend zurück. »Sie wehrt sich.«

Ildy kam näher und beugte sich dann in Richtung meiner Hand. »Frag sie, zu welchem Kartell sie gehört.«

Ich sah die Zahnfee an. »Du hast ihre Frage gehört.«

Die Zahnfee fauchte mich an, dann stürzte sie sich mit ihren Krallen erneut auf meine Hand.

»Autsch!«

Nolan wurde ein wenig blass. »Oha. Das sieht aber gar nicht gut aus.«

Horatio stellte seinen Bubble Tea auf dem Boden ab und kam zu meiner freien Seite. Er guckte grimmig auf meine Hand.

»Schüttle sie mal ordentlich durch. Vielleicht fällt die Antwort ja aus ihr heraus.«

Die Zahnfee duckte sich tatsächlich einen kurzen Moment lang, nur um dann wieder ihre Krallen in meine Haut zu schlagen.

»Autsch. Verdammt, das ist keine Lösung.«

Horatio streckte die Hand aus, doch seine Finger glitten durch die Zahnfee durch, als wäre sie nur eine Projektion.

»Ist ja verrückt«, knurrte er. »Da ist nichts.«

Ich hingegen konnte ihren kleinen Körper deutlich spüren. Das Leder ihrer winzigen Weste, den groben Stoff des Hemds und den rasenden Takt ihres Herzens.

Cal sagte gerade noch »Lass uns mal versuchen, ob …«, da neigte die Zahnfee den Kopf und biss mir ins Handgelenk.

Der Schmerz war so stechend scharf, dass ich aufkeuchte und im gleichen Moment meine Hand öffnete.

Im nächsten Moment schoss die Zahnfee wie eine Minirakete davon.

Nolan atmete keuchend aus. »Und weg ist sie, richtig?«

Ich nickte finster. »Verdammt.« Ich betrachtete meine Haut, aus der rote Blutstropfen hervorquollen.

»Lasst uns in die Küche gehen, ich muss diese Wunde säubern.«

Die Alpha folgten mir durch den Flur, vorbei an dem geräumigen Wohnzimmer und der Treppe, die in die obere Etage führen würde. Zur Küche ging es rechts ab, und ich steuerte direkt das Spülbecken an. Dort hatte Mrs Larimi, Julias Mutter, in weiser Voraussicht eine Flasche mit Desinfektionsspray stehen, das ich vorhin bereits entdeckt hatte.

Ildy, Nolan und Horatio sahen sich neugierig um, während Cal sich zu mir gesellte und besorgt meine Hand betrachtete. »Geht es?«, wollte er mit sanfter Stimme wissen. »Oder soll ich mal nach einem Pflaster suchen?«

Ich schüttelte den Kopf und lächelte ihn an. »Das geht schon.«

Gemeinsam gingen wir zu der Theke, an der Ildy und Nolan bereits Platz genommen hatten. Horatio lehnte an einer der Arbeitsplatten und nuckelte wieder an seinem Bubble Tea. Der Riss im Ärmel seines Hemdes verriet, dass er heute schon so einiges erlebt hatte. Die zwei Musketen an seiner Hüfte trugen ebenfalls zu diesem Eindruck bei.

Ich nahm ebenfalls auf einem der Barhocker Platz.

»Kam dir irgendetwas an ihrem Äußeren ungewöhnlich vor?«, wollte Ildy jetzt wissen.

Ich schüttelte den Kopf. »Sie war gekleidet wie die Allermeisten von ihnen. Eine Art Lendenschurz, darüber ein Hemd und eine Weste aus Leder und am Hals trug sie einen verzierten Reifen.«

Die vier Alpha erstarrten.

»Reifen?«, wiederholte Horatio ungläubig. »Bist du dir sicher?«

»Ja klar. Ich habe schon einige Zahnfeen mit so einem Schmuck gesehen. Auch die Delegation im Kartell der Xanthic trug sie.«

Jetzt klappte Cal die Kinnlade nach unten. »Was?« Er war so laut, dass ich befürchtete, Julia würde es noch in ihrem Bettchen hören.

»Pssssttt. Willst du, dass Julia aufwacht?« Ich bedachte ihn mit einem strafenden Blick.

»Was?«, wiederholte Cal im Flüsterton. »Die Zahnfeen bei Bane trugen Halsreifen? Warum hast du nichts gesagt?«

Ich richtete mich auf. »Warum sollte ich das? Bin ich Stilberater bei den Zahnfeen oder was? Oh, ein Halsreif ist ein Must-have in dieser Saison, den tragen jetzt alle.«

Horatio brach in wieherndes Gelächter aus, und auch Ildys Mundwinkel zuckten. Nolans Miene zeigte eine Mischung aus Amüsement und Entsetzen.

»Zahnfeen tragen keinen Schmuck.« Cal klang, als müsse er sich zur Ruhe zwingen. »Niemals. Es verstößt gegen ihre Religion.«

Ich zog die Brauen hoch. »Ist nicht wahr.«

»Kannst du den Reif beschreiben? Oder vielleicht sogar zeichnen?«, wollte Ildy jetzt wissen. Nolan trommelte nervös mit seinen Fingern auf der Theke.

»Na klar.« Ich sprang auf und wühlte in den Schubladen der Küche herum. Hier würde es doch sicherlich einen Notizblock oder Ähnliches geben.

Hinter mir wurde das Gemurmel der Alpha lauter. Sie diskutierten, und Cal sagte zweimal: »Aber Zahnfeen können nicht lügen.«

Der Gedanke war mir auch schon gekommen. Dann endlich fand ich Papier und Stifte. Zurück an der Theke machte ich mich direkt ans Werk. Ich gab mir Mühe, die Reifen, die ich gesehen hatte, so realitätsnah wie möglich aufzumalen. Die anderen beugten sich neugierig über mich, und als ich mit dem

Schloss begann, holte Ildy scharf Luft. Ich spürte, wie die Alpha über meinem Kopf hinweg Blicke wechselten.

Als ich fertig war, hob ich die Zeichnung an. »An mehr erinnere ich mich nicht, tut mir leid.«

Ildy wirkte plötzlich verunsichert. Nolan presste die Lippen aufeinander. Cal war blass geworden.

Ich sah verwundert in die Runde »Was ist?«

Horatio deutete mit seinem Zeigefinger auf das Schloss. »Das da, diese drei ineinandergreifenden kleinen Zahnräder, ist ein kleines, aber gemeines Schloss, das die Gesetze des Magnetismus zusammen mit einer uralten Magie perfekt umsetzt.« Er holte kurz Luft, als koste es ihn Überwindung, weiterzusprechen. »Für dieses Schloss sind die Cobalt in der Dimension kartellübergreifend bekannt. Nur sie können es bauen.«

Mein Blick glitt zu Ildy.

Ihre Augen waren jetzt groß. Sie schüttelte energisch den Kopf, und die Perlen und Edelsteine in ihrem Haar klimperten leise. »Das kann nicht sein.«

Horatio deutete erneut auf das Schloss. »Aber das da ist euer Baby. Nur ihr Cobalt könnt es bauen. Und wir reden hier ja nicht von einem Reif, sondern von Hunderten, Ildy. Natürlich habt ihr da etwas mit zu tun.«

»Aber unsere Zahnfeen tragen keine Halsreifen. Das wüsste ich.«

Cal schüttelte den Kopf. »Was ist das für ein Argument, Ildy? Ihr könnt die Reifen doch auch für Zahnfeen aus einem anderen Kartell fertigen, wenn es ein Auftrag war.« Sein Blick wurde düster. »Fakt ist, jemand gibt sich sehr viel Mühe, alle anderen hinters Licht zu führen.« Er sah mich an. »Nur du kannst die Zahnfeen sehen, die so einen Reifen tragen. Und in

Obskuris können wir anderen zwar die Zahnfeen sehen, nicht aber die Halsreifen.«

»Das liegt vermutlich an der Magie«, warf Nolan ein. »Ich habe da eine Theorie. Es ist schon kompliziert, die Zahnfeen auf der Erde unsichtbar zu machen. Aber Obskuris ist eine Welt voller Magie, weshalb dort die Magie der Reifen vermutlich nicht stark genug ist, die Zahnfeen zu verbergen. Also hat man sich in dem Fall vermutlich auf das Verstecken der Halsreifen konzentriert.«

Einen Moment lang herrschte betretenes Schweigen. Nolans Theorie erklang erschreckend logisch. In einer Welt ohne Magie, wie die Erde, brauchte es weniger Aufwand, die Zahnfeen vor den anderen Monstern zu verstecken. In einer Welt wie Obskuris, in der es jede Menge mächtige Magie gab, war es viel komplizierter, etwas mit so viel Kraft zu erschaffen.

»Glaubt ihr wirklich, dass wir so etwas bauen würden, um die anderen Kartelle hinters Licht zu führen?« Ildy sprang von ihrem Hocker. »Und ihr kennt doch meine Mutter. Sie ist überhaupt nicht der Typ für solche Aktionen.«

Cal schien nicht völlig überzeugt, dennoch sah ich in seinem Gesicht, dass er Ildy nicht weiter bedrängen wollte. »Wir verdächtigen dich nicht, Ildy« Er räusperte sich. »Wie wäre es, wenn wir uns die Zahnfeen im Kartell der Cobalt mal ansehen?«, schlug Cal vor. »Einfach, um das Ausmaß mal einzuschätzen. Wir sind Verbündete, und ein Besuch dort ist unkomplizierter, als es bei den Amethyst oder den Emerald wäre.«

»Das klärt aber nicht, wie irgendjemand aus einem anderen Kartell an diese Technik kommt«, warf nun Nolan ein. »Die ist doch ein gut gehütetes Geheimnis, oder?«

Ildy nickte mit betretener Miene.

»Vielleicht habt ihr einen Maulwurf?« Nolan sah Ildy fragend an. »Das kommt doch in den besten Familien vor.«

Ildy wirkte empört, obwohl Nolan nicht vorwurfsvoll geklungen hatte.

»Wenn Schmuck gegen ihre Religion verstößt, warum versuchen die Zahnfeen nicht alles, um die Reifen loszuwerden?«, fragte ich. »Ich habe den Eindruck, sie wissen nicht mal, dass sie einen Reifen tragen, als würden sie ihn weder sehen noch spüren können, genau wie ihr die Zahnfeen weder sehen noch spüren könnt. Das könnte doch alles zusammenhängen.«

»Das ist in der Tat eine interessante Frage, aber Spekulationen bringen uns nicht weiter.« Cal schnappte sich die Zeichnung aus meiner Hand und betrachtete sie erneut mit gerunzelter Stirn. »Ildy, kannst du heute noch mit deiner Mutter sprechen? Vielleicht lässt sie uns mit den Zahnfeen reden.«

»Natürlich.« Ildy sah abwesend auf ihre ineinander verschränkten Finger.

»Dann kommen wir später bei euch vorbei.« Cal sah zu mir. »Bist du dabei? Oder hast du morgen etwas Wichtiges in der Schule?«

»Ich?« Ich sah in zweifelnd an.

Viel wichtiger wäre doch die Frage, ob Cal schon wieder seinen Kopf oder besser gesagt, seinen Thron riskieren wollte.

»Ja, du«, erwiderte Cal sanft. »Wir brauchen dich, denn nur du kannst die Zahnfeen sehen.«

Sämtliche Gegenargumente schienen ihm egal zu sein. Na gut, wenn er der Meinung war, dass es das Risiko wert war, dann wollte ich ihm vertrauen. Und das bisschen Müdigkeit würde ich definitiv wegstecken. »Wann wollt ihr denn los?«

»Wie wäre es heute Abend? Neun Uhr, Ohio Ortszeit?«, schlug Horatio vor.

Ich nickte. Grandma verschwand seit ihrem Krankenhausaufenthalt immer früh im Bett, also würde ich hier hoffentlich keine Probleme bekommen.

»Das Gespräch an sich wird nicht lange dauern, denke ich«, sagte Cal. »Aber es wäre schon wichtig, dass du dabei bist. Vor allem, wenn nur du die Halsreifen in der Dimension sehen kannst. Noch so eine Sache, der wir auf den Grund gehen sollten.«

Das war in der Tat eine interessante Frage. Und wie konnte ich da Nein sagen, wenn es für die anderen kein Problem zu sein schien, dass ich Obskuris betrat? »Ich bin dabei.«

*

Ich schnappte nach Luft. An die Reise durch den Dunkelstrom würde ich mich wohl niemals gewöhnen. Jedes Mal hatte ich das Gefühl, zu ersticken.

»Alles okay?« Cal wandte sich zu mir um. Hinter uns wurde gerade Horatio aus dem dunklen Nebel geworfen.

»Yeeha!«, brüllte er und reckte die Faust in den Himmel. Nolan, der unmittelbar auf ihn folgte, wirkt ungefähr genauso blass um die Nase wie ich.

»Alles okay.« Ich schluckte ein paar Mal, dann holte ich tief Luft. Horatio schoss auf seinem grauen Greif namens Hacker vorwärts, und Nolan sah kurz in unsere Richtung, bevor er ihm folgte.

»Darf ich vorstellen«, sagte Cal und deutete auf die drei Luftschiffe, die in der Ferne am dunkelblauen Himmel aufragten. »Die Stormchaser, die Windsinger und die Lunarbay, die Schiffe der Cobalt.«

Alle drei Schiffe waren aus schneeweißem Holz gebaut, und

ihre Segel leuchteten in verschiedenen Blautönen. Die der Stormchaser waren leuchtend türkis, die der Windsinger in einem tiefen Marineblau und die der Lunarbay so blassblau, dass sie fast weiß wirkten.

»Sie sind wunderschön«, flüsterte ich.

Nyncis schlug mit seinen kräftigen Flügeln, und wir schossen vorwärts.

Die frische Luft tat gut. Ich atmete erneut tief ein und wieder aus, während ich meine Arme noch etwas fester um Cals Mitte schlang.

Ich wusste bereits, dass Ildys Heimat die Lunarbay war. Ihre Mutter war die Anführerin der Cobalt. Sie hatte zugestimmt, dass wir mit den Zahnfeen reden durften. Vermutlich, weil die Cobalt und die Onyx Verbündete waren. Sie vertrauten einander. Ich betete, dass sie nicht mit Cals Vater gesprochen hatte und uns an Deck ein Abfang-Kommando der Onyx erwartete.

»Ich wollte dir noch etwas zur Welt der Cobalt erklären«, begann Cal und drehte sich erneut so weit zu mir, wie es seine Position zuließ. »Du weißt doch, dass sie Kiemen am Hals haben?«

»Ja?«

»Die Luft auf ihren Schiffen hat eine andere Konsistenz, das liegt an ihrer chemischen Zusammensetzung. Für die Cobalt ist sie einfacher zu atmen, für die Bewohner anderer Kartelle – und ich nehme auch an für Menschen – ist es am Anfang etwas schwieriger. Aber das vergeht sehr schnell, keine Angst.«

Sofort kehrte das ungute Gefühl, das mich immer im Dunkelstrom überfiel, mit aller Wucht zurück. »Wie muss ich mir das vorstellen?«, rief ich gegen den pfeifenden Wind an.

»In ihrer Luft befindet sich ein höherer Wasseranteil«, erklärte Cal. »Sie fühlt sich anders an, wenn man atmet. Wenn wir unter Deck gehen, wirst du es bemerken. Beim ersten Atemzug hat man das Gefühl, man erstickt. Aber atme einfach ganz ruhig weiter. Schon innerhalb weniger Sekunden wirst du dich daran gewöhnt haben.«

Das klang irgendwie überhaupt nicht gut.

»Ich weiß nicht.« In meinem Kopf wirbelten die Gedanken wild durcheinander. Verließen sich die anderen nicht auf mich? Wenn ich wirklich die Einzige war, die diese Halsreifen sehen konnte, brauchten sie mich.

»Es dauert nur wenige Augenblicke, sich daran zu gewöhnen«, versicherte mir Cal erneut. »Und wenn du das zweite Mal hier bist, merkst du es kaum noch.«

Das klang schon etwas besser. Und wenn es wirklich nur so kurz war, würde ich es vermutlich überstehen können. Ich seufzte.

»In Ordnung.« Obwohl ich versuchte, optimistisch zu klingen, gelang es mir nicht so recht. Als ich einen erneuten Blick auf die Lunarbay warf, mischte sich Neugier in meine Nervosität. Wir waren mittlerweile so nah, dass ich die Landungsbrücken sehen konnte. Auch hier herrschte reges Treiben, wenn auch nicht so viel wie bei den Xanthic.

Horatio war schon von Hackers Rücken gesprungen und sah uns entgegen. Nolan rutschte gerade von dem pelzigen Rücken von Grml.

Schon hatten wir den Steg erreicht. Cal hüpfte von Nyncis herunter und streckte mir dann beide Arme entgegen. Nyncis schien ein wenig unruhig, sodass es mir schwerfiel, mein Gleichgewicht zu halten. Cal ließ einen scharfen Pfiff ertönen, und sofort drängte sich Nyncis näher an die Landungsbrücke.

Endlich konnte ich absteigen. Zum Dank kraulte ich den schwarzen Wolf hinter seinem großen Ohr. Er fiepte und schleckte mir über die Hand. Dann wandte er sich Hacker zu, und die beiden schienen wortlos zu kommunizieren, denn im nächsten Moment schossen sie hinab in die Tiefe.

Cal nahm meine Hand, und gemeinsam mit Horatio und Nolan gingen wir in Richtung Deck. Ildy hatte uns bereits entdeckt und winkte uns zu. Neben ihr stand eine Frau, der Ildy wie aus dem Gesicht geschnitten war. Die beiden waren von gleicher Statur, hatten das gleiche lange rotbraune Haar – die Frau neben Ildy war nur ungefähr 20 Jahre älter. Das war unverkennbar Ildys Mutter. Ihr undurchdringlicher Blick veränderte sich nicht, als auch sie uns entdeckte. Sie legte den Kopf schief. Die Gläser ihrer Fliegerbrille, die sie sich in den Haaransatz geschoben hatte, blitzten auf. Sie trug eine helle Reithose, die an den Oberschenkeln altmodisch gebauscht war. Als ihr Blick auf mich fiel, verengte sie die Augen zu Schlitzen.

Sofort war meine Nervosität zurück. Hatte Ildys Mutter intuitiv erkannt, dass ich keine von ihnen war? Würden wir auffliegen, noch bevor wir die Gelegenheit hatten, die Zahnfeen zu sehen?

Ildy grüßte in die Runde und nickte mir dann zu. »Erin, das ist meine Mutter, die ehrenwerte Kaja Modrovich, Anführerin der Cobalt. Mutter, das ist …« Sie brach ab und sah mich hilfesuchend an. Wir hatten ganz vergessen, abzusprechen, wie sie mich vorstellen würde.

»Ich bin Erinnya Porter von der Nightcrawler«, sagte ich schnell und klang nervös. »Aber Sie können gerne Erin sagen. Ich bin die Freundin von Callahan.«

Kaja Modrovich musterte mich erneut, und schon wieder beschleunigte sich mein Puls. Doch dann lächelte sie knapp.

»Es freut mich.« Sie sah uns abwechselnd an, während sie weitersprach. »Ich habe einen Besprechungsraum reserviert, dort werdet ihr den Zahnfeen eure Fragen stellen können.«

Kaja Modrovich würde dabei sein? Dann müssten wir sie in unsere Pläne einweihen. Aber wollten wir das überhaupt? Cal hatte nicht erzählt, dass sie sich so nahestanden wie er und Bane. Ich sah kurz, aber eindringlich zu Ildy. Sie nickte mir knapp zu, als habe sie diesen Gedanken auch schon gehabt und eine Lösung parat.

Ildys Mutter schien die Onyx gut zu kennen, denn sie ging mit Ildy, Nolan und Horatio, voraus und sie plauderten ganz zwanglos.

Ich sah mich unauffällig um. Das Deck der Lunarbay wirkte viel moderner als die anderen Schiffe. Die vielen weiß lackierten technischen Geräte passten sehr gut zu dem gekalkten Holz und den blauen Segeln. Zwei kleine Kräne, angetrieben von Dutzenden verschieden großen Zahnrädern, hoben Holzkisten aus einem offen stehenden Laderaum.

Kleine Rollwagen mit dampfbetriebenen Motoren jagten über die Planken. Ich reckte den Kopf, aber ich entdeckte keine Aufzüge oder Rolltreppen. Was würde uns diesmal in den Schiffsbauch bringen?

Ein Kran hob ein Netz voller Gemüse über unseren Köpfen hinweg. Vor uns schimpfte eine junge Cobalt-Mutter mit ihren zwei Kindern, deren Gesichter über und über mit dem blauen Saft eckiger Beeren verschmiert waren.

Dann leerte sich das Deck vor uns, und endlich sah ich eine breite Plattform aus einem weiß schimmernden Metall, die langsam nach unten in den Schiffsbauch sank. Natürlich ließ man uns auch hier vor. Die meisten Monster neigten respektvoll den Kopf, als Kaja sie passierte.

333

»Wird Ildy später die Anführerin werden?« raunte ich Cal zu.

Der schüttelte den Kopf. »Die Nachfolge gebührt ihrer älteren Schwester Tayte. Ildy wird eine beratende Position bekommen, wenn sie das möchte. Aber es wird niemand gezwungen, zu herrschen. Auch Tayte hätte ablehnen können, doch das Regieren liegt ihr.« Er rümpfte die Nase. »Das wirst du sicherlich merken, solltest du ihr mal begegnen.«

Das klang ja nicht besonders sympathisch. »Verstehe.«

Zugegeben, die Welt von Obskuris war faszinierend. Aber so langsam sollte ich mir ein Notizbuch kaufen, um mir all diese fremdartig klingenden Namen merken zu können.

Wir betraten die Plattform, auf der ungefähr fünfzehn Personen gleichzeitig Platz fanden. Auch hier gab es Alpha, die den Ablauf koordinierten. Doch da die Plattformen automatisch hoch- und runterzusinken schienen, kam ich mir zuerst vor wie in einem Super Mario-Spiel. Sobald die Plattform die oberste Position erreicht hatte, huschten die Noctua darauf, und schon sank die Plattform wieder nach unten.

Cal legte seine Hand um meine Taille, um mir still zu versichern, dass er mir helfen würde. Horatio sah ebenfalls kurz zu mir und zwinkerte frech.

Dann waren wir an der Reihe. Die Plattform tauchte wieder aus dem Schiffsbauch auf, und wieder befanden sich einige Noctua darauf. Alpha, die auf etwas starrten, das aussah wie eine Art Tablet, das durch Zahnräder betrieben wurde. Zwei Delta, auf deren Rücken bereits ihre Reiter Platz genommen hatten. Drei Gamma hatten die Gestalt von Tausendfüßlern mit großen wippenden Fühlern. Ihre Körper schienen permanent die Farben zu wechseln. Ich sah ihnen fasziniert nach, als sie von der Plattform sausten und hätte fast den Anschluss verpasst. Cal zog mich mit sich, und schon standen wir auf dem wackligen Untergrund. Im nächsten Moment begann die Plattform wieder nach unten zu sinken. Natürlich war ich die Einzige, die schwankte. Schnell tat ich so, als müsste ich niesen, doch der scharfe Blick von Kaja Modrovich entging mir nicht. *Hatte sie mich doch durschaut?*

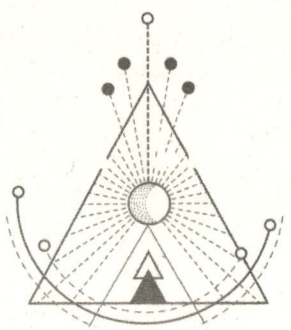

Kapitel 26

Kaja Modrovich musterte mich noch intensiver. »Wo ist dein Reittier, Erin?«

»Es ist verletzt«, sprang Cal ein. »Kleine Rangelei mit einem Delta der Emerald vorgestern.« Er grinste und zog mich näher zu sich. »Hat aber auch etwas Gutes. Jetzt muss sie immer mit mir fliegen.« Er küsste mich auf die Wange. »Nicht wahr, meine Süße?«

»Oh, ja«, gurrte ich zurück und strich ihm durchs Haar.

Kaja Modrovich zog bedeutungsvoll die Brauen hoch, nickte und wandte sich dann fast schon angewidert von uns ab. Horatio grinste bis zu den Ohren, und Nolan war tatsächlich rot geworden. Vielleicht hatten wir ein bisschen zu dick aufgetragen.

Kaja Modrovich ließ sich in ein Gespräch mit einem unbekannten Alpha neben uns einspannen, während ich mich wieder ein wenig aus Cals Klammergriff löste. Natürlich machte er es mir extra schwer, was dazu führte, dass unser Gerangel uns noch mehr wie Verliebte wirken ließ.

Ildy seufzte und schüttelte bloß den Kopf.

Die Lunarbay schien, genau wie bei den Onyx, in Etagen unterteilt zu sein. Der Gang, der nun in Sicht kam, ging nach rechts und links endlos in die Ferne. Die indirekte Beleuchtung war so blendend grell, dass ich kurz die Augen zukniff.

Als wir tief genug waren und die Plattform verließen, entstand kurz Gedrängel, und ich schwankte erneut, doch im nächsten Moment hatte ich sicheren Boden unter den Füßen.

Ein leises Summen ließ mich den Kopf heben. Hinter Cal und Horatio mit ihren breiten Schultern konnte ich nichts sehen, doch Cal trat netterweise zur Seite, und ich entdeckte die Quelle des Summens. Wir hatten in der Grundschule mal ein ehemaliges Kohlebergwerk besichtigt. Die kleinen Bahnen, die ins Innere des Stollens führten, hatten genauso ausgesehen wie die, die sich nun vor uns erstreckte. Lang und schmal, ohne Dach und mit Sitzen, die sich hintereinander aufreihten wie Perlen an einer Schnur. Erneut erklang ein Summen, doch dieses Mal kam es aus einer anderen Richtung. Neugierig sah ich mich um. Auch auf der anderen Seite der Plattform wartete eine Bahn gleicher Bauweise, die in die entgegengesetzte Richtung fahren würde.

Sie waren strahlend weiß gestrichen, und ich entdeckte Hunderte Zahnräder aus blauem Metall. *Wofür die wohl gut waren?* Die Sitze waren schlicht, doch die Lehnen aufwendig verziert. Auch der Haltegriff wirkte wie ein kleines Kunstwerk. Daneben entdeckte ich Boxen mit hohem Rand. Hier konnten die Beta und Gamma sitzen, die keine Hände zum Festhalten besaßen. Ich musste lächeln, als ein Gamma, der entfernt an einen Fuchs erinnerte, elegant in eine der Boxen sprang und sich dann wie in einem Körbchen zusammenrollte.

Ein schrilles Pfeifen erklang, und Horatio machte eine Geste mit der Hand, die uns zur Eile antreiben sollte. Ildy und ihre Mutter ließen uns höflich den Vortritt.

Wir mussten ein Stückchen an der Bahn entlanggehen, denn die meisten Monster hatten bereits Platz genommen. Jetzt entdeckte ich die Zahnräder auch in den Wänden. Je mehr ich mich umsah, desto mehr wirkte die Welt der Cobalt wie eine Mischung aus Atlantis und dem viktorianischen England, jenem Zeitalter, dem heute die Stilrichtung Steampunk huldigte. Die vielen Zahnräder jedenfalls passten hervorragend hierher.

Mein Blick fiel auf Cal, als er auf zwei leere Plätze deutete.

Die Sitzpolster waren ebenfalls strahlend blau, doch erst, als ich kurz davor war, mich zu setzen, entdeckte ich, dass es in Wirklichkeit ein Muster aus Schuppen war. *Wie groß musste das Tier sein, das solche Schuppen besaß?*

Ein zweites Pfeifen erklang, und im nächsten Moment schoss vorne an der Bahn eine fluffige Wolke aus Wasserdampf in Richtung der Decke. Cal, der hinter mir Platz genommen hatte, beugte sich über meine Schulter.

»Halte dich gut fest, die Bahn schafft ein ziemliches Tempo. Und denk daran, einfach ruhig atmen. Die Luft wird sich verändern, sobald wir uns von der Plattform entfernen.«

Daran hatte ich gar nicht mehr gedacht, und sofort überkam mich wieder Nervosität.

Cal schien es zu spüren. »Dir kann nichts passieren, denk

immer daran. Atme ganz ruhig. Schon nach kurzer Zeit wirst du dich daran gewöhnen.«

Ich lehnte mich ein Stückchen zu ihm nach hinten. »Gibt es da Erfahrungswerte für meine Art?«

»Leider nein.« Er legte eine Hand um meinen Oberarm und drückte ihn sanft. »Aber ich verspreche dir, wenn du gar nicht klarkommst, dann bringe ich dich hier sofort raus.«

Seine Worte beruhigten mich, aber gerade als ich ihm danken wollte, schoss die Bahn vorwärts.

Der lange Gang schien nur so an meinen Augen vorbeizufliegen.

Und dann spürte ich es. Die Luft war plötzlich so dick wie Pudding. Ich wollte einatmen und hatte das Gefühl, zu ersticken.

»Sektor A«, erklang eine mechanische Stimme vom Band. »Nächster Halt. Sektor A. Wohntrakt.« Die Bahn wurde langsamer.

Ich holte erneut Luft, und wieder fühlte es sich an, als würde ein kühler Schwall Wasser in meine Lungen eindringen. Ich hustete, und meine Finger krampften sich wie von selbst um den Haltegriff vor mir. Von hinten spürte ich Cals Hand an meiner Schulter. »Alles gut«, flüsterte er. »Ganz ruhig atmen.«

Die Bahn wurde kontinuierlich langsamer, bis sie schließlich abrupt stehen blieb. »Sektor A. Wohntrakt.«

Ich hatte keinen Blick für meine Umgebung, keinen Blick für die Noctua, die ausstiegen und die, die Platz nahmen. Es war mir egal, dass die anderen neugierig die Köpfe reckten. Es war mir egal, dass Kaja Modrovich sich weit zu mir umdrehte, und ihre dunkelblauen Augen mich zu durchbohren schienen.

Ich japste nach Luft, dann musste ich würgen. Ich beugte mich nach vorne, um den Kopf auf meine Hände sinken zu lassen. Horatio drehte sich zu mir um, und ich spürte seine Hand sanft an meinen Haaren. »Ganz ruhig«, flüsterte er. »Versuche, dich aufs Atmen zu konzentrieren. Jetzt ist es nur die Angst, die deinen Körper beherrscht. Lass sie nicht gewinnen. Angst ist relativ, du kannst sie besiegen.«

Hinter mir hörte ich, wie Cal von seinem Sitz sprang. »Sie verliert das Bewusstsein.«

»Alles einsteigen!«, quäkte die Stimme vom Band. »Nächster Halt Sektor B, Konferenzräume.«

Ich japste immer noch nach Luft wie ein Fisch auf dem Trockenen. Mein Körper sank zur Seite, und fast rutschte ich meinen Sitz hinunter. Doch dann war Cal da.

»Alle sofort einsteigen!« Die Stimme klang jetzt wie eine letzte Aufforderung.

»Ich bringe sie hier aus.«

»Wie willst du das machen? Die Bahn fährt immer erst zum letzten Sektor und dann wieder zurück«, hörte ich Ildy rufen.

»Ich rufe Nyncis, er findet uns.«

»Nein«, würgte ich hervor. Meine Zunge fühlte sich dick an in meinem Mund. »Es geht … schon.«

Dann setzte sich die Bahn in Bewegung. Durch den Druck wurde ich noch mehr zur Seite geschleudert. Starke Arme fingen mich auf, und ich wurde wieder in die Senkrechte geschoben.

»Setz dich wieder richtig hin, Cal, das ist gefährlich!«, hörte ich Nolans Stimme.

»Los, wir halten sie fest.«

Ich bekam mit, wie Cal wieder auf seinen Sitz kletterte, ohne mich loszulassen. Jetzt spürte ich auch von vorne Hände, die meine Oberschenkel umgriffen.

»Ich hab sie.« Horatio klang ruhig, aber ich spürte seine Nervosität. »Solange jetzt keine Kurve kommt, ist alles super.«

Mir verschwamm immer wieder die Sicht vor Augen. Mein Kopf war nach hinten in meinen Nacken gefallen, und meine Hände kribbelten. Ich sah nach oben an die Decke. Ich versuchte meinen Blick auf die unzähligen Zahnräder zu fokussieren, die auch hier geschmeidig ineinandergriffen.

Als die Bahn das nächste Mal langsamer wurde, atmete ich ruhiger und bemerkte die andersartige Konsistenz der Luft kaum noch.

»Sektor B«, erklang wieder die Stimme. »Nächster Halt. Sektor B. Konferenzräume.«

»Hier müssen wir aussteigen«, hörte ich Cal an meinem Ohr.

Endlich.

*

Die Zahnfeen erwarteten uns bereits. Vor mir wechselte Ildy ein paar zischende Worte mit ihrer Mutter. Ich hörte nur »erster Besuch« und wie Ildy vergeblich versuchte, ihr klarzumachen, dass mit mir alles in Ordnung war.

Trotzdem wandte sich Kaja Modrovich zu mir um. »Das ist eine sehr heftige Reaktion gewesen.«

Ich, der nicht ganz klar war, ob dies eine Frage oder Aussage war, war immer noch zu wacklig auf den Beinen, um mich einer Diskussion zu stellen. Also nickte ich nur matt. Dabei blieb mein Blick an den Kiemen an ihrem Hals hängen, die sich regelmäßig bewegten, als würden sie die dickflüssige Luft um sie herum filtern. Atmete sie jetzt durch sie? Vorher hatte ich noch nie bemerkt, dass sie sie benutzte.

Die Anführerin der Cobalt hingegen wirkte so misstrauisch, dass sie mir nur einen eindeutigen Blick schenkte, bevor sie schwungvoll die Türen zu einem Konferenzsaal aufstieß.

Auch hier dominierten die Farben Weiß und Blau. Ich sah mich fasziniert um. Weiße Holzplanken, weiße Wände, weiße Decke. Schmuckstück des Raumes war das große Panoramafenster, das mit seiner Breite von vielleicht sechs Metern wirklich beeindruckende Ausmaße hatte. Es zeigte die im Dämmerlicht liegende Dimension, und in der Ferne leuchteten die dunkelblauen Segel der Windsinger. Durch die Luft im Raum schwebten zwei etwa faustgroße Wesen, die mich entfernt an Quallen erinnerten. Auch die Pflanzen, die in einer Ecke standen, bewegten sich schwingend, als befänden wir uns unter Wasser. Der Konferenztisch war gute fünf Meter lang, und in das weiße Holz waren Intarsien aus Gold eingelassen. Sie zeigten Muscheln, Fische und andere Meereswesen.

Hier fühlte ich mich tatsächlich wie im Palast von Atlantis.

Die breiten Stühle waren wieder mit diesen Schuppen bezogen. Für die Zahnfeen hatte man eine Sitzbank mit extra hohen Stuhlbeinen bereitgestellt, sodass sie mit uns auf gleicher Höhe am Tisch sitzen würden.

Kaja Modrovich stellte alle einander vor, während wir Platz nahmen, doch mir war immer noch zu schwindelig, um mir auch nur einen Namen zu merken. Dass die Zahnfeen Halsreifen trugen, bemerkte ich trotz meiner Übelkeit jedoch sofort.

Als ich spürte, wie Blicke der Alpha auf mir ruhten, nickte ich ganz knapp. Horatio schüttelte den Kopf, Nolan wirkte unbehaglich, und Cal runzelte finster die Stirn.

Ildy wirkte entsetzt, doch dann fasste sie sich. Sie sprang auf. »Mutter, könnte ich dich ganz kurz unter vier Augen sprechen? Es ist dringend.«

Kaja Modrovich wirkte wenig begeistert. »Kann das nicht noch einen Moment warten?«

»Nein, ich fürchte, es muss *jetzt* sein.«

Ihre Mutter seufzte, dann erhob sie sich. »Bitte entschuldigen Sie mich einen Moment«, sagte sie zur Delegation der Zahnfeen. Uns schenkte sie keinen Blick.

Kaum, dass die beiden Cobalt-Frauen aus dem Raum verschwunden waren, begann Cal zu sprechen. »Ich möchte nicht unhöflich wirken, aber seit wann ist es Zahnfeen gestattet, Schmuck zu tragen? Meinem Kenntnisstand nach verbietet es Ihre Religion.«

Der Anführer schnappte empört nach Luft. »Was für eine infame Unterstellung. Ich verstehe nicht, worauf Ihr anspielt, Callahan Kymragh von den Onyx. Soll das eine Beleidigung sein? Ich dachte, unsere Kartelle wären Verbündete. Ich dachte-«

»Das alles denken wir auch«, unterbrach ihn Horatio. »Trotzdem gibt es da dieses kleine Problem mit den Halsreifen. Und dem würden wir gern auf den Grund gehen.«

»Wir tragen keinen Schmuck.« Die Stimme des Anführers klang nun eisig. »Damit ist dieses Gespräch beendet.«

»Alle von ihnen tragen Halsreifen«, sagte ich schnell, als die Zahnfeen schon in die Luft flatterten.

»Das wüssten wir ja wohl«, schoss ihr Anführer zurück.

»Es wäre gut, wenn wir einen Reifen untersuchen könnten«, warf Nolan ein. »Erin könnte ihn abzeichnen, und dann wüssten wir vielleicht noch mehr.«

»Das ist ja wohl eine absolute-«, blaffte der Anführer erneut los, während Horatio sich bückte und im nächsten Moment eine Zange aus seinem Stiefel zog und sie auf den Tisch knallte.

»Wer meldet sich freiwillig?«

Der Großteil der Zahnfeen schluckte deutlich hörbar. Kein Wunder, die Zange war groß und scharf genug, um ihnen den Kopf abzutrennen.

»Das *reicht*.« Das Oberhaupt der Zahnfeen schoss voraus in Richtung Tür. »Ich werde mich offiziell bei unserer ehrenwerten Anführerin beschweren. Was für ein unverschämtes Benehmen.«

Seine Delegation folgte ihm. Wie von Zauberhand glitten die Türen auseinander, und die Zahnfeen verschwanden auf dem Gang.

Ich ließ die Schultern sinken. »Warum musst du klingen wie ein wahnsinniger Kopfgeldjäger?«

Horatio grinste breit. »Schätzchen, du hast da was falsch verstanden. Ich *bin* ein Kopfgeldjäger.«

Auch Cal schien genervt. »Das war wirklich nicht hilfreich. Besonders, da man den Reifen vermutlich gar nicht mit einer Zange lösen kann, wenn er durch das Schloss der Cobalt gesichert ist. Wie soll das funktionieren?«

In diesem Moment schlüpfte Ildy wieder ins Zimmer. »Was habt ihr angestellt? Meine Mutter ist ihnen gefolgt, um die Wogen zu glätten, aber das wird garantiert ein Nachspiel für uns haben.«

»Er hat Schuld.« Nolan deutete auf Horatio.

Ildy zog ein verärgertes Gesicht, und auch Cal schien immer noch genervt von seinem Verhalten. Ich war zwar nicht sauer auf Horatio, doch natürlich enttäuschte mich unser Reinfall. Wie sollten wir den Zahnfeen beweisen, dass sie einen Reifen um den Hals trugen, wenn sie uns nicht an sich heranließen?

»Wir werden sicherlich noch andere Gelegenheiten bekommen«, sagte Nolan leise. »Ansonsten sprechen wir noch mal mit den Zahnfeen der Xanthic.«

»Bane ist so eine Klatschtante. Und wir müssen an ihm vorbei, wenn wir mit ihnen reden wollen. Er würde es am Markttag direkt der ganzen Dimension erzählen, und dann ist, wer auch immer dahintersteckt, gewarnt. Es wäre ja auch zu einfach gewesen.« Cal ließ sich mit einem Plumps wieder in seinen Sitz sinken.

»Vielleicht ist es das tatsächlich«, erklang eine zarte Stimme von unter dem Tisch.

Wir alle schreckten auf. Leises Flügelschlagen erklang, und dann flog eine Zahnfee über die Tischkante und in unser Sichtfeld. Sie schien sich dort unten versteckt zu haben, als die restliche Delegation davongerauscht war.

Sie schien noch jung und nicht ganz ausgewachsen und ihre helle Haut verriet, dass es sich um ein weibliches Exemplar handelte. Bei genauerem Hinsehen wirkte sie müde und irgendwie zu dünn für ihre Art.

»Mir geht es nicht gut«, sagte sie, während sie sich zwischen uns auf der Tischplatte in einem Schneidersitz niederließ. »Ich habe Erinnerungslücken, und ich bin ständig hungrig, obwohl ich einer geregelten Arbeit nachgehe. Irgendetwas stimmt nicht.« Ihre großen Augen sahen uns abwechselnd an. »Ich bin froh, dass ihr versucht, uns zu helfen. Wenn ihr meinen Reifen haben wollt, dann nehmt ihn euch. Ich wäre froh, ihn los zu sein.« Sie tastete an der Stelle, an der sie ihn vermutete, doch ihre Finger glitten durch ihn hindurch wie Luft.

Sofort durchflutete mich tiefes Mitgefühl. Horatio stand der Mund offen, Nolan wirkte sprachlos, und auch Cal starrte die Zahnfee einfach nur an. Ildy fing sich als Erste. »Vielen Dank für dieses Angebot, verehrte …«

»Ima«, ergänzte die Zahnfee. »Man nennt mich Ima.«

Sie erhob sich in die Luft und flog auf Horatio und seine Zange zu.

»Ich bin die Einzige, die den Reifen sehen kann«, sagte ich schnell, was Ima ihren Kurs ändern ließ.

»Ich erkläre dir, wie du das Schloss löst«, schlug Ildy vor. Sie kam zu mir, und ich rückte ein Stückchen auf meinem Stuhl, damit sie neben mir Platz nehmen konnte.

»Hoffentlich ist es das gleiche Prinzip.« Nolan klang angespannt. Er schob sich kurz die Brille auf der Nase zurecht und trommelte dann mit seinen schlanken Fingern auf der hellen Tischplatte herum.

Ildy erklärte mir mit ruhiger Stimme, wie ich an den Zahnrädern drehen musste, damit die Pole im Inneren des Schlosses in entgegengesetzte Richtungen sanken und sich so nicht mehr magnetisch angezogen. Sie schien darauf zu vertrauen, dass niemand dieses Geheimnis weitererzählte. Oder sie baute darauf, dass es sich niemand merken konnte.

Ich probierte es zwei Mal, aber jedes Mal erwischte ich wohl die falsche Reihenfolge. Keines der Zahnräder bewegte sich. »Es klappt nicht«, murmelte ich. »Es tut mir leid, Ima, ich werde es noch mal versuchen müssen. Wenn ich dir wehtue, sag mir Bescheid.«

Die Zahnfee nickte nur knapp.

Ildy zählte noch einmal die Abfolge der Zahnräder auf. »Zuerst das kleinste goldene nach links zu dem großen oben links. Dann das kupferne in der Mitte nach rechts halb unten zu dem in poliertem Silber und dann …«

Ich konzentrierte mich und richtete all meinen Fokus auf meine Finger und den Mechanismus. *Geh auf. Geh endlich auf,* befahl ich dem Schloss in Gedanken. Noch einmal versuchte ich es, und dann noch einmal. Wieder bewegte sich nichts.

Ima gab ein leises Protestgeräusch von sich.

»Ich bin auch dumm«, flüsterte Ildy dann. »Machen wir es Schritt für Schritt.« Und wieder zählte sie die Zahnräder auf, nur dieses Mal so langsam, dass ich genug Zeit hatte, sie an ihren Platz zu schieben.

Geh auf! Ich schob die letzten Zahnräder an ihren Platz. Ein leises Knirschen jagte durch das Metall, dann schien es, als würde der Reifen einfach aus seiner Form brechen. Die Einzelteile fielen klappernd auf den Tisch.

Erst als die anderen in erstaunte Laute ausbrachen, wurde mir klar, was geschehen war. Die Einzelteile des Reifs waren sichtbar geworden. Auch Ima starrte ungläubig darauf. Das Innere des Reifs war mit Hunderten kleiner Insekten gefüllt, die mich entfernt an Ameisen erinnerten. Ima erhob sich mit einem erschrockenen Laut in die Luft, als ein paar der rot gesprenkelten Insekten ihr zu nahe kamen.

»Das sind Tüpfelkriecher, glaube ich. Die Fawn züchten sie.« Nolan ließ eins der Insekten auf seiner Hand umherlaufen. »Sie ernähren sich vom Holz der Schattenpalme, und die wächst am besten auf ihren Böden.«

»Das ist doch wieder eine Finte«, brummte Horatio, lehnte sich in seinem Stuhl zurück und verschränkte die muskulösen Arme vor der Brust. »Jemand erlaubt sich einen Riesenspaß, indem er eine Schnitzeljagd quer durch alle Kartelle für uns veranstaltet.«

»Hast du einen besseren Hinweis?«, schoss Cal zurück.

»Die lassen uns doch niemals rein.« Horatio wirkte immer noch genervt. »Das gibt eine große diplomatischen Krise, wenn wir da einfallen, und dann bricht der Krieg aus, den wir alle fürchten. Spätestens dann kann es uns eh egal sein, wer mit den Zahnfeen seinen Unfug treibt.«

Nolan hatte derweil ein kleines Gefäß gezückt und schob ein paar der Krabbeltiere hinein, bevor er es mit einem Korken verschloss.

»Halt doch einfach den Mund, wenn du nichts Produktives beizutragen hast«, blaffte Cal. Mit einer unwirschen Handbewegung fegte er die kleinen Insekten vom Tisch, dann wandte er sich Ima zu. »Versprich mir, Ima, dass du zunächst nichts erzählst«, bat Cal. »Wir müssen herausfinden, was es damit auf sich hat. Ich weiß, du willst deinem Volk helfen, aber vielleicht ist es in diesem Moment tatsächlich die beste Idee, das hier für uns zu behalten. Es darf nicht zu noch weiteren Verdächtigungen kommen.«

»Natürlich«, erwiderte die Zahnfee mit ernstem Gesicht.

»Wir müssen uns auf neutralem Boden treffen und dort das weitere Vorgehen besprechen.« Nolan trommelte noch schneller mit seinen Fingern auf dem Tisch herum. »Ich schlage das Kartell der Amber vor.« Er sah eindringlich in die Runde und ergänzte dann nach einer dramatischen Pause: »Konspirieren wir im Spitzohr.«

Wie bitte?

Ima und ich sahen uns gleichermaßen ratlos an.

»Das Café Spitzohr liegt im Kartell der Amber«, erklärte Horatio. »Sie haben es nicht so mit den Fawn.« Er grinste. »Von denen wird dort garantiert niemand sein, und wir können in Ruhe weitere Pläne schmieden.«

Ich verstand immer noch nicht.

»Die allermeisten Bewohner des Kartells der Fawn sind Elfen oder Feenwesen, und diese haben spitze Ohren«, sagte Cal.

Ich grinste. »Oh, ich verstehe.« Das war wirklich frech.

»Gute Idee«, sagte Cal. Ima kicherte, dann wurde ihr Blick ernst, als er zur Tür glitt. »Ich sollte mal …« Sie erhob sich in die Luft.

»Vielen Dank für deine Hilfe, Ima.« Cal erhob sich. »Ohne dich wären noch keinen Schritt weiter.«

»Es freut mich, dass ich helfen konnte.«

»Wenn du wissen möchtest, wie es weitergeht oder mehr Informationen brauchst, um deine Leute vielleicht doch noch zu überzeugen, dann besuche mich in meinen Räumen.« Nolan hatte sich ebenfalls erhoben. »Oder du kommst ins Café Spitzohr.« Er wandte sich an uns. »Wann sollen wir uns treffen? Morgen, am frühen Abend?«

Alle nickten einstimmig, dann sahen sie zu mir.

»Ich versuche, es zu schaffen. Grandma hat morgen zum ersten Mal wieder Chorprobe, da geht sie sicherlich hin.« Ich sah zu Cal. »Holst du mich ab?«

Cal nickte und wollte gerade etwas sagen, da flogen die Türen auf. Kaja Modrovich trat ein, und sie war in Begleitung zweier Alpha, die unschwer als Wachen erkennbar waren.

»Ich habe gerade durch Zufall mit deinem Vater gesprochen, Callahan.« Vergessen war ihr vorher so freundlicher Tonfall. »Er war sehr überrascht, als ich von unserem kleinen Treffen berichtete. Und ganz besonders darüber, wer in deiner Gesellschaft ist. Es ist nicht nur unhöflich, dass du mir verschweigst, dass du einen Mensch auf mein Schiff bringst, es ist außerdem eine Missachtung eines Befehls deines Vaters. Callahan Kymragh, du bist hiermit verhaftet und wirst in Gewahrsam genommen, bis du von den Männern deines Vaters abgeholt wirst, um deiner gerechten Bestrafung zugeführt zu werden.«

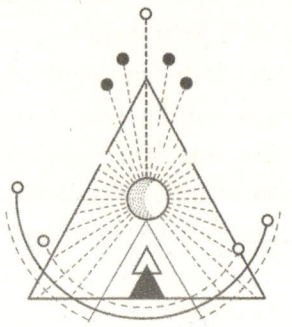

Kapitel 27

Der nächste Morgen war die reinste Katastrophe. Nicht nur, dass ich kaum ein Auge zugemacht hatte, nein, unser Mathematiklehrer Mr Kagawa hatte nun auch noch einen spontanen Test angekündigt. Ich hatte soeben das Blatt mit den Fragen überflogen und mir war sofort klar, dass ich diese nur mit sehr viel Glück richtig beantworten konnte. Die letzten Wochen hatte ich so viel Zeit in Obskuris und mit der Recherche über den Unfall verbracht, dass ich die Schule total vernachlässigt hatte. Das rächte sich nun.

Rhonda neben mir seufzte ebenfalls, begann aber sofort zu rechnen.

Meine Gedanken glitten zur letzten Nacht zurück. Cal war sofort festgenommen worden, obwohl wir alle protestiert hatten. Nolan war bei Cal geblieben, denn er verfügte über die besten diplomatischen Fähigkeiten. Ildy versprach, Cal ebenfalls nicht aus den Augen zu lassen, solange er sich noch auf der Lunarbay befand. Und nachdem Kaja Modrovich mich mehr oder weniger barsch ihres Schiffes verwies, hatte Horatio mich auf Hacker nach Hause geflogen. Ich hatte es nicht gewagt, zu widersprechen.

Seitdem hatte ich nichts mehr von Cal gehört. Ich war fast verrückt geworden vor Sorge und hatte Horatio den ganzen Rückweg mit Fragen gelöchert. Wir hatten Handynummern getauscht, und er hatte mich die Nacht über auf dem Laufenden gehalten. Man hatte Cal sein Telefon abgenommen und ihn auf der Shadowfall in eine Einzelzelle verfrachtet. Mehr wusste auch Horatio nicht. Bis jetzt hatte ich keine neuen Informationen erhalten, außer, dass Cal heute Morgen eine Audienz bei seinem Vater erwartete. Danach wollte Horatio sich melden. Und seitdem wartete ich vergeblich auf Neuigkeiten.

Mr Kagawa verteilte noch die letzten Bögen, deshalb sah ich mich kurz im Klassenraum um. Der Test schien so einige kalt erwischt zu haben, denn überall tauchten plötzlich furchterregende Beta auf. Große, albtraumhafte Wesen, die sich um meine Mitschüler wanden wie Schlangen um ihre Beute. Ein Wesen mit langem glänzenden Insektenleib und dem Gesicht eines Mannes strich einer Mitschülerin fast zärtlich durchs Haar, bevor es ihre schimmernde Angst in sich aufnahm. Zwei Reihen hinter mir entdeckte ich eine Frau mit den bunt schillernden Flügeln eines Schmetterlings und großen katzenhaften Augen. Direkt neben ihr erschien ein überdimensional großer Tausendfüßler, dessen scharfe Krallen über das Pult kratzten. Ein Wesen mit den langen Beinen einer Giraffe, gelbem Fell und dem grimmig blickenden Gesicht eines Mannes mit beeindruckendem Vollbart erschien im hinteren Teil der Klasse. Er hob die muskulösen Arme in einer triumphierenden Geste und sah mir direkt in die Augen. Sein Oberkörper war über und über mit Tätowierungen geschmückt. Perlen und Edelsteine waren in seinen langen Bart geflochten. Seine Nägel waren schwarz und spitz. Als er lächelte, entblößte er lange Reißzähne. Ich wandte mich ab, als er sich auf eine meiner Mitschülerinnen stürzte.

Erneut beäugte ich die Testfragen. Was würde das Ergebnis mit meinem Schnitt machen? Zahlen und Formeln wirbelten vor meinem inneren Auge wild durcheinander. Hatte ich überhaupt eine Ahnung, was ich hier berechnen sollte? Musste ich Angst um mein Stipendium haben?

Jetzt erschien auch bei mir ein Beta, ein Schlangenwesen mit menschlichem Kopf. Ich wandte mich ab, denn ich wollte keinen allzu genauen Blick riskieren.

Rhonda drehte sich zu mir. »Kommst du klar?« Sie flüsterte, weil Mr Kagawa gerade den Rückweg durch den Mittelgang angetreten hatte.

Ich schüttelte den Kopf.

»Ruhe, meine Damen.« Mr Kagawa klopfte auf mein Pult, doch sein Lächeln war gutmütig. Zusammen mit Rhonda und Jinjin war ich eine seiner besten Schülerinnen, und er ging ganz sicher nicht davon aus, dass eine von uns es nötig hatte, zu schummeln.

Hatte er eine Ahnung. Ich seufzte erneut und griff schließlich nach meinem Stift. Es half ja alles nichts.

*

»Erin, wenn du nicht aufhörst zu zappeln, dann wird der Saum schief.« Grandma stupste mir vor die Wade. Ich stand auf einer altmodischen Fußbank mitten im Wohnzimmer, hatte beide Arme lang zur Seite ausgestreckt, und Grandma kniete zu meinen Füßen, während einige Stecknadeln zwischen ihren Lippen klemmten. Wie sie trotzdem sprechen konnte, war mir ein Rätsel.

»Hör auf deine Grandma«, zwitscherte Jinjin, die in den Polstern des breiten Dreisitzers fast zu verschwinden schien. Sie betrachtete sich in einem neongrünen Taschenspiegel und zupfte an den frisch gestutzten Spitzen ihres hellblonden Ponys.

»Ich habe nicht gezappelt.« Ich gab ein genervtes Stöhnen von mir, denn dieses ganze Tamtam rund um den traditionellen Herbstball ging mir gewaltig auf die Nerven. Ich war weder ein Typ für Bälle, noch war ich ein Typ für Kleider. Ich hatte nichts gegen eine schöne Geburtstagsfeier oder all die Feste, die an den Feiertagen das Jahr über zelebriert wurden. Und an den heißen Sommertagen liebte ich meine Secondhand Maxikleider aus Leinen oder die kurzen Jumpsuits, die ich in den Shops in den Vororten erstand. Aber dieses Wunderwerk aus Tüll und Kunstseide, in dem ich jetzt steckte, ließ mich eher schaudern, und außerdem hatte ich im Moment wichtigere Probleme.

Rhonda saß in einem ganz ähnlichen Modell in dem Zweisitzer und schien sich keine Gedanken darüber zu machen, dass ihr Kleid Knitterfalten bekam. Ihr Saum war bereits abgesteckt.

Wir hatten unsere Kleider zusammen in einem Onlineshop bestellt, nachdem Rhonda mich zu diesem Partnerlook überredet hatte, und vor zwei Tagen waren sie endlich angekommen. Grandma hatte sich sofort bereit erklärt, die letzten Änderungen vorzunehmen. Rhonda würde schwindelerregend hohe High Heels tragen, und weil sie ein gutes Stückchen kleiner war als ich, musste ihr Kleid trotzdem noch gekürzt werden. Ich, die neben Tüll und Bällen auch noch gegen hohe Absätze allergisch war, würde sich mit silberfarbenen Ballerinas zufriedengeben. Die, wie ich vor allen zugab, mir außergewöhnlich gut gefielen. Sie waren zwar Secondhand, dafür aber aus Leder und so weich wie Butter. Ich hatte mich schockverliebt, kaum dass ich den Karton geöffnet hatte.

Dylan, der mein Begleiter für diesen Abend sein würde, passte noch in seinen Anzug vom Abschlussball und hatte im Fundus seines Vaters eine silberne Krawatte gefunden. Wir zwei würden vermutlich aussehen, als wollten wir auf eine Achtzigerjahre-Mottoparty gehen.

»Du zappelst immer noch«, begann Grandma gerade, als auf meinem Handy eine Nachricht einging. Mit einem Hechtsprung hüpfte ich von dem Hocker in Richtung Sessel.

Grandma protestierte, Rhonda kicherte, und Jinjin hatte missbilligend die Stirn gerunzelt.

Doch in diesem Moment war mir mein Kleid völlig egal. Ich entsperrte mein Handy, und es erwartete mich eine Nachricht von einer unbekannten Nummer. Darin fanden sich nur zwei Worte: **Lebe noch.**

»O mein Gott«, entfuhr es mir. Das musste Cal sein. **Wie geht es dir?**, schrieb ich. **Bist du wieder frei?**

Ich bekam keine Antwort. Nicht mal die Häkchen verfärbten sich blau. Ich fluchte leise. Dann machte ich schnell ein Selfie für Betsy, die unbedingt wissen wollte, wie das Kleid an mir aussah.

»Erin Annabelle Porter«, sagte Grandma in ihrem besten

Befehlston. »Du kommst jetzt sofort wieder auf diese Fuß-bank.«

Jetzt war es Jinjin, die kicherte.

»Lach nicht«, brummte ich. »Das steht dir doch auch noch bevor.«

Jinjin klappte den Taschenspiegel mit einem leisen Knall zu und lächelte dann sehr zufrieden. »Irrtum, das habe ich bereits hinter mir. Der Schneider meiner Familie hat meine Daten, und Mama und ich haben nur noch den Stoff ausgesucht.« Sie betrachtete ihre grellpink lackierten Fingernägel. »Und da meine Maße sich seit zwei Jahren nicht verändert haben, konnte ich-«

Rhonda stöhnte auf und warf halbherzig ein Zierkissen in ihre Richtung. Ich fiel in ihr Stöhnen ein und verdrehte die Augen, doch dann mussten wir grinsen. Sie hob die Hände in einer entschuldigenden Geste und grinste ebenfalls. »Ist ja schon gut, ist ja schon gut.«

Grandma hingegen betrachtete nur mein Handy, das ich immer noch in der Hand hielt, als ich mich wieder auf die Fußbank stellte. Sie wusste, dass ich mit Greg Schluss gemacht hatte, und ich hatte ihr noch immer nichts von Cal erzählt. Dennoch fragte sie nicht nach. Sie steckte sich wieder ein paar Stecknadeln zwischen die Lippen und machte dann wortlos weiter.

Eine gute Viertelstunde verging, bevor der WhatsApp-Gong erneut ertönte. Grandma war gerade dabei, eine kleine Partie nahe dem Reißverschluss am Rücken abzustecken.

Ich zuckte so sehr zusammen, dass sie mich mit einer Nadel erwischte. Noch während sie sich entschuldigte und ich ihr versicherte, dass nichts passiert war, öffnete ich die Nachricht.

Ich erzähle dir später im Spitzohr mehr. Hast du Zeit? Soll ich um 21:00 Uhr vorbeikommen?

Mir fiel ein Stein vom Herzen, denn das musste bedeuten, dass er tatsächlich nicht mehr eingekerkert war. Erleichterung machte sich in mir breit. Völlig egal, was heute Abend sein würde, um 21 Uhr würde ich mich mit Cal treffen.

*

Im Café Spitzohr war es brechend voll und ohrenbetäubend laut. Noctua unterschiedlichster Kategorien und Kartelle saßen dicht beieinander, es roch nach würzigem Tee und süßem Gebäck, und in einer Ecke spielte tatsächlich eine Liveband. Keins der Instrumente erinnerte mich an irgendetwas, das ich auf der Erde je gesehen hatte. Das Café Spitzohr glich einem Beduinenzelt, dessen üppige Farben mit glänzendem Gold um die Wette leuchteten. Die Gäste saßen um niedrige Tische herum, rauchten süßen Tabak, tranken aus rustikalen Tonkrügen, und Platten mit zuckersüßen Leckereien luden zum Naschen ein. Auch hier schien der Mondbeerensaft in Strömen zu fließen, und überall standen Krüge davon auf den niedrigen Tischen.

Der Boden war ausgelegt mit Teppichen, und es fühlte sich darunter tatsächlich so an, als würden wir auf Sand sitzen. Die Alpha aus dem Kartell der Amber waren nicht zu übersehen, denn sie waren als Einzige ganz in Weiß gekleidet, das einen krassen Kontrast zu ihren orangeroten Haaren bildete. Die Männer trugen ihr langes Haar in einem Knoten, die meisten Frauen der Amber hatten ihr Kopfhaar fast gänzlich abrasiert und nur einen schmalen Haarkranz in der Mitte stehen gelassen. Dafür trugen sie üppigen Schmuck aus grünen Halbedel-

356

steinen und Perlen. Mit den dunkel umrahmten Augen und den goldenen Nasensteckern wirkten sie wie Göttinnen einer längst untergegangenen Hochkultur. Ich konnte nicht aufhören, sie immer wieder verstohlen anzusehen. Sie besaßen eine Anmut, die ich bisher in keinem anderen Kartell beobachtet hatte.

»Wie gefällt es dir?«, wollte Ildy wissen. Sie saß zum Glück direkt neben mir, weshalb sie ihre Stimme kaum erheben musste.

»Ich finde es wunderbar!« Gerade stellte eine Amber eine Platte mit kleinen Süßigkeiten auf unserem Tisch ab. Die Häppchen waren mit fremdartig aussehenden Kernen verziert und mit einem zähen rotschimmernden Sirup übergossen. Sie rochen nach Blüten und Zimt.

Ich konnte es immer noch nicht fassen, dass Cal mich regelrecht hierher entführt hatte. Er hatte mich nicht protestieren lassen, während er mich auf Nyncis' Rücken bugsierte. Kurz darauf waren wir über den Nachthimmel geflogen.

Und ich hatte nicht gelogen. Alles hier gefiel mir außerordentlich gut, was auch dazu beitrug, dass meine Sorgen um Cal in den Hintergrund rückten.

Dieser hatte mich wie versprochen abgeholt und mir versichert, dass es ihm gut ging. Doch ich sah sofort, dass dies nicht der Fall war. Obwohl er mir geschworen hatte, dass er mir alles erzählen würde, hatte er bis jetzt noch kein Wort darüber verloren. Stattdessen hatte er mir die Luftschiffe der Amber gezeigt, deren strahlend weiße Segel wie einer Waschmittelwerbung entsprungen schienen. Das Café Spitzohr lag auf der Dreamgate, die etwas kleiner war als die Euphoria, aber deutlich größer als die Skypainter. Ich hatte alle drei Schiffe der

Amber fasziniert betrachtet, während Nyncis uns sicher zu den Landungsbrücken brachte.

Das Holz der Dreamgate war in leuchtendem Fuchsia lackiert, das der Skypainter in einem dunklen Orange und das der Euphoria in einem beeindruckenden Karmesinrot.

Hier schien es weitaus weniger technisch zuzugehen als im Kartell der Cobalt. Plüschig wirkende Sessellifte mit bunten Gardinen und Troddeln brachten uns direkt vom Deck aus hinab in den Schiffsbauch.

Cal hat mir erklärt, dass es auch hier Decks für die unterschiedlichen Kategorien von Noctua gab, die Alpha jedoch in sogenannten Kommunen zusammenlebten. Mehrere Familien teilten sich die großzügigen Räume und Werkstätten. Als Experten für jegliche Art von Lederverarbeitung und Webkunst, galten die Amber als geschätzte Lieferanten von Decken, Teppichen und Vorhängen sowie Waffenscheiden, Kleidungsstücken und Satteln aus Leder.

Hier gab es auf den Gängen nur wenige Türen, und auch um ins Café Spitzohr zu gelangen, mussten wir zwei große Werkstätten durchqueren. Noch während ich alles mit großen Augen betrachtete, stellte ich fest, wie heimisch und willkommen ich mich in diesem Kartell fühlte.

»Neue Erkenntnisse«, sagte Nolan gerade und beugte sich zu uns über den Tisch. Dabei schob er die Platte mit dem Konfekt zur Seite. Als der Teller Cals Hand berührte, zog er ein Gesicht. Ich hatte bereits bemerkt, dass seine Rechte verletzt zu sein schien. Er schonte sie eindeutig, und jedes Mal, wenn er etwas berührte, schien ihm das Schmerzen zu bereiten. Als er meinen Blick bemerkte, setzte er schnell ein strahlendes Lächeln auf.

Nolan öffnete ein kleines Gefäß. Zwei der Insekten, die wir

im Halsreif der Zahnfee Ima gefunden hatten, krabbelten auf die Tischplatte. Nolan zog einen ledernen Handschuh über, schnappte sich die beiden und presste sie dann Horatio auf die Hand.

»Igitt. Kannst du mich vielleicht vorwarnen?« Horatio wollte seine Hand wegziehen.

»Was hast du gerade gegessen?«

Horatio sah ihn ratlos an. »Ähm …« Er sah auf seine andere Hand, als könne die ihm einen Hinweis geben. Ich wusste noch sehr genau, dass Horatio die Platte Gebäck, die jetzt von den kleinen Süßigkeiten ersetzt wurde, praktisch alleine geleert hatte.

»Was hast du gerade gegessen?«, wiederholte Nolan seine Frage, nur eindringlicher. »Das ist keine fünf Minuten her.«

Horatio sah in die Runde. »Ich habe was gegessen?«

Wir alle starrten ihn an. Nolan gab ein triumphierendes Geräusch von sich, hob die Hand, und fing die zwei kleinen Krabbelviecher wieder ein. Erst, nachdem er sie sorgfältig in dem Gefäß verstaut hatte, sah er mit triumphierendem Blick in die Runde. »Das ist ihr Geheimnis.«

Wir alle verstanden nur Bahnhof.

»Es ist das Geheimnis der Reifen. Deshalb lügen die Zahnfeen nicht.«

»Zahnfeen können nicht lügen«, sagte Cal.

»Genau.« Nolan schob das Gefäß in eine seiner vielen Taschen. »Weil sie tatsächlich nichts von dem wissen, was sie tun.« Er lehnte sich vor, und seine großen grünen Augen blitzten triumphierend. »Weil sie es vergessen. Das Sekret lässt sie vergessen.«

Endlich machte es bei uns Klick.

»Die Käfer in den Reifen lassen die Zahnfeen vergessen,

dass sie die Kinderzähne gesammelt haben«, sagte Ildy. »Und weil auf der Erde keine Magie wirkt, sammeln sie dort fleißig Zähne, kehren zurück und vergessen aber in Obskuris sofort, was sie getan haben. Und weil sie dann immer wieder losziehen und sich völlig verausgaben bei ihrer Suche, wirken viele so unterernährt und ausgemergelt.«

»Ist ja klar, wenn ihnen irgendjemand die Zähne abnimmt, kaum dass sie Obskuris betreten«, ergänzte ich. »Wenn du denkst, du warst noch kein Abendessen holen, weil deine Vorräte leer sind und dein Magen knurrt, dann fliegst du halt noch mal los. Und das machen diese armen Zahnfeen jetzt in Endlosschleife.«

Nolan nickte. »Genau. Deshalb bringt es nichts, sie zu befragen. Alles, was rund um die Kinderzähne passiert, vergessen sie, und die Halsreifen sind unsichtbar für alle.

Es ist ein mächtiger Tarnzauber, der in verschiedene Richtungen wirkt, je nach Bedarf. Und das ist definitiv das Können für Fortschrittliche.« Er deutete mit dem Kopf zu mir. »Unser Schlüssel dazu bist du.« Er seufzte und wirkte deprimiert. »Leider wurden wir bei den Cobalt so schnell aus dem Raum eskortiert, dass ich die zerbrochenen Teile des Reifs nicht mitnehmen konnte. Somit konnte ich nichts über die Magie herausfinden, die die Reifen unsichtbar macht.«

Horatio rieb sich über seine Handfläche, dort wo die Käfer ein grünes Sekret abgesondert hatten. »Das ist doch auch wieder so eine Sache der Fawn, dieses Ganze ›unsichtbar machen‹. Auf so etwas stehen sie doch, und sie sind sehr geschickt beim Thema Magie.«

Die anderen nickten mit düsteren Gesichtern. Offenbar schien niemand besonders viel von den Fawn zu halten.

Cal seufzte und warf sich eins der kleinen Gebäckstücke in

den Mund. Er runzelte die Brauen, während er angestrengt kaute, und nachdem er geschluckt hatte, lehnte er sich wieder nach vorn zu uns. »Ihr wisst, worauf das hinausläuft. Wir müssen den Spitzohren einen Besuch abstatten.«

Die anderen stöhnten simultan auf.

»Sie lassen uns niemals auf eins der Schiffe, wenn wir einfach ungebeten dort auftauchen«, sagte Nolan. »Und wie willst du an eine Einladung kommen? Das kannst du vergessen.«

»Sie werden uns sofort verraten, entweder an meine Mutter oder deinen Vater, Cal. Die Fawn sind noch unentschlossen, wir buhlen um sie als Verbündete, aber noch haben sie uns keine Loyalität erklärt.«

»Könnten wir das Kartell nicht einfach besuchen?«, wollte ich wissen. »So wie hier?«

»Die Fawn sind sehr verschlossen.« Ildy schüttelte den Kopf. »Sie pflegen ihre Geheimnisse und legen keinen Wert auf Besucher.«

»Egal.« Cal klang unnachgiebig. »Wir sollten es versuchen.«

»Du hast wohl wieder Lust auf Einzelhaft«, brummte Horatio. »Haben sie dich heute nicht schon genug vermöbelt? Du stehst wohl auf Schmerzen.«

Entsetzt sah ich zu Cal. Der winkte ab, als wäre das alles nichts.

»Sie haben seine rechte Hand gebrochen und die Schulter ausgekugelt. Und dann solltet ihr mal seinen Rücken sehen. Ein Wunder, dass er überhaupt sitzen kann«, sprach Horatio weiter. »Petrovico war echt in Höchstform.«

»Sein Frühstück hat ihm nicht geschmeckt«, erwiderte Cal lässig. »Dann hat er immer schlechte Laune.«

Ich hingegen konnte nicht fassen, dass man Cal so zugerichtet hatte.

Horatio schnaubte. »Dann hoffen wir mal, dass er gut gefrühstückt hat, wenn er dich das nächste Mal mit Erin erwischt.«

Cal verdrehte die Augen. »Erstens, er wird mich nicht erwischen. Und zweitens, er bringt mich nicht um. Ich bin sein einziger Nachfolger. Er kann mir alle Knochen brechen, aber das werde ich überleben, und das weiß er.«

Mir wäre fast die Kinnlade auf die Brust geklappt. Cal tat das Verbot seines Vaters wie einen Witz ab. Ich sah in die Runde. »Dann sollte ich wohl lieber gehen, oder?«

»Du bleibst, wo du bist«, erwiderte Cal. »Wir Onyx sind, wie wir sind. Bei uns wird nicht diskutiert, bei uns wird man bestraft, das ist ganz normal. Was glaubst du, wie ich aufgewachsen bin? Was glaubst du, wie wir alle die Gefangenschaft bei den Amethyst überlebt haben?« Er deutete in die Runde. »Wir sind hart im Nehmen, weil wir schon in unserer Kindheit Schmerzen kennenlernen. Weil wir gelernt haben, zu überleben. Weil es bei uns zum guten Ton gehört, hart im Nehmen zu sein.« Er schnaufte und strich sich dann durchs Haar. »Vater hält mich nicht auf. Er kann mich bestrafen, aber ich lasse mir nichts mehr vorschreiben.«

Er sah zu mir und lächelte. »Du musst keine Angst haben. Wir Onyx sind Alpha von Ehre. Vater würde dir nie etwas tun, denn du bist nicht das Problem. *Ich* bin es.«

Irgendwie war ich nicht zu hundert Prozent beruhigt. Doch Cal schien wild entschlossen, das Thema zu wechseln.

»Wir sind die Einzigen, die an dieser Zahnfeen-Sache dran sind. Niemand anderes will davon hören. Jedenfalls niemand, der in irgendeiner Form das Sagen hat. Und solange wir nicht wissen, wie groß diese ganze Sache ist, wissen wir auch nicht, wem wir trauen können. Wer alles involviert ist. Und dann

362

stellt sich noch die Frage, was derjenige überhaupt mit diesen riesigen Mengen an Milchzähnen vorhat. Es befindet sich kaum Angst darin. Die Zahnfeen leben davon. Was ist so besonders daran?«

Ich nahm einen Schluck von meinem schäumenden Mandelbier. Es schmeckte süß und herb zugleich, und ich wischte mir ein wenig von dem Schaum von der Oberlippe, bevor ich Cal antwortete. »Wie kommen wir an mehr Informationen, ohne dass wir irgendjemandem zu nahe treten?«

Cal setzte sich abrupt auf, als habe er *die* zündende Idee. »Das Archiv der Angst.« Ildy und Nolan nickten zustimmend, während Horatio immer noch gedankenverloren auf seine Hand starrte. »Was habe ich gerade gegessen?«

»Du hast einen Teller Teilchen inhaliert«, antwortete Ildy. »Du solltest satt sein.«

»Ach echt?«, fragte Horatio, im gleichen Moment, in dem er sich eins der kleinen Gebäckstücke in den Mund warf.

»Was ist dieses Archiv der Angst?« Ich nahm noch einen Schluck von meinem Bier. Es war wirklich köstlich. Und da Ildy mir versichert hatte, dass es alkoholfrei war, genoss ich es umso mehr.

»Es ist die älteste Bibliothek der Obskuris. Hier findet sich all das Wissen aus längst vergangenen Zeiten. Aber dieser Ort ist gefährlich … wenn man sie überhaupt findet«, sagte Nolan mit düsterer Stimme. »Und wenn man es lebend dorthin schafft.«

Na wunderbar.

»Nolan übertreibt«, sagte Cal. »Wir müssen bloß das Ghost Orbit finden und dort die Atlantide … und dann finden wir vielleicht Antworten auf unsere Fragen.« Er grinste, und seine spitzen Eckzähne blitzten auf im Licht der vielen Öllampen, die von der Decke hingen. »Klingt doch nach einem großartigen Spaß.«

»Wenn man ein lebensmüder Onyx ist, vielleicht«, gab ich zurück, dennoch konnte ich nicht verhindern, dass mein Herz schneller schlug. *Ghost Orbit*, *Atlantide*, eine Bibliothek voll von altem Wissen. Das klang nach einem echten Abenteuer, nach Spannung und Nervenkitzel. Also genau nach meinem Geschmack. »Was ist ein Ghost Orbit und was eine Atlantide?«

»Die Atlantide ist das letzte Schiff, das den ersten Bewohnern unserer Dimension gehörte. Die anderen sind alle verschollen«, begann Nolan. »Auf der Atlantide befindet sich das gesammelte Wissen der alten Welt. Es ist unsere Vergangenheit, unsere Geschichte, die begann, lange bevor wir Noctua uns in Kartelle aufspalteten. Die Bücher, Schriftrollen und Stelen haben Antworten auf jede Frage.«

»Die Atlantide treibt führerlos im Ghost Orbit«, fiel Cal ein. »Das Ghost Orbit musst du dir wie eine Blase vorstellen, die durch die Kartelle treibt. Von außen wirkt sie winzig, doch wenn man in ihren Strudel gerät, zieht sie einen hinein. Sie lässt sich keinen Weg aufdrängen und ist nicht zu kontrollieren. Ihr Weg durch die Dimension wird von den Amethyst protokolliert und das schon seit Jahrhunderten. Sie haben das Harz bestimmter Bäume bearbeitet, sodass es zu leuchten beginnt, wenn der Orbit sich nähert. So können sie den Standort leicht herausfinden. Ich habe absolut keine Ahnung, wie genau wir es anstellen sollen, aber wir *müssen* den Ghost Orbit finden. Nur so werden wir Antworten bekommen. Die Zukunft der Dimension steht auf dem Spiel, und wir dürfen keine Zeit verlieren.«

»Was ist mit Erin?«, frage Horatio.

364

Alle am Tisch senkten den Kopf. Jeder schien in seine eigenen Gedanken versunken.

Nur ich konnte die Zahnfeen sehen, die so einen mysteriösen Halsreif trugen. Sie hatten eigentlich keine Wahl, als mich mitzunehmen, egal wie gefährlich es für Cals Zukunft oder für mich werden würde.

Cal legte seine Hand ganz sanft auf meine. »Das wird zu gefährlich, Erin. Ich kann nicht verantworten, dich mitzunehmen, auch wenn ich dich nicht ausschließen möchte.«

»Ich habe keine Angst vor irgendeiner Gefahr. In wenigen Tagen beginnen die Herbstferien.« Ich sah ihn an, und überging seine Worte einfach. »Eigentlich hatte ich geplant, mit Jinjin und Rhonda ins Ferienhaus ihrer Eltern am Lake Tahoe zu fahren. Ich belüge Grandma nicht gerne, aber ich könnte meine Freundinnen einweihen und dann mit euch nach Antworten suchen.«

Cals Blick blieb unergründlich. »Es wird gefährlich«, sagte er schließlich leise. Er rückte noch ein wenig näher. »Ich will nicht, dass dir etwas passiert.«

Auch ich lehnte mich ein wenig näher zu Cal. »Ich habe keine Angst und ihr braucht mich.«

»Du hast eins der gefährlichsten Hobbys dieser Welt, ich weiß, dass du keine Angst hast«, flüsterte er. Sein Gesicht kam meinem ganz nah. Um uns herum dröhnte ein Potpourri aus Musik und Stimmengewirr, doch wir befanden uns in unserer eigenen kleinen Blase. »Du bist das mutigste Mädchen, das ich kenne.«

Ich lächelte. »Dann ist es abgemacht. Besuchen wir die Atlantide in den Herbstferien.«

»Du bist verrückt«, wisperte er. »Wie soll ich auf dich aufpassen?« Sein Gesicht kam noch näher. Sein Atem strich über meinen Mund. Er roch nach süßem Gebäck und Mandelbier. Ich hob die Hand und strich durch sein Haar. Er neigte den Kopf und schmiegte seine Wange an meine Haut. In diesem Moment war alles andere vergessen. Ich neigte mich vor. »Ich passe auf mich allein auf«, wisperte ich, und meine Lippen strichen beinahe über seine. »Und vielleicht auch ein bisschen auf dich.«

Ich spürte Cals Lächeln auf meiner Haut. »Abgemacht.«

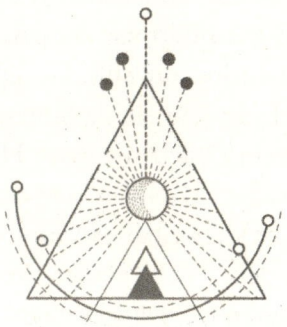

Kapitel 28

In der Nacht vor dem ersten offiziellen Ferientag, einem Donnerstag, wurde ich von Cal abgeholt. Ich hatte ein paar Sachen in einen Rucksack gestopft und mich bereits von meinen Freunden verabschiedet.

Zum Glück war auch mit Grandma alles ganz unkompliziert über die Bühne gegangen. Sie hatte Nachtdienst, und wenn sie morgen früh von ihrer Schicht kam, würde ich schon lange unterwegs sein. Meinen drei Rabauken hatte ich eingeschärft, gut auf sie achtzugeben.

Als wir durch die Leylinie nach Obskuris flogen, konnte ich meine Aufregung kaum verbergen. Ich schlang meine Arme enger um Cal, und er lachte.

Schon tauchte das Grenzland vor uns auf, und im nächsten

Moment gesellten sich auch Ildy, Nolan und Horatio auf ihren Gefährten zu uns. Die hohen grauen Wolkenberge ragten vor uns auf, und boten uns, zusätzlich zur Dunkelheit, den perfekten Schutz vor ungewollten Blicken. Ich dachte an Mom und Dad. Ich hätte ihnen garantiert von diesen Abenteuern erzählt.

Horatio deutete wortlos auf eine Gruppe von Wolken, als Nolan schon rief: »Macht schnell, da hinten sehe ich Wachen.«

Ildy schoss auf ihrem Drachen voraus. Horatio blieb mit uns auf gleicher Höhe, während Nolan wartete, bis wir alle außer Sichtweite waren. Erst dann gab er Grml einen leisen Befehl. Ich beobachtete aus dem Dickicht der Wolken heraus, wie er in einem betont langsamen Tempo einen kleinen Kreis flog, bevor er sich unserem Berg aus Wolken von hinten näherte. »Ich glaube, sie haben uns nicht gesehen«, rief er.

Obwohl alle Reittiere der Alpha kräftig mit ihren Flügeln schlugen, lösten die Wolken sich nicht auf. Sie ragten bestimmt sechs oder sieben Meter hinauf in den Himmel und wirkten so undurchsichtig wie eine Mauer. Als ich sie berührte, wurde meine Hand feucht.

Nyncis drehte sich in der Luft, sodass wir die anderen besser ansehen konnten.

»Hast du das Glühwürmchen?«, fragte Cal. *Glühwürmchen? Was wollen sie denn damit?*

»Heute Morgen noch besorgt.« Horatio grinste bis über beide Ohren. »War nicht ganz einfach.«

Er fischte aus einer der Taschen seiner Weste eine Art Amulett. Es sah aus wie Harz und leuchtete pink.

»Harz des Nachtblüten-Baums aus dem Kartell der Crimson«, erklärte Horatio.

»Total hübsch«, sagte ich und ließ dann meinen Blick erneut bewundernd darübergleiten. Horatio ließ das Amulett über seine Handfläche rollen.

»Es ist wie ein Ring geformt?«, rief Nolan. »Das ist ja clever.«

»Es ist die neueste Version.« Wieder klang Horatio sehr zufrieden. Er nahm den Ring mit dem Loch zwischen Daumen und Zeigefinger und hielt ihn hoch in die Luft. »Man schaut hindurch, und es fängt an zu leuchten.«

Nolan klatschte begeistert in beide Hände, was seltsam kindlich wirkte. »Großartig. Wie bist du darangekommen?«

Horatio grinste schon wieder und ballte dann beide Hände zur Faust. Seine Knöchel waren rot verfärbt und teilweise mit blutigen Schrammen übersät. »Ich habe da so meine Methoden.«

Näheres wollte ich lieber nicht wissen. Cal lehnte sich zu mir nach hinten. »Es ist das Harz, von dem wir gesprochen hatten. Es beginnt zu leuchten, wenn der Orbit in der Nähe ist.«

Jetzt verstand ich endlich die ganze Aufregung. Mit diesem kleinen Ring würden wir das Ghost Orbit finden können!

»Nach den guten Nachrichten nun die weniger gute Nachrichten«, begann Nolan und strich Grml einmal kurz über den Kopf. »Ich konnte herausfinden, in welchem Kartell der Orbit sich im Moment befindet.«

Horatio hatte das Amulett wieder verschwinden lassen und verschränkte die Arme vor der Brust. »Und? Wohin geht die Reise?«

Nolan holte tief Luft, als müsse er sich selbst noch ein wenig Mut zusprechen. »Zum Kartell der Amethyst.«

Alle anderen stöhnten simultan auf. Auch ich war sofort beunruhigt. Es waren die Amethyst gewesen, die Cal und seine

Freunde drei Jahre lang als politische Geiseln gehalten hatten. Das war vermutlich nicht nur emotional eine Herausforderung, es machte diese Mission auch sehr viel gefährlicher.

Nach einem Moment betroffenen Schweigens murmelte Ildy: »Wenigstens befindet er sich nicht im Kartell der Ivory.« Nolan seufzte, was wohl zustimmend wirken sollte. Horatio schien ganz in Gedanken versunken und sah grimmig ins Leere.

»Warum?« Sie alle sahen überrascht hoch, als meine Stimme die Stille durchschnitt.

Cal räusperte sich. »Die Ivory verbieten anderen Kartellen den Besuch in ihrem Reich. Sie exportieren zwar Waren, aber sie importieren nichts, weshalb der Besuch anderer Kartelle unnötig ist. Viel mehr wissen wir nicht. Sie machen aus ihren Regeln und Gesetzen ein großes Geheimnis. Sie zahlen ihren täglichen Tribut an Angst, der von jedem Kartell verlangt wird, aber ansonsten haben wir keinen Kontakt mit ihnen. In ihr Kartell zu gelangen, ohne bemerkt zu werden, ist praktisch unmöglich. Befände sich der Ghost Orbit dort, könnten wir unsere Mission jetzt und hier abbrechen und müssten warten, bis er ein anderes Kartell erreicht.«

Obwohl mir das Herz schwer wurde, machte ich einen Vorschlag. »Dann lasst uns das hier verschieben. Jetzt befindet sich der Ghost Orbit im Kartell der Amethyst. Das ist auch nicht viel besser, jedenfalls nicht für euch.«

Nolan und Ildy schienen tatsächlich darüber nachzudenken. Doch Cal und Horatio schüttelten beide energisch den Kopf. »Kommt nicht infrage.« Cal klang, als habe er keinen Zweifel. »Wir lassen uns nicht einschüchtern.«

»Hier geht es nicht ums Einschüchtern«, sagte Nolan. »Außer bei einem offiziellen Auftrag als Kopfgeldjäger oder zum

Abliefern der Gefangenen herrscht für uns bei den Amethyst Kartellverbot, Cal.« Er deutete von sich auf die anderen. »Für alle, bis auf Erin, natürlich.«

Horatio seufzte. »Gut. Dann fliegt der kleine Nolan jetzt nach Hause und verkriecht sich unter der Bettdecke.« Er sah Nolan ungläubig an. »Sie haben dich genauso mies behandelt wie uns. Hast du ihnen das etwa verziehen?«

»Darum geht es nicht«, mischte Cal sich ein. »Es geht hier nicht um Rache. Fakt ist, jedes Kartell hat das Recht, den Ghost Orbit zu betreten.«

»Aber dann müssten wir ihn erzählen, was wir suchen. Was, wenn sie es sind, die hinter allem stecken? Die Amethyst sind bekannt für ihren Scharfsinn. Wir spielen ihnen dann genau die Hände.«

Ildy nickte. »Horatio hat recht. Wir können niemandem trauen. Unser nächster Verdacht sind zwar die Fawn, aber wir könnten uns irren.«

»Und was sollen wir ihnen dann erzählen?« Nolan klang immer noch nicht überzeugt. »Dass wir bloß mal wieder Hallo sagen wollten?«

»Gar nichts, wir sagen ihnen gar nichts«, brummte Horatio. »Weil wir ihnen nämlich erst gar nicht in die Arme laufen werden.«

Cal richtete sich auf Nyncis ein wenig auf. »Machen wir es so. Wer Zweifel und Bedenken hat, der kann gerne hierbleiben. Ich will niemanden zwingen. Und wenn das jetzt geklärt ist, sollten wir uns überlegen, wie wir die ganze Sache tatsächlich angehen. Also: Der Ghost Orbit befindet sich zurzeit im Kartell der Amethyst. Wir wollen auf keinen Fall auffallen, bis wir seine genaue Position gefunden haben. Und wenn wir ihn betreten, müssen wir hoffen, dass wir die Atlantide schnell finden, dort die Antworten bekommen, die wir suchen, und ab nach Hause. Das alles schaffen wir niemals innerhalb von einem Tag. Wo schlafen wir? Das Kartell der Amethyst fällt ja wohl aus.«

Wieder kraulte Nolan Grml den Kopf. »Theoretisch ist es egal, weil wir über den Dunkelstrom alle Kartelle schnell erreichen. Bei uns können wir nicht bleiben, bei Ildy auch nicht. Bane verplappert sich womöglich, und die Ivory und die Fawn fallen von vornherein aus. Die Amber haben heute und morgen einen Feiertag, da ist das Kartell voll von Besuchern, und die Chance, dass wir erkannt werden, riesig. Die Crimson würden uns, ebenso wie die Emerald sofort an die Amethyst verpfeifen, weil sie Verbündete sind. Was für rosige Aussichten.«

»Dann ist ja wohl klar, wo wir unsere Köpfe zur Ruhe betten.«

Ach ja?

Ich wollte gerade fragen, da wandte sich Cal zu mir um. »Wir schlafen bei den Stone. Sie stehen dem Machtkampf in Obskuris neutral gegenüber, und sie sind ein friedfertiges Volk. Ihr Kartell gewinnt zwar nicht unbedingt einen Preis für Schönheit, aber dort sind wir sicher.«

Das klang beruhigend.

Horatio grinste schelmisch in die Runde. »Dann mal los, Kinder. Wir werden siegen oder untergehen. So oder so, es wird interessant.«

*

Der Dunkelstrom brachte uns in das Kartell der Amethyst. Violettfarbene Blitze zuckten über das Firmament, als wir mit dem Strom Dutzender schwer beladener Händler und Lieferanten in Richtung der drei Schiffe gedrängt wurden. Wir versteckten uns zwischen einer Gruppe laut lachender Xanthic-Bauern auf blau schimmernden Greifen, die große Körbe dabeihatten, in denen Getreide gelblich leuchtete.

»Es wird nicht leicht werden, aus diesem Strom auszubrechen.« Cal deutete auf kleine Gruppen von Wachen, die ihren Blick streng über die Reisenden gleiten ließen.

»Warum ist hier noch so viel los?«, fragte ich überrascht, denn es war schließlich Nacht.

»Die Amethyst haben strenge Zeiten für die Anlieferung von Waren aus anderen Kartellen. Diese darf ausschließlich bei Dunkelheit geschehen, damit morgens alles bereit ist. So ähnlich wie auf den Großmärkten der Menschen.«

Das leuchtete mir ein.

Die Amethyst besaßen auffallend scharf geschnittene Gesichtszüge. Ihre violettfarbenen Augen schienen selbst im Halbdunkel zu glühen. Die meisten von ihnen besaßen helles glattes Haar, das sie mit dunklen Lederbändern verzierten. Sie alle waren schön, auf eine androgyne Art und Weise, die es schwer machte, wegzusehen. Doch der Blick aus ihren Augen wirkte grausam und kalt. Jedes Mal, wenn ich einen von ihnen unauffällig musterte, lief es mir kalt den Rücken herunter. *Hier war Cal so viele Jahre gefangen gewesen.* Ging man davon aus, dass ihre Ausstrahlung ihren Charakter widerspiegelte, wollte ich mir nicht vorstellen, wie unerträglich diese Gefangenschaft gewesen war.

Cal neigte sich zu mir nach hinten. »Da hinten sind die drei Luftschiffe der Amethyst. Die Ashcourt, die Truthfinder und die Justicia.«

Natürlich hatte ich die Schiffe mit ihren leuchtend violettfarbenen Segeln längst entdeckt.

373

Die Ashcourt und die Truthfinder waren fast doppelt so groß wie alle Schiffe, die ich bisher gesehen hatte. Die Justicia war kleiner, doch mit ihren vergitterten Fenstern, dem Kranz von Stahlspitzen an der Reling und dem von grellen Strahlern erleuchteten Deck wirkte sie noch einschüchternder.

»Die Justicia ist das Gefängnisschiff von Obskuris. Hier wird jeder eingekerkert, der gegen unsere Gesetze verstoßen hat«, erklärte Cal weiter. »Auf der Ashcourt und der Truthfinder befinden sich die ganz normalen Wohnbereiche der Amethyst, unterteilt in Decks, genauso wie bei uns. Auf der Ashcourt befindet sich außerdem noch ein Extradeck, auf dem sich der Gerichtshof und alle dazugehörigen Büros der strafverfolgenden Ämter befinden.«

Ich wusste von Cal bereits aus früheren Erzählungen, dass die Amethyst die Gesetzgeber und Richter der Dimension waren. Dass es jedoch ein extra Gefängnisschiff gab, damit hatte ich nicht gerechnet.

»Aber dann arbeitet ihr ihnen doch quasi zu«, sagte ich. Ich hatte die Rivalität zwischen den Onyx und den Amethyst nie verstanden. Die Onyx waren Kopfgeldjäger, jagten also die gefährlichsten Verbrecher von Obskuris, um sie dann ihrer gerechten Strafe zuzuführen. Was bedeutete, dass sie sie den Amethyst auslieferten, wofür sie mit Angst bezahlt wurden. Andererseits hatten die Onyx aber auch überhaupt kein Problem damit, durch das Grenzland reisende Amethyst auszurauben und sich so immer wieder in Schwierigkeiten zu bringen. Die Amethyst hingegen taten nichts lieber, als die Onyx wie Abschaum zu behandeln und ihnen die höchsten Strafen der Dimension aufzubrummen. Wofür die Onyx sich dann wieder rächten, indem sie irgendwelche Amethyst überfielen und ausraubten. Es schien ein endloser Kreislauf aus Akzeptanz und Misstrauen zu sein.

»Natürlich arbeiten wir ihnen zu«, gab Cal zurück. »Das ändert aber nichts daran, dass sie pedantische Ignoranten sind, die Meinesgleichen nicht nur unfair verurteilen, sondern sich auch jeden Tag neue Gesetze ausdenken, die gerade uns Onyx besonders schaden sollen. Zuletzt hatten sie die Idee, dass diejenigen, deren Kartell am nächsten zur Leylinie liegt, höhere Abgaben an Angst zahlen sollen. Die, die am weitesten weg liegen, sollten dann entsprechend weniger zahlen. Unser Kartell grenzt direkt an die Leylinie. Das ist doch alles Absicht.«

Ich merkte sofort, dass es absolut zwecklos war, dieses Thema zu vertiefen.

Plötzlich ertönte ein leiser Pfiff aus Horatios Richtung. Die Gruppe der Bauern drehte in Richtung des Gefängnisschiffes ab. Vermutlich lieferten sie Nachschub für die Rationen der Häftlinge. Cal nickte knapp, und wir folgten ihnen. Je näher wir der Justicia kamen, desto unwohler fühlte ich mich. Sie wirkte wirklich wie eine uneinnehmbare Festung. Ihr Holz war schwarz lackiert und mit silbernen Nieten verziert.

Als erneut ein violettfarbener Blitz unsere Umgebung in eine grelle Helligkeit tauchte, gab Cal allen ein Zeichen. Wir schossen voraus, und die anderen folgten uns.

Der Wind riss an meiner Kleidung. Wir flogen in einer Geschwindigkeit, die in Obskuris normalerweise verboten war. Aber vermutlich war es unsere einzige Chance, zu entkommen.

Als Nyncis wieder langsamer wurde, drehte ich mich um. Die drei Segelschiffe waren nun kaum mehr so groß wie ein Spielzeug.

»Gut gemacht.« Nolan kam neben uns zum Halt. »Wir sind nicht aufgeflogen.«

Horatio tätschelte den Rücken seines Greifs. »Na dann mal los, packen wir's an.« Er zog das Amulett hervor und hielt es hoch. Vorsichtig drehte er sich um die eigene Achse. Nichts geschah.

»Wissen wir, ab welcher Distanz es anschlägt?«, wollte ich wissen.

»Sichtweite«, sagte Nolan knapp. »Wir müssen also schon ziemlich nah dran sein, damit was passiert.«

Ich sah mich um. Zum Glück schienen wir in diesem Teil des Kartells unter uns zu sein. Das Leben spielte sich eindeutig auf und zwischen den drei Luftschiffen ab.

Schade, dass wir nicht mehrere Amulette hatten. Dann hätten wir uns aufteilen können.

»Also weiter«, drängte Cal. »Und haltet Ausschau nach den Wachen.«

*

Es vergingen geschlagene zwei Stunden, in denen wir durch dieses riesige Kartell irrten, immer auf der Hut, nicht entdeckt zu werden.

Ich hatte sogar Zeit, zwischendurch auf mein Handy zu schauen, denn ich wollte auf keinen Fall eine Nachricht von Grandma verpassen. Schließlich durfte sie keinesfalls Verdacht schöpfen.

Kurz darauf erreichten wir eine Grenze. Vor uns erstreckte sich eine silbrig schimmernde Substanz, die aus den unendlichen Weiten über uns auftauchte und dann unter uns in der Unendlichkeit verschwand. »So sehen also die Grenzen aus?«

»Fass sie nicht an«, sagte Cal schnell, als ich schon die

Hand danach ausstreckte. »Du bekommst einen Schlag, der tödlich ist.«

»Ist es Strom?«

»So etwas Ähnliches.«

Mir fiel auf, dass auch die anderen Noctua Abstand hielten.

»Gibt es hier Durchgänge? Oder ist der Dunkelstrom die einzige Möglichkeit, durch die Kartelle zu reisen?«

»Es wurde immer wieder versucht, Tore durch diese Wände zu schlagen. Bisher sind alle Versuche gescheitert. Die Wand wächst sofort nach. Vermutlich ist es eine Art Lebensform, so genau weiß das niemand.«

»Es könnte also sein, dass ihr in einer Art riesigem Tier lebt, in dem die Obskuris existiert?«

Cal zuckte die Schultern. »Könnte sein.«

»Das ist so-« Weiter kam ich.

Wie aus dem Nichts erschien eine Patrouille der Amethyst über uns.

Sie waren zu fünft und bis an die Zähne bewaffnet.

»Wer streift denn dort durch Nacht und Wind?« Die dunkle Stimme ihres Anführers jagte mir einen kalten Schauer über den Rücken. Er hatte sein silberblondes Haar zu zwei langen Zöpfen gebunden. Seine nackten Arme waren mit Lederbändern verziert, der Stoff seines Wams wirkte edel und war mit silbrig schimmernden Fäden durchwirkt. Seine violettfarbenen Augen schienen uns wie Röntgenstrahlen zu durchbohren. Er saß auf einem Reittier, das mich entfernt an einen schneeweißen Leoparden erinnerte. Dessen hellen Flügel wirkten fast durchsichtig, und die bläulichen Adern traten deutlich hervor.

»Wir haben uns verflogen.« Horatio versuchte neutral zu klingen, doch sein Grinsen verriet ihn. »Mit wem haben wir die Ehre?«

»Stell dich nicht dümmer, als du bist, Horatio Valentino von der Nightcrawler.« Eine Alpha, vermutlich in unserem Alter, drängte sich neben den Anführer. Sie ritt auf einem Wesen, das aussah wie ein Gargoyle, eine Mischung aus Hund und Fledermaus.

»Schon gut, wir verschwinden«, sagte Cal im gleichen Moment, in dem Horatio auflachte.

»Tamrina, welche Freude! Wie geht es deinem Verlobten?«

Die junge Alpha lief knallrot an, während sich ihr Gesicht vor Wut verzog. »Halt den Mund.« Sie zückte eine Armbrust und zielte damit bedrohlich auf Horatios Kopf.

Nolan seufzte laut, und Ildy schüttelte vorwurfsvoll den Kopf. Ich reimte mir eins und eins zusammen. Horatios Gefangenschaft bei den Amethyst war wohl etwas *abwechslungsreicher* verlaufen als die der anderen.

Der Anführer zischte etwas, und Tamrina wich in den Hintergrund zurück.

»Ihr kommt mit uns.« Seine Stimme duldete keinen Widerstand. »Ihr habt Kartellverbot, was bedeutet, dass ihr hiermit eine Straftat begangen habt.«

»Wir haben uns einfach verflogen«, warf Nolan ein.

Der Anführer schnaubte. »Hätten wir euch in der Nähe des Dunkelstroms aufgegriffen, hätten wir vermutlich Gnade vor Recht ergehen lassen. Aber weiter weg vom Zugang zu unserem Kartell kann man gar nicht sein.«

»Es war keine Absicht«, sagte Ildy leise. »Und es tut uns leid.«

Der Blick des Anführers ruhte einen Moment auf ihr, bevor er sich einen Ruck gab. »Nichts da.« Er sah misstrauisch an der Grenze hinauf und hinunter. »Was treibt ihr hier? Antwortet, sofort.«

378

Niemand sagte etwas.

Der Anführer schnaubte. »Das war deutlich genug. In Ord-nung.« Er drehte sich zu seinen Leuten um. »Wir bringen sie zur Ashcourt. Dort wird man sie verhören.« Er sah zurück zu uns, und ein böses Lächeln spielte um seine Lippen. »Ergreift die Onyx.«

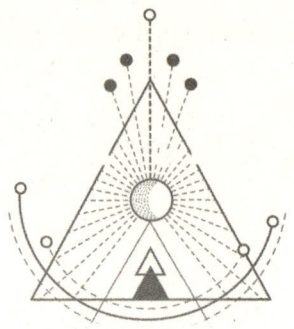

Kapitel 29

»Egal, was jetzt passiert«, raunte Cal mir zu. »Halt dich gut fest.« Im nächsten Moment stieß er eine Art Kriegsschrei aus. Alle Reittiere der Onyx schwangen gleichzeitig herum und jagten los. Ich wäre fast von Nyncis Rücken geworfen worden, doch Cal griff mit einer Hand nach hinten und hielt mich eisern fest. Trotzdem schrie ich auf. Nyncis fiel sofort nach hinten, weil er nicht nur zwei Reiter, sondern auch das Gepäck für zwei trug. Trotzdem hatten wir das Überraschungsmoment auf unserer Seite. Alle Reittiere flogen sofort mit maximaler Geschwindigkeit.

Ich hörte Knallen und Zischen, und im nächsten Moment flogen uns Kugeln um die Ohren. Die Amethyst hatten die Verfolgung aufgenommen und kamen gefährlich nah. Nyncis gab noch einmal Gas und holte zu den anderen auf. Horatio sah zu uns und riss in einer triumphierenden Geste die Faust hoch. »Die kriegen uns nie!« An seinem Oberarm schoss der Pfeil einer Armbrust nur um Millimeter vorbei.

»Du schießt auf mich?«, brüllte er, während er sich zu unseren Verfolgern umdrehte. »Sag mal, geht's dir noch gut?«

Der Wind verschluckte Tamrinas wütende Antwort.

Unsere Reittiere flogen wilde Loopings, und mir wurde ein wenig schlecht, als die Welt sich in so vielen Kreisen drehte. Dennoch klammerte ich mich mit aller Kraft an Cal.

Die drei Segelschiffe der Amethyst kamen immer näher. Wir schossen an mit Kisten beladenen Xanthic vorbei, umrundeten eine Gruppe kleiner Gamma-Dämonen, die wie Hummeln ein wenig unkoordiniert durch die Luft flogen und jagten dann in hohem Tempo auf die Ashcourt zu.

Horatio überholte uns alle und flog voraus. »Bringen wir doch mal etwas Leben in diesen verstaubten Kasten!«, rief er.

Die anderen lachten. *Sie lachten!* Nolan gab sogar ein Jauchzen von sich.

Dieser Moment spiegelte das Temperament der Onyx perfekt wider. Sie waren leichtsinnig, übermütig, und kein Gesetz schien sie binden zu können.

Auf der Ashcourt hatte man unser Herannahen bereits bemerkt. Kugeln, Pfeile, ja sogar Wurfmesser pfiffen uns um die Ohren. Die Reittiere der Onyx schienen perfekt darauf trainiert, jedem noch so gefährlichen Angriff auszuweichen. Schon kam die große Luke in Sicht, die in das Innere des Schiffsbauchs führte. Auf dem Deck schien es gerammelt voll. Bewohner anderer Kartelle zeigten nach oben und duckten sich gleichzeitig. Die Amethyst zielt mit ihren Waffen auf uns. Ein paar besonders ängstliche Noctua stürmten zurück zu ihren

381

Reittieren und nahmen Reißaus. Vermutlich hielten sie es für einen Überfall der Onyx und wollten dieses Problem ganz den Amethyst überlassen.

Zugegeben, wir sahen sehr wahrscheinlich auch aus wie Räuber. Ganz voran Horatio, der mit seinen offenen langen Haaren, der blutenden Wunde am Arm und dem Wahnsinn im Blick vermutlich wie ein herannahender Bote der Apokalypse wirkte. Von den Flügeln seines Greifs löste sich metallischer Staub, den Horatio wie einen Schweif hinter sich herzog. Nolan und Ildy waren genauso furchtlose Flieger. Nolan wehrte gerade den Angriff eines Amethyst ab, in dem er mit einer Art Kampfstock einen herannahenden Speer aus seiner Flugbahn holte. Stattdessen warf Nolan ihm eine Tirade Wurfmesser entgegen. Der Amethyst, circa zwölf Meter entfernt, sank auf die Knie und hielt sich die verletzten Arme. Sogar in solch einer Situation hatte Nolan es geschafft, seinen Angreifer nicht zu töten, sondern ihn nur so sehr zu verletzen, dass er kampfunfähig war. Ich würde auf diese Distanz vermutlich nicht mal ein stehendes Auto treffen.

Ildy wirbelte ihre Krummdolche und konnte damit sogar Kugeln abwehren.

Horatio steuerte immer noch auf die Ladeluke zu.

»Der spinnt!«, rief Cal, doch ich hörte die Begeisterung in seiner Stimme. Er hätte ihm ja nicht folgen müssen, doch stattdessen gab er Nyncis die Flanken, der sofort die Flügel anlegte, und wir schossen in einem Sturzflug hinterher.

Unsere Verfolger kamen immer näher, doch dann drehte der Wind, und drei Reittiere der Amethyst wurden durch die plötzlich herumschwingenden Segel ausgebremst.

Um uns herum sprangen die unbescholtenen Bürger von Obskuris zur Seite, als unsere Reittiere durch die Frachtluke schossen. Hier wand sich eine breite Treppe wie das Innere eines Schneckenhäuschens zu den Decks hinab. Wir schossen drei Stockwerke hinab, bis die Treppe sich in zwei Reihen aus Stufen trennte, die zu beiden Seiten des Decks führten. Wir flogen nach links aufs erste Deck und bogen dann scharf rechts ab. Cal griff erneut nach hinten und hielt mich fest, damit die Wucht der Drehung mich nicht von Nyncis' Rücken riss.

»Das ist das Deck mit den Gerichtssälen«, rief Cal. »Es ist breiter als die übrigen.«

Eigentlich hatte ich angenommen, dass Cal und die anderen ihre Zeit bei den Amethyst ausschließlich auf dem Gefängnisschiff verbracht hatten, aber das war vermutlich nur die halbe Wahrheit. Wie sonst sollten sie sich hier so gut auskennen?

Wir jagten an beeindruckend kunstvoll geschnitzten Doppelflügeltüren entlang, die mit großen Nummern versehen waren. Die anwesenden Amethyst duckten sich oder verschwanden in Räumen, als wir vorbeisausten.

»Achtung, gleich sind wir am Heck, halt dich gut fest!«

»Wir fliegen im Kreis?«, gab ich etwas atemlos zurück. Daran hatte ich gar nicht gedacht.

Schon wieder ging ein Kugelhagel auf uns nieder.

Nolan schrie auf, und als ich mich umdrehte, hielt er sich dann den linken Arm. »Verdammt noch mal!« Auch er schwang herum und ließ eine Salve Wurfmesser auf unsere Verfolger los.

»Was ist?«, rief Cal.

»Glatter Durchschuss«, war seine Antwort.

Cal nickte und schien beruhigt.

»Achtung Kurve«, rief Cal erneut. Eine Gruppe weiblicher Alpha warf sich schreiend auf den Boden, als wir auf sie zurasten.

»Einen schönen Tag, die Damen!« Horatio deutete eine Verbeugung an. »Sie sehen zauberhaft aus.«

Konnte mich mal jemand kneifen?

Schließlich erreichten wir das Heck, und der Gang machte einen scharfen Knick. Ich schloss die Augen, als mich Panik überkam. Nyncis warf sich nach rechts und wieder schienen die Fliehkräfte unbarmherzig an mir zu zerren. Doch dann hatten wir es geschafft.

»Gut gemacht!« Cal wollte sich gerade zu mir umdrehen, weil wir durch die Kurve die Amethyst für einen Moment abgehängt hatten, da erklang Tamrinas Stimme.

»Ergebt euch, Onyx!« Ihr Reittier, der Gargoyle, schien ein exzellenter Flieger zu sein, denn er musste in der Kurve sogar noch an Geschwindigkeit zugelegt haben.

Als Antwort bekam sie jedoch nur Gelächter.

»Mistkerl!« Es war klar, wem dieses Schimpfwort galt.

Schon wieder ein Lachen, dieses Mal nur von Horatio. »Danke!«

Wir wichen einem weiteren Hagel aus Pfeilen aus.

»Mach mal halblang, Süße!« Horatio schnalzte laut, und ich spürte, wie er Cal und mir von hinten immer näher kam.

Im nächsten Moment schoss er an uns vorbei, Tamrina dicht auf seinen Fersen. Ihr Gargoyle flog jedoch nicht, nein, er rannte kopfüber an der Decke entlang.

Schon wieder wünschte ich mir, jemand würde mich mal kneifen. *Passierte das hier wirklich?*

Vor uns spreizte Tamrinas Gargoyle die Flügel und sprang in die Luft. Schon hatte er sich gedreht und holte zu Hacker auf. Tamrinas langer hellblonder Pferdeschwanz wehte hinter ihr her, als sie blitzschnell die Armbrust nachlud.

»Gib auf, Mistkerl!«

Tamrina und Horatio waren jetzt auf gleicher Höhe. Sie hatte ihre Armbrust auf seinen Kopf gerichtet, er zielte mit einer Muskete auf ihr Herz.

»Na los!«, brüllte er. »Trau dich, Rina! Bringen wir es hinter uns.«

Sie kamen einander noch näher.

»Ich hasse dich!«, rief sie.

Er lachte. »Und das gefällt mir.«

Unter ihnen warfen sich die Richter, Anwälte und Beamte der Amethyst trotz der elegant wirkenden langen Roben flach auf den Boden und schützten die Köpfe mit den Händen.

»Luke!«, rief Cal. Wir flogen in so einem rasanten Tempo, dass wir uns bereits wieder der Ladeluke näherten. Dann kam die Treppe in Sicht. Dort oben würde uns ganz sicher ein Abfangkommando erwarten. Wie sollten wir hier lebend rauskommen? Zum ersten Mal durchflutete mich Angst. Sie schien direkt in Cal überzugehen, denn ich spürte, wie er tief einatmete.

»Alles ist gut«, sagte er, und seine Stimme dröhnte in seinem Brustkorb, so sehr hatte ich mich an ihn gepresst. »Wir sind nicht leicht zu kriegen.«

Ich hoffte wirklich, dass er recht behalten würde.

Kurz vor der Ladeluke ließ Horatio sich abrupt zurückfallen, sodass Tamrina als Erste durch die Öffnung schoss.

Wie clever! Ihre eigenen Leute würden zurückweichen, weil sie kein Feind war. Hoffentlich verschaffte uns das genügend Zeit, zu entkommen.

Und tatsächlich: Als wir durch die Öffnung schossen, sahen uns die Amethyst völlig verdutzt hinterher. Schon setzte Horatio sich wieder an die Spitze. Dann drehte der Wind erneut.

Die Segel schwangen in unsere Richtung. Nyncis flog ein

rasantes Ausweichmanöver, doch Tamrinas Gargoyle, der sich direkt wieder an unsere Fersen heftete, hatte einfach Pech. Das Hauptsegel erwischte ihn an einem Flügel.

Tamrinas Reittier strauchelte und knallte auf das Deck. Die Wucht des Aufpralls katapultierte die junge Amethyst über die Reling. Sie schien sich kurz etwas zu fangen, doch dann fiel sie mit einem Schrei nur noch schneller in die Tiefe.

Horatio reagierte sofort. Er vollführte mit Hacker eine halsbrecherische Wendung, schoss ihr hinterher und fing sie im Fall auf. Lachend schlang er seine Arme um sie und setzte sie vor sich auf Hackers breiten Rücken. Sie hingegen verpasste ihm erst eine schallende Ohrfeige, dann küsste sie ihn leidenschaftlich.

Mir fielen fast die Augen aus dem Kopf. Schon tauchten hinter uns die anderen Amethyst aus dem Schiffsbauch auf. Horatio drehte zur Ashcourt um und flog direkt auf unsere Verfolger zu.

»Horatio!« Nolan klang nicht besorgt, sondern stinksauer.

»Ist ja gut! Ich gebe sie zurück.« Mit diesen Worten hob Horatio Tamrina von Hackers Rücken und warf sie in das wild flatternde Hauptsegel.

Tamrina brüllte ihm Verwünschungen hinterher, doch sie fing sich geschickt wie eine Katze und fand in den Segeln Halt.

Hätte ich all das nicht mit eigenen Augen gesehen, ich hätte es nicht geglaubt. Horatio brachte es sogar fertig, Tamrina eine Kusshand zuzuwerfen, bevor er mit Hacker hinauf in den Himmel schoss.

»Sammeln!«, rief Cal.

Innerhalb kürzester Zeit jagten wir alle eng nebeneinander über den Himmel.

Um uns herum pfiffen schon wieder die Kugeln. Wir wichen aus, duckten uns, doch unsere Verfolger wurden immer zahlreicher.

»Dunkelstrom!« Mehr Worte brauchte Cal nicht. Wir jagten voraus. »Festhalten!«, rief er mir zu. »Das wird jetzt ein wenig holprig.«

Was? Ich schloss die Augen, und klammerte mich an ihn, presste meine Wange an seinen Rücken und bekam nur durch die gedämpften Geräusche mit, dass unsere Gruppe sich einen erbitterten Kampf mit den Amethyst-Wachen nahe des Dunkelstroms lieferte.

Cal schrie wütend auf, aber dann erfüllte uns Stille. *Der Dunkelstrom.* Ich hätte niemals gedacht, dass ich mal erleichtert sein würde, mich endlich in ihm wiederzufinden.

*

Das Kartell der Stone schien trotz der Dunkelheit gemasert von grauem Dunst. Alles hier war grau, sogar die drei Luftschiffe. Auf ihren Decks ragten je zwei große Schornsteine in die Luft, die Säulen aus Rauch in die Luft pusteten.

Cal zeigte nach links. »Und dort hinten siehst du die Quelle. Sie durchbricht die Grenze der Kartelle der Stone und der Emerald und liegt genau in deren Mitte.«

Ich reckte den Hals, sah aber nichts außer grauen Himmel. »Wo?«

»Na, dort drüben. Die große schwebende Flamme, die Funken wirft.« Cal deutete erneut ins Nichts. »Sie sieht aus wie die Flamme eines … eines …«, er schien nach dem richtigen Wort zu suchen. »Die Flamme eines technischen Geräts, die blau leuchtet.«

»Eines Bunsenbrenners?«

»Genau.«

Ich kniff die Augen ein wenig zusammen. »Nein, da ist nichts.«

Cal drehte sich zu mir. »Ist das ein Scherz?«

»Nein, ich sehe nichts außer dem Himmel. Keine Flamme, keine Funken.«

»Wirklich?«

»Ganz sicher.«

»Vielleicht liegt es daran, dass du ein Mensch bist.«

»Könnte sein.« Ich reckte ein letztes Mal den Hals, aber da war immer noch nichts von einem großen blauen Feuer zu sehen.

»Welches Schiff nehmen wir?«, fragte Horatio, der sich jetzt zu uns gesellte.

Cal schien gedanklich immer noch mit der Frage beschäftigt, warum ich die Quelle nicht sehen konnte.

»Die Greyhound ist das Hauptschiff, dort müssen wir am ehesten mit Gästen aus anderen Kartellen rechnen«, überlegte Cal nach einem kurzen Zögern.

»Die Stonehaven ist erst kürzlich umfassend renoviert worden«, gab Nolan zu bedenken. »Hohen Besuch werden sie dort einquartieren.«

»Dann ist wohl die Duster am unauffälligsten«, entschied Cal.

Die anderen nickten, und Cal flog voraus.

»Werden sie uns bei sich übernachten lassen?«, wollte ich wissen, während wir direkt auf die Duster zuhielten.

»Die Stone stehen dem Machtkampf in der Dimension neutral gegenüber. Sie sind so etwas wie die Schweiz in eurer Welt. Genau wie die Ivory kümmern sie sich nicht viel um das, was die anderen Kartelle treiben. Aber sie sind eben nicht so verschlossen wie die Ivory. Sie sind keine Bauern oder Handwerker, und sie sind auch nicht für Recht und Gesetz zuständig. Aber auch sie haben eine wichtige Aufgabe im Kreislauf von Obskuris. Sie sind für das Recycling und die Abfallbeseitigung zuständig. Aus einigen Schiffsabfällen kann Futter für die Reittiere hergestellt werden. Manches, was kaputt gegangen ist, kann wieder verwendet werden, indem man ihre Zusammensetzung leicht verändert. Und sie stellen wertvollen Dünger her, den die anderen Kartelle für die Bewirtschaftung ihrer Felder gebrauchen. Das ist die Aufgabe der Stone in unserer Dimension. Einige Kartelle sehen auf sie herab, weil sie nur den Abfall bearbeiten. Aber ich war schon immer der Meinung, dass dies eine sehr wichtige Rolle ist.«

Ich gab ihm recht. Dennoch drängte sich mir eine Frage auf. »Warum werft ihr nicht einfach alles über Bord?«

Cal lachte leise. »Ich habe mich schon gefragt, wann diese Frage kommt. Es ist so: Der Luftstrom in den Kartellen ist ein Kreislauf. Wenn man von einem Schiff fällt, kommt man irgendwann in eine Zone, die eiskalt ist. Jedes Lebewesen würde dort sofort erfrieren. Von dort aus findet es seinen Weg ganz hoch hinauf in die Dimension, wo es unglaublich heiß ist. Und dann purzelt alles wieder herunter. Uns würde also irgendwann schockgefrosteter angebrannter Müll auf den Kopf fallen. Das ist kein schönes Erlebnis, glaub mir, unsere Vorfahren haben es leidlich herausgefunden.«

Wir lachten beide, dann verfielen wir in angenehmes Schweigen. Ich legte mein Kinn auf Cals Schulter und betrachtete die Duster.

»Keine Sorge«, sagte Cal irgendwann. »Sie sind etwas verschlossen, aber freundlich.«

Ich sorgte mich zwar nicht, aber es war lieb, dass er das sagte. Nach diesem Abenteuer mit den Amethyst hatte ich kein Adrenalin mehr für weitere brenzlige Situationen.

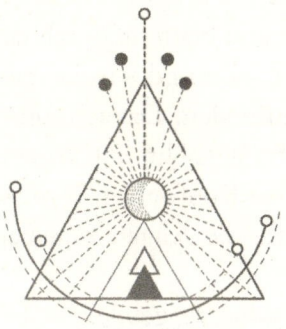

Kapitel 30

Auf der Duster winkte Cal einem der Alpha, der eine hellgraue Weste trug.

Während der Mann auf uns zueilte, sah ich mich fasziniert um. Die Alpha, die zum Kartell der Stone gehörten, besaßen alle eine hellgraue Haut. Auch ihre Augen waren grau, ebenso ihre Haare, und vermutlich waren sogar ihre inneren Organe grau. Die Noctua der anderen Kategorien waren so farbenfroh wie immer, aber für die Alpha schien es nur diese einzige Farbe zu geben.

Dieses Mal warteten wir auf den Landungsbrücken. Das war neu, und ich war gespannt auf das Prozedere.

»Seid gegrüßt«, wandte Cal sich höflich an den Alpha, und

auch wir anderen nickten ihm zu. »Wir bleiben nur bis zum Morgengrauen.«

»Privat oder geschäftlich?«

»Privat«, erwiderte Cal und lächelte etwas mechanisch.

Der Alpha nickte und blätterte durch ein paar Bögen Papier auf dem Klemmbrett. Hin und wieder warf er uns einen Blick zu, dann schien er zufrieden. Danach musterte er unsere Reittiere. Ildys Drache beäugte ihn aus seinen glühenden Augen. Auch Hacker legte den Kopf schief. Nyncis ließ seine Nase zucken, und Grml hatte die Augen zugeklappt und schien mal wieder zu schlafen.

»Sind sie vollständig ausgebildet?« Der Mann hob sein Klemmbrett und machte sich Notizen.

»Ja«, erwiderte Cal knapp. »Sie hören aufs Wort und werden sich jeder Anweisung fügen, wenn man sie mit Respekt behandelt.«

Der Alpha nickte knapp. »Natürlich. Wir werden uns um sie kümmern. Es gilt der übliche Tarif.« Er hielt Cal seine hohle Hand hin.

»In Ordnung.« Cal öffnete die Handfläche, und milchig schimmernde Angst quoll hervor. Sie formte sich zu vier Kugeln, jeweils etwa so groß wie ein Golfball. Die ließ er in die Hand des Mannes gleiten, dessen Haut die Angst sofort absorbierte.

Dann drehte er sich von uns weg und pfiff ohrenbetäubend laut auf den Fingern. Eine junge weibliche Stone kam herbeigeeilt. Sie war höchstens zehn oder elf Jahre alt. »Effie, diese Onyx brauchen ein Gästezimmer. Bitte zeige ihnen den Weg.«

Das Mädchen nickte und musterte uns schüchtern. »Wenn Sie mir bitte folgen wollen«, piepste sie dann.

Horatio schmunzelte. »Sehr wohl, meine Dame.«

Die Kleine kicherte und strahlte ihn an. Dann ging sie voraus.

Wir bedankten uns noch mal bei dem Alpha, dann folgten wir Effie über das Deck. Das Röhren der zwei Schornsteine war ziemlich laut und der Geruch ein wenig streng. Überall auf dem Deck wirbelten kleine graue Aschepartikel herum. An der Ladeluke erwarteten uns mehrere Körbe, die aussahen wie die, die Bergleute früher in die Stollen gebracht hatten. Die Ketten ratterten, und die Technik wirkte nicht gerade modern. Die kleine Effie tat sich schwer damit, die gusseisernen Streben auseinanderzuschieben, bis Nolan und Horatio einsprangen und ihr halfen.

Der kleine Förderkorb war für uns fünf fast zu schmal.

»Wir müssen nur eine Etage nach unten«, piepste Effie, während Horatio und Nolan die Tür des Korbs schlossen. Rechts von ihr war ein großer Hebel, der die verschiedenen Markierungen für die Etagen hatte. Effies Wangen liefen rot an, als sie sich redlich abmühte, den störrischen Hebel zu bewegen.

»Tut mir leid«, sagte sie und wirkte ziemlich verdrossen. »Er klemmt manchmal.«

»Wir helfen dir.« Cal und Nolan standen am nächsten und legten beide ihre Hände um den Griff.

»Einfach nur bis zur nächsten Etage.« Effie klang nervös. »Man muss ein bisschen aufpassen, denn-«

Zwei ausgewachsene, knapp zwei Meter große Onyx hätten sich vermutlich nicht mit aller Kraft gegen den Hebel stemmen sollen. Das wurde uns allen klar, als plötzlich eine der Ketten riss und der Korb zu einem rasanten Sinkflug ansetzte.

Wir schrien auf. Ich griff geistesgegenwärtig nach Effie und zog sie an mich, um sie gegebenenfalls mit meinem Körper zu schützen. Ich schlang meine Arme um sie, und auch Ildy drängte sich an meine Seite. Cal und Horatio versuchten, den Hebel in die entgegengesetzte Richtung zu ziehen.

»Es geht bloß schneller, weil eine Kette gerissen ist«, rief Effie. »Wir stürzen nicht ab.«

Ich bewunderte wirklich, wie ruhig sie blieb. Trotzdem ließ ich sie nicht los. Effie schien jedenfalls nichts dagegen zu haben.

Im nächsten Moment rauschten wir mit einem Knall in die unterste Etage. Der Korb wackelte und ächzte, unser Gepäck flog umher, doch niemand schien sich verletzt zu haben. Die Türen glitten ganz von allein auf. Immerhin *ein* Vorteil.

Ich war noch nie ganz unten in einem Schiffsbauch gewesen. Was ich jetzt sah, verschlug mir den Atem.

Wir befanden uns auf einer Art Empore, auf der sich einige Arbeiter tummelten. Hier gab es Schreibtische, Schränke mit Akten und Konferenztische. Doch danach fiel der Boden steil ab.

»Darf ich das meiner Freundin kurz zeigen?«, fragte Cal.

Effie nickte. Wir alle betraten die Empore, und da wir in Begleitung der kleinen Stone waren, schienen sich die Arbeiter nicht weiter an uns zu stören. Erst da fiel mir auf, dass uns eine dünne Wand vor dem Abgrund schützte. Tief unten entdeckte ich monströse Wesen. Sie waren geformt wie Quallen, größer als ein Sportplatz, ihre Körper schienen knochenlos, und ihre Haut zitterte wie Wellen auf dem Meer. Sie besaßen mindestens acht Paar Augen, die überall auf ihrem Körper verteilt schienen. Doch das Beängstigendste war der riesengroße Mund. Sechs Reihen aus Zähnen formten einen runden Schlund, der alles zu verschlingen schien.

»Das sind Beta«, erklärte Cal leise. »Wir nennen sie *Müll-*

schlucker. Sie sind hochintelligent, aber auch fürchterlich hungrig.«

Ich beobachtete, wie die Wesen sich mit ihren vielen Armen bergeweise Müll in den Mund schaufeln. Gleichzeitig kauten sie, und ihr Schnaufen ließ warmen Dampf in die Luft aufsteigen.

»Den Appetit hätte ich auch gerne mal«, brummte Nolan neben uns. Er griff nach seiner Brille, schob sie sich auf die Nase und beugte sich dann noch etwas näher.

Horatio lachte leise. »Ich bin mir sicher, deine Mutter ist dankbar, dass das nicht der Fall ist.« Er lehnte sich zur Seite, dann betrachtete er Nolan kritisch. »Obwohl rein äußerlich schon einige Parallelen zu finden sind.«

»Ja klar«, gab Nolan zurück. »Und deine Mutter war ganz gewiss eine …«

Ildy kniff beiden Jungs gleichzeitig in die Oberarme. »Benehmt euch, wir sind hier nur Gäste.«

Während die drei sich halbherzig stritten, trat ich noch etwas näher an die durchsichtige Trennwand. Eins der Wesen schien sich aufzubäumen, und eine Welle lief durch seinen massigen Körper. Dann erschien etwas Braunes an seinem hinteren Ende, bei dem es sich eindeutig um … Ich sah schnell weg.

»Ihre Ausscheidungen sind ein nährstoffreicher Dünger«, erklärte Cal, und ich spürte sein Grinsen an meinem Ohr. »Die Stone handeln damit und verdienen sehr gut daran.«

»Wie schön«, stieß ich hervor und wandte mich dann ab.

»Ist alles ein ganz natürlicher Prozess.« Cal grinste immer noch.

Horatio wedelte mit einer Hand vor seiner Nase. »Wow, den kleinen Gesellen da unten möchte ich aber nicht als Mitbewohner haben.« Da roch ich es auch. Ildy zog ein Gesicht. »Zeit zu gehen. Ich wollte eigentlich noch etwas zu Abend essen.«

Effie kicherte. »Ich rieche das schon gar nicht mehr.«

Nolan tätschelte ihren Scheitel. »Und dafür solltest du dankbar sein, kleine Effie.«

Effie schien sich tatsächlich darüber zu freuen.

»Kommt mit, Onyx«, sagte sie. »Der dumme Korb funktioniert auch mit drei Ketten. Jetzt bringe ich euch auf die richtige Etage.«

Horatio legte die Stirn in Falten und zog dann ein verzücktes Gesicht. Er drehte sich zu Cal und mir und hatte beide Hände zu Fäusten geballt, als wäre er ein kleines Kind, das sich etwas wünschte. »Dürfen wir sie adoptieren? Bitte, dürfen wir?«

*

Dieses Mal brachte Effi uns in die richtige Etage. Von hier aus führten uns Laufbänder weiter, so wie man sie von Flughäfen kannte, nur, dass diese keine Geländer besaßen. Es war ein wenig wacklig, aber gleichzeitig auch lustig. Ich alberte mit Ildy herum, obwohl die überhaupt keine Gleichgewichtsprobleme zu haben schien. Ich war mal wieder das einzige *Problemkind*.

Auch andere Noctua, die auf diesem Wege durch die oberste Etage reisten, musterten mich kritisch. Auch einige Zahnfeen waren dabei. Sie alle trugen einen Halsreif.

Ich beugte mich unauffällig zu Cal und berichtete ihm von meiner Entdeckung.

Unsere Reise auf den Laufbändern dauerte nicht allzu lange, und schließlich erreichten wir die Gästeräume. Effie sprang

396

von dem Laufband, und wir taten es ihr gleich. Wobei ich erst über das Gepäck stolperte, das Nolan vom Band warf und dann praktisch in Horatios Arme fiel.

Ich war der Mittelpunkt des Gelächters, was ich mit der ganzen Würde einer Nicht-Noctua ertrug.

Effie stieß eine Tür auf und trat ein. Als wir ihr folgten, entdeckte ich eine Alpha in mittleren Jahren, die über etwas lehnte, was tatsächlich aussah wie die Theke einer Rezeption.

Sie musterte uns kurz, dann malte sich ein professionelles Lächeln auf ihre Lippen. Im Hintergrund ordnete eine jüngere Frau einen Stapel Papier.

»Guten Abend. Sie wünschen?« Sie kniff ein Auge halb zu. »Sind Sie geschäftlich hier? Hinter wem sind Sie her?«

Cal erklärte unser Anliegen.

»Ich gehe dann mal«, sagte Effie. »Einen schönen Aufenthalt.«

Wir alle bedankten uns bei ihr, und Nolan schenkte ihr eine ziemlich große Kugel Angst. Mit leuchtenden Augen verschwand Effie.

Die Stone hinter der Theke wirkte etwas ungeduldig. »Wir haben nur Gruppenzimmer. Ab sechs Betten aufwärts.«

Das war uns ganz recht, denn so mussten wir nicht groß und breit klären, wer mit wem in einem Zimmer schlief.

Wieder bezahlte Cal mit ein paar Kugeln Angst.

Die Frau nickte streng, während die Angst in ihrer Hand verschwand. »Meine Tochter wird euch auf das Zimmer bringen. Die Zeit für das Abendbrot ist schon vorbei. Morgen früh werdet ihr ein Frühstück auf das Zimmer gebracht bekommen. Ich erwarte eine zeitige Abreise und das Zimmer in einem tadellosen Zustand.« Ihr Blick glitt mit Argusaugen zwischen

Cal und Horatio hin und her. Vermutlich, weil die beiden grundsätzlich nach Ärger aussahen.

Doch Cal nickte brav. »Natürlich. Vielen Dank.«

Die Alpha runzelte die Brauen, als überlege sie, ob er sich über sie lustig machte. Mittlerweile hatte ihre Tochter neben ihr Stellung bezogen. Sie war ungefähr in unserem Alter, klein und unglaublich zierlich. Sie trug ein kastig geschnittenes Kleid aus grob gewebten Stoff und hatte ein Tuch um die Haare gebunden.

»Folgt mir bitte.« Ich fand es angenehm, dass sie uns nicht siezte.

Als sie vorausging, bemerkte ich, wie Horatio ein Auge zusammenkniff und den Kopf leicht schief legte. *Na klar.* Jedes hübsche weibliche Wesen in dieser und auch jeder anderen Welt, war vermutlich nicht sicher vor ihm und seinem Charme.

Und richtig. Kaum, dass wir den Gang entlanggegangen waren und vor einer Tür hielten, spürte ich, wie er sich bereit machte. Er lehnte sich lässig an den Türrahmen und setzte sein charmantestes Lächeln auf. »Hallo. Wie ist dein Name?« In seiner dunklen Stimme schwang fast ein Schnurren mit.

Ildy verdrehte die Augen. Das Schauspiel kannte sie wohl schon.

Die Stone lächelte etwas schüchtern zurück. »Ich bin Jella.«

»Freut mich, Jella. Meine Name ist Horatio und ich …«

»… bin wahnsinnig müde und sehr beschäftigt«, sagte Cal und schob Horatio durch die Tür. »Danke für alles, Jella, wir kommen dann zurecht.«

Von innen erklang Horatios Protest.

»Danke«, sagte auch ich und konnte mir ein Grinsen kaum verkneifen. Irrte ich mich oder sah Jella etwas enttäuscht aus?

»Stubenarrest.« Cal deutete auf Horatio, kaum, dass wir die Tür hinter uns geschlossen hatten. »Wir können hier keinen Ärger gebrauchen.«

»Ich bin mir ziemlich sicher, sie wollte …«

»Nein.«

»Wir könnten doch bloß …«

»Nein.«

»Aber ich wäre …«

»*Nein.*« Cal wirkte genervt. »Dein Flugmanöver mit dieser Tamrina war schon unnötig genug. Keine Spielchen mehr für heute. Du kannst nach dieser Mission gerne noch mal hier vorbeischauen, wenn du dein Herz an die Kleine verloren hast.«

Nolan lachte auf, als wäre das der größte Witz des Jahrhunderts. Horatio schoss ihm einen halb beleidigten, halb belustigten Blick zu. »Wir werden sehen«, knurrte er dann und warf sein Gepäck auf ein Bett direkt am Fenster. »Das ist meins.«

*

Unser Zimmer war etwas altbacken eingerichtet, aber groß und geräumig. An der Kopfseite befand sich ein großes Bullauge. Rechts und links davon waren je drei Betten an den Wänden aufgereiht. In dem winzigen Flur gab es links einen großen Schrank, und rechts führte eine Tür zu einem Badezimmer. Die Möbel wirkten abgenutzt, der Holzboden hatte leichte Vertiefungen, dort wo über viele Jahre die Gäste immer die gleichen Wege benutzt hatten. Doch es war sehr sauber, und die Luft roch frisch nach einem zitronigen Duft. Und alles hier war grau. Die Möbel, die Bettwäsche, sogar die Wassergläser, die auf jedem der kleinen Nachttische neben den Betten standen. Aber trotz des monochromen Overkills in Grau fand ich das Zimmer auf Anhieb gemütlich.

Ildy stürzte sofort zu dem zweiten Bett, das nahe dem Bullauge stand. »Darf ich das haben?«

Niemand hat etwas dagegen. Horatio wühlte bereits in seiner Reisetasche, und so wie es aussah, plante er, als Nächstes ein Bad zu nehmen.

Nolan nahm das Bett neben Ildy. Cal wollte das Bett direkt in der Nähe der Tür. Ich wollte neben ihm schlafen, weshalb ich auf dem Bett zwischen ihm und Horatio endete.

Der hatte sich inzwischen seiner Weste entledigt, riss sich gerade sein Hemd über den Kopf und warf es schlampig in die Ecke zwischen seinem Nachttisch und dem Bullauge. Danach gab er ein ziemlich erleichtertes Seufzen von sich. Ich starrte auf seinen nackten Oberkörper, aber nicht, weil er so einen beeindruckenden Anblick bot. Der Kampf mit den Amethyst hatte ihn eindeutig stärker verletzt als gedacht. Zahlreiche Streifschüsse hatten ihre Spuren hinterlassen. Der Pfeil von Tamrina hatte ihn schlimmer erwischt, als ich angenommen hatte.

»Du liebe Zeit.« Nolan ließ etwas Gestreiftes sinken, von dem ich annahm, es wäre ein Schlafanzug. »Du siehst aus wie ein Sieb.«

»Geht schon«, brummte er. »Bin ja nicht aus Zucker.« Er grinste. »Ich *bin* Zucker.«

»Meine Güte.« Ildy ließ sich auf ihr Bett fallen. »Hat er eigentlich einen Knopf, an dem man ihn ausschalten kann?«

Horatio lachte. »Du bist hungrig, dann wirst du immer biestig.« Er griff in seine lederne Reisetasche und warf ihr ein Päckchen zu. »Mit Xanthic-Honig, extra für dich.«

Ildy schnellte hoch und fing das Paket mit einer Hand, den Blick immer noch auf Horatio geheftet. »Ich liebe dich.«

»Weiß ich doch.« Er grinste, und seine spitzen Eckzähne berührten seine Unterlippe.

Mittlerweile hatte auch Nolan sich bis auf seine locker sitzenden Boxershorts ausgezogen. Ildy schälte sich aus ihrer Reithose, während sie immer wieder große Bisse von ihrem Brot nahm.

Ich warf einen raschen Blick zu Cal. Auch der nestelte an seinen Klamotten.

»Wie gebt ihr die Angst wieder ab, wenn ihr etwas bezahlt oder so?«, platzte es plötzlich aus mir heraus. Ich hoffte, das war kein sensibles Thema, über das man nur hinter vorgehaltener Hand sprach, denn es interessierte mich, seit ich Cal das erste Mal die kleinen Kugeln hatte formen sehen.

»Wir lernen es schon als Kinder«, erwiderte Horatio unbekümmert. »Ist ein bisschen wie die richtige Menge Saft eingießen in einen Krug.«

»Man bekommt einfach ein Gefühl dafür«, fügte Cal noch hinzu und zog sich weiter aus.

»Verstehe.« Etwas befangen ließ ich meinen Blick über die anderen schweifen. Offenbar schien niemand ein Problem damit zu haben, halb nackt zu sein. Ildy trug jetzt nur noch Höschen und Bustier, doch keiner der Jungs beachtete sie. Sie saß im Schneidersitz auf ihrem Bett und wühlte den Inhalt ihrer Tasche von unten nach oben.

Trotzdem zögerte ich. Ich war es nicht gewöhnt, und ich kannte die anderen kaum. Mein Blick glitt wieder zu Cal. Der kämpfte gerade mit seinem Hemd, und als er sich drehte, sah ich seinen Rücken. Ich holte erschrocken Luft. Da waren Narben, große, tiefe, grausame Wunden, die von unglaublichem

Schmerz erzählten. Ich kannte mich nicht gut aus mit Waffen, aber sie sahen aus, als wären sie durch Peitschenhiebe verursacht worden. Schon drehte Cal sich zu mir um. »Was ist-«

Er brach ab, als er mein Gesicht sah. Auch die andern hatten neugierig die Köpfe gehoben. Jetzt sahen sie unbehaglich zur Seite. Cal schluckte. »Du solltest nicht hinsehen, das ist kein schöner Anblick.« Er drehte mir nicht wieder den Rücken zu, sondern ließ sich aufs Bett sinken und zog seine Reisetasche zu sich.

»Wie ist das …?«

Cal schüttelte den Kopf, während er in der Tasche wühlte. Er zerrte Kleidung zum Wechseln hervor, warf einen Teil davon aufs Bett, bis er gefunden hatte, was er suchte. Ein schlichtes schwarzes T-Shirt, das er sich hastig überzog.

Wer hatte ihm das angetan? Die Amethyst? Sein Vater?

Unbehaglich stand ich da, und mir war sehr wohl bewusst, dass sie mir alle auswichen. So, als hätte ich ein Thema angesprochen, das absolut tabu war. Und jetzt war ich die, die sich danebenbenommen hatte.

»Hat jemand Wundsalbe dabei?« Nolan hob seinen Arm, und sein Bizeps wölbte sich leicht. Direkt hindurch war die Kugel gegangen. Das Blut war in langen Rinnsalen getrocknet, doch immer noch schimmerte die Einschussstelle feucht.

Es schien, als hätten sie alle auf genau diese Ablenkung gewartet. Horatio, Cal und Ildy murmelten irgendwelche Belanglosigkeiten und wühlten dann in ihren Taschen. Ich ließ mich auf mein Bett sinken. Ildy fand schließlich das Gewünschte und warf es Nolan zu. »Brauchst du auch Verbandszeug?«

Der schüttelte den Kopf. Sein Blick glitt kurz zu mir. »Geht schon.«

Horatio sprang auf. »Da ich angeblich schrecklich müde

und schrecklich beschäftigt bin, beanspruche ich für mich das Recht, zuerst zu baden. Prügelt euch um die Reihenfolge danach.« Er war jetzt völlig unbekleidet und presste sich etwas vor die breite Brust, dass ich für einen Schlafanzug hielt.

Bevor mir die Kinnlade auf die Brust klappen konnte, hatte ich schnell den Blick abgewandt. Ildy hob die Hand. »Ich bin müde, ich will als Nächstes.«

Ich hörte nicht zu, als sie die Reihenfolge ausmachten, und da ich auch meinen Namen hörte, ging ich davon aus, dass sie mich nicht vergessen hatten. Meine Gedanken hingegen waren immer noch ganz bei Cal. Die Narben sahen fürchterlich schmerzhaft aus. An einigen Stellen waren sie rot und aufgeworfen, als hätten sich die Wunden entzündet und wären nur schwer verheilt. Wie hielt man so etwas aus? Wie verlor man bei so einem Schmerz nicht den Verstand?

Ich suchte seinen Blick, doch wieder wich er mir aus.

Wer hat dir das angetan, Cal?

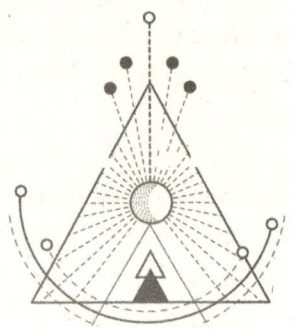

Kapitel 31

Mitten in der Nacht riss ich die Augen auf. Im ersten Moment wusste ich gar nicht, wo ich war. Mein Blick glitt zu dem Bullauge. In der Ferne leuchteten die Lichter der Greyhound. *Richtig, wir waren bei den Stone.*

Ich richtete mich im Bett etwas auf, um mich umzusehen. Horatio lag mit dem Rücken zu mir, und er schien tief und fest zu schlafen. Von gegenüber erklang ein leises Schnarchen aus Ildys Bett. Nolan lag auf dem Rücken, hatte seine Decke von sich gestrampelt, und sein Mund stand leicht offen.

Ich ließ mich zurück in die Kissen sinken und drehte mich zu Cal. Er hatte sich unter seiner Decke zusammengerollt, und obwohl er mir zugewandt lag, konnte ich ihn in den Schatten kaum erkennen.

Ich seufzte lautlos und sah kurz auf mein Handy. Vor dem Einschlafen hatte ich noch Rhondas Fotos vom Lake Tahoe an Grandma weitergeleitet und mich unendlich mies dabei gefühlt. Dann fiel mein Blick auf den Ladebalken. *War der Akku vorhin nicht noch leerer gewesen?*

»Die Schiffe laden alle elektronischen Geräte von selbst«, flüsterte eine leise Stimme. »Wir brauchen keine Kabel oder so.« Cal linste unter seiner Decke hervor und sah mich an. »Alles okay?«

Ich nickte. »Ich war plötzlich wach.«

»Das ist die fremde Umgebung.«

»Vermutlich.«

»Kannst du wieder einschlafen?«

Ich seufzte erneut und schüttelte den Kopf. Cal hatte recht. Die nächtlichen Geräusche des Schiffs klangen fremd, und plötzlich fühlte ich mich komisch. Ich befand mich inmitten einer Gruppe von Dämonen, in einer fremden Dimension, weit weg von zu Hause, weit weg von allem, das mir vertraut war.

»Komm her«, flüsterte Cal und hob seine Decke an.

Ich sah ihn überrascht an. Sofort schlug mein Herz schneller.

Ihm ganz nah sein, ihn berühren, ihn… Mein Kopfkino sprang an, mein Herz hüpfte vor Aufregung.

»Ich sagte, komm her«, wisperte Cal, und ich hörte das Lächeln in seiner Stimme.

Ich schlug die Decke zurück.

Ihm ganz nah sein…

Als ich mich zu Cal aufs Bett setzte, drehte Horatio den Kopf zu uns.

»Macht nichts, was ich nicht auch machen würde, Kinder.«

Er kicherte über seinen eigenen Witz, dann drehte er sich wieder Richtung Fenster.

»Schon klar«, murmelte Cal. »Schlaf weiter.«

Ich schlüpfte unter die Decke. Cal roch nach den Kräutern der Seife, mit der wir alle gebadet hatten. Der Duft vermischte sich mit dem seiner Haut und wirkte sofort beruhigend auf mich.

Cal zog die Decke hoch und breitete sie sogar über unseren Köpfen aus, sodass es sich anfühlte, als wären wir fünf und hatten uns ein Zelt aus Decken gebaut. Dann griff er nach seinem Handy und knipste das Display an, ließ das Telefon aber hinter sich liegen, damit lediglich der Hauch eines Lichtscheins unser Versteck erhellte.

»Hi.« Er lächelte, als er noch ein Stückchen näher rutschte.

»Hi.« Ich streichelte über sein Haar, das von seinem Bad immer noch etwas feucht war. Seit Stunden brannte mir diese eine Frage auf der Zunge, und nun musste ich sie einfach stellen. »Diese Narben ... wer hat dir das angetan?«

Sein Lächeln verschwand. »Ich wollte nicht, dass du sie siehst, jedenfalls nicht jetzt schon.«

»Aber sie sind ein Teil von dir und ich ...«

»Findest du sie abstoßend?«

»*Nein.*«

Er kniff die Augen halb zu, als glaubte er mir nicht.

»Darf ich sie berühren?«

Er schüttelte wortlos den Kopf.

»Ich will sie berühren.«

Sekundenlang sahen wir uns in die Augen. Dann zog er sich langsam das Shirt über den Kopf.

Sein Brustkorb hob und senkte sich in einem schnellen Takt. Ich betrachtete seinen durchtrainierten Oberkörper in der schemenhaften Dunkelheit. Die Brustmuskeln, die runden Schultern, die Berge und Täler seiner Arme. Aber auch die hellen weißen Linien, die von Messern, Kugeln und Pfeilen herrührten. Ich wollte mir nicht vorstellen, wie oft er nur knapp dem Tode entkommen war.

Cal zog unsere Decke wieder an seinen Platz, damit wir vor den Blicken der anderen verborgen waren.

Ich rutschte noch ein wenig näher, bevor ich ganz vorsichtig über seinen Arm strich. Sein Atem strich über meinen Mund, und ich meinte, dass er in einem der tiefen Züge meinen Namen flüsterte.

Dann hielt ich inne. War ich vielleicht zu forsch gewesen? Bereitete ihm eine Berührung dort Schmerzen? Das wollte ich auf gar keinen Fall. »Wenn ich dich berühre, tut es dann …«

»Nein«, unterbrach er mich. »Die Haut ist nicht empfindlicher dort, im Gegenteil.«

Langsam streckte ich erneut meine Hand aus, schob sie über seine Hüfte weiter bis zu seinem Rücken.

Ich strich über die Haut dort, brutal zerrissen, gewölbt von dem Narbengewebe, und dennoch ganz zart und weich.

Cal schloss die Augen, die Lippen leicht geöffnet. Seine langen Wimpern bildeten einen fächerförmigen Schatten unter seinen Augen.

Ich betrachtete ihn, und wieder einmal konnte ich kaum glauben, wie schön er war.

»Wer hat dir das angetan?«

Sofort presste er die Lippen aufeinander. »Die Amethyst«, wisperte er schließlich. »Sie haben mich für alles büßen lassen, was ich oder die anderen während unseres unfreiwilligen Aufenthaltes angestellt haben. Und Horatio hat eine Menge Mist gemacht. Ich sage nur: Tamrina.«

Ich war schockiert. »Er hat dich an seiner Stelle ...«

»Nein«, unterbrach Cal mich schnell. »Die anderen wussten nicht, dass ich die Strafen dafür einstecken musste, und ich habe es ihnen nicht gesagt.« Er seufzte leise. »Ich bin zäh. Ich konnte es aushalten.«

»Aber Horatio sah heute aus, als hätte er sich mit der Mafia angelegt, und es schien ihn nicht besonders zu stören.«

»Er ist mein Freund. Ich hätte ihn niemals anstelle von mir diese Bestrafungen kassieren lassen. Die Amethyst haben mich vor die Wahl gestellt: Kassiere du, als ranghöchste und wertvollste Geisel, alle Prügel oder verlange nach Gerechtigkeit und schicke deine Freunde an den Pranger. Hättest du das getan?«

Ich schüttelte entsetzt den Kopf.

Einen ewigen Moment herrschte Stille.

»Warum hat dein Vater nie versucht, dich zu befreien? Du bist sein Sohn, wie konnte er das alles zulassen? Warum haben sich die anderen Kartelle nicht eingemischt? Die Cobalt oder die Xanthic?«

»Keins der anderen Kartelle wusste von dieser Strafe. Die Amethyst haben es geschafft, es geheim zu halten. Aber die anderen hätten sich eh nicht eingemischt. Sie hätten sofort gewusst, dass es so aussehen würde, als würden sie Partei für die Onyx ergreifen. Damals waren wir befreundet, die Cobalt, die Xanthic und wir, aber keine Verbündete. So was gab es gar nicht, weil es nicht nötig war.« Cal schnaubte, doch es klang traurig. »Nolan, Horatio, Ildy und ich waren politische Gefangene und das zum ersten Mal in der Geschichte von Obskuris. Das bedeutet, wir waren ein Unterpfand. Vater hatte bei einem Beutezug im Grenzland einen Verwandten ihrer Anführerin überfallen, der dabei an einem Herzanfall gestorben ist. Außerdem hat Vater eine Kiste gestohlen, in der sich wichtige Dokumente befanden, uralt und wertvoll für die Amethyst. Weil es ihm egal war, hat er sie Ildys Mutter, Kaya Modrovich geschenkt. Diese hat sie irgendwann verbrannt, nur um sie den Amethyst nicht wiedergeben zu müssen. Das hat den Amethyst so gar nicht gefallen, und sie haben Vater und Kaya verklagt, verurteilt und bestraft. Nolans Vater war ebenso dabei wie Horatios, also haben sie auch sie bestraft. Ihre Kinder sollten drei Jahre bei ihnen wie Sklaven leben oder die Amethyst würden die Onyx und die Cobalt enteignen. Uns Jugendliche haben haben die Amethyst ohne vorherige Absprache vor dem Prozess gefangengenommen, damit unsere Eltern auch wirklich zu der Verhandlung erscheinen. Es passierte in der Nacht deines Geburtstags. Ich weiß kaum noch etwas, weil ich durch den Schlag auf den Kopf mehrere Stunden ohnmächtig war. Und nach dem Urteil haben sie uns erst recht nicht mehr gehen lassen. Und da sie sich kurz zuvor mit den Crimson und den Emerald heimlich verbündet hatten, waren sie zu mächtig, um sich ihnen entgegenzustellen. Und wären wir geflohen, hätte es in einem blutigen Krieg geendet. Deshalb sind wir geblieben.«

»Dann hat es damals begonnen? Das Verbünden einiger Kartelle untereinander?« Ich war überrascht, dass all das, was die Dimension auf einen Krieg zusteuern ließ, von den vermeintlich gesetzestreuen Kartellen ausgegangen war.

Er nickte. »Wir hatten vorher nie ein Vertrauensproblem mit anderen Kartellen. Alle hatten ihre Aufgaben, alles griff ineinander wie ein Uhrwerk. Wir Onyx jagen die bösen Jungs und liefern sie aus, Mörder, Gewalttäter, Vergewaltiger. Die Amethyst verurteilen sie und sperren sie weg. Die Emerald als unsere Banker verwalten unsere Ersparnisse in Form von Angst.« Er seufzte, es klang aber mehr wie ein Knurren. »Obwohl das seit unserer Gefangenschaft passé ist. Wir Onyx haben viel zu viel Sorge, dass sie unser Vermögen einfrieren und wir mittellos dastehen, weshalb Vater nur noch einen Alibi-Anteil in den Tresoren der Emerald bunkert.« Er wedelte leicht mit einer Hand, als er fortfuhr. »Die Crimson können fast alles und jeden heilen. Die Amethyst haben zum Beispiel jedes Mal einen Crimson-Arzt kommen lassen, der meine Wunde versorgte, damit ich nicht starb. Die Cobalt sind unsere genialen Techniker, die Stone die Resteverwerter und so weiter. Ein Krieg oder weitere Bündnisse untereinander, die noch mehr Misstrauen säen, würde unsere Infrastruktur komplett auseinanderreißen. Klar, auch auf unseren Schiffen wird Brot gebacken, aber im Kartell der Xanthic schmeckt es einfach besser. Natürlich haben wir auch Heiler, aber die Chance, dass man überlebt, ist bei einem Crimson-Arzt deutlich höher, und das kann ich aus eigener Erfahrung bestätigen.« Er seufzte leise und strich sanft über meinen Arm.

»Also seid ihr jetzt Gegner? Drei Kartelle gegen drei andere Kartelle?«

»So ungefähr.« Cal holte tief Luft, als würde es ihm schwerfallen, darüber zu reden. »Wobei die Xanthic immer noch als neutral gelten. Offiziell verbündet haben wir uns nur mit den Cobalt. Aber Bane würde uns nicht im Regen stehen lassen, wenn wir ihn brauchen, das weiß ich. Und die Amber stehen uns auch sehr nahe. Ihre Lebensphilosophie passt besser zu der unseren, und sie gelten als sehr loyal. Die Fawn gelten als unentschieden mit Tendenz zu unserer Seite, und die Ivory kümmert es gar nicht, was außerhalb ihres Kartells vorgeht.«

Ich rechnete im Kopf nach. »Aber da fehlt doch noch ein Kartell.«

»Ja, die Stone. Es fällt mir schwer, sie einzuschätzen.«

Cal seufzte erneut. »Solche Bündnisse waren jahrhundertelang überflüssig. Wie waren eine Gemeinschaft, trotz aller Differenzen. Die Amethyst rechtfertigten ihr Bündnis vor drei Jahren mit der Bedrohung durch uns, dabei machen wir Onyx nur das, was wir schon all die Jahrhunderte gemacht haben. Und ganz ehrlich? Wir verletzen niemanden mutwillig. Wir nehmen ihnen ihre Angst ab, und das wars. Ein kleiner Überfall hat noch niemandem geschadet.«

Dieser Meinung war ich zwar nicht, doch Cal klang so überzeugt, dass ich unwillkürlich lächeln musste. Doch dann wurde meine Miene ernst, als sich plötzlich ein Gedanke in meinem Kopf formte. »Warum verdächtigt ihr nicht die Verbündeten der Amethyst, dass sie etwas mit den Zahnfeen zu tun haben?«

Cal lächelte schief und beugte sich noch ein kleines Stückchen weiter zu mir. »Sag es nicht weiter, aber Vater hat seit unserer Freilassung bei ihnen Spione untergebracht. Ich habe das überprüft. Sie glauben, dass ihre Zahnfeen eine mysteriöse Krankheit befallen hat, weil sie alle so abgemagert sind. Bei ihnen muss es also richtig schlimm sein, und deshalb bin ich mir relativ sicher, dass sie nichts damit zu tun haben.« Cal wich zurück, und sein Blick ruhte auf meinem Gesicht.

»Verstehe.« Irgendwie beruhigte es mich, dass wir mittlerweile ein paar Kartelle ausschließen konnten, denn es grenzte unsere Suche mehr und mehr ein. Ich strich Cal gedankenverloren über die Schulter. Ich konnte mir immer noch nicht vorstellen, wie man als Vater seinem Sohn so ein Schicksal zumuten konnte. Meine Finger glitten tiefer, und wieder berührte ich die Narben am Rücken. Wie automatisch hielt ich inne, immer damit rechnend, dass ich ihm doch wehtun würde.

Cal sah mich unverwandt an, doch seinen Blick konnte ich

411

nicht so recht deuten. Als meine Finger eine besonders große Narbe berührten, war ich es, die zurückwich. Die Wunde musste tief und unendlich schmerzhaft gewesen sein.

»Wie hält man diesen Schmerz aus?«, wisperte ich mit bebender Stimme. »Wie schaltet man den Kopf ab? An was denkt man?«

Cal sah mich an, sein Blick jetzt ganz offen, und es fühlte sich an, als könne ich bis auf den Grund seiner Seele blicken. Und was ich dort fand, nein, *wen* ich dort fand, machte mich sprachlos. Tränen traten mir in die Augen.

»Es gab immer nur dich«, flüsterte er. »In den dunkelsten Stunden, im größten Schmerz hatte ich dein Gesicht vor Augen. Dein süßes Lachen im Ohr. Das Gefühl deiner Hände hielt mich aufrecht, das was uns verband, hat mich all das durchstehen lassen.«

Er strich mir eine Träne von der Wange. »Es gab immer nur dich, Erin. Immer nur dich.«

Ich schluchzte leise auf.

Cal rutschte noch näher, und dann zog er mich in seine Arme. Unsere Körper schmiegten sich aneinander. Ich schloss die Augen, und obwohl mein Herz sich vor Aufregung überschlug, war es zugleich ein wunderbar beruhigendes Gefühl.

»Wenn wir das alles hier hinter uns haben, dann schlagen wir ein neues Kapitel auf. Wir beide.« Seine dunkle Stimme vibrierte an meinem Ohr. »Was sagst du?«

Ich nickte. »Ja, das wäre schön. Ich wünsche mir nichts mehr als das.«

Wir wichen ein Stückchen zurück, um uns anzusehen. Er suchte in meinem Blick nach Antworten, das spürte ich. Doch konnte ich ihm schon eine klare Antwort geben? Ich hatte ihm verziehen, oder? Ich hielt seinen Blick. Dann war sein Lächeln zurück. Er zog mich an sich. »Komm her. Ich will dich den Rest der Nacht im Arm halten.«

Dagegen hatte ich nichts einzuwenden.

*

Cal und ich wachten am nächsten Morgen eng umschlungen auf. Und natürlich waren wir während des gesamten Frühstücks die Zielscheibe für Spott und wilde Vermutungen. Cal ignorierte es einfach, während ich versuchte, den anderen klarzumachen, dass wir uns wirklich nur unterhalten hatten. Dabei knurrte mein Magen überlaut, denn gestern Abend hatten wir uns nur von den Resten des Proviants ernährt, und Cal hatte zum Nachtisch eine Tüte Jellybeans spendiert. Natürlich lachten die anderen nur noch mehr und so wurde das Frühstück leider zur Nebensache, das erstaunlich reichhaltig ausfiel, für so eine bescheidene Unterkunft. Es gab Beeren, die ich noch nie gesehen hatte, die aber köstlich schmeckten. Dazu einen Brei, dessen Geschmack mich entfernt an Haferflocken erinnerte. Einen ganzen Korb Gebäck, süß und salzig, Scheiben dunklen Brots und einen Käse, der wirklich köstlich war, außerdem eingelegtes Gemüse und etwas, das schmeckte wie eine Mischung aus Honig und Senf. Dazu ein warmes Getränk, das aus gerösteten und gemahlenen Nüssen bestand, und mich entfernt an Kaffee erinnerte.

Wir verließen das Zimmer so ordentlich, wie wir es vorgefunden hatten, und trugen sogar unsere Tabletts zur Rezeption. Sehr zu Horatios Enttäuschung war es nicht Jella, die uns hinter der Theke erwartete.

Cal deutete an, dass es sein könnte, dass wir heute Abend erneut ein Zimmer brauchen würden. Die Rezeptionistin fragte neugierig nach, welche Geschäfte uns hierherführten, doch dem wich Cal geschickt aus. Wenig später saßen wir bereits wieder auf unseren Reittieren, die ebenfalls sehr erholt wirkten.

»Also, was ist der Plan?«, wollte Horatio wissen, während er seinem Greif zärtlich über den Kopf strich.

Cal seufzte. »Darüber hätten wir beim Frühstück reden können, aber ihr fandet ein anderes Thema ja viel wichtiger.«

Horatio lachte. »Wenn du gewollt hättest, dass wir uns beim Frühstück auf etwas anderes konzentrieren, dann hättest du nicht mit Erin das Bett teilen dürfen.«

»Wir haben das Bett nicht geteilt.« Cal sah ihn ernst an. »Ich bitte dich, hör endlich auf damit.«

Seine Worte wirkten eindringlich, aber die Tatsache, dass ich heute zum ersten Mal vor, statt wie sonst immer hinter Cal auf Nyncis saß, half vermutlich nicht dabei, überzeugend zu wirken.

Horatio warf einen eindeutigen Blick auf Cals rechte Hand, die locker um meine Taille lag.

Offenbar bedeutete *das Bett zu teilen* in Obskuris etwas sehr viel Intimeres als nur nebeneinander zu schlafen. Schließlich nickte Horatio nur knapp, dann glitt sein Blick in die Ferne zum Dunkelstrom. »Also?«

Ildy drehte sich auf ihrem Drachen, sodass sie Horatio direkt ansehen konnte. »Wir machen es genau wie gestern. Schleichen uns in das Kartell, suchen den Ghost Orbit, und vielleicht haben wir heute Erfolg.« Sie zuckte mit den Schultern. »Oder hast du eine bessere Idee?«

»Er ist bloß grantig, weil er heute Nacht auch gerne mit jemandem das Bett geteilt hätte. Jemandem, dessen Name mit *J* beginnt.« Nolan grinste, und seine spitzen Eckzähne blitzten hervor.

Und noch während die anderen lachten, ließ Horatio die Bombe platzen. »Ich habe übrigens die Koordinaten schon.«

Wir alle sahen ihn entgeistert an. Cal schien als Erstes seine Worte wiederzufinden. »Das sagst du *jetzt?* Wann ist das passiert?«

Horatio zuckte mit den Schultern. »Ziemlich genau in dem Moment, als die Amethyst uns entdeckt haben. Danach war alles so turbulent und abends dann nicht so wichtig.«

Ildy hob beide Hände in einer Geste, die sagte: *Bin ich im falschen Film, oder was?*

Und auch Cal wirkte etwas verärgert, doch er schien sich am Riemen zu reißen. »Gut, da wir also diesen Punkt überspringen können, dürfte es deutlich schneller gehen als gestern. Bleibt dicht beisammen, versucht, nicht aufzufallen und wenn es geht, keine riskanten Flugmanöver.« Sein Blick glitt erneut zu Horatio. Als dieser nicht reagierte, schnalzte Cal mit der Zunge. »Los geht's.«

*

Irgendwelche höheren Mächte mussten eindeutig auf unserer Seite sein, denn wir schafften es tatsächlich ein zweites Mal ungesehen in das Kartell. Ich hatte damit gerechnet, dass die Amethyst die Kontrollen verschärfen würden. Doch das war nicht der Fall. Vermutlich rechneten sie damit, dass niemand zweimal so dumm war.

Nun, wir waren es. Mein Herz raste noch immer wie wild, als wir aus der Gruppe der Reisenden, die sich Richtung des Gefängnisschiffes bewegten, ausbrachen, doch dann hatten wir schließlich den Punkt direkt an der Grenze des Kartells erreicht. Die durchsichtige Wand sah aus wie ein Riss in der Re-

415

alität. Nur durch leichte Bewegungen war zu erkennen, dass es hier keinen Durchgang gab. Vielleicht war das auch einer der Gründe, warum das schnelle Fliegen innerhalb der Kartelle verboten war. Erreichte man die Grenze und konnte nicht mehr bremsen, war einem der Tod sicher.

Horatio hob das Amulett aus Harz hoch und hielt es in verschiedene Richtungen, bis es zu glühen begann.

Ildy und ich schnappten beide begeistert nach Luft. Nolan machte eine triumphierende Geste.

Und tatsächlich: Da war etwas. Ein winziger Strudel, kaum zu erkennen und noch viel leichter zu übersehen. Mittlerweile pulsierte das Amulett in Horatios Hand wie wild. Ein letzter Blick, dann steckte er es zurück in seine Tasche.

»Los geht's.« Cal flog voraus. »Macht euch auf alles gefasst.«
Wie bitte?

»Gut festhalten«, murmelte Cal mir zu, als wir uns dem Zugang näherten. Es schien einer seiner Standardsätze zu werden. Dass ich heute vor ihm saß und er mich festhalten musste, schien nichts daran zu ändern.

Schon im nächsten Augenblick wurden wir von dem Strudel ergriffen. Schwindel überkam mich, so rasant drehten wir uns im Kreis. Nyncis gab ein wildes Fiepen von sich, das klang, als habe er den größten Spaß. Ich lehnte mich nach hinten an Cals breite Brust, und er hielt mich mit beiden Armen fest, seine Wange an meiner.

Wir fielen und fielen, und es schien einfach nicht aufzuhören. Irgendwo hinter uns hörte ich Nolan stöhnen.

Dann war es still.

Dunkel und kühl und sehr still.

Ich holte tief Luft. Dann wandte ich mich um, um nach den anderen zu sehen. Nacheinander fielen sie hinter uns aus einer Art weißdrehendem Lichtkreis. Wenigstens würden wir den Rückweg nicht so aufwendig suchen müssen. Dann hörte ich Nolan würgen. Er hatte sich zur Seite gebeugt und übergab sich ins Nichts. Ildy hielt sich den Kopf. Nur Horatio schien keine größeren Schäden davongetragen zu haben. Er runzelte die Stirn und sah sich um. »Hoffentlich finden wir den alten Kahn schnell. Diese Loopings machen immer hungrig.«

Nolan übergab sich bei diesen Worten direkt noch einmal. Grml gab ein angeekeltes Geräusch von sich und schwenkte zur Seite. Schon wieder würgte Nolan.

Ich sah mich gerade noch um, da rief Horatio plötzlich: »Vorsicht! Gravitationswelle!«

Ich hatte keine Ahnung, was das war, noch was ich jetzt tun sollte, da war es schon zu spät. Cal warf sich mehr oder weniger über mich und presste uns auf Nyncis Rücken, der sich selbst zu einem Ball zu formen schien. Er zog sogar die Flügel an, die er schützend über uns legte. Wir wurden nach oben katapultiert, fielen einige Meter und wurden direkt wieder in die Luft gewirbelt. Ich wollte schreien, doch alle Luft war aus meinen Lungen entwichen. Das Letzte, was ich wahrnahm, war das unkontrollierte Zittern meines Körpers und die Eiseskälte, die mich umfing.

Dann war alles schwarz.

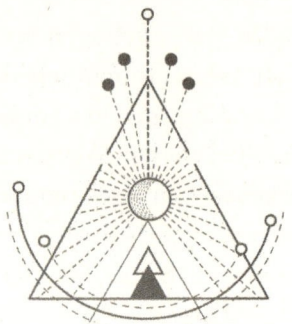

Kapitel 32

Helle Lichtpunkte tanzten vor meinem inneren Auge. Jemand streichelte über meine Schulter.

Ich holte tief Luft. Die Kälte, der Schwindel, alles schien von mir abzufallen, so schnell, wie es gekommen war. Erst da fiel mir auf, dass ich die Augen längst geöffnet hatte. Die Lichtpunkte waren gar nicht in meinem Kopf. Sie waren überall um uns herum!

»Geht es wieder?«, hörte ich Cals Stimme hinter mir.

Ich stöhnte leise. *Was war geschehen?*

»Alles okay …« Ich rieb mir den Kopf. »Was war das?« Ich holte erneut Luft und war erstaunt, dass es mir so gut ging.

»Eine Gravitationswelle. Sie können überall in der Dimension auftreten. Die Schiffe sind zu groß, sodass man es an Bord nur als Schaukeln wahrnimmt. Rollt sie aber direkt auf einen zu, ist man vollkommen hilflos.«

Erst dann schien mein Gehirn zu verarbeiten, was ich sah. Wir flogen in einem Meer von … Sternen? Nein, bei genauerem Hinsehen erkannte ich winzige Flügel, kleine Beinchen und zarte Fühler. Wir befanden uns in einem Schwarm von Wesen, die aussahen wie Schmetterlinge und, die von innen heraus zu strahlen schienen. Sie waren überall, aber sie berührten uns nicht. Ihr bläuliches Leuchten in der Schwärze um uns war ätherisch und wunderschön.

»Wow«, sagte ich leise. Dann entdeckte ich auch die anderen. Ildys Drache schien nach den Schmetterlingen zu schnappen. Sie saßen zu Hunderten im Pelz von Nolans Fledermaus, der das überhaupt nicht zu gefallen schien. Sie schüttelte sich immer wieder, während Nolan beruhigend auf sie einredete.

»Leute?« Horatio saß wie majestätisch auf Hacker, sein Blick in die Ferne gerichtet. »Da hinten ist sie.«

Wir folgten seinem Blick. In der Dunkelheit war der schemenhafte Umriss eines riesigen Schiffs auszumachen. Die Gravitationswelle hatte uns direkt vor dessen Füße… oder besser gesagt vor dessen Bug gespült.

»Wow …« Schon wieder stand mir der Mund offen.

»Wir haben sie gefunden!« Ildy flog vor Freude einen Looping mit ihrem Drachen. Nolan und Horatio gaben sich im Flug ein High Five.

Cal und ich strahlten uns an.

Die anderen johlten und feierten unseren Erfolg, doch wir hatten nur Augen füreinander.

»Ich will einen Moment mir dir allein sein.« Cal schnalzte leise, und im nächsten Moment jagte Nyncis nach unten. Ich juchzte auf, und im nächsten Moment hatte Cal mich zu sich umgedreht. Es war eine fließende Bewegung, es wirkte ganz simpel und dennoch verfehlte es seine Wirkung nicht. Atemlos sahen wir uns an.

Um uns herum schien sich die Dunkelheit in der Unendlichkeit zu verlieren. Wir jagten durch einen weiteren Schwarm der kleinen Schmetterlinge, und es wirkte fast wie ein Feuerwerk, als sie zu allen Seiten davonstoben. Wir lachten beide ausgelassen, und Cal versuchte einen der Falter zu fangen.

Mein Rücken sank immer tiefer auf Nycis weiches Fell, während Cal sich über mich beugte. Der Wind riss an seinen Haaren, und ich strich ihm durch die dunklen Strähnen. Seine Augen leuchteten.

Ich lächelte, doch sein Blick war plötzlich ernst. Dann glitten seine Augen zu meinem Mund.

Ja, dachte ich. *Tu es endlich. Küss mich und lass uns ein neues Kapitel aufschlagen.*

Es hat immer nur dich gegeben.

Ich reckte mein Kinn, bog mich ihm entgegen, und plötzlich war er ganz nah. Cals Mund schwebte über meinen Lippen. Eiskristalle schwirrten durch die Luft, verfingen sich in seinen Haaren und zwischen meinen Fingern, und die Schwärze des Ghost Orbit schien wie ein Schutzschild, der alles ausblendete. Unsere Lippen berührten sich, tasteten sich vor und verschmolzen miteinander. Dann wurde der Kuss leidenschaftlicher. Unsere Zungen strichen umeinander, und Cal stöhnte in meinen Mund.

Es war wie eine Erlösung, wie ein eingelöstes Versprechen.

Mit dir will ich fliegen und fallen.

Nycis wurde langsamer, bevor er wieder langsam aufstieg.

Atemlos lösten wir uns voneinander. »Ich will, dass du wieder zu mir gehörst.« Cals Stimme war heiser, und er flüsterte nah an meinen Lippen. »Ich will dich nie wieder verlieren, ich will mich nie wieder fragen, wie du zu mir stehst, und ich will dich nie wieder so sehr vermissen.«

Seine Worte berührten mich, und alles in mir fühlte sich ganz flattrig an. »Ein neues Kapitel«, wisperte ich gerührt.

Er lachte leise, und wieder strichen seine Lippen ganz sanft über meine. »Eine neues Kapitel.« Er hauchte einen Kuss auf meinen Mund, dann sah er mir tief in die Augen und streichelte meine Wange.

»Mein Herz.«

Ich schmiegte meine Hand an seine Wange.

»Kinder, ihr seid nicht allein!«, erklang Horatios Stimme. »Ihr seid verrückt nacheinander, aber das war uns allen schon lange klar, wir brauchen keine Beweise.«

Cal drehte sich lachend zu ihm um. »Halt den Mund!«

Ildy schüttelte den Kopf, aber ihr Lächeln war warm.

Und falls es irgendjemand noch nicht mitbekommen haben sollte, griff Cal nach meinen Händen und küsste mich direkt noch mal.

»Nehmt euch ein Zimmer!«, rief Nolan lachend. Dann schwang er mit Grml herum. »Ich geh jetzt die Welt retten, ihr Loser.«

Natürlich folgten wir ihm.

Je näher wir der Atlantide kamen, desto bedrohlicher schien sie vor uns aufzuragen. Sie besaß keine Segel. Ich ließ meinen Blick an dem Schiff entlanggleiten und kniff dann die Augen zusammen. Das war kein Holz. Aber was war es dann für ein Material?

Je näher wir kamen, desto mehr Rätsel schien dieses Schiff in mir aufzuwerfen. Wer hatte es bewohnt? Warum trieb es jetzt führerlos im Ghost Orbit?

Wir kamen noch näher, und ich erkannte, dass das Schiff gar nicht aus Stahl gebaut war. Ich sah weder Nieten noch Schweißnähte. Stattdessen besaß es eine seltsame Struktur, unregelmäßig, manchmal durchbrochen von Linien oder kleinen Hügeln. Es wirkte fast wie ein organisch gewachsenes Material.

»Und da sind wir«, murmelte Cal.

Dann erkannte ich, was es sein könnte. Die Außenwände der Atlantide sahen aus wie riesige Panzer von Käfern. Als hätte man Dutzende Chitinplatten unterschiedlicher Insekten aneinandergereiht. Aus einigen wuchsen lange dünne Fäden hervor, die wirkten wie Tentakeln oder Fühler. Ein Pflanzenteppich, der mich entfernt an Moos erinnerte, zog sich wie ein dunkler Streifen über die Außenhaut. Dort, wo die Schiffsschraube sitzen sollte, ragten lange Lianen in den Orbit. Auch sie bewegten sich leicht, als wären sie lebendig.

Mir stand mal wieder der Mund offen. »Woraus besteht sie?«

»Das wissen wir nicht genau«, erwiderte Cal leise, und mir fiel auf, dass er die Stimme absichtlich senkte. »Aber genau deshalb müssen wir vorsichtig sein. Niemand von uns war je auf der Atlantide. Wir lernten in der Schule darüber, manchmal spricht man über sie, wenn der Ghost Orbit durch unser Kartell treibt, aber ich habe das Gefühl, dass niemand etwas Genaues weiß.« Seine Stimme wurde noch leiser. »Manche gehen sogar davon aus, dass es sich um ein lebendiges Wesen handelt. Siehst du ihre Außenhülle?«

Ich nickte. »Sieht aus wie Chitin.«

Er nickte. »Genau.« Und dann fügte er nach einer Pause noch hinzu: »Wenn wir an Bord gehen, sollten wir immer dicht zusammenbleiben. Ich will nicht riskieren, dass dir etwas passiert, aber deshalb muss ich doppelt vorsichtig sein, weil ich nicht abschätzen kann, was uns erwartet.«

Wir flogen an dem langen Buk hinauf und hatten jetzt einen guten Blick auf das Deck. Auch hier gab es keine langen Planken. Stattdessen war da wieder dieser Pflanzenteppich aus Moos. Ich konnte das Schiff sogar riechen. Eine Mischung aus Wald, Erde und salziger Luft. Irgendwo ächzte es im Inneren, und ich zuckte zusammen. *Hatte das Schiff unsere Ankunft bemerkt?*

Cal und Nolan wechselten einen Blick. Schließlich war Horatio es, der zuerst auf dem Deck landete. Sein Greif setzte weich auf und sah sich dann lauernd um.

»Woher wissen wir, was wir tun sollen?«, fragte ich, als auch Nyncis auf dem Deck landete.

Ildy sah zu mir und streichelte ihrem Drachen über den Kopf. »Wir suchen das Archiv der Angst. Es ist die älteste und zugleich geheimnisvollste Bibliothek von Obskuris. Nur wenige Noctua haben sie je besucht. Aber wenn wir es schaffen, sie zu betreten, finden wir dort sicher Antworten, was es mit den Kinderzähnen auf sich hat.«

»Ihr wisst nicht, wo auf dem Schiff sich diese Bibliothek befindet und wie man sie besucht? Ist sie versteckt?«

Ildy, Nolan und Horatio waren bereits abgestiegen und sahen sich vorsichtig um. Sie alle drei schüttelten simultan den Kopf.

Cal half mir galant von Nyncis' Rücken. »Was wir wissen, ist, dass das Schiff selbst aussucht, wem es Geheimnisse preisgibt und wem nicht. Nicht jeder darf die Bibliothek betreten. Mein Vater hat mal versucht, sie zu besuchen und ist gescheitert. Er stand im Inneren des Schiffs immer wieder vor verschlossenen Türen. Aber es ist ein Strohhalm, und wir greifen danach. Wenn wir unverrichteter Dinge wieder davonfliegen müssen, dann haben wir halt Pech gehabt.«

»Das Schiff sucht aus?« Meine Augen wurden groß, während ich mich umsah. Hier sah es wirklich aus wie auf einem Piratenschiff, das seit Jahrhunderten die Weltmeere besegelte. Alles schien verrottet und verbogen, überwachsen mit Moos und Tang und Algen. Wieder ächzte das Schiff. Ein kühler Schauer rieselte mir die Wirbelsäule hinab. Ich wurde das Gefühl nicht los, dass unsere Ankunft nicht unbemerkt geblieben war.

»Keine Ladeluke«, sagte Horatio. »Wo ist der Eingang?«

»Angeblich gibt es einen Zugang am Heck. Er soll etwas erhöht liegen, sodass man ihn nicht verfehlen kann.«

Wir drehten uns alle um. Und richtig, in der Ferne konnten wir eine Erhebung ausmachen, die mit sehr viel Fantasie auch eine Art Insektenkopf hätte sein können.

»Woher stammen diese riesigen Chitinplatten? Wie groß müssen diese Käfer sein, mit deren Panzern man das Schiff verkleidet hat?« Ich war immer noch ganz fasziniert von der Vorstellung, dass es wahrhaft monströse Wesen gewesen sein mussten, an deren Panzern man sich hier bedient hatte.

»Glaub mir, das willst du lieber nicht wissen«, sagte Cal, und lächelte schief.

»Gibt es solche riesigen Dämonen denn? Sind es Beta?«

Schon wieder ächzte das Schiff. Nolan ging voraus. »Wir sollten uns beeilen, irgendwie ist das alles verdammt unheimlich. Lassen wir unsere Reittiere hier?«

Horatio nickte. »Bin dafür. Hier oben kann ihnen nicht viel passieren, erst recht, wenn sie zusammen sind.« Die anderen schienen damit einverstanden.

Cal hatte meine Frage nicht beantwortet, aber ich würde sie

später einfach noch mal stellen. Mein Herzschlag beschleunigte sich, als er mich an die Hand nahm. Wir folgten den anderen über das Deck, während unsere Reittiere sich auf dem Moos niederließen. Nyncis fiepte, als er uns nachsah, Ildys Drache musterte uns aufmerksam, und Nolans Fledermaus schlief wie immer seelenruhig.

Der Eingang zum Schiffsbauch wirkte nicht sonderlich vertrauenserweckend. Die hölzerne Tür war halb verrottet, und sie klemmte. Die Jungs mussten sich dagegen werfen, nur um direkt auf einer Treppe zu landen. Nolan wäre fast hinuntergefallen, und Horatio kurbelte ihm fast den Arm aus, als er ihn daran festhielt. Es gab ein wenig Gerangel und Gefluche, was die allgemeine Spannung etwas auflockerte.

Wir gingen die Treppe hinab, die gefühlt acht Meter in den Schiffsbauch führte. Von irgendwoher ertönte ein Klappern, das klang, als würde ein riesiges Insekt seine Zangen benutzen. Mir lief es schon wieder kalt den Rücken herunter. Hier gab es keine Lampen oder Fackeln, und trotzdem war das Schiff indirekt beleuchtet. Hinter einigen der Decken- und Wandplatten schien es warm zu glühen. Mir hingegen wurde immer kälter. Irgendetwas stimmte hier ganz und gar nicht.

Als wir um eine weitere Ecke bogen, standen wir plötzlich vor einem riesigen Rad. Darauf waren Linien gemalt, die es unterteilten wie einen Kuchen.

Das alles hier war so unglaublich unheimlich. In diesem Raum stand nichts außer dieses große Rad, dessen Nägel am Rand verrieten, dass wir daran drehen sollten. Es war übersät mit fremden Schriftzeichen.

»Dagegen ist ja jeder Horrorfilm der Menschen ein Spaziergang«, murmelte Horatio. »Hexen im Wald? Massenmörder auf der Landstraße? Nichts da. Das kann nichts Gutes bedeuten.«

Wir wollten einen Schritt darauf zugehen, als Nolan gegen etwas Durchsichtiges prallte. Er fuhr mit den Händen über die Oberfläche, doch es schien keinen Durchgang zu geben. Er zückte eine winzige Taschenlampe und leuchtete über die Oberfläche.

»Nichts zu machen.« Als Nolan zu mir sah, bemerkte ich, dass seine Augen das Licht genauso grünlich reflektierten wie die von Cal.

Auch Ildy und Horatio tasteten jetzt an dem, was aussah wie eine in allen Regenbogenfarben schimmernde Glasscheibe.

Horatio schien genervt. »Warum stellt man so ein Spielzeug in die Landschaft und lässt dann niemanden dorthin? Ich bin dafür, dass wir gehen. Wir werden hier eindeutig verarscht, ich merke das sofort.«

Ich wollte meine Hand an das Glas legen, doch sie glitt einfach hindurch.

»Leute«, wisperte ich. »Hier gibt es einen Durchgang.«

Cal, der neben mir stand, berührte die Stelle. Er prallte daran ab.

Wieder versuchte ich es, wieder glitt meine Hand hindurch.

Sie alle starrten mich an. Schließlich war es Ildy, die zuerst ihre Worte wiederfand. »Wie kann das sein? Erin ist ein Mensch. Das Schiff dürfte nicht mal bemerken, dass sie hier ist.«

»Kannst du hindurchgehen?«, wollte Horatio wissen, und auch seine Augen reflektieren das wenige Licht in einem grünlichen Leuchten.

»Ist mir egal, denn ich werde da nicht durchgehen«, gab ich zurück.

»Versuchs mal.« Ildy sah mich bittend an.

»Und wenn ich nicht wieder zurückkommen kann?«

»Dann geh nur zur Hälfte durch«, schlug Nolan vor.

Ich seufzte. Langsam lehnte ich meinen Körper vor und glitt durch das Glas wie durch Butter. »Das funktioniert.« Ich lehnte mich wieder zurück. Sollte ich es wirklich wagen? Das war doch absolut leichtsinnig.

»Was steht eigentlich auf dem Rad?«, fragte ich, um etwas abzulenken. Horatio beugte sich vor, so gut es ging. »Zimmer der alten Träume, Kammer des ewigen Schlafes, Palast der verlorenen Erinnerungen, Koje des kalten Hasses, Stube der bitteren Wünsche, Hof des Wahnsinns, Kabinett der falschen Sehnsucht, Gemach der Vergeltung ... und den Rest kann ich nicht lesen.«

»Sind das Räume innerhalb der Bibliothek?« Schon wieder tippte ich vor die Scheibe, schon wieder konnte ich den Finger hindurchstecken. »Wie findet man, was man sucht?«

»Also wenn dort ein riesiges Rad steht, würde ich mal annehmen, dass man es drehen soll.« Horatio sah mich an. »Aber alleine wäre es natürlich sehr viel gefährlicher. Vielleicht sollten wir von hier verschwinden.«

Auch Cal schien unentschlossen. »Erin sollte keiner unnötigen Gefahr ausgesetzt werden. Sie stammt nicht mal aus dieser Welt.«

Ildy nickte, und Nolan fiel darin ein. »Wenn sie die Einzige ist, die die Wand durchlässt, sollten wir vielleicht versuchen, noch einen anderen Zugang zu finden.«

»Hast du einen gesehen?«, fragte Horatio. »Das Ding sieht von oben aus wie eine Festung.«

Nolan schüttelte den Kopf und wirkte ein klein wenig resigniert.

»Ich mache es«, sagte ich, bevor mein Verstand mich daran hindern konnte. Ich war stark, ich war mutig, und wenn meine Freunde meine Hilfe brauchten, dann würde ich es eben wagen.

Sie alle sahen mich an, als könnten sie nicht glauben, was ich da eben gesagt hatte.

»Nein.« Das war alles, was Cal dazu sagte.

Auch Ildy schüttelte den Kopf.

In Horatios Augen glänzte so etwas wie Bewunderung. Ich sprach mir ein letztes Mal selbst Mut zu, dann trat ich durch die Wand. Die Luft dahinter schien wärmer zu sein. Sie roch nach Metall und irgendetwas Öligem. Vielleicht stammte der Geruch von dem Rad? Langsam trat ich darauf zu. Ein Pfeil war darauf angebracht, der einem sagte, in welche Richtung man drehen sollte. *Hof des Wahnsinns, Gemach der Vergeltung.* Wollte ich es wirklich damit aufnehmen? Meine Hand zitterte, als ich sie hob. Kurz drehte ich mich zu den anderen um. Cal hatte beide Hände an die Scheibe gelegt, sein Blick war verrückt vor Sorge. »Bitte sei vorsichtig«, rief er. Ich nickte knapp. Ildy hatte eine Hand vor den Mund gepresst. Horatio hatte die Augen finster zusammengekniffen. Schnell drehte ich mich weg. Bevor mich der Mut verließ, griff ich nach einem der Nägel am Rand und gab dem Rad einen Schubs. *Lasset die Spiele beginnen.*

Das Rad schien sich endlos zu drehen. Mein Herz klopfte mir bis zum Hals, während ich beobachtete, wie es immer langsamer wurde. Dann blieb es stehen. Ich drehte mich zu den anderen um.

»Palast der verlorenen Erinnerungen«, rief Horatio. Doch viel mehr hörte ich nicht, denn im nächsten Moment packte eine riesige schwarze Hand nach mir und zog mich in das Rad.

Ich schrie auf, doch plötzlich hatte ich wieder festen Boden unter den Füßen. Ich riss die Augen auf.

Der Saal, der sich vor mir erstreckte, erinnerte an einen Raum aus einem venezianischen Palast, den ich mal in einem Bildband gesehen hatte. Der Boden war schwarz-weiß gekachelt, Wasser rann an den mit Gold verzierten Wänden hinab, und Schlingpflanzen wuchsen von der Decke und streckten ihre grünen Finger in Richtung des Bodens. Es gab ein Fenster, doch es schien vergittert. Dahinter strahlte es hellblau, aber mehr war da nicht. An den Wänden hingen fremdartige Musikinstrumente, gefertigt aus Holz, Metall und anderen Materialien. In einer Ecke stand etwas, das entfernt an ein Klavier erinnerte. Sein schwarzer Lack war stumpf geworden, und grünes Moos wuchs seine Füße hinauf.

Ich ließ den Raum auf mich wirken, unsicher, ob ich überhaupt einen Fuß hineinsetzen durfte.

Kaum, dass ich einen Schritt machen wollte, begannen die Fliesen auf dem Boden zu klappern. Schließlich ordneten sie sich anders an, sodass eine schwarze Schrift auf weißem Grund entstand. *Stelle deine Frage.*

Kein Zweifel, ich konnte die Worte lesen und verstehen.

Stelle deine Frage.

Ich schluckte krampfhaft, denn mein Mund war ganz trocken vor Aufregung. Sollte ich sie einfach so in den Raum rufen?

Ich gab mir einen Ruck. »Ich möchte wissen, warum jemand die Kinderzähne sammelt und was er für Absichten damit haben könnte.« Genau genommen waren das zwei Fragen, doch ich hoffte mal, dass das Schiff einen großzügigen Tag hatte.

Wieder ratterte der Boden. Erst jetzt fiel mir auf, dass das

Zimmer keine Tür besaß, nur dieses vergitterte Fenster mit dem unheimlichen Leuchten dahinter.

Zahle den Preis. Jetzt in weißer Schrift auf schwarzem Grund.

»Was ist der Preis denn?«

Durch das Zimmer lief ein Beben.

»Der Preis«, rief ich. »Könnte ich vorher wissen, was ich für einen Preis bezahlen muss?«

Wasser quoll aus den Fugen, schoss aus den Wänden und rann von der Decke.

»Was ist das für ein Preis?«, rief ich und bemerkte panisch, dass das Wasser immer höher stieg. Ich rannte quer durch den Saal, während das Wasser zwischen den Fliesen hervorsprudelte. Ich legte meine Hände um die Gitterstäbe, und wollte nach dem Blau dahinter tasten. Doch da war nichts. Hinter dem Gitter war kein Himmel, es war ein hellblauer Stein, der von innen heraus zu leuchten schien. Ich schwang herum. Irgendwo musste es doch eine Tür geben? Was würde passieren, wenn ich den Preis nicht zahlen wollte?

Was sollte ich tun?

Jetzt erschien der Schriftzug an den Wänden. Schwarz auf weißem Grund. *Zahle den Preis.*

»Mein Gott«, flüsterte ich leise. Palast der verlorenen Erinnerungen. Was für ein Preis könnte das sein?

Das Wasser stand mir inzwischen bis zu den Knien. »In Ordnung«, rief ich voller Verzweiflung. »Ich zahle den Preis. Ich zahle den …«

In meinem Kindersitz war es warm und gemütlich. Aus dem Lautsprecher an der Seite meiner Tür dudelte ein fröhliches Kinderlied. Ich hielt meine Puppe fest, und obwohl ich Handschuhe trug, spürte ich, wie zottelig ihre Haare waren. Mein Blick glitt nach vorn. Dad hielt das Steuer fest im Griff, Mom trug eine dicke Pudelmütze und erzählte etwas. Beide lachten. Ich konnte das Gefühl nicht benennen, was ich für sie empfand, doch es war warm und wunderschön. Alles war schön, wenn ich bei ihnen war.

Jetzt sang Mom das Lied sogar mit. Ich lachte glucksend auf und schwenkte meine Puppe im Takt. Ein paar Wörter kannte ich auch schon auswendig, und ich sang mit. Dad schunkelte hin und her, und mein Lachen wurde noch lauter. Ich beugte mich gerade zur Seite, weil Mom meine Puppe auch mal halten sollte, als mein Blick durch die Frontscheibe hinaus in die verschneite Dunkelheit glitt. Jetzt fuhren wir eine kleine Brücke hinauf, und Dad wurde etwas langsamer. Ich hörte die Sorge in seiner Stimme. Aber ich mochte Brücken, und ich mochte auch Flüsse. Fische fand ich ganz besonders faszinierend. Dann sah ich den Mann. Er trat aus den Schatten, und mit zwei großen Schritten stand er mitten auf der Straße.

Mom entdeckte ihn als Nächstes und schrie auf. Dad versuchte zu bremsen, doch der Wagen wurde hinten zur Seite gerissen, als die Reifen blockierten. Wir schlitterten nach links und knallten mit voller Wucht gegen das Geländer. Da war kein Widerstand. Nur das Gefühl zu fallen, der Aufprall und dann das eisige Wasser. Die vordere Scheibe war zerbrochen, und sofort rollte eine Woge kaltes Wasser auf uns zu. Mom schrie wie am Spieß, ich begann sofort zu weinen. Dad zog wie verrückt an dem Gurt, der über seine Brust lag. Seine Worte klangen panisch. Das eiskalte Wasser lähmte mich, und es machte mich gleichzeitig verrückt vor Angst. Schon reichte es bis zur Mitte der Scheiben an der Seite. Mom reckte den Kopf über das Wasser, und sie hämmerte mit der Faust auf den Verschluss, der den Gurt sicherte. Das alles hatte nur kurze Zeit gedauert, bis sie sich beide zu mir umdrehten. Moms Augen waren geweitet vor Schock, und sie schrie auf vor Schmerz, als sie sich mit voller Ge-

walt zu mir wandte. Auch Dad hatte ein schmerzverzerrtes Gesicht. Sie versuchten, sich nach mir zu strecken, sie versuchten, mich zu erreichen, und ich reckte ihnen meine kleinen Arme entgegen. Doch wir waren zu weit entfernt.

Die Monster waren praktisch sofort da. Große hässliche Wesen, die mir Angst machten. Zwei sahen aus wie Tiere mit Menschenköpfen. Zischende Laute drangen aus ihren Mündern, als sie ihre spitzen Zähne zeigten. Und Wesen, die aussahen wie Menschen mit leuchtend grünen Nägeln, die unbarmherzig nach Mom griffen, als hätten sie in dem eisigen Wasser auf uns gelauert. Sie halfen uns nicht, sie umklammerten meine Eltern, doch diese schienen es nicht zu bemerken. Wieder schrie Mom auf. Dann endlich hatten sie mich erreicht. Gemeinsam lösten sie die Gurte, die mich in meinem Sitz hielten. Das Wasser stand jetzt so hoch, dass Mom kaum noch atmen konnte. Sie hatte den Kopf in den Nacken gelegt, und ihre Lippen ragten kaum noch über die Wasseroberfläche. Um uns herum war es dunkel und so schrecklich kalt. Dann war Mom still. Ich trieb hinauf an die Decke des Wagens und Dad unterstützte mich, in dem er mich abstützte. Ein Monster hielt ihn an den Oberarmen umklammert. Dad rüttelte an Moms Schulter, während er laut ihren Namen rief. Dann hatte das Wasser auch ihn erreicht. Ich schwamm höher als meine Eltern, doch lange dauerte es auch für mich nicht. Die Monster berührten mich, strichen über mein Haar, befühlten mein Gesicht, und dann, wie auf ein geheimes Zeichen, stoben sie durch die geborstene Scheibe davon. Ich war allein. Meine Daunenjacke hatte sich vollgesogen mit Wasser. Kälte, Dunkelheit, Stille, diese schreckliche allumfassende Stille. Ich sank hinab in meinen Sitz. Mom sah mich an, ihr helles Haar trieb wie ein Heiligenschein um ihren Kopf. Sie rührte sich nicht. Ihre Hände waren nach oben getrieben, ihre Lippen leicht geöffnet. Sie hing immer noch in dieser verdrehten Position in ihrem Sitz.

Ich sah sie an, die Augen, die nicht mehr ihr gehörten, der reglose Körper, und dann holte ich reflexartig Luft. Kalt. Es war so eisig kalt. Ich schluckte Wasser, weil ich keine Alternative hatte. Dann drang immer mehr Wasser nach. Und dann fühlte ich gar nichts mehr.

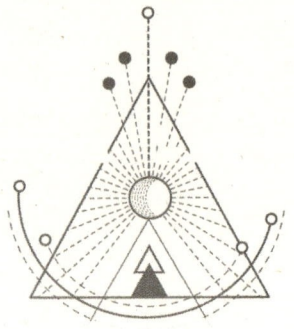

Kapitel 33

Der Boden war eiskalt und nass. Mein Körper war eiskalt und nass, und ich zitterte. Panisch sprang ich auf, weil ich immer noch wie gefangen war in diesen Erinnerungen, von denen ich gar nicht gewusst hatte, dass sie in meinem Kopf gespeichert waren. Ich hatte meinen eigenen Tod miterlebt. Ich hatte den Tod von Mom und Dad miterlebt. Tränen liefen mir über die Wangen, und ich nahm kaum wahr, dass ich wie am Spieß schrie. Ich war kurz davor durchzudrehen. Wie konnte ein Mensch so etwas ertragen?

Niemals würde ich Moms Gesicht vergessen, als das Leben aus ihr wich. Niemals Dads verzweifeltes Rufen, als ihr Kopf unter Wasser verschwand.

War das der Preis gewesen? Waren diese Qualen, diese Gewissheit, dass meine Eltern so sehr gekämpft und so gelitten hatten, die Bezahlung für meine Frage? Welch grausames Wesen dieses Schiff auch beherrschte, ich hasste es. Ich war so durcheinander, dass ich gar nicht bemerkte, dass ich mich inzwischen in einem anderen Zimmer befand. Erst viel später, es fühlte sich wie eine Ewigkeit an, schlang ich meine Hände um meinen Brustkorb und sah mich vorsichtig um. Ich zitterte immer noch, meine Kleider waren nass, in meinen Schuhen stand das Wasser.

»Das war zu viel!«, rief ich. »Dieser Preis ist einfach zu hoch! Ich werde mit diesen Erinnerungen leben müssen, mit Bildern, die ich vergessen hatte, weil ich zu klein war. Wer auch immer du bist, du sollst dich schämen! Das ist erbärmlich!« Schon wieder schluchzte ich laut auf.

Das Schiff klapperte, und das Zimmer veränderte sich. Plötzlich war es warm um mich herum, der Boden war mit Teppichen ausgelegt, und irgendwo knisterte ein Feuer. Um mich herum gab es Hunderte von Bücherregalen. Sie waren gefüllt mit ledergebundenen Bänden, mit Schriftrollen, mit beschriebenen Steinen und kunstvoll verzierten Lederhäuten. Ein warmer Wind stieg vom Boden auf, und plötzlich waren meine Klamotten wieder trocken. Ein Schreibtisch stand mitten im Zimmer und wirkte schmal und klein zwischen all diesen turmhohen Regalen. Sie reichten hinauf bis in die Unendlichkeit. Als ich den Kopf hob, konnte ich ihr Ende nicht erkennen.

Vorsichtig ging ich zu dem Schreibtisch. Der Stuhl davor sah harmlos und sehr bequem aus, also nahm ich Platz. Die Holzplatte war auffällig mit Intarsien geschmückt. Emaille, Stein und Perlmutt.

Und kaum, dass meine beiden Hände die Tischplatte berührten, begannen sie zum Leben zu erwachen.

Deine Antwort, stand dort nun.

Antwort? Nur eine? Ich hoffte wirklich für alles, was diesem Schiff heilig war, dass ich hier nicht nur mit irgendeinem kryptischen Hinweis abgespeist wurde. Ich würde sämtliche Bücherregale umwerfen, denn mittlerweile hatte sich meine Trauer in Wut gewandelt.

Die Tischplatte leuchtete auf wie ein Bildschirm. Ich hatte den Eindruck, ich würde in ein fremdes Kinderzimmer sehen. Da lag ein kleines Mädchen im Bett. Sie schlief und träumte wohl. Mitten in der Nacht wachte sie auf und beugte sich unter das Bett. Drei kleine Gamma kamen darunter hervor, und das kleine Mädchen kreischte auf. Es weinte, und irgendwann kam die Mutter ins Zimmer. Währenddessen sammelten die Gamma unbemerkt ihre Angst ein. Dann sah ich alles wie im Zeitraffer. Das Mädchen wurde älter und verlor noch mehr Milchzähne. Jedes Mal kam eine Zahnfee vorbei und sammelte sie ein. Die kleinen Gamma sprangen wie so oft auf ihrer Decke herum, doch das Mädchen sah sie plötzlich nicht mehr. Und weil sie sie nicht mehr sehen konnte und sich nicht mehr vor ihnen erschreckte, zogen die sie irgendwann aus. Das Bild zoomte auf die kleine Holzdose, auf der jemand in krakeliger Schrift »Meine Milchzähne« geschrieben hatte.

Der Hinweis war so deutlich, dass ich sofort verstand. Die Gabe, Noctua zu sehen, musste etwas mit den Milchzähnen zu tun haben! Wieder veränderte sich das Bild. Nun zeigte es einen einzelnen Zahn. Er war klein und gehörte einem Kind. Der Zahn brach auf, und hinter seinem Schmelz lag etwas verborgen, das seltsam schillerte. Die Substanz wanderte zu einem Haufen, der aus dem gleichen Material zu bestehen schien.

Überall drumherum lagen aufgebrochene Kinderzähne. War dies die Antwort auf meine zweite Frage? Was konnte man mit den gesammelten Kinderzähnen anstellen? Und wie passte das zusammen? Doch dann zoomte das Bild heraus, und ich sah, dass jemand die Substanz zu einem Zeichen angeordnet hatte. Es war geformt wie ein Kreis, ein Teil davon nach unten geöffnet. Von dort aus gingen jeweils zwei gekrümmte Linien ab. Ein Omega-Symbol!

Dann flackerte das Bild und drohte, sich aufzulösen.

»Nein!«, rief ich erschrocken. »Was soll das für eine Antwort sein? Ich verstehe das nicht. Ich brauche noch mehr-«

Die Bücherregale um mich herum neigten sich in meine Richtung und bogen sich mit einem entsetzlichen Knirschen über mir zusammen. Ich hörte sie mehr, als dass ich sie sah. Schon fielen mir Tausende Bücher entgegen. Ich schrie auf, hob die Arme hoch, um meinen Kopf zu schützen, und wieder wurde mein Sichtfeld schwarz.

*

Ich fiel unsanft auf das Deck, direkt zwischen Nyncis und Hacker. Dieser sprang auf und gab ein hohes Krächzen von sich, dass die ganze Dimension zu zerreißen schien. Ich rieb mir den Kopf, während Nyncis sich über mich beugte und mir über die Wange leckte. Ildys' Drache kam neugierig näher, seine Glutaugen musterten mich kritisch. Grml zuckte kurz, schmatzte und schlief dann seelenruhig weiter.

Hackers Schrei schien das ganze Schiff zu erschüttern. Die Chitinpanzer klapperten, der Rumpf ächzte, und über uns schien die Luft zu vibrieren. Dann hörte ich Sohlen auf dem

Deck. Ich rieb mir immer noch den Kopf, als ich die anderen in der Ferne auf mich zulaufen sah.

Cal und Ildy beugten sich panisch über mich. Nolan schien ganz blass vor Sorge. Horatios Blick glitt in die Ferne.

»Geht's dir gut?« Cal untersuchte tastend meinen Körper und schien sogar meine Finger nachzuzählen.

Ich nickte schnell. »Es war ein wenig … überwältigend, und ich habe jede Menge kryptische Antworten, aber immerhin *habe* ich Antworten.«

»Leute«, rief Horatio und strich Hacker über die Federn am Hals. »Ich glaube, wir bekommen Besuch. Das da hinten könnte eine Patrouille der Amethyst sein.«

»Aber wir dürfen hier sein«, rief Nolan aufgebracht. »Die Atlantide gehört uns allen.«

»Aber sie könnten uns vorwerfen, dass wir schon wieder in ihrem Kartell waren. Wir haben Kartellverbot.« Horatio hatte den Blick unverwandt auf den Himmel gerichtet. »Wir sollten schleunigst verschwinden.«

Ildy fluchte leise.

Cal streichelte noch immer meine Wange. »Ist wirklich alles in Ordnung?«

Ich nickte, und brachte sogar ein schiefes Lächeln zustande. »Aber ich habe so was von keine Lust auf eine erneute Verfolgungsjagd mit den Amethyst. Ich wünschte mir, wir wären im Café Spitzohr, hätten ein paar warme Getränke und etwas Leckeres zu essen. Mehr will ich doch gar nicht.«

Cal lachte, und dann jagten wir davon.

*

Im Spitzohr war es rappelvoll. Wir saßen, wie für das Café üblich, auf dem Boden, und ein junger Kellner mit flammend orangefarbenem Man-Bun stellte gerade eine Platte mit süßen Teilchen in die Mitte unseres runden Tischs, auf dem bereits ein Krug mit Mondbeerensaft samt Bechern stand. Vor mir dampfte eine süß riechende Flüssigkeit in einem rustikalen Steinbecher.

Dann erzählte ich den anderen, was mir im Ghost Orbit passiert war. Ildy riss die Augen auf. »Du hast die Atlantide beschimpft? Ihr unlautere Methoden vorgeworfen?«

»Und es *überlebt?*«, fügte Nolan noch hinzu.

»Na offensichtlich«, sagte ich. »Oder fehlt mir irgendein Körperteil?«

Cal, der fürsorglich seinen Arm um mich gelegt hatte, schüttelte mit dem Kopf. »Ich glaube nicht.«

»Was ist mit unseren Delta?« Horatio wollte schon aufspringen und wirkte ehrlich besorgt um Hacker. »Ob es ihnen gut geht?«

»Ich bin mir sicher, sie kommen zurecht«, gab Nolan zurück. »Sie sind vermutlich zusammen, so wie wir, und solange wir sie nicht mental um Hilfe rufen, denke ich nicht, dass sie in Panik ausbrechen werden. Wahrscheinlich streifen sie um die Landungsbrücken.«

Obwohl so viel passiert war, war ich in diesem Moment froh, dass wir einer weiteren wilden Verfolgungsjagd entkommen waren. Hier im Kartell der Amber hatte ich mich vom ersten Moment an wohlgefühlt. Das Thema Gastfreundschaft schien hier besonders groß geschrieben zu werden, und das gefiel mir. Ich nahm einen Schluck von meinem Getränk. Es könnte ein Kakao mit weißer Schokolade sein, aber vermutlich gab es hier so etwas nicht. Doch egal, was es war, es war unglaublich lecker.

Dann spürte ich die Blicke der anderen. Sie wollten wohl noch genauer wissen, was ich erlebt hatte. Ich seufzte leise, bevor ich mit meinem Bericht fortfuhr. Ihre Augen wurden immer größer. Cal streichelte meinen Rücken, während ich sprach. Zum Schluss nahm ich ein Teilchen von der Platte und schüttelte es, damit die gemahlenen Nüsse herunterfielen. Dort hinein malte ich das Symbol, das mir die Atlantide gezeigt hatte.

»Es ist ein Omega-Symbol? Was soll das bedeuten? Sagt irgendjemandem von euch das was?«

Ich erntete betretenes Schweigen. Horatio wollte schon den Mund aufmachen, da fiel Cal ihm ins Wort. »Zuerst noch mal zurück zur Antwort davor. Die Atlantide hatte dir also gezeigt, dass es die Milchzähne sind, die dafür sorgen, dass Erwachsene uns Noctua nicht mehr sehen können?«

Ich nickte.

Cal schien wirklich überrascht. »Wahnsinn. Ich dachte immer, das verwächst sich bei Menschen einfach. Wenn der Teil, der für die Fantasie zuständig ist, immer kleiner wird und der Realität Platz machen muss. Kinder haben eine riesige Fantasie, Erwachsene hingegen sind zu oft völlig ideenlos. Für mich war das nur logisch.«

»Es ist eindeutig diese schimmernde Substanz im Innern«, sagte ich. »Und die Bilder haben mir gezeigt, dass sie von jemandem gesammelt werden.«

»Aber das würde ja bedeuten, dass man sie für irgendetwas verwenden kann«, sagte Ildy und nahm ebenfalls einen Schluck aus ihrem Becher. »Jemand sammelt die Zähne, um die Substanz im Inneren für etwas zu benutzen.«

Nolan schien ganz in Gedanken versunken, als er murmelte: Wenn es diese Substanz ist, die die Menschenkinder uns Noctua sehen lässt … und jemand sammelt diese … könnten dann Erwachsene uns Noctua wieder sehen, wenn man ihnen diese Substanz verabreicht?«

*

Einen ewigen Moment hing die Stille schwer zwischen uns, die auch der Trubel des Cafés nicht durchbrechen konnte.

War es das? War das das Geheimnis?

Waren es unsere Milchzähne, die uns die Noctua sehen ließen?

Und was, wenn …

»Die Menschen würden vor Angst den Verstand verlieren, wenn sie euch alle sehen könnten. Es würde Chaos ausbrechen«, flüsterte ich mit belegter Stimme. Ich konnte, nein, ich *wollte* mir so ein Szenario nicht vorstellen.

Die anderen sahen mich an, und in ihren Gesichtern erkannte ich, dass sie mehr wussten, als sie sagten.

In meinem Bauch machte sich ein ungutes Gefühl breit.

»Was?«

Cal schluckte krampfhaft. »Es gibt etwas, das ist …« Er brach ab. »Ich wollte dich nicht beunruhigen. Du solltest keine Angst haben, nicht um dich, ich weiß ja, wie du bist, aber um alle anderen, die dir wichtig sind.«

Ich drehte mich ihm zu. »Was soll das bedeuten?«

»Dieses Symbol.« Er deutete auf das Zeichen, dass ich in die Nüsse gemalt hatte. »Es hat eine besondere Bedeutung.«

»Omega ist der letzte Buchstabe im griechischen Alphabet.« Ich starrte ihn an. Viel zu langsam fielen die Puzzleteile an ihren Platz. »Ihr benennt euch nach den Buchstaben im griechischen Alphabet, richtig?«

Er nickte. »Seit knapp 4000 Jahren, ja.«

»Aber so viele Monster gibt es doch gar nicht. Du hast immer nur von den Alpha, Beta, Gamma und Delta gesprochen.«

Schon wieder schluckte Cal krampfhaft. »Das ist an sich richtig. Aber es gibt noch eine weitere Gruppe Noctua, die so …« Wieder suchte er nach den richtigen Worten. »Sie sind so gefährlich und groß, dass wir für sie den letzten Buchstaben des Alphabets gewählt haben.«

Ganz zart strich seine Hand über meine. »Sie sind keine reale Bedrohung für euch. Jedenfalls waren sie das nie. Bis jetzt, vermutlich.«

»Was?«, flüsterte ich. Ich kam nicht mehr mit.

»Die Omega befinden sich nicht in Obskuris, sie befinden sich auf der Erde.«

Mir schwirrte der Kopf.

»Ein Omega wird nicht geboren, er entsteht, wenn sich an einer Stelle auf der Erde eine große Menge Angst befindet. Zu viel, um sie von uns anderen Noctua schnell genug entfernen zu lassen. Es ist, sozusagen ein kurzer, punktueller Überschwall an Angst, der ihn bildet,« sprach Nolan leise und hatte sich über den Tisch zu mir gebeugt. »Aber ein Omega *lebt* nicht wirklich. Es sind Kreaturen, die sich im Boden bilden und dort verharren, wie in einer Art Starre.« Er zählte verschiedene Katastrophen auf, bei denen sich jeweils ein Omega im Boden gebildet hatte. »Der schreckliche Tsunami in Taiwan, das große Erdbeben in Kalifornien, das World Trade Center plus einige Schlachtfelder aus den Weltkriegen.«

Überall dort, wo sehr viele Menschen unter sehr großer Angst verstorben waren. Wie gruselig.

Ich war wie gelähmt, dennoch arbeitete mein Verstand auf Hochtouren. »Aber hier handelt es sich um punktuelle Angst.

Richtig? Was würde passieren, wenn euch plötzlich die ganze Welt sehen kann?«

»Wir könnten die Angst, die auf ganz natürlichem Wege jeden Tag entsteht, nicht mehr einsammeln. Im Gegenteil, wir würden vermutlich nur noch mehr Angst verursachen. Die ganze Welt würde in Angst versinken.«

»Aber warum hat mir die Atlantide dann das Symbol der Omega gezeigt? Wie können sie eine Bedrohung sein?« Dann machte es Klick. Mir wurde erneut eiskalt. »Dann ist die Angst zu groß ... zu viel, zu groß, zu übermächtig ...« wisperte ich leise. »Richtig? Irgendetwas geschieht mit den Omega, wenn die Welt in Angst versinkt.«

Horatio seufzte. »Sie wachen sehr wahrscheinlich auf.

Sie bohren sich aus dem Erdkern nach oben, um die Angst aufzunehmen und zerstören auf ihrem Weg alles, was ihnen im Weg ist.«

Das würde den Weltuntergang bedeuten. Konnte mich mal jemand kneifen?

»Und das erzählst du mir erst jetzt?« Ich sah Cal vorwurfsvoll an. Meine Stimme kam einem Kreischen sehr nah. Um uns herum hoben einige Noctua neugierig die Köpfe. Ich konnte es nicht fassen. Warum hatte er mir das all die Zeit verschwiegen? Wir redeten hier über irgendwelche finsteren Pläne, aber keiner von ihnen war auf die Idee gekommen, mir zu erzählen, dass auf dem schönen Planeten Erde, *meiner* Welt, tief unten unter der Kruste monströse Wesen wohnten. Noch dazu Wesen, die den ganzen Planeten auseinanderreißen konnten, wenn wir alle zu viel Angst hatten? Das klang doch wie ein schlechter Scherz. Dennoch zwang ich mich weiterzusprechen. »Sie zerstören also die Erde?«

Die Noctua nickten.

»Vielen Dank, dass niemand von euch mich eingeweiht hat.«

Ich erntete betretene Blicke.

»Ich fasse es einfach nicht!« Ich wusste nicht, ob ich sauer oder entsetzt sein sollte.

Plötzlich ergaben die Antworten der Atlantide Sinn. *Jemand sammelte die Milchzähne, um mit deren Substanz die Menschen auf der Erde wieder Monster sehen zu lassen. Die Welt würde im Chaos und in Angst versinken, die Omega würden erwachen und die Erde zerstören.* Ich begann wieder zu zittern. So langsam wurde es zu einem Dauerzustand. »Irgendjemand aus Obskuris versucht also, die Welt zu zerstören. Er will die Erde untergehen lassen.«

Danach herrschte betretenes Schweigen.

Cal nahm einen Schluck aus seinem Becher. »Gemessen an der Anzahl von Kinderzähnen, die derjenige vermutlich schon gesammelt hat, sollten wir uns beeilen.«

»Können wir die Omega irgendwie aufhalten?«, wollte ich mit zittriger Stimme wissen.

»Wenn wir Noctua uns alle zusammentun, unsere Waffen bündeln, könnten wir vielleicht einen einzigen aufhalten. Wir haben Karten, in denen genau aufgezeichnet ist, wo sich ein Omega gebildet hat. An diesen Orten sind wir besonders aktiv, um die Angst sofort einzusammeln. Wir verhindern so, dass ein Omega auch nur zuckt. Aber es wären zu viele, wenn überall auf der Welt Panik ausbrechen würde. Dann hätten wir keine Chance.«

Alles in mir wurde ganz still. Sorge übermannte mich, um Grandma, meine Freunde, um alle, die ich kannte und die mir wichtig waren. Das hier war eine Ernst zu nehmende Bedrohung. Zitternd atmete ich ein. »Wir müssen alles tun, um das zu verhindern.«

»Unser nächster Verdacht sind die Fawn.« Nolan nickte mir zu. »Wir sollten als Nächstes versuchen, Kontakt zu ihnen aufzunehmen. Die beste Chance ist, sich über eine Einladung zu ihren Festen Zutritt zu verschaffen. Dann könnten wir uns dort unauffällig umsehen und mehr herausfinden. Für mich sind sie nach wie vor die Hauptverdächtigen.«

Horatio nickte. »Ich habe da auch so ein Gefühl.«

Ildy sah grimmig in die Ferne. »Das ist doch so verrückt. Wenn sie die Erde zerstören, wovon leben wir dann? Das macht alles keinen Sinn. Ich glaube, wir sind auf der falschen Fährte. Es muss etwas anderes mit den Zähnen auf sich haben.«

»Da ist was dran«, murmelte Nolan und klang erschöpft. »Auch wir würden sterben, weil Obskuris ohne menschliche Angst nicht weiter existieren kann. Die Quelle versiegt, und dann schrumpft die Dimension immer weiter.«

»Könntet ihr auf die Erde ziehen? Vielleicht ist es das? Vielleicht will ein Kartell die Erde übernehmen?«

»Wir können nur begrenzte Zeit auf der Erde leben, weil bei uns ein anderer Druck herrscht. Nach zwei, drei Monaten würden uns alle Adern platzen«, erklärte Horatio. »Und was bringt einem Kartell eine zerstörte Erde mit Millionen Leichen? Nee, das passt so nicht.«

Wir kamen hier eindeutig nicht weiter.

»Ich muss nach Hause.« Plötzlich hatte ich das dringende Bedürfnis, in meine gewohnte Umgebung zurückzukehren. Für Grandma würde ich mir irgendetwas einfallen lassen, warum wir früher zurückgekehrt waren. Dass meine Freunde in Wirklichkeit immer noch am Lake Tahoe war, würde vermutlich niemals herauskommen. Aber ich musste jetzt weg von hier. Ich musste meine Gedanken ordnen, ich musste mich sortieren, meine Kräfte sammeln. Denn eines war sicher: Wer auch immer versuchte, meine Heimat zu zerstören – ich würde alles dafür tun, um ihn aufzuhalten.

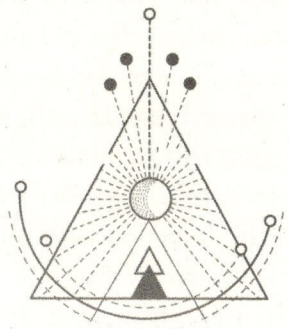

Kapitel 34

Ich kam mit meinen Recherchen zum Unfall nicht weiter, und seit einigen Tagen verspürte ich noch dazu den Drang, meinem Elternhaus mal wieder einen Besuch abzustatten. Irgendwie hatte ich das Gefühl, nach etwas suchen zu müssen. Einem Hinweis, irgendetwas, das ich bei meinen Besuchen zuvor übersehen hatte. Außerdem war es sowieso mal wieder Zeit, dort nach dem Rechten zu sehen. Sobald ich volljährig war, würde es in meinen Besitz übergehen. Eigentlich war es nichts wert, und verkaufen können würde ich es erst recht nicht. Aber das hatte ich auch nicht vor. Es war mein Elternhaus. Dort hatte ich meine ersten vier Lebensjahre verbracht. Ich erinnerte mich kaum an Mom und Dad, aber in diesen vier Wänden träumte ich mich in unser gemeinsames Leben, das schon so lange zurücklag.

Drei Tage waren vergangen, seit ich aus Obskuris zurückgekehrt war. Cal hatte sich nur sporadisch gemeldet. Ich wusste, dass er nach Antworten suchte, aber er hatte auch noch seinen Vater im Nacken sitzen. Unser Aufeinandertreffen mit den Amethyst würde für meine Freunde wohl noch Folgen haben. Im Moment wurde verhandelt, wann die Anführer der Kartelle sich treffen wollten, um darüber zu sprechen.

Ich wollte lieber nicht drüber nachdenken. Immer noch hatte ich Cals vernarbten Rücken vor Augen.

Endlich kam mein Elternhaus in Sicht. Das zweistöckige Einfamilienhaus lag in Stockyard. Früher wohl eine akzeptable Wohngegend, war es heute der Stadtteil mit der höchsten Kriminalitätsrate. Viele Straßenzüge waren komplett verfallen. In den leerstehenden Gebäuden hausten Obdachlose, nachts gab es oft Schießereien. Das Haus meiner Eltern war dank meines Grandpas gut gesichert worden, dennoch fürchtete ich jedes Mal, dass jemand sich unerlaubt Zutritt verschafft hat. So auch heute. Meine innere Anspannung verdoppelte sich, als ich in die Fairmont Road einbog.

Rhonda, die auf dem Beifahrersitz saß, erschauerte sichtlich. »Ich habe das Gefühl, es wird von Monat zu Monat schlimmer hier.«

Ich nickte und gab ihr stumm recht. Unrat lag auf den Straßen, in der Ferne brannte eine Mülltonne. Ein frei laufender Hund bellte unser Auto an und zog die Aufmerksamkeit einer Gruppe Teenager auf uns. Ein paar Noctua waren auf den Straßen unterwegs, doch keiner von ihnen schenkte uns Beachtung.

Ich parkte das Auto vor der Garage. Die vordere Seite des

Hauses war verrammelt wie eine Festung. Die Fenster und die Tür waren mit Brettern gesichert. Doch ich wusste, wie man ins Gebäude gelangte. Die hintere Tür bestand aus dickem Stahl und besaß ein spezielles Sicherheitsschloss, zu dem nur ich einen Schlüssel hatte.

Rhonda und ich lösten unsere Sicherheitsgurte, und ich wollte schon aussteigen, da hörte ich, wie sie scharf Luft holte. Ich drehte mich zu ihr. Wortlos hielt sie mir ihr Telefon unter die Nase. Es war die Startseite eines Nachrichtensenders. Dort stand in großen schwarzen Lettern: *Was geschieht mit unseren Kindern?*

Ich überflog den Artikel. *Überall auf der Welt das gleiche Phänomen, Kinder reißen sich Zähne aus, seltene neurologische Störung, Experten ratlos, Eltern bleiben nächtelang wach, viele Krankmeldungen, wohin soll das alles führen?*

Darunter prangte das Bild eines kleinen Jungen, der zahnlos in die Kamera lächelte. *Eines der vielen Opfer ist der kleine Eric aus Neuseeland.*

»Wann hört das endlich auf?« Rhonda war ganz blass geworden. »Sind sie erst zufrieden, wenn sie allen Kindern die Zähne geklaut haben?«

»Das ist vermutlich der Plan.«

Rhonda wirkte nicht glücklich mit meiner Antwort. »Du warst so lange in Obskuris und hast nicht mehr herausgefunden?«

»Jemand gibt sich sehr viel Mühe, damit wir es nicht herausfinden.« Ich seufzte. Ich hatte mich entschieden, meinen Freunden nicht die volle Wahrheit zu erzählen. Sie wussten nichts von den Omega. »Es ist nicht leicht, in einer Welt, in der ich eigentlich keinen Zutritt habe, herumzuschnüffeln. Die Kartelle misstrauen einander. Wenn man zu viel Fragen stellt, wird man im besten Falle verjagt und im schlimmsten Falle direkt umgebracht. Machst du mir jetzt einen Vorwurf? Immerhin findet mein Leben auf unserem Planeten statt und nicht in der Dimension. Es sind immer nur kurze Ausflüge, und dafür haben wir schon ziemlich viel erreicht.«

Rhonda nickte, und ihre Züge wurden weicher. »Entschuldige. Ich habe wohl einfach Angst, was hier passiert.«

Ich lächelte sie an. »Glaub mir, ich auch.«

Sobald ich die Autotür hinter mir geschlossen hatte, sah ich mich zu allen Seiten um. Die beiden Häuser rechts und links standen ebenfalls leer. Gegenüber wohnte eine ältere Dame, die sich um die drei Kinder ihrer Tochter kümmerte, die wegen Mordes im Gefängnis saß. Mrs Lewis hatte dort schon gewohnt, als meine Eltern als junges Paar hier eingezogen waren. Sie hatte mir vor vielen Jahren versprochen, ein Auge auf das Haus zu haben. Eine nette Geste, die ich ihr in einer Gegend wie dieser wirklich hoch anrechnete. Abgesehen davon, dass sie eine Brille auf der Nase hatte, deren Gläser so dick waren wie Bausteine und ihr Gehör auch nicht mehr das beste war, vertraute ich jedoch vor allem auf die Handwerkskunst meines Großvaters. Ich fand regelmäßig Einbruchsspuren am Haus, doch bisher hatte es noch niemand hineingeschafft.

»Die Luft ist rein.« Rhonda kam um das Auto herum zu mir. Beide sahen wir gleichzeitig an der Häuserfront hinauf und wieder hinunter. Als wir nichts Ungewöhnliches entdeckten, öffnete ich das kleine schmiedeeiserne Tor zum Garten. Wir gingen am Haus entlang bis zur hinteren Tür. Früher hat sie aus einfachem Holz bestanden. Doch jetzt standen Rhonda und ich vor dem massiven Stahl. Sogar den Rahmen hatte Grandpa nachrüsten und verstärken lassen. Ich zog den Schlüssel aus meiner Hosentasche. Er sah aus wie etwas, das eher in ein Raumschiff gehörte. Grandpa, als Architekt, hatte seine Kontakte gehabt und die natürlich ausgenutzt, wenn es um die modernste Technik ging.

In dem kleinen Haushaltsraum, den wir betraten, roch es muffig. Alle Abflüsse und Rohre waren abgedichtet worden, dennoch schien die Feuchtigkeit mittlerweile durch das Fundament in die Wände gezogen zu sein.

Wir schalteten unsere Taschenlampen an. Ein wenig Tageslicht fiel durch die Lücken zwischen den vor die Fenster genagelten Holzbrettern und warf helle Streifen auf den Boden.

Rhonda, die sich im Haus mindestens genauso gut auskannte wie ich, ging voraus. Wir durchquerten die Küche mit dem großen Gasherd und den weiß gebeizten Schrankfronten. Ich wusste von Grandma, dass meine Eltern gerne zusammen gekocht hatten. In einer Ecke stand sogar noch mein alter Hochstuhl. Er war mit bunten Stickern beklebt und meine Eltern hatten ihn als Erinnerungsobjekt behalten. Die Küche führte ins Wohnzimmer, das gänzlich leer war. Im Flur befand sich noch die Garderobe, dort, wo einst unsere Mäntel und Jacken gehangen hatten.

»Weißt du schon, wo du suchen willst?«

»In Moms Zimmer.«

Ich ging hinauf in den oberen Stock. Da dieses Haus keinen Dachboden besaß, waren die Räume hier höher als im Untergeschoss. Sie alle hatten Schrägen, und wenn man im Flur stand, konnte man hinauf in den Dachgiebel sehen. Neben dem gemeinsamen Schlafzimmer meiner Eltern hatte sich hier auch mein Kinderzimmer befunden, sowie die Büros von Mom und Dad.

Die Tür quietschte leise, als wir Moms Zimmer betraten. In der Dachschräge waren zwei Fenster eingelassen. Sie waren

451

nicht so stark vernagelt wie die Fenster im Untergeschoss, weshalb hier mehr Licht in den Raum fiel. Rhonda machte die Taschenlampe aus. Ein hölzerner Stützbalken tauchte aus dem Boden hervor und ragte hinauf bis zum Dach. An der schrägen Seite befand sich noch ein extra dafür angefertigtes Bücherregal. Auch hier bemerkte ich erste Schimmelflecken. Rhonda drehte sich im Kreis, bevor sie eindringlich zu mir sah. »Hier ist doch nichts. Du hast den Nachlass deiner Eltern vollständig gesichtet. Alle Unterlagen, alle persönlichen Gegenstände.«

Da hatte sie recht. Und trotzdem klammerte ich mich an die Vorstellung, dass ich irgendetwas übersehen hatte. Vielleicht hatte Mom irgendwo Hinweise hinterlassen. Vielleicht hatte sie ihre Geheimnisse in einer Zuckerdose verstaut oder zwischen irgendwelchen Zeitschriften, die längst im Müll gelandet waren. Vielleicht waren ihre Geheimnisse mit ihr zusammen gestorben.

Vielleicht aber auch nicht.

»Ich will einfach nichts unversucht lassen«, sagte ich also zu Rhonda. »Viel mehr Möglichkeiten gibt es ja nicht. Mom war nicht der Typ, der wichtiges Zeug einfach so rumliegen ließ. Meine Großeltern haben so viel von ihr erzählt, sie standen sich so nah, und trotzdem hat Mom dieses Geheimnis mit sich herumgetragen. Sie hat es geschafft, eine Frau ohne Vergangenheit zu sein. Und niemand hat sich je darüber gewundert. Sie wusste, wie man Geheimnisse schützt. Ihr Schmuckkästchen war unter einem doppelten Boden im Badezimmerschrank versteckt. Grandma hat es nur gefunden, weil Mom es ihr irgendwann mal gezeigt hatte.«

»Hat sie das Versteck selbst gebaut?«

»Ja.«

Rhonda schien sich einen Ruck zu geben. »Okay. Und wonach suchen wir jetzt?«

Ich sah mich in dem leeren Zimmer um. »Nach allem und nichts. Ich habe keine Ahnung. Wir greifen nach dem letzten Strohhalm, der sich uns bietet. Mom hatte Geheimnisse, und sie hat sie vor ihren Mitmenschen verborgen. Es muss doch irgendwo Unterlagen über ihr voriges Leben geben. Highschool-Fotos, Bilder von ihren Eltern, amtliche Dokumente, *irgendetwas.* Das alles befand sich nicht in ihrem Nachlass.« Ich sah Rhonda an. »Und zwar, weil niemand es gefunden hat.«

»Vielleicht gibt es auch hier einen doppelten Boden? Außerdem könnten wir die Wände abklopfen.«

»Gute Idee«, stimmte ich Rhonda zu. Bevor ich sie fragen konnte, ob sie den Boden oder die Wände bevorzugte, war sie schon in die Hocke gegangen und klopfte wild auf dem Boden herum. Ich nahm mir die Wände vor. Obwohl ich sogar mein Ohr an die wellig gewordene Tapete presste, blieb meine Suche erfolglos.

Rhonda hüpfte in der Hocke durch den Raum, und ihr Klopfen hallte durch das gesamte Haus. Irgendwann war sie fertig und zuckte mit den Schultern.

»Nichts. Ein Nagel sieht etwas anders aus als die anderen, aber vermutlich hat da dein Grandpa Hand angelegt.«

»Wo?«

Rhonda ging zu einer Stelle nahe der linken Wand. »Schau hier.«

Ich knipste meine Taschenlampe an. Der Nagel war kein Nagel, sondern eine Schraube. Sie war nicht silbern, sondern bronzefarben. Es war weder eine Kreuzschraube noch eine Schlitzschraube. So ein Modell hatte ich noch nie gesehen.

»Entweder ein Eigenbau von Grandpa oder sie ist so stark beschädigt, weil sie alt ist.«

Frustration machte sich in mir breit. »Lass uns in mein Zimmer gehen und dort die ganze Prozedur auch noch mal durchziehen.«

Rhonda seufzte ergeben und folgte mir.

Hier gab es keine Möbel mehr, sogar die Tapete an den Wänden fehlte. Irgendwann waren die fliederfarbenen Bahnen einfach von den Wänden gerutscht, und Grandpa hatte sie entsorgt. Der raue Putz roch nach Feuchtigkeit, als ich mich dicht dagegen lehnte und horchte. Rhonda klopfte erneut auf dem Holzboden, und das Geräusch klang fast wie Morsezeichen. Die Dielennägel quietschen jedes Mal, wenn sie ihr Gewicht verlagerte.

Doch egal, wie viel Mühe wir uns gaben, auch hier fanden wir absolut gar nichts.

»Was ist mit der Küche?«, fragte Rhonda, als sie wieder hochkam.

»Da habe ich schon mal alles abgesucht. Grandpa hat irgendwann mal alle Schränke abgenommen und die Möbel ein Stück von der Wand gezogen, um Herr über den Schimmel zu werden. Viele der Schränke hat er sogar auseinandergebaut. Er war damals wirklich noch der Meinung, man könnte das hier retten, damit ich irgendwann hier einziehen kann.« Ich lachte wehmütig. »Er war ein grenzenloser Optimist.«

»Aber vielleicht ist dort irgendetwas im Boden?«

»Kurz bevor Grandpa gestorben ist, hat er das Linoleum gegen Kacheln ausgetauscht. Wäre dort etwas, hätte er es gefunden.«

»Das Wohnzimmer?«

Ich schüttelte den Kopf. »Glaube ich nicht. Viel zu öffentlich.«

Rhonda verschränkte die Arme vor der Brust. »Sind wir heute hier, um diesem Haus seine letzten Geheimnisse zu entlocken? Also los. Wenn es sein muss, nehmen wir uns jeden Raum vor.«

Ich stöhnte und grinste gleichzeitig. »Ich bin so froh, dass du dabei bist.«

Rhonda grinste zurück. »Mir nach, als Nächstes nehmen wir uns das Zimmer deines Vaters vor.«

*

Gut eineinhalb Stunden später hatte ich das Gefühl, das gesamte Haus auf den Kopf gestellt zu haben.

Mittlerweile war es dunkel geworden. Und das hier war eindeutig keine Gegend, in der man sich im Dunkeln herumtreiben sollte. Ich war deprimiert, andererseits aber auch erleichtert. Wir hatten alles gegeben. Und wenn es nicht so sein sollte, dann sollte es eben nicht sein.

Rhonda legte einen Arm um meine Schultern, als wir das Haus verließen. »Sei nicht traurig.«

»Das bin ich nicht.« Doch das war gelogen. Ich *war* traurig. Ich hatte fest damit gerechnet, dass ich hier etwas finden würde. Mom und ich waren uns immer so ähnlich gewesen, und ich hatte daran geglaubt, dass ich mich in ihren Kopf hätte denken können. Jetzt gab es nur zwei Optionen: Entweder war das nicht der Fall oder Mom hatte nie etwas zu verstecken gehabt.

In einem der Vorgärten weiter die Straße hinunter brannte ein Feuer. Motoren heulten auf. Dann hörte ich einen Schrei.

Ich zog Rhonda am Ärmel hinter mir her, um möglichst schnell zum Auto zu gelangen. Ich schloss ihre Tür auf, dann rannte ich im Laufschritt um den Wagen herum bis zu meiner Tür. Erst als wir im Auto saßen und die Knöpfe innen herunterdrücken konnten, atmeten wir beide auf.

Rhonda sah auf ihr Handy. »Meine Eltern haben geschrieben. Ich sage ihnen, dass wir im Stau stehen.«

Auch ich checkte kurz mein Handy. Keine neuen Nachrichten.

Ich startete den Motor und ließ den Wagen aus der Einfahrt rollen. Gerade als ich den Vorwärtsgang einlegte, blitzten die vielen Anhänger an meinem Handgelenk im Schein der Straßenlaterne auf. Ich erstarrte. *Moms Armband.*

»Alles okay?« Rhonda beugte sich zu mir. »Warum fahren wir nicht los?«

Ich sah immer noch auf das Armband. Die Anhänger hingen so dicht an dicht, dass man sie manchmal kaum auseinanderhalten konnte. Jetzt hatte ich jedoch nur Augen für den einen. »Die Schraube oben in Moms Zimmer«, flüsterte ich. »Sah die Vertiefung nicht genau so aus?«

Ich hielt Rhonda das Armband unter die Nase. Dann deutete ich auf den kleinen Anhänger, der geformt war wie kunstvoll ineinander verschlungene Linien.

Rhonda presste eine Hand vor den Mund. »O mein Gott«, murmelte sie. Und dann noch mal. »O mein Gott.«

»Ich wusste es.« Ich legte den Rückwärtsgang so heftig ein, dass das Getriebe ächzte. »Sie hat mir das Armband vererbt, es steht in dem Testament, was Dad und sie für Notfälle gemacht hatten. Da steht als erster Satz, dass ich dieses Armband erbe.« Ich lachte und gleichzeitig stiegen mir Tränen in die Augen. »Sie hat mir einen Hinweis hinterlassen.«

Mit quietschenden Reifen hielt ich wieder in der Auffahrt. Ich war noch nie so schnell im Haus gewesen. Die Tür von innen zu verriegeln, damit niemand nach uns das Gebäude betrat, schien trotzdem ewig zu dauern. Wir rannten die Treppe hinauf in Moms Zimmer, und der Strahl meiner Taschenlampe deutete direkt auf die Schraube. Ich löste den Anhänger von dem Armband, und das bronzefarbene Metall leuchtete rotgolden auf.

»Sogar die Farbe ist die gleiche«, flüsterte Rhonda. »Wie krass.«

Ich umfasste den Anhänger noch etwas fester, bevor ich ihn auf die Schraube legte. Es klickte leise. Das Geräusch klang überlaut in der Stille des Hauses.

Und dann … nichts.

Ich beugte mich vor, und Rhonda tippte sanft vor das Zahnrad.

Ein mechanisches Geräusch erklang, und wir beide zuckten zusammen. Irgendwo im Haus quietschte es, und dann klang es, als würden sich die Wasserrohre biegen. Dann klickte es erneut, diesmal nah neben uns. Unsere Blicke flogen in die Richtung des Geräuschs.

Inmitten des hölzernen Stützbalkens war eine Klappe aufgegangen, die den Blick auf ein kleines Fach freigab.

»O mein Gott«, sagte Rhonda erneut. In der nächsten Sekunde waren wir beim Stützbalken. Durch die Maserung des rohen Holzes war die Tür des Faches nicht aufgefallen. Wie war uns das vorher entgangen? Rhonda leuchtete mit ihrer Taschenlampe direkt hinein. Sorgsam aufgereiht nebeneinander standen dort einige ledergebundene Bücher. Auf die Buchrücken waren Jahreszahlen gedruckt. *Es waren Tagebücher!*

»Wow.« Meine Stimme klang vor Aufregung ganz heiser.

Doch als ich den Gegenstand daneben bemerkte, zog ich überrascht die Augenbrauen hoch. Auch Rhonda gab ein ungläubiges Geräusch von sich. Dort lag ein Gameboy der ersten Generation. Graues Gehäuse, pinkfarbene Tasten, ein etwas zerkratztes Display.

»Was zur Hölle?« Ich drehte den Gameboy in den Händen.

»Schau lieber in die Tagebücher«, drängte Rhonda.

Ich gab ihr den Gameboy und griff nach dem ersten. Ich überflog die Seiten. Auf den ersten Blick fand ich nichts Auffälliges. Mom hatte über das Leben mit mir als Baby berichtet. Ich nahm das nächste Buch. Laut des Datums musste ich damals drei Jahre alt gewesen sein. Hier wirkte ihre Schrift viel gehetzter und schmaler. Dann nahm ich das Buch, dessen Datum ihr Todesjahr trug. Mit wild klopfendem Herzen blätterte ich zur letzten beschriebenen Seite. Zwei Monate, bevor meine Mutter verunglückt war, hatte sie mit dem Tagebuchschreiben aufgehört. Ich blätterte hastig durch die Seiten. Viele der letzten Blätter waren inzwischen durch Feuchtigkeit beschädigt worden. Die Tinte war verschwommen wie ein Aquarellgemälde. Hatte meine Mutter geweint, während sie geschrieben hatte? Und dann blieb mein Blick an einem einzigen Wort hängen. Ein einziges Wort, das absolut klar und leserlich zwischen all den hellblauen Wolken aus Tinte hervorstach.

Alpha.

Alle Luft schien mit einem Schlag aus meinen Lungen gepresst worden zu sein. Wortlos hielt ich Rhonda das Tagebuch hin. Auch sie machte große Augen, als sie das Wort las. Ich hingegen war fast zu überwältigt, um zu reagieren. Noch mal las ich das Wort, nur um ganz sicherzugehen, dass mir meine Augen keinen Streich gespielt hatten.

Doch da stand es, klar und deutlich, blau auf weiß.

Alpha.

Ich konnte es nicht fassen. Hatte meine Mutter ebenfalls die Fähigkeit besessen, die Noctua zu sehen?

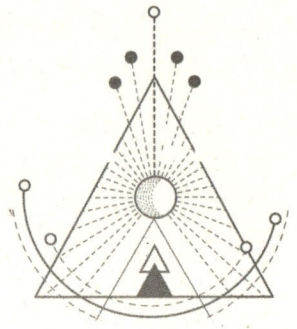

Kapitel 35

Es war Samstagnachmittag, und ich hatte Rhonda, Jinjin und
Dylan zu mir eingeladen. Da Grandma ebenfalls Besuch hatte,
waren wir in meinem Zimmer. Dylan saß auf dem Flickentep-
pich vor dem Kleiderschrank und hatte seinen Rücken an die
Türen gelehnt. Rhonda und ich lungerten auf meinem Bett,
Jinjin saß an meinem Schreibtisch. Meine drei Rabauken hatten sich unsichtbar im Raum verteilt. Pünktchen hat es sich auf
meinem Schoß bequem gemacht. Herald klemmte mal wieder
im Wäschekorb und schlief. Otiz lag neben Dylan und hatte
seine Schnauze auf dessen Oberschenkel abgelegt. Immer,
wenn meine Freunde zu Besuch kamen, freuten meine Gamma
sich. Die anderen konnten sie zwar nicht sehen, aber Rhonda
fragte immer, wo sie sich gerade im Raum befanden und Dylan

grüßte meist unbestimmt in die Runde, ohne näher darauf einzugehen. Nur Jinjin schien das Ganze nicht geheuer, doch das hatten ihr meine Rabauken längst verziehen.

Da das Thema *Schule* bei mir in letzter Zeit viel zu kurz gekommen war, hatte ich meine Freunde dazu überredet, den Tag nach dem Motto »Erst die Arbeit, dann das Vergnügen« zu gestalten. Wir würden erst lernen, und dann würden wir uns den Unterlagen meiner Mutter widmen. Ich selbst hatte zwar ein paar Mal darin geblättert, mir dann aber verboten, mehr Zeit damit zu verbringen, weil ich es mir auf gar keinen Fall leisten konnte, noch einen Test zu verhauen. Zum Glück hatte mein Mathematiklehrer Mr Kagawa mein eher maues Ergebnis auf den Herzinfarkt meiner Großmutter geschoben und mir erlaubt, ihn nächste Woche noch mal zu wiederholen. Ich hätte ihm fast die Füße geküsst vor Dankbarkeit. Auch Instagram war in die zweite Reihe gerückt. Ich postete zwar immer noch regelmäßig, doch ich nutzte altes Bildmaterial, das ich ein wenig bearbeitete, damit es nicht so sehr auffiel. Bisher hatte ich von meinem Sponsor zumindest keine Einwände gehört.

Cal hatte sich für heute Abend angekündigt, und morgen bekam ich noch Besuch von Betsy, die unter anderem mein Kleid angucken und mir noch Schminktipps geben wollte.

»Puh …« Dylan hatte sich ein paar Unterlagen von der Uni mitgebracht und blätterte gerade stirnrunzelnd in einem dicken Wälzer. Rhonda und ich lernten seit zwei Stunden für Physik. Jinjin, deren Ergebnis im Mathetest genauso mäßig ausgefallen war wie meines, paukte irgendwelche Formeln aus einem kleinen Büchlein, das so alt aussah, als hätte es bereits ihre Großmutter benutzt.

Im ganzen Zimmer herrschte konzentriertes Schweigen. Ich musste lächeln, als ich mich umsah und mir vorstellte, wie es

461

am nächsten Samstag um diese Uhrzeit hier aussehen würde. Dann würden wir uns nämlich für den Herbstball zurechtmachen, und garantiert wäre mein Zimmer bereits ein Wunderland aus Schminkutensilien, Glätteisen und herumwirbelnden Parfümwolken. Rhondas Vater war so großzügig gewesen, uns eine Limousine zu spendieren. Aber wer ein Ferienhaus besaß, der konnte sich vermutlich auch solcherlei Spielereien erlauben.

Rhonda war sehr wahrscheinlich das reichste Kind an unserer Schule, und ihr Vater, Dr. McRoy, der einzige gut verdienende Kieferorthopäde in ganz Cleveland, der seine Tochter nicht auf eine Privatschule schickte. Andererseits waren Rhondas Eltern auch einfach unglaublich bodenständig, unkompliziert und sympathisch. Dieses ganze abgehobene Getue hätte nicht zu ihnen passt.

»Fertig.« Rhonda klappte ihren Ordner zu. Pünktchen schreckte von meinem Schoß hoch und stellte die Nackenhaare auf. Da die anderen sie nicht sehen konnten, streichelte ich sie nicht.

»Ich mache auch Schluss.« Dylan legte seine Bücher zur Seite. »Fangen wir mit dem spaßigen Teil an.« Er räusperte sich. »Ich meine, fangen wir mit dem *interessanten* Teil an. Spaßig ist das ganze Thema ja eher weniger.«

Damit traf er den Nagel auf den Kopf.

Ich winkte ab. »Schon okay.« Ich wusste schließlich, wie er das meinte. Ich krabbelte vom Bett und holte die Unterlagen aus einer Schublade. Dylan streckte sofort gierig die Hände nach dem Gameboy aus. »Der kommt zu mir. Ich habe nicht nur jahrelange Erfahrung mit Videospielen, ich habe sogar Batterien mitgebracht.« Sofort wühlte er in seiner Laptop-Tasche.

Ich teilte die Tagebücher zu gleichen Teilen zwischen Rhonda, Jinjin und mir auf.

Dylan hatte bereits die Batterien in den Gameboy eingelegt und versuchte, ihn zu starten.

Jinjin schlug das erste Tagebuch auf. »Wahnsinn, deine Mutter hatte so eine schöne Handschrift.«

Ich krabbelte gerade zurück aufs Bett, wo auch Rhonda bereits in einem Tagebuch las. Sofort kam Pünktchen angetrippelt, hüpfte auf meine Schulter und sah in das Buch, das ich jetzt aufschlug. »Ssssehr schöne Handschrift«, zischte sie nah an meinem Ohr.

Ich lächelte, während von gegenüber vom Schrank missbilligende Laute kamen. Dylan hatte die Stirn gerunzelt und drückte einige Tasten auf dem Gameboy. »Das darf doch wohl nicht wahr sein«, murmelte er dann. »Wie soll das funktionieren?«

»Was ist los?«, wollte Rhonda wissen.

Auch Otiz, der sich wieder neben Dylan niedergelassen hatte, spitzte die Ohren. Herald schien von allem nichts mitzubekommen und schlief immer noch.

Dylan hielt den Gameboy hoch, dessen Display mittlerweile hell aufleuchtete. »Er ist durch ein Passwort geschützt. So etwas gab es früher noch gar nicht. Jedenfalls nicht auf dem Gameboy. So wie es aussieht, hat deine Mutter an dem Ding herumgebastelt. War sie eine Cousine von Bill Gates, oder was?«

»Sie war Flugzeugtechnikerin. Ich denke, sie kannte sich ziemlich gut mit elektronischen Geräten aus.

Dylan seufzte und wirkte resigniert. »Da kann ich überhaupt nichts machen. Ich habe weder eine Ahnung, wie man mit diesen paar Tasten einen Code eingeben soll, noch habe ich eine Idee, was sich auf diesem Gerät befinden könnte.« Er drehte es um. »Da steckt zwar ein Spiel drin, aber das startet nicht.« Er schaltete den Gameboy aus und zog das Spiel heraus. »Seht ihr? Auch hier wurde dran rumgeschraubt. Keine Ahnung …« Er wirkte ehrlich deprimiert.

»Dann lass den Gameboy erst mal in Ruhe und nimm dir auch ein Tagebuch vor.« Ich hielt eins der Bücher hoch, bis er mit den Schultern zuckte und über den Boden zu mir krabbelte. »Na gut.«

Danach herrschten ungefähr 15 Minuten komplette Stille, weil alle mit Lesen beschäftigt waren.

Schließlich hielt Rhonda etwas hoch. Es sah aus wie bunt bedruckte Bögen Papier. Schon ganz brüchig, mit vergilbten Farben und kaum erkennbarer Schrift. »Das ist eine Karte des Bermudadreiecks. Sind deine Eltern mal in diese Gegend gereist? In dem Text selbst steht nichts von einem Urlaub.«

Ich schüttelte den Kopf. »Meine Eltern hatten wenig Geld. Das Haus hat wohl so einiges gekostet im Unterhalt, meinte Grandpa mal. Wir haben keine Reisen gemacht, höchstens mal ein Wochenende in einem Vergnügungspark verbracht.«

Rhonda drehte den Bogen, damit auch die anderen einen Blick darauf werfen konnte, als sich plötzlich ein Zettel löste. Er musste auf der Rückseite der Karte befestigt gewesen sein. Rhonda hob ihn hoch und runzelte die Stirn. »Der Nabel der Welt.« Sie sah fragend in die Runde. »Klingt wie der Titel eines Buchs.«

Dylan hatte sofort sein Handy gezuckt. »Nicht, dass ich wüsste.«

»Vielleicht ist es etwas anderes? Ein Theaterstück? Ein Film?«

»Das Internet weiß nichts von einem ›Nabel der Welt‹.«
Damit steckte Dylan das Handy wieder weg.

»Und in ihren Aufzeichnungen steht nichts dazu?« Ich
beugte mich ein wenig näher zu Rhonda.

Sie schüttelte den Kopf. »Ich bin mit dem Buch jetzt fast
durch und habe nichts dazu gefunden. Viele Seiten kann man
nicht mehr lesen, weil die Tinte zu sehr verblasst ist, tut mir
leid.«

»Quatsch«, erwiderte ich. »Ich bin froh, dass ihr mir helft.
So werde ich wenigstens nicht so traurig.«

Rhonda drückte meine Hand. »Gerne.«

Es war immer noch ein komisches Gefühl, vor den persönlichen Aufzeichnungen meiner Mutter zu sitzen. Vor Büchern,
die sie selbst in der Hand gehalten hatte. Sätze zu lesen, die sie
formuliert hatte. Ihre Gedanken und Erinnerungen, so persönlich und intim. Doch es waren diese Aufzeichnungen, die dafür
sorgten, dass ich mich ihr näher fühlte als je zuvor. Und auch
wenn sie Geheimnisse gehabt haben mochte, sie war meine
Mom gewesen und dafür liebte ich sie.

Was Moms Geheimnis rund um das Wort »Alpha« betraf,
so würde ich später auch mit Cal noch darüber sprechen. Bis
jetzt jedenfalls war dieses Wort nie wieder in ihren Aufzeichnungen aufgetaucht. Ob es ein Zufall gewesen war? Ob es ein
Wort, herausgerissen aus dem Zusammenhang, ohne Bedeutung war? Schließlich gab es Autos, die so hießen. Anführer im
Tierreich wurden ebenfalls als »Alpha« bezeichnet. Sogar in der
Mathematik gab es diesen Begriff. Und Mom hatte Zahlen ge-
liebt. Vielleicht wollte ich hier einen Zusammenhang sehen,
den es gar nicht gab.

Wieder senkte sich konzentriertes Schweigen über unsere
Gruppe.

»Das hier ist komisch.« Jinjin hob das Tagebuch hoch und drehte sich auf dem Schreibtischstuhl zu uns um. »Es klingt, als hätte deine Mutter jemanden umgebracht.«

Wir alle starrten sie an.

»Wie bitte?«, hauchte ich irgendwann. Jinjin stand auf und reichte mir das Tagebuch. Rhonda rückte auf dem Bett näher zu mir, Dylan kam an meine freie Seite.

»Lest das hier.« Jinjin deutete mit einem Finger auf eine Passage, die erstaunlich klar und deutlich zu lesen war.

… noch immer nichts gehört. Sie war meine Freundin, doch für das, was sie Freya angetan hat, musste sie sterben. Vergelte Gleiches mit Gleichem. Räche die, die du liebst. Es sind uralte Gesetze, und sie gelten noch immer. Ich habe keine Angst. Sie verfolgt mich in meinen Träumen, und ich sehe immer noch ihre Augen vor mir, als das Licht in ihnen erlischt. Aber ich habe keine Angst. Ich …

Und dann verschwamm die Tinte wieder zu unleserlichen Schlieren.

Die Stille danach konnte man schneiden. Eine Gänsehaut jagte meine Arme hinab. Dylan wirkte deutlich unbehaglich, Rhonda sah mich neugierig an. Jinjin hatte fragend die Brauen hochgezogen. »Kennst du jemanden namens Freya? Und wer ist diese mysteriöse andere Person?«

»Klingt, als hätte deine Mutter sich an einem Kriminalroman versucht«, sagte Dylan, und ich hörte seiner Stimme deutlich an, dass er mir Mut machen wollte.

Rhonda lachte, doch es klang aufgesetzt.

Pünktchen hechelte und kratzte sich hinter einem ihrer großen Ohren, was sie immer tat, wenn sie sich unbehaglich fühlte.

»Dylan hat recht«, sagte Jinjin und klappte das Tagebuch energisch zu. »Das klingt eher nach einer Geschichte als tatsächlichen Erinnerungen. Und das kann total gut sein. Ich hab selbst in mein Tagebuch früher kleine Geschichten geschrieben. Es gibt ja kein Gesetz, das einem vorschreibt, wie man ein Tagebuch führt. Ich habe sogar manchmal Gedichte da reingeschrieben.« Sie hob den Finger und sah uns alle an. »Und wehe, einer von euch erzählt es weiter.«

Wir lachten alle, doch ich konnte einfach nicht aufhören, an Moms Worte zu denken. Sie hatten ernst geklungen, eindringlich und so voller Emotionen. Das war keine Geschichte. Und dennoch war die Frage, die all dies aufwarf, so ungeheuerlich wie schmerzhaft: Hatte meine Mutter jemanden getötet?

*

Wir lagen nebeneinander auf meinem Bett, hielten uns an den Händen, und seine Wange ruhte an meiner Schulter, während Cal mir vorlas.

»Sie schreitet in Schönheit, wie die Nacht
bei wolkenlosen Atmosphären
und sternklaren Himmeln;
und alte Vorzüge des Dunklen und Hellen
vereinigen sich in ihrer Erscheinung
und ihren Augen:
So gemildert zu jenem zarten Licht,
dass der Himmel dem grellen Tag verweigert.«

Unter dem Bett schnarchten Herald und Otiz in trauter Zweisamkeit. Pünktchen hatte sich am Fußende zusammengerollt und gab hin und wieder ein leises Fiepen von sich.

Für einen kurzen Moment schloss ich die Augen. So viel war passiert. So viele Fragen noch offen. Eine so große Gefahr, die dieser Welte drohte.

Aber jetzt, in diesem Moment, genau so ... so sollte es sein. Cal neben mir, und meine Hand in seiner.

Cal schloss die Gedichtsammlung von Lord Byron, legte das Buch auf den Nachttisch und drehte sich mir zu.

»Erin ...« Er flüsterte meinen Namen in der fahlen Dunkelheit.

Das Déjà-vu einer so lange zurückliegenden Nacht ließ mich lächeln.

»Cal.« Ich drehte mich ebenfalls auf die Seite, wandte mich ihm ganz zu. Das Funkeln in seinen Augen wurde dunkler, samtiger, und er senkte leicht die Lider, als sein Blick über mein Gesicht wanderte.

Ich strich ihm durch das schwarze Haar, durch die seidigen Strähnen. Dann ließ ich meine Fingerspitzen ganz langsam seine Wange hinabgleiten.

»Ich will dich küssen«, flüsterte er. Sein Lächeln verriet, dass auch er sich an diese eine Nacht erinnerte.

»Ich will dich auch küssen«, gab ich zurück.

Wir rutschten gleichzeitig noch ein wenig näher, unsere Knie berührten sich, und dann überwanden wir die letzten Zentimeter.

Sein Mund glitt zart über meinen, und meine Lippen öffneten sich wie von selbst. Unser Kuss wurde schnell tiefer. Schmetterlinge tanzten in meinem Bauch, als Cal mich noch enger an sich zog.

Fliegen ... mit dir will ich fliegen und fallen.

Jede Zelle meines Körpers schien lichterloh in Flammen zu stehen.

Lass uns nie wieder damit aufhören.

Als wir uns voneinander lösten, schnappten wir beide nach Luft.

Atme.

Fliegen und fallen. Nur mit dir will ich fliegen und fallen.

Ich versank einen ewigen Moment in seinen Augen, bevor ich mich räusperte. »Hat meine Mom jemanden umgebracht? Hat sie deshalb ihre Identität geändert?« Meine Stimme zitterte, weil ich es einfach nicht glauben wollte. Sie war doch meine Mom. All die Jahre hatte ich geglaubt, mir durch die Erzählungen anderer ein gutes Bild von ihr gemacht zu haben und nun? Was blieb davon übrig, jetzt, da sich so ein furchtbarer Verdacht offenbart hatte?

Cal, der die Zeilen direkt bei seiner Ankunft gelesen hatte, seufzte leise. »Wir alle sind zu schrecklichen Dingen fähig, um die zu beschützen, die wir lieben.«

Tränen traten in meine Augen. »Du glaubst, es stimmt?« Wieder lief ein Zittern durch meinen Körper. »Nicht nur, dass jemand die Welt untergehen lassen will. Jetzt werde ich mit dem Gedanken sterben, dass meine Mutter jemand anderem das Leben genommen hat. Dass sie eine Mörderin auf der Flucht vor ihrer Vergangenheit war.«

Cal zog mich wieder näher an sich. »Niemand wird sterben«, flüsterte er nah an meinem Ohr. »Das werde ich zu verhindern wissen.« Er wich ein Stückchen zurück. »*Wir* werden es zu verhindern wissen. Gemeinsam.« Er strich mir mit dem Daumen eine verirrte Träne von der Wange. »Und richte nicht so endgültig über deine Mutter. Es könnte wirklich nur Teil einer Geschichte sein. Die Idee für einen Roman. Ein Gedanke zu einem Buchprojekt, vielleicht sogar ein Zitat. Du hast selbst erzählt, wie viel deine Mutter in ihre Tagebücher geschrieben hat. Diese Menge an Text können nicht nur reale Erlebnisse sein. Sie war schließlich keine Hollywood-Schauspielerin, deren Tag mit unterschiedlichsten Terminen vollgepackt ist. Sie hatte dich, deinen Dad und ihren Job. Sie lebte das ruhige Leben einer kleinen Familie in einem Mittelklasse-Vorort. Sie hatte vielleicht eine große Fantasie und hat sich Geschichten oder Helden ausgedacht, die ein aufregenderes Leben führten als sie.«

»Und was hat es mit dem Begriff *Alpha* auf sich? Ist das auch bloß ein Zufall? Vielleicht war Mom deshalb in Schwierigkeiten. Ich kann die Noctua sehen, warum sollte sie mir das nicht vererbt haben?«

Dieses Mal ließ Cal sich Zeit mit seiner Antwort. Er streichelte mich, während sein Blick zur Seite glitt. »Das kann natürlich sein. Wir Noctua besitzen keine Aufzeichnungen über die Menschen. Vielleicht kann diese Gabe vererbt werden, aber ich habe noch nie davon gehört.« Er lächelte. »Allerdings bist du auch die Einzige, von der ich weiß, die eine solche Gabe besitzt.«

»Aber die Beta«, begann ich. »Einige von ihnen sehen aus wie antike Götter. Es muss schon früher Menschen gegeben haben, die euch sehen konnten. Sie mussten die Beta für höhere Wesen gehalten haben, für Götter oder Monster, die aus einer anderen Welt stammten.«

Cal zuckte mit den Schultern. »Das kann sein. Es klingt plausibel.«

»Also hat Mom es mir tatsächlich vererbt.«

Ich sah den Zweifel in Cals Augen, noch bevor er sein Handy aus der Hosentasche zog. Er tippte, dann hielt er mir das Display hin. Er hatte das Wort »Alpha« gegoogelt. 1.010.000.000 Einträge. Modemarken, Buchtitel, Vitamintabletten, Usernamen in den sozialen Medien, die Liste war endlos. »Ich will dir deine Theorie nicht ausreden«, sagte er, als ich seufzte. »Sie klingt plausibel. Genau so könnte es sein. Wir wissen es nicht, weil wir keine Ahnung haben, ob die Gabe vererbt werden kann. Oder wie sie überhaupt entsteht. Aber ich möchte einfach nicht, dass du dich auf eine Theorie festlegst, weil …«

»… weil die gerade so gut in das Puzzle passt«, ergänzte ich.

Er nickte. »Aber wenn es dich glücklich macht, weil diese Gabe von deiner Mom kommt, weil sie etwas ist, das in dir weiterlebt, dann glaube daran.« Er steckte das Handy weg. »Es ist ein schöner Gedanke.«

Ich wollte lächeln, doch es gelang mir nicht. Wie von selbst waren meine Gedanken zu den beängstigenden Dingen gewandert, die wir auf der Atlantide herausgefunden hatten.

»Was ist?«, fragte Cal leise.

Ich schüttelte den Kopf, denn ich wollte nicht schon wieder wie ein Jammerlappen klingen. Stattdessen ließ ich mich nach hinten in die Kissen sinken und starrte an die Zimmerdecke über mir.

Cal strich mir über die Wange. »Sag es mir, mein Herz.«

Ich drehte den Kopf und sah in sein Gesicht. »Was wird mit der Welt passieren, Cal? Ich habe Angst.«

Die Kirchturmglocke verkündete Mitternacht.

Er beugte sich über mich und nahm mein Gesicht in beide Hände. »Du brauchst keine Angst zu haben.« Sein Blick war voller Zuneigung, sein Kuss so federleicht, dass seine Lippen immer noch die meinen berührten, als er weitersprach. »Ich habe dich einmal verloren. Das lasse ich kein zweites Mal zu.«

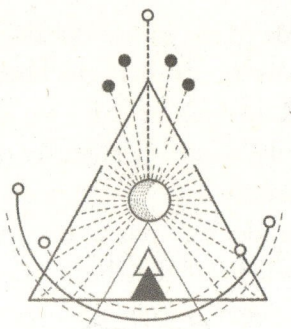

Kapitel 38

»Es tut mir so leid.« Dylan war leichenblass und seltsam grün um die Nase. Der Blick aus seinen rot geränderten Augen wirkte ehrlich zerknirscht. »Vielleicht ist es heute Abend schon …« Er würgte und hielt sich die Hand vor den Mund.

»Mein Gott, das klingt ja schlimm«, sagte Rhonda, die neben mir saß. Grandma lud gerade noch eine Portion Pancakes auf unsere Teller und spitzte neugierig die Ohren.

»Dylan, du legst dich jetzt sofort wieder hin«, erklang die strenge Stimme von Dina Thornell, Dylans Mom, aus dem Hintergrund. Dylan drehte den Kopf und ließ das Telefon einen Moment sinken, sodass wir nur sein T-Shirt sahen.

»Moment noch, Mom, es ist Erin!«, rief er, dann wandte er sich wieder uns zu. »Ich war echt dumm. Wir haben gestern

472

das Spiel gewonnen und danach noch Pizza ins Wohnheim bestellt. Alle, die die mit den Garnelen hatten, liegen heute flach. Jordan hat sogar Fieber und ist mittlerweile in der Notaufnahme. Ich kann von Glück sagen, dass ich nur noch ein Stück von der Pizza abbekommen habe. Was ein Dreck.« Er würgte schon wieder, vermutlich bei dem Gedanken an die verdorbenen Meeresfrüchte.

»Hoffentlich geht es dir bald wieder besser«, erwiderte ich. »Werde schnell wieder gesund und mache dir keine Gedanken um den Ball. Das Wichtigste ist jetzt, dass du bald über den Berg bist. Lebensmittelvergiftungen sind nicht ohne.«

Neben mir nickte Rhonda zustimmend. »Eine meiner Cousinen war auch im Krankenhaus deswegen. Sie musste an den Tropf, weil sie sich pausenlos übergeben hat.«

»Das mit dem ›pausenlos‹ habe ich schon hinter mir«, murmelte Dylan. »Ich war kaum hier zu Hause angekommen, da ging es los. Ich habe meine Taschen in die Ecke geschmissen und danach nur noch die Toilettenschüssel umarmt. Geschlafen habe ich geschätzte zwei Stunden, und das ist aufgerundet.«

Dylan tat mir wirklich leid. Er wirkte völlig fertig. Es war zwar schon eine Weile her, dass ich mir so richtig den Magen verdorben hatte, aber ich erinnerte mich noch sehr gut daran, wie ätzend so etwas war.

»Leg dich wieder hin«, sagte ich. »Hole etwas Schlaf nach. Und lass dich von deiner Mama pflegen. Wir melden uns später noch mal.«

Dylan nickte und seufzte. »In Ordnung. Wie gesagt, es tut mir wirklich so leid.«

Ich versicherte ihm erneut, dass man für eine Lebensmittelvergiftung wirklich nichts konnte und ich mir nur wünschte, dass er bald wieder ganz gesund war.

Dann fiel mir noch etwas ein. Dylan hatte Moms Gameboy mitgenommen, um weiter daran zu tüfteln und das Passwort zu knacken. »Hattest du schon Zeit für den Gameboy?«

Dylan kniff sich in die Nasenwurzel und zog ein Gesicht. »Ja, aber der ist ne ganz harte Nuss. Hin und wieder gibt er so seltsame Töne von sich, total gruselig. Aber ich bleibe dran, versprochen.«

»Vielleicht ist er ja kaputt und es fallen drinnen ein paar Schrauben umeinander«, mutmaßte ich. *Ob ich den Gameboy mal zu einem Experten geben sollte?* Ich bedankte mich bei Dylan, und als wir aufgelegt hatten, ließ ich das Handy langsam auf die Theke sinken. *Und nun?*

»Was ist passiert?« Grandma hatte heute frei und wirkte so voller Energie, dass es ansteckend gewesen wäre, wäre mir nicht gerade mein Date für den Herbstball abgesprungen. Klar, ich war ein großes Mädchen, eine emanzipierte Frau, und ich konnte genauso gut allein auf den Ball gehen. Dennoch hatte ich mich auf den Abend zusammen mit Dylan gefreut. Wir hatten in letzter Zeit so wenig unternommen. Natürlich hatte er mir angeboten, Cal den Vortritt zu lassen, nachdem ich meinen Freunden erzählt hatte, dass er und ich jetzt fest zusammen waren. Doch ich hatte abgelehnt. Diese Verabredung mit Dylan hatte ich vor über vier Monaten getroffen, und ich wollte daran festhalten, da hatte es nichts zu diskutieren gegeben.

Gemeinsam mit Rhonda brachte ich Grandma auf den neuesten Stand. *Krabbenpizza, Lebensmittelvergiftung, geplatztes Date für den Abschlussball.*

Rhonda war der gleichen Meinung wie ich. »Jetzt komm

bloß nicht auf die Idee und ruf Greg an. Man kann auch alleine zu einem Ball gehen.«

Wie zur Hölle kam sie jetzt ausgerechnet auf Greg? Ich sah sie entgeistert an. Wäre mein aktueller Freund nicht eher eine Alternative als mein Ex?

Doch Rhonda sah mich eindringlich an und deutete kurz mit dem Kopf in Richtung Grandma. Was mal wieder der Beweis dafür war, dass Rhonda so viel schlauer war als ich. Grandma wusste noch immer nichts von Cal. Wenn ich jetzt von ihm anfangen würde, weil ich nicht mehr daran dachte, würde ich ihr erklären müssen, wer denn dieser ominöse Typ war.

»Ja klar«, gab ich also vage zurück. Ich grinste und hätte sie gerne spontan umarmt.

»Ich finde auch, dass eine Frau durchaus alleine auf eine Party gehen kann«, sagte Grandma als sie sich abwandte. Kaum, dass sie uns den Rücken zugedreht hatte, formte ich ein Herzchen mit den Händen für Rhonda. Sie warf mir eine Kusshand zu.

»Wir sind ja nicht mehr in den Fünfzigern, in denen sich eine Frau durch einen möglichst großen Klunker oder einen besonders vorzeigbaren Ehemann aufwertet.« Grandma ließ die große gusseiserne Pfanne ins Waschbecken gleiten, und es zischte leise, als sie den Wasserhahn aufdrehte und das Bratfett verdampfte.

»In der Limousine fahren wir sowieso alle zusammen«, sagte Rhonda. »Bleiben wir halt zu fünft.«

»Wer ist alles dabei?« Grandma drehte sich zu uns um und trocknete sich dabei die Hände mit einem Abtrockentuch ab.

»Jinjin und ihr Freund Jamie, ich und Freddy, das ist ein Freund von mir aus einem Schachclub, und Erin.«

»Freddy?« Grandma schmunzelte. »Das ist ja ein süßer Name.«

»Er heißt eigentlich Frederic, aber niemand nennt ihn so«, erklärte Rhonda.

»Und er ist seit zwei Jahren in Rhonda verknallt, aber sie erhört ihn einfach nicht«, fügte ich noch hinzu.

Rhonda knuffte mich gespielt empört vor den Arm. »Wir sind nur Freunde. So wie du und Dylan.«

Ich lachte. »Oh nein, da gibt es einen großen Unterschied. Weder Dylan noch ich haben je etwas von dem anderen gewollt. Diese Fronten sind ganz eindeutig geklärt. Dass du nichts von Freddy willst, ist klar, aber *er* würde für dich die Sterne vom Himmel holen, wenn du ihm auch nur einen Funken Hoffnung schenkst.«

Rhonda zog ein Gesicht, doch sie wirkte verlegen.

»Warum kann er denn dein Herz nicht gewinnen?«, wollte Grandma jetzt wissen. »Und warum gehst du dann mit ihm zum Herbstball?«

Rhonda zögerte einen Moment. »Ich mag ihn. Er ist lustig, lieb, und seine Manieren sind ein wenig altmodisch, und das gefällt mir.«

»Und …« Grandma hatte beide Ellbogen auf der Theke abgelegt und ihr Lächeln war wissend. »… er ist der perfekte Freund, aber es kribbelt einfach nicht.«

Rhonda seufzte und klang unendlich erleichtert. »Genau.« Sie deutete auf mich. »Aber *sie* will es einfach nicht verstehen. Ich würde so gerne mehr für ihn empfinden, aber dem ist einfach nicht so. Ich würde für ihn nachts bis nach Chicago fahren, wenn er mit dem Auto liegengeblieben ist, aber ich will ihn einfach nicht …«

»Küssen«, sagte ich leise.

»Genau.« Rhonda verschränkte die Finger ineinander. »Aber es ist nicht so, dass ich ihm etwas vormache. Freddy weiß, woran er ist. Er weiß, dass er mit mir zum Abschlussball geht, weil er der Einzige ist, den ich mir vorstellen kann, der mit mir dorthin geht. Jedenfalls im Moment. Ich mag ihn, und ich vertraue ihm, und ich weiß, dass er mir nicht in einem unbeobachteten Moment etwas in den Drink schüttet, um mich auf die Rückbank seines Autos zu locken.«

Ich fand Rhondas Ansichten etwas zu krass, aber leider war dieses Szenario etwas, das schon Dutzende Male vorgekommen war.

Grandma legte eine Hand über die von Rhonda. »Dann war es eine gute Entscheidung. Freu dich auf den Abend mit ihm.«

Rhonda lächelte, dann glitt ihr Blick zu mir. »Sollen wir hochgehen und noch mal unsere Frisuren proben?«

Das klang weder nach Rhonda noch nach mir, doch Grandma schöpfte keinen Verdacht. Wir halfen ihr, die Reste von unserem Frühstück aufzuräumen, dann verzogen wir uns in mein Zimmer. Noch auf der Treppe hatte ich Cal geschrieben. **Dylan ist krank. Willst du meine Notlösung sein?** Dahinter folgten zwei frech grinsende Smileys.

Schon als Rhonda und ich das Zimmer betraten, hatte ich eine Antwort. Zuerst kamen zwei ebenso frech grinsende Smileys zurück, dazu noch eins mit Teufelshörnern und dann: **Ich weiß, warum ich dich so mag.**

Wir schlossen die Tür hinter uns, und Rhonda deutete auf mein Smartphone. »Schreibst du ihm?« Sie konnte nicht verstecken, dass sie nicht zu 100 Prozent begeistert wirkte.

Ich nickte knapp. Schon kam die nächste Antwort von Cal. **Habe heute Abend Dienst, weiß nicht, ob ich tauschen kann, ohne dass es auffällt. Muss mal sehen. Außerdem**

heute Abend Treffen von Vater mit Amethyst. Gibt vermutlich Ärger, wegen der kleinen Showeinlage auf der Ashcourt. Noch mal ein frech grinsender Smiley, einer mit Teufelshörnern, und dann einer, der zwinkerte. Natürlich würde er ihn nicht verpfeifen. Dennoch machte ich mir jetzt Sorgen, in was für großen Schwierigkeiten Cal nun wieder steckte. Was, wenn einer der Amethyst doch bemerkt hatte, dass ich ein Mensch war? Was, wenn Cals Vater ihn noch härter bestrafen würde als das letzte Mal? Panik stieg in mir auf, als ich hastig meine Frage tippte. **Steckst du in Schwierigkeiten?**

Cal antwortete nicht sofort. **Ich passe auf mich auf, versprochen.**

Das war keine Antwort auf meine Frage. **Wird dein Vater dich wieder bestrafen?**

Es wäre nicht das erste und vermutlich nicht das letzte Mal. Mach dir keine Sorgen.

Was, wenn die Amethyst bemerkt haben, dass ich ein Mensch bin?

Solange sie das heute nicht zur Sprache bringen, ist alles gut.

Sehr witzig. **Das ist nicht lustig. Ich erinnere mich sehr gut an die Drohungen deines Vaters. Und wenn er mich überwachen lässt, dann weiß er Bescheid.**

Wenn dem so wäre, hätte er mich längst zur Rede gestellt.

Da war was dran. Trotzdem. Wenn die Amethyst mich erwähnen würden, hätten wir ein gewaltiges Problem. **Wird Ildy auch dort sein? Dann wird mein Fehlen doch auffallen und verdächtig wirken?**

Nur Horatio, Nolan und ich wurden identifiziert und Vater, als Anführer, einbestellt. Ildy haben sie wohl nicht

erkannt und sie zusammen mit dir vermutlich für unsere Freundinnen gehalten.

Das gefiel mir trotzdem nicht, obwohl ich etwas erleichterter war, dass Cal vermutlich nicht wegen mir mit seinem Vater in Schwierigkeiten geraten würde.

Doch Cal schien das alles nicht weiter diskutieren zu wollen, denn prompt erreichte mich noch eine Nachricht.

Ich melde mich, sobald ich mehr weiß. Ich denke mal, man soll da im Anzug auftauchen?

Ich schnaubte über den offensichtlichen Themenwechsel, beließ es aber dabei. Ich machte mir weiterhin Sorgen, aber vermutlich war es gut, dass Cal so zuversichtlich war. Ich sollte ihm vertrauen, und etwas anderes blieb mir auch gar nicht übrig. Hoffentlich würde alles gut ausgehen.

Rhonda nahm gerade an meinem Schreibtisch Platz, den wir zu einem Schmink- und Frisiertisch umfunktioniert hatten. Auf der Platte saß Pünktchen, die sich offenbar in meinem Körperpuder gewälzt hatte. Als sie nießte, stoben Glitzerpartikel überall in die Luft. Rhonda runzelte die Brauen, aber sie sagte nichts.

Ich teilte Cal kurz mit, dass ein Anzug eine gute Idee war und ließ mich auf dem Bett nieder. **19:00 Uhr geht es los**, textete ich ihm.

Ok. Ich kann nichts versprechen, wenn das in Ordnung ist?

Na klar. Hauptsache, es geht dir gut. Ich mache mir Sorgen um dich. Bitte pass auf dich auf.

Ich melde mich, schickte er lediglich zurück. Dann folgte ein rotes Herz.

Ich schickte ihm ein rotes Herz zurück, doch das schien er nicht mehr zu sehen.

»Und?«, wollte Rhonda wissen. »Kann er jetzt den Helden spielen, der das arme, einsame Fräulein an seinem starken Arm der Gesellschaft präsentiert?«

Ich warf halbherzig ein Zierkissen nach ihr. »Er versucht, es zu schaffen.«

Rhonda prustete in die Wolke aus Glitzerpuder, die immer noch in der Luft hing. »Na, da sind wir alle aber froh.«

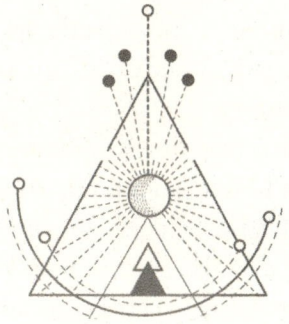

Kapitel 37

Zugegeben, das Ballkomitee hatte ganze Arbeit geleistet. Die Turnhalle war kaum wiederzuerkennen. Die Decken und Wände waren mit künstlichem Laub geschmückt, auf der Bühne standen lebende Pflanzen in großen Töpfen, und sogar das Buffet war herbstlich dekoriert. Ein DJ, gekleidet ganz in Schwarz und Gold, legte bereits auf. Einige Paare tanzten, andere standen in Gruppen zusammen und unterhielten sich. Am Rand patrouillierten Lehrer oder andere Aufsichtspersonen und hielten die Feiernden im Blick. Die meisten Mädchen hatten sich dem Motto entsprechend schick gemacht. Nur wenige trugen kurze Röcke, die meisten hatten sich für ein bodenlanges Kleid entschieden. Bei den Jungs unterschieden sich die Outfits deutlicher. Viele von ihnen war tatsächlich im Anzug erschienen, und sie alle wirkten darin plötzlich so erwachsen. Einige trugen nur eine Anzughose und ein Hemd, einige wenige waren in Jeans gekommen. Lediglich zwei Mitschüler hatten ihren Gangster Rapper-Look nicht abgelegt und standen etwas verloren in einer Ecke, bekleidet in übergroßen Polohemden und dicken Halsketten, deren vermeintliches Gold etwas zu gelb schimmerte.

Valery, die Vorsitzende des Komitees, schwebte in einem Traum aus Weiß und Hellblau auf uns zu und wirkte in all ihrer tüllverstärkten Herrlichkeit wie eine etwas überdrehte Cinderella. »Wie schön, dass ihr es einrichten konntet«, rief sie uns mit weit ausgebreiteten Armen entgegen, um uns persönlich zu begrüßen, als wäre sie hier die Gastgeberin.

Es war unglaublich niedlich und ich war ihr dankbar, dass sie so viel Zeit und Energie in die Organisation des Balls investiert hatte. Nur dank Menschen wie ihr konnten wir heute diesen Abend verbringen. Also bedankte ich mich, als wäre sie tatsächlich die Gastgeberin.

Valery schien ganz gerührt, als sie uns zu dem obligatorischen Foto-Set führte. Hier wurden jene Erinnerungsbilder geschossen, die man noch den Enkeln zeigen sollte. Sie nahm mich zur Seite und bot mir an, mir ihren Tanzpartner zu »leihen«. Ich lehnte dankend ab, und das nicht nur, weil Joshua gut einen halben Kopf kleiner war als ich. Noch hatte ich die Hoffnung nicht aufgegeben, aber vermutlich würde ich ohne Foto nach Hause gehen. Cal hatte sich nicht mehr gemeldet. Ich hatte ihm zwar noch die Adresse der Schule geschickt, aber die Nachricht blieb ungelesen.

Ich war nicht böse auf ihn. Wir beide lebten nun mal Leben, die unterschiedlicher nicht sein konnten. Und auf Cal kamen erneut sehr große Probleme zu, wenn sein Vater von dem

482

Zwischenfall bei den Amethyst erfuhr, und *wer* so alles dabei gewesen war. Ob ihn auch noch eine Strafe wegen des Kartellverbots erwartete? Wenn es irgendjemanden gab, der im Moment ohne Ende Probleme am Hals hatte, dann war es wohl Cal. In seiner Lage hätte ich auch keine Lust auf einen kitschigen Schulball. Auch ich hatte Zweifel, denn das, was wir auf der Atlantide entdeckt hatten, verhieß eine düstere Zukunft, sollten wir den Unbekannten nicht aufhalten können.

»Plündern wir das Buffet!« Rhonda sah lächelnd zu mir. Sie war schon im Auto so nervös gewesen, dass sie einen Schluckauf bekam, was in etwa so klang, als würde man in regelmäßigen Abständen auf ein Meerschweinchen treten.

Jetzt hatte Freddy einen Arm um sie gelegt, Rhonda war das Hicksen los, und sie grinsten mich bis zu beiden Ohren an. Auf mich wirkten sie wie das perfekte Paar, das nicht nur mindestens drei entzückende Kinder kriegen, sondern auch den Rest seines Lebens glücklich zusammen sein würde. Freddy war wie eine Mischung aus Hipster und Junge aus gutem Hause, gepaart mit Witz, Charme und dieser Art, einem Mädchen das Gefühl zu geben, dass es nur sie auf dieser Welt gab.

Jinjin und Jamie passten ebenfalls perfekt zusammen. Sie trug ein knallrotes bodenlanges Kleid, das genau die Farbe seines Einstecktuches hatte. Er trug einen schmal geschnittenen dunkelblauen Anzug.

Ich war mit mir eigentlich auch ganz zufrieden. Die Hochsteckfrisur hatte prima geklappt, von Betsy hatte ich mir noch ein paar Schminktipps abgeholt, und Grandma hatte mein Kleid wirklich perfekt auf meine Figur genäht.

Während Rhonda mich zum Buffet zog, verbot ich mir, so etwas wie Traurigkeit in mir aufsteigen zu lassen. Ich war nicht allein hier. Ich war im Kreise meiner Freunde. Dylan ging es mittlerweile wieder etwas besser, sein Freund Jordan war aus dem Krankenhaus entlassen worden. Und Cal hatte im Moment andere Probleme. Nein, ich war nicht alleine … Rhonda kniff Freddy in die Seite, als er ihr einen Cracker vom Teller klaute. Jinjin schmiegte sich an Jamie, als er eine Auswahl für sie beide zusammenstellte. Mein dummes Herz krampfte sich zusammen. Ich ließ den Blick über die vielen Paare gleiten, die lachten, tanzten und so ausgelassen und glücklich wirkten.

Und plötzlich fühlte ich mich doch allein.

*

Ich tanzte mit Jamie, der mal wieder seinen Charme spielen ließ. »Was für eine raffinierte Frisur du hast«, sagte er gerade, als er sich mit mir drehte. Wir konnten beide nicht tanzen. *Niemand* hier konnte tanzen. Das Wort »Standardtanz« hätten die meisten wohl googeln müssen. Wir machten das nach, was wir in unzähligen High-School-Filmen gesehen hatten und versuchten tapfer, nicht aus dem Takt zu kommen. Größere Kollateralschäden an meinen Füßen hatte ich bisher vermeiden können, was daran lag, dass sowohl Jamie als auch Freddy wenig Platz beim Tanzen beanspruchten. »Dankeschön«, erwiderte ich und lächelte. »Ich mag deine Fliege.«

Jamie war einer der wenigen, der statt Krawatte eine Fliege trug. Sie war dunkelblau, so wie sein Anzug. Vermutlich, damit sie sich nicht mit dem kreischend roten Einstecktuch biss.

»Sie gehört meinem Großvater«, erklärte Jamie. »Es war seine Voraussetzung, dass ich zum Ball gehen durfte.« Er lachte und ich fiel darin ein.

In diesem Moment fühlte ich mich nicht allein. Ich war dankbar, was für großartige Freunde ich hatte. Nicht einen

Moment hatte ich mich wie das fünfte Rad am Wagen gefühlt. Natürlich fehlte Dylan in der Runde, doch ich fühlte mich nicht, als würde ich die Zweisamkeit der Paare stören.

Das Lied, irgendein Hit aus den Neunzigern, den der DJ wohl für besonders tanzbar hielt, wurde langsam ausgeblendet, und Jamie und ich ließen uns los. Etwas verlegen standen wir voreinander. Doch dann wurde Getuschel laut, dass nur dank der Stille so deutlich zu hören war. Der Blick der allermeisten glitt zum breiten Eingang der Turnhalle. Dort stand eine hochgewachsene Gestalt in einem schwarzen Anzug. Sein dunkles Haar hatte er nach hinten gekämmt, seine Schuhe waren auf Hochglanz poliert, das leicht überhebliche Lächeln messerscharf.

Bei seinem Anblick schoss mir unwillkürlich eine Zeile aus einem Lied von Taylor Swift durch den Kopf. *I knew you were trouble when you walked in.*

Zugegeben, Cal sah in dem schicken Anzug irgendwie verkleidet aus, und er wirkte sowieso immer, als habe er ein Messer im Stiefel stecken. Was vermutlich auch der Wahrheit entsprach.

Das schienen wohl noch mehrere Leute zu denken. Die allermeisten Mitschüler starrten ihn an, weil ihn niemand kannte. Der DJ vergaß sogar, einen neuen Song aufzulegen. Einige der Aufsichtspersonen näherten sich neugierig.

Es war keine gute Idee, Cal irgendetwas sagen zu lassen, erst recht nicht zu Leuten, die *ihm* etwas sagen wollten.

Um jedem Missverständnis aus dem Weg zu gehen, lächelte ich Jamie noch einmal schnell zu, dann eilte ich Cal entgegen. »Endlich«, rief ich etwas zu laut. »Wo hast du nur gesteckt?«

Unsere Vertrauenslehrerin Mrs Bloomsbury drehte ab, als sie erkannte, mit wem der Unbekannte verabredet war.

485

Cal lächelte schief, als er mich an sich zog. Ich, der bewusst war, dass immer noch die halbe Schule zusah, umarmte ihn nicht ganz so stürmisch zurück.

»Tut mir leid, ich konnte nicht sofort weg.« Und dann küsste er mich. Mir wurden die Knie weich, und nun gab es endgültig keinen Zweifel mehr daran, zu wem der Typ gehörte, der aussah wie eine Mischung aus Model und Auftragskiller.

Cal schien die ganze Aufmerksamkeit völlig egal zu sein – oder er war sie gewöhnt. Vermutlich war beides der Fall.

Als wir uns voneinander lösten, hatte ich rote Wangen, Cals Augen glänzten fiebrig, und irgendwo im Off applaudierte tatsächlich jemand. Einer der Lehrer gab dem DJ ein Zeichen, dem endlich wieder einfiel, was für einen Job er hatte. Irgendein nichtssagender Clubsound erklang, und die Leute wandten sich nach und nach ab.

»Konntest du deinen Dienst tauschen? Und was hat das Gespräch mit deinem Vater ergeben?«

Cal legte einen Arm um mich, während ich ihn mit Fragen bombardierte. Ich lotste ihn zu dem Tisch meiner Freunde, doch dank des Gewühls kamen wir nicht ganz so schnell voran. Zeit genug für ein kurzes Update.

»Ich konnte den Dienst nicht komplett tauschen. Ich habe jetzt die Hälfte der Schicht gemacht, und den Rest hat ein Kollege übernommen. Horatio hat meinen Vater begleitet und mir alles erzählt.

Ich sah ihn überrascht an.

Cal zog ein Gesicht. »Er wollte vermutlich sichergehen, dass die Amethyst die Tatsachen nicht zu ihren Gunsten auslegen.«

»Und wie ist es ausgegangen?«

»Ich erzähle dir später davon, okay?« Er schenkte mir ein

sanftes Lächeln. Obwohl ich vor Neugier platzte, nickte ich. Wären die Sanktionen schlimm gewesen, hätte er mir bestimmt sofort davon erzählt.

Am Tisch stellte ich Cal den anderen mit einer Geschichte vor die ich mir zusammen mit Rhonda für ihn ausgedacht hatte: Wir hatten uns in einem Einkaufszentrum kennengelernt, er war so alt wie ich und ging auf eine Highschool in einem der Vororte. Alles war noch ganz frisch, und wir waren schrecklich verliebt.

Jinjin wusste natürlich, wer Cal war, und auch wenn sie ihn noch nie live gesehen hatte, spielte sie direkt mit. Die Jungs schienen sofort eine gute Basis zu finden. Sie redeten über irgendeinen aktuellen Kinohit, den Cal überraschenderweise zu kennen schien. Oder er war einfach sehr gut darin, zu bluffen.

Wir holten uns alle noch mal etwas Nachtisch vom Buffet, und die Stimmung lockerte sich noch mehr auf, weil Cal sich reibungslos in die Dynamik der Gruppe einfügte. Jamie war der Charmante, Freddy war der Witzige und Cal war der, der nicht viel sagte, aber auf alles eine schlagfertige Antwort hatte. Jinjin war die mit den spitzzüngigen Kommentaren, Rhonda der ruhende Pol, und ich verbrachte die meiste Zeit damit, meinen rasenden Herzschlag in den Griff zu kriegen, weil ich jederzeit damit rechnete, dass Cal doch irgendwie auffliegen würde.

Doch dann legte der DJ einen langsamen Song auf, und mein Freund entführte mich auf die Tanzfläche. Er hielt meine Hand und nahm dann den Arm hoch, sodass ich mich drehte. Die vielen Lagen Stoff bauschten sich um meine Knöchel, und in diesem Moment fühlte ich mich tatsächlich wie eine Prinzessin. Das Licht wurde gedimmt, und über uns an der Decke sprangen Hunderte kleine Lichter an. Cal betrachtete mich, als ich fasziniert nach oben blickte, und als ich zurück in sein Gesicht sah, wurde sein Blick ernst. »Du bist wunderschön«, flüsterte er, als er mich an sich zog. »Von innen wie von außen. Und ich …« Er strich ganz zart über die nackte Haut, die mein tiefer Rückenausschnitt entblößte. »… bin dir hoffnungslos verfallen.« Er hob mein Kinn an, und unsere Lippen berührten sich fast. »Vergiss das niemals.«

Und dann küssten wir uns.

»Mitternacht«, hauchte der DJ ins Mikrofon. Über uns ertönte ein leiser Knall, und dann lösten sich Dutzende Ballons von der Decke. Die Leute jauchzten auf vor Begeisterung und hoben die Hände, und wir taten es ihnen gleich. Wir stupsten die Ballons an, kaum, dass sie in unsere Nähe kamen, doch die meisten fielen trotzdem irgendwann zu Boden. Zum Schluss tanzten wir in einem Meer aus Ballons in verschiedenen Goldtönen.

Ich wollte in diesem Moment an nichts anderes denken als an uns. Dieser Tanz erinnerte mich an den Abend, an dem wir zusammen auf meinem Bett gelegen und über alles geredet hatten. Auch jetzt fühlte ich mich, als wären wir hier ganz allein. Diese paar Minuten hier auf der Tanzfläche gehörten nur uns. Die Welt blieb draußen. Die Bedrohung war nichts mehr als ein fernes Grollen am Firmament. Der drohende Krieg in Obskuris, die drohenden Strafen, die drohenden Konsequenzen, nichts konnte mich in diesem Moment ängstigen. Es gab nur Cal und mich und das tiefe Gefühl von Verbundenheit zwischen uns beiden. Wir hatten uns verliebt, als wir noch sehr jung gewesen waren. Wir hatten uns verloren, und wir hatten uns wiedergefunden. Und jetzt konnte uns nichts mehr trennen.

Gegen ein Uhr leerten sich die meisten Tische. Cal saß neben mir und hielt meine Hand, während ich an einem der letzten Kekse knabberte. Ich hatte von Grandma kein Zeitlimit bekommen, da sie wusste, dass ich keine Dummheiten anstellen würde. Rhonda gähnte und wollte nach Hause, Freddy wollte alles, was Rhonda wollte. Außerdem war es offensichtlich, dass Jinjin und Jamie gerne allein sein wollten. Und was wollte ich? Ich war mir nicht sicher.

Irgendwann stand Rhonda auf, gähnte hinter vorgehaltener Hand und sah in die Runde wie ein General, der seinen Soldaten die nächsten Befehle gab. »Lösen wir das Ganze auf. Wer ist auch müde?«

Freddy hob pflichtschuldig die Hand, Jinjin und Jamie wechselten einen Blick, kicherten verschwörerisch und hoben dann auch die Hände, beide mit hochroten Gesichtern. Ich zuckte mit den Schultern, Cal reagiert überhaupt nicht.

»Nehmen wir uns ein Taxi?« Rhonda sah zu mir. »Wir lassen Freddy raus und dann ...« Ihr Blick glitt zu Cal.

»Ich bin mit meinem eigenen ... Wagen da.« Er hatte nur einen Bruchteil der Sekunde gezögert. Ich konnte mir ein Grinsen nicht verkneifen.

»Dann fährst du mit uns?«, Rhonda sah auffordernd zu mir.

»Ich bringe sie nach Hause.« Cal klang so endgültig, dass er keinen Platz für Spekulation ließ. Dann sah er zu mir. »Ich habe noch eine Überraschung für dich.«

Jamie und Freddy wechselten über den Tisch hinweg eindeutige Blicke und brachen dann in kindisches Gelächter aus. Cal schien nicht zu verstehen, worauf die beiden hinauswollten.

Uns Mädels war sofort alles klar.

Ich warf Jamie den Rest meines Kekse an den Kopf. »Irrtum, das habt nur ihr gleich vor.«

Jinjin verbarg das Gesicht hinter ihren Händen und kicherte erneut. Erst dann schien Cal zu verstehen. Er runzelte die Stirn und sagte dann ganz ernst: »Das würde mir zwar gefallen, aber das habe ich nicht mit Erin vor.«

Dieses Mal brach der gesamte Tisch in Gelächter aus. Cal, der unfreiwillig komisch gewesen war, grinste zufrieden.

Am Ausgang tat ich so, als hätte ich noch etwas vergessen, damit die anderen auf jeden Fall schon weg waren und niemand bemerkte, dass Cal gar kein Auto besaß.

»Und?« Ich tat unbedarft, als wir den Parkplatz betraten. »Wo steht denn nun dein *Auto?*«

Cal grinste zurück. »Es *parkt* auf dem Footballfeld.«

»Wie schön«, erwiderte ich möglichst förmlich. »Dann auf zum Footballfeld.«

Wir gingen am Parkplatz entlang und umrundeten die Schule. Es war eisig kalt, und der Himmel wunderbar klar. Über uns funkelten die Sterne wie Tausende winzige Lichtpunkte. Ich hatte mich fest in meinen Wollmantel gehüllt, um nicht zu frieren. Cal hatte ebenfalls einen langen Mantel übergezogen, und die Sohlen seiner Schuhe klapperten leise auf dem Asphalt.

»Ist mit deinem Vater alles glimpflich abgelaufen? Oder hast du eine Strafe bekommen?«

Cal zog die Schultern hoch und wirkte etwas unbehaglich. »Horatio hat alle Schuld auf sich genommen. Er hat mir nichts von seinem Plan erzählt und uns alle damit überrumpelt. Er hat es auf die Geschichte mit Tamrina geschoben. Dass er sie immer noch will, dass er sie zurückerobern wollte, und uns nichts davon erzählt hat. Er hat ihre Patrouille ausspioniert,

490

damit ausgerechnet *sie* es ist, die uns an der Grenze stellt.« Cal ließ die Schultern wieder sinken und vergrub die Hände in den Taschen. »Ist natürlich eine super Ausrede, und so was traut man ihm locker zu, aber die Amethyst fanden es trotzdem nicht lustig. Weil Tamrinas Verlobter ihn zu einem Zweikampf herausgefordert hat, belassen sie es bei einer Geldstrafe.«

»Ein Zweikampf?« Ich sah Cal von der Seite an. Die Art, wie er das Wort ausgesprochen hatte, hatte mich aufhorchen lassen.

»Ja.« Cal klang angespannt. »Die gehen gerne mal tödlich aus.«

»Mein Gott.« Ich war entsetzt. Horatio würde sich einem Kampf auf Leben und Tod stellen müssen?

»Horatio packt das schon. Er ist ein guter Kämpfer.« Cal klang, als würde er sich selbst Mut zusprechen. Dann drehte er sich im Gehen zu mir und rang sich ein Lächeln ab. »Lassen wir dieses Thema jetzt und reden über etwas Erfreulicheres. Das war ein schöner Ball.«

Bei einem so rasanten Themenwechsel wurde einem ja fast schwindelig. Doch ich spielte mit, denn ich spürte, dass er nicht weiter darüber reden wollte.

»Das fand ich auch.« Ich lächelte ihn an. »Und was haben wir noch vor?« Ich konnte meine Aufregung kaum verbergen. »Und vor allem, bin ich in einem Abendkleid dafür passend angezogen?«

Cal hauchte mir im Gehen ein Kuss auf die Wange. »Du bist perfekt angezogen, gerade weil du ein Abendkleid trägst.« Er blieb stehen und lächelte geheimnisvoll. »Wir haben eine Einladung bei den Fawn.«

»Was?«, hauchte ich atemlos.

»Kein Scherz.« Cal wirkte genauso aufgeregt wie ich. »Erinnerst du dich, dass wir im Spitzohr darüber geredet haben, dass ein Fest der Fawn eine gute Gelegenheit ist, in das Kartell zu gelangen?«

Daran erinnerte ich mich. »Nolan sagte, dass es praktisch unmöglich ist.«

Cal lachte leise. »Ich aber habe es geschafft, dass wir die heutige Veranstaltung besuchen dürfen, unter dem Vorwand ›die diplomatischen Beziehungen zu vertiefen‹.« Er lachte schon wieder. »Auch Vater ist ja schon länger mit den Fawn im Gespräch. Er will sie überzeugen, dass sie sich auf unsere Seite schlagen. Doch sie zieren sich noch etwas, mit dem Argument, dass sie uns nicht zu 100 Prozent vertrauen. Lassen wir unseren Charme spielen, wickeln wir sie ein.« Er sah mich an, und seine Augen leuchteten. »Das ist unser Ticket in das Kartell. Du kannst überprüfen, ob die Zahnfeen Halsreifen tragen. Wir können uns in einem unbeobachteten Moment etwas genauer umsehen. Das ist eine einmalige Chance. Wer weiß, was Vater heute Nacht für Sanktionen verhängt wegen unseres Spektakels auf der Ashcourt. Es ist schrecklich kurzfristig, aber die Chance sollten wir uns nicht entgehen lassen.«

»Warum hast du nicht schon eher etwas gesagt?«

»Weil ich wollte, dass du diese Zeit mit deinen Freunden genießt. So wie ich dich kenne, hättest du sofort losgewollt.«

Ich konnte mir ein Lächeln nicht verkneifen. Er kannte mich gut.

»Die Fawn feiern die ganze Nacht, wir haben also Zeit genug. Was sagst du?«

Mein ganzer Körper begann vor Aufregung zu kribbeln. Ich würde das Kartell der Fawn sehen, das als das schönste von ganz Obskuris galt. Vielleicht würden wir dort den entscheidenden Hinweis finden.

Unser Besuch könnte über das Schicksal der Welt entscheiden.

Ich zögerte nicht. »Es wäre mir eine Freude.«

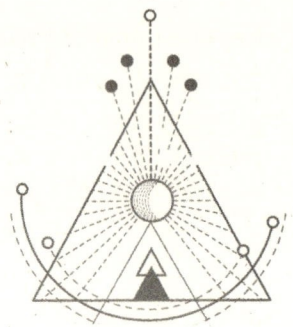

Kapitel 38

Wir überwanden die Leylinie und fanden uns im Grenzland wieder. Zunächst verschwanden wir zwischen einigen hohen Wolken, weil Cal sich angeblich erst *einmal einen Überblick über die Lage verschaffen* wollte. Ich war mir sicher, dass er mich nicht beunruhigen wollte. Dennoch glaubte ich, dass er nach den Wachen seines Vaters Ausschau hielt, die eine Weiterreise durch den Dunkelstrom eventuell verhindern wollten.

Doch dann entspannte er sich, kraulte Nyncis zwischen den Ohren, und wir verließen unser Versteck.

Wir reihten uns in die Schlange derer ein, die sich dem Dunkelstrom näherten. Cal überholte geschickt ein paar andere Noctua, doch niemand beschwerte sich, dass wir uns vordrängelten.

Im Dunkelstrom selbst hatte ich mal wieder das Gefühl, zu sterben. Wann würde das endlich aufhören? Ich schnappte immer noch nach Luft, als wir nur wenig später in das Kartell der Fawn geschleudert wurden.

Wenn schon die Amethyst den Zugang zu ihrem Kartell überwachten, dann waren das, was die Fawn betrieben, regelrechte *Grenzkontrollen*. Ich sah mich um. Eine schier endlose Anzahl von Wachen bildeten einen großen Halbkreis um den Ausgang des Dunkelstroms. Es mussten bestimmt über 200 Alpha sein. Im Inneren des Halbkreises befanden sich noch weitere Wachen, die die Reisenden in Empfang nahmen und befragten. Manche mussten sogar ihre Kisten und Koffer öffnen, die sie dabeihatten. Auch jene, die ganz offensichtlich Lebensmittel lieferten, wurden akribisch durchsucht.

Wir wurden sofort abgefangen. Die weibliche Alpha auf ihrem Reittier, einer bläulich schimmernden Motte, musterte uns streng. Ihr vanilleblondes Haar fiel ihr in winzigen Löckchen über die Schultern. Sie hatte es mit mehreren kunstvoll gestalteten Spangen aus einem blau schimmernden Metall gebändigt. Ihre Kleidung war ganz in Erdtönen gehalten. Die Bluse aus Leinen besaß kunstvolle Rüschen, die Weste darüber war mit Ziernähten geschmückt, und ihre eng sitzende Reithose passte perfekt zu den glänzenden Stiefeln. An ihrem Handgelenk baumelten dutzende Armreifen. Sie alle waren mit Edelsteinen verziert. Doch es waren ihre Augen, die meine Aufmerksamkeit erregten. Sie waren hellbraun, aber um ihre Iris schien jeweils ein Kranz aus Feuer zu tanzen. Als sie noch näher kam, um mich zu mustern, konnte ich nicht wegsehen.

»Was ist?« Sie klang, als habe ich sie persönlich beleidigt. »Gibt es ein Problem?«

»Es ist unser erster Besuch in diesem wunderschönen Kartell.« Cal klang, als habe er vorher noch einen ganzen Eimer Honig geschluckt. »Wir freuen uns schon sehr.«

»Nennt euren Namen und euer Anliegen. Seid ihr geschäftlich hier, Kopfgeldjäger?« Sie musterte uns beide erneut und schien mich zum Glück für eine Onyx zu halten.

Cal stellte uns vor. Am Augenlid der Fawn zuckte ein Muskel.

»Ich muss das überprüfen.« Sie klang zwar nicht mehr ganz so unfreundlich, aber herzlich war sie nun nicht gerade.

Bevor Cal etwas erwidern wollte, zog die Alpha etwas aus einer Satteltasche, das aussah wie eine Pistole. Cal zuckte zurück, und auch ich ging automatisch in Deckung. Die Alpha schoss nach oben in die Luft. Es ertönte ein Knall und Hunderte winzige rot glühende Käfer schossen hinauf in den Himmel wie ein Feuerwerk. Jetzt wurde mir alles klar. Es war eine Signalpistole. Vermutlich war es das Zeichen, dass sie Hilfe benötigte.

Und richtig. Die Käfer verschwanden bereits in der Unendlichkeit des Himmels, als sich ein weiterer Alpha näherte. Wieder war es eine Frau, doch sie war deutlich älter, und ihre Arme waren noch kunstvoller mit Reifen geschmückt. Auch um ihre Iriden tanzte der Feuerkreis.

»Was gibt es?«, herrschte sie die Jüngere an.

»Ich brauche eine Bestätigung.«

Die Ältere nickte knapp. »Um was geht es?«

»Der Onyx sagt, sie sind nicht geschäftlich hier. Er hat eine Einladung für heute.«

Der Blick der Älteren glitt zu uns. »Habt ihr das schriftlich?«

Cal zog ein gefaltetes Ahornblatt hervor. Die Alpha schnappte es ihm aus der Hand. Als sie es aufklappte, schwebten plötzlich goldene Schriftzeichen über der gemaserten Oberfläche. Die Alpha klappte das Blatt wieder zu. »In Ordnung.« Sie gab Cal das Blatt zurück. »Klinng, du eskortierst sie bis zum Hof, dort werden sie erwartet.«

Die junge Alpha, Klinng, nickte knapp, und dann glitt ihr Blick zu uns. »Folgt mir.«

*

»Die Honeydream, die Foxglow und die Pixiepalace.« Cal deutete nacheinander auf die drei Segelschiffe, denen wir uns näherten. Sie alle waren aus rotbraunem Holz gebaut, und ihre Segel in eher unauffälligen Erdtönen gehalten. »Der königliche Hof befindet sich auf der Foxglow.«

Wir hielten auf das mittlere Schiff zu, das zugleich das größte war. Auf den Landungsbrücken war nicht viel los, genauso wie an dem breiten Deck, das verschwenderisch mit Edelsteinen in allen Farben geschmückt war. Wir ließen Nyncis zurück, der sofort mit der blauen Motte Kontakt aufnahm, in dem sie sich in einer wilden Schraube hinauf in den Himmel schwangen.

Ich hatte nicht viel Zeit, mich umzusehen, denn Klinng ging in Siebenmeilenschritten voraus. In den Schiffbauch führten Lianen, die ihre kräftigen Wurzeln über das Deck streckten. Ich konnte nicht verbergen, wie simpel und doch genial diese Idee war. Die Blätter der Lianen wuchsen so, dass man sie als Treppenstufen nutzen konnte. Unten erwartete uns ein ähnliches Plateau wie bei den Xanthic, nur dass von hier aus Heißluftballons in das Reich der Fawn führten.

Doch bei genauerem Hinsehen schienen es gar keine Gasballons zu sein. Das Äußere wirkte wie übergroße, von innen leuchtende Pollen, die von allein in der Luft schwebten. Jeweils drei lange Seile führten hinab und hielten einen geflochtenen Weidenkorb, in dem vier oder fünf Noctua Platz fanden.

Klinng sorgte dafür, dass wir einen Korb für uns allein bekamen. Kaum, dass wir drei an Bord waren, sagte sie: »Zum Hof des Königspaars« und die Polle flog von allein los. Unter uns erstreckten sich unendliche Weiten aus Grün, das von zart türkis schimmernden Seenplatten durchbrochen wurde. Am Himmel leuchteten gleich drei bläulich schimmernde Lichtkugeln. Der Ballon sank etwas tiefer, als eine warme Windböe über das Firmament strich. Sofort war mir warm.

Cal hatte seinen Mantel bereits geöffnet, nun streifte er ihn ab. Dann half er mir aus meinem. Klinng warf uns einen schnellen Blick zu, sagte aber nichts. Von höflichem Small Talk schien sie eindeutig nichts zu halten. Wir hingen die Mäntel über die Brüstung und lehnten uns dann darüber.

»Siehst du das Grüne dort hinten?« Cal deutete geradeaus.

Ich sah hier überall nur grün.

»Der Wald umschließt den Hof. Er ist wie ein lebender Schutzschild.«

Aha. Das klang interessant. Ich reckte den Kopf nach dem dunkelgrünen Band, das sich in der Ferne erstreckte.

Plötzlich umgab uns ein kleiner Schwarm Flugwesen. Ich duckte mich, doch Cal lachte. Sie sahen aus wie Mäuse mit Flügeln. Sie zwitscherten hell, und ihre kleinen schwarzen Knopfaugen musterten uns interessiert.

Eine ließ sich auf dem Rand des Korbs nieder, kam zu mir und fiepte. Vorsichtig streichelte ich ihr seidiges Fell.

»Verschwindet!« Klinng schlug nach den Flugmäusen.

Der Schwarm flüchtete laut quietschend.

Mannomann, Klinng war echt eine Spaßbremse.

»Sind sie gefährlich?« Ich konnte mich nicht bremsen.

»Nein.« Mehr Antwort bekam ich nicht.

Cal legte einen Arm um mich. »Schau, wir sind schon bald da.« Er streichelte meinen Rücken, als wollte er mich trösten.

Vor uns schien der Wald seine Ausläufer über die sanften Hügel zu strecken. Die Bäume trugen Laub und Nadeln, die fast schwarz wirkten. Ich runzelte die Stirn. So wirklich einladend wirkte das Dickicht dort unten nicht. Die Bäume bewegten sich, als würden sie sich uns entgegenrecken. Mir lief ein kühler Schauer die Wirbelsäule hinab. Irgendwie kam mir das fast wie eine stumme Drohung vor.

Wir sanken noch tiefer. Die Spitzen der Baumkronen kamen nun ganz nah. Manche Blätter waren tatsächlich schwarz. Etwas blitzte auf, und ich reckte neugierig den Kopf. In jeder Astgabel schimmerte etwas. Was war das?

Ich beugte mich noch näher über den Rand des Korbs. Dann endlich konnte ich erkennen, um was es sich bei dem Glitzern handelte. In jeder Astgabel, und sei sie noch so klein, wuchs ein Edelstein, perfekt facettiert und makellos durchscheinend.

Wie wunderschön. Ich drehte mich zu Cal und strahlte ihn an.

Eine winzige Lichtung kam in Sicht.

»Wir sind da«, wisperte Cal. Er drückte ermutigend meinen Arm.

Trotzdem war ich aufgeregt. Was würde uns hier erwarten?

Klinng manövrierte uns zielsicher zwischen die Bäume. Kaum, dass wir wenige Zentimeter über dem Gras schwebten, öffnete sie eine Tür in dem Korb. »Eure Mäntel könnte ihr bei mir lassen.«

»Vielen Dank«, sagte Cal.

Das bedeutete wohl, dass die wortlose Klinng uns auch wieder abholen würde. Juhu.

»Geht, ihr werdet erwartet.« Mit diesen Worten scheuchte Klinng uns aus dem Korb.

Am Rande der Lichtung, halb im Schatten der düsteren Bäume, entdeckte ich einen Alpha.

Cal wollte noch etwas sagen, aber da hatte Klinng sich bereits abgewandt, und der Korb gewann wieder an Höhe.

Cal zuckte mit den Schultern, und gemeinsam gingen wir über die Lichtung.

Der Alpha, der uns erwartete, war geschätzte zwei oder drei Jahre älter als Cal und ich. Er war bestimmt zwei Meter groß und hatte breite Schultern. Trotzdem wirkte er nicht übermäßig muskulös, eher wie ein Zehnkämpfer, der stundenlanges Verausgaben bis zur völligen Erschöpfung als nette Herausforderung betrachtete. Er trug eine Reithose, die lässig tief auf seiner Hüfte saß und ein eng geschnittenes Leinenhemd ohne Ärmel, das seine ansehnlich gerundeten Oberarme betonte.

Der Alpha musterte uns, so wie wir ihn musterten.

Sein Haar war lang und so schwarz wie das von Cal, doch es besaß einen bläulichen Schimmer. Sein Gesicht war makellos schön, es war markant, mit hohen Wangenknochen, ausgeprägtem Kinn und einem strengen Zug um den Mund. Auch in seinen Augen loderten die Flammenkränze.

Als sein Blick über Cals Anzug glitt, hob er ein klein wenig die Brauen, als wolle er sich darüber lustig machen. Doch dann hatte er sich wieder im Griff.

»Callahan. Hast du es doch noch geschafft.«

»Drystan.« Cal nickte ihm zu. »Alles gut?«

Drystan lächelte, doch es wirkte mehr wie ein Zähneblecken. »Verdammt, ich würde dich gerade auf so viele Arten töten wollen«, raunte er durch geschlossene Zähne. Sein strahlendes Lächeln verrutschte dabei nicht. Seine Stimme, tief und rau wie ein Reibeisen, klang, als würde ihn das alles hier langweilen. Seine Drohung kam aber wohl an, denn Cal stutzte erst, bevor er sich ein Lachen abrang. »Dann stell dich hinten an, Hauptmann.« Cal deutete auf mich. »Das ist Erin.«

Drystan nickte mir knapp zu, dann schwang er herum. »Folgt mir. Es ist nicht weit.«

Eine Drohung zur Begrüßung, was für ein seltsames Ritual.

Wir gingen einen schmalen Pfad zwischen den Bäumen entlang. Die Dunkelheit schien noch undurchdringlicher zu werden. Ich wollte gerade nach Cals Hand suchen, da wurde der Weg wieder breiter. Leuchtende Käfer flogen zwischen den Stämmen umher, und im Unterholz hörte ich es rascheln. Dann bogen wir um eine Kurve, und vor uns erstreckte sich eine Lichtung. Die angrenzenden Bäume schienen schief zu wachsen und so ein natürliches Dach darüber zu bilden. Beim Näherkommen entdeckte ich Elfen- und Feenwesen jeder Art und Größe. Alpha, die uns Menschen so ähnlich sahen, sich aber durch ihre flammenden Augen verrieten. Beta, die aussahen wie Kobolde, so groß waren wie Kinder, und deren grüne Haut einen ledrigen Glanz besaß. Pucks mit kleinen Hörnern, deren spitze Zähne aufblitzten im Schein der Feuer. Winzige Pixies, die auf Fliegenpilzen saßen und deren Lachen wie das Klingen von Glöckchen klang. Feen, die so anmutig wirkten und sich mit leisen Stimmen unterhielten, und Elfen, die mit Tabletts umherflogen und Köstlichkeiten verteilten.

»Der Hofstaat«, raunte Cal mir zu. »Die Fawn sind das einzige Kartell mit einer Monarchie. König und Königin müssen mit absolutem Respekt behandelt werden.«

Ich nickte knapp.

Drystan führte uns mitten zwischen die Fawn. Der Hofstaat saß in Gruppen um je ein Feuer zusammen. Sie lagerten auf weich wirkenden Blättern und hatten Platten mit Essen auf dem Schoss. Alles wirkte entspannt und wenig förmlich. Ich atmete ein wenig auf.

Plötzlich entdeckte ich ein paar Zahnfeen. Ich stupste Cal an. Keine Halsreifen, gestikulierte ich.

Cal runzelte düster die Stirn.

Dann entdeckte ich das Podest an der Kopfseite. Wir steuerten genau darauf zu. Erhöht saß ein Paar in den mittleren Jahren auf jeder Menge Moos und Blätterkissen. Dahinter hingen Vorhänge aus Blüten, und kleine Elfen schwirrten umher und zupften ordnend daran.

»Das Königpaar«, wisperte Cal. »Alizee und Thiobald von den Hügeln.«

Drystan ging zielstrebig voraus und machte dann ungefähr zwei Meter vor dem Podest Halt. Wir kamen neben ihm zum Stehen während hinter uns aufgeregtes Getuschel anschwoll.

»Meine Königin, mein König«, erhob Drystan die Stimme. »Der Besuch aus dem Kartell der Onyx ist eingetroffen.«

Königin Alizee besaß eine üppig gerundete Figur und ein scheinbar alterloses Gesicht. Ihr dunkelrotes Haar war lang und glatt, ihre vollen Lippen schimmerten in der gleichen Farbe. Ihr grünes Gewand war von aufwendigen Stickereien verziert, und ihre nackten Arme schmückten Dutzende schwere Reifen, auf denen Edelsteine glitzerten.

König Thiobald war beleibt und wirkte ein klein wenig behäbig. Seine Ohren waren spitzer als die seiner Frau. Er trug einen Vollbart, der gut in sein wettergegerbtes Gesicht passte. Über seinem mit Goldfäden durchwirkten Hemd spannte sich eine Weste aus Leder, die farblich zu seiner Hose und den Stiefeln passte.

»Verehrtes Königspaar.« Cal verneigte sich, und schnell machte ich es ihm nach. »Vielen Dank, dass ihr uns empfangt.«

Das Königspaar nickte uns huldvoll zu.

»Wie war die Anreise?« Königin Alizee sah uns abwechselnd an.

Ich lächelte, Cal antwortete. »Sehr angenehm. Wir wurden freundlich empfangen, und die Reise in dem kleinen Ballon war wunderbar. Und dann wurden wir von Drystan erwartet, der uns hergeführt hat.«

»Richtig.« Der König sah kurz zu Drystan, dann lächelte er mir freundlich zu. »Drystan von den blauen Monden ist mein Neffe, der Sohn meiner verstorbenen Schwester. Er ist der Hauptmann unserer Leibgarde.«

Nun, so ein Posten passte definitiv zu einer Statur, wie Drystan sie hatte.

Dieser nickte mir erneut wortlos zu, bevor er sich an den Rand der Veranstaltung verzog, den Blick fest auf das Podest geheftet.

Zwei weibliche Beta mit rötlich schimmernden Flügeln reichten uns Getränke.

Der König hob seinen Krug, dann tat es ihm die Königin gleich. »Auf diesen besonderen Abend.«

Wir prosteten dem Königspaar zu, und Cal gab mir durch einen kurzen Blick zu verstehe, dass es unbedenklich war. Ich spürte, wie der ganz Hofstaat uns beobachtete.

»Gibt es eigentlich einen bestimmten Anlass für dieses Fest?«, wollte ich wissen, nachdem ich einen Schluck von der süßen Flüssigkeit genommen hatte.

»Gewiss doch.« Cal strahlte mich an, während die Blicke aller anderen immer noch auf uns ruhten. »Wir feiern meine Verlobung.«

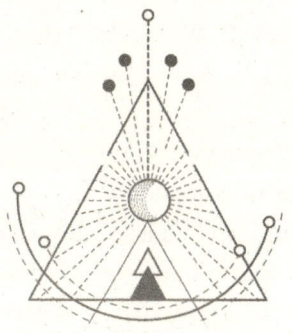

Kapitel 39

Wir feiern meine Verlobung.

Etwas in mir wurde ganz still. *Meine Verlobung.* Wieso sagte er *meine* Verlobung? So verrückt und abstrus es sein mochte, aber warum nicht *unsere* Verlobung?

Ich war noch starr vor Schreck, da schob mich Cal ein Stückchen vorwärts in Richtung des Königspaars. »Ich präsentiere euch Erin Porter. Sie ist der einzige Mensch, der uns Noctua sehen kann. Erin ist ein Geschenk für meine Verlobte. Sie ist eine Gabe des Vertrauens der Onyx an die Fawn, sie besiegelt unser Bündnis, so wie diese Verlobung die Verbindung unserer Völker krönen wird.«

»Was?« Mehr brachte ich nicht zustande. Ich drehte mich zu Cal um. Meine Röcke bauschten sich leicht. Hier stand ich nun, in meinem Ballkleid und sah tatsächlich aus wie ein Geschenk. »Cal?«

Warum sagte er nichts?

»Sieh mich an, Mädchen.« Die dröhnende Stimme von König Thiobald ließ mich wie automatisch herumschwingen. Doch dann schaltete sich mein Hirn wieder ein, und ich drehte mich zurück zu Cal.

»Was hat das zu bedeuten?« Mir glitt mein Becher aus der Hand und fiel klappernd zu Boden.

Cals Gesicht war eine Maske der Gleichgültigkeit. »Du solltest auf deinen König hören, mein Herz.«

Mein Herz? Er benutzte dieses Kosewort vor all diesen Fremden? Jene Worte, die er mir das erste Mal zugeflüstert hatte, als ich gerade 15 Jahre alt geworden war. Jene Worte, die er erst vor Kurzem nah an meinen Lippen gewispert hatte.

»Bring sie her.« Das war die Stimme von Königin Alizee.

»Cal?« Ich begann zu zittern. Mein Blick glitt über sein Gesicht, so wunderschön, doch mit einem Ausdruck so kalt, als wäre er aus Stein gemeißelt. »*Cal?*« Ich wollte mich auf ihn stürzen, ihn schütteln, ihn wecken ... *uns beide* aus diesem Alptraum aufwecken.

Doch ich schien die Einzige, die aufzuwachen schien. Ich sah Cal ein letztes Mal an, und dann rannte ich los. Mein langer Rock behinderte mich, doch das kümmerte mich nicht.

Einige Fawn applaudierten, als wäre meine Flucht Teil eines geprobten Schauspiels. Ich hörte Lachen und Johlen, als ich mich zwischen den Gruppen hindurchkämpfte.

Ich kam nicht weit.

Schon waren da starke Arme, die mich packten.

»Ich kann deinen Herzschlag hören, Menschenmädchen.« Drystan drehte mich um und schob mich unbarmherzig vorwärts. »Er klingt wie der eines Vogels, kurz bevor die Katze ihre Klauen in sein Fleisch schlägt.« Seine Lippen berührten mein Ohr, seine Stimme, rau und träge, schien jede Zelle meines Körpers in Alarmbereitschaft zu versetzen. »Der rasende Takt der Erkenntnis, dass es zu spät ist.«

Angst schien aus jeder meiner Poren zu dringen. Drystan gab einen tiefen Seufzer von sich, als er sie absorbierte. Seine Brust presste sich gegen meinen Rücken, seine Hand lag eng um meine Taille, während er mich vorwärtsschob.

Ich wehrte mich, trat, kratzte und schlug nach ihm.

Und Drystan lachte. »Lass es gut sein, kleines Vögelchen.« Er hob mich hoch, als hätte ich das Gewicht einer Feder. Doch ich gab nicht auf. Ich zappelte so sehr, dass ich schließlich von seinem Arm fiel.

Der Aufprall meines Körpers trieb mir alle Luft aus den Lungen, aber noch bevor mein Hinterkopf auf den Boden knallen konnte, hatte Drystan schützend seine Hand darumgelegt.

Ich rang nach Luft. Eine Träne lief mir über die Wange.

Drystans Gesicht kam meinem ganz nah, und wir starrten uns beide mit weit aufgerissenen Augen an. Die Feuerkreise um seine Iriden schienen aufzulodern.

Für den Buchteil von Sekunden blitzte da etwas auf, das ich nicht einordnen konnte.

»Leichtsinniges kleines Vögelchen«, wisperte er. Er hob mich wieder hoch, während die Fawn erneut applaudierten. Ich bekam immer noch schlecht Luft, und meine Rippen schmerzten so sehr, dass ich mich nicht mehr wehren konnte.

Drystan stellte mich auf die unterste Stufe des Podests, auf dem das Königspaar ruhte.

Ich schwankte, aber fing mich selbst, bevor Drystan eine Hand nach mir ausstrecken konnte.

»Tanz ein bisschen für uns, Mädchen, lass dich mal ansehen.« Königin Alizee schien amüsiert.

War ich ein dressiertes Hündchen oder was? Darauf konnte sie lange warten. Ich zitterte, aber ich rührte mich nicht. Stattdessen glitt mein Blick durch das Königspaar hindurch, als wäre ich ganz weit weg.

»Tanz für uns.« Jetzt klang die Königin nicht mehr amüsiert.

Ich rührte mich noch immer nicht.

»Ich bin deine Königin, und das war ein Befehl.« Sie lehnte sich ein kleines Stückchen vor. Ihre vielen Armreifen klirrten leise. »Tanze für uns.«

»Nein.« Meine Stimme, leise, aber glasklar, durchschnitt die Stille.

Aus Königin Alizees Mund schoss eine lange Zunge, dünn und gespalten wie die einer Schlange. Sie traf mich wie ein Peitschenhieb mitten ins Gesicht. Ich hörte die Haut meiner Wange aufplatzen, noch bevor der Schmerz kam.

Meine Sicht verschwamm zu einem weißen Glühen. Ich schrie auf.

»Tanze!«

Ich wankte, machte einen Schritt zur Seite, doch ich drehte mich nur so weit, dass ich Cal sehen konnte.

Er sah mich an, doch da war einfach nichts. Keine Regung, kein Gefühl und erst recht keine Sorge.

Das Blut quoll warm zwischen meinen Fingern hervor.

Wie konnte er einfach nur so dastehen? Wie konnte er mir das antun?

»Cal!« Ich schrie seinen Namen.

Hoffnungslos.

Das war nichts. Seine Haltung war aufrecht, seine Miene nichtssagend.

Ich erkannte ihn nicht mehr wieder. *Hatte ich ihn überhaupt jemals gekannt? Oder war alles nur eine große Lüge gewesen?*

»Drystan.« Jetzt war die Stimme der Königin leise, aber der Befehl darin nicht misszuverstehen. Ich ahnte Böses.

Drystan straffte die Schultern, und jemand reichte ihm einen Bogen. Ich holte erschrocken Luft.

Drystan spannte den Bogen und schoss den Pfeil ab.

Er wird mich töten. Jetzt wird er mich zur Belustigung aller töten.

Der Pfeil sauste durch die Luft. Ich sprang zur Seite. Der Pfeil jagte an mir vorbei, genau dort, wo ich gerade noch gestanden hatte und verschwand im Dickicht der Bäume, die die Lichtung säumten. Schon surrte der nächste Pfeil auf mich zu. Wieder sprang ich zur Seite. Und dann noch einer und noch einer. Ich hüpfte herum wie eine aufgeschreckte Maus.

Die Königin klatschte. »Großartig!« Ein paar andere Höflinge fielen in ihren Applaus ein.

Drystan ließ mich immer noch tanzen. Meine Wunde pochte im Rhythmus meines Herzschlags, das Atmen tat mir weh, mein Kopf schmerzte.

Es reicht.

Ich konnte nicht mehr.

Drystan legte den nächsten Pfeil an. Ich blieb stocksteif stehen. Unsere Blicke trafen sich.

Drystan spannte die Bogensehne, so heftig, dass sich die Muskeln an seinen Oberarmen wölbten.

Dein nächster Pfeil wird mich treffen, grausamer Drystan, und es ist mir egal.

Wir sahen uns immer noch an.

Es ist mir egal.

Und dann passierten mehrere Dinge gleichzeitig. Ich sah die Erkenntnis in seinem Blick, im gleichen Moment, in dem Drystan die Sehne losschnellen ließ und den Bogen hochriss.

Der Pfeil flog hoch hinauf und verlor sich in den schwarzen Baumkronen.

Ein hoher Schrei ertönte, und dann fiel etwas wie ein Stein aus dem Himmel. Ich musste zur Seite springen. Im nächsten Moment knallte es unmittelbar neben mir auf den Bogen. Es war ein Wesen, das aussah wie eine Mischung aus Fisch und Vogel. Seine Schuppen schillerten wie Sonnenlicht in einer Regenpfütze, seine bunten Flügel schlugen noch ein paar Mal, bevor es sich nicht mehr rührte. Ein Pfeil ragte durch seine Brust.

Wieder klatschte die Königin. »Wie amüsant, mein lieber Drystan.«

Der König lachte dröhnend.

Drystan und ich sahen uns immer noch an. Seine Worte von vorhin schossen mir durch den Kopf.

Leichtsinniges kleines Vögelchen.

Er hätte mich töten können, aber das hatte er nicht. *Warum?*

Ich sah nach unten. Der kleine tote Vogel kam mir vor wie eine Warnung.

Ich sah zurück in sein Gesicht, und als Drystan den Bogen sinken ließ, nickte er ganz leicht.

Mein Blick glitt zu Cal. Sein Mund war eine gerade schmale Linie, seine Nasenflügel blähten sich.

Eine Regung. War das eine Regung? Galt sie mir oder Drystan?

»Eine höchst amüsante Vorstellung«, rief König Thiobald. »Aber jetzt ist es Zeit für die Hauptperson dieses Abends«.

Wie auf ein geheimes Zeichen bewegte sich etwas hinter einem der langen Vorhänge aus Blüten. Ganz langsam wandte ich mich dem Ort des Geschehens zu. Fliegende Pixies erschienen und schlugen aufgeregt mit ihren durchsichtigen Flügeln.

Ich kämpfte am Rande einer Ohnmacht. Das hier war einfach zu viel. Ich konnte nicht mehr.

Langsam zogen die Pixies die Stränge von Blüten auseinander.

König und Königin hatten sich erhoben. »Unsere einzige Tochter und nun deine Verlobte, Callahan von der Shadowfall.«

Die junge Frau, die ins Licht der Feuer trat, raubte mir den Atem. Welliges Haar, ein herzförmiges Gesicht, eine natürliche Anmut in jeder ihrer Bewegungen. Ihr Kinn war energisch gereckt, ihr Blick hoheitsvoll.

Und ich *kannte* sie.

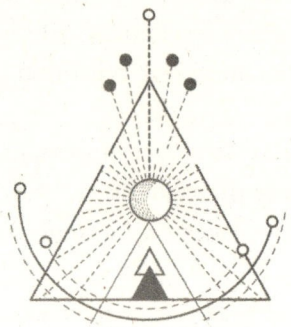

Kapitel 40

Bitte, lass mich einfach verschwinden. Bitte mach, dass ich mich selbst vergesse, mich an nichts erinnere, mich einfach auflöse.

Cal trat zielstrebig auf das Podest zu.

Doch sein Blick galt nicht mir. Mir, die immer noch mit blutverschmiertem Abendkleid und dem toten Vogel zu Füßen darauf wartete, dass all dies nur ein Trugbild war.

Nein, er ging auf *sie* zu. Sie, die nun überlegen lächelte, sie, die so makellos perfekt aussah in ihrem silbrig schimmernden Nichts von Kleid, sie, mit der ich vor gar nicht allzu vielen Wochen noch Handynummern getauscht hatte.

Melissa Naira Stratford. Das reiche Mädchen, mit dem eigenen Büro und dem eiskalten Verhandlungsgeschick.

Ganz langsam ließ ich mich auf den Boden sinken. Meine

Handfläche streichelte über die samtenen Schuppen des toten Vogels.

Sie hatten mich vorgeführt, die ganze Zeit über, und das hier war ihre krönende Vorstellung.

Ich hatte keine Tränen mehr.

Cal zog Melissa in seine Arme und hauchte ihr einen Kuss auf die Wange. Dann drehten sich beide zu dem Königspaar und verbeugten sich.

Der gesamte Hof brach in Jubel aus. Der König stellte sich zwischen Cal und Melissa. »Ich präsentiere euch Callahan Kymragh und Naira von den Hügeln. Dieses Bündnis wird uns im Kampf gegen das Triumvirat einen.« Der Jubel wurde noch lauter.

Melissa sah zu mir, dann warf sie mir eine Kusshand zu.

Ich hasse dich, das weißt du, oder?

Ich sah sie nicht mehr an. Mein Blick ruhte auf dem toten Vogel. Drystan hatte recht. Ich *war* das leichtsinnige Vögelchen. Ich hatte geglaubt, unsere Welten waren nicht zu verschieden, unsere Probleme nicht so groß, dass sie eine Liebe wie unsere zerstören konnten.

Aber ich hatte mich geirrt.

Noch mal strich ich sanft über die Schuppen des Vogels. Ein Beinchen zuckte. Ich schreckte zurück.

Und im nächsten Moment färbte er sich komplett weiß. Der Pfeil, der seine Brust von unten nach oben durchbohrt hatte, zerfiel zu Staub.

Um mich herum jubelten die Höflinge immer noch ekstatisch. Der Vogel sprang auf die dünnen Beinchen und dann auf meine Hand. Reflexartig hob ich sie an, bis er mir in die Augen sehen konnte. Er zwitscherte einmal kurz, dann deutete er mit dem Schnabel in den Himmel.

Was willst du mir sagen?

Ich sah mich misstrauisch um. Niemand beachtete mich. Sie alle jubelten und riefen Glückwünsche. Nur eine Person hatte keinen Blick für das junge Glück.

Drystan starrte mich an. Seine Augen glitten von mir zu dem Vogel und dann wieder zurück.

Schnell sah ich weg. Der Vogel schüttelte sich, und eine Feder löste sich von seinem Flügel. Noch mal schien er mich eindringlich anzusehen. Dann hob er ab und schoss hinauf in die Dunkelheit. Ich sah ihm nach und schloss reflexartig die Faust um die Feder.

Flieg davon, Vögelchen. Flieg davon und …

Plötzlich verstand ich. Genauso wie der Vogel sollte ich die Gelegenheit für eine Flucht nutzen. Der Vogel hatte eine zweite Chance bekommen, und ich würde es auch. Ich zwang meinen schmerzenden Körper in die Senkrechte und schob die Feder in meinen Ausschnitt.

Dann glitt mein Blick zu dem, der in mir nicht nur das blutende Menschenmädchen zu sehen schien, das weinend auf dem Podest zusammengebrochen war.

Drystan war echt gut. Er schien meinen Gesinnungswandel sofort zu spüren. Seine Brauen sanken nach unten und er richtete sich auf, als wäre er auf dem Sprung.

Doch ich hatte keine Zeit für weiteres Zögern. Er war auf der anderen Seite des Podests. Wenn ich mich links hielt und mich dann von dort aus so schnell wie möglich in den Wald schlug, hatte ich vielleicht eine Chance und …

Lauf!

Ich sprang die Stufe herunter und rannte los.

*

Ich hörte die Rufe der Höflinge, die dröhnende Stimme des Königs und wie Drystan einen scharfen Befehl brüllte.

»Nicht der Wald!« Eine Beta war aufgesprungen und wedelte aufgeregt mit den Armen. Sie hatte das Gesicht eines Schmetterlings, mit großen schwarzen Facettenaugen und aufgerollten Fühlern. Ich stieß sie grob zur Seite. Durch die dünnen Sohlen meiner Ballerinas fühlte ich die ersten Wurzeln der Bäume.

Das Unterholz knackte, als ich mich durch das Dickicht schlug. Zweige zerbrachen, bunt gemusterte Pilze stießen Pollen in die Luft, und kleine Tiere schienen panisch Reißaus zu nehmen.

Ich riss meinen Rock hoch bis über meine Knie, damit ich mich einigermaßen frei bewegen konnte.

»Bleibt ihr bei den Hoheiten«, rief Drystan. Ich sah mich im Laufen kurz um. Er war umgeben von hochgewachsenen Alpha, die vermutlich die Leibgarde des Königspaars darstellten.

»Das Vögelchen fange ich allein.«

Ich rannte weiter, doch mir war klar, dass jedes Geräusch mich verraten würde. *Und wenn ich wartete, bis er mich passiert hatte?*

Ich wich hinter einem breiten Baumstamm zurück. Die dichten Baumkronen ließen nur wenig Licht bis zum Boden dringen. Trotzdem erkannte ich seine schemenhafte Gestalt sofort. Er kam direkt in meine Richtung.

Bitte, lass ihn vorbeigehen, lass ihn einfach vorbeigehen.

»Und da ist er wieder.« Drystans markante Stimme durchschnitt die Stille. »Der rasende Herzschlag eines kleinen Vogels.«

Ich presste eine Faust vor die Lippen, um ja kein Geräusch zu machen. Tränen rannen mir über die Wangen.

Drystan summte eine leise Melodie. Dann war es still. Gespenstisch still.

Und im nächsten Moment stand er direkt vor mir.

»Wen haben wir denn da?«

Ich wollte ihm ausweichen und die Beine in die Hand nehmen, da schnalzte Drystan kurz mit der Zunge. Der Baum, hinter dem ich mich versteckt hatte, fing mich ein.

Ich war viel zu perplex, um zu reagieren. Die Rinde öffnete sich, dehnte sich zu mir aus und schnappte dann zu wie eine Fliegenfalle. Lediglich mein Hals und der Kopf blieben frei. In meinem Rücken spürte ich den lebendigen Teil des Baumes pulsieren wie ein Herzschlag.

Drystan grinste. »Hab dich.«

»Ich scheine dir ja wirklich am Herzen zu liegen«, zischte ich. Dann fiel mir etwas Entscheidendes ein. Drystan war ein Feenwesen.

Und Feenwesen konnten nicht lügen.

»Warum jagst du mich?«

Sein rechter Mundwinkel hob sich leicht, was mit sehr viel gutem Willen ein Lächeln hätte sein können. »Ich hätte auch meine Männer schicken können. Sie hätten dich längst gehabt.«

Richtig. Er hatte seine Leute sogar zurückgepfiffen. Aber er wich mir mit dieser Antwort aus. Nicht mit mir. »Warum immer du?«, wisperte ich.

Er kam noch näher. »Weil es mir Spaß macht.«

Und das war die Wahrheit. Es schien, als wäre ich sein persönliches Feindbild, eine Trophäe, die er ganz für sich allein beanspruchen wollte.

»Ich habe dir nichts getan. Vielleicht hasst du uns Menschen generell, vielleicht kannst du auch bloß mich nicht leiden. Aber egal, was es ist, es tut mir leid, und ich bitte dich, mich gehen zu lassen.«

Drystan sah mich an, aber er erwiderte nichts. Es gab nur einen Grund für Feenwesen, in einer Auseinandersetzung wie dieser nichts zu sagen.

Sie schwiegen, weil sie nicht lügen konnten, obwohl sie in es in diesem Moment gerne getan hätten.

»Bitte«, flüsterte ich. »Ich kann nicht mehr. Mir tut alles weh. Ich will einfach nur noch weg von hier. Bitte …« Meine Stimme brach, und ein Weinkrampf schüttelte meinen Körper. »Bitte lass mich gehen«, flüsterte ich, als ich wieder sprechen konnte. »Ich muss mich verstecken, vor ihm, vor ihr, ich weiß nicht, wo ich hinsoll in meiner Welt, denn sie wissen, wo sie mich finden. Ich werde mich verstecken müssen, vielleicht für immer …« Ich neigte den Kopf. »Bitte …« Meine Stimme wurde noch leiser. »Drystan …« Ich wisperte seinen Namen. »Lass mich gehen.«

Drystan schnalzte leise mit der Zunge. Der Baum ließ mich frei. Die Rinde wich zurück, das Pochen verschwand.

Ich schwankte, doch dann fand ich meinen Halt wieder. Ich sah hinauf in Drystans Gesicht. War ich wirklich frei? Würde er mich gehen lassen?

»Danke. Vielen Dank, ich kann dir gar nicht sagen, wie sehr …«

»Das Königspaar erwartet uns.« Seine Hand schloss sich um meinen Oberarm. »Gehen wir.«

Ein Schrei der Verzweiflung löste sich aus meinen Lungen. Ich schlug um mich, trat und kratzte ihn. Mit aller Kraft versuchte ich, mich loszureißen.

Meine Nägel erwischten seinen Oberarm, wo sie vier blutige Spuren hinterließen.

Bisher hatte Drystan mich abgewehrt, wie man ein wütendes Kind bändigte. Jetzt wandte er einen Griff an, der mich praktisch sofort bewegungsunfähig machte. Er hielt meine Handgelenke fest und nutzte meine eigenen Arme, um meinen Rücken gegen seine Brust zu pressen.

Wieder wollte ich mich losreißen, doch nun waren seine Hände wie Schraubzwingen aus Stahl. Ich schrie auf vor Schmerz, als ich meine Arme gewaltsam freibekommen wollte.

Drystan gab einen Laut von sich, der aufgebracht und verzweifelt zugleich klang. »Ich will dir nicht wehtun.«

»Ach ja?«, keifte ich. »Das kannst du doch so gut.«

»Habe ich dich verletzt?« Jetzt klang er wütend. »Bei mir warst du heute Nacht nicht einen Moment in Gefahr.«

Er hatte recht, das musste ich mir eingestehen. Die Königin hatte mir die blutende Wunde an der Wange zugefügt, und für den seelischen Schmerz war hauptsächlich Cal verantwortlich.

»Lass mich gehen. Der Wald macht mir keine Angst.«

»Ich kann dich nicht gehen lassen«, keuchte er. »Ich darf dich nicht gehen lassen«, fügte er schnell noch hinzu.

Verzweifelt wand ich mich in seinem Griff. Nichts zu machen. Ich schnaufte und gab auf. Resigniert hing ich in seinem Griff. Meine Wunde pochte wie verrückt.

»Sei vernünftig, Vögelchen.« Drystan lockerte seinen Griff, kaum dass mein Widerstand nachließ.

Aus dem Augenwinkel sah ich einen schweren Ast unter einem Strauch liegen. Totes Gehölz, das hoffentlich nicht zum Leben erwachen würde.

»In Ordnung.« Ich seufzte laut. »Du hast gewonnen.«

Drystan ließ mich los, eine Hand legte er locker an meinen

Rücken, um mich zurück zur Lichtung zu eskortieren. Die Berührung, seine Finger auf meiner nackten Haut, brachte mich eine Sekunde lang aus dem Konzept. Wir gingen zwei Schritte.

Sein Daumen bewegte sich ganz leicht.

Oh Drystan, du hast keine Ahnung.

Ich wollte ihn nicht verletzen. Ich hatte noch nie das Bedürfnis gehabt, jemanden zu verletzen. Nicht mal Cal, nachdem er mich damals …

Keine Zeit für Zweifel.

Ich duckte mich und schwang herum. Schon war ich bei dem Busch und zog den Ast hervor. Ich hob ihn hoch, als Drystan sich zu mir umdrehte.

Keine Zweifel. Schlag zu.

Der Ast war fürchterlich schwer.

Jetzt!

»Erin, nicht …« Er rief meinen Namen, in der Sekunde, in der ihn der Ast seitlich am Kopf traf. Die Haut über seinem Wangenknochen riss auf, dann verlor er das Bewusstsein. Fast geräuschlos sackte Drystan in sich zusammen.

Einen ewigen Moment lang war ich von mir selbst angeekelt, paralysiert vor Schock und dem Anblick, der sich mir bot.

Atmete er noch?

Es war der erste Gedanke, der mir durch den Kopf schoss. Ich warf den Ast zur Seite, dann ging ich neben ihm in die Hocke. Vorsichtig presste ich zwei Finger an Drystans Hals. Unter meiner Haut pulsierte es.

Ein Glück. Ich kam wieder hoch, betrachtete ihn erneut. Blut rann über seine Wange und dann hinab in das Gras.

Wieder schämte ich mich. Dann fiel mir das kleine Messer an seinem Gürtel auf. Ich beugte mich über ihn und zog es aus der Scheide. Dann strich ich ganz kurz über Drystans große Hand, die locker über seinem Bauch lag.

»Es tut mir leid«, wisperte ich, als ich wieder hochkam.

Ich umgriff das Messer fester, rannte los und sah nicht mehr zurück.

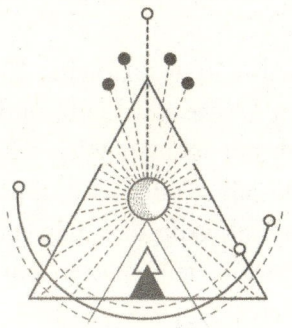

Kapitel 41

Der Wald wurde noch dichter, und es fiel mir schwer, voranzukommen. Wieder musste ich mein Kleid ein gutes Stück über die Knie anheben, damit ich mit dem lästigen Stoff nicht ständig an irgendwelchen Büschen oder Dornenranken hängen blieb. Von irgendwoher erklangen Hörner. Sie wirkten wie ein Kriegsruf in der Dunkelheit. Ob das Heer der Leibgarde nun seine Verfolgung aufnahm?

Ich schluchzte auf und lief noch schneller. Spitze Blätter kratzten an meinen nackten Beinen, die dünnen Ledersohlen meiner Ballerinas schützten mich kaum vor den rauen Oberflächen der Wurzeln. Fast bohrte sich ein spitzer Stein bis in meinen Fuß.

Jetzt war es fast völlig dunkel um mich herum. Immer wieder flogen mir Insekten ins Gesicht. Ich versuchte, jeden Gedanken daran zu vermeiden, wie sie sich in meinen Haaren verfingen. Noch mal dröhnten die Hörner in der Ferne auf.

Wie auf einen Befehl hin schien der Wald lebendig zu werden.

Bäume streckten ihre Äste in meine Richtung, schufen so Löcher in der dicken Decke aus Laub, und das Licht der drei Monde fiel bis hinab auf meinen Weg. Ein Busch rollte seitlich auf mich zu, und ich schaffte es soeben noch, zur Seite zu springen. Eine Liane schwang direkt in meine Richtung, und ihre handtellergroßen Stacheln sausten nur Millimeter an mir vorbei.

Wie aus dem Nichts tauchte ein Schwarm kleiner Feen auf.

Was hatte Cal noch gesagt? Elfen waren nett, Feen waren es nicht.

Diese Exemplare hier erinnerten allerdings nur entfernt an die Zahnfeen. Ihre Körper waren menschlich, doch ihre Klauen waren lang und spitz. Sie hatten wild gelocktes Haar, das in allen Schattierungen von Rot, Orange und Violett leuchtete. Außerdem hatten sie winzige Speere dabei. Sie umschwärmten mich wie ein Schwarm Moskitos und kicherten.

Dann begannen sie mich mit ihren Speeren zu attackieren. Es tat nicht sehr weh, aber die Spitzen mussten in irgendein Gift getaucht sein. Sofort spürte ich, wie es in meinem Blut zu wirken begann. Übelkeit stieg in mir auf, Schwindel machte sich in mir breit. Ich wollte den Feen ausweichen, doch es waren unkoordinierte Bewegungen, als wäre ich betrunken.

Die Feen lachten mich aus. Immer wieder stießen sie ihre Speere in meine nackte Haut.

»Verschwindet!«, rief ich.

Noch mehr Gelächter. Der Wald schien darin einzufallen, denn das Laub der Bäume raschelte plötzlich laut.

»Verschwindet!«, rief ich noch einmal, und endlich fiel mir mein Messer ein. Vielleicht traf ich ein paar von ihnen, vielleicht tötete ich sie sogar. Die Elfen kreischten auf. Ein kleiner Körper fiel auf meine Schulter und rutschte dann meinen Arm entlang. Noch mal durchschnitt ich die Luft mit dem Messer. Die Flüche wurden leiser, verhallten zwischen den Bäumen.

Die Feen waren verschwunden.

Als das Licht eines Mondes auf mein Messer fiel, leuchtete Blut darauf.

Doch jetzt hatte ich keine Zeit für Gewissensbisse. Ich ergriff den Stoff meines Kleides wieder mit beiden Händen und lief noch schneller. Mir war noch übel, doch ich schaffte es, meinen Körper vorwärts zu zwingen. In diesem Moment war ich froh, dass ich im Schulsport nicht immer auf den hinterletzten Rängen gelandet war.

Ich hatte diesen Gedanken gerade zu Ende gedacht, da schlang sich eine Wurzel um einen meiner Knöchel, und ich fiel der Länge nach hin. Sternchen tanzten vor meinem inneren Auge. Ich rang nach Luft und drehte mich reflexartig auf den Rücken. Prüfend betastete ich mein Gesicht. Mein Kinn war aufgeschrammt, dort, wo ich zuerst auf den Boden aufgeschlagen war. Noch mehr Wurzeln krochen über den dunklen Waldboden auf mich zu. Sie schlangen sich um meine Waden, und dann brach der Boden vor mir auf. Im Innern brodelte eine dunkle Flüssigkeit. Die Wurzeln zogen mich in Richtung des Erdlochs. Ich richtete mich auf und traktierte sie mit meinem Messer. Die Bäume schienen aufzustöhnen. Das Holz gab eine Art Ächzen von sich, das mir durch Mark und Bein ging. Immer noch hieb ich mit roher Gewalt auf die Wurzeln ein.

Milchiges Wasser quoll hervor, und einige helle Späne flogen in die Luft. Nochmals stöhnte das Holz auf, während das Wurzelwerk sich wie auf ein Zeichen zurückzog. Das Erdloch schloss sich mit einem feuchten Schmatzen. So schnell es ging kam ich auf die Füße und rannte weiter.

Schon wieder wurde ich von den Bäumen attackiert. Trauerweiden schwangen ihre langen hängenden Äste, und einer davon erwischte mich quer über der Brust. Der Schmerz war unbeschreiblich. Er trieb mir die Luft aus den Lungen und brannte, als habe man mich mit heißem Wasser übergossen. Mir war immer noch ganz komisch von dem Gift, und der Schmerz verstärkte die Übelkeit noch. Ich krümmte mich und übergab mich auf den Weg vor mir. Die Wunde an meiner Wange hatte inzwischen zwar aufgehört zu bluten, doch als ich mich wieder aufrichtete und mir den Mund abwischte, bemerkte ich, dass der Ast der Trauerweide die Haut an meinem Dekolleté durch den Ast aufgerissen hatte. Eine blutige Schramme zog sich von meiner rechten Schulter bis zum Ausschnitt meines Kleides. Tränen liefen mir über die Wangen, aber jetzt schluchzte ich laut auf. Langsam drehte ich mich einmal um mich selbst.

Der Wald schien endlos, und wie sollte ich es jemals schaffen, daraus zu entkommen? Ich hatte schon jetzt keine Kraft mehr, und viele Kilometer hatte ich garantiert nicht zurückgelegt. Vielleicht zwei oder maximal drei? Von oben hatte der Wald wie ein endloser dunkelgrüner Teppich ausgesehen. Was hatte ich mir nur gedacht?

Ich schluchzte erneut. Wie hatte ich nur annehmen können, dass ich aus diesem Labyrinth entkommen würde? Wir waren hierher geflogen, und es hatte mehrere Minuten gedauert.

Geflogen. Bei diesem Stichwort fiel mir etwas ein. Besser gesagt, *jemand* fiel mir ein. Als es links von mir raschelte, begann ich wieder zu rennen, obwohl mein Magen sich erneut bedrohlich hob. *Fliegen.* Das wäre eine Chance. Und ich musste jeden rettenden Strohhalm ergreifen, der sich mir bot.

Ich legte den Kopf in den Nacken, während ich rannte und rief laut »Nyncis! Nyncis, ich brauche deine Hilfe! Nyncis, bitte!«

Ich hatte immer eine gute Beziehung zu dem Wolf von Cal gehabt, und vielleicht, nur ganz vielleicht, würde er mir helfen? Würde er mir eine Flucht ermöglichen? Es war vermutlich meine einzige Chance.

Ich rannte weiter, rief seinen Namen in die Dunkelheit, und meine stete Bewegung half vermutlich, das Gift der kleinen Speere schneller abzubauen.

»Nyncis, bitte!« Schon wieder übermannte mich die Übelkeit. Ich krümmte mich, drehte mich zur Seite und übergab mich erneut. Tränen rannen mir über die Wange und brannten in meinen Wunden.

»Nyncis …« Meine Stimme klang heiser, mein Rennen war deutlich langsamer geworden. Meine Batterien waren leer, meine Kräfte gingen zu Ende. Ich konnte nicht mehr.

»Nyncis!« Ich kreischte mehr, als ich rief. »Bitte, hilf mir.«

Meine Schritte wurden immer langsamer. Schon wieder bemerkte ich, wie einige Wurzeln ihre Ausläufer in meine Richtung streckten. *Was hatte ich mir nur gedacht?* Ich befand mich mitten im Kartell der Fawn, während Nyncis sich mit einer blauen Motte im Luftraum über der Foxglow vermutlich eine tolle Zeit machte. Wie sollte er mich hier hören? Wieso hatte ich geglaubt, ich könnte ihn, genauso wie Cal es konnte, scheinbar aus dem Nichts erreichen? So eine Verbindung hatten wir nicht.

Ich blieb stehen. Es gab keine Möglichkeit mehr, Hilfe zu holen. Mein Handy steckte in der Tasche des Mantels. Mein Freund war nie auf meiner Seite gewesen und würde mich nicht retten. Sein Reittier hörte oder reagierte nicht auf mich. Resignation überkam mich. Ich sollte mich einfach hier hinsetzen und mich hinab in die Tiefe ziehen lassen.

Über mir explodierten die Baumkronen. Ein schwarzes Wesen fiel aus dem Himmel und landete direkt vor mir auf dem Waldboden. Seine Wolfsaugen leuchteten selbst in dem spärlichen Licht wie Bernstein.

»Nyncis!« Ich lachte und weinte gleichzeitig. Er fiepte und kam mit gesenktem Kopf auf mich zu. Ich schlang meine Arme um seinen Hals und drückte ihn ganz fest an mich. Er hob mich ein kleines Stückchen hoch, so wie er es immer tat, wenn er sich freute, mich zu sehen.

»Ich kann nicht glauben, dass du mich gehört hast«, flüsterte ich an seinem pelzigen Ohr. »Bitte bring mich weg von hier. Bring mich raus aus Obskuris, und dann sehen wir weiter. Ich kann nicht nach Hause, aber ich werde einen Unterschlupf finden. Aber zuerst einmal muss ich weg von hier. Ganz schnell!«

Nyncis fiepte erneut, dann machte er Sitz, damit ich mich auf seinen Rücken setzen sollte. Ich zögerte keine Sekunde. Über uns beugten sich die Bäume bedrohlich nah.

Nyncis fauchte, als er sich in die Luft erhob und schlug mit seinen kräftigen Flügeln gegen die Äste. Ich hatte mein Messer gezogen, um mich im Zweifelsfalle zu verteidigen. Mit der anderen Hand hielt ich mich in dem dichten Fell des Wolfs fest. Zum Glück hatte ich mittlerweile genug Flugerfahrung, dass ich nicht mehr von seinem Rücken herunterrutschte.

Gemeinsam kämpften wir uns durch die Blätterdecke. Schon wieder schlug mir ein Ast vor den Brustkorb. Ich hustete und dann würgte ich. Nyncis schlug erneut mit seinen Flügeln und dann endlich tauchte der Himmel über uns auf.

»Bring mich raus hier!«, rief ich erneut.

Nyncis sauste los.

Wir passierten einige der leuchtenden Pollen, doch ich duckte mich und schmiegte meine Wange an Nyncis Fell, für den Fall, dass mich jemand erkannte.

Nyncis war unglaublich schnell. Schon hatten wir die Luke der Foxglow erreicht. Geschrei wurde laut, weil die Wachen ein fremdes Reittier erkannten. Ich hatte nie verstanden, warum Reittiere anderer Kartelle keinen Zutritt zu den Schiffen hatten, aber vermutlich war es irgendeine uralte Regel.

Ich hörte Pfeile in der Luft an uns vorbeisausen, doch da jagten Nyncis bereits die Luke hinauf.

Wir hatten das Überraschungsmoment auf unserer Seite, weshalb es zwar vom Schiff aus Angriffe gab, aber die Wachen, die den Eingang des Kartells bewachten, waren zu weit weg.

Mir wurde eiskalt, als von irgendwoher ein Jagdhorn erklang. Sofort drehten einige der Wachen vom Eingang des Dunkelstroms ab. Nyncis, der sich gerade in den Rückstrom des Kartells einreihen wollte, jagte an all den Wartenden vorbei.

Hinter uns wurden Rufe laut. Alpha auf ihren Reittieren legten ihre Waffen an.

»Haltet sie auf!«

»Na los, lasst sie nicht entkommen!«

Nyncis flog eine scharfe Kurve, um einem Pfeil auszuweichen, und in diesem einen Moment passte ich nicht auf. Ich wurde von seinem Rücken katapultiert und fiel in die Tiefe.

Ich schrie auf und ruderte wild mit den Armen. Ich ließ das

Messer los und sah mit weit aufgerissenen Augen hinauf zu Nyncis.

Der drehte blitzschnell ab. Die Fawn auf ihren Reittieren kamen immer näher. Einige von ihnen hatten Speere dabei, und die ersten flogen in meine Richtung.

Einer der Speere drang durch den linken Flügel von Nyncis. Er heulte auf vor Schmerzen, dann schüttelte er sich, und der Speer löste sich aus seinem Flügel. Blut quoll aus der Wunde, und er zog einen Schweif aus roten Tropfen hinter sich her. Immer noch jagte er in meine Richtung.

Ich sah alles wie in Zeitlupe. Die Wachen auf ihren Reittieren, meine fliegenden Röcke, die sich gegen meine Beine pressten, die Besucher des Kartells, die eilig zu allen Seiten davonstoben.

Doch dann war Nyncis da. Er schoss unter mich und irgendwie landete ich auf seinem Rücken. Ich hielt mich erst an einem Ohr fest, dann drehte ich mich und konnte schließlich meine Beine um seinen Leib schlingen.

»Vielen Dank«, rief ich. »Du bist unglaublich. Was ist mit deiner Wunde? Ist es schlimm?« Nyncis gab eine Art Bellen von sich und nahm sofort wieder Tempo auf. Sein Flügel sah schlimm aus, und er tat mir leid.

Hatten wir überhaupt noch eine Chance, den Fawn zu entkommen?

Wieder schoss ein Speer an uns vorbei, dann begann sich eine Gruppe von Wachen vor dem Dunkelstrom aufzubauen. Sie wollten verhindern, dass wir ihn erreichten.

Leider nur waren sie nicht schnell genug. Sie feuerten uns ihre Pfeile entgegen, und ihre Speere pfiffen uns um die Ohren. Doch die Reittiere der Onyx waren einfach unglaubliche

Flieger. Nyncis jagte ihnen entgegen, ich duckte mich und murmelte ein Stoßgebet.

Dann warf Nyncis sich in voller Geschwindigkeit in den Dunkelstrom.

Ich hielt die Luft an so gut es ging, einfach nur um zu vermeiden, dass ich erneut Panik bekommen würde. Schon warf Nyncis sich zur Seite. Ich krallte mich mit beiden Händen in sein Fell.

Dann ragten die bekannten Wolkenberge vor uns auf. Das Grenzland! Wir hatten das Kartell der Onyx erreicht.

Doch ich erlaubte mir nicht, erleichtert zu sein.

»Bring mich raus hier«, rief ich. »Bring mich schnell raus hier!«

Nyncis jagte auf die Leylinie zu. Jetzt war es mir egal, ob uns jemand sah. Ich wollte einfach nur schnell weg von hier.

Und dann hatten wir es tatsächlich zurück auf die Erde geschafft.

Der Himmel über Dayton war wolkenverhangen.

Wo sollte ich nur hin? Ich konnte unmöglich nach Hause. Dort würden Melissa und Cal mich zuerst suchen. Ob ich zu Dylan fliegen sollte? Nein, er war noch krank und würde schlafen wie ein Stein.

Ich dachte an Rhonda. Weder Cal noch Melissa dürften wissen, wo sie wohnte. Vielleicht konnte ich dort unterkommen? Von dort aus könnte ich auch Grandma Bescheid sagen, dass es mir gut ging.

»Bring mich nicht nach Hause«, rief ich also. Nyncis verharrte in der Luft, als warte er auf weitere Befehle.

»Ich zeige dir wo. Flieg erst mal in meine Richtung.«

Nyncis fiepte und flog los.

Ich schafft es, ihn von meinem Haus aus weiter bis zu Rhonda zu dirigieren.

Ich deutete auf den Garten, der zum Domizil der Familie McRoy gehört.

»Dort unten, lass mich dort unten runter!«, rief ich. »Ihr Zimmer geht zum Garten raus, da kann ich mich bemerkbar machen. Sie ist meine Freundin, sie wird mir helfen.«

Nyncis glitt tiefer. Der Garten lag dunkel vor mir. Nyncis Pfoten hatten kaum den Boden berührt, da glitt ich von seinem Rücken. Ich drehte mich zu ihm, nahm seinen großen Kopf in meine Hände.

»Danke, vielen vielen Dank, Nyncis. Wenn wir Freunde sind, dann versprich mir, dass du ihm nicht sagst, wo du mich hingebracht hast, ja?« Schon wieder stiegen mir Tränen in die Augen. »Nyncis, wenn du mich auch nur ein bisschen magst, dann versprich es mir.« Ich strich ihm über die weiche Schnauze.

Nyncis fiepte, und dann leckte er mir über die Hand, mit der ich ihn gerade streichelte. Es war wie ein Versprechen.

»Danke«, wisperte ich. »Danke für alles. Du hast mich gerettet. Du hast mein Leben gerettet. Dafür werde ich dir auf ewig dankbar sein.«

Der große schwarze Wolf senkte den Kopf, und er wirkte fast verlegen. Dann stupste er mich ein letztes Mal an, breitete die schwarzen Flügel aus und erhob sich hoch hinauf in den Himmel.

Ich sah ihm noch einen Moment nach, dann wandte ich mich um.

Auf einer Hollywoodschaukel, die etwas abseits vor einigen hohen Rhododendron-Büschen stand, saßen Rhonda und

Freddy. Sie hielten Händchen und wirkten zu Tode erschrocken. Beide starrten mich aus weit aufgerissenen Augen an.

Ich starrte ebenso überrumpelt zurück.

Rhonda war die Erste, die aufsprang. »Mein Gott, Erin, was ist geschehen? Du bist voller Blut. Hattest du einen Unfall? Hattet ihr einen Unfall? Wo ist Cal?«

Jetzt sprang auch Freddy auf. Seine Stimme zitterte. »Du bist gerade einfach so in den Garten geschwebt. Und dann hast du mit jemandem geredet, der nicht da war. Du bist einfach geflogen.« Er formulierte das letzte Wort, als könne er nicht glauben, was er da sagte. »Einfach so.«

Rhonda machte eine wegwerfende Handbewegung, dann war sie bei mir. »Erin, bitte sag doch was. Bist du verletzt? Was ist geschehen?«

In meinem Inneren brachen alle Dämme. »Es war alles eine große Lüge.« Ich schluckte krampfhaft. »Alles. Er hat mich nur benutzt.« Ich sah Rhonda an, und dann glitt mein Blick zu Freddy, der mittlerweile neben mir stand. »Er hat mich wortwörtlich *verschenkt!*« Ein irres Lachen schüttelte meinen Körper. »Ich war sein Geschenk! Geschenk!«

Freddy wirkte völlig schockiert, sein Blick glitt zwischen mir und Rhonda hin und her. »Hatte sie einen Unfall? Eine Gehirnerschütterung? Wir müssen den Notarzt rufen.« Er wollte sein Telefon zücken.

»Nicht.« Das war alles, was Rhonda sagte, dann zog sie mich in ihre Arme.

»Er hat mich verschenkt«, weinte ich an ihrer Schulter.

Rhonda streichelte meinen Hinterkopf. Dann kam Freddy hinzu und nahm uns beide in die Arme. »Sssscchhhh«, machte er. »Gehen wir rein, und dann sehen wir weiter.«

»Und jetzt«, sprach ich weiter, und schon wieder wurde

mein Körper von einem Weinkrampf geschüttelt. »Kann ich nicht nach Hause, weil er weiß, wo ich wohne. Er wird mich holen kommen. Er wird mich holen, weil er mich verschenkt hat.«

»Dieser kranke Mistkerl«, flüsterte Rhonda. »Ich habe ihm nie getraut.«

In dem Zimmer, das an die Terrasse grenzte, gingen die Lichter an. Dann wurden Vorhänge zur Seite gezogen, und ein Strahler erhellte den Garten. Dr. McRoy stand im Pyjama in der Tür.

»Kinder, ich weiß, die Sterne sind romantisch, aber so langsam wird es wirklich zu kalt. Kommt rein, ich koche euch einen Kakao, und dann ziehe ich mich zurück. Aber bitte friert um Himmels willen nicht an der Schaukel fest, nur weil ihr Händchen halten wollt.« Seine Stimme klang so liebenswürdig, dass ich erneut in Tränen ausbrach.

»Erin?« Dr. McRoy klang überrascht.

»Sie hatte eine kleine Auseinandersetzung mit ihrem Freund, und ich glaube sie ist auch hingefallen.« Rhonda drehte sich zu ihrem Vater. »Kannst du uns helfen? Sie will nicht nach Hause, weil sie denkt, dass er dort auftaucht.«

Dr. McRoy kam über die Terrasse gelaufen. »Aber natürlich. Erin, wir bringen dich rein, und ich schaue mir das mal an. Rhonda, du sagst bitte ihrer Großmutter Bescheid, dass Erin heute Nacht bei uns bleibt. Freddy, stütze Erin mal auf der anderen Seite.«

Schon wieder wurde mein Schluchzen lauter. Doch dieses Mal war es nicht aus Wut und Schmerz. Jetzt war es das überwältigende Gefühl von Dankbarkeit. Egal, was passieren würde, ich war nicht allein. Ich hatte Freunde, die mich besser kannten als ich mich selbst. Freunde, die immer loyal an meiner Seite stehen würden und liebe Menschen wie Rhondas Vater, die auch mitten in der Nacht alles stehen und liegen ließen, um zu helfen.

Rhonda und Freddy stützten mich, als wir auf die Terrasse traten. Ich schluckte schwer. Keine Ahnung, was nach dieser Nacht passieren würde, wie mein Leben aussehen würde, jetzt, da alles noch so viel komplizierter geworden war. *Was würde aus unserer Welt werden? Was würde aus der Gefahr werden, die ihr drohte?* Das alles würde jetzt ganz allein *mein* Problem sein. Denn eines war sicher: Callahan Kymragh würde nie wieder Teil meines Lebens werden.

In dieser Nacht hatte ich ihn mir aus dem Herzen gerissen. Ich hatte all die Erinnerungen, die Momente und die Gefühle sterben lassen.

Und sollte er jetzt mein Feind sein, dann sollte er nur kommen. Ich hatte ihn einmal überlebt.

Ich würde es ein zweites Mal schaffen.

ENDE

Kategorien der Noctua in Obskuris

Alpha:
- ▲ Sehen aus wie Menschen, können aber spitze Eckzähne, Kiemen, etc. besitzen
- ▲ Können sprechen
- ▲ Können nicht fliegen
- ▲ Anführer der Kartelle
- ▲ Überwachen die Aktivitäten der Noctua auf der Erde

Beta:
- ▲ Immer Mischwesen aus Mensch und Tier
- ▲ Viele können sprechen
- ▲ Können fliegen und sind extrem schnell
- ▲ Sammeln die meiste Angst
- ▲ Gelten als temperamentvoll und hinterlistig

Gamma:
▲ Sehen eher aus wie Kuscheltiere
▲ Einige können sprechen
▲ Können fliegen
▲ Sammeln nur Angst von Kindern
▲ Auch die Zahnfeen gehören zu dieser
  Kategorie

Delta:
▲ Reittiere der Alpha
▲ Können nicht sprechen
▲ Können fliegen
▲ Sammeln nur wenig Angst
▲ Sind mit ihrem Reiter ein Leben lang
  verbunden

Die Luftschiffe in Obskuris

Kartell der Amber:
· Dreamgate
· Skypainter
· Euphoria

Kartell der Amethyst:
· Ashcourt
· Justicia
· Truthfinder

Kartell der Cobalt:
· Lunarbay
· Stormchaser
· Windsinger

Kartell der Crimson:
· Asklepios
· Snowbird
· Lifesaver

Kartell der Emerald:
· Serpentia
· Treasurekeeper
· Eversafe

Kartell der Fawn:
· Foxglow
· Honeydream
· Pixiepalace

Kartell der Ivory:
· Spellcaster
· Cursegiver
· Stargazer

Kartell der Onyx:
· Rebelblade
· Shadowfall
· Nightcrawler

Kartell der Stone:
· Greyhound
· Stonehaven
· Duster

Kartell der Xanthic:
· Firesong
· Sunflower
· Dawnbreaker

Band 2 erscheint im März 2023

Du willst immer auf dem neuesten Stand bleiben?

Dann folge **one** auf Instagram

@one_verlag
#oneverlag

AUF DICH WARTEN:

- Live-Events und Q&As mit unseren Autor:innen
- News zu unseren Büchern
- Tolle Gewinnspiele
- Und vieles mehr!